LE ROSSIGNOL DE VAL-JALBERT

Marie-Bernadette Dupuy est née et vit en Charente. Écrivain aux multiples talents, elle aborde avec un immense succès les genres les plus variés : biographies historiques, policiers, romances, littérature régionale, grandes sagas familiales. Son œuvre extrêmement riche, traduite jusqu'en Russie, lui a permis de conquérir le cœur de nombreux lecteurs.

Paru au Livre de Poche :

LES AMANTS DU PRESBYTÈRE

ANGÉLINA

1. Les Mains de la vie

2. Le Temps des délivrances

3. La Force de l'aurore

LES FIANCÉS DU RHIN

LA GALERIE DES JALOUSIES (tome 1)

L'ORPHELINE DES NEIGES

1. L'Orpheline des neiges

3. Les Soupirs du vent

4. Les Marionnettes du destin

5. Les Portes du passé

6. L'Ange du lac

LE SCANDALE DES EAUX FOLLES

1. Le Scandale des eaux folles

2. Les Sortilèges du lac

LE VAL DE L'ESPOIR

MARIE-BERNADETTE DUPUY

Le Rossignol de Val-Jalbert

ROMAN

CALMANN-LÉVY

ISBN : 978-2-253-17926-9 – 1re publication LGF

À tous ceux et celles qui me lisent en France,
au Québec, en Allemagne et partout ailleurs.

NOTE DE L'AUTEURE

Fidèle à mon habitude, je n'ai pas pu abandonner mes personnages. Une suite s'imposait, on me l'avait chaleureusement suggérée et c'est avec un plaisir infini que je suis retournée au Québec par la magie de l'écriture, dans la région du Lac-Saint-Jean.

Hermine et tous ceux qui l'entouraient, dans le village de Val-Jalbert, semblaient me demander de vivre encore, de rêver, d'aimer et même de souffrir.

Ainsi, j'ai retrouvé Laura et sa gouvernante Mireille, le beau Métis Toshan, sa mère Tala, mystérieuse et belle Indienne, et d'autres figures inquiétantes ou sympathiques.

Quelle joie de jongler avec le destin, d'emmêler les fils du hasard, d'évoquer la nature ou bien le monde fascinant d'un théâtre ! Je tiens à préciser que je m'appuie, pour cela, sur des faits authentiques qui ont ponctué les années 1930.

Dans ce deuxième livre, j'ai voulu rendre aussi hommage au « parler québécois », si savoureux, proche de notre langue française de jadis. Ce fut pour moi très agréable de dénicher des expressions fleurant bon ce grandiose pays de neige où je reviens toujours avec une douce émotion.

J'espère avoir relevé le défi que je me suis lancé : rendre plus attachante encore mon héroïne à la voix d'or, la belle Hermine, et plus passionnant son parcours vers le bonheur, au prix de rudes combats intérieurs et de pénibles sacrifices. Mais chut, je vous laisse découvrir l'histoire…

Marie-Bernadette DUPUY

1

Des cris dans la nuit

Val-Jalbert, 26 décembre 1932

Hermine ouvrit ses larges yeux bleus, encore envahie par l'intense peur ressentie dans son rêve.

— Quelle horreur ! s'exclama-t-elle, encore toute tremblante.

La jeune femme s'éveilla tout à fait et passa ses mains dans la masse opulente de ses cheveux d'un blond lumineux. Elle essaya de chasser de son esprit la vision cauchemardesque qui l'obsédait. Une frêle silhouette se débattait contre le blizzard, poursuivie par des ombres menaçantes, des sortes de créatures mi-humaines mi-bêtes féroces. Hermine savait en son for intérieur qu'il s'agissait d'une fillette.

Son regard se posa sur le petit Mukki, couché au milieu du lit. Le bébé, âgé de deux mois et dix jours, dormait paisiblement. Mais la place de Toshan était vide. Cette constatation l'attrista. Son mari aurait su la consoler et même lui expliquer la signification de son rêve. Né d'une Indienne montagnaise et d'un chercheur d'or de souche irlandaise, Clément

Toshan Delbeau jonglait avec les deux cultures qui avaient contribué à son éducation. Il était catholique et baptisé, mais fortement imprégné par la spiritualité de ses ancêtres montagnais. Ainsi, pour lui, les songes avaient une grande importance.

— Il est déjà levé ! soupira Hermine. Mais quelle heure est-il donc ?

Des exclamations lui parvinrent, montant du rez-de-chaussée de la grande maison. Après des mois passés dans des conditions de vie bien plus rudes, son confort l'enchantait. Elle reconnut les intonations de sa chère Mireille, la gouvernante. Elle l'aimait beaucoup avec sa voix forte et son franc-parler. Elle crut même sentir l'arôme du café brûlant.

« C'est vrai qu'en cette saison, la nuit n'en finit pas ! se dit-elle. Toshan a dû sortir prendre l'air, il n'est pas habitué à la chaleur du chauffage central ni aux édredons moelleux. Mais je suis sûre que maman n'est pas encore descendue ! »

Hermine s'étira. Elle dévora de nouveau son fils du regard. Jocelyn Delbeau, surnommé Mukki par sa grand-mère Tala[1], avait une peau dorée et des cheveux noirs. Solide nourrisson, il jouissait d'un caractère calme et avait déjà gratifié ses parents de gracieux sourires angéliques.

« Que je suis heureuse ! se dit la jeune femme. Toshan m'a fait un merveilleux cadeau de Noël en me ramenant dans mon village, à Val-Jalbert, là où les eaux tourbillonnent. Nous avons été si bien accueillis. Je n'oublierai jamais la joie de maman et surtout comme elle m'a serrée fort dans ses bras ! »

---

1. Prénom indien signifiant Louve.

Depuis leur mariage clandestin à l'ermitage de Lac-Bouchette, le couple habitait une cabane de belle taille, au bord de la rivière Péribonka, bien plus au nord. Les fourrures et les provisions ne manquaient pas, mais l'humble construction ne pouvait se comparer à la superbe demeure édifiée par le surintendant Lapointe à l'époque de l'âge d'or de Val-Jalbert, celui où la pulperie faisait travailler des centaines d'ouvriers qualifiés[1].

Il leur avait fallu plusieurs jours d'une course rapide pour arriver chez Laura Chardin, la mère d'Hermine, juste avant Noël. Cette expédition dans le grand vent et la neige, que l'ardeur et l'endurance des chiens de traîneau avaient rendue possible, n'avait pas été sans charme.

Hermine ferma les yeux, somnolente. Elle n'avait aucune envie de quitter le refuge douillet de son lit. La journée à venir lui causait une légère appréhension. Une fois passée l'allégresse des retrouvailles et des repas de fête, une conversation avec sa mère s'imposait.

« Il faut bien que je lui apprenne comment mon père est mort ! Jocelyn, premier du nom ! Je ne le connaîtrai jamais. Quel dommage ! Enfin, maman va épouser Hans. Ils semblent vraiment épris l'un de l'autre. »

Un passé tout proche revenait à l'esprit d'Hermine.

---

1. Le surintendant Lapointe habitait au village. La Compagnie de pulpe de Chicoutimi lui fit bâtir, en 1919, une très belle maison près du couvent-école sur la rue Saint-Georges. On peut encore, de nos jours, observer les ruines de cette demeure dans le sous-bois près du couvent.

Hans Zahle l'accompagnait au piano quand elle chantait au Château Roberval, un grand hôtel de luxe. Ce timide trentenaire d'origine danoise avait d'abord été amoureux d'elle, avant de céder au charme de Laura.

« Et j'ignorais que la mystérieuse dame en noir assise au fond de la salle était ma mère. Cette mère qui m'avait tant manqué lorsque j'étais petite fille. Heureusement qu'elle a retrouvé la mémoire et qu'elle m'a cherchée. Maintenant il n'y a plus aucun secret entre nous, plus de rancœur. Elle m'a prouvé son amour et je compte la chérir pendant de longues années encore. Tout s'est arrangé. Je ne suis plus orpheline et, surtout, je suis mariée avec Toshan. J'ai un bébé à mon tour, un merveilleux bébé que nous élèverons tous les deux. »

Elle ajouta à voix basse :

— Je voudrais bien vivre ici, à Val-Jalbert ! Ma belle-famille indienne est très gentille, mais je me sens mieux dans mon village.

Afin de se conforter dans son désir, Hermine évoqua les visages de ceux qu'elle chérissait et dont elle avait partagé l'existence durant des années : sa nourrice Élisabeth Marois, une jolie femme de trente-six ans, mince et bien faite, aux frisettes d'un châtain mordoré, ses fils Armand, Edmond et la petite dernière prénommée Marie. Quant à Joseph Marois, malgré ses colères, ses humeurs changeantes et un penchant pour la bouteille, il n'était pas si mauvais bougre que ça.

— Il y a aussi ma gentille Charlotte ! murmura-t-elle, émue. En plus, elle a retrouvé la vue grâce à maman et à sa fortune. On a beau dire, l'argent ne fait peut-être pas le bonheur, mais il peut fortement y contribuer.

Soudain Hermine eut un frisson. La fillette de son rêve, c'était Charlotte. Elle n'avait pas pu détailler ses traits, mais son cœur savait. Sur le qui-vive, à présent, elle avait la certitude d'entendre crier le prénom de l'enfant, dehors, sous les fenêtres. Aussitôt, un son de cloche s'ajouta à ces appels.

— Cela vient du couvent-école ! se dit-elle, le souffle suspendu. Mais ce sont les vacances, l'institutrice n'est même pas là ! Que se passe-t-il[1] ?

Elle se leva avec précaution et enfila une robe de chambre en laine rouge. Mukki n'avait pas bronché. Elle prit soin de bien caler le bébé dans son petit lit d'enfant, car c'était un nourrisson remuant.

« Mon Dieu ! Il est arrivé un malheur ! » répétait-elle en dévalant l'escalier.

Un aréopage féminin l'attendait dans le hall, composé de sa mère, Laura, d'Élisabeth Marois en larmes et de Mireille, la gouvernante. Cette dernière la fixait bouche bée, les joues rouges.

— Allez-vous me dire ce qu'il y a ? s'inquiéta Hermine, affolée de les trouver toutes les trois dans le même état de confusion.

— Charlotte a disparu ! répondit Laura d'une voix tremblante.

---

1. Le couvent-école resta ouvert jusqu'en 1933. L'enseignement y était donné par des enseignantes laïques et non plus par les Sœurs, qui étaient parties en 1929. Les institutrices qui avaient assuré la relève étaient Géraldine Lemay, Juliette Marcoux et Germaine Pagé ; toutes trois étaient de Chambord.

— Oui, autant dire qu'elle est morte ! s'exclama Élisabeth, une main sur la poitrine. Je pense qu'elle a dû s'enfuir hier soir. Avec le froid, la neige, nous avons peu de chances de la retrouver en vie.

— Comment ? s'exclama Hermine. As-tu perdu l'esprit, Betty ? Et d'abord, pourquoi m'avez-vous laissée dormir ?

— Les émotions coupent le lait des femmes qui nourrissent ou, du moins, elles le gâchent ! déclara la gouvernante, une petite personne rebondie coiffée d'un casque de cheveux raides et argentés coupés court. On ne voulait pas courir ce risque !

— Quelle heure est-il ? répliqua-t-elle en jetant un coup d'œil anxieux vers la porte d'entrée.

— Juste sept heures ! gémit Élisabeth. Charlotte a emporté quelques affaires, dans un baluchon, sûrement. Je me doute de ce qui l'a poussée dehors, la pauvre !

Laura entoura Hermine d'un bras protecteur. Elle paraissait très affligée. Cependant, elle demeurait élégante dans sa robe de chambre en lainage rose, qui ravivait sa carnation laiteuse. Elle avait de jolis yeux bleus, comme sa fille. Sa chevelure soyeuse, teinte en blond platine, était retenue par un turban assorti. Bien qu'elle approchât la quarantaine, on la prenait parfois pour la sœur aînée d'Hermine, qui venait de fêter ses dix-huit ans.

— Viens boire un bon café, nous n'avons plus qu'à patienter. Les recherches s'organisent. Toshan est parti le premier. Je lui ai conseillé de monter à la cabane à sucre des Marois. Charlotte aime bien cet endroit.

— Non, maman, je ne veux pas de café, je veux comprendre ! coupa la jeune femme. Pourquoi Toshan a-t-il su, lui, sans que je me réveille ?

— Il a l'ouïe plus fine que toi, sans doute ! précisa Laura. Élisabeth est venue frapper dès qu'elle a trouvé le lit de Charlotte vide. Nous avons tous sauté du lit. C'est le branle-bas de combat ! Hans rassemble les hommes du village.

Hermine secoua la tête, envahie par un brusque désespoir. Tout cela lui faisait l'effet d'un cauchemar. Encore une fois, un de ses rêves se révélait bien proche de la réalité. Cela s'était déjà produit par le passé.

— Mais pourquoi Charlotte s'est-elle enfuie ? hurla-t-elle. Betty, tu la traitais comme ta propre fille et elle n'était plus infirme. Hier matin, elle me disait sa joie d'avoir pu admirer le sapin de Noël et l'intérieur de l'église, à Chambord. Pendant la messe, je la voyais assise près de vous tous et son beau sourire me comblait de fierté. Elle n'avait aucune raison de s'en aller comme ça !

Toutes les quatre échangèrent un regard désolé, incrédule. Hermine avait chanté le jour de Noël pour le ravissement des derniers habitants de Val-Jalbert, qui suivaient désormais les offices à Chambord, leur église ayant été démolie au cours de l'année[1]. « Le Rossignol des neiges est de retour parmi nous ! » avait annoncé monsieur le curé en accueillant Hermine devant l'autel.

1. L'église de Val-Jalbert a été démantelée en 1932. Les matériaux et les meubles ont été récupérés par des communautés voisines.

— Betty ! reprit la jeune femme. Qu'est-ce qui a poussé Charlotte dehors ? Joseph ? Il a encore fait des siennes, n'est-ce pas ?

Lorsqu'il avait bu, l'ancien ouvrier se montrait parfois violent et coléreux ; elle en avait assez souffert elle-même. Joseph Marois lui reprochait, dans ces moments-là, le pain qu'elle mangeait sous son toit, et il avait refusé de l'adopter. Mais dès qu'elle avait gagné de l'argent, grâce à son talent de chanteuse et à son timbre exceptionnel, il n'avait eu qu'une idée : l'exploiter.

— Eh bien, Jo avait fini la bouteille de caribou, hier soir, parce que c'était fête ! commença Élisabeth. Je lui disais de monter se coucher, mais il a lancé la conversation sur Charlotte. Tu le connais, Mimine ! radin comme pas un ! Il prétendait que la petite nous coûtait cher, qu'elle ôtait le pain de la bouche de Marie et que ce n'était qu'un début. Depuis la naissance de notre fille, Jo se plaint de la présence de Charlotte. Il s'est mis à crier ; je ne savais plus quoi faire. Elle n'est pas idiote, la petite. Je suis sûre qu'elle a entendu et, se sentant de trop, elle a décidé de partir.

Laura haussa les épaules, franchement contrariée. Elle prit Mireille et Hermine à témoin.

— Et elle n'est même pas venue se réfugier chez moi ! J'ai pourtant proposé de la recueillir, Élisabeth ! Vous auriez dû m'avertir que votre mari avait changé d'idée.

— Tous ces discours ne nous ramèneront pas Charlotte ! protesta Hermine. Je vais la chercher. Elle a pu se réfugier dans n'importe laquelle des maisons abandonnées du village. Il ne faut pas songer au pire ! Enfin, elle ne peut pas mourir, ça non ! Après tant d'épreuves et de chagrin !

Sur ces mots, elle grimpa les marches précipitamment. Laura la suivit, bouleversée.

— Voyons, Hermine, tu n'es pas sérieuse ! Tu ne peux pas partir toi aussi. Il y a encore assez d'hommes robustes à Val-Jalbert pour explorer les environs. Toshan a attelé ses chiens. Ses bêtes ont du flair, à ce qu'il m'a dit.

— Maman, je ne te demande qu'une chose, veille sur Mukki ! Je lui ai donné à téter vers cinq heures du matin. Il peut patienter. S'il pleure trop fort, propose-lui de l'eau tiède sucrée avec du miel. Tala, ma belle-mère, affirme que les bébés adorent ça. Je te le confie.

Laura eut une expression de panique.

— C'est de la folie, ma chérie ! Je t'en supplie, reste ici avec moi. Si tu allais t'égarer !

— Je ne peux pas, maman ! Je suis liée à Charlotte, je l'aime comme ma petite sœur.

Hermine fut vite équipée. Elle avait enfilé un pantalon en velours et deux gilets de laine sur lesquels elle mit une veste en fourrure. Gantée, un bonnet à la main, elle entraîna sa mère sur le palier.

— Ne te tracasse pas, j'ai appris à vivre dans la forêt. Je vais prendre Chinook. À cheval, je gagnerai du temps.

Laura renonça à discuter. Toutes les deux dévalèrent l'escalier. Élisabeth et Mireille n'avaient pas bougé d'un pouce.

— Qui garde ta fille, Betty ? s'inquiéta Hermine. Si tu veux attendre chez nous, cours la chercher.

Au pire, puisque tu allaites toi aussi, tu pourras nourrir Mukki s'il pleure trop.

— En voilà des manières de sauvage ! s'écria la gouvernante. Un enfant ne doit pas passer d'un sein à l'autre ! Et toi, Hermine, tu as une drôle d'allure, attifée ainsi !

Élisabeth approuva d'un air gêné.

— Mireille a raison, soupira-t-elle. Déjà que ton mari s'est fait remarquer à la messe de Noël ! Il faudrait qu'il se coupe les cheveux et qu'il s'habille en bon chrétien.

— C'est bien le moment de penser à des choses pareilles ! répliqua Hermine, furieuse. Charlotte est peut-être agonisante et on jase sur les vêtements de Toshan. Vous croyez que je n'ai pas vu les regards des gens de Chambord ? Ils devront s'habituer ; l'homme que j'aime a le droit de montrer à tous qu'il a du sang indien.

Ulcérée, Hermine sortit sans rien ajouter. L'éclairage public jetait des reflets dorés sur des bancs de neige qui s'étaient formés pendant la nuit au pied des arbres, contre les murs du couvent-école voisin de la maison. Elle marcha d'un bon pas, le souffle coupé par le froid plus vif que la veille.

« Mon Dieu, protégez Charlotte ! Mon Dieu, rendez-la-moi ! »

Sans cesser de prier, la jeune femme arriva en bas du perron des Marois. Elle n'avait aucune intention d'entrer ni de croiser Joseph. Comme elle connaissait les lieux par cœur, elle contourna les bâtiments fermant l'arrière-cour et se glissa dans celui qui servait à la fois d'écurie et d'étable. Chinook, un beau cheval à la robe rousse, à la tête marquée d'une liste blanche, la salua d'un bref hennissement. La vache Eugénie tendit sa lourde tête blanche.

— Vous ne m'avez pas oubliée ! dit-elle.

— Mimine ! fit une voix. Qu'est-ce que tu fais là ?

Armand entrait à son tour, sa casquette à oreillettes enfoncée jusqu'aux sourcils. L'adolescent portait deux seaux remplis d'eau tiède.

— Et toi ? rétorqua-t-elle. Je pensais que tu participais aux recherches ! Tu es au courant, pour Charlotte ?

— Eh oui, qui ne l'est pas ? Papa a décidé de fouiller l'usine ; il y a plein de cachettes, là-bas. Et puis, vu qu'il entretient la dynamo, la pulperie n'a pas de secrets pour lui.

C'était la fierté familiale. Joseph Marois avait travaillé dès ses dix-huit ans à la fabrique de pâte à papier et, après l'arrêt officiel des machines, il avait conservé son poste comme préposé à la bonne marche des turbines qui distribuaient encore de l'électricité au village. Il ne restait guère d'habitants, ceux-ci se regroupant désormais le long de la route régionale, mais on ne pouvait pas les priver de lumière.

— Ah ! persifla la jeune femme. Jo se mêle de ça, alors que c'est à cause de lui que Charlotte s'est enfuie.

— Moi, je n'en sais rien. Hier soir, j'étais chez ta mère à couper du bois ! grommela Armand.

— Je prends Chinook. Il est ferré, il ne glissera pas.

Hermine détachait le cheval. Elle avait entière confiance en lui et ne prit pas la peine de le seller.

— Armand, est-ce que Charlotte était heureuse avec vous ? demanda-t-elle en fixant le garçon de ses yeux limpides. Dis-moi la vérité !

— Je ne me soucie pas d'une gamine de dix ans, Mimine ! J'ai autre chose à faire. Mais elle semble contente de s'occuper de Marie. Ça rend service à maman, elle lui confie souvent le bébé.

Dans la cour où s'entassait une épaisse couche de neige durcie par le gel, Hermine se hissa sur le dos de Chinook. Elle lui avait laissé son licou et comptait le diriger à l'aide de la longe en corde, comme elle en avait l'habitude.

— Tu portes des pantalons, maintenant ! s'étonna Armand.

La jeune femme préféra ne pas répondre. Au contact de sa belle-famille indienne, elle avait un peu oublié l'esprit parfois étriqué des gens de Val-Jalbert. Elle caressa l'encolure du cheval, réconfortée par sa docilité.

— En route, Chinook ! Je veux retrouver Charlotte… le plus vite possible !

Hermine guida l'animal vers le haut de la rue Saint-Georges. Des appels retentissaient dans la nuit de plus en plus claire. L'aurore ne tarderait pas. Le prénom de la fillette disparue résonnait ici et là. Un homme lui fit signe. Elle le reconnut. Il se nommait Philippe et travaillait du côté de Chambord. Avec sa femme et ses trois fils, il appartenait aux derniers résidants du village, ayant acheté sa maison avant la fermeture de l'usine de pulpe.

— Tu parles d'une histoire ! lui dit-il. Pauvre enfant, on ne la reverra pas vivante.

— Mais si ! affirma-t-elle. Charlotte n'est pas folle, elle a dû s'abriter quelque part.

Elle poussa Chinook au trot. Les sabots faisaient un bruit sourd sur la neige dure. Hermine parvint ainsi aux abords de l'usine. Joseph Marois sortait de l'ancienne salle des écorceurs où, pendant des années, les ouvriers surveillaient l'écorçage des troncs d'épinette.

— Alors ? interrogea-t-elle durement.

— Alors, rien ! grogna-t-il en haussant les épaules. Et toi, qui t'a permis de sortir le cheval ? S'il attrape la mort, ce sera ta faute.

— Et ce sera la vôtre, s'il est arrivé malheur à Charlotte ! Betty m'a raconté, pour hier soir.

À sa grande surprise, Joseph étouffa un sanglot, les yeux noyés de larmes.

— Tu crois que je ne le sais pas, Mimine ? confia-t-il, penaud. Aussi, la gosse n'avait pas besoin d'écouter aux portes. Que veux-tu, quand je bois un coup de trop, je ne dis que des âneries ! J'y tiens, à Charlotte, c'est une gentille petite. Seulement, un sou est un sou. Je n'ai toujours pas pu m'acheter une automobile.

Hermine observa l'ouvrier. Il avait vieilli. Ses cheveux bruns grisonnaient, son visage perdait de sa fermeté arrogante. Toujours grand et musclé, il se voûtait un peu.

— Priez qu'on la retrouve saine et sauve, Jo ! lança-t-elle. Sinon, je ne supporterai plus de vous approcher. Son père est-il au courant ?

— Bien sûr, j'ai envoyé Armand lui annoncer la mauvaise nouvelle. Jules Lapointe visite les quartiers du plateau.

— Lui aussi est responsable, mais il se moque bien de son enfant !

Sur ces mots, Hermine fit faire demi-tour à Chinook. Joseph Marois, comme Élisabeth, Laura et Mireille une vingtaine de minutes auparavant, songea que la douce jeune fille de naguère avait bien changé.

« Eh ! Maintenant, c'est une femme et surtout une mère ! songeait-il. Elle vous parle d'un ton… »

Loin de penser à cette prétendue métamorphose, Hermine tentait de découvrir quel chemin avait pu suivre Charlotte. Les chutes de neige nocturnes avaient recouvert ses empreintes.

« Réfléchis ! Où a-t-elle pu aller ? Où pourrait-elle décider de partir ? »

Elle concentra toute sa volonté et son intelligence sur sa protégée. Charlotte avait perdu sa mère, Aglaé, un an plus tôt. La malheureuse femme, très malade, passait la majeure partie de son temps au lit. La fillette, quasiment aveugle, était mal vêtue, mal nourrie. Hermine l'avait rencontrée pendant la fête d'adieu donnée en l'honneur du départ des sœurs de Notre-Dame-du-Bon-Conseil de Chicoutimi. Les religieuses, installées dans le couvent-école, avaient dû cesser leurs fonctions d'enseignantes, le nombre d'élèves étant trop bas.

« Ma Charlotte errait au premier étage ! se souvint Hermine. Son grand frère, ce dadais d'Onésime, ne se souciait même pas d'elle. Il courait le guilledou tandis qu'elle s'angoissait. Heureusement, j'ai pu m'occuper d'elle, la faire admettre en classe. Et, à présent, elle voit ! »

Une évidence la frappa. Charlotte ne se serait jamais enfuie sur un coup de tête. Elle était raisonnable et pleine de gratitude à l'égard de Laura.

« Il y a sûrement eu autre chose que les paroles de Joseph ! Comme si elle avait peur. Dans cet affreux rêve que j'ai fait, elle était menacée. Mon Dieu, aidez-moi ! Sœur Sainte-Madeleine, aidez-moi ! »

Depuis des mois, Hermine n'avait pas invoqué la jeune et jolie religieuse qui lui avait servi de mère dans sa petite enfance. Prénommée Angélique dans la vie civile, sœur Sainte-Madeleine était morte durant la terrible épidémie de grippe espagnole qui avait décimé la population autour du lac Saint-Jean et, bien au-delà, dans le monde entier.

Perdue dans ses pensées, la jeune femme s'aperçut que Chinook quittait le village. Le cheval s'aventurait d'un pas tranquille sur la piste bordée d'érables et de sapins conduisant au canyon de la rivière Ouiatchouan. Le cri d'un corbeau la fit sursauter.

— Non, Chinook, pas par là ! dit-elle.

Mais l'animal se mit au petit trot, comme certain de suivre la bonne voie. Hermine, intriguée, le laissa aller là où il voulait. D'autres souvenirs affluaient, la faisant frémir d'une exaltation douloureuse.

« En plein été, j'avais accompagné Charlotte jusqu'au canyon. Elle était si fière de monter Chinook. Elle disait que les feuilles des arbres faisaient de la musique. Moi, je lui décrivais la beauté des couleurs, les reflets argentés de l'eau sur les pierres plates, au soleil. Comme nous étions heureuses ! Et Toshan nous a rejointes, par surprise. Charlotte a deviné que j'étais amoureuse de lui. C'était vrai, je l'aimais déjà à cette époque. »

Hermine regarda autour d'elle. Le jour se levait. Les nuages se dissipaient par vagues lentes, dévoilant des pans de ciel d'un bleu parme. Une clarté rose baignait chaque détail du paysage constellé de neige immaculée. La magnificence de l'aube lui étreignit le cœur. Elle appela :

— Charlotte ! Par pitié, reviens !

Sa voix, pure et puissante, brisa le silence matinal. Elle appela encore, avec autant de conviction que si elle chantait.

« Et si Charlotte était venue ici, où nous nous sommes tant amusées toutes les deux, tous les trois même, avec Toshan qui l'éclaboussait… Et si elle m'entendait, mais qu'elle n'osait pas se montrer ! »

Le vent glacé ne la découragea pas. Elle respira profondément et entonna une des chansons favorites des Québécois et de la fillette : *À la claire fontaine*. Elle mit toute son âme dans ce chant, avant de se lancer dans un morceau difficile, que Hans Zahle lui avait appris, l'*Air des clochettes*, le morceau le plus célèbre de l'opéra *Lakmé*[1]. Les notes cristallines s'élevèrent, modulées, d'une perfection admirable. Lorsqu'elle se tut, la jeune soprano eut conscience d'avoir les joues ruisselantes de larmes.

« Je n'avais pas chanté ainsi depuis très longtemps ! s'étonna-t-elle. Depuis trop longtemps ! »

Chinook s'arrêta brusquement. Il sembla répondre à ce constat par un hennissement intrigué. Des branchages s'agitaient. Hermine se laissa glisser

---

1. *Lakmé* : opéra en trois actes, musique de Léo Delibes, livret d'Edmond Gondinet et Philippe Gille. Interprété pour la première fois le 14 avril 1883 à l'Opéra-Comique à Paris.

au sol. Elle croyait deviner une forme sombre sous un énorme tronc.

— Charlotte ? Mon Dieu, si c'est toi, ma chérie, ne crains rien ! J'ai eu si peur pour toi !

Un mince visage livide lui apparut, mangé par un regard brun plein de détresse. L'enfant émergeait d'une sorte de tanière qu'elle avait dû aménager.

— Hermine ! Je te demande pardon ! dit-elle.

— Viens vite dans mes bras ! cria la jeune femme. Merci, mon Dieu, merci ! Tu es vivante !

Elle étreignit la petite, ce qui lui permit de constater l'épaisseur de vêtements qu'elle portait. De toute évidence, Charlotte n'avait pas l'intention de succomber au froid.

— Mais tu as doublé de volume, emmitouflée comme ça ! s'écria Hermine en sanglotant de soulagement. Deux vestes à capuche, des gants fourrés, trois écharpes et un bonnet.

— Je les ai empruntés à Edmond pendant qu'il dormait. Ce n'est pas bien, je sais ! reconnut la fugitive.

Le fils d'Élisabeth, âgé de huit ans, était d'une stature plus imposante que Charlotte, son aînée de deux ans.

— Où allais-tu ? interrogea Hermine en la serrant très fort contre elle.

— Je voulais repartir ce matin, pour être à Roberval vers midi. J'ai emporté mes économies : de quoi acheter un billet de train. Betty me donne des sous le samedi et ta maman aussi.

Totalement rassurée sur l'état de santé de Charlotte, Hermine céda cependant à la stupeur.

— Pourquoi t'es-tu sauvée, petite chérie ? Alors

que j'étais si contente de te revoir, de passer les Fêtes avec toi ! Betty pense que tu as entendu les choses déplaisantes que Joseph disait hier soir. Si c'est le cas, il fallait vite venir chez ma mère. Nous t'aurions réconfortée. Tout le village te cherche. Toshan a attelé ses chiens pour monter à la cabane à sucre des Marois.

— Je suis désolée, Mimine, mais j'étais bien obligée de m'en aller ! confia Charlotte avec une mine d'enfant triste.

— Tu m'expliqueras ça en chemin ! coupa la jeune femme. Nous devons rentrer. Tout le monde s'inquiète. Tu vas monter sur Chinook, comme avant.

Mais la fillette recula, en se dégageant de ses bras.

— Non, je ne veux pas. Joseph, il a décidé de me rendre à mon père ! lâcha-t-elle d'un ton effrayé. Il disait que je n'avais qu'à retourner habiter chez moi.

Hermine conduisit Charlotte jusqu'à une souche. Elle s'assit avant de prendre sa protégée sur ses genoux.

— C'est ton père, lui répondit-elle. Il serait peut-être bien content de t'avoir à la maison un jour, quand tu seras plus grande. Jules Lapointe m'a l'air d'un homme sérieux.

— Mais, Mimine, moi je ne veux pas y aller ! gémit Charlotte. Je passe le dimanche avec lui. Et…

— Et quoi ? demanda très doucement Hermine.

— Le père, il boit encore plus que Joseph. Il a touché sa paie et il achète du caribou.

La suite fut marmonnée, presque inaudible.

— Le père fait pareil que toi, il me prend sur ses genoux, il me serre très fort. Il dit que je suis sa petite femme, maintenant que maman est morte. L'autre dimanche, il m'a embrassée dans le cou et un peu plus bas. Il me fait peur, j'ai vraiment peur, Mimine.

Le cœur de la jeune femme battait à grands coups. Elle parvint toutefois à maîtriser son émotion et répondit gentiment.

— Je te comprends, ma puce ! Tu n'iras plus chez lui. Mais il fallait venir nous trouver, maman et moi. Tu pouvais expliquer tout ça à Betty, aussi. Elle t'aurait gardée le dimanche.

— Non, Joseph et Betty, ils disent que je dois rendre visite à mon père, parce que c'est ma vraie famille. Au début, Onésime était là pour le déjeuner, mais il ne vient plus. Sa femme, Yvette, attend un bébé.

— Alors tu t'es enfuie ! Ma pauvre chérie ! Tu as bien fait, sinon je n'aurais rien su. Charlotte, promets-moi de toujours me parler. Je suis comme ta grande sœur, personne ne te fera de mal.

Hermine tremblait de nervosité. Elle se souvenait avoir ressenti une terreur semblable à celle de Charlotte, quand Joseph, ivre, la ramenait de Roberval en calèche. Il se montrait trop caressant, il la serrait de près. Simon, le fils aîné des Marois, qui travaillait maintenant à Montréal, avait averti le curé. Le saint homme s'était arrangé pour régler le problème.

— Charlotte, tu es sûre que tu m'as tout dit ? hasarda-t-elle, gênée.

— Oui, Mimine. C'est surtout que j'avais peur.

— Je crois que Betty ne t'aurait pas laissée habiter chez ton père, mais tu as eu raison. Oh, mon Dieu ! Comme je suis heureuse de te tenir dans mes bras ! As-tu mangé, au moins ?

— J'ai volé du gâteau et des biscuits ! C'est mal, je sais, mais j'avais besoin de provisions de route.

La fillette osa enfin regarder Hermine. Ses yeux couleur noisette pétillaient d'une infinie confiance. Malgré ses lèvres gercées, son nez pincé par le froid, elle était très mignonne.

— Mon exquise Charlotte ! dit tendrement la jeune femme. Aujourd'hui, tu ne me quittes pas. Pas même une seconde !

— Je voudrais que tu chantes encore ! C'était si beau, tout à l'heure. Quand je t'ai entendue, je n'ai plus eu envie de prendre le train.

— Nous l'avons échappé belle ! plaisanta Hermine, prête à pleurer de nouveau. Et où comptais-tu aller ?

— À l'orphelinat de Chicoutimi ! Les religieuses ne sont jamais méchantes avec les petites filles.

— Tu dis vrai, les sœurs t'auraient recueillie aussitôt, mais moi j'aurais été très malheureuse. Betty criait que tu étais déjà morte. Il faut retourner à Val-Jalbert, ma chérie. Même Joseph te cherchait. Il a honte.

— Mais tu me garderas, hein ? supplia l'enfant.

— Oh oui, deux fois plutôt qu'une.

*

Chinook fit son apparition rue Saint-Georges une heure plus tard. Hermine le montait, Charlotte assise devant elle. La fillette se cramponnait à la crinière du cheval. Un attroupement se tenait près de la maison des Marois. Il y avait là Joseph, Élisabeth, Armand et Edmond, leurs fils, mais également Hans

Zahle, Jules et Onésime Lapointe, ainsi que le maire, le patron de l'hôtel-restaurant, quelques curieux de passage et les hommes du village avec leurs épouses qui entouraient Laura. Tous poussèrent des exclamations de joie et de soulagement.

— Où est Toshan ? interrogea Hermine.

— Il n'est pas encore revenu ! répliqua vite Laura. Doux Jésus, merci, tu l'as retrouvée !

La jeune femme approuva d'un signe. Charlotte s'était raidie en reconnaissant la face couperosée de son père.

— Charlotte est épuisée ! déclara-t-elle à tous. Je lui ai promis de la soigner. Je l'emmène à la maison. Elle n'a envie de discuter avec personne. Armand, tu n'as qu'à nous suivre, tu reprendras Chinook.

Une douce autorité, nuancée d'une sorte de colère, se dégageait d'Hermine et forçait le respect de tous. Sa chevelure blonde étincelait au soleil, son teint était rose et laiteux, tandis que ses yeux bleus paraissaient encore plus grands.

— Quelle belle fille ! constata un étranger, sanglé dans un manteau noir et coiffé d'un chapeau de feutre. J'ai l'impression de la connaître.

Ces paroles s'adressaient au vieux charron, Eusèbe, qui grelottait sous sa pèlerine en ciré.

— Bah, tout le pays la connaît ! répliqua l'homme. C'est notre rossignol, l'enfant trouvée sur le perron du couvent-école. Les sœurs lui ont appris à chanter et elle chante mieux qu'un ange du ciel !

L'homme alluma une cigarette. Les paupières plissées en un regard perçant de fauve aux aguets, il continua à contempler Hermine. Ses vêtements, sa prestance, le léger parfum qui émanait de lui trahissaient son appartenance à un milieu aisé.

— Ah, mais c'est elle que j'ai entendue chanter à Chambord, à la messe de Noël ! On m'avait bien dit qu'elle habitait Val-Jalbert. Seulement, je ne m'attendais pas à la retrouver dans un pareil accoutrement.

Il poursuivit entre ses dents très blanches, mais en anglais :

— Moi, les rossignols, je leur offre une cage dorée, pour qu'ils chantent encore mieux !

Eusèbe n'y comprit rien. Il s'écarta cependant de l'élégant personnage. Alentour, les discussions allaient bon train. L'attroupement se déplaça sur les traces du cheval, si bien que la demeure de Laura fut bientôt assaillie par la foule.

Hermine se précipita à l'intérieur. Elle avait entendu les vagissements vigoureux de son fils. Mukki hurlait de faim.

— Donne quand même des explications à monsieur Lapointe ! lui souffla Laura à l'oreille. Et aux Marois !

— Pas tout de suite ! répondit la jeune femme. Maman, dis-leur de patienter. Quand j'aurai fait téter mon bébé, je te raconterai ce qui se passe. Charlotte reste ici, je ne la lâche pas.

Résignée, Laura ressortit. Elle jouissait du statut de riche veuve et, pour cela, imposait le respect. Élisabeth, sa fille sur le bras, passa outre et se rua elle aussi dans la maison. La pauvre Mireille, encombrée d'un nourrisson vociférant, se confondit en soupirs.

— Charlotte, tu nous as causé bien du souci ! se lamenta-t-elle.

— Et alors, où étais-tu cachée ? questionna Élisabeth d'un ton ferme.

— Je vous en prie, ne criez pas si fort. Laissez-la en paix ! coupa Hermine en mettant Mukki au sein. Ma pauvre chérie, assieds-toi à côté de moi. Ne t'inquiète surtout pas...

Elle n'avait pas fini sa phrase que des aboiements retentirent dehors, assortis d'un tintement de grelots.

— C'est Toshan ! Tu as entendu, Charlotte ?

La porte s'ouvrit à la volée. Un jeune homme de vingt-cinq ans, grand et robuste, pénétra dans le salon. Une tresse noire dansait sur ses épaules, il portait une veste en peau de loup. Ses traits harmonieux et son teint doré dégageaient une sorte de joie farouche. Son métissage lui conférait une beauté particulière. D'une démarche souple, il vint s'agenouiller aux pieds d'Hermine et de la fillette.

— Tout est rentré dans l'ordre ! constata-t-il d'une voix chaude et profonde.

Son regard sombre brillait de satisfaction. Hermine lui caressa la joue du bout des doigts. Elle jugeait que son mari était le plus bel homme de la terre.

— Tout rentrera dans l'ordre avant ce soir ! rectifia-t-elle.

Sans manifester d'étonnement, Toshan se pencha et déposa un baiser sur la poitrine à demi dénudée de sa jeune épouse. Mireille détourna vite la tête, Élisabeth poussa un petit cri gêné, mais Charlotte souriait sous sa frange brune.

Le jeune homme alla s'asseoir dans un fauteuil situé près d'une fenêtre. La moue réprobatrice de sa belle-mère ne lui avait pas échappé. Laura, comme

Élisabeth, avait jugé son geste inconvenant. La tétée de Mukki se poursuivit dans le plus parfait silence. Mais chacune des personnes réunies au salon remuait des pensées qui n'avaient rien de paisible.

Toshan se demandait combien de jours il lui faudrait rester à Val-Jalbert. Hermine et lui n'en avaient pas discuté, trop exaltés par leur départ imprévu et le voyage.

« Je lui poserai la question ce soir ! se rassura-t-il. Je sais bien qu'elle voudrait demeurer ici le plus longtemps possible, mais qu'est-ce que je vais faire de mes dix doigts ? Le bois est coupé et rangé dans l'appentis, la cuisine déborde de nourriture. Bah, au pire, j'irai chasser. »

Il jeta un regard maussade sur le jardin entourant la maison. Ce n'était en fait qu'une étendue neigeuse, plantée de quelques arbres : érables, bouleaux, épinettes. Il ôta sa veste et son gilet en laine. Il faisait bien trop chaud à l'intérieur.

Laura, installée à une petite table en marqueterie, feignait de feuilleter une revue. Souvent, elle jetait des coups d'œil perplexes à son gendre dont l'accoutrement, les cheveux longs et les manières la dérangeaient. Il n'avait pas du tout l'air à sa place dans la pièce décorée de bibelots où abondaient les meubles en bois peint, les tentures soyeuses et les tapis de couleur claire.

« Ce garçon ressemble à un animal en cage ! se désolait-elle. Certes, un bel animal, mais il ne s'accoutumera jamais à l'existence douillette et monotone que nous menons. »

Elle retint un soupir, après avoir contemplé le joli tableau que composaient Hermine et son bébé.

« Je voudrais tant les garder près de moi, ma fille chérie et ce superbe poupon ! se disait Laura. Je n'ai pas pu être mère d'un garçon, j'ai le droit de voir grandir mon petit-fils, Jocelyn ! Pour moi c'est Jocelyn, pas Mukki ! Ces surnoms indiens sont un peu gênants. Oh ! la tête qu'a faite mon gendre, hier, quand je l'ai appelé Clément en insistant bien ! Il faudra que je parle à Hermine ce soir. J'aimerais savoir ce qu'ils ont l'intention de faire les jours prochains. Pourvu qu'ils ne repartent pas ! »

Élisabeth Marois, posée sur le bord d'un divan comme si elle n'osait pas prendre ses aises, s'interrogeait elle aussi. La petite Marie, ravissante poupée de six mois, dormait dans ses bras.

« Que je suis heureuse de revoir ma petite Mimine ! pensait l'ancienne nourrice. Mais elle a changé ! Ce n'est guère surprenant, à vivre au fond des bois avec les Indiens. J'espère qu'elle est vraiment mariée à ce Toshan... Non, à Clément. Laura m'a suppliée de bien l'appeler Clément. Je me demande sur quoi cette union débouchera ! Maintenant qu'elle est maman, Hermine ne peut plus prétendre à une carrière de chanteuse. Et son mari ? Il paraît qu'il trouvait des jobs sur les chantiers, mais il ne peut pas courir d'un bout à l'autre du pays, à présent. »

Le front barré d'un pli soucieux, Élisabeth reporta son attention sur Charlotte. La fillette gardait les yeux fermés, blottie contre Hermine.

« Et celle-là ? Quelle mouche l'a piquée de fuguer ? La veille de Noël, elle m'a offert un napperon brodé par ses soins, avec écrit dessus *Pour ma Betty chérie*. Je m'occupe bien d'elle. Mais mon Dieu, Jo se montre parfois si borné. »

Hermine, que l'on aurait pu croire tout absorbée par son nourrisson, se tourmentait également. Ce que lui avait avoué Charlotte la bouleversait. Elle cédait à une colère bien naturelle à l'encontre d'une bonne partie de la gent masculine, exception faite de son jeune mari.

« Quelle horreur ! Jules Lapointe était pourtant un brave et honnête homme, avant le décès de son épouse. Mais il s'est mis à boire. Je comprends mieux les sermons de notre curé, ce cher père Bordereau[1]. Il exhortait les ouvriers à ne pas consommer d'alcool ; il prétendait que c'était la porte ouverte à tous les vices. Il ne se trompait pas. Quand je pense que Charlotte aurait pu s'égarer et même mourir de froid. Pourquoi n'est-elle pas venue chez maman demander de l'aide ? »

Toshan se gratta la gorge. Mireille, qui servait le petit déjeuner, lui proposa un café bien chaud. De son côté, la gouvernante ruminait quelques opinions personnelles.

« Tout beau garçon que soit monsieur Clément, j'aurais préféré que notre Hermine se marie avec monsieur Hans. Ils étaient mieux assortis. Un pianiste, une chanteuse à la voix d'or, cela faisait un joli couple. Toshan…, non, Clément, n'est pas aussi bien éduqué que monsieur Hans. Et pour l'élégance, je lui donne un zéro. Mon Dieu ! Cette tignasse noire et nattée en plus ! Mais Hermine l'adore ! On ne peut

1. Voir *L'Enfant des neiges.* C'était dans la réalité l'abbé Joseph-Edmond Tremblay qui fut le premier curé de Val-Jalbert. Il occupa la fonction de 1911 à 1927.

rien contre ça. Je parie qu'au fil des mois elle réussira à le transformer en gentleman. »

Mireille secoua avec satisfaction sa chevelure argentée, bien ordonnée, coupée au carré. Ronde, petite, cette femme de cinquante-huit ans avait l'art de s'attirer la sympathie. Toshan, notamment, la traitait avec cordialité. Il s'accordait des passages en cuisine et, là, il regardait la gouvernante officier.

« Vous êtes active, habile, et vos repas sont excellents ! » lui disait-il, la mine gourmande.

Elle était flattée. Si la gouvernante le dénigrait, c'était surtout pour ne pas déplaire à sa patronne. Laura était assez autoritaire, même exigeante, et Mireille tenait à sa place.

— Mukki est rassasié ! annonça Hermine. Je vais monter changer ses langes et m'habiller correctement par la même occasion. Mon pantalon est trempé !

— Je viens avec toi ! s'écria Toshan.

Charlotte sursauta. Elle s'était assoupie. En reconnaissant le salon aux teintes ivoire et beige de Laura, un mince sourire égaya son visage.

— Je croyais que j'étais encore sous l'arbre ! dit-elle d'une voix rêveuse.

— Mais non, ma chérie, tu es au chaud, chez nous ! répondit Hermine. Mireille va te donner du lait et des brioches. Betty, je garde Charlotte aujourd'hui et ce soir aussi. Je l'ai invitée à dormir.

— Pourquoi donc ? s'étonna Élisabeth. Elle mériterait plutôt une punition.

Comme Toshan était déjà en bas de l'escalier, Hermine lui confia le bébé.

— Monte, j'arrive ! souffla-t-elle à son mari.

D'un signe discret, elle fit comprendre à Laura de la suivre dans le vestibule.

— Je t'en prie, maman, arrange-toi pour dire à Betty, sans que Charlotte entende, que nous devons la protéger de son père, Jules Lapointe. Je t'expliquerai.

Laura devint toute rouge.

— Qu'est-ce que tu racontes ? s'étonna-t-elle.

— Maman, quand il a bu, il se comporte mal. Tu comprends, maintenant ? Charlotte avait de sérieuses raisons de s'enfuir. Joseph aurait dit qu'elle devrait retourner vivre chez lui, alors elle a pris peur.

— Oh, mon Dieu, ce n'est pas possible ! soupira Laura.

Ayant dû se prostituer pour survivre quand elle était plus jeune, elle n'allait pas jouer les prudes dans ce cas précis.

— Pauvre petite, je comprends mieux ! ajouta-t-elle. Ne t'inquiète pas, Hermine, je préviens Betty.

La jeune femme, rassurée, rejoignit Toshan dans leur chambre. Il avait couché son fils en travers du lit et lui enlevait ses langes.

— Regarde comme il aime gigoter, notre Mukki ! dit-il en riant.

— Je t'en prie, sois gentil, appelle-le Jocelyn, cela fait tant plaisir à maman ! répliqua Hermine sans réfléchir. C'est son prénom chrétien. La semaine prochaine, le curé de Chambord va le baptiser. Tu devrais t'habituer à lui donner son vrai prénom.

— Et moi, je dois répondre au nom de Clément, n'est-ce pas ? répliqua le jeune homme d'un air sombre. Vous en faites, des manières, à Val-Jalbert.

— Il y a des choses plus graves, Toshan ! déclara-t-elle en s'allongeant à côté du bébé. Je n'ai pas l'esprit à me quereller. Pas ce matin. Veux-tu bien m'écouter ?

Il approuva sans se départir d'une mimique boudeuse. En quelques mots, elle lui expliqua pourquoi Charlotte avait quitté le village munie d'un baluchon et chaudement vêtue. Toshan en oublia de bouder.

— Cette enfant me plaît ! s'exclama-t-il après un silence. Elle est courageuse. Si personne ne peut la protéger, nous n'avons qu'à l'emmener avec nous, chez ma mère. Tala serait heureuse de veiller sur elle.

— C'est gentil de dire ça ! affirma Hermine sans oser regarder son mari.

Ils n'avaient pas encore abordé le sujet qui les préoccupait tous deux. Que feraient-ils dans un avenir proche ?

— Mais nous ne sommes pas prêts à repartir, hasarda-t-elle tout bas. Nous venons d'arriver et l'hiver commence à peine. Nous irons rendre visite à Tala au début de l'été.

— Rendre visite ? s'étonna-t-il. Hermine, nous rentrerons chez nous. Au début de l'été, si tu veux, mais je me demande ce que je vais faire ici. Il n'y a pas de possibilité de job, les hommes vont travailler à Roberval ou à Chambord. Ton village est désert. Cela ne me déplaît pas, comme je te l'ai dit, seulement, je ne peux pas rester les bras croisés sous le toit de ta mère. J'ai l'habitude de gagner mon pain, ou au moins de rendre service. Ce garçon, Armand Marois, est employé à l'entretien, il fait le bois. Je n'ai aucune chance de me rendre utile. Tu m'imagines six mois dans le salon à écouter de la musique en me tournant les pouces ?

— De toute façon, tu n'as pas besoin de travailler. Maman nous offre l'hospitalité. Et Val-Jalbert n'est pas désert, il y a encore une cinquantaine d'habitants.

Hermine caressa la joue de son mari, lisse et dorée. Il captura ses doigts et les embrassa.

— Va patiner derrière l'hôtel ! plaisanta-t-elle. La patinoire n'a pas bougé. Tu te souviens, c'est là que je t'ai vu pour la première fois, un soir ; c'était le 13 mars 1929. J'avais quatorze ans, je revenais de chez madame Douné, cette chère Mélanie. Elle aussi a quitté le village. C'est bien dommage ! Depuis, elle vit chez un de ses fils, à Roberval.

Le visage de Toshan s'éclaira. Il eut ce sourire magnifique qui rendait la jeune femme folle d'amour.

— Demain, j'attelle les chiens et je t'emmène voir Mélanie Douné. Tu me présenteras ; elle sera contente de connaître ton mari et ton bébé.

Réconfortée par la bonne humeur revenue de son mari, Hermine s'occupa du bébé. Elle le changea et le coucha dans le berceau que Laura avait dû acheter en prévision de son retour.

— Je sais que tu t'ennuies ici, dit-elle avec tendresse à Toshan, mais moi je suis contente. Je t'en supplie, sois patient. J'ai passé plusieurs mois à la cabane, près de ta mère. Maintenant c'est ton tour. Va chasser, fais des courses pour nous. Tiens, il me manque du talc. Cet après-midi, tu pourrais aller jusqu'à l'épicerie de Chambord. Moi je voudrais passer du temps avec Charlotte et ma mère. Tout se mêle dans ma tête.

Toshan se leva et vint l'enlacer délicatement. Il déposa un baiser sur son front, puis sur ses lèvres. Hermine était si jolie, si douce.

— Tu es mon trésor ! dit-il en la serrant contre lui. Toi, et Jocelyn, notre enfant. Je ferai des efforts, je te le promets. Je n'ai pas toujours bon caractère. Pardonne-moi.

— Je n'ai pas à te pardonner ! Tu verras, maman t'acceptera tel que tu es. Viens, j'ai faim, une faim de loup. Je dois manger pour avoir du lait à la prochaine tétée.

Le jeune couple descendit. Laura semblait les attendre, assise près du poêle du salon. Hans Zahle lui tenait compagnie. Le pianiste se chauffait les mains.

— Bonjour ! s'écria-t-il en les saluant. Je participais aux recherches, mais dès que j'ai su que vous aviez retrouvé Charlotte, Hermine, je suis rentré. Le pire a été évité, grâce à vous.

— Où est Élisabeth ? demanda la jeune femme. Tu lui as parlé, maman ?

— Oui, bien sûr ! acquiesça Laura d'un ton embarrassé. Nous en parlerons plus tard, ma chérie. Dépêche-toi de prendre ton petit déjeuner. Charlotte est dans la cuisine, Mireille lui fait des œufs au lard. Elle lui préparera une chambre. Notre petite protégée est épuisée. Je crois qu'elle n'a pas fermé l'œil de la nuit.

Hermine n'insista pas. Elle avait compris que sa mère refusait d'ébruiter la conduite honteuse de Jules Lapointe. Hans n'était sûrement pas au courant.

« Pauvre maman ! se dit-elle. Elle voulait sans doute profiter en paix de ma présence et rien ne se passe comme prévu. »

Elle observa mieux sa mère, navrée de lui trouver une expression chagrine. Beaucoup de gens, en les voyant l'une à côté de l'autre, déclaraient qu'elles se ressemblaient de façon troublante. Cela s'accentuait depuis que Laura se teignait les cheveux en blond très clair pour cacher quelques mèches grises. Elle dépassait sa fille d'à peine quatre centimètres ; cette femme encore ravissante avait le même regard d'un bleu limpide et des traits presque identiques. Hermine avait cependant hérité de son père une bouche plus charnue, d'un rose vif, et un front légèrement bombé.

— Toshan ira à Chambord tout à l'heure ! annonça-t-elle. Si tu as besoin de quelque chose, maman… Et demain, il m'emmènera rendre visite à madame Douné. Ce sera une occasion de se promener dans Roberval.

— Il ne manque rien, Mireille y veille, mais je veux bien que Clément me rapporte des gommes au miel ; j'ai la gorge irritée !

— Je m'en ferai une joie ! rétorqua le jeune homme d'une voix teintée d'ironie.

Il se demandait, agacé, si la querelle des prénoms et surnoms allait durer encore longtemps.

Après une matinée mouvementée et un déjeuner assez silencieux, Hermine put enfin discuter avec sa mère en tête-à-tête. Charlotte faisait une sieste, Mireille lavait la vaisselle. Toshan et Hans étaient partis ensemble à Chambord.

— Quel calme ! fit remarquer Laura. Ton fils est d'une sagesse exemplaire ! Il s'endort après chaque tétée, sans jamais pleurer.

— Mais quand il pleure, nous l'entendons du salon ! plaisanta la jeune femme.

Elles étaient confortablement installées dans le canapé en velours garni de coussins. Laura prit la main de sa fille.

— Tu m'as tellement manqué, ma chérie ! C'était un gros sacrifice de te laisser t'enfuir avec Clément, l'hiver dernier, il y a un an environ.

— Toi aussi, tu m'as manqué, maman ! assura Hermine, surtout pendant ma grossesse. Tala était très gentille et dévouée, mais je me serais sentie plus à l'aise avec toi. J'ai choisi une manière de vivre un peu compliquée, n'est-ce pas ?

— Disons que ton mari n'est pas ordinaire ! lui dit Laura en souriant. Il paraît si différent des gens que nous côtoyons ! Je voudrais bien qu'il n'exagère pas son côté indien. Ne te vexe pas, mais il devrait se couper les cheveux.

Hermine se raidit malgré elle.

— Maman, tu as très bien accueilli Toshan, mais au bout de trois jours tu commences à le juger. Dans ces conditions, nous ne pourrons pas séjourner ici jusqu'à l'été. Tu l'as connu petit garçon, tu sais comment il a grandi. Tu devrais être plus indulgente.

Laura ferma les yeux un instant. Elle revit un enfant brun sur le seuil d'une cabane. Une terrible tempête de neige balayait les bords de la rivière Péribonka. Jocelyn, son époux, avait demandé asile au père de Toshan, Henri Delbeau.

« J'ai un vague souvenir de ce soir affreux ! J'étais désespérée, rongée par la fièvre. Jocelyn avait déposé Hermine sur le perron du couvent-école pour ne pas l'entraîner dans notre fuite vers le nord. Doux Jésus ! Comme j'étais malheureuse ! »

— Il m'est sympathique, Hermine ! répliqua-t-elle. Mais j'ai l'impression qu'il veut nous séparer. Voilà, je suis franche, j'éprouve une sorte de jalousie.

— Maman, tu te trompes. Toshan m'aime et il ne me fera jamais de peine. Il a compris que j'avais besoin de te revoir. Je t'en prie, écoute-moi, maintenant. Ce que je t'ai à te dire n'est pas facile. Cela me pèse sur le cœur. Quand j'aurai pu t'en parler, je me sentirai mieux. C'est au sujet de mon père, Jocelyn, enfin, de sa mort.

Laura devint toute pâle. Hermine appuya son front contre son épaule.

— Tala, la mère de Toshan, m'a raconté ce qu'elle savait. Henri Delbeau a découvert le corps de mon père. Il y avait un fusil près de lui, ce qui prouverait qu'il s'est suicidé. Toi, tu étais cachée dans le bâtiment vétuste où vous vous étiez réfugiés, papa et toi. Tala pense qu'il voulait te tuer et se tuer ensuite, car vous aviez trop froid et trop faim. Mais il n'a pas eu le courage de tirer sur toi. Alors il est sorti et il a mis fin à ses jours. Je pense qu'il ne pouvait pas se pardonner d'avoir causé la mort de cet homme qui te harcelait, ni de t'avoir entraînée dans sa fuite, ni même de m'avoir abandonnée.

Dans le souci de ménager sa mère, Hermine n'ajouta pas que des loups s'étaient repus de son cadavre.

« Moi, je n'ai pas connu cet homme qui était mon père, mais maman l'a adoré. Mon Dieu, comme elle tremble ! »

C'était vrai. Secouée de frissons nerveux, Laura semblait torturée.

— Pauvre Jocelyn ! gémit-elle d'une voix altérée. Lui qui se tourmentait tant ! Il a préféré se détruire. Pourtant, en se supprimant, il me condamnait aussi.

— Peut-être qu'il comptait sur la visite d'Henri Delbeau ! suggéra Hermine. Maman, il t'a donné une chance, en fait. Ne pleure pas, je t'en supplie ! Je redoutais ce moment, mais il fallait que tu saches. C'est le passé ! Tu as Hans, à présent, il t'aime et tu l'aimes.

Laura eut un geste excédé. Le regard dans le vague, elle lui confia dans un souffle :

— On prétend que les suicidés deviennent des âmes errantes, incapables de trouver la paix et le repos. Parfois, je crains de me remarier. Et si Jocelyn revenait me hanter en me reprochant de le trahir ?

— Mais tu t'es bien remariée avec Franck Charlebois ? Il ne s'est rien passé !

— Ce n'était pas pareil. J'ai épousé Franck en état d'amnésie, je n'étais pas amoureuse de lui. Il était tellement âgé. Il m'a donné son nom, conscient qu'à son décès je disposerais de sa fortune. Je ne regrette rien, puisque tout cet argent m'a permis de faire le bien.

— Maman, personne ne viendra te hanter ! J'ai la certitude que papa était droit, juste, loyal. Et Henri Delbeau lui a donné une sépulture décente, il a dit des prières et planté une croix sur sa tombe. Ne crains rien !

Laura étreignit sa fille, avide de sa chaleur, de sa jeunesse rayonnante.

— Je ne mérite peut-être pas le bonheur que le destin m'accorde, ma chérie ! conclut-elle. J'ai pu te retrouver, toi, mon merveilleux petit rossignol ! Tu m'as donné un petit-fils superbe et, en plus, à mon âge, je suis fiancée !

Hermine approuva, émue. Elle ignorait que Hans était devenu l'amant de sa mère trois mois auparavant. Cela l'aurait choquée, malgré sa nature un peu rebelle, car elle avait été éduquée par les sœurs de Notre-Dame-du-Bon-Conseil et soumise dès son plus jeune âge aux discours moralisateurs d'Élisabeth Marois.

— Allez, maman, remets-toi ! dit-elle gentiment. J'ai tant prié pour papa depuis que j'ai appris sa mort. Il est devenu notre ange gardien, j'en suis sûre.

— Que Dieu t'entende, soupira Laura. Bon, et Charlotte ? Que devons-nous faire ? Élisabeth était bouleversée quand elle a su. Je crois qu'elle voudra bien nous la confier définitivement. Hans n'y voit aucun inconvénient. Mais ce n'est pas utile de répandre la rumeur. Jules Lapointe ne l'approchera plus, cette petite, je m'en porte garante.

— Toshan m'a proposé de l'emmener, cet été. Maman, nous devons profiter des mois à venir toutes les deux. Dès les beaux jours, je suivrai mon mari. Il ne consentira jamais à s'établir ici, à Val-Jalbert. Il est fier et cela le dérange d'être nourri et logé sans contrepartie.

— Figure-toi que je m'interroge, moi aussi, déclara Laura. J'apprécie cet endroit, cette demeure confortable, mais cela me plairait d'habiter à Roberval. Il y a des commerces, de l'animation. La vue du lac Saint-Jean m'apaisait, jadis. Enfin, pour être franche, Hans estime que nous devrions déménager, une fois mariés. Je ne revendrai pas la maison. Elle t'appartiendra.

Hermine dévisagea sa mère d'un air stupéfait.

— Suis-je sotte, je pensais que tu ne quitterais jamais Val-Jalbert. Les bruits qui courent sont donc fondés ! Bientôt le village sera totalement désert.

Laura s'apprêtait à répondre lorsque des coups sonores résonnèrent à la porte principale. Mireille sortit de la cuisine, lissa son tablier blanc et courut ouvrir.

— L'énergumène qui frappe va réveiller notre Charlotte et le bébé ! grogna-t-elle en traversant le vestibule.

La gouvernante se trouva nez à nez avec un étranger d'une rare élégance. Il lui adressa un sourire et jeta le cigare qu'il fumait. Une brève conversation eut lieu, en sourdine. Quelques secondes plus tard, il était introduit dans le salon.

— Madame, dit Mireille, ce monsieur désire vous entretenir, et mademoiselle Hermine aussi.

L'homme lui tendit son manteau et son chapeau.

— Je tiens à faire la connaissance du Rossignol de Val-Jalbert ! dit-il en s'inclinant devant les deux femmes qui s'étaient levées du canapé. Je me présente : Octave Duplessis, impresario. Le terme vous est sans doute inconnu, car peu employé encore. En fait, je m'occupe des intérêts des artistes du spectacle. Je suis en relation avec le directeur du Capitole de Québec[1]. C'est par un heureux hasard que j'ai pu

1. Grand théâtre de Québec, où étaient joués des opéras.

vous entendre chanter à l'église de Chambord où j'accompagnais une vieille tante pour la cérémonie. Mademoiselle, vous avez un talent exceptionnel.

Hermine eut le sentiment d'avoir déjà aperçu l'individu. Il ne lui inspirait pas confiance. Laura se montra moins réticente.

— Asseyez-vous, monsieur ! dit-elle. Mireille, sers-nous du thé.

Octave Duplessis inspecta le salon douillet d'un œil ravi.

— Quel intérieur charmant ! affirma-t-il. Autant être direct, je repars ce soir en pays civilisé. Mademoiselle, vous êtes digne de chanter sur les meilleures scènes ! Je suis prêt à vous faire signer un contrat très intéressant. La gloire vous est due !

— Madame ! rectifia Hermine, toujours hostile. Je crois que vous perdez votre temps, monsieur. Je suis mariée et j'ai un bébé de trois mois. Je ne chanterai plus que pour lui.

Chaque mot lui coûtait. Le matin même, quand elle avait chanté l'*Air des clochettes* de l'opéra *Lakmé*, perchée sur Chinook, une poignante nostalgie l'avait envahie. Au fond de son cœur, Hermine aspirait à développer son art, à travailler sa voix car, ce don que Dieu lui avait accordé, elle ne pouvait le renier.

— Ce serait vraiment dommage ! répondit Duplessis. Vraiment, vraiment dommage !

— Eh bien, dans ce cas, dites-nous-en davantage ! ajouta Laura.

Hermine aurait voulu quitter la pièce, se réfugier près de son petit Mukki. Mais, comme fascinée, elle demeura face à l'étranger.

2

Fausses notes

Salon de Laura, même jour

Mireille avait tout particulièrement soigné la disposition du plateau de thé. L'argenterie et la porcelaine de Chine étaient de sortie. Hermine admirait ce service aux tasses d'une finesse rare. Elles étaient agrémentées de la représentation d'un jardin où évoluaient des silhouettes féminines en kimono. Les couleurs dominantes, rouge sombre et noir, parsemées de touches de vert, semblaient ravivées quand le thé doré fumait au creux de la délicate vaisselle.

La gouvernante fit deux voyages à la cuisine afin de présenter des crêpes arrosées de sirop d'érable, suivies de beignes poudrés de sucre fin.

— Nous ne mangerons jamais tout ça ! s'exclama Laura. Monsieur Duplessis va nous prendre pour des ogresses !

— C'est que monsieur Hans et monsieur Clément ne vont pas tarder. Ils rentreront forcément avant la nuit et seront affamés après avoir fait le chemin par ce froid.

— J'ai moi-même très faim ! déclara le visiteur. Je pensais trouver de quoi me restaurer à Val-Jalbert, mais les commerces sont fermés. Ce bourg me semble mort, fantomatique même !

— Je l'ai connu bien vivant, très peuplé, ce village, et doté de tout le confort moderne ! protesta Hermine. Ici, nous disposions de nombreux avantages. Les maisons se composaient en général de quatre chambres avec chauffage et électricité.

L'enthousiasme de la jeune femme fit sourire l'impresario. Laura craignit un instant de voir sa fille évoquer les commodités à chasse d'eau, un progrès inouï dans la région. Elle s'empressa d'ajouter :

— Il est vrai, monsieur, que la Compagnie de pulpe avait fait construire des habitations fonctionnelles et très agréables. Sans la fermeture de l'usine, qui fournissait du travail à des centaines d'ouvriers, Val-Jalbert aurait sûrement encore pris de l'essor. Mais que faisiez-vous dans ce village fantôme, au fait ?

Hermine, nostalgique, approuva la question de sa mère d'un léger mouvement de tête. Octave Duplessis devint songeur.

— Si je vous avouais que seule la voix d'or de mademoiselle…, pardon, de madame, m'a guidé vers ces solitudes ? Oh, je joue les poètes, vous ne vivez pas vraiment en plein désert blanc. Mais, pour être franc, voilà ! J'ai assisté à la messe de Noël dans l'église de Chambord. Quand le curé a loué le talent du « Rossignol de Val-Jalbert », étant donné ma profession, la curiosité m'a piqué. Et ce fut le miracle ! Mademoiselle, pardon, madame, mais vous avez l'air d'une toute jeune fille, vous avez chanté l'*Ave Maria*, puis ce cantique magnifique, *Adeste Fideles*[1], qui m'a permis de mesurer la puissance de votre voix, la pureté de son timbre. Du cristal, mais sans fragilité. Ayant écouté beaucoup d'artistes lyriques, même en Europe, je n'ai pas pu repartir pour Québec sans avoir tenté ma chance. Si le directeur du Capitole vous entendait, il serait conquis, comme je l'ai été. Vous ne pouvez pas, madame, et je prends votre mère à témoin, rester à l'écart des grandes scènes.

— Vous savez, l'année dernière, il était question d'un voyage en Europe, intervint Laura. Ma fille devait passer des auditions. Elle a pris des cours de chant avec mon fiancé, le pianiste Hans Zahle. Il était lui aussi convaincu qu'elle avait un brillant avenir devant elle comme soprano.

Hermine était au supplice. Le long discours d'Octave Duplessis réveillait une blessure diffuse dont elle souffrait de façon presque inconsciente. Le vif regret qu'elle venait de percevoir dans le ton mortifié de sa mère l'accablait également.

— En effet, coupa la jeune femme, j'avais un bel avenir comme artiste, mais j'ai choisi de me marier avec l'homme que j'aime plus que tout. J'ai renoncé de mon plein gré et de bon cœur à une carrière. Je ne reviendrai pas sur ma décision. J'ai un enfant à élever.

Octave Duplessis la fixa d'un regard perspicace, inquisiteur.

---

1. Hymne chrétien chanté à la période de Noël et attribué à saint Bonaventure. Son titre est parfois *Peuple fidèle* en français. Céline Dion l'a enregistré en 1998.

— On ne le dirait pas ! fit-il en souriant sans gaieté.

— On ne dirait pas quoi ? interrogea Hermine.

— Que vous êtes satisfaite de votre choix de vie ! rétorqua l'impresario. Certes, j'admets que vous avez grandi dans ce village, que vous êtes attachée à ce lieu, à la nature sauvage qui vous entoure. Ce matin, je vous ai admirée, perchée sur ce cheval ! Dieu du ciel, jeune dame, vous êtes aussi très belle et c'est un atout de plus. Sans critiquer en rien des artistes d'exception, j'avouerai que beaucoup de sopranos affichent des silhouettes un peu trop avantageuses, si vous voyez ce que je veux dire. Souvent, ces dames jouent le rôle de très jeunes filles censées être ravissantes. Il n'y a pas d'autre solution : dans l'opéra, seule prime la qualité de la voix et de l'interprétation. On engage donc des gloires lyriques de quarante ans qui ne portent pas au sublime leur personnage. Mais vous ! Je vous imagine en Marguerite, la fraîche beauté qui charme le cœur du docteur Faust ! Avec des nattes blondes, vos nattes blondes qui ne seraient pas des postiches. Vous connaissez *Faust,* de Gounod[1] ?

Laura dut reconnaître que non. Hermine soupira un oui excédé.

— Hans Zahle m'a fait travailler l'air de Marguerite, quand elle supplie les anges de l'aider, car elle refuse de céder au pouvoir de Satan.

— Quelle histoire étrange ! s'écria Laura.

— Jouée par vous, l'héroïne, la jolie Marguerite, serait criante de vérité, s'exclama-t-il.

1. Opéra en cinq actes, d'après la légende du même nom et la pièce de Goethe, créé le 19 mars 1859.

Les pleurs aigus d'un bébé retentirent au premier étage. Un bruit de pas ébranla le parquet. Ce devait être Charlotte qui allait dans la chambre où était couché Mukki.

— Je dois monter, monsieur ! dit Hermine. Mon fils a faim. Je pense que je séjournerai ici l'hiver prochain, à la même date. Peut-être qu'à cette époque, je pourrai envisager de voyager jusqu'à Québec, mais pas maintenant. Je vous remercie cependant pour tous les compliments que vous m'avez faits. Je ne les mérite plus, je crois. Vous savez sûrement que la voix est un outil qui doit être travaillé et amélioré chaque jour. Je ne chante plus guère, sauf pour ma famille et mes amis. Au revoir, monsieur.

La jeune femme courut vers le vestibule et monta l'escalier d'un pas rapide. Octave Duplessis, désappointé, se leva. Sans quitter Laura des yeux, il remit son manteau et son chapeau.

— Madame, je vous laisse ma carte. Il y a mon adresse et mon numéro de téléphone. Je vous en prie, encouragez votre fille à tenter sa chance dans une carrière de chanteuse lyrique. Elle est très talentueuse. J'espérais l'écouter en vous rendant visite. Hélas ! je viens d'essuyer un échec.

Un brouhaha à l'extérieur de la maison annonça le retour de Toshan, qui avait entraîné Hans Zahle à Chambord en traîneau. Les chiens aboyaient et des éclats de rire s'élevaient. Laura raccompagna l'impresario jusqu'à la porte principale en notant que c'était un homme séduisant d'une quarantaine d'années, qui s'exprimait sans une once d'accent québécois.

— Seriez-vous français ? questionna-t-elle en lui serrant la main.

— Oui, chère madame ! Parisien ! Mais épris du Québec au point de m'y être établi. En contrepartie, auriez-vous la bonté de me confier le prénom de votre fille ?

— Je l'avais baptisée Marie-Hermine, mais depuis quelques années tout le monde l'appelle Hermine.

— Hermine ! Je ne pourrai pas oublier ce prénom, ce n'est pas commun !

Octave Duplessis la salua. Hans Zahle entra et le dévisagea avec une expression de profonde stupéfaction. L'impresario prit congé sans accorder la moindre attention au pianiste. Laura se réfugia dans les bras de son futur mari.

— Oh ! Si tu savais ! s'exclama-t-elle. Quelle tête de mule, ma fille !

— Laura, cet homme, je ne rêve pas ! C'est Duplessis, une sommité dans le milieu du spectacle. Que fait-il ici, chez toi ? Je l'ai vu je ne sais combien de fois en photographie dans les magazines auxquels je suis abonné.

— Tu le connais ? s'étonna-t-elle. Il voulait faire signer un contrat à Hermine, mais elle a refusé catégoriquement. Du coup, nous n'avons même pas discuté des modalités de sa proposition. Quel dommage !

Tous deux avaient caressé un instant le songe merveilleux d'applaudir la jeune chanteuse sur les scènes du monde entier. Hans en frémit de déception.

— Duplessis à Val-Jalbert ! dit-il en lui baisant la main. J'ai cru divaguer. Laura, ma chérie, quelle étonnante surprise !

— J'ai sa carte, il faudra que tu parles à Hermine. Elle ne peut pas, sur un coup de tête, gâcher la chance qui se présente à elle. Le bébé n'est pas un problème, je peux la suivre partout et le garder.

— Le seul écueil, ce sera Toshan, enfin, Clément ! J'ai passé un excellent après-midi en sa compagnie. C'est un garçon intelligent, qui n'a de cesse de faire partager son amour de la nature. Mais nous avons bavardé et j'ai bien senti que pour lui Hermine était d'abord une épouse, une mère. Il aime l'entendre chanter et il l'avoue volontiers. Seulement, cela lui suffit qu'elle chante au fond des bois ou à l'église, le dimanche.

— Chut ! fit Laura. Il arrive.

Toshan cognait ses bottillons recouverts de neige contre la dernière marche du perron. C'était une manie qui exaspérait Laura. Le jeune homme ne pensait pas à ôter ses chaussures d'extérieur ou, quand il s'y résignait, il marchait pieds nus.

— Bonsoir, claironna-t-il en faisant irruption. Le ciel est bas, le vent souffle du nord-est, nous aurons une tempête de neige demain matin. Je vais dire à Hermine que nous ne pourrons pas aller à Roberval.

Laura approuva en silence. Toshan grimpait déjà l'escalier, laissant des traces humides sur chaque marche, ses semelles étant encore pleines de neige.

— Prends patience, soupira Hans. S'il aime Hermine autant qu'il le dit, il comprendra peut-être qu'elle doit vivre de son art.

— J'en doute ! répliqua Laura. Et cela me désole, car Toshan m'est vraiment sympathique. Ils forment un joli couple, ils sont heureux. Mon cœur de mère me pousse à ne pas les ennuyer avec mes récriminations et mes projets. Tant pis, je ne veux pas de querelles sous ce toit. Oui, tant pis pour ce monsieur Duplessis ; je ne le contacterai pas. Hans, je commence à bien connaître ma fille : il ne faut pas la heurter de front. Viens, je suis très lasse, ce soir.

Elle s'allongea sur le sofa du salon, couvert d'un tissu damassé. Hans cala un coussin sous sa tête.

— Me jouerais-tu un air de piano ? implora-t-elle.

— Avec plaisir, Laura chérie.

Il s'installa en effleurant déjà le clavier du bout des doigts. Lorsque Hans Zahle s'asseyait devant un piano, son allure un peu empruntée, due à sa grande taille et à sa maigreur, cédait la place à une attitude plus détendue qui lui conférait une certaine dignité. Laura aimait l'observer. D'origine danoise par son père, le musicien avait les cheveux frisés, d'un blond argenté. Malgré des traits assez ordinaires, il émanait de son visage émacié un charme discret auquel s'ajoutait un sourire chaleureux. Derrière les verres épais de ses lunettes, ses yeux savaient se montrer caressants, pleins d'une gentillesse innée.

— Une sonate de Brahms[1] ? proposa-t-il.

— Si tu veux, je suis toujours aux anges quand je t'écoute jouer !

Avant le retour d'Hermine, le couple passait ainsi des heures délicieuses dans le décor raffiné du salon. Ils avaient créé un univers feutré et douillet où ils se sentaient protégés. Laura avait peu de goût pour les promenades, comme indifférente aux

---

1. Johannes Brahms (1833-1897) : compositeur, pianiste et chef d'orchestre allemand.

magnificences de l'automne ou au chant grondeur de la rivière Ouiatchouan qui se jetait en cascades vers le village abandonné. Dès la première neige, Laura appréciait davantage encore son luxueux refuge.

« J'ai eu bien trop froid, jadis, bien trop peur ! se disait-elle souvent. J'ai enduré la faim, la morsure du gel, j'ai tremblé quand les loups hurlaient, la nuit. Maintenant, j'ai bien droit au bonheur, à tout ce qui est bon, doux et précieux ! »

Pourtant ce soir-là, bercée par les notes légères du piano, Laura, paupières closes, fut saisie par une sorte de panique. Le vent hurlait, les volets en étaient ébranlés. Elle ouvrit les yeux et inspecta les fenêtres. Mireille n'avait pas tiré les épais rideaux en velours vert.

— Hans ! supplia-t-elle. Hans, pardon de t'interrompre, mais je voudrais que tu tires les rideaux. J'ai froid !

Laura était enveloppée d'un châle en cachemire et une couverture de laine couvrait ses jambes. Le poêle ronflait.

— Tout de suite ! s'empressa-t-il de dire.

Elle retint un soupir. La conversation qu'elle avait eue avec Hermine, au sujet de la mort de Jocelyn, l'avait troublée. Rien n'avait été simple pour elle et son premier mari. Il l'avait sauvée d'une effroyable condition. Réduite à la misère, Laura, très jeune émigrée belge, avait dû se prostituer. Et elle était tombée entre les mains d'une brute sans scrupules. Jocelyn, honnête comptable issu d'une famille très pieuse, avait tout sacrifié pour sa bien-aimée. Il avait même tué par accident.

« Pour me défendre et pour que nous puissions commencer une nouvelle vie, il nous a emmenées, Hermine et moi, dans la forêt. Mon Dieu, pauvre Jocelyn, je lui ai porté malheur ! Peut-être qu'il m'a haïe de l'avoir conduit au pire. Et ses parents me méprisaient tant qu'ils n'ont jamais voulu me rencontrer. S'ils savaient qu'il s'est suicidé et qu'il n'a pas reçu les sacrements de l'Église… »

Hans jouait à nouveau. La musique parut soudain si triste à Laura qu'elle fondit en larmes. Le sort tragique de celui qu'elle avait chéri et dont elle avait causé la perte la désespérait.

« Cet été, j'irai sur sa tombe ! Hermine sera contente que je fasse le voyage. Comparée à moi, ma fille est un ange inondé de lumière, venu sur terre pour nous réconforter. Je vais être plus accommodante avec Toshan ; je ne l'agacerai plus en l'appelant Clément. »

Pleine de bonnes résolutions, Laura essuya ses joues. Elle se persuada qu'en se montrant encore meilleure, Jocelyn, de l'au-delà, saurait lui pardonner et ne viendrait jamais la hanter.

Val-Jalbert, samedi 21 janvier 1933

Hermine fit courir ses doigts sur le clavier du piano. Elle était seule dans le salon. Ses pensées voltigeaient au gré des notes qui résonnaient, un peu maladroites, mais néanmoins légères.

« Il y aura bientôt un mois que cet impresario, Octave Duplessis, est venu ici. J'aurais mieux fait de ne pas en parler à Toshan. Mon Dieu, comme il a mal réagi ! »

Paupières mi-closes, elle revoyait la scène. Allongée près de son bébé, la jeune femme avait brièvement rapporté à son mari l'entretien que le visiteur avait eu avec Laura et elle. Aussitôt, il s'était assombri.

« Tu n'as pas besoin d'aller chanter sur des scènes, je ne sais où ! avait-il décrété d'une voix dure. C'est à moi de travailler. J'allais te l'annoncer, j'ai trouvé un job. Oui, sur une coupe de bois, pour le moulin à papier de Riverbend[1], dans le secteur d'Alma. Comme ça, nous ne serons pas à la charge de ta mère. Je coucherai sur place, mais je viendrai vous voir, toi et Mukki, chaque dimanche. »

Hermine avait eu beau protester et pleurer, Toshan n'avait pas changé d'avis. Ce n'était pas les arguments qui lui manquaient : il ne verrait pas son fils souvent, elle dormirait seule. Mais rien n'y fit. Il craignait tellement de rester enfermé du matin au soir qu'il avait sauté sur l'occasion de se retrouver en plein air, au milieu de la forêt. Depuis, elle passait des journées paisibles en compagnie de Laura, Hans et Charlotte. La situation ravissait la gouvernante qui s'évertuait à préparer des repas délicats, des goûters magiques. Élisabeth et ses enfants étaient invités, ainsi que l'institutrice. Une joyeuse atmosphère régnait dans la belle demeure confortable. Dehors, c'était le vent glacial et la neige, mais à l'intérieur s'élevaient le ronflement

1. Moulin à papier appartenant à la Price Brother's, où de nombreux ouvriers de Val-Jalbert avaient trouvé un emploi après la fermeture de l'usine de pulpe.

rassurant des poêles et les parfums divers échappés des fourneaux.

« Charlotte semble si heureuse de vivre avec nous ! songea Hermine. Elle s'épanouit et devient rieuse, coquine. Et c'est une excellente nounou pour Mukki. »

Malgré ce constat, la jeune femme se retenait de pleurer. Elle ne pouvait s'empêcher de rêver, troublée par les promesses de gloire que l'impresario avait formulées dans ce même salon. Tout un monde enchanteur avait pris vie grâce aux paroles enjôleuses de Duplessis : le monde des grandes scènes de théâtre, avec leurs lumières ! L'orchestre prêt à suivre les plus célèbres airs d'opéra dans une merveilleuse harmonie !

Hermine avait assez d'imagination pour se représenter les coulisses, les loges, les costumes aux couleurs vives, brodés de sequins et de galons dorés.

« Si j'interprétais madame Butterfly, cette malheureuse Japonaise qui se voit rejetée par son amant américain, il me faudrait une perruque noire, un maquillage approprié. Je suis sotte, on ne me donnerait pas le rôle à cause de mes yeux bleus… Mais peut-être que sur scène la couleur des yeux ne se verrait pas ? »

Un soupir de déception gonfla sa poitrine. La maison était très silencieuse. Le bébé dormait à l'étage. Laura se reposait également en ce milieu d'après-midi. Charlotte, qui, désormais, disposait d'une chambre, découvrait le plaisir de dessiner. C'était samedi, il n'y avait pas classe. La fillette allait à l'école, mais cette fois elle apprenait à lire et ses progrès stupéfiaient l'institutrice, mademoiselle Lemay[1], une jeune personne pieuse d'un sérieux plein de douceur.

« Je ne peux pas chanter, je dérangerais tout le monde ! se dit Hermine. Pourtant j'en ai envie ! Tellement envie ! »

Elle se leva sans bruit du tabouret. Vite, elle s'équipa chaudement pour aller faire un tour dehors. D'épais rideaux de neige dégringolaient d'un ciel gris sombre. Leur surabondance, semblable à une mer d'ouate blanche, masquait les troncs d'arbre et le bas de la maison sur une hauteur respectable, proche d'un mètre. Le froid demeurait vif, mais supportable pour une fille née dans ce pays où les hivers étaient fidèlement rigoureux.

Un bonnet en laine rose sur la tête, une écharpe nouée à son cou, chaussée de gros bottillons fourrés, Hermine avança sous le couvert des érables qui entouraient la maison de sa mère. Elle suivit le sentier tracé par Armand, là où la neige durcie rendait la marche moins difficile. La jeune femme voulait s'éloigner le plus possible des habitations. Parvenue à une centaine de mètres, elle s'arrêta. Le besoin de chanter l'oppressait jusqu'au malaise. Après avoir scruté les environs, certaine que personne n'approchait, elle entonna le chant vibrant d'espoir de la jolie Butterfly guettant le retour de son amant.

Sur la mer calmée, un jour une fumée montera, comme un blanc panache… et c'est un beau navire, qui, faisant relâche, entre dans la rade !

---

1. J'ai voulu évoquer ici la personnalité de Germaine Pagé, qui prendra le voile après avoir enseigné à Val-Jalbert ces années-là.

Elle l'avait appris sans l'aide de Hans, même si le musicien lui proposait souvent de reprendre les exercices nécessaires à l'entretien de sa voix. L'électrophone perfectionné que Laura avait acheté servait de professeur mécanique. Chaque matin, Hermine écoutait plusieurs disques d'opéra, se grisant des prouesses vocales des artistes dont elle connaissait les noms par cœur. Son compositeur préféré demeurait Puccini[1], qui avait signé, notamment, *La Tosca*, *La Bohème* et *Madame Butterfly*.

Oui, ce jour adviendra, j'en suis sûre…

Hermine se laissait emporter par l'émotion. Elle atteignit des notes pures comme du cristal, d'une puissance rare. Tremblante, les yeux fermés, elle se croyait sous les feux de la rampe, vêtue d'un kimono en soie, et cela ne l'aurait pas étonnée d'entendre à la fin de l'aria les ovations délirantes d'un public enthousiaste. Cependant quelqu'un applaudissait vraiment !

Elle jeta un coup d'œil désemparé autour d'elle. Rien. Personne. Seulement un blanc manteau de neige, des rideaux de flocons, des arbres duveteux.

— Qui est là ? interrogea-t-elle.

Au moment où elle se pensait victime d'une hallucination, une silhouette masculine contourna le tronc colossal d'un sapin. L'intrus était chaussé de raquettes. Il avait les cheveux cachés par sa cas-

---

1. Giacomo Puccini (1858-1924) : considéré comme l'un des plus grands compositeurs de la fin du dix-neuvième siècle et du début du vingtième siècle.

quette fourrée. Il s'approcha, chaudement emmitouflé dans une grosse veste écossaise.

— Et alors, Mimine, tu donnes la sérénade aux oiseaux ? Ou bien aux loups, peut-être ?

D'abord, elle reconnut le timbre grave et railleur, ensuite le visage un peu arrogant.

— Simon ? s'étonna-t-elle. Simon, c'est toi ?

— Bien sûr que c'est moi ! Je suis de retour chez nous pour quelques jours.

Le jeune homme, fils aîné des Marois, ressemblait trait pour trait à son père Joseph, sauf pour son expression rieuse et sa stature plus grande. Hermine le considérait comme son frère. Quand les sœurs du couvent-école avaient cherché une nourrice pour l'enfant trouvée sur leur perron, Élisabeth Marois venait de sevrer Simon, âgé de dix-huit mois. Le petit garçon, d'abord jaloux, avait vite accepté la fillette aux boucles blondes et aux prunelles d'azur.

— Simon ! Mais je t'ai envoyé une carte de vœux à Montréal. Tu as eu un congé, alors ?

— Oui et, comme tu vois, je faisais une petite balade. J'ai été bien content de revoir maman et mes frères. Edmond a beaucoup grandi. Et Armand !

— Armand est devenu un solide gaillard ! Il travaille pour ma mère à la place de Célestin, ce sale type qui a été congédié.

Ils se dévisageaient, émus, heureux de se retrouver. Ils s'étaient séparés un an et demi plus tôt, à la fin de l'été 1930. Simon avait pu partir pour Montréal grâce à l'appui de Laura. Elle l'avait recommandé par courrier au contremaître d'une usine qui lui appartenait.

— Et tu n'as pas de blonde encore ? plaisanta Hermine. Tu reviens peut-être annoncer tes fiançailles à tes parents ?

Beau garçon, Simon devait plaire aux filles, mais il fit une petite grimace dépitée.

— Non, pas de blonde ! Je n'ai pas le temps de m'amuser. Tu m'accompagnes, Mimine ?

Il lui prit le bras d'un geste fraternel. Hermine se souvint de l'obstination de Joseph à vouloir les marier. Cela avait beaucoup tourmenté Élisabeth, opposée à une union basée sur l'amitié.

— Quand même, tu es un brave gars ! dit-elle. Je suis contente, mais vraiment très contente de te revoir !

Simon éclata de rire. Auprès d'elle, il se sentait revenu au temps de leur enfance. Le jeune homme se remémorait leurs courses en raquettes dans la neige, leurs disputes, leurs jeux.

— Et toi, tu es mariée et mère ! dit-il joyeusement. J'ai reçu la photographie de ton bébé. Il a une bonne bouille. Je t'envie, Mimine, tu as réussi à épouser ton Toshan, l'homme que tu aimais. Je vais faire sa connaissance. Vous êtes là depuis Noël ?

— Oui. Viens boire le café avec nous demain. C'est dimanche, Toshan sera là. Il est un peu fier dans son genre et il a trouvé un job. Cela ne lui plaisait pas d'être nourri et logé par ma mère !

— Je le comprends ! coupa Simon. Faut avoir de l'honneur, dans la vie ! Peut-être bien qu'il deviendra mon chum !

— Ton chum ! répéta Hermine. Je n'avais pas entendu ça depuis un bon bout de temps, car il n'y a plus grand monde à Val-Jalbert. Ce n'est pas maman ni la gouvernante, encore moins Hans, qui jaseraient en québécois.

En bavardant, ils arrivèrent devant la maison de Laura. Tout de suite, la porte s'ouvrit et Mireille, une écharpe sur la tête, se mit à piailler comme un moineau.

— Hermine, où étais-tu passée ? Le petit Jocelyn hurle de faim depuis dix minutes. Nous ne pouvons pas le calmer.

— Va vite ! Je l'entends d'ici, ton bébé ! affirma Simon en riant. Il a de la force dans les poumons, ce petit. En tout cas, tu chantes toujours aussi bien. Tu sais, à Montréal, je lisais toutes les affiches en espérant voir ton nom. C'était superbe, ce que tu chantais.

— Merci ! Demain, viens donc déjeuner avec Betty et les enfants. Je chanterai pour vous ; ça, j'ai le droit…

Hermine avait parlé si bas que Simon ne prêta guère attention à son intonation amère. Il l'embrassa sur la joue et se dirigea vers le couvent-école pour rejoindre la maison de ses parents, rue Saint-Georges.

« Ma Betty est sûrement heureuse de revoir son fils. Il lui manque beaucoup », songea la jeune femme.

Déjà elle avait franchi le seuil et ôté ses bottillons et son manteau. Les cris rageurs de Mukki résonnaient dans toute la maison. Charlotte se précipita vers Hermine.

— Dépêche-toi, il pleure si fort qu'il est tout rouge ! affirma la fillette.

Laura berçait vaillamment le nourrisson agité de soubresauts, sa minuscule figure plissée par une colère instinctive. Hermine s'aperçut que sa mère avait les joues luisantes de larmes.

— Mais, maman, qu'as-tu ? s'étonna-t-elle.

— J'ai eu peur. On aurait dit qu'il s'étouffait à force de hurler. Si tu comptes disparaître sans m'avertir, autant habituer ton enfant au biberon.

Un peu vexée par la remarque de sa mère, Hermine dégrafa son corsage et mit le bébé au sein. Un profond silence s'installa aussitôt.

— C'est bizarre ! conclut Hermine. Il aurait dû dormir plus longtemps ; quelque chose l'a réveillé, le pauvre. Excuse-moi, maman ; j'ai juste fait une petite promenade dans le bois. Il ne fallait pas t'inquiéter.

— Je suis trop nerveuse, ces temps-ci ! concéda Laura. Je me sentais désemparée face à ce bout de chou qui hurlait. Charlotte voulait le prendre, mais j'ai refusé.

Hermine ne répondit pas. Elle se disait que la fillette aurait peut-être su apaiser le bébé.

— Maman, Simon est de retour. Il m'a surprise en train de chanter. Je suis sortie pour ça. Je ne voulais pas déranger.

Laura fixa sa fille avec une sorte de rancœur.

— Tu pourrais chanter à ta guise, si monsieur Duplessis te signait un contrat. Cette situation devient grotesque, Hermine. Dieu t'a fait don d'une voix exceptionnelle ! Et si cela continue, elle te servira juste à appeler ta progéniture à l'heure des repas, du seuil d'une cabane au fond des bois ! Nous n'en avons pas discuté, car je craignais de te contrarier, mais Toshan n'a pas le droit de gâcher ta vie.

— Il ne gâche rien du tout ! protesta la jeune femme.

— Si ! D'abord, quel besoin avait-il de prendre un job qui le tient éloigné de toi et de Mukki ? Il serait plus utile ici.

Hermine se crispa tout en notant que sa mère préférait maintenant Mukki à Jocelyn. Laura ne prononçait plus ce prénom.

— Qu'est-ce que tu as, maman ? s'écria-t-elle. Tu as vraiment changé, ces dernières semaines. En tout cas, n'accuse pas Toshan de m'empêcher de chanter. Au début, tu étais très gentille avec lui, mais j'ai l'impression que tu ne supportes pas mon mari.

Laura sortit de la chambre sans répliquer. Elle éclata en sanglots dans le couloir. Loin de se confier à sa fille, elle lui cachait soigneusement ce qui la torturait.

« Je ne peux pas avouer à Hermine ce que j'ai ! s'effara-t-elle en descendant l'escalier. Dès que je suis dans les bras de Hans, je pense à Jocelyn, je crois qu'il nous épie de l'au-delà. Je regrette que le bébé porte ce nom-là. Si quelqu'un le prononce, je me mets à trembler. Mon Dieu, moi qui étais si heureuse de me remarier, de recevoir Hermine et Toshan. Tout va de travers ! En ce moment, un bon voyage me ferait du bien. Cet été, il faut à tout prix que nous allions à Québec. J'ai besoin de voir du monde et de me distraire. »

Hans lisait au salon. Il jeta un regard tendre à Laura quand elle entra dans la pièce.

— Pourquoi pleures-tu ? demanda-t-il. Tu t'es querellée avec Hermine ?

— Oh ! Je lui ai fait des reproches stupides ! avoua-t-elle en frottant ses mains l'une contre l'autre au-dessus du poêle. Je crois que l'hiver me pèse.

Nous sommes toujours enfermés, entourés par la neige, la froidure.

— Cela te plaisait, il n'y a pas si longtemps...

Laura approuva d'un signe de tête. La présence de Hans, soudain, l'irrita. Officiellement, il séjournait chez elle en tant qu'ami de la famille, mais la cinquantaine d'habitants de Val-Jalbert commençait à juger cela inconvenant.

— Je crois que je suis mal à l'aise, Hans, depuis que nous ne sommes plus seuls dans la maison ! lui confia-t-elle tout bas. Tu ne dors plus avec moi et je fais des cauchemars. Mais Hermine ne peut pas comprendre. Elle serait tellement choquée si elle savait que nous couchons ensemble.

Le pianiste fut surpris. Il replia la revue qu'il feuilletait et ajusta ses lunettes. Néanmoins, il était flatté et même très touché par les mots de Laura.

— Alors, je te manque à ce point ? lui souffla-t-il en se levant et en lui caressant la joue. Pour moi aussi c'est pénible de ne pas me réveiller à tes côtés. Mais je viens te rejoindre, malgré tout.

— Nous avons l'air d'amants réprouvés ! se lamenta-elle. Il faut nous marier, le plus vite possible, au printemps !

— Bien sûr, ma chérie ! Je suis tout à fait d'accord avec toi !

Dimanche 22 janvier 1933

De la fenêtre de la cuisine, Hermine guettait l'allée creusée dans la neige par Armand Marois dans l'espoir de voir arriver Toshan. L'adolescent de quinze ans remplissait avec zèle les fonctions de factotum, comme se plaisait à dire Laura, suite au renvoi de Célestin, le domestique qui avait déplu pour s'être acoquiné avec Joseph Marois. Son fils niché au creux d'un bras, la jeune femme laissait Mireille discourir à son aise.

— Madame et ce grincheux de Joseph, qu'ils ne viennent plus nous bâdrer avec le gamin ! déclara la gouvernante en surveillant la cuisson d'une sauce crémeuse. Armand se débrouille aussi bien qu'un homme en pleine force de l'âge. Seulement, madame n'ose pas l'engager vraiment et ses parents estiment qu'il n'est pas assez payé. Mais madame Laura est déjà bien bonne. Elle lui a acheté un coffre à outils, à ce garnement d'Armand. Avoue, Hermine, que ce n'est encore qu'un garnement !

— Je dirais qu'il n'a pas beaucoup changé ! répondit celle-ci. Armand a toujours été dissipé, mauvais élève. Ses seules passions sont le bricolage et la mécanique. Si tu avais vu tout ce qu'il ramassait autour de l'usine. Il allait traîner là-bas en cachette, une besace à l'épaule, et glanait des boulons et des clous. Mais il a un bon fond.

— Avec toi, personne n'est mauvais ! soupira Mireille. Moi je te dis que madame ne peut pas l'employer à vie, ce petit gars. Gourmand, avec ça ! Il viderait le garde-manger dans mon dos, si je ne le surveillais pas.

Banale, la conversation distrayait Hermine de son unique souci : Toshan n'était pas rentré la veille. Il était habitué à cheminer malgré le froid, la neige et les tempêtes. Le jeune homme croyait ne devoir aucune explication pour son absence.

« Moi qui ai demandé à maman d'organiser un déjeuner avec Simon pour qu'il fasse la connaissance de mon mari, songea-t-elle avec une vive affliction. Quel mari ! Je l'espérais tant, hier soir. Mukki a dormi toute la nuit ; nous aurions eu du temps pour nous. »

Les baisers de Toshan et ses caresses lui avaient manqué. Elle se languissait de lui, de leurs étreintes douces qui préludaient à la montée délirante du plaisir partagé.

— Il aurait pu télégraphier ! dit-elle à mi-voix.

— Ton bel Indien ? la taquina gentiment Mireille. Midi approche, la table est mise, tout le monde va rentrer de la messe. Par ce temps, ce devait être agréable d'aller à Chambord !

Il faisait un franc soleil et les rayons éblouissants transformaient le paysage enneigé en une féerie scintillante. Après une semaine d'averses floconneuses, revoir le vaste ciel limpide, d'un bleu intense, avait précipité les paroissiens sans église vers la municipalité la plus proche.

— Allons, Hermine, ne te ronge pas les sangs ! Toshan va sûrement arriver à l'heure pour le repas.

— Et repartir aussitôt, avant la nuit ! gémit la jeune femme. Non, il ne viendra pas, Mireille. Mukki me fait des sourires d'angelot, mais son père s'en moque. Enfin, il a un fils, tout de même !

La gouvernante goûtait la sauce. Elle fit claquer sa langue en signe d'approbation et vint chatouiller la joue du bébé.

— C'est le pays qui veut ça ! assura-t-elle avec un bon sourire. Ma pauvre mignonne, les hommes d'ici sont sans cesse à courir les bois.

— Il a pu avoir un accident ! répondit Hermine. Et je ne suis jamais tranquille, les gens s'en prennent souvent aux Métis, en ville.

Mireille cherchait une réponse rassurante lorsque des éclats de voix retentirent sur le perron. Hermine entendit aboyer un chien. Confiant son bébé à la gouvernante, elle se rua dans le vestibule.

— Toshan ! cria-t-elle en voyant son jeune mari. Mon Dieu, j'ai eu si peur !

Il la reçut dans ses bras, mais ne l'enlaça pas. Elle l'étreignit, déçue, le cœur serré. Il poussa une plainte.

— Qu'est-ce que tu as ? Toshan ? Tu es blessé ?

— Oui, à l'épaule ! Je t'expliquerai. Je monte me laver. Où est Mukki ?

Le ton était dur, teinté de reproche. Exaspérée, Hermine céda à la colère.

— Je ne l'ai pas abandonné, ton fils ! décréta-t-elle entre ses dents. Je le nourris plusieurs fois par jour, je le change et le berce. Voudrais-tu que je l'accroche dans mon dos, comme une Indienne ? Je l'ai confié à Mireille pour courir vers toi. Tu n'es pas pressé de voir ton enfant, de toute façon, puisque tu n'es même pas rentré hier soir !

Elle retenait des larmes de dépit. Toshan la regarda avec stupeur.

— Les bébés, les hommes ne s'en occupent pas ! coupa-t-il. Mais une bonne mère ne quitte pas son nourrisson une seule seconde !

— Oh toi, toi ! menaça-t-elle avant d'éclater en sanglots pour de bon. Tu te présentes ici échevelé, blessé, en pantalon maculé de boue, et la seule chose que tu sais faire, c'est me sermonner. Je suis une bonne mère, je sacrifie tout pour toi et notre fils.

Toshan secoua la tête. Il disparut dans l'escalier. Mireille fit une apparition discrète.

— Reprends le petit et allez vous réconcilier ! chuchota la gouvernante. Ton mari a eu des problèmes. Regarde donc dehors, il n'a pas dételé ses chiens.

Hermine s'affola. Toshan prenait toujours le temps de soigner ses chiens et de les nourrir dès qu'ils étaient enfermés dans l'appentis aménagé à cet usage depuis Noël.

— Il compte repartir tout de suite ! s'exclama-t-elle sous l'œil compatissant de Mireille. Je vais le lui interdire, je vais...

Elle se précipita à son tour vers le premier étage, Mukki toujours endormi contre sa poitrine. Toshan était torse nu dans le cabinet de toilette. Une estafilade sanglante barrait son épaule gauche.

— Qu'est-ce qui s'est passé ? questionna-t-elle. Dis, tu restes ici aujourd'hui ? Pourquoi as-tu laissé ton traîneau et les chiens en bas du perron ?

Réveillé, le bébé se mit à hurler de mécontentement.

— Donne-lui le sein, nous parlerons ensuite ! lança Toshan.

Il nettoyait la plaie avec de l'alcool pharmaceutique et déroulait un bandage.

— Ton fils a tété il y a vingt minutes ! précisa Hermine. Elle berça l'enfant qui eut la gentillesse de se rendormir. Vite, la jeune mère le coucha dans son berceau pour rejoindre son mari.

— Je vais faire ton pansement ! proposa-t-elle, radoucie. Ne m'en veux pas, mais j'étais si inquiète.

Je pensais que nous passerions l'hiver tous les deux, bien au chaud. Tu n'es jamais là !

— Des types ont volé mes chiens, hier soir. Je m'étais arrêté boire un café sur le port de Roberval. J'ai entendu mes bêtes grogner ; je me suis dit qu'ils se battaient pour s'amuser. Mais en sortant j'ai vu le traîneau, sans mes chiens. J'ai passé la nuit à les chercher !

Il avait débité tout ça d'un ton sec.

— Les as-tu retrouvés ?

— Bien sûr, sinon je ne serais pas là ! C'étaient des gars de la centrale hydroélectrique de L'Isle-Maligne, près d'Alma, qui avaient fait le coup.

— Mais dans quel but ? Les revendre ?

— Non ! Ils voulaient m'empêcher de gagner mon pari !

De plus en plus intriguée, Hermine aida son mari à enfiler une chemise propre. Elle tenait à son déjeuner familial, dont Simon était l'invité d'honneur.

— Quel pari ? Toshan, dis-moi la vérité !

— Jeudi, j'ai trinqué avec eux. Eux aussi ont des traîneaux et des chiens. Ils m'ont mis au défi de traverser le lac Saint-Jean de Roberval à Péribonka, sans une seule pause. C'est à qui arrivera le premier. La distance est de dix-huit milles environ. J'ai parié vingt dollars que je réussirais. Je connais Duke, mon chien de tête ; il bat des records. La course est prévue pour demain, lundi, car nous avons congé. Mon patron a parié, lui aussi.

Bouche bée, Hermine contenait mal son profond dépit mêlé de chagrin.

— Tu as congé demain et tu ne restes pas avec moi ni avec Mukki ?

— Je suis là aujourd'hui ! De quoi te plains-tu ? Tu ne me voudrais quand même pas enchaîné à tes pieds ?

Toshan paraissait interloqué et tout à fait indifférent à sa peine. Hermine avait l'impression étrange de ne plus le connaître. Avait-elle épousé ce personnage distant, arrogant, insolent même, qui décidait d'accomplir une prouesse démente sans même lui demander son avis ?

— Vingt dollars, c'est une somme déraisonnable ! dit-elle la gorge nouée par de nouveaux sanglots. Et puis, c'est dangereux !

— Tu sais bien que non ! La glace est épaisse, à cette époque de l'hiver. Ne perds pas ton temps à jaser, je ferai cette course. Il en va de mon honneur.

— Tu ne m'aimes plus ! gémit-elle en s'asseyant sur leur lit. Tu n'es plus du tout le garçon prévenant et câlin des premiers jours. Tu n'as pas regardé notre fils, alors que je lui ai tricoté une nouvelle brassière et une culotte. Je n'ai que ça à faire, ici, tricoter !

— Je croyais que les femmes se plaisaient à la maison, près du feu. Si tu t'ennuies, couds des vêtements pour notre fils. Il en aura besoin cet été.

Toshan lissait ses cheveux et les attachait sur sa nuque. Hermine continuait à pleurer. Il n'avait pas protesté quand elle avait avancé qu'il ne l'aimait plus.

— Alors, c'est déjà fini, notre belle histoire ? sanglota-t-elle, effarée.

— Hermine ! Ne sois pas sotte ! Je t'ai épousée parce que je t'aimais. Tu es ma femme et tu le seras jusqu'à ma mort. Bien sûr que je t'aime ! affirma-t-il.

Elle était si pitoyable, les paupières rougies, les lèvres frémissantes, qu'il se mit à genoux et prit son visage entre ses mains larges et chaudes.

— Petite fille ! Je croyais que tu étais heureuse auprès de ta mère, de ta Betty et de ta Charlotte ! Ma mère, Tala, ne se plaint pas quand je pars des mois. Elle a sa famille : ses cousines, ses nièces, ses sœurs !

— Je me suis mariée pour vivre avec mon mari ! répliqua Hermine. Ce n'est pas le cas, il me semble !

Elle se jeta à son cou. Il fit courir ses doigts le long de son dos, puis vint caresser son buste épanoui et sa taille fine.

— Tu as une bien jolie robe ! remarqua-t-il. Un peu trop moulante... On devine tes formes.

— C'est de la laine angora ! renifla-t-elle. Maman ne la porte plus. Elle me tient chaud et la couleur me va bien.

Il effleura d'un baiser la rondeur d'un sein gainé de laine blanche.

— Tu as une robe couleur de neige ! balbutia-t-il. Si on s'allongeait un peu sous les couvertures ?

— Maintenant ? Mais nous devons descendre déjeuner. J'ai entendu la voix de maman ; ils sont de retour. J'ai invité Simon, l'aîné des Marois ; il a hâte de faire ta connaissance. Mireille a cuisiné toute la matinée. Elle a préparé une fricassée de poulet à la sauce blanche avec des pommes de terre et une soupe aux pois bien crémeuse. Comme dessert, il y a du pudding aux raisins.

— J'ai faim, mais surtout de toi ! insista Toshan en lui mordillant la nuque.

— Nous verrons plus tard, pendant la sieste ! promit-elle, réconfortée, émue de le sentir si proche.

Et attends un peu, comment t'es-tu blessé ? Tu as pris un coup de couteau ? Ceux qui ont volé tes chiens étaient ivres ? Raconte !

— Oh ! Tabarnak ! Ce n'était qu'une sale blague ! Ils les avaient cachés dans un hangar. Non, je me suis blessé tout à l'heure, tellement je prenais de risques pour arriver le plus tôt possible à Val-Jalbert. J'ai coupé à travers les bois, une branche s'est brisée à mon passage et une des pointes m'a griffé à travers ma veste. Ce n'est rien. Et, si je n'ai pas dételé les chiens, c'était pour te retrouver plus vite. Je vais m'en occuper avant le repas.

C'était pour la retrouver ! Une vague de bonheur envahit Hermine, tellement elle était soulagée ! Elle regretta presque le déjeuner prévu, qui coupait court à leur intimité. Ils échangèrent un long baiser ardent, promesse des ébats amoureux qui les verraient haletants, fébriles, sans nul doute bien avant la tombée de la nuit.

*

Le déjeuner était animé. Tous les convives affichaient une mine satisfaite. Toshan et Simon sympathisaient. Les cinq années qui les séparaient ne les empêchaient pas de plaisanter sur les mêmes sujets. Ils avaient plaisir à comparer leurs emplois et critiquaient en riant les patrons.

Hans les écoutait avec une mine avenante en dégustant sa part de fricassée de poulet. Laura mangeait sans appétit, mais elle se montrait très aimable avec le fils aîné des Marois. Il était bien élevé, joli garçon et surtout il lui avait donné des nouvelles de Montréal, du régisseur de l'usine, en la remerciant encore de lui avoir permis de travailler dans de bonnes conditions.

— J'ai mis de l'argent de côté ! dit-il, et c'est grâce à vous. Je suis content aussi qu'Armand ait une place stable ici. C'est généreux de votre part, de l'avoir pris à votre service.

Hermine rayonnait de joie. Elle savourait la chaude ambiance familiale, assise entre son mari et sa mère. Les baisers de Toshan avaient su chasser ses craintes et sa colère. La jeune femme admirait de ses yeux bleus lumineux la magnifique vaisselle à liseré doré, les verres de cristal, les plats garnis de victuailles alléchantes. Les mimiques de Charlotte, qui n'en finissait pas de contempler chaque chose avec une expression éblouie, la ravissaient.

« J'ai tort de rêver à une carrière de chanteuse ! se disait-elle. Tant que j'aurai Toshan près de moi, mon bébé à choyer, ma Charlotte et maman pour bavarder, je serai comblée. Qu'est-ce que j'irais faire à Québec ou ailleurs, loin de mon village ? Je veux mener la vie d'une épouse honnête et dévouée. C'est si doux d'avoir un nourrisson contre son sein. »

Elle s'imagina entourée de plusieurs enfants, Mukki, brun et intrépide, puis une fillette blonde et douce et un autre garçon, une autre fille. Elle chanterait, oui, mais pour eux, tous ces petits qui lui viendraient.

« Comme le répète Betty, les enfants sont la seule vraie richesse ! songea-t-elle encore. Si Octave Duplessis me relance, je lui répondrai ça ! Je ne souhaite qu'une chose sur terre : être une maman qui s'occupe avec amour de ses enfants, se met à la pâtisserie le samedi et coud le reste de la semaine. »

Une exclamation du futur père de cette nombreuse nichée la ramena à l'instant présent. Toshan racontait à Simon l'histoire de la course en traîneau et, par conséquent, le vol de ses chiens.

— Et tu les as crus, ces gars ? s'esclaffa le jeune homme. Ce n'était pas une blague. Moi je crois qu'ils voulaient vraiment te mettre des bâtons dans les roues, enfin… bloquer tes patins ! Ce sont des baveux, je te dis !

— Peut-être, mais mes chiens sont meilleurs que les leurs ! répliqua Toshan. Ils le savent.

— Franchement, intervint Laura, vous comptez maintenir votre pari ? Ce n'est pas raisonnable, Toshan !

— Je ne serai pas le premier ni le dernier ! protesta-t-il. La glace est sûre. Et si je gagne, il y a cinquante dollars à empocher.

— Tu m'as dit vingt dollars tout à l'heure ! s'étonna Hermine. C'est déjà beaucoup. Mais cinquante ! Tu te rends compte ? Presque un mois entier de salaire ! Si tu perds, tu devras payer cette somme aux autres ! As-tu autant d'argent ?

— Je ne perdrai pas ! déclara-t-il, sûr de lui. Sinon, je n'aurais pas parié.

— Même si j'avais le goût de ces bêtises, je ne prendrais pas un tel risque ! commenta Hans Zahle, de nature économe.

Hermine retint un soupir. Elle désapprouvait la course sur le lac, mais, n'ayant pas envie de se quereller avec son mari, elle garda le silence. Simon s'emballait, lui. Jeune réplique de Joseph Marois, son père, en plus jovial, il fixa ses yeux couleur noisette dans les prunelles sombres de Toshan.

— Je viendrai voir ça ! annonça-t-il. Et je mise sur toi, beau-frère. Je peux bien t'appeler beau-frère, puisque Mimine est comme une sœur pour moi. Et je la conduirai à Roberval avec la voiture à cheval, ta femme, pour qu'elle assiste au départ. Tu es d'accord, Mimine ? Une balade te fera du bien.

— Il faudra emmener Mukki ! avança-t-elle, rassérénée par ce projet tentant. S'il y a du soleil, je ne dis pas non.

— Dans ce cas, nous irons également ! ajouta Laura. Enfin, si nous pouvons prendre l'automobile.

— La neige est bien gelée. Il n'y aura pas de problème, à condition de conduire prudemment ! assura Simon.

Mireille apportait le dessert. Avec son audace habituelle, elle prit part à la conversation écoutée au gré de ses allées et venues.

— Vous ne verrez pas grand-chose, madame, et toi non plus, Hermine : des gnochons qui s'élancent sur le lac en hurlant après leurs chiens… Pauvres bêtes, ce sont elles qui s'échinent à courir. Je peux vous dire, moi, qui suis née à Tadoussac, que mon père ne jouait pas à épuiser ses chiens. Il chassait le loup marin, à la saison des glaces. Moi, j'étais la sixième de la famille et, dès quatorze ans, je servais au grand hôtel qui pouvait accueillir trois cents clients[1]. Il y avait déjà des touristes, à cette époque.

La gouvernante était intarissable sur son enfance passée à Tadoussac, un des plus anciens villages du

1. Véridique ; il s'agissait de l'Hôtel Tadoussac.

Québec. Laura, Hans et Hermine avaient entendu plusieurs fois Mireille évoquer la beauté de la baie où avait été fondé un des plus importants postes de traite des fourrures du pays, dès le seizième siècle, par la grâce du roi de France Henri IV.

— Cela te ferait plaisir de venir avec nous, Mireille ? proposa Laura. Tu ne sors jamais de ta cuisine.

— Dieu m'est témoin, madame, que je préfère mes fourneaux à une sortie en plein hiver, soleil ou pas.

La gouvernante quitta la pièce. Charlotte fit un clin d'œil à Hermine qui répondit par le même signe amical.

— Mireille nous préparera sûrement un merveilleux souper, pendant ce temps ! dit la jeune femme.

Toshan et Simon continuèrent à discuter de la course. En attendant le café, Hans s'installa au piano. Laura prit Hermine par l'épaule.

— Et si tu nous chantais quelque chose, ma chérie ? demanda-t-elle. Simon n'a pas eu la chance de t'écouter, à Noël. Cet air de *Lakmé*, que tu maîtrises si bien. Et cela plairait à Toshan, puisque c'est une histoire d'Indienne dans la forêt.

— Ah, tu parles de *Dov'è l'Indiana bruna ?* Non, maman, je ne peux pas. Ce sont des notes très hautes, je me ferais mal à la gorge, je n'ai pas assez répété ces derniers jours. En plus, ça pourrait réveiller Mukki. Il dort bien.

Elle n'avait jamais avancé ce genre d'arguments. Laura la fixa d'un air surpris tout en observant le bébé couché dans une panière ovale garnie de cretonne fleurie, posée sur le divan.

— Ton fils se calme dès que tu fredonnes une chanson et tu maîtrises parfaitement ta voix ! riposta Laura, vexée. Dis plutôt que tu renonces à utiliser le don que Dieu t'a offert, un don unique, précieux !

— Pardonne-moi, maman, je n'ai pas envie de chanter *Lakmé* aujourd'hui, ni autre chose !

La jeune femme tourna le dos à sa mère. Elle feignit d'être passionnée par le récit de Toshan, qui expliquait comment il avait dressé Duke, le meneur de son attelage. Les larmes aux yeux, Laura rejoignit Hans près du piano.

— Quelle triste mine ! constata celui-ci. Le repas s'est pourtant bien déroulé. Qu'est-ce que tu as ?

— Je ne comprends plus ma propre fille ! Elle vient de refuser de chanter *Lakmé*.

— Ne la juge pas trop sévèrement, répliqua le musicien. L'interprétation est difficile, les notes sont très hautes ! Laura chérie, ne gâche pas ce dimanche. Hermine est tout à son bonheur de jeune maman, de jeune épouse. Elle n'a que dix-huit ans ! Quand son enfant sera sevré, elle changera d'avis.

Hans se tut. Mireille faisait entrer Élisabeth Marois, qui venait pour le café. Leur voisine et amie portait sa fille Marie, emmitouflée dans une chaude capeline en laine. Le petit Edmond, âgé de huit ans, courut jusqu'au salon.

— Garnement, tu n'as pas tapé tes semelles sur le paillasson ! s'égosilla la gouvernante. Moi qui t'ai gardé une grosse part de pudding !

Élisabeth se confondit en excuses. Ménagère scrupuleuse, elle partageait la contrariété de Mireille.

— Ed était si pressé de voir Charlotte ! ajouta-t-elle pour tenter de l'excuser, confuse.

Hermine rassura d'un grand sourire celle qui avait veillé sur elle pendant des années. Leur affectueuse complicité perdurait, d'autant plus qu'elles avaient des nourrissons presque du même âge.

— Bonjour, Mimine ! Ciel, je n'ai pas fermé l'œil de la nuit. Marie fait une dent et elle pleure beaucoup. Là, elle s'est assoupie parce que je la tiens contre moi.

— Déjà les dents ! s'extasia la jeune femme. Mais elle n'a pas encore six mois. Ma pauvre Betty, c'est vrai que tu as les yeux cernés et la mine défaite.

— Mes petits ont des dents très tôt, tu n'as pas oublié quand même ! Tu frottais les gencives d'Edmond avec du sirop de mauve[1] que les sœurs fabriquaient. Ah, c'était réconfortant d'avoir ces saintes dames à portée de main !

Tout en bavardant, elles entraient dans la salle à manger. Simon se leva et présenta une chaise à sa mère.

— Maman, assieds-toi vite ! Alors, est-ce que ma petite sœur s'est calmée ? Je rêvais de faire sa connaissance, mais pour ma première nuit depuis longtemps à Val-Jalbert elle n'a fait que crier. Je vous le dis, elle aura autant de voix que Mimine. Papa sera comblé, il pourra élever lui aussi une future Bolduc[2] !

Tout le monde éclata de rire. Se représenter la délicate Marie, rose et dodue, en chanteuse populaire

1. La plante à fleurs mauves est réputée pour soulager les douleurs dentaires.

2. De son vrai nom Mary-Rose-Anna Travers ; ce fut une des premières vedettes de la chanson au Québec.

à la gouaille un brin scandaleuse les amusait beaucoup. Simon, fier de son succès, renchérit :

— Enfin, la voix de Mimine, j'exagère ! Personne n'aura son timbre exceptionnel, sa puissance ! Figurez-vous qu'hier, en approchant du village, j'ai entendu un chant magnifique. Je me disais qu'il y avait peut-être un ange dans le bois, mais c'était Hermine. Je n'avais jamais entendu des notes aussi hautes, aussi pures. Tu m'as dit que c'était *Madame Butterfly*, Mimine ? Le moment où elle guette un bateau ? Une Japonaise ?

Simon ne perçut pas immédiatement l'embarras de la jeune femme, ni l'indignation muette de Laura. Il était content de prouver qu'il s'intéressait à l'art lyrique.

— C'est l'air de *Sur la mer calmée* ! claironna Charlotte.

— Un air réservé aux meilleures sopranos ! nota Hans non sans malice.

— Bien sûr ! soupira Laura en se levant. Je ne me sens pas très bien, je vais m'allonger.

Elle quitta la pièce d'un pas rapide. Les joues rouges, Hermine méditait l'incident. Elle avait blessé sa mère en lui mentant.

— J'ai fait une gaffe ? s'inquiéta Simon.

Hans s'empressa de servir le café. Consciente du malaise, Élisabeth n'osa pas poser de questions.

— Tu n'as pas fait de gaffe ! coupa Toshan. Viens voir mes chiens… Avec le gain du pari, j'en achèterai deux autres.

Ils sortirent sans même avoir touché à leur tasse de café. Edmond les aurait suivis, mais Charlotte lui proposa une partie de petits chevaux, un de leurs jeux favoris. Les enfants installés dans le salon, Hermine se retrouva seule avec Hans et Élisabeth.

— J'ai l'impression que Laura était vexée ! dit celle-ci tout bas. Je ne dérange pas, au moins. C'était prévu que je vienne à cette heure-là.

— Non, Betty, tout est ma faute ! affirma la jeune femme. J'ai refusé de chanter quand maman le souhaitait il y a dix minutes à peine. J'ai inventé des prétextes stupides. Simon l'ignorait.

— Ce n'était pas très délicat de ta part ! déclara le pianiste. Tu as tes raisons pour agir ainsi, Hermine, mais tu nous prives d'une joie infinie. Si tu savais le bonheur quasiment céleste qu'on ressent lorsque tu chantes, tu aurais honte de refuser. Comme tu as tort de renoncer à faire carrière dans l'opéra.

— Hans, je suis navrée, mais cela ne vous regarde pas ! dit Hermine d'un ton courroucé. J'ai beaucoup réfléchi ces derniers jours et j'ai fait un choix. Je veux élever mon fils et avoir d'autres enfants. Si je dois habiter toute ma vie la cabane des Delbeau, je le ferai.

— Ce sont de sages paroles, Mimine ! approuva Élisabeth. Une fois mère de famille, il faut tirer un trait sur ses rêves d'enfance. Cela ne t'empêchera pas de chanter à la messe, en tout bien tout honneur.

Hans Zahle eut un mouvement d'humeur, ce qui ne lui ressemblait pas.

— Cela équivaut à recevoir un diamant rarissime, fit-il remarquer, et à l'enfermer des années dans un tiroir sans en tirer aucun profit. En bref, du gâchis, du beau gâchis ! Pardonnez-moi, je vais rejoindre Laura, je suppose qu'elle est en larmes.

Il sortit à son tour en les saluant d'une légère inclinaison de la tête. Mukki se mit à gazouiller.

— Qu'il est sage, ton fils ! s'exclama Élisabeth, soucieuse de changer de sujet de conversation.

— Oui, il tète, il dort, et ainsi de suite. Et souvent, en se réveillant, il me fait des sourires.

— As-tu remarqué, Marie rattrape son manque de sommeil. Depuis que je suis arrivée, elle ne bronche pas.

Elles commencèrent à parler langes et layette en comparant la taille et le poids de leur bébé respectif. Hermine était la plus bavarde. Son renoncement devait être total. Apaisée par la présence familière de sa Betty, elle s'étourdissait de remèdes contre les différents maux des tout-petits et confiait les prénoms qu'elle choisirait pour son prochain enfant. Tout était en ordre, du moins elle voulait le croire. Son mari avait un emploi jusqu'au printemps. Il disputerait une course de traîneau le lendemain, mais c'était dans la nature masculine de prouver sa valeur. La jeune femme se sentait prête à l'attendre chaque semaine, à ne plus rien lui reprocher. Mais Élisabeth finit par avouer :

— Sais-tu, Mimine, moi aussi je trouve ça dommage que tu ne veuilles plus être chanteuse ! Tu as tellement de talent et tu es si jolie. Ne te fâche pas, surtout ! Seulement, je crains qu'un jour tu regrettes d'avoir sacrifié ta voix.

— Betty, dit-elle avec conviction, je ne veux pas perdre Toshan ! Je l'aime trop. Pour faire ce genre de métier, il faudrait que j'habite à Québec, que je voyage beaucoup. Toshan ne me suivrait pas.

— Je te comprends, Mimine ! répondit la douce Élisabeth.

Apaisée, Hermine se pencha sur son fils et l'embrassa. Elle pensait sincèrement avoir pris la bonne décision. Cependant des larmes jaillirent de ses beaux yeux bleus et roulèrent le long de son nez.

Élisabeth Marois fit celle qui n'avait rien vu.

3

Le bel hiver

Roberval, lundi 23 janvier 1933

Il faisait un temps magnifique. Un soleil éblouissant inondait l'immense paysage saupoudré de neige. Le trajet de Val-Jalbert à Roberval avait tellement charmé Hermine qu'elle en oubliait la tension pénible qui régnait entre sa mère et elle. Laura boudait depuis la veille, mais elle n'avait pas changé d'idée et était venue assister au départ de la course. Hans l'avait conduite en automobile, alors qu'Hermine et Charlotte avaient voyagé dans le traîneau tiré par Chinook, que Simon avait guidé avec un plaisir retrouvé. Le jeune homme avait renoncé à prendre la calèche, la route étant moins bien entretenue que par le passé.

« Quel enchantement ! » s'extasiait la jeune femme en contemplant l'étendue blanche du lac Saint-Jean pris par les glaces. Des enfants chaudement vêtus patinaient près de la berge, à quelques dizaines de mètres du quai. Charlotte en trépignait d'envie.

— Toshan t'apprendra ! lui assura-t-elle. La première fois que je l'ai vu, il patinait derrière l'hôtel de Val-Jalbert. Nous te trouverons des patins à ta taille.

Cette promesse fit sourire de bonheur la fillette, qui étreignit la main de sa grande amie avant d'aller s'asseoir à quelques pas, sur une rambarde, afin de mieux observer les évolutions des jeunes patineurs.

Le froid était vif, mais cela contribuait à maintenir intact le décor blanc et or magique qui ornait les arbres et les toits des maisons.

— Jamais je ne me lasserai de la beauté de mon pays ! déclara Hermine à Simon.

Il restait à ses côtés, une cigarette aux lèvres. L'attitude froide de Laura Chardin le préoccupait, même s'il en connaissait maintenant la raison. La jeune femme lui avait tout expliqué en chemin.

— J'ai fait une belle gaffe, hier, à table ! pesta-t-il. Je suis désolé, Mimine. Je ne pouvais pas me douter.

— N'en parlons plus ! dit-elle. Maman finira par admettre que je renonce à chanter. Mais où est passé Toshan ?

Son mari avait quitté Val-Jalbert le premier, tôt le matin. Il avait bien indiqué à Hermine le lieu du rendez-vous avec les autres participants de la course. Mais elle n'apercevait aucun attelage de chiens, juste Laura et Hans qui approchaient, tous deux très distingués.

— Alors, il y a des noces dans l'air ? souffla Simon. Je préfère que ce soit ta mère qui épouse ce binoclard. Il était trop vieux pour toi. Toshan a meilleure allure.

Amusée par la remarque, Hermine se pencha sur Mukki, confortablement installé dans un landau. Le bébé dormait.

— Cela ne te dérange pas, que je porte le nom d'un Métis ? plaisanta-t-elle. Ses cheveux longs ne te gênent pas non plus ? Maman et Mireille n'ont qu'une idée, l'expédier chez le coiffeur et lui mettre un costume de ville. Ce n'est pas étonnant que Toshan se soit précipité sur le premier job venu !

Ils rirent en sourdine, ravis de leur complicité. Afin d'échapper au regard courroucé de sa mère, Hermine se détourna et observa le clocher de l'église Saint-Jean-de-Brébeuf. Le bâtiment n'avait que trois ans ; pourtant il semblait avoir toujours appartenu à la petite ville qui ne cessait de croître.

« J'ai chanté là, ce Noël 1930 où j'étais fiancée à Hans, pensait-elle. J'avais perdu tout espoir de revoir Toshan. Mais il m'est apparu à la sortie de la messe. Ensuite, il y a eu cette affreuse scène, quand Joseph et Célestin voulaient frapper mon bien-aimé, comme pour le punir d'être différent des autres. Mon Dieu, j'ai bien fait de m'enfuir avec Toshan, de lui prouver qu'il était l'être le plus important pour moi. Des mois et des mois se sont écoulés et, en fait, rien n'a vraiment changé. Qui accepte de bon cœur mon mari ? Simon, peut-être ! »

Des aboiements retentirent. Hermine entendit la voix grave de Toshan. Elle tressaillit de joie en le voyant.

« Qu'il est beau ! Comme je l'aime ! » se dit-elle.

Le fils de l'Indienne montagnaise Tala et du chercheur d'or Henri Delbeau attirait le regard de bien des curieux. Sa longue chevelure noire, nattée avec soin dans le dos, luisait au soleil, ainsi que son visage cuivré aux traits réguliers. Pour l'occasion, il avait revêtu une veste en cuir dont les coutures s'ornaient de franges. Des bottes souples, en peau de cerf tanné, complétaient sa tenue.

— Il devrait faire du cinéma, ton mari ! plaisanta Simon. Dans ce cas, tu pourrais chanter à l'opéra, vous seriez tous les deux dans le spectacle.

— Tais-toi ! lui intima-t-elle. Et garde mon fils cinq minutes, je vais embrasser Toshan.

Sans attendre de réponse, Hermine s'élança vers le traîneau. Duke la salua d'un aboiement amical. Le grand chien à la fourrure grise et aux yeux de loup paraissait prêt à battre tous les records.

— Où sont tes fameux collègues ? souffla-t-elle à l'oreille de son mari, toute contente de se blottir contre lui.

— Ils ne vont pas tarder ! répliqua-t-il. Dès qu'ils arrivent, notre patron donne le départ. Je suis heureux que tu sois là, Hermine. Je vais gagner.

— Tu m'assures que ce n'est pas dangereux ? s'inquiéta-t-elle. Simon me disait tout à l'heure que, sur le lac, il y a toujours des plaques de glace en mouvement.

Toshan eut un sourire énigmatique. Il désigna l'immense étendue immaculée, véritable petite mer intérieure figée par l'hiver.

— Le Piékouagami ne me trahira pas, moi dont le grand-père paternel appartenait à la nation indienne des Porcs-Épics qui vivait sur ces rives-là, à l'embouchure de la rivière Métabéchouane[1] ! dit-il d'un ton convaincu.

---

1. De son nom exact Métabetchouane, selon la commission de toponymie du Québec.

— Piékouagami ? s'étonna la jeune femme. Que signifie ce nom ?

— Le lac plat ! Ainsi le nommaient mes ancêtres ! N'aie pas peur, c'est une course d'endurance, puisque nous revenons ici après avoir atteint la jetée de Péribonka. Cela fait quarante milles. Nous serons de retour avant la nuit et je serai en tête !

Hermine lança un coup d'œil angoissé sur le lac. Elle avait souvent admiré, l'été, l'étendue infinie de ses eaux bleutées, parcourue de vagues légères. Elle savait qu'il s'y trouvait de nombreuses petites îles. Hans lui avait souvent vanté les atouts touristiques du lac Saint-Jean et de ses plages. Une clientèle aisée et huppée venait séjourner au Château Roberval, un hôtel de grand luxe.

« J'ai chanté pour ces gens riches ! songea-t-elle. J'étais éblouie par les belles robes des femmes, les tenues élégantes des hommes en smoking. Parfois, cela me faisait rêver, j'aurais aimé passer de leur côté, dîner à une jolie table comme eux, mais je chantais… Je les ai quand même séduits, ces gens, grâce à ma voix. C'était bien futile ! »

— Mais à quoi penses-tu ? lui demanda doucement son mari.

— Je pense à toi, à nous deux, à notre bébé ! Je t'en prie, sois prudent. Tu as un fils, maintenant, ne prends pas de risques ! Quand même, c'est une longue course !

Le beau Métis observait l'attroupement de badauds qui se créait sur le quai. La rumeur de la course en traîneau s'était répandue.

— Je dois gagner mon pari, Hermine, ajouta-t-il. C'est important, tu dois le comprendre. Au fond des bois, je me sens bien, mais en ville ou sur le chantier il y a toujours des types qui me méprisent parce que le sang des Montagnais coule dans mes veines.

En guise de réponse, elle se hissa sur la pointe des pieds et chercha ses lèvres. Ils échangèrent un baiser ardent, en public. Une femme poussa une exclamation :

— Voilà bien des manières de sauvage !

Choquée elle aussi, malgré son esprit un brin rebelle et son assurance de riche veuve, Laura se cramponna au bras de Hans.

— Mon Dieu ! s'emporta-t-elle. Je sens ma fille prête à suivre ce garçon dans le Grand Nord, s'il l'exige ! Hans, leur amour me touche, mais j'avais le droit de rêver d'une vie plus aisée pour Hermine. Que deviendra-t-elle, bientôt ? Une Indienne blonde satisfaite de cuire du gibier dans une cabane et d'élever une douzaine d'enfants, alors qu'elle aurait pu briller sur les scènes du monde entier et gagner beaucoup d'argent !

— Arrête de te tourmenter avec ça, soupira-t-il. Tu n'as plus qu'à te résigner. Et puis, rien n'est joué. Hermine peut revenir sur sa décision un jour ou l'autre. Je vais être franc, Laura, si tu t'obstines, tu vas perdre l'affection de ta fille, ce qu'elle ne mérite pas. J'ai essayé de la faire fléchir, moi aussi, mais c'était peine perdue.

Le pianiste, ébranlé par l'expression douloureuse de Laura, fit le geste de l'embrasser sur la joue. Elle s'écarta vivement de lui.

— Mais enfin, où as-tu l'esprit ? protesta-t-elle. Nous ne sommes pas encore mariés. On nous regarde, je t'assure. Je ne tiens pas à avoir mauvaise réputation.

— Excuse-moi ! dit Hans. Cependant, je crois que c'est un peu tard en ce qui concerne ta réputation. Le boulanger qui fait la tournée a raconté que je demeurais nuit et jour chez toi, à Val-Jalbert.

Laura recula davantage, exaspérée. Elle n'appréciait la tendresse de son fiancé que dans le cadre intime de sa maison, car elle craignait le jugement d'autrui, après en avoir tellement souffert, jeune fille. Des jappements frénétiques éclatèrent sur la route régionale. Trois traîneaux, tirés par des attelages de chiens, glissaient sur la neige durcie.

— Laisse-moi, maintenant ! ordonna Toshan à Hermine. Retourne près de notre fils. Je ne veux pas qu'ils sachent qui est ma femme, ni qu'elle est la plus belle du pays.

— Reviens-moi ! Je t'aime ! implora-t-elle en s'enfuyant, le cœur étreint par une légitime appréhension.

Passionné par l'enjeu, Simon examinait avec soin les chiens des concurrents. Il dénombra des malamutes et un husky aux yeux bleu pâle, mais il y avait une majorité de bâtards, croisés de l'une ou l'autre race. Toutes les bêtes aboyaient, fébriles, comme si elles pressentaient l'imminence de la course.

— A-t-il des chances ? interrogea Hermine.

— Libère-moi de mes fonctions de nounou, je vais vite parier sur lui ! répondit Simon en riant. Toshan a plus d'expérience que les autres types.

— Il a toutes les chances d'être englouti dans les profondeurs du lac, si la glace se brise ! s'écria Laura. Comment un père de famille ose-t-il mettre sa vie en danger ?

— Maman ! supplia Hermine. Tu devrais me

réconforter ! Ce que tu viens de dire est horrible. Et tu as tort ! Combien de pères, dans la région, sont obligés de risquer leur vie ? Je suis bien placée pour le savoir. Les ouvriers de la pulperie, à Val-Jalbert, ceux qui étaient employés à la dalle, près de la chute d'eau, pouvaient glisser chaque jour et mourir. Et les bûcherons, sur les chantiers, peuvent se retrouver mutilés à cause des outils dangereux qu'ils manipulent. En tout cas, Toshan, lui, n'abandonnerait jamais son petit Mukki sur le perron d'un couvent-école !

Le coup porta. Laura étouffa un cri de révolte. Consciente d'être le point de mire de quelques dames présentes sur le quai, elle s'en alla. Hans la suivit.

« Oh ! Je l'ai blessée ! s'assombrit Hermine, la mine consternée. Pourquoi tout va-t-il de travers ? Nous avons eu un doux Noël, mais depuis le début de l'année l'ambiance est morose. Au fond, maman n'accepte pas Toshan. »

Contrariée, la jeune femme se concentra sur le départ de la course. Les quatre traîneaux s'alignaient. Les chiens, le poil hérissé, grognaient et grattaient la glace de leurs griffes robustes.

— Que faites-vous ici, joli rossignol ? fit une voix derrière elle.

Octave Duplessis se tenait à ses côtés. Il portait un chapeau de feutrine brune et un manteau bien coupé en drap de laine gris.

— Monsieur Duplessis ! fit-elle, surprise. J'ignorais que vous étiez à Roberval.

— C'est un endroit plaisant ! Je séjourne ici avec une amie qui ne supporte pas le vent rude de vos contrées. Elle est restée à l'hôtel, au Château Roberval, à l'angle de la rue Saint-Joseph et de la rue Marcoux.

— Je connais très bien l'endroit ! dit-elle en guettant le départ de la course.

— Je m'en doute ! répondit l'impresario. Je n'ai eu qu'à parler du Rossignol de Val-Jalbert pour collecter des informations très intéressantes. Vous avez marqué le personnel et le directeur, chère madame. Lequel des *mushers* est votre époux ?

— *Musher* ? répéta Hermine, très embarrassée.

— Un mot anglais qui désigne le conducteur d'un attelage de ce genre. Ma mère est anglaise, mon père est français. Figurez-vous que je suis né dans la petite ville de Brouage, à l'instar d'un illustre personnage de votre pays, Samuel de Champlain, le fondateur de Québec[1]. Mais je pense que vous avez dû apprendre ceci à l'école.

— Bien sûr ! répondit Hermine poliment, même si pour l'instant elle se moquait bien des origines de Duplessis.

Elle ne comprenait pas ce qui retardait le départ. Ses prunelles bleues rivées au dos de Toshan, elle sentait son cœur battre précipitamment.

— Gamelin a cassé un de ses harnais ! hurla un adolescent.

En effet, un colosse aux boucles rousses réparait la pièce de cuir en ronchonnant.

— Déguédine, mon Gamelin ! Déguédine, que je te voie filer ! On va prendre racine ! brailla une

---

1. Samuel de Champlain : né à Brouage (France) entre 1567 et 1580 et mort à Québec le 25 décembre 1635 ; il fut navigateur, soldat, explorateur, géographe et chroniqueur.

voix rauque au fort accent du pays. Ah ! tu es moins faraud que ce matin !

L'exhortation provoqua un éclat de rire général. Hermine découvrit parmi les curieux une vieille femme voûtée, emmitouflée d'un châle écossais. C'était elle qui avait crié.

— Que c'est pittoresque ! s'exclama Duplessis. Je ne sais pas ce que veut dire le « déguédine » de cette vieille femme, mais c'est d'un drôle !

— Disons qu'elle disait à Gamelin de faire vite ! Vous n'êtes vraiment qu'un étranger ! soupira Hermine. Si vous prenez l'habitude de loger à Roberval, il vous faudra un interprète.

— Je vous l'accorde ! Allons, jeune dame, avouez que, votre mari, c'est l'Indien ! Vous feriez un couple extraordinaire, à l'écran. Il y aurait même de quoi écrire un livret d'opéra. Je vous explique, le livret raconte la teneur du drame, le récit, si vous préférez.

— Je suis au courant ! coupa-t-elle, agacée. Et sachez que mon mari se nomme Clément Delbeau. Il est baptisé, sérieux et travailleur. Sa mère est une Indienne montagnaise, également baptisée. Je n'en ai pas honte du tout.

— Je vous en félicite ! Il fallait oser, d'autant plus que madame votre mère me semble issue de la haute société. C'est la veuve d'un riche industriel, Franck Charlebois.

— Vous devriez devenir détective, monsieur ! lança-t-elle avec une pointe d'ironie. Oh, ça y est, ils partent !

Les chiens montraient des signes d'impatience, jappant et grognant de plus belle. Cela formait un concert farouche, assourdissant. Les patins des traîneaux crissèrent sur la glace, chacun des quatre hommes bien campé sur ses extrémités. Toshan siffla. Duke bondit en avant, imité par ses congénères. Après les clameurs exaltées, ce fut le silence. Comme Hermine, tout le monde suivait des yeux les attelages, distants les uns des autres de quelques mètres. Leurs silhouettes s'amenuisèrent rapidement.

Charlotte serra la main de la jeune femme pour la consoler. Octave Duplessis prêta à peine attention à la fillette. Il n'avait pas bougé lui non plus.

— Je n'ai pas eu de vos nouvelles depuis ma visite à Val-Jalbert ! dit-il enfin. Qu'est-ce qui vous effraie tant dans ma proposition, madame ? J'ai du mal à vous appeler ainsi, vous avez l'air d'une grande enfant.

Hermine se voulut très explicite.

— Je ne suis plus du tout une enfant, monsieur ! J'ai un fils et j'espère avoir très vite un autre bébé. Je n'ai qu'un rêve, mener une vie de famille et avoir un foyer paisible. Je vous dirai donc ce que j'ai dit à ma mère : je n'ai pas l'intention de chanter, à l'avenir.

— C'est ridicule ! s'offusqua l'impresario. J'ai parlé de vous au directeur du Capitole. Il serait ravi de vous accorder une audition. Quant au contrat que je vous proposais, vous ne serez pas obligée de le signer sur l'heure. Je ne vous ai entendue qu'une fois, mais cela m'a suffi. Votre voix est exceptionnelle. Venez à Québec dès que vous pourrez, vous aurez ainsi l'avis d'un professionnel encore plus qualifié que moi. En train, le voyage est très plaisant. Une bonne dizaine d'heures à lire, à sommeiller ou à admirer les paysages et vous serez arrivée. J'emprunte souvent ce moyen de transport moderne. Les voies ferrées abolissent les distances, je vous assure[1].

— Je ne peux pas décider d'un tel voyage en plein hiver, avec mon bébé ! déclara Hermine très bas.

— Je marque un point, car vous êtes tentée ! avança Duplessis.

— Non ! trancha-t-elle. Maintenant, je dois vous laisser, monsieur. Je vais profiter de l'après-midi pour rendre visite à une amie.

— Est-elle aussi jolie que vous ?

Hermine eut un petit rire amusé. Il s'agissait de Mélanie Douné, une ancienne habitante de Val-Jalbert.

— Bien sûr qu'elle est jolie, mais elle a soixante-huit ans et des rhumatismes. Les sœurs du couvent-école m'envoyaient chez elle lui porter des tisanes et je faisais ses courses quand il neigeait trop dru. Madame Douné me demandait toujours de chanter *Un Canadien errant*, mais cela la faisait pleurer. Elle pensait à son défunt mari, vous comprenez. Alors je chantais l'*Ave Maria* de Gounod.

— Je voudrais tout savoir de vous ! décréta l'impresario. Je suis persuadé que votre enfance tient du roman mélodramatique et que la presse, si vous étiez célèbre, se régalerait.

La jeune femme dévisagea Duplessis. Il avait l'air d'avoir une trentaine d'années. Malgré ses traits un peu marqués et ses lèvres minces, il ne manquait pas

1. Cinq années d'un rude travail ont été nécessaires aux ouvriers pour construire les 238 kilomètres de voie ferrée reliant Québec à Roberval. Le train a fait son entrée à la gare de Roberval en 1888.

de charme avec sa fine moustache brune qui soulignait un sourire carnassier.

— Au revoir, monsieur ! dit-elle pour qu'il comprenne bien que la discussion était close. Viens, Charlotte, Mélanie Douné sera heureuse de nous voir.

Hermine s'éloigna en poussant le landau. Elle déplorait l'absence de Simon, qui s'était éclipsé pour parier et n'était pas revenu. Charlotte se retourna plusieurs fois afin de vérifier ce que faisait Octave Duplessis. Certaine qu'il demeurait sur le quai, la fillette donna son opinion d'un ton enjoué.

— Mimine, pourquoi tu n'y vas pas, à Québec ? Moi, je serais fière si tu étais une chanteuse d'opéra et que je puisse voir des photographies de toi dans le journal.

De la part de sa protégée, rien ne choquait Hermine. Elle effleura doucement ses cheveux.

— Ma petite chérie, je te l'ai déjà expliqué, je suis mariée, à présent, et j'ai un enfant. Toshan n'a pas envie, lui, que je parte loin d'ici. J'en ai assez de chanter. Quand il était mon tuteur, Joseph me prenait pour une poule aux œufs d'or à cause de ma voix. Il mettait des sous de côté, car il voulait que j'enregistre des disques, comme La Bolduc.

Les mots *poule aux œufs d'or* firent éclater Charlotte de rire. Elle dansa d'un pied sur l'autre et faillit trébucher. Hermine la rattrapa par le col de son manteau.

— Sois prudente, Lolotte ! s'écria-t-elle.

— Je t'en prie, ne m'appelle plus comme ça ! J'ai dix ans, Mimine.

— Oh, très bien, mademoiselle ! Alors, tu n'as pas le droit de m'appeler Mimine.

Elles arrivèrent bientôt rue Sainte-Angèle où logeaient le fils de Mélanie Douné et sa famille. Hermine s'arrêta brusquement.

— Je vais te dire un secret, Charlotte ! Je voudrais bien aller à Québec, surtout en train, mais avec toi, et sans le dire à quiconque. Si maman le savait, elle penserait tout de suite que j'ai changé d'avis, que je veux faire carrière. Et si Toshan s'en rendait compte, mon Dieu, ce serait pire ! Il croirait que je ne respecte pas mon engagement envers lui. Et comme c'est impossible d'y aller en cachette, je n'irai pas.

L'aveu ébranla la fillette. Elle leva un regard extasié sur Hermine avant d'ajouter :

— Si je venais avec toi, je pourrais m'occuper de Mukki. Je suis un peu sa nounou, comme tu dis.

La jeune femme se reprocha d'avoir parlé. Charlotte n'en finirait plus d'évoquer cet éventuel voyage.

— Voici la maison, le 28 ! déclara-t-elle.

L'épouse de Xavier Douné, le troisième fils de Mélanie Douné, ouvrit la porte. La vieille femme, qui passait ses journées à tricoter près de la fenêtre donnant sur la rue, poussa des exclamations de joie.

— Je suis venue vous présenter mon fils Jocelyn ! dit Hermine lorsqu'elle fut près de la vieille dame. Son papa et moi l'avons surnommé Mukki.

Ce furent des moments remplis d'émotion. Autour d'une théière et d'une assiette de biscuits, les discussions évoquèrent Val-Jalbert du temps où l'usine de pulpe embauchait de nombreux ouvriers, où le village doté de tout le confort moderne suscitait l'admiration des municipalités voisines.

— Il n'y a plus qu'une cinquantaine d'habitants ! précisa Hermine. Cela me brise le cœur de voir toutes ces maisons vides et l'emplacement de l'église, vide lui aussi. Mais le couvent-école fonctionne encore. L'institutrice est une personne remarquable.

Mélanie écoutait et interrogeait. Enfin elle essuya des larmes de nostalgie. Elle avait connu à Val-Jalbert ses meilleures années d'épouse et de mère.

— Ne soyez pas triste, madame ! déclara Charlotte. La chute est toujours là ! Elle chante très fort, surtout au printemps, et je peux la voir. C'est si beau !

— C'est vrai que tu as été opérée, petite ! se réjouit Mélanie. Et toi, Hermine, chantes-tu encore, comme notre rivière ? Demande à ma belle-fille, je lui raconte souvent que tu me chantais l'*Ave Maria*, et que c'était magnifique.

Un quart d'heure plus tard, la jeune femme consentit à donner un petit récital. Cela aurait été cruel de refuser. Elle termina par *Lakmé*, car Charlotte adorait cet air. Les murs de la maison en vibrèrent.

Dans la rue, Octave Duplessis écoutait lui aussi.

*

Hermine quitta Mélanie Douné à regret. La vieille dame aux cheveux argentés représentait beaucoup pour elle. C'était aussi un lien avec ses meilleurs souvenirs de Val-Jalbert du temps où toutes les maisons étaient habitées. Le soir venu, leurs cheminées fumaient et derrière les fenêtres, la lumière dispensait son éclat rassurant. Elle en ressentit un pincement au cœur.

— C'était trop beau quand tu chantais ! déclara Charlotte quand elles se retrouvèrent dans la rue. Cela faisait gazouiller Mukki.

— Oui, mon bébé se calme dès qu'il m'écoute ! plaisanta la jeune femme.

Elles marchèrent en direction du port. Le soleil se voilait de nuages duveteux, si bien que le froid reprenait ses droits. La jeune femme pensa à son mari qui devait avoir atteint Péribonka et amorçait sûrement le trajet du retour.

« Et ce soir, il ira dormir sur le chantier, loin de moi, alors qu'il aurait besoin d'un bon bain chaud et de vêtements douillets. Mon Dieu, les hommes sont tellement difficiles à comprendre ! Toshan semble rompu à tout endurer, la mauvaise nourriture, le froid, les efforts les plus pénibles. Que ce soit au travail ou pour se prouver je ne sais quoi ! »

Hermine désapprouvait en secret cette histoire de pari et de course. D'avoir chanté de tout son cœur pour Mélanie provoquait en elle une étrange fièvre qui bousculait à nouveau ses certitudes. Elle décida qu'il lui serait toujours possible de chanter pour certaines personnes, mais plus jamais en public.

— Je me demande où sont Hans et maman ? dit-elle à mi-voix. Je voudrais que tu rentres en automobile à Val-Jalbert, sinon tu vas geler, en traîneau.

— Toi aussi ! répliqua la fillette. Et surtout le bébé. Mais ce ne serait pas gentil de laisser Simon tout seul.

— Oh ! C'est un grand garçon, astheure ! plaisanta Hermine.

Elles parvinrent sur le quai. Hans Zahle leur fit signe. Il était seul.

— Ah ! te voilà, Hermine ! commença-t-il. Laura m'attend au bar du Château Roberval. Ta mère m'a chargé d'une commission. Je dois te ramener au village et lui préparer une malle. Nous allons passer quelques jours à Roberval. Je réintègre mon modeste logement, mais Laura a réservé une chambre à l'hôtel.

La nouvelle stupéfia la jeune femme. Incrédule, elle scruta le regard gris-bleu du pianiste.

— Maman a décidé ça à cause de moi ? interrogea-t-elle. Elle m'en veut à ce point ? Enfin, c'est grotesque ! Nous étions si contentes, toutes les deux, de nous retrouver. Dans ce cas, elle tient bien peu à moi pour s'en aller dès que je ne lui cède pas.

— Ta conduite la désespère ! répliqua Hans. Tu n'avais qu'à lui promettre que tu songerais à ta carrière très bientôt et rien ne serait arrivé.

— Je n'ai pas voulu lui mentir et voilà le résultat ! se désola-t-elle. Viens, Charlotte, je dois parler à ma mère.

— Hermine, cela ne servira à rien ! protesta Hans. Et ton bébé va finir par prendre froid. Sois raisonnable, la voiture est là. Je vous raccompagne, Charlotte et toi.

— Non, je veux attendre le retour de Toshan. Je suis sûre qu'il va gagner.

— Ou perdre l'équivalent d'un mois de salaire ! fit remarquer Hans d'un ton réprobateur.

La jeune femme prit son fils chaudement emmitouflé dans ses bras avant de confier le landau à son futur beau-père.

— Je vous rejoins très vite ! assura-t-elle.

D'un pas rapide, elle s'éloigna du quai, suivie par Charlotte.

Laura ne parut pas surprise de la voir entrer dans le luxueux établissement où elles s'étaient rencontrées pour la première fois. Le décor somptueux enchanta la fillette qui se perdit dans la contemplation des meubles, des verreries, des tapis.

— Maman ! dit doucement Hermine afin de ne pas attirer l'attention. Maman, je t'en supplie, tu ne vas pas te retirer ici et me laisser à la maison. Cela fera jaser à Val-Jalbert. Tu n'as rien trouvé d'autre pour me punir ?

— Tu te trompes, ma chérie ! répondit Laura du même ton de confidence. J'agis pour te libérer de ma présence. Je ne me sens pas bien du tout en ce moment. Ce que tu m'as jeté à la figure, sur le quai, était vrai. J'ai tendance à oublier mes fautes et le tort que je t'ai causé. Toshan est un bon père, lui, et tu es une mère douce et câline. Je crois que ton mari rentrera plus souvent si je ne suis pas dans vos pattes, comme dirait Mireille. J'ai besoin de réfléchir. Crois-moi, ce n'est pas contre toi que j'agis ainsi !

Elle eut un coup d'œil embarrassé pour Charlotte. Hermine suggéra à leur protégée d'aller se promener un peu dans le salon voisin, où des revues étaient à la disposition de la clientèle.

— Nous allons commander du chocolat chaud, précisa la jeune femme.

L'enfant comprit qu'elle n'avait surtout pas à entendre la conversation. Dès qu'elle le put, Laura ajouta :

— Je ne pensais qu'à ta carrière de chanteuse,

sans me rendre compte que cela cachait un autre problème. J'avais les nerfs à vif, je n'étais plus sûre de rien. Bref, la présence constante de Hans me pesait. Ici, je disposerai de mes soirées et peut-être de mes journées. Je poursuis un objectif précis: préserver ma réputation.

— Mais les gens savent que vous êtes fiancés et que le mariage approche ! s'étonna Hermine. Tout à l'heure, sur le quai, vous vous teniez par le bras. Tu en as assez de lui ?

— Non, ce n'est pas à ce point ! J'ai des doutes sur le bien-fondé de notre future union. Le tenir par le bras, ce n'est pas si grave, cela peut passer pour une attitude normale, car le sol était glissant. De toute façon, ces quelques jours de solitude m'aideront à y voir clair. Hermine chérie, j'ai des remords. Je ne t'ai pas élevée, tu as grandi en espérant le retour de tes parents, soumise à l'autorité des sœurs et aussi à celle de Joseph Marois. Et maintenant je te harcèle avec cette histoire de carrière, de réussite. Tout cela m'est apparu d'un coup et j'ai eu honte de te traiter aussi mal. Je ne suis qu'une misérable émigrante belge ! La fortune dont j'ai hérité, je ne la mérite pas. Parfois j'ai envie de tout donner, de peur que cet argent ne me porte malheur. Je n'oublie pas que Franck Charlebois désirait divorcer quand j'ai recouvré la mémoire. Sa mort subite l'en a empêché. Sans ce drame, je serais obligée de travailler pour gagner mon pain.

— Tu n'aurais pas pu faire opérer Charlotte ni t'installer à Val-Jalbert ! déclara Hermine dans le souci de réconforter sa mère.

Laura frissonna malgré l'agréable chaleur qui régnait dans la salle. Comment avouer à sa fille qu'elle fuyait aussi le village fantôme, les vastes étendues de neige qui cernaient la belle demeure de l'intendant Lapointe ! Elle ne supportait plus le voisinage du couvent-école, imaginant sans cesse ce soir de janvier 1916 où Jocelyn Chardin se tenait à proximité avant de déposer leur chère Marie-Hermine sur le perron du bâtiment. La nuit, elle dormait à peine, hantée par le tragique destin de son premier mari, craignant de sentir un souffle d'outre-tombe dans son cou ou sur son front dès qu'elle éteignait la lampe de chevet. Aussi croyait-elle sincèrement se reposer en résidant une semaine ou deux au Château Roberval.

— Maman, je t'en supplie, reviens à la maison ! Je m'ennuierai beaucoup sans toi, privée de nos bavardages.

— Non, Hermine, ma décision est prise. Mireille sera ravie de papoter avec toi et Charlotte. Betty viendra te rendre visite. De quoi te plains-tu ? Tu auras plusieurs pièces pour toi et Toshan.

La jeune femme, ignorant ce qui tourmentait vraiment sa mère, faillit lui promettre qu'elle irait à Québec au printemps, qu'elle passerait une audition. Le retour de Charlotte l'en dissuada. La fillette avait aperçu le serveur chargé d'un plateau. Des tasses en porcelaine blanche fumaient, dégageant une odeur alléchante. Elles savourèrent la boisson chaude en silence. Laura, ayant terminé la première, fit remarquer à Hermine :

— Voici Duplessis ! Il séjourne à Roberval, sans doute en compagnie d'une tendre amie.

— Je l'ai croisé sur le quai, juste avant le départ de la course ! répondit la jeune femme. Cet homme me paraît singulier: ses manières, sa façon de parler!

— C'est vrai qu'il est différent des gens que nous fréquentons d'habitude! admit Laura.

Hermine caressa le poignet de sa mère.

— Maman chérie, rentre avec nous à Val-Jalbert! Sois gentille.

Octave Duplessis les salua en soulevant son chapeau, mais il se dirigea vers l'escalier principal sans venir leur parler, ce qui les surprit un peu.

— Je ne l'intéresse pas tant que ça! souffla Hermine dont l'unique préoccupation était de ramener Laura au bercail.

C'était tout le contraire. L'impresario montait chaque marche tapissée d'épais velours rouge en songeant qu'il avait déniché la perle rare et qu'il en ferait une diva. Il se montrerait patient; il ne fallait pas effaroucher cette jeune maman doublée d'une amoureuse.

« Elle ne m'échappera pas! » conclut-il, parvenu à son étage.

Laura, pendant ce temps, touchée par les supplications de sa fille, consentit à repousser son séjour à Roberval. Hermine avait remporté cette demi-victoire, en faisant appel à la simple logique.

— Crois-tu vraiment, maman, que Hans saurait préparer une malle de vêtements à ta place? Si tu tiens à habiter en ville ces jours-ci, fais-le, mais pas si précipitamment! C'est mieux de s'organiser.

— Tu as raison, reconnut sa mère. Mon Dieu, à dix-huit ans, tu es plus sage et sensée que moi.

Hermine observa le joli visage de Laura.

« Est-ce que je serai ainsi, dans vingt ans ? se demanda-t-elle. Maman a un teint de lait et à peine quelques rides. Mais elle a l'air tellement triste ! »

Hans Zahle fit son apparition. Le malheureux était transi.

— Vous me laissiez dépérir en plein vent, mesdames ! dit-il en souriant sans véritable gaieté. J'attendais, j'attendais, mais personne ne se souciait de moi. Hermine, il semble que les concurrents de la course reviennent à bon port. On entend des chiens aboyer et un gamin prétend qu'il voit un attelage au loin.

— Maman, peux-tu garder Mukki au chaud ? s'écria la jeune femme. Je tiens à assister à l'arrivée.

— Je viens moi aussi ! affirma Charlotte en se levant. Je suis sûre que c'est Toshan qui va gagner.

Elles se prirent par la main pour courir à nouveau vers le quai. Le crépuscule jetait sur le lac gelé des luminosités vermeilles. Le ciel, de nouveau limpide, paraissait enflammé. La beauté de ce spectacle envahit Hermine. Elle eut l'impression d'être une créature minuscule confrontée à la magie grandiose de la nature. Charlotte demeura bouche bée. Jamais elle n'avait été aussi heureuse d'avoir retrouvé la vue.

— Regarde, Mimine, là-bas ! cria la fillette. Il y a deux traîneaux.

La vieille femme qui assistait au départ vint se poster à côté d'elles. Une toque en castor couvrait sa tête chenue.

— Mon Gamelin sera le premier ! annonça-t-elle. C'te jeune Indien est ben trop feluet et chétif ! Et ses chiens valent rien !

— Mon mari, feluet ? protesta Hermine. Pas du tout !

— Ah, c'est ton homme ? répliqua la vieille. Gamelin, c'est mon neveu, le fils de ma sœur cadette, qu'a douze ans de moins que moi. Je te connais, ma fille ! T'as chanté à l'église, l'année de l'inauguration. Tu es de Val-Jalbert ?

— Oui, madame !

— Berthe, faut m'appeler Berthe ! J'ai mis onze enfants au monde, mais celui que je préfère, c'est mon neveu Gamelin.

Hermine approuva avec politesse. Elle gardait les yeux rivés sur les formes sombres en mouvement qui se dessinaient sur le blanc rosé des glaces, dans lesquelles on pouvait deviner des chiens et des hommes debout derrière l'attelage. Des cris résonnaient ainsi que des encouragements destinés aux bêtes épuisées. Elle crut reconnaître l'homme qui avait pris les paris, le contremaître du moulin de Riverbend où travaillait Toshan.

La vieille Berthe lui serra le poignet en riant tout bas.

— Ah, mon Dieu ! Seigneur ! Mon Gamelin dépasse ton Indien !

— Oh non ! s'écria Hermine. Duke ! Allez, mon chien, fonce !

Les quelques badauds qui assistaient à l'arrivée de la course se mirent eux aussi à encourager leurs favoris, car un troisième traîneau approchait. Charlotte frappait dans ses mains, grisée par l'excitation générale. Maintenant, chacun pouvait voir distinctement les visages tendus de Toshan et de son principal adversaire. Les chiens haletaient, gueule ouverte sur des crocs assez impressionnants.

« Toshan doit être le premier ! se disait Hermine. S'il perd, il sera de mauvaise humeur pendant des jours et des jours ! Et puis, il conduit le traîneau de mon père ! »

De songer à Jocelyn Chardin la bouleversa. Elle joignit les mains sur sa poitrine et ferma les yeux. Ce fut pendant ce court laps de temps que Duke et ses congénères fournirent un dernier effort. Gamelin poussa un « Tabarnak » vibrant de rage tandis que Toshan lançait un long cri de victoire.

— Mimine, il a gagné ! s'égosilla Charlotte, les yeux brillants. Ton mari a gagné !

— Ah oui ? J'en étais sûre, c'est le meilleur !

La vieille Berthe ne décolérait pas. Elle se mit à invectiver les uns et les autres en gesticulant. Simon réapparut au même instant.

— Ne faites pas autant de sparages, madame ! déclara-t-il d'un ton aimable. On ne comprend plus ce que vous dites !

— Toi, le blanc-bec, va jaspiner ailleurs !

Hermine saisit le bras de Simon pour l'entraîner un peu plus loin. Elle n'osait pas rejoindre Toshan qui discutait avec Gamelin et le troisième concurrent.

— Et le quatrième traîneau ? interrogea-t-elle. On n'aperçoit aucun mouvement sur le lac. J'espère qu'il n'y a pas eu d'accident.

— Non, expliqua Simon. J'ai entendu dire que le type n'a pas voulu faire le trajet du retour. Il est resté à Péribonka. Toshan va empocher les cinquante dollars et même davantage. Regarde un peu comme il est content ! Viens, on va le féliciter !

— Non, je préfère ne pas le déranger ! précisa-t-elle. Cela ne lui plairait pas si je le rejoignais. Vas-y, toi, et dis-lui de venir me voir dès qu'il pourra. J'ai confié Mukki à ma mère, elle m'attend au Château Roberval.

La jeune femme trépignait d'impatience. Elle rêvait de se retrouver en tête à tête avec son mari, tout en sachant que cela ne se produirait pas. Toujours compatissante, Charlotte lui proposa d'aller l'attendre à l'hôtel.

— Si Mukki a faim, je le calmerai ! promit la fillette. Je lui donne mon petit doigt à téter et il ne pleure plus.

— Non, il fait presque nuit, coupa Hermine. Reste avec moi.

Des clameurs joyeuses les firent taire. Sur le bord du lac, un attroupement s'était formé, uniquement composé d'hommes. De ce méli-mélo de tuques et de casquettes fusaient de grosses voix, ponctuées d'aboiements, les chiens quêtant leur repas. Ce fut alors que surgit Toshan, le visage illuminé. Il se planta devant sa jeune épouse.

— J'ai gagné ! dit-il en souriant.

— Bravo ! dit-elle avec tendresse, fascinée par l'éclat de ses belles dents. Et que fais-tu, à présent ? Il faut mettre l'argent de côté.

— L'argent ! Je ne l'ai pas accepté ! annonça Toshan. Ces pauvres gars ont des enfants à nourrir. Les temps sont durs, avec cette maudite crise. Hermine, je tenais à prouver que mes chiens valaient mieux que les leurs. Je pensais à mes ancêtres, les parents et grands-parents de ma mère Tala. Et mon patron ne s'est pas gêné pour me dire que j'avais une petite femme pleine aux as, la fille de la riche veuve Charlebois.

Les yeux noirs de Toshan parurent plus sombres encore. Il était évident que cette allusion lui avait déplu.

— Nous allons boire un coup à la taverne ! ajouta-t-il. Ensuite, nous rentrons au chantier. Je viendrai samedi prochain à Val-Jalbert.

Toshan l'embrassa sur la joue. Il chatouilla le menton de Charlotte et tourna les talons.

— C'est tout ? s'étonna Hermine, frappée de stupeur. Il est déjà parti.

La gorge prise dans un étau de chagrin, elle luttait contre les sanglots qui s'apprêtaient à la suffoquer. Elle se sentait rejetée, abandonnée sur le quai comme un ballot de marchandises dont le propriétaire ne voulait plus.

« Pourquoi me traite-t-il ainsi ? se désola-t-elle. Je sais bien qu'il a hâte de retrouver ses collègues, mais je suis sa femme ! »

Simon l'arracha à sa terrible déception. Le col de sa veste remontée jusqu'aux oreilles, il lui tapota l'épaule.

— Dis, Mimine, ça m'arrangerait que tu montes en voiture avec Hans et Laura. Toshan m'a invité à la taverne. Je ne suis pas pressé, moi.

D'une voix basse, un peu tremblante, elle demanda :

— Tu as bien mis sa couverture, à Chinook ? Il ne faut pas qu'il prenne froid.

— Je sais m'occuper d'un cheval ! protesta Simon. Ne boude pas, Mimine, à la revoyure !

Le retour à Val-Jalbert se fit en silence. Épuisée par sa journée, Charlotte somnolait, mais les trépidations de l'automobile la réveillaient souvent. Assise à l'arrière, Hermine avait donné le sein à son fils et contemplait le paysage baigné d'une pénombre bleutée, teintée d'argent par un quartier de lune. Laura semblait distraite, elle aussi. Hans Zahle sifflotait. En fait, chacun était plongé dans ses pensées.

« J'aimerais tant aller à Québec avec Hermine ! se disait la fillette. Peut-être qu'elle me prêterait un de ses chapeaux à la mode, en forme de cloche. On dormirait à l'hôtel et, quand on se promènerait dans la rue, les gens nous prendraient pour deux sœurs. Je coifferais les petits cheveux de Mukki, je lui ferais une houppette. Mais je n'ai pas de valise. Il m'en faut une ! »

Bercée par le ronronnement du moteur, Laura fixait d'un air presque halluciné la zone éclairée par les phares. La neige gelée scintillait.

« J'ai bien chaud, ce soir ! Je porte un manteau en fourrure de martre. Un homme que je respecte, qui me chérit, se tient à mes côtés. Mais je me souviens de ces autres nuits, quand j'étais installée dans le traîneau de Jocelyn, ce superbe traîneau qui nous servait de lit, parfois. Le vent réussissait à se glisser sous mes couvertures, les appels des loups me déchiraient le cœur. Jocelyn devinait mes craintes. Il se penchait sur moi et me réconfortait comme on parle à une enfant. Et, si nous trouvions une cabane abandonnée, il dressait une couche de fortune. Ses lèvres cherchaient les miennes, son corps pesait sur le mien. Mon Dieu, pourquoi avons-nous été séparés ? A-t-il vraiment voulu me tuer, effrayé de me voir devenue folle ? »

Troublée par ces pensées qui l'agitaient sans relâche, Laura eut envie de se blottir contre Hans. Il dut le deviner, car il lui lança un regard troublé.

« Laura chérie ! songeait-il. J'ai cru aimer Hermine, mais je me trompais. J'étais surtout séduit par sa voix merveilleuse et sa gentillesse. Les baisers de Laura m'ont appris le goût amer, quoique délicieux, de la passion. Elle est si menue, ma fiancée, si jolie ! On la dirait froide et réservée, mais un feu étrange coule dans ses veines. »

La plus triste, c'était encore Hermine. Elle ne parvenait pas à surmonter sa déconvenue. L'attitude de Toshan lui faisait redouter les mois à venir, les années même. Hormis les premiers jours de leur fuite où il lui témoignait un amour fou, le beau Métis se révélait aussi autoritaire et entêté que Joseph Marois.

« J'exige si peu de lui ! concluait la jeune femme. J'ai vécu au fond des bois en compagnie de sa mère, et lui il partait tous les jours à la chasse ou chez ses cousins. Il a imposé ce nom de Mukki à notre fils ! Si je n'étais pas tombée malade de chagrin, nous ne serions pas venus passer Noël à Val-Jalbert. L'été qui vient, je devrai le suivre à nouveau, sans discuter. Une brave petite épouse obéit à son mari. Oh ! Je lui en veux ! Mais je l'aime… Ça, je l'aime. Il a dit qu'il viendrait samedi. Plus que quatre jours à attendre. »

Paupières mi-closes, Hermine imagina leurs retrouvailles. Elle mettrait sa chemise de nuit en linon rose, brodée de dentelles au cou. Par chance, le bébé faisait déjà ses nuits.

« Mon amour ! gémit-elle intérieurement. Cette fois, je te garderai bien serré dans mes bras. Je serai si douce, si câline, que tu n'auras pas le courage de te lever à l'aube, comme tu le fais toujours. Je t'emprisonnerai entre nos draps, je ne te lâcherai plus. »

Mais au fond d'elle-même Hermine savait bien que c'était un combat perdu d'avance.

Val-Jalbert, mi-février 1933

Hermine brodait un bavoir destiné à son fils, ornant la pièce de tissu d'un motif floral en guirlande. Mireille avait annoncé des crêpes pour le goûter. La maison était un havre de paix et de chaleur. Mukki dormait dans un nid de coussins sur le divan.

— Quand le bonhomme hiver s'en ira, le bel été reviendra ! chantonna la jeune femme en sourdine.

Charlotte était à l'école. Des coups sourds résonnaient derrière la cuisine en provenance de l'appentis où Armand fendait des bûches.

— Ce n'est pas si désagréable, de disposer d'un logement si grand et confortable ! convint Hermine à mi-voix.

Laura était partie la veille pour Roberval, ainsi que Hans Zahle, avec trois semaines de retard sur la date prévue. Une rude période de grosse neige les avait tous confinés à Val-Jalbert.

« En plus, Simon a profité de l'automobile pour aller jusqu'à Chambord prendre le train ! Ma chère

Betty a bien pleuré, hier. Heureusement qu'elle a sa petite Marie. »

La gouvernante entra dans la pièce. D'un œil attentif, elle examina le poêle ainsi que l'ordonnance des meubles, des tapis et des bibelots.

— Es-tu à ton aise, demoiselle ? plaisanta-t-elle en adressant un sourire à Hermine.

— Tout à fait, Mireille ! Si Toshan Delbeau en personne venait frapper à la porte, mon bonheur serait total.

— Ne te languis pas, il pointera son nez samedi et je lui ferai une frigousse de porc aux oignons ! Depuis le temps que notre monsieur Clément me la réclame.

— Toshan, Mireille ! Mon mari s'appelle Toshan.

— J'aime mieux les prénoms catholiques, moi ! trancha la domestique, tout en contemplant le bébé assoupi. Déjà que j'ai raté la messe dimanche dernier, je n'ai pas intérêt à jaser en langue indienne.

Hermine eut un léger rire amusé. Elle ne percevait aucune mauvaise intention dans les propos de la gouvernante.

— Et tes crêpes, à quelle heure les serviras-tu ? demanda-t-elle.

— Quand Charlotte sera là, c'est évident !

— Alors, je monte dans ma chambre, Mireille ! Si Mukki se réveille, ce n'est pas grave. Il doit téter bientôt.

Une scène identique s'était déroulée le matin même. Hermine saisit une partition sur le piano et grimpa les marches quatre à quatre. Quelques minutes plus tard, elle chantait.

Anges purs, anges radieux ! Venez à moi du fond des cieux… Dieu juste, à toi je m'abandonne[1] *!*

Mireille écoutait, debout dans le couloir du rez-de-chaussée. La belle demeure du surintendant Lapointe paraissait vibrer de toutes ses planches. La voix de la jeune femme était d'une telle pureté, d'une telle puissance aussi, que la gouvernante en eut les larmes aux yeux.

« En voilà, une drôle de fille ! se troubla-t-elle, déconcertée. Madame Laura est à peine envolée qu'elle chante à pleins poumons, notre Hermine. Sa mère serait si heureuse de l'entendre pousser les notes comme ça ! »

Le récital continua. Mireille eut droit à l'aria de *Lakmé*, puis à celui de *Madame Butterfly*. Mukki finit par s'agiter, puis il cria de toutes ses forces, affamé. Il venait d'avoir six mois. C'était un bébé dodu aux joues rondes et au teint doré. Hermine descendit aussitôt en fredonnant encore. Elle souleva son fils et le fit tournoyer en l'air. Il éclata de rire.

— C'était magnifique ! s'extasia la gouvernante. Si j'avais plus de malice, j'écrirais à madame Laura pour lui raconter le vilain tour que tu lui joues !

— Mireille, ne me sermonne pas ! Je t'expliquerai ! Pas aujourd'hui, la semaine prochaine… Je dois travailler un peu ma voix.

La domestique fit une grimace de perplexité et regagna la cuisine. Hermine fit téter Mukki. La joie intense qu'elle avait éprouvée en chantant faisait encore frémir tout son corps. Elle s'estimait comblée.

---

1. Air de Marguerite dans *Faust* de Gounod.

Après l'histoire de la course, Toshan lui avait présenté des excuses pour l'avoir laissée en plan sur le quai. Elle avait pardonné, grisée de caresses, de ces gestes d'amour que les couples échangent dans l'ombre brûlante du lit. C'était dans ces moments-là aussi que son mari consentait à baisser les armes, à remiser son orgueil à l'extérieur du cercle magique de leurs étreintes. Il lui assurait qu'il l'adorait, qu'elle représentait, avec Mukki, la meilleure chose de son existence.

Charlotte arriva enfin après avoir quitté sa paire de raquettes sur le perron de la maison. La fillette devenait une confidente dotée d'une précieuse qualité, celle de comprendre les idées les plus insolites. Elle se précipita vers Hermine et lui confia à l'oreille :

— Tu as répété tes airs ?

— Oui, mais Mireille se pose des questions !

— Faudra bien lui dire qu'on va à Québec lundi prochain ! ajouta Charlotte.

— Le dimanche soir, je le lui annoncerai, quand Toshan sera reparti au chantier. Cela me donne un peu de temps pour m'entraîner encore. Je dois être au point, si je passe l'audition au Capitole.

C'était leur secret. En l'absence de Laura et de Hans, le projet audacieux avait repris sa force fantasque. Charlotte jubila.

— Mimine, tu es si gentille de m'emmener ! Je suis déjà allée à Montréal avec ta maman pour mon opération, mais, là, c'est tellement mieux de voyager avec toi ! Pendant la récréation, j'ai fait la liste de ce qu'il faut emporter : des mitaines, des écharpes, une bouteille thermos remplie de café, le hochet de Mukki.

— Chut ! fit Hermine.

Mireille approchait, chargée d'un plateau qu'elle disposa sur le guéridon.

— Le goûter, mesdemoiselles les conspiratrices ! dit-elle. De la cuisine, j'entendais des messes basses. Je ne sais pas ce que vous complotez, mais j'espère que ça ne me causera pas de tort.

Charlotte pouffa, pendant qu'Hermine prenait un air angélique. Toutes les deux se voyaient en route vers Québec, à bord du train qui traversait les immenses étendues enneigées de leur pays.

« J'ai pris ma décision ! pensa la jeune femme. Je passerai une audition, au moins une fois et, à mon retour, je saurai si je suis aussi douée que le prétend monsieur Duplessis. Je dois le faire. Ensuite, je serai tranquille. »

Elle effleura son ventre discrètement, sous le châle en laine. Depuis quelques jours, elle avait la certitude d'attendre un deuxième enfant. Cela la poussait à déployer ses ailes, à quêter une réponse au-delà de son village.

« Toshan sera si heureux d'être papa à nouveau qu'il me pardonnera mon escapade. Le bébé naîtra en septembre, comme Mukki. »

Hermine se jugeait protégée par cette nouvelle grossesse. Aucun impresario, aucun directeur de théâtre ne ferait le poids face à un tel gage de bonheur familial. Du moins le croyait-elle sincèrement.

4

Les voyageuses

Val-Jalbert, dimanche 19 février 1933

C'était la fin de l'après-midi, l'heure habituelle où Toshan s'en allait. Il avait attelé ses chiens qui jappaient d'impatience en bas du perron. Hermine assistait au départ de son mari, comme à l'accou-tumée. La jeune femme avait enfilé un manteau à la hâte et s'était coiffée d'une écharpe en laine. Elle voulait s'assurer qu'il n'oubliait pas les pâtisseries que Mireille préparait pour lui, ni son linge de rechange. Le jeune couple avait pleinement profité de ces deux jours ensemble. Ils étaient restés très souvent dans leur chambre avec le bébé pour bavarder et s'aimer. Comme l'avait prévu Laura, Toshan appréciait d'être seul avec Hermine. La gouvernante et la fillette ne les gênaient pas, car Charlotte savait se faire discrète et Mireille ne quittait guère sa cuisine.

— Eh bien, je ne peux plus tarder ! dit-il en enfilant ses mitaines. J'arriverai sur le chantier de coupe pour me coucher. Les autres gars seront déjà au lit.

— Sois prudent ! recommanda-t-elle.

Toshan tressaillit. Il y avait une insolite note de gaieté dans la voix de sa femme. Au moment de son départ, Hermine manifestait ordinairement de la tristesse et avait souvent la larme à l'œil.

— On dirait que tu n'as guère de chagrin de me voir déguerpir ! avança-t-il, soupçonneux.

— Que vas-tu imaginer ? protesta-t-elle. Je m'habitue, c'est tout ! Je ne suis pas la seule épouse du pays dont le mari s'absente la semaine pour un job ! Et puis nous avons été très heureux, ces jours-ci !

Après avoir enlacé Toshan, Hermine ponctua sa déclaration d'un baiser très tendre.

— Je te trouve étrange ! insista-t-il. Tu es sur les nerfs, tu ris d'un rien.

— Préfères-tu que je pleure ? plaisanta-t-elle. Je m'occupe quand tu n'es pas là. Mukki devient si mignon. Il babille, il essaie de s'asseoir, il me donne beaucoup de joie.

Le jeune homme hocha la tête, encore réticent. Il prenait conscience qu'il laissait Hermine libre de ses faits et gestes pendant des jours. La jalousie l'envahit.

— Tu ne vois personne, au moins ? interrogea-t-il durement.

— Mais si ! se moqua-t-elle. Je reçois Betty et son bébé, Edmond aussi, à l'heure du goûter. Toshan ! Je t'aime tant ! Comment peux-tu croire une chose pareille ?

— Je ne sais pas, tu as un drôle d'air, ce soir !

Hermine fit semblant de remonter un de ses bas. Elle avait honte, tout à coup, d'avoir organisé ce voyage à Québec. Jamais elle n'avait menti à Toshan et elle s'apprêtait à le duper.

« Je lui raconterai tout, dimanche prochain ! pensa-t-elle pour se tranquilliser. Si je lui avais parlé de mon intention, il m'aurait interdit de prendre le train. Ne rien dire, ce n'est pas vraiment mentir ! »

Ce genre de conclusion ne lui ressemblait pas. L'éducation que la jeune femme avait reçue des sœurs de Notre-Dame-du-Bon-Conseil avait marqué son esprit. Hermine faisait preuve de charité, d'honnêteté et de droiture. La révolte qui venait de couver en elle était née d'une série de contrariétés et de chagrins refoulés. Son mari, bien que très amoureux, se révélait autoritaire et peu prodigue de ces attentions charmantes dont rêvent les épouses. Quant à Laura, elle changeait d'humeur sans raison, tantôt tendre et attentive, tantôt boudeuse et anxieuse.

« Je m'accorde juste un peu de distraction, il n'y a pas de mal à ça. Charlotte est toute contente. »

— Hermine, regarde-moi ! ordonna Toshan.

Elle se redressa et le fixa. Envahie d'une émotion mêlée de remords, elle ne put s'empêcher de sangloter.

— Ce n'est pas moi qui t'ai dit de travailler au moulin de Riverbend ! riposta-t-elle. Je t'ai supplié de rester ici, près de ton fils, mais tu es tellement fier que tu as cherché un job.

— Pourquoi as-tu repassé ta robe bleue, ce matin ? coupa Toshan en guise de réponse. La robe que tu portais à la messe de Noël ?

— Je compte la mettre dimanche prochain, puisque nous recevons le curé de Chambord. Tu n'as pas oublié, maman sera là.

Duke aboya. Le vent glacé hurlait en longues rafales plaintives. Coiffé de sa casquette à oreillettes, Toshan ajusta son foulard.

— Je t'en prie, sois sérieuse, Hermine. Je t'aime. Tu es mon trésor, Mukki aussi est très précieux pour moi.

Il devint grave en la dévisageant. Elle faillit tout avouer de son expédition secrète, parce qu'il avait cette expression ardente des premiers jours de leur amour.

— Ne t'inquiète pas, nous nous reverrons bien vite ! promit-elle avec un sourire lumineux.

Enfin, le traîneau s'ébranla ; les chiens se mirent au trot, la queue en panache. Toshan agita la main droite et tourna la tête. Transie, la jeune femme s'attarda sur le perron.

« Pardon ! Je suis navrée ! » se dit-elle, sincèrement chagrinée.

Elle décida enfin de rentrer au chaud. Charlotte l'attendait dans le salon, la mine préoccupée. La fillette tenait le bébé sur ses genoux.

— Il a faim, je crois, dit-elle doucement. Maintenant, tu dois parler à Mireille.

— Je sais, répliqua Hermine. Je le ferai avant le repas du soir. Donne-moi Mukki.

— Ma valise est prête, se réjouit Charlotte avec un sourire radieux. Mais qu'est-ce que tu as ? Tu as pleuré ?

— Oui. Toshan se doute de quelque chose. J'étais trop gaie, aujourd'hui. Maintenant ça me rend triste de lui avoir menti. J'ai l'impression de faire une folie.

— Tu ne veux plus partir ? s'inquiéta sa petite complice avec un air navré.

— Mais si, n'aie pas peur ! On ne peut plus reculer, de toute façon. Onésime vient nous chercher à huit heures demain matin.

Onésime était le frère de Charlotte, son aîné de douze ans. Il faisait partie de la cinquantaine d'habitants de Val-Jalbert établis le long de la route régionale. Marié à Yvette, la fille du charron, ce robuste gaillard se rendait tous les jours à Roberval où il travaillait. Moyennant une petite rétribution, il avait volontiers accepté de conduire les voyageuses à l'arrêt du train, Chambord Jonction.

— Je ne l'ai pas vu depuis Noël, Onésime ! remarqua la fillette, mais Yvette m'a offert des mouchoirs ; elle n'est pas si mauvaise que ça.

Hermine approuva d'un sourire. Trop maquillée et peu craintive, Yvette avait été la pécheresse en titre du village avant d'unir son destin à Onésime Lapointe. Le couple s'entendait bien. Un fils lui était né au printemps dernier, baptisé Damase en hommage au fondateur de la cité ouvrière, Damase Jalbert[1]. C'était une suggestion du curé de Chambord, nostalgique de l'âge d'or de la pulperie.

— Personne n'est tout à fait mauvais ! soupira la jeune femme en admirant Mukki qui tétait avidement.

Elle n'en était pas certaine, lorsqu'elle songeait au père de Charlotte, Jules Lapointe, qui avait quitté le pays. Mais il y avait fort à parier qu'il ne renonçait pas à l'alcool. « Avant la mort de son épouse, il ne buvait pas tant ! se dit-elle tristement. C'était même

1. Damase Jalbert : fondateur du village ouvrier qui porte son nom, Val-Jalbert, après s'être appelé village Saint-Georges.

un brave homme. Le chagrin l'a détruit au point où il a fini par s'en prendre à sa fille de dix ans. Mon Dieu, quelle horreur ! »

Hermine trouva là un argument de plus pour justifier son escapade du lendemain. Charlotte méritait bien de se distraire, de découvrir Québec.

« Elle serait trop déçue si je renonçais à partir ! Une chance que j'ai cet argent pour le train et l'hôtel. »

Il s'agissait d'une belle somme que Laura avait mise à sa disposition, une sorte d'avance sur son héritage.

— Eh bien, quel silence, ici ! claironna Mireille en entrant dans la pièce.

La gouvernante devinait une tension inhabituelle chez Hermine. Elle s'approcha et fit le tour des fenêtres pour tirer les rideaux.

— Mireille, viens t'asseoir avec nous ! dit la jeune femme. Je dois te confier un secret. Promets-moi de ne pas te fâcher !

— Hum ! Tout dépend de ton secret !

Hermine expliqua posément ce qu'elle avait prévu faire, sans se justifier plus que nécessaire. Charlotte écoutait aussi en approuvant certaines phrases d'un hochement de tête.

— Ah ! Je comprends mieux pourquoi j'ai eu droit à tant de sérénades, ces derniers jours ! proclama la gouvernante d'un air entendu. Tu répétais pour cette audition. Eh bien, je n'ai plus qu'à vous préparer un casse-croûte pour le voyage. Chafouine, va ! As-tu songé au bébé ? Il faut emporter le landau et une provision de langes. Doux Jésus ! La vieille auto d'Onésime ne logera pas tous les bagages !

Es-tu sûre d'être rentrée pour samedi prochain ? S'il se remet à neiger, le train peut être ralenti. Déjà que le trajet prend plus de douze heures !

— Une fois à Québec, répliqua Hermine, je téléphonerai à monsieur Duplessis de mon hôtel. Je pourrai sûrement passer l'audition mercredi. Nous repartirons vendredi. De toute façon, Mireille, je n'ai pas l'intention de cacher ce voyage à mon mari ni à maman. Si je ne suis pas là en temps voulu, tant pis.

— Tant pis ? fit la femme d'une voix grondeuse. Facile à dire, c'est moi qui me ferai sermonner pour t'avoir laissée partir. Madame Laura ne sera pas trop en colère, mais Toshan risque de voir rouge.

— Je sais bien, Mireille ! J'ai de quoi l'attendrir, s'il m'en veut.

La gouvernante fronça les sourcils, intriguée ; elle contempla le beau visage de la jeune femme, auréolé de sa chevelure blonde.

— On te donnerait le bon Dieu sans confession ! ajouta-t-elle. Pourtant tu t'apprêtes à berner tout ton monde. Je n'ai plus qu'à croiser les doigts et te souhaiter bonne chance. Quand même, ce n'est guère prudent de voyager seule avec un nourrisson et une gamine. Madame Laura t'aurait volontiers accompagnée. Pourquoi lui fais-tu une cachotterie pareille ?

— Je n'en sais trop rien ! avoua Hermine. C'est comme si ça ne concernait que moi, ma voix et ce que j'en ferai dans l'avenir. Peut-être aussi que je chanterai mieux sans maman dans la salle, sans Hans.

Mireille leva les bras au ciel. Au fond, l'esprit intrépide de la jeune femme l'amusait.

— Ce soir vous allez manger une bonne soupe aux pois et demain matin vous aurez des beignes tièdes à emporter, ainsi que du café dans la bouteille thermos. Quelle histoire ! Dieu, quelle histoire !

Charlotte jeta un coup d'œil soulagé à Hermine. Celle-ci, partagée entre l'excitation de la nouveauté et un malaise indéfinissable, lui répondit d'un sourire malicieux.

— Je dois m'occuper de mes bagages ! dit-elle d'un ton ému. Viens m'aider, Lolotte. Pardon ! Charlotte. J'ai peur de ne pas dormir, cette nuit…

La fillette lui étreignit la main. Elle était si heureuse qu'elle avait la conviction de pouvoir protéger sa grande amie et le bébé en toutes circonstances.

Onésime Lapointe était là à sept heures et demie. Un jour blafard se levait sur un paysage figé par un froid glacial. Très nerveuse, la gouvernante le fit entrer et lui offrit un café brûlant.

— Je suis venu plus tôt, rapport à ma voiture qui a bien besoin de chauffer avant de rouler. Et je ne voudrais pas mettre la jeune dame en retard pour le train.

Hermine descendit, tout équipée, le bébé dans ses bras. Elle avait le cœur serré par l'angoisse. Elle portait un manteau de fourrure et ses cheveux roulés en chignon étaient recouverts d'une cloche en lainage rouge.

— Il faudrait prendre ma valise, Onésime ! Mireille, crois-tu que le petit est assez couvert ? S'il tombait malade, Toshan ne me le pardonnerait jamais.

— On ne voit même plus le bout de son nez, à ton Mukki ! Ne te tracasse pas, c'est de la bonne race, ton fils. Du sang montagnais, plus du sang québécois, il résistera à tout.

Mireille fronça les sourcils en voyant Onésime monter l'escalier avec ses grosses chaussures. Charlotte descendait, elle aussi habillée pour le voyage. Le frère et la sœur se saluèrent d'un bref sourire.

— T'es une vraie demoiselle, maintenant ! déclara le jeune homme. Je t'ai jamais vue si bien attifée.

— Je vais visiter Québec ! répliqua la fillette d'un air sérieux.

— Tu m'en diras tant ! plaisanta-t-il.

Après encore quelques discussions, ce fut le départ. Hermine embrassa Mireille qui la réconforta en lui tapotant le dos. Onésime avait logé de son mieux les valises et le landau dans l'automobile dont le moteur tournait au ralenti.

« C'est une aberration ! se disait la jeune femme. J'aurais dû attendre le mois de mai. »

Elle avait la gorge nouée et la bouche sèche. Tout ce qu'elle devait affronter lui paraissait insurmontable.

« Quel hôtel choisir ? Je ne connais pas Québec. Cela doit être très grand, comparé à Roberval. »

Charlotte était beaucoup moins émue. Elle s'installa sur la banquette arrière. Soudain elle poussa un petit cri.

— Mimine ! Tu n'as pas prévenu l'institutrice que je serai absente.

— Mon Dieu, tu as raison ! Et Betty ? Betty viendra nous rendre visite, comme toujours.

— Je m'en occuperai, promit la gouvernante, de l'institutrice et de madame Élisabeth.

La voiture démarra enfin. Si Hermine avait espéré quitter Val-Jalbert dans la plus grande discrétion, ce fut un échec. Mademoiselle Lemay, du perron du couvent-école, vit passer l'automobile qui zigzaguait et pétaradait. Derrière les vitres embuées, elle eut la certitude d'avoir reconnu la jeune femme et une de ses élèves. Un peu plus loin, Joseph Marois discutait avec son fils Armand, une pelle sur l'épaule.

— Mais c'est Hermine qui s'en va avec Onésime ! s'exclama l'ancien ouvrier.

— Peut-être qu'elle avait besoin d'aller consulter le docteur à Chambord ! hasarda l'adolescent, trop étourdi pour avoir eu vent de quoi que ce soit.

Hermine faillit fondre en larmes. Elle avait l'impression d'être une coupable en fuite. Mais elle se domina afin de ne pas peiner Charlotte. Onésime conduisait avec brusquerie. Plusieurs fois, la voiture fit une embardée et dérapa.

— Navré, madame ! s'écriait-il. Je vous secoue, c'est sûr !

Ils arrivèrent cependant sains et saufs à Chambord Jonction. Ainsi nommait-on cette gare où avait lieu un important trafic ferroviaire. On l'appelait même Chambord boucane en raison de son atmosphère abondamment enfumée par les locomotives à vapeur.

— Je viens régulièrement à la messe à Chambord, observa la jeune femme, mais je ne me suis jamais approchée de la gare. Quel bruit ! C'est assourdissant.

— Hiver comme été, ça brasse du monde ! commenta son chauffeur occasionnel. Je vais vous aider à descendre vos bagages.

À partir de ce moment-là, ce fut pour Hermine une immersion dans un univers totalement inconnu. L'activité fébrile qui régnait sur le quai, la foule des voyageurs, les grincements et ronflements des machines, tout cela composait une cacophonie impressionnante. Elle entra dans la gare pour acheter les billets. Charlotte, qui portait Mukki, observait d'un air apeuré l'alignement des wagons, dont certains étaient destinés au transport des marchandises. Onésime lui chatouilla la joue d'un doigt rugueux.

— Je suis bien content, petite sœur ! Les choses s'arrangent pour toi. J'ai de la reconnaissance, sais-tu ! Madame Laura, c'est une femme au grand cœur. Sa fille aussi.

— Onésime, je t'en prie, ne dis à personne que nous partons. C'est un secret !

— J'avais compris, petite futée, chuchota-t-il. Sinon ce serait monsieur Hans qui vous aurait servi de taxi. Moi, ça ne me regarde pas !

Des tourbillons de neige s'abattirent sur le village. Un vent coupant parcourut le lac Saint-Jean pris sous les glaces. Un sifflement aigu vrilla l'air glacé, suivi d'un grondement sourd.

— Les mécanos font le plein en eau, expliqua Onésime. Il en faut, du charbon et de l'eau, pour faire rouler un train.

Charlotte plissa le nez. Les odeurs de la gare lui semblaient à la fois déplaisantes et grisantes. Hermine revenait, un pâle sourire sur les lèvres.

— J'ai nos billets, annonça-t-elle comme si elle venait de remporter un rude combat. Tenez, Onésime ! Vous avez été bien aimable de nous accompagner.

Elle lui nicha dans la main une somme rondelette. Agréablement surpris, le jeune homme qui ne s'attendait pas à gagner autant se fit un devoir de porter les valises.

— Merci bien ! Montez vous installer, je retournerai chercher le landau !

Hermine respira mieux une fois assise à l'intérieur d'un wagon. Elle ôta son écharpe et prit le bébé sur ses genoux.

— Mukki n'a pas pleuré du tout ! dit-elle avec un sourire satisfait.

— Il est content ! assura Charlotte.

Elles restèrent silencieuses, toutes deux intimidées. Avec son gabarit de colosse et encore épaissi par sa veste fourrée, Onésime s'échinait à ranger les valises et à caler la voiture d'enfant dans un espace réservé aux bagages.

— Je vous souhaite bon voyage, mesdames ! leur dit-il avec un large sourire, tout en soulevant sa casquette.

La locomotive cracha un nuage de vapeur, en écho à un second sifflement prolongé.

« Mon Dieu ! Que le train parte enfin ! songea Hermine. Sinon je vais descendre et rentrer par n'importe quel moyen à Val-Jalbert. Je n'aurais pas dû ! C'est de la folie ! »

Elle cédait à une crise de panique presque enfantine. Ses pensées se bousculaient, oppressantes.

« Si maman me voyait ! Elle se demanderait quelle mouche m'a piquée d'entreprendre ce voyage en plein hiver avec un bébé de six mois. Et Toshan ! Il sera furieux. Si seulement j'étais restée à la maison. Aujourd'hui, j'aurais invité Betty à goûter, j'aurais pu finir la brassière en laine que j'ai commencée pour Mukki. En plus, je fais manquer la classe à Charlotte. »

— Mimine, ça y est, le train a démarré, lui fit observer la fillette en lui secouant le bras. Regarde, on bouge.

— Oui, tu as raison, répondit-elle d'une voix faible.

Pendant quelques minutes, Hermine fixa le paysage qui défilait derrière la vitre. Des épinettes gainées de neige gelée, des prés blancs, des poteaux. Elle se répétait qu'il fallait ôter son manteau de fourrure, mais il ne faisait pas très chaud dans le wagon.

— Crois-tu que nous serons à Québec avant la nuit ? interrogea Charlotte.

— Non, il sera très tard ! souffla la jeune femme.

Mukki poussa un petit cri plaintif. Hermine calcula le temps écoulé depuis la dernière tétée. Elle s'arrangea tant bien que mal pour l'allaiter, son foulard en cachemire la protégeant des éventuels regards indiscrets. Mais il n'y avait qu'une femme et ses deux enfants sur la banquette voisine. Charlotte ne tarda pas à somnoler, bercée par le mouvement du train.

Hermine garda le bébé contre elle. Il dormait paisiblement. D'un autre wagon s'éleva la musique d'un accordéon, assortie d'éclats de rires et de bavardages.

« Par chance, ici nous sommes tranquilles ! » se dit-elle.

Elle se mit à examiner le plafond et les cloisons ; elle revint à la fenêtre qui s'ouvrait sur des collines hérissées de sapins, d'épinettes et d'érables. Il neigeait. La jeune femme prit vraiment conscience de la réalité de son escapade. Elle s'imagina être un oiseau qui verrait du ciel le tracé de la voie ferrée, pareil à un serpent noir dans l'infinie blancheur du paysage, reliant Chambord à Québec. La distance lui parut incalculable, ainsi que le temps pour la parcourir.

« Un jour, maman et Hans m'ont raconté combien la mise en place du réseau ferroviaire avait eu de l'importance dans la colonisation autour du lac Saint-Jean et dans les autres régions. La population a augmenté grâce au train. Le tourisme se développe. Il paraît même que des gens de Montréal vont skier le samedi et le dimanche dans les Laurentides et que cette activité devient une passion ! J'aimerais bien essayer. Je suis là à trembler, mais je devrais m'émerveiller ! Avant, ce genre de voyage aurait pris des jours et des jours. »

Hermine ferma les yeux. Elle se souvint d'un autre départ, voué à l'échec celui-là. Laura avait organisé un séjour à Québec, mais en été. Le trajet devait se faire en bateau.

« Nous serions parties de Chicoutimi pour descendre le Saguenay jusqu'à Tadoussac. Hans nous aurait escortées, mais à l'époque c'était en qualité d'ami, rien d'autre. Mais j'ai reçu une lettre de mes grands-parents, les Chardin. Ils ne voulaient pas me connaître et m'écrivaient que maman avait été une prostituée. »

Elle frissonna d'un malaise rétrospectif. Alors que Laura l'attendait, Hermine s'était enfuie.

« Je suis montée le long de la chute, j'étais si malheureuse que je n'avais plus envie de vivre, je voulais me jeter dans les eaux folles de la Ouiatchouan, ma rivière. Maman m'a suivie, elle a imploré mon pardon. Et nous nous sommes réconciliées parce que c'est elle qui a failli mourir à cause de moi. J'avais tort de souffrir autant. Depuis, j'ai découvert la joie d'aimer, d'avoir un enfant. »

Elle frémit encore, mais d'un bonheur très doux, cette fois. La minuscule promesse de vie que son corps abritait la ravissait.

— Hermine ? balbutia Charlotte en se réveillant. Tu as dû t'ennuyer pendant que je dormais ! demanda la fillette.

— Pas du tout, je réfléchissais. Veux-tu connaître un secret ?

— Oh oui !

— J'attends un bébé ! Il naîtra en septembre, comme Mukki.

La nouvelle stupéfia Charlotte. Puis elle éclata de rire, un peu gênée.

— Tu en auras un chaque année ? Je vais avoir du travail, dis donc.

La conversation se faisait à voix basse. Hermine caressa la joue de sa petite protégée.

— Je voudrais une fille aussi gentille que toi, ma petite Charlotte.

Elle regrettait déjà sa confidence irréfléchie. C'était un sujet à ne pas aborder avec une enfant de l'âge de la fillette. Cependant, celle-ci, très intéressée, évoqua sa défunte mère, Aglaé.

— Maman, elle a eu trois petits après Onésime, mais ils n'ont pas vécu. Quand je suis née, elle a remercié Dieu, elle était très contente. Élisabeth aussi était tout heureuse d'avoir Marie.

— Je sais, concéda Hermine. Betty aurait voulu une grande et belle famille, mais elle n'a eu que quatre enfants. Son modèle, c'était Céline Thibaut, une mère exemplaire que la grippe espagnole a emportée. Elle avait eu cinq fils et six filles.

— Pourquoi madame Laura n'a eu que toi ?

— Ce serait trop compliqué à expliquer ! coupa Hermine... J'ai un peu faim. Et je boirais bien un café.

Charlotte s'empressa de prendre le panier contenant les provisions préparées avec soin par Mireille.

— On dirait qu'on joue à la dînette ! fit-elle remarquer d'un air ravi. Je te sers du café.

Hermine allongea sur la banquette Mukki bien enveloppé dans sa petite couverture. Elles savourèrent leur collation, égayées par l'insolite de la situation. Le train s'était déjà arrêté deux fois dans de petites gares. Il commença à ralentir, et s'immobilisa à la station de Lac-Bouchette. De nombreux voyageurs montèrent, encombrés de leurs bagages.

— Charlotte, c'est ici que nous nous sommes mariés, Toshan et moi, à l'ermitage Saint-Antoine. Je voulais même t'y emmener pour que tes yeux guérissent. Il y a une chapelle et la réplique miniature de la basilique de Lourdes, en France.

— Ce n'est plus la peine, maintenant que je suis opérée, observa la fillette. Mais j'aimerais bien y aller quand même.

La jeune femme avait le cœur serré. Il lui semblait que des années s'étaient écoulées depuis ce soir étrange de ses noces. Ils avaient atteint l'ermitage en traîneau, fous amoureux et impatients de s'appartenir enfin.

« Je ne peux pas raconter à Charlotte que nous avons dormi dans le cercle des mélèzes, près d'un grand feu, songea-t-elle. Comme nous étions heureux... et libres ! Toshan disait de si jolies choses, il était tendre et attentif. »

Elle dut constater que son mari avait changé. Il assurait qu'il l'aimait autant qu'aux premiers jours de leur union, mais il se montrait plus sévère et un peu distant.

« Enfin, la journée, pas la nuit… quand nous dormons ensemble, ce qui est rare. »

— Tu as vu, Mimine, comme il neige ? constata Charlotte.

— Oui, mais nous sommes à l'abri.

Le train repartit. Hermine se décida à enlever son chapeau et son manteau. Un homme qui s'installait lui jeta un regard admiratif. Elle était éblouissante, blonde et rose, ses seins bien ronds moulés par le lainage de son gilet.

Les heures passaient. Charlotte se distrayait en observant le paysage.

— Je crois que j'ai aperçu un orignal, s'exclama-t-elle pendant la traversée d'une forêt clairsemée, balayée par les bourrasques. Il était énorme.

Elles mangèrent bientôt les sandwichs au fromage de Mireille et un beigne chacune. Hermine allaita de nouveau le bébé qui était d'une rare sagesse.

« J'avais tort d'appréhender ce voyage, se dit-elle en berçant son fils. Quand je pense que demain matin je me réveillerai à Québec ! Une fois à la gare, nous prendrons un taxi et je demanderai conseil au chauffeur pour l'hôtel. Il nous faut un établissement correct. »

Afin de se donner du courage, elle sortit de son sac à main la carte de visite d'Octave Duplessis où figurait un numéro de téléphone.

« Il sera bien étonné de m'entendre, ce monsieur ! pensa-t-elle. Et encore plus surpris quand il saura que je l'appelle de Québec, que je me suis décidée à passer une audition. Moi, je suis sûre que le directeur du Capitole ne sera pas enchanté par ma prestation. Hans a fait de son mieux, mais ce n'est pas un véritable professeur de chant. Je ne suis qu'une apprentie, en somme. »

Charlotte dormait. Il devait être trois heures de l'après-midi. Hermine qui somnolait sursauta. Quelque chose de sombre venait de frapper la vitre. C'était une branche de sapin. Un interminable grincement retentissait, comme le cri d'agonie d'un monstre de ferraille, de fonte et de planches. Un enfant hurla de frayeur.

— Qu'est-ce qui se passe ? s'écria la fillette, hébétée.

— Je n'en sais rien, répondit la jeune femme. N'aie pas peur.

Derrière les fenêtres, on n'y voyait plus rien. La tempête faisait rage, projetant contre les wagons des nuées de flocons drus et glacés. Un adolescent, son foulard noué à la diable, parcourait les compartiments.

— Va y avoir du grabuge, tonnait-il. Des sapins sont couchés sur la voie.

Le convoi s'immobilisa dans un bruit effrayant, si brutalement que beaucoup de passagers tombèrent des banquettes. Hermine prit Mukki dans ses bras. Un silence relatif se fit quelques instants, puis ce fut un concert de discussions et d'appels que le hurlement du vent dominait. Des hommes ouvrirent les portes et descendirent du train recueillir des renseignements plus explicites.

— C'est un accident ou une panne, déclara la jeune femme d'une voix apeurée en attirant Charlotte contre elle. Il ne faut pas bouger, surtout ne pas sortir.

Leur voisine poussa une lamentation angoissée. Elle ordonna à son petit garçon, qui voulait se lever du siège, de rester assis.

— Au printemps, il a tellement plu qu'il s'est produit un glissement de terrain, expliqua-t-elle à Hermine. Les rails ont été entraînés dans la pente. La belle peur que j'ai eue ! Un peu plus et le train se couchait sur le côté.

— Je vous comprends, répondit la jeune femme. Mon Dieu, j'étais loin de penser que nous pouvions avoir un accident !

— Dans ce cas, vous ne lisez pas souvent les journaux, ajouta la mère de famille en hochant la tête. Depuis que je prends cette ligne, j'en ai eu, des émois ! Une fois, la locomotive a heurté un orignal de plein fouet. La pauvre bête a été projetée sur le côté ; j'ai vu son corps en sang par la fenêtre. Le train n'a même pas ralenti.

Charlotte retint un gémissement d'apitoiement pour le malheureux animal. Hermine frissonna, car un courant d'air glacial se répandait dans les compartiments. Elle remit son manteau et son chapeau, après avoir confié Mukki à la fillette.

— Comme il est calme, votre petit ! commenta la voisine. Je vous ai observés, il boit son lait, il dort et ainsi de suite. Mais dites, il ne tient pas de vous, avec ses cheveux noirs et son teint mat.

— C'est le portrait de son papa, coupa Hermine sans préciser que son mari était métis.

Elles échangèrent encore quelques banalités. L'heure tournait et le convoi ne repartait pas. Grâce aux allées et venues des hommes les plus curieux, et qui n'étaient pas avares de commentaires, elles surent qu'il fallait dégager la voie ferrée et réparer une avarie de la chaudière.

— Il fait presque nuit ! se lamenta Charlotte. On ne pourra pas dormir à Québec ce soir, alors.

— Ah, ça m'étonnerait, ma mignonne, fit la femme. Ce sera un miracle si on atteint Lac-Édouard. Y aura un sérieux retard. Coucher à Québec, faut pas y songer !

En entendant ces mots, Hermine eut l'impression de vivre un cauchemar. Son escapade semblait compromise. Malgré ses vêtements chauds, elle se sentit glacée. Charlotte retenait des larmes de déception. Cependant, vaillante, la fillette continua à bercer le bébé qui s'agitait.

L'accordéoniste déambula dans le wagon. C'était un vieillard aux boucles argentées, la barbe divisée en deux pointes. Il riait en jouant *Auprès de ma blonde*. Son choix devait être dicté par la chevelure ensoleillée d'Hermine, car il lui adressa un clin d'œil significatif.

— J'ai dans l'idée que le voyage est terminé, mesdames, déclara-t-il en arrachant une ultime note vibrante à son instrument.

Presque aussitôt, un employé de la compagnie de chemins de fer se présenta armé d'un porte-voix.

— Mesdames, messieurs, il vous faut tous descendre du train. Nous ne pouvons pas repartir. Ceux de Lac-Édouard sont prévenus, ils vont venir chercher les femmes et les enfants avec les moyens du bord, comme on dit. Tout le monde sera hébergé au sanatorium pour la nuit. Prenez vos bagages, je vous prie. Direction Lac-Édouard, à deux milles pour les bons marcheurs en suivant les rails.

— Et la tempête ? demanda Hermine d'un ton inquiet. Vous voyez bien qu'il y a une tempête !

— Ma petite dame, ça, c'est une tempête pas trop méchante, j'ai vu pire. Dépêchons, dépêchons ! Il y a le télégraphe à Lac-Édouard, l'accident est déjà signalé.

Ce fut une véritable mêlée. Certains voulaient profiter les premiers des véhicules arrivant de Lac-Édouard et se ruaient sur leurs valises, alors que les autres prenaient leur temps et protestaient avec véhémence. Néanmoins, l'ambiance demeurait joyeuse, ce qui surprit beaucoup Hermine. Elle n'avait pas envie de rire ni de bavarder à droite et à gauche.

« Mon Dieu ! C'est un signe du destin, se disait-elle. J'ai l'impression que je ne peux pas aller à Québec, que je ne dois pas y aller. Je suis bien punie ! »

Charlotte se leva, son mince visage crispé par l'angoisse. Avec ses courtes nattes brunes et son regard couleur noisette, elle attira l'attention de l'accordéoniste.

— Tu ne vas pas pleurer, toi ! s'écria-t-il. Je te parie qu'à l'aube madame la locomotive se remettra en route en crachant un beau panache de fumée.

— Je ne suis pas un bébé, monsieur, je ne pleurerai pas ! affirma la fillette tout bas. J'ai déjà voyagé jusqu'à Montréal.

Le vieillard siffla d'un ton respectueux et s'éloigna. Encombrée par les valises, Hermine se tenait impuissante devant le landau. Un jeune garçon lui proposa de l'aide. On s'organisait, on se prêtait main-forte. Un fort élan de solidarité régnait parmi les passagers, qui ne doutaient pas qu'on allait les secourir.

Une pénombre inquiétante baignait les abords du convoi. Des clartés dansaient entre les troncs d'arbres. Malgré le vent qui hurlait comme une meute de loups, des tintements de grelots résonnaient. Au moment où Hermine posait le pied dans la neige fraîche, un grand traîneau approcha, tiré par un robuste cheval noir.

— Lolotte, cria la jeune femme, tiens bien Mukki et ne me lâche pas d'une semelle. Je n'ai pas envie de te perdre.

L'enfant promit. Le bébé pesait lourd, mais elle ne voulait pas se plaindre.

L'habitacle du traîneau fut pris d'assaut. Hermine tentait de faire monter Charlotte quand deux jeunes gens, sans doute ivres, les bousculèrent. Elle dut reculer, trébucha contre une valise et tomba violemment sur le dos.

— Mimine, ça va ? s'égosilla la fillette.

— Mais oui ! Fais attention, écarte-toi !

Le gros cheval avançait, obéissant aux ordres de l'homme perché sur le siège avant. Un instant plus tard, le véhicule était plein et ne pouvait vraiment plus contenir un passager de plus. Ni Hermine et son bébé, ni Charlotte n'avaient pu prendre place à l'intérieur.

— Patientez, une autochenille arrive, cria quelqu'un.

Hermine se releva, soutenue par Charlotte. Elles virent surgir de nulle part une sorte de camion équipé de roues à chenilles. Mukki, transi de froid, paniqué par le bruit du vent et le vacarme ambiant, se mit à pleurer de toutes ses forces.

— Cette fois, ma chérie, il ne faut pas se laisser devancer ! confia la jeune femme à l'oreille de sa protégée. Tant pis pour le landau, je le laisse sur place si nécessaire. L'air est glacé.

Elle tremblait d'une peur viscérale. Les grands sapins de la forêt boréale menaient une danse infernale, comme prêts à se briser en menus morceaux. Du ciel obscurci descendait une neige dure qui piquait le visage.

— Mon Dieu, aidez-nous ! implora-t-elle tout bas, perdant un instant le contact avec la réalité.

Sa voisine de compartiment lui secoua soudain le bras :

— Allons, petite dame, du cran ! Mes enfants sont dans le camion ; j'ai fait grimper la fillette et votre bébé.

Un mouvement de foule précipita la femme à son tour sur le marchepied du camion, mais Hermine fut à nouveau poussée en arrière. Elle n'avait pas l'habitude de s'imposer en raison des principes de politesse et d'humilité que les sœurs lui avaient inculqués. Bientôt, incrédule, elle assista au départ du camion.

— Charlotte ! appela-t-elle. Charlotte, n'aie pas peur. Je te rejoins vite !

Mais elle ne distinguait même pas la fillette parmi tous les gens entassés à l'intérieur. En sanglotant de nervosité, elle chercha des yeux un autre moyen de transport. Les hommes valides, chargés de malles, parfois de skis, cheminaient le long de la voie ferrée en direction de Lac-Édouard.

— Vous feriez mieux de marcher, ma petite dame ! lui dit un élégant sexagénaire muni d'une canne. Cela vous réchauffera !

Hermine se détourna, honteuse de ses larmes et surtout de son incartade qui la mettait dans une situation aussi périlleuse. Elle évitait de penser à Toshan et à sa mère qui étaient bien loin de l'imaginer quelque part en Mauricie[1], près du village de Lac-Édouard, un soir de tempête.

Un adolescent la prit par l'épaule pour l'obliger à le regarder.

— Mademoiselle, ne craignez rien, un autre traîneau arrive, celui de mon père. Il m'a envoyé en avant, pour rassurer tout ce pauvre monde. Paraît qu'il y a eu des blessés dans le wagon situé juste après la locomotive.

— Merci, vous êtes gentil ! articula-t-elle. J'ai été séparée de mon fils. Il n'a que six mois. Vous comprenez, je suis très angoissée. Une amie veille sur lui, mais j'ai peur…

Elle renonça à préciser qui était Charlotte et quel âge elle avait.

— Je m'occupe de vous, assura-t-il. Ce sont vos valises, là ? Une fois au sanatorium, vous serez à l'abri. C'est un vaste bâtiment, y a de la place pour tous les voyageurs. Une chance que le train n'est pas plein de gens ! Les voitures en queue de convoi transportent de la marchandise.

---

1. Région du Québec où se trouve Lac-Édouard.

La sollicitude du garçon réconforta Hermine qui décida de rester à ses côtés. Des chiens aboyèrent.

— Voilà le père, dit l'adolescent. Vous tracassez pas, madame.

La jeune femme s'assit à l'arrière du traîneau, sur ses valises. Elle était coincée entre une dame de forte corpulence qui n'en finissait pas de jurer et de récriminer et le mari de cette dernière, dont la moustache rousse s'ornait de fins glaçons. Le couple parlait très fort ; les mugissements du vent les y forçaient.

— Je ne suis guère satisfaite d'être hébergée au sanatorium. Il aurait fallu nous loger ailleurs, cette nuit. Je ne tiens pas à devenir poitrinaire !

— On ne sera pas mêlés aux malades, Veldinia ! coupa son époux. Sûrement qu'on dormira sur des chaises, dans le réfectoire.

— Dis donc, Télesphore, depuis quand les malades n'ont-ils pas accès au réfectoire ? rétorqua-t-elle. Manquerait plus que ça, d'utiliser leur vaisselle !

Hermine avait lu dans *La Presse*, le journal que Hans Zahle achetait régulièrement, un article sur le fléau que représentait la tuberculose dans les milieux défavorisés du Québec. La maladie décimait depuis des décennies les ouvriers et les cultivateurs, sans compter les plus misérables familles de la population citadine qui vivaient dans des appartements insalubres, la ville de Montréal étant la plus touchée. Dans la région du Lac-Saint-Jean, les statistiques dénotaient des cas beaucoup moins nombreux. Laura lui avait raconté qu'une de ses sœurs aînées était morte de la phtisie, en Belgique, à l'âge de quinze ans.

« Mon Dieu ! pensa-t-elle. Et si mon petit Mukki attrapait la tuberculose ! Ce serait ma faute, avec mes extravagances inconséquentes ! »

Une quatrième personne avait pu s'installer sur le traîneau. C'était une femme assez grande et menue, qui paraissait de nature fragile. De longs cheveux châtain-blond dépassaient d'un foulard en laine grise, faisant office de capuche. Son visage aux traits réguliers exprimait une sorte de détresse souriante. Ses grands yeux noisette s'attachaient surtout à Hermine.

— Il faut bénir ce genre d'établissement, madame, déclara-t-elle d'une voix ferme en s'adressant à la dénommée Veldinia. Et avoir de la compassion pour les pensionnaires. Ce n'est pas gai, de passer des mois, parfois des années loin des siens. Je sais ce que c'est, hélas. Enfant, j'ai été malade des poumons et je me suis retrouvée loin de mes parents, plus précisément dans un sanatorium. Mais c'était en France, car je suis originaire de Charente. Je n'oublierai jamais la sensation d'abandon que j'ai éprouvée, petite fille. Je croyais que je ne sortirais pas de cet endroit sinistre. Et j'avais peur de mourir à cause des conversations que j'entendais, parfois, le personnel n'étant pas toujours discret. Et j'ai rechuté il y a cinq ans. Cette fois, j'ai séjourné à Lac-Édouard. J'en ai vu, des scènes poignantes, si vous saviez ! Des pères de famille désespérés de quitter leur foyer, leur épouse et leurs enfants pour s'enfermer sans aucun espoir de guérison. La médecine se révèle bien impuissante face à la tuberculose. Aucun remède n'opère vraiment, mais l'air froid et pur, le repos et une alimentation saine peuvent favoriser une rémission.

Hermine avait pu écouter l'essentiel à la faveur d'une accalmie. Le langage soigné de la femme, qui n'avait pas du tout l'accent du pays, trahissait une certaine instruction.

— Pourquoi êtes-vous venue au Québec, madame ? demanda-t-elle avec douceur. Ma mère est partie de Belgique, elle, à l'âge de vingt ans.

— Un simple concours de circonstance, mademoiselle. Une cousine que j'aime comme une sœur s'est établie à Chambord. Oh ! C'est toute une histoire, il faudrait que je puisse vous la raconter. Bref, elle m'écrivait et m'assurait que je me plairais ici. Et c'est vrai. Je suis devenue correspondante à Québec pour le journal *La Presse*. Mais je vous connais, en fait. J'étais chez ma cousine durant les Fêtes et je vous ai entendue chanter à l'église, la veille de Noël. C'était magnifique ! Vous avez une voix exceptionnelle.

La remarque flatteuse attira sur Hermine l'attention de Veldinia et de Télesphore. Elle en fut très gênée.

— Je vous remercie, madame…

— Il faut m'appeler Badette, précisa-t-elle en souriant. Eh oui, Badette, l'amie des tout-petits, des plus démunis, des vieillards aussi ! J'aime écouter les gens parler, me confier leurs souvenirs et des anecdotes de leur passé. Si vous saviez pourquoi… Je serais ravie de continuer cette conversation une fois au chaud. Avec ce vent, il vaut mieux patienter pour jaser !

Les chiens peinaient à tirer le traîneau lourdement chargé. Ils arrivèrent enfin sur une esplanade. La neige gardait les traces de plusieurs allées et venues.

Le camion à chenilles repartait. Un solide bâtiment flanqué d'une annexe se dressait dans la nuit glaciale. Il comportait de nombreuses fenêtres, presque toutes éclairées.

Le sanatorium, construit en 1904, avait été édifié un peu à l'écart du village, au bord du lac. Hermine ne s'attarda pas à observer les lieux, dans sa hâte de retrouver Charlotte et Mukki. Elle courut presque pour entrer dans le hall. Une religieuse l'accueillit d'un geste aimable, mais l'air soucieux. L'afflux des voyageurs devait bouleverser l'ordre établi.

— Pardon, ma sœur, où sont les passagers du train ? interrogea-t-elle. Je cherche une fillette et un bébé !

— Allez dans le réfectoire ; suivez ce couloir-là, madame.

— Merci !

Elle était sourde et aveugle à ce qui l'entourait, même si une agréable sensation de chaleur l'envahissait, accordée à la vive clarté des ampoules électriques. Le réfectoire lui fit l'effet d'une ruche prise de folie. Malgré les exhortations au calme et à la discipline d'une seconde religieuse, des dizaines de personnes calaient leurs bagages le long des murs en poussant des bancs et des chaises.

— Hermine !

Charlotte se frayait un passage en tenant bien Mukki contre elle. Hermine faillit se mettre à genoux pour les enlacer tous les deux. Le bébé hurlait, écarlate, sujet à une crise de rage.

— Je crois qu'il a très faim, expliqua la fillette. Une dame voulait lui donner de l'eau sucrée, mais j'ai refusé. Je ne savais pas si c'était bon pour Mukki.

— Oh, ma chérie ! J'étais si tourmentée d'être séparée de vous ! C'est fini, je suis là, maintenant. Je vais le faire téter.

Il y avait là une forte proportion d'hommes et d'adolescents. Plusieurs, contents d'être enfin à l'abri avec la promesse d'un repas chaud, se mettaient à fumer. La religieuse faisait le tour de ces messieurs en leur interdisant d'allumer des cigarettes ou, si c'était déjà fait, de les éteindre rapidement.

— Pensez à nos malades, voyons ! répétait-elle, offusquée. Nous serons tenus de les faire souper ici, du moins les plus valides. Défense de fumer !

Hermine, son fils vociférant à son cou, s'aventura vers une porte double en partie vitrée. Elle avait un besoin éperdu de s'isoler pour allaiter son enfant dans le calme. Charlotte sur ses talons, elle se glissa dans les cuisines en apparence désertes. D'énormes marmites trônaient sur un fourneau colossal. Un délicieux fumet de potage s'en échappait, dans un doux murmure d'ébullition.

— Tant pis si je dérange ! chuchota-t-elle en s'asseyant sur un tabouret.

Affamée et épuisée, Charlotte regardait les ustensiles en fer-blanc accrochés à des clous. Elle avait eu très peur, seule parmi autant d'inconnus. Sa respiration encore saccadée le prouvait.

— Ma pauvre chérie, je suis désolée ! avoua la jeune femme en mettant Mukki au sein. Je t'en fais vraiment voir de toutes les couleurs ! Je ne suis pas fière, sais-tu ! C'est ma faute ce qui arrive.

— Non, c'est la mienne, affirma Charlotte. Je t'ai suppliée de faire ce voyage à Québec ; je t'en parlais sans arrêt. Sans moi, tu serais restée à Val-Jalbert, bien tranquille.

— Pas du tout, Lolotte. Cela m'amusait. Comment prévoir, aussi, que le train serait accidenté ? Mukki s'en moque, de nos discours, il n'a qu'une idée, se rassasier.

On toussa dans leur dos. Une voix aigre s'éleva.

— Je suis navrée, madame, mais vous devez retourner dans le réfectoire. L'accès aux cuisines n'est pas autorisé.

L'accent prononcé et l'intonation sèche résonnèrent étrangement aux oreilles de la jeune femme. Elle leva la tête et scruta le visage ridé d'une troisième religieuse, sanglée d'un tablier en toile bleue posé sur sa longue robe grise.

— Mais... Mais... bégaya-t-elle. Sœur Victorienne !

— Hermine, c'est bien toi ? s'écria celle-ci en approchant. Dieu de bonté, je ne croyais pas te revoir un jour ! Et avec un beau poupon !

Hermine se leva, pénétrée d'une joie intense. Les souvenirs se bousculaient dans sa tête, ceux des années vécues dans le sillage de la sœur converse du couvent-école de Val-Jalbert.

— Sœur Victorienne ! Est-ce que je peux vous embrasser ? dit-elle en laissant éclater sa joie. Je suis tellement contente de vous retrouver !

— Une fois n'est pas coutume, petite. Bien sûr, qu'on s'embrasse !

— Je vous ai dit au revoir en décembre 1929, cela fait trois ans, ajouta la jeune femme. Mais je pensais que vous étiez à Chicoutimi...

— J'ai préféré venir travailler ici, me rendre utile. J'ai soixante-quatre ans, je peux encore éplucher des légumes et pétrir de la pâte à pain. Et toi, tu es mariée ! Qui est cette demoiselle ? J'ai déjà vu sa charmante frimousse.

— Charlotte Lapointe, répliqua vite Hermine. Ma mère l'a recueillie. Oh, c'est vrai, quand vous êtes partie, je n'avais pas retrouvé maman. Nous avons tant de choses à nous dire, sœur Victorienne.

— Je suppose que tu étais dans le train, coupa la vieille femme. Cette nuit, vous coucherez dans ma chambre, puisque nous nous connaissons. Là, je dois me débrouiller pour servir une centaine de repas, mes malades compris.

— Je peux vous aider, ma sœur, proposa aussitôt la fillette.

— Pourquoi pas ! Je vais devoir faire trois services alors que les autres soirs, il n'y en a qu'un. Dame, je n'ai pas tant de vaisselle que ça et il faut bien la laver à cause de la contagion !

Hermine assistait à la discussion d'un air ébloui. Sœur Victorienne, surgie du passé, reprenait toute sa consistance. La jeune femme reconnaissait chacun de ses gestes, chacune de ses mimiques, même si la religieuse semblait moins alerte. Elle trouva un coin de table pour changer son fils.

— Comment l'as-tu baptisé, cet angelot ? demanda sœur Victorienne en souriant. Qu'il est dodu et vif !

— Il porte le prénom de mon père, Jocelyn. Lui, je ne le reverrai jamais. Mais j'ai pu fleurir sa tombe, au bord de la rivière Péribonka.

— Et son papa, à ce bout de chou, c'est quelqu'un de Val-Jalbert ?

— Non ! Il s'appelle Clément Delbeau. En ce

moment, il travaille sur une grosse coupe de bois pour le compte du moulin à papier de Riverbend.

Charlotte empilait des bols en porcelaine sur un plateau. La fillette avait noté la réticence d'Hermine à citer les noms indiens de son mari et de son fils. Cela la peina. Au même instant, la jeune femme lui expliqua d'un ton joyeux :

— Sœur Victorienne était converse au couvent-école. Je lui dois beaucoup. Elle m'a appris à cuisiner, à coudre, à broder. J'ai beaucoup pleuré le jour où elle m'a quittée. Et figurez-vous, ma sœur, que j'ai rencontré Charlotte ce jour-là, précisément. Elle était venue à la petite fête d'adieu organisée en l'honneur de votre départ à vous quatre, car vous étiez quatre, à cette époque. La Mère supérieure m'avait suggéré de chanter *Ce n'est qu'un au revoir, mes frères*, mais, avec l'accord du maire, j'avais adapté les paroles ; je disais mes sœurs, et non mes frères.

— Et j'avais envie de pleurer, se souvint la religieuse. Dieu s'est montré généreux, puisque j'ai le bonheur de te revoir, Hermine. Tu n'as guère changé. Tu as toujours tes jolis yeux bleus et tes cheveux blonds. Mais tu te fardes les lèvres, coquine ! D'abord, que faisais-tu, seule dans ce train ? Où allais-tu ?

La jeune femme préféra être sincère. Confrontée à sœur Victorienne, elle se sentait proche de l'adolescente de naguère, qui considérait le mensonge comme un péché.

— Je souhaitais passer une audition au Capitole de Québec sur les conseils d'un impresario qui m'a entendue chanter à l'église de Chambord ; un monsieur de la profession.

— Ah ! fit simplement la religieuse. Tu es mère de famille, maintenant. Voudrais-tu mener une carrière malgré cela ?

— Je n'en sais rien, fit remarquer Hermine. Il faudrait que je puisse coucher Mukki ; son landau est resté au bord de la voie ferrée.

— Mukki ? répéta sœur Victorienne d'un air surpris. J'ai soigné des Indiens dans ma jeunesse. C'est un de leurs prénoms, qui signifie l'enfant. Quelle mouche te pique ?

— Mon époux est baptisé, bon catholique, mais sa mère est une Montagnaise. Je ne veux pas renier leur langue.

Quelqu'un entra, ce qui coupa court à la conversation, au grand soulagement d'Hermine. C'était l'adolescent secourable, le fils de l'homme qui l'avait conduite en traîneau jusqu'au sanatorium. Escorté de Badette, la délicate journaliste, il poussait le landau devant lui.

— Ah ! madame, il m'a fallu chercher un bon moment avant de vous trouver. J'ai rapporté vot'e landau. Il était plein de neige, mais j'ai tout secoué. Il est propre !

— Merci beaucoup ! s'écria la jeune femme. C'est vraiment très serviable de votre part. Il me manquait.

Le garçon n'avait pas pu voir Hermine en pleine lumière, auparavant. Il demeura bouche bée en songeant que c'était une bien jolie fille.

— Je suis rassurée sur votre sort, ajouta Badette. Je m'inquiétais tellement de ne plus vous voir. Ma sœur, j'ai pu organiser un peu l'installation des voyageurs. Les tables ont été séparées de part et d'autre d'une allée. Vos malades pourront souper en compagnie de tous ces gens qui ont la chance d'être hébergés ici. Le médecin n'y voit aucun inconvénient, cela distraira les pensionnaires.

Hermine furetait dans la cuisine. Elle dénicha des briques destinées à réchauffer les lits et en mit vite une au four. La literie de Mukki lui paraissait un peu trop humide.

« Je le coucherai enveloppé de sa couverture, pensa-t-elle. Une fois la capote relevée, il pourra se reposer. Je le bercerai le temps nécessaire. »

Elle s'adressait tant de reproches qu'elle aurait pu passer des heures à s'occuper exclusivement de son fils. Charlotte, réconfortée par les facilités de la vaste cuisine, prenait plaisir à préparer les cuillères à potage et les assiettes ; elle les comptait et les recomptait.

— Sœur Victorienne est très gentille, souffla la fillette.

— Oui, mais elle a son caractère. Quel hasard ! Si je me doutais ! Ma petite chérie, il faut faire contre mauvaise fortune bon cœur. Il fait chaud et nous dormirons à l'abri et le ventre plein.

— Nous avons de la chance, reconnut la petite.

Badette bavardait avec la religieuse. Elle avait vite précisé qu'elle connaissait bien l'établissement pour y avoir séjourné.

— Je me plaisais à Lac-Édouard, ma sœur. Je me suis ensuite établie à Québec comme journaliste indépendante. Je gagne bien ma vie ; cependant, mes meilleurs souvenirs sont liés au sanatorium. L'air est si pur, la vue sur le lac d'une telle beauté ! Et les pensionnaires étaient le plus souvent d'un milieu aisé. C'est toujours le cas, n'est-ce pas ?

— Je ne prête pas attention au milieu social des malades, madame, trancha la religieuse. Pour moi et tout le personnel, ce sont des malheureux qu'il faut choyer, traiter parfois comme des enfants. Certains endurent des souffrances pénibles. Le mois dernier, un patient s'est éteint après une longue agonie. Il y a aussi des enfants, hélas !

— Des familles illustres venaient passer leurs vacances au bord du lac, nota Badette. Les Roosevelt, les Rockefeller[1]… Ces messieurs chassaient. Mais nous avons ce soir une jeune dame qui pourrait devenir célèbre !

Hermine devint toute rouge. Elle se pressa de démentir cette affirmation d'un signe de tête avec l'espoir de décourager la journaliste.

— Vous parlez sûrement de cette jeune maman, maugréa sœur Victorienne. Je prierai Dieu nuit et jour pour qu'il lui indique le chemin de la raison et qu'elle devienne une bonne épouse, une pieuse ménagère et non une vedette.

L'adolescent, qui écoutait avec passion, fut congédié par la religieuse d'un regard noir sans équivoque. Il battit en retraite et disparut. Un vrai brouhaha s'élevait du réfectoire.

— Je ne pensais pas à mal ! avança Badette d'une voix douce. Mais nous avons un accordéoniste parmi les rescapés. Ce serait une bien bonne action si madame acceptait de chanter pour les malades. Aujourd'hui, ils peuvent écouter la radio, mais ce

1. Roosevelt : famille d'hommes politiques américains, qui donnera deux présidents aux États-Unis. Rockefeller : riche famille d'industriels américains.

n'est pas la même chose. Le son est mauvais, à mon avis.

La religieuse feignit de s'intéresser à la cuisson du potage. Embarrassée, Hermine proposa son aide.

— Sœur Victorienne, mon bébé s'est endormi. J'aimerais vous venir en aide, moi aussi.

— Tu n'as qu'à porter les verres et les carafes d'eau ! En temps ordinaire, il y a une femme du village qui me seconde. Monsieur l'intendant a dû l'employer ailleurs, aux étages. Un tel chambardement ne sera pas forcément bénéfique à nos pensionnaires. Les règles de vie et d'hygiène sont strictes. Le repas doit être servi à dix-huit heures trente, soit dans dix minutes. Le coucher est à vingt et une heures et les lumières sont éteintes ensuite.

— Bien sûr, approuva la jeune femme. Ma chère sœur, est-ce que je peux laisser mon fils avec vous ? Il y a moins de bruit en cuisine.

— Et moins de risque de contagion, ajouta Badette. Je peux me rendre utile également.

— Cela me paraît évident ! répondit la religieuse. Et si tu t'avises de chanter, Hermine, fais-le plutôt au dessert, avec l'autorisation du médecin.

Elles se chargèrent chacune d'un lourd plateau. Fière de participer à l'activité générale, Charlotte n'en était pas à son premier aller-retour. Hermine fut saisie de stupeur en entrant dans le grand réfectoire. La salle paraissait prête pour une confrontation inégale. D'un côté se trouvaient les vingt malades du sanatorium, déjà attablés ; de l'autre, il y avait la masse compacte des voyageurs, d'où émergeaient des chapeaux, des casquettes et des chignons gris ou bruns. Les bagages étaient rangés sous les tables, mais il s'agissait de valises, les malles étant restées dans le train. Les conversations créaient une rumeur sourde, confuse.

« Où ces gens vont-ils coucher ? s'interrogea Hermine. Comme c'est étrange d'être là, si loin de Val-Jalbert. En tout cas, sœur Victorienne est pour le maintien des traditions. J'ai senti que ça lui déplaisait, mon idée de partir pour Québec. »

— Est-ce que tu vas bien ? lui dit tout bas Charlotte en marchant près d'elle. Tu étais triste, tout à l'heure.

— Non, j'étais seulement contrariée, ma chérie... Sais-tu que le sanatorium, avec ses odeurs et ses meubles, me rappelle un peu le couvent-école du temps où il y avait beaucoup d'élèves. J'ai l'impression de revenir en arrière, quand j'avais ton âge. C'est assez amusant.

La fillette approuva en souriant. Hermine, Badette et une des religieuses servirent du potage à tour de bras et de larges tranches de pain. Le calme se fit pendant le repas.

« Je n'ose pas regarder les malades, songea la jeune femme en se restaurant enfin dans la cuisine. Nous avions comme consigne de ne pas les approcher, mais je crois qu'ils n'étaient pas mécontents de voir autant de monde. »

Sœur Victorienne jetait des coups d'œil soucieux sur la pendule murale qui ornait le dessus de la porte.

— Alors, Hermine, commença-t-elle, vas-tu chanter ce soir ? J'avoue que ce serait une occasion unique pour nos poitrinaires, à condition que tu choisisses des cantiques. Rien d'autre.

— Ne vous inquiétez pas, je préfère m'abstenir. Personne n'est au courant. Je préférerais monter me coucher. Toutes ces émotions m'ont épuisée.

— Je crois que beaucoup de gens sont prévenus, soupira la vieille religieuse. Cette dame, Badette, a dû jaser à son aise, et aussi ce garçon qui t'admirait de manière peu convenable.

Coïncidence ou fait exprès, une musique joyeuse s'éleva dans le réfectoire. C'était l'accordéoniste. Charlotte accourut.

— Mimine, viens ! s'écria-t-elle. Le docteur du sanatorium a donné la permission, parce que madame Badette a dit que tu avais une voix d'or. Tu peux chanter. J'ai vu un petit garçon assis à la table des malades. Il est très pâle.

— Ah ! Jorel, le plus petit de nos pensionnaires ! précisa sœur Victorienne en se signant. Sa mère ne viendra lui rendre visite qu'au mois de mai. Il pleure la nuit.

Hermine s'assura que Mukki dormait paisiblement. Il était vingt heures.

— Eh bien, je viens ! déclara-t-elle. Je chanterai pour Jorel et pour vous, ma sœur.

L'ancienne converse du couvent-école l'encouragea d'un bon sourire. Elle s'adoucissait en se rappelant une petite fille blonde perchée sur un tabouret au milieu de la cour de récréation et qui fredonnait *À la claire fontaine* pour ses camarades.

— Va vite, tu en feras, des heureux ! assura-t-elle avec un sourire encourageant.

Sa réapparition provoqua une vague de commentaires et des soupirs impatients. Auréolée de sa blondeur radieuse, la jeune femme se dirigea vers l'allée aménagée entre les tables. Le médecin la rejoignit et lui serra la main. Il crut bon d'annoncer :

— Nous avons, m'a-t-on dit, la chance d'accueillir une vraie artiste, madame Hermine…

— Hermine Delbeau ! ajouta-t-elle, intimidée.

— Madame Hermine Delbeau qui a la gentillesse de chanter pour nous tous, ce soir.

En entendant ce prénom, un des pensionnaires frémit de tous ses membres. Il était grand et très maigre. Ses épaules étaient couvertes d'un plaid écossais. Des cheveux gris entouraient un début de tonsure. Sa face décharnée était soigneusement rasée. Il était inscrit dans le registre de l'établissement sous le nom d'Elzéar Nolet, mais il s'appelait en vérité Jocelyn Chardin…

5

Sur le fil du passé

Sanatorium de Lac-Édouard, même soir

Jocelyn Chardin n'avait pas privilégié par hasard le patronyme d'Elzéar Nolet, qui était celui de son défunt grand-père, un cultivateur établi près de la ville de Trois-Rivières. Cette identité d'emprunt lui avait paru légitime, puisqu'il s'agissait d'un membre de sa famille. Pour l'instant, c'était le dernier de ses soucis. Il fixait d'un œil hagard la jolie jeune femme blonde qui illuminait de sa seule présence le réfectoire du sanatorium. Aucun détail ne lui échappait. Elle portait un gilet en laine blanc agrémenté d'un col bleu assorti à sa jupe.

« Hermine Delbeau ! Hermine Delbeau ! répétait-il en son for intérieur. Si c'est une coïncidence, le destin a décidé de me torturer. Delbeau, c'était le nom de ce chercheur d'or qui nous avait hébergés, Laura et moi. Henri Delbeau, un homme intègre, ça oui. Il n'a pas touché à un sou de mes économies, alors que je lui en avais laissé la liberté. Je peux le remercier. Cet argent m'a été bien précieux.

Hermine, cette personne s'appelle Hermine, et non pas Marie-Hermine. »

Certain d'être confronté à un mauvais tour d'une providence cruelle, Jocelyn enfonça sur son crâne chauve le calot en feutrine brune qu'il avait enlevé pour le souper.

— Mesdames, messieurs, je vais vous chanter ce soir l'hymne de notre pays, je pense que cela nous réconfortera tous ! annonça Hermine.

Ô Canada, terre de nos aïeux,
Ton front est ceint de fleurons glorieux !
Car ton bras sait porter l'épée,
Il sait porter la croix !

Dès que la voix lumineuse de la jeune femme s'éleva, puissante, d'une pureté absolue, les rumeurs de curiosité et les commentaires impatients se turent. Hermine acheva son interprétation dans le plus parfait silence, mais un tonnerre d'applaudissements salua sa prestation.

Jocelyn avait fermé les yeux, un pli amer sur les lèvres. Il songeait que les docteurs déconseillaient les émotions trop vives aux poitrinaires et que, dans le cas présent, tous les malades étaient en danger.

« Mon Dieu, vous qui m'avez gardé en vie, je n'ai jamais entendu une si belle chose de toute ma pauvre existence ! Et si c'était mon enfant ? Non, ce n'est pas possible ! On voit bien que cette chanteuse fréquente la bonne société, qu'elle est bien éduquée et riche. Je le sens de loin, ça. Marie-Hermine, ma petite à moi, elle a dû prendre le voile dans un couvent, à Chicoutimi peut-être. Je mourrai sans le savoir, sans la connaître. »

Il haleta, une main sur la bouche, et une quinte de toux le secoua. Le front imprégné de sueur, il eut du mal à retrouver son souffle.

« Et cela ne tardera pas ! se dit-il encore. Je ne verrai pas le printemps, ni l'été… Je vais de plus en plus mal. »

Hermine accordait des regards à son public, mais elle était un peu intimidée. Cela la rassérénait de ramener souvent son regard sur Charlotte, assise au bout d'un banc et qui lui souriait gentiment. Cependant, en cherchant sur quel air enchaîner, la jeune femme parcourut enfin le rang des pensionnaires afin de voir le petit Jorel. Son cœur se serra douloureusement en découvrant un garçonnet blafard, la peau tendue sur les os. Vêtu d'un peignoir, un foulard noué autour de son cou malgré la chaleur de la salle, il était l'image même de l'enfance menacée. Incapable de présenter le morceau suivant, elle entonna un peu précipitamment l'aria de *Madame Butterfly*, qu'elle maîtrisait très bien, car elle s'était beaucoup exercée en prévision de l'audition.

Sa prouesse vocale provoqua la stupéfaction. Certains s'imaginaient écouter une chanteuse populaire, qui aurait repris des refrains de la célèbre Bolduc ou de vieilles ballades du pays, et ils découvraient une véritable artiste lyrique. Quelques voyageurs, férus d'opéra, commencèrent à s'extasier en sourdine. Cette fois, les applaudissements furent assortis de bravos sonores.

— Merci, merci ! répondit Hermine, rose d'embarras devant l'enthousiasme général.

Sœur Victorienne avait entrouvert la porte des cuisines. Un torchon entre les mains, elle demeurait bouche bée.

« Mon cher petit rossignol ! Je ne savais pas qu'elle avait fait autant de progrès ! » s'étonnait-elle.

Consciente de la diversité du public présent dans le réfectoire, la jeune femme chanta ensuite *À la claire fontaine*, certaine que cela ferait plaisir à tous. Jocelyn joignit ses mains noueuses. Il était hors du temps, subjugué par le talent inouï de la charmante inconnue. Soudain, elle avança de quelques pas pour se rapprocher du petit Jorel, dont le mince visage radieux l'attirait irrésistiblement. L'enfant se croyait au paradis. Il contemplait Hermine comme si elle était un ange descendu du ciel pour lui faire oublier sa tragique condition.

Jocelyn eut ainsi l'occasion de mieux détailler Hermine. Cet examen le plongea dans une profonde nostalgie. Il avait fait de terribles efforts durant des années pour oublier l'expression de son épouse, mais sa mémoire lui renvoyait à une vitesse foudroyante le portrait de Laura.

« Comme elle lui ressemble ! se disait-il. Ces yeux clairs, l'implantation des cheveux, le nez et une manière de bouger, de pencher la tête ! Mon Dieu ! Si c'était ma fille ! Cela ne peut pas être un hasard ! Ce prénom, cette ressemblance… »

L'idée le torturait jusqu'au malaise. Il espéra de toutes ses forces capter le regard de la jeune femme. Hélas ! Elle virevolta et reprit sa place au milieu de l'allée centrale, à égale distance des rangées de table. Le directeur de l'établissement, comblé, la saisit par le bras. Il fit signe qu'il désirait parler, mais il dut attendre, car les applaudissements s'éternisaient.

— Quelle chance nous avons ! parvint-il à déclarer. Pendant que madame Hermine Delbeau nous charmait avec sa voix exceptionnelle, j'ai recueilli un renseignement d'importance. Nous avons ce soir, pour notre bonheur, une artiste confirmée, qui n'en est pas à son coup d'essai. On m'a appris que madame Hermine Delbeau a déjà chanté dans l'église Saint-Jean-de-Brébeuf de Roberval et à Chambord. Oui, nous avons parmi nous le Rossignol de Val-Jalbert, qui a fait ses armes toute jeune au couvent-école de ce village et qui, dès quatorze ans, se produisait aussi au Château Roberval.

Ces précisions venaient de circuler par l'intermédiaire de sœur Victorienne. Incapable de taire ses liens privilégiés avec Hermine, la religieuse avait confié tout ceci au médecin qui l'avait vite répété au directeur. Une clameur respectueuse retentit en guise de réponse. Badette, souriant à travers des larmes de joie, lança un « Encore de l'opéra ! » qui fut repris à l'unisson. La journaliste s'était même levée afin de donner plus de poids à sa requête. Hermine salua en riant.

— Je vais vous interpréter l'*Air des clochettes*, de *Lakmé !*

Un homme, debout près de la porte du couloir, sortit son appareil photo de sa poche, un modèle récent et peu encombrant. Journaliste pour *La Presse* lui aussi, il revenait de Lac-Bouchette où il avait écrit un article sur l'ermitage. Il jubilait, estimant qu'il tenait là un second sujet digne d'intérêt. Pendant que la jeune femme se lançait dans l'exécution d'un des arias les plus difficiles du répertoire lyrique, réservé aux sopranos capables d'affronter un contre-ut redoutable, il prit quelques clichés.

Personne ne prêta attention à l'attitude étrange d'Elzéar Nolet, qui cachait son visage entre ses mains. Des larmes coulaient sur ses joues creuses, dont il savourait l'amère douceur.

« Cette fois, je ne peux plus douter. Val-Jalbert, le couvent-école. Ces mots m'ont hanté. C'est mon enfant, ma petite Marie-Hermine ! Le destin me l'a ramenée. Seigneur, merci, j'aurai eu la joie de l'admirer. Elle est tellement ravissante et douce. Et cette voix, un don céleste ! Elle le méritait, la malheureuse ! Mais elle ne saura jamais qui je suis. À quoi bon la troubler ? Je lui ferais encore du mal ! »

Malgré sa volonté de rester un étranger pour sa fille, Jocelyn se posait des questions. Hébété par la révélation qu'il venait d'avoir, il se perdait en expectative.

« Si c'est Marie-Hermine, pourquoi porte-t-elle ce nom de Delbeau ? Et que sait-elle de son passé ? Ma chère Laura est morte. Notre enfant ignore donc les tristes circonstances de son abandon. Elle a dû grandir en maudissant les parents indignes qui l'avaient remise aux religieuses de Val-Jalbert. »

Il écoutait à peine le final de l'*Air des clochettes*. Un fil invisible se tendait, dont les vibrations le mettaient au supplice, entre ce moment étrange qu'il vivait au sanatorium et un matin lointain de l'hiver 1916.

« J'ai causé la mort atroce de Laura ! se disait-il. Si j'avais été moins lâche, si j'avais eu le courage d'appuyer sur la gâchette du fusil, elle n'aurait pas eu cette fin affreuse. Quand je suis revenu sur mes pas, je n'ai pu que pleurer sur sa tombe. Là encore, je n'ai pas eu le cran de me tuer ! »

Un terrible quiproquo avait ruiné les forces de Jocelyn et rongé son esprit. Depuis des années, il était persuadé que son épouse reposait dans les territoires déserts du Nord, près de la misérable cabane en planches indiquée par Henri Delbeau, le chercheur d'or, qui n'était autre que le père de Toshan.

Tandis que sa fille entonnait avec virtuosité l'*Ave Maria* de Gounod à la demande des religieuses, Jocelyn Chardin, projeté en arrière, se revoyait quittant leur refuge délabré.

« Laura avait perdu la tête, elle était folle ! Elle ne savait plus qui j'étais, elle refusait de me parler et de s'alimenter. Mon Dieu, impuissant, j'observais de jour en jour sur son pauvre corps les ravages de la faim et du froid. Pris de compassion, J'ai voulu l'achever comme on le ferait pour une bête blessée. Je n'ai pas pu ! Je me suis enfui ! Des loups rôdaient, j'ai tiré un coup de fusil en l'air. J'ai laissé sur place le beau traîneau acheté à un prix déraisonnable avant la naissance d'Hermine. C'était un dernier cadeau pour Delbeau. Dans le Grand Nord, c'est un présent à ne pas refuser, un traîneau ! Moi, je voulais me supprimer. Qu'est-ce qui a bien pu se passer, ensuite ? Henri Delbeau est sans doute revenu nous porter des provisions. Il a trouvé Laura morte, peut-être dévorée en partie par les loups. Quand je suis revenu, il n'y avait plus de traîneau. Ce brave homme l'avait sans doute pris, nous croyant morts tous les deux. Il avait aussi donné une sépulture décente à ma femme. Il y avait même planté une croix. Un geste d'humanité que je n'oublierai pas !

J'étais terriblement honteux. Je ne peux pas raconter ça à ma fille. Je ne veux pas lire le mépris, la haine dans ses yeux ! Et moi, quand j'ai eu versé toutes les larmes de mon être sur la tombe de Laura, je suis parti, en me terrant, en crevant de faim. J'ai réussi à redescendre vers le lac Saint-Jean dans l'intention de rejoindre les États-Unis. »

D'apprendre la curieuse épopée de son mari, qu'elle croyait mort et enterré, aurait stupéfié Laura. Après avoir utilisé son fusil pour écarter les loups, Jocelyn s'était enfoncé dans les bois en raquettes. Il avait avancé au hasard, tel un forcené ; à l'époque, c'était un homme robuste et endurant. Il aurait voulu mettre fin à ses jours, mais il n'y était pas parvenu. Au bout d'un périple épuisant, il s'était réfugié dans un camp forestier abandonné où une cabane tenait encore debout. Rien n'était venu à bout de son instinct de survie. Il y avait du bois dans ce refuge de fortune et il avait fait un bon feu. Henri Delbeau lui avait enseigné quelques recettes pour subsister dans le Grand Nord. Manger des bourgeons de sureau, très nutritifs, se concocter des bouillons à base de branches d'épinettes, Jocelyn s'était souvenu de tout et l'avait mis en pratique. Le deuxième jour, il avait réussi à prendre un lapin au collet et l'avait fait rôtir sur la braise. Grâce à cette nourriture reconstituante, il avait peu à peu repris des forces, mais il demeurait sujet à des visions d'épouvante, à des remords lancinants. Dépité, malade de honte, il avait rebroussé chemin, hanté par des pensées confuses. Une obsession le hantait, sa femme était sans doute morte. Et il devait ensevelir son épouse adorée, la jolie Laura… Revenu sur ses pas, il s'était rendu compte que c'était chose accomplie. Du moins l'avait-il cru, incapable d'imaginer la vérité. Henri Delbeau avait sauvé la jeune femme, il l'avait emmenée à l'aide du traîneau.

Aucun des trois personnages de cette tragédie de l'hiver n'avait eu le loisir de s'interroger sur l'identité de celui qui gisait là-bas, dans ces contrées sauvages, au bord de la rivière Péribonka.

Henri Delbeau aurait pu jurer qu'il s'agissait de Jocelyn Chardin, car le cadavre était vêtu à peu près de la même façon. Les loups s'étaient repus de sa chair, alors qu'une balle reçue en plein visage l'avait rendu méconnaissable. Et il y avait un fusil, que le chercheur d'or avait pris soin d'emporter. L'arme se trouvait toujours chez Tala, la mère de Toshan.

Quant à Laura, elle s'était promis d'aller en pèlerinage, l'été suivant, sur cette même tombe où Hermine, tout juste mariée à Toshan, avait déposé des fleurs de prairie.

De nouveau, des applaudissements enthousiastes résonnèrent. Le directeur et le médecin déclarèrent, malgré le vacarme, qu'il était l'heure pour les pensionnaires de monter se coucher.

— Eh bien, monsieur Elzéar, ça ne va pas ? questionna l'infirmière en titre du sanatorium. Vous pleurez ! Il n'y a pas de honte, c'était si beau, l'*Ave Maria* !

Jocelyn reprenait pied dans la réalité. Dix-sept ans s'étaient écoulés, il souffrait d'un mal impitoyable, la tuberculose. On appelait encore *consomption* ce fléau redoutable, à cause de l'état de faiblesse et de mélancolie qu'il suscitait chez les patients. Ici comme ailleurs, on retardait la progression le plus souvent fatale de la maladie grâce à une nourriture copieuse, surtout de la viande et des laitages, et aux bienfaits supposés de l'air froid et pur. Mais la médecine se montrait impuissante[1]. Ceux qui se trouvaient là gardaient cependant un peu d'espoir grâce aux bons soins qu'on leur prodiguait.

Hermine remercia encore son public d'un doux sourire avant de se diriger droit vers le petit Jorel. L'enfant la dévisageait d'un air ébloui.

— Alors, ça t'a plu ? lui demanda-t-elle.

— Oui, madame, beaucoup. Je n'étais plus triste, quand vous chantiez. Peut-être que votre voix, elle va me guérir !

— Tu me fais là un très beau compliment, sais-tu ! avoua-t-elle, bouleversée.

La jeune femme se perdait dans le regard brillant de Jorel, sans accorder vraiment d'intérêt à l'homme assis à côté du garçonnet. Jocelyn retenait son souffle, troublé de voir sa fille si proche. Elle lui faisait l'effet d'un être de lumière, si bien que, cédant à une impulsion irréfléchie, il tendit la main et caressa ses cheveux.

— Voyons, monsieur Elzéar, en voilà, des manières ! gronda l'infirmière en l'obligeant à baisser le bras.

Stupéfaite, Hermine recula d'un pas. Elle dévisagea l'inconnu qui avait eu ce geste déplacé. Ce n'était pas un vieillard. Il devait avoir une cinquantaine d'années à peine. Vêtu d'un peignoir en lainage écossais, un foulard en soie autour du cou, il avait le visage décharné et la peau blême. L'absence

1. Il faudra attendre la découverte des antibiotiques, dans les années 1950, pour obtenir des guérisons.

de barbe ou de moustache, assez rare à l'époque, accentuait son apparence morbide.

— Veuillez m'excuser, madame, dit doucement Jocelyn. Je ne voulais pas vous manquer de respect.

— Ce n'est pas grave, répondit Hermine, troublée par l'humilité du ton de l'homme.

Elle lisait dans son regard brun une profonde détresse et même une sorte de panique incompréhensible. Il paraissait au supplice. C'en était presque effrayant. Charlotte qui accourait fit diversion.

— Hermine, le bébé pleure très fort ! Il a faim, je crois. Je l'ai bercé, mais il tète son poing.

— Je viens, répondit-elle à la fillette. Mais ce sont plutôt des coliques, il a mangé il n'y a pas si longtemps.

— Vous avez un bébé ? demanda Jorel.

— Oui, un petit garçon, s'écria Charlotte, désireuse d'égayer l'enfant pour qui elle éprouvait une vive pitié. On l'appelle Mukki, mais, son vrai prénom, c'est Jocelyn.

L'infirmière soutenait Elzéar Nolet pour qu'il se lève de sa chaise. L'état de son patient l'inquiétait, car il frissonnait de tous ses membres.

— Allons, monsieur Elzéar, il faut vite monter vous reposer, déclara-t-elle d'une voix énergique. Excusez-le, madame, nos malades n'ont guère d'occasion de se distraire, les visites sont rares, les tours de chant encore plus.

Jocelyn Chardin continuait à fixer Hermine d'un air hagard. S'il rejoignait sa chambre, plus jamais il ne la reverrait, sa fille, la chair de sa chair. Il résistait de toutes ses forces à l'infirmière qui tentait de l'entraîner.

« Et elle est déjà maman, j'ai un petit-fils ! pensait-il. Si elle a baptisé son enfant Jocelyn, peut-être qu'elle ne déteste pas son père. Quelques mots suffiraient et elle saurait qui je suis. Mais je ne pourrais pas la prendre dans mes bras ni couvrir de baisers son joli visage. Je ne veux pas lui donner mon mal, ce mal qui va me tuer ! Elle ne doit pas savoir… et elle aurait pitié de moi. »

Un vertige le fit chanceler. Une religieuse vola au secours de l'infirmière pour soutenir ce pensionnaire de haute taille qui, malgré sa maigreur, demeurait robuste. Hermine s'éclipsa en direction des cuisines après avoir adressé un signe amical à Jorel. Elle retrouva sœur Victorienne de fort mauvaise humeur.

— Ton fils va me rendre sourde à hurler comme ça. J'ai une montagne de vaisselle à ramasser, à laver, à désinfecter. Je ne peux pas jouer les nourrices. C'est bien de pousser la chansonnette, mais, quand on est mère de famille il faut davantage de conscience.

— Je suis désolée, je vais vous aider, affirma la jeune femme, que la remontrance aurait amusée en d'autres circonstances.

Mais elle eut fort à faire pour calmer Mukki. Dès qu'elle eut réussi à l'endormir, elle assista efficacement la religieuse, qui avait aussi réquisitionné Charlotte et Badette. Cette dernière était vraiment ravie de se rendre utile, comme si elle voulait prouver qu'elle connaissait déjà les airs du centre. Sa bonne volonté la rendait touchante.

— Mets donc un tablier, lança sœur Victorienne à Hermine. Tu as déjà taché ta belle jupe. C'est que tu es bien élégante, petite, pour une épouse de bûcheron. Comment ton mari a-t-il pu t'offrir un manteau de fourrure ?

— Je vous expliquerai tout, répondit-elle. Plus tard !

Le bruit ambiant se prêtait mal aux conversations. Une bouilloire sifflait, une femme de service requise d'urgence brassait les bols sales et les couverts empilés dans des bassines en zinc ; elle les rinçait dans de l'eau javellisée.

— Le réfectoire doit être impeccable pour le petit déjeuner, serinait la vieille religieuse en trottinant d'un placard à l'autre. Avec tout ce monde, je serai obligée de me lever avant l'aube pour obtenir un semblant d'ordre. Je dois encore dresser un lit de camp pour toi et la fillette.

— Un matelas par terre me suffira ! assura Hermine. Je ne veux pas vous causer un surcroît de travail.

La jeune femme essuyait la vaisselle. La grande cuisine sentait les linges tièdes et humides, avec une fragrance mourante de potage et de lait chaud. Badette, qui avait multiplié les allées et venues, déclara enfin forfait.

— Ma sœur, ma chère Hermine, je vais dormir un peu. Il y a du nouveau, pour le train. Nous repartons à six heures, tout sera réparé d'ici là. J'ai été très heureuse de passer la soirée avec vous dans cet établissement où j'ai tant de souvenirs, oui, sincèrement ravie. Je vous dis à demain.

— Merci, à demain ! soupira la jeune femme, elle aussi exténuée.

— Permettez-moi de vous embrasser pour vous remercier de votre merveilleux récital, supplia Badette d'un ton caressant.

Hermine accepta de bon cœur. Cette femme plus vieille qu'elle, mais aux manières parfois enfantines, lui inspirait confiance et sympathie. Elle devinait en elle une profonde charité, une chaleur humaine qui ne demandait qu'à s'épanouir à la moindre occasion. Les bises sonores qu'elle en reçut la réconfortèrent, car elle se sentait un peu triste, les images et les émotions se mêlant dans son esprit. Elle revoyait la foule des voyageurs installés de leur mieux dans la salle voisine et le sourire de Jorel, le front pâle auréolé de boucles châtaines. Puis c'était la vision des sapins brisés sur la voie ferrée et l'arrivée au sanatorium.

— Hermine, j'ai sommeil, se plaignit Charlotte.

— Viens avec moi, intervint sœur Victorienne. Je vais te coucher.

L'infirmière de l'établissement arriva au même instant. Elle se prépara une infusion de camomille. C'était une jolie femme ronde aux cheveux courts.

— Quelle soirée ! affirma-t-elle en prenant Badette à témoin. Toujours à courir partout, toujours debout. J'ai eu du mal à calmer ce pauvre monsieur Elzéar. Je ne l'avais encore jamais vu dans un tel état d'agitation.

La religieuse poursuivit son chemin, emmenant Charlotte en la tenant par la main. Embarrassée, Hermine s'enhardit à poser une question.

— Est-ce que c'est ma faute? Soyez franche, madame, je n'aurais peut-être pas dû chanter. Je vous avoue que je n'étais pas à mon aise quand cet homme m'a touchée.

— Oh ! Il faut les comprendre, nos pensionnaires, surtout les messieurs. Ils se sentent seuls et privés d'affection. Malgré les promenades et la bibliothèque, nos malades s'ennuient ferme, d'autant plus qu'ils se savent condamnés, pour la plupart, à rester ici encore des mois. Cela dit, Elzéar Nolet est quelqu'un de réservé et d'équilibré. Vous avez dû lui rappeler une jeune femme de sa famille. Il était en larmes à la fin de l'*Ave Maria.*

Du coup, Badette, intriguée, s'attarda. Elle eut un sourire espiègle et ajouta :

— Vous êtes une si grande artiste, Hermine ! Il y avait un autre journaliste, ce soir, qui se trouvait dans le train, comme nous. Il a interrogé le directeur du sanatorium à votre sujet, ce à quoi j'aurais dû penser moi-même, d'ailleurs…

— Vraiment ? s'étonna celle-ci.

— Oui, vraiment, renchérit Badette. Je le comprends, moi aussi. Notre rencontre me donne envie d'écrire une histoire dont vous seriez l'héroïne. Je vis seule. Le soir, je prends la plume et je rédige de petits textes où je mets en scène les personnages que je croise au quotidien. Ce n'est qu'un passe-temps, mais cela m'aide à supporter le poids des chagrins passés et de certaines déconvenues.

— J'aimerais beaucoup vous lire, assura Hermine. Depuis mes années d'école, j'ai dévoré nombre de romans. Oh ! Désolée, mon bébé se remet à pleurer. Je dois le nourrir. Bonne nuit, Badette !

Sœur Victorienne réapparut. Elle annonça en bougonnant qu'il était temps de dormir. Hermine la suivit avec soulagement. La seule idée de repartir à la fin de la nuit pour Québec l'accablait. Elle s'allongea sur le lit de camp, tout habillée mais déchaussée, et mit son fils au sein. Une veilleuse dispensait une clarté rosée dans la chambre. Le mobilier était sobre, de style moderne. Charlotte dormait déjà, couchée sur un matelas à même le sol.

— Vous êtes mieux logée qu'au couvent-école, ma sœur, remarqua-t-elle. Je vous avais dit de ne pas déplier un lit pour moi, j'avais assez de place à côté de Charlotte.

La religieuse eut un geste agacé. Elle s'étendit à son tour et éteignit la lampe.

— Hermine, j'avais hâte de te parler en tête à tête. As-tu encore l'intention de te rendre à Québec ? Je te l'accorde, tu as une voix magnifique et tu as fait des progrès considérables, mais à mon avis ton projet n'est pas raisonnable. Pourquoi ton mari t'a-t-il laissée voyager seule ? Et ta mère ? J'ai cru comprendre que tu l'avais retrouvée. Elle aurait dû t'accompagner.

— Ma sœur, pardonnez-moi. Je vous ai menti. J'ai décidé de passer cette audition sans prévenir ma famille. C'était idiot et insensé, je l'admets. Ne vous inquiétez pas, demain je vais rentrer chez moi, à Val-Jalbert.

— Dieu merci ! soupira sœur Victorienne. Tu me fais très plaisir, petite, en suivant mes conseils. Maintenant que je suis tranquillisée, raconte-moi comment tu as revu ta mère.

La jeune femme résuma en quelques phrases la triste histoire de Laura, son amnésie, son remariage avec un riche industriel et leurs retrouvailles au Château Roberval. Elle évoqua la dame en noir qui l'écoutait chanter, assise au fond de la salle du restaurant, mais elle ne révéla pas l'odieux chantage que Joseph Marois avait exercé sur sa mère, devenue une veuve fortunée.

— Et c'est ainsi que maman s'est installée à Val-Jalbert pour ne pas me quitter. Elle a acheté la maison du surintendant Lapointe. Ces vêtements élégants que je porte, elle me les a offerts. Parfois, je lui en emprunte, car nous avons la même taille. C'est une personne très charitable. Charlotte serait aveugle si elle n'avait pas financé l'opération.

Hermine parla ensuite de Toshan et de la naissance de Mukki dans une cabane au bord de la rivière Péribonka.

— J'ai tout pour être heureuse, sœur Victorienne, et croyez-moi je regrette mon incartade.

— En effet, cela ne te ressemble pas de mentir, de faire des cachotteries. Et ton père ?

— Il est mort en 1916 dans la région où vit la mère de Toshan. J'ai pu me rendre sur sa tombe. Savez-vous, ma chère sœur, je suis bien contente de vous avoir revue et que ce soit ici, dans cet établissement. Quand je pense au petit Jorel, gravement malade, et si jeune ! Cela a été un grand bonheur pour moi de chanter pour ce pauvre enfant, ainsi que pour tous vos pensionnaires.

— Je prie pour leurs guérisons chaque jour, assura la religieuse. La tuberculose est un terrible fléau. Malgré les mesures publiques d'hygiène qui ont été prises, le mal continue à se propager. Encore ici, à Lac-Édouard, nous avons en moyenne une vingtaine de pensionnaires, des gens assez fortunés. Mais les pauvres sont les plus touchés et il n'y a pas assez d'établissements où ils seraient soignés gratuitement ou à moindres frais. Les domestiques, les cultivateurs, les ouvriers cachent souvent qu'ils sont atteints afin de garder leur emploi et ils contaminent leurs proches. Il faudrait ouvrir un sanatorium à Roberval ; le lieu s'y prête. L'air est sain, au bord du lac. Je sais que les sœurs Augustines-de-la-Miséricorde-de-Jésus, qui tiennent l'Hôtel-Dieu Saint-Michel à Roberval, ont ce projet en tête depuis des années[1]. Il serait destiné aux pauvres gens ! Et si je ne suis pas encore trop chenue, j'aimerais beaucoup travailler là-bas. Je m'y plairais davantage.

— Vous n'aspirez pas à un peu de repos, ma chère sœur ?

— Je me reposerai au ciel, petite ! coupa la religieuse. Il faut dormir, à présent. Alors, tu rentres chez toi demain ?

— Oui, je vous le promets.

La jeune femme n'eut aucun mal à plonger dans un sommeil réparateur. Mais, à cinq heures, sœur Victorienne se leva, car on frappait à sa porte. C'était Badette, chaudement emmitouflée, une expression légèrement affolée sur le visage.

— Je venais prévenir Hermine ; la locomotive est réparée et la voie est dégagée. Le train est là, en gare de Lac-Édouard. Les voyageurs doivent reprendre leur place dans les wagons.

— Elle ne repart pas, madame ! annonça la sœur avec une pointe de satisfaction personnelle.

— Vous en êtes sûre ? insista Badette. Quel dommage ! Je me réjouissais tant de terminer le trajet en sa compagnie !

---

1. Le sanatorium de Roberval ouvrira en 1942.

Ensommeillée, Hermine se redressa. Elle eut un regard rêveur avant de déclarer tout bas :

— En effet, je reste au sanatorium, ce matin, je prendrai un autre train, mais pour rentrer à Chambord. Merci de vous être dérangée ! Au revoir, Badette, j'ai été ravie de faire votre connaissance.

Malgré sa surprise, cette dernière prit congé. On la sentait très chagrinée. Elle était même au bord des larmes.

— Si un jour vous venez quand même à Québec, n'hésitez pas à me rendre visite. Voici une petite carte où il y a mon adresse. Je vous offrirai le thé et je vous montrerai mes modestes écrits.

— Merci beaucoup, Badette. Je vous le promets, et ce sera un plaisir.

— Je veux que vous le sachiez, ajouta la journaliste, je ne vous oublierai pas. Et votre voix, votre magnifique voix, je crois que je l'entendrai longtemps vibrer dans mon cœur. Eh bien, au revoir !

Sœur Victorienne salua d'un signe de tête irrité. Hermine se rallongea après avoir jeté un coup d'œil au carton blanc où était précisé en caractères gras : journaliste. La sœur converse referma vite la porte. Hermine caressa le front de Mukki et se rendormit. Ce fut un rêve singulier qui l'éveilla, une heure plus tard. Son cœur battait à tout rompre, tellement elle avait éprouvé une forte émotion en songe.

« Oh ! J'en ai assez de faire des rêves pareils ! » gémit-elle, les yeux pleins de larmes en serrant son fils contre sa poitrine.

La chambre était vide. Sœur Victorienne et Charlotte avaient dû descendre aux cuisines. La jeune femme reprit son souffle, comme si elle avait vraiment couru dans la neige au sein d'une nuit peuplée de loups.

« J'essayais de rattraper un traîneau tiré par d'énormes chiens qui grognaient méchamment. Quelqu'un emmenait Mukki, mais mon pauvre bébé avait l'âge du petit Jorel. Il m'appelait au secours et je ne pouvais pas le rejoindre ! »

Hermine crut se souvenir du visage de l'homme qui lui avait volé son enfant. Il était blafard et avait la peau sur les os.

— Je sais, il ressemblait à ce malade, Elzéar Nolet ! s'avoua-t-elle à mi-voix. Rien de surprenant, ce malheureux a une allure de revenant.

Attristée, elle allaita Mukki et le changea, puis elle rangea de son mieux la literie. Très heureuse à l'idée de se retrouver à Val-Jalbert le soir même, elle se mit en quête de la religieuse et de la fillette. Au rez-de-chaussée du sanatorium régnait un grand calme. Il n'y avait plus aucune trace des envahisseurs de la veille. Les tables du réfectoire étaient bien alignées. Charlotte disposait des bols en chantonnant.

— Ah ! Hermine, tu es là ! Sœur Victorienne voulait que je te laisse dormir.

— Mais moi, je tenais à l'aider, répliqua la jeune femme. Charlotte, tu n'es pas trop contrariée ? Je sais combien tu avais envie de voir Québec.

— Tu as dit : une autre fois ! répondit-elle en souriant. Ce sera une autre fois.

— Bien sûr ! affirma Hermine qui n'y croyait plus. Elle savait qu'avec un deuxième nourrisson ce genre de fantaisie ne serait plus permis.

« Sœur Victorienne m'a replacée dans le droit chemin. Je suis une maman avant toute chose. Ce matin, je ne comprends même pas pourquoi j'ai décidé de passer une audition. Que je suis sotte ! Je n'aurais même jamais dû y penser. »

La vieille religieuse l'accueillit gentiment.

— Il y a du café chaud et du lait. Prends un bon déjeuner.

— Mais je préférerais vous aider, ce matin aussi, ma sœur ! protesta la jeune femme.

— Ce n'est pas la peine, petite. Hier soir, avec tous les rescapés, nous avions besoin d'un coup de main. Pas ce matin.

— Cela m'aurait fait plaisir de me rendre utile. Quand nous étions au couvent-école, vous n'hésitiez pas à me confier de l'ouvrage.

— Quelle entêtée ! maugréa la religieuse. Je ne sais pas si monsieur le directeur serait content de te voir travailler. Il y a du personnel, ici. Enfin, si tu y tiens, tu t'expliqueras avec lui s'il te surprend en train de servir.

Sur ces mots, sœur Victorienne lui tendit le tablier qu'elle lui avait prêté la veille en précisant :

— Tu peux couper du pain et le beurrer. Ensuite tu pourras apporter tout ça sur la table des pensionnaires. Ils ne vont pas tarder à descendre.

— Merci, ma sœur ! répliqua Hermine. Si je me tourne les pouces jusqu'à l'heure du train, je vais m'ennuyer. Je suis sûre que le directeur ne verra aucun inconvénient à ce que je m'active.

La jeune femme s'affaira, consciencieuse, efficace. Une délicieuse odeur de pâtisseries tièdes et de lait bouilli flottait dans les cuisines. Le feu ronflait de manière rassurante.

— Au fond, cela me réjouit, petite, de te voir occupée à des tâches ménagères, déclara la vieille religieuse d'un air préoccupé. Ah, mon Dieu ! Vous avez de la chance que personne ne soit atteint par la phtisie, dans ta famille, et chez les Marois. Le mois dernier, nous avons renvoyé une femme de quarante ans chez elle pour qu'elle rende son âme à Dieu entourée de ses huit enfants et de son époux, un employé du chemin de fer. Il pouvait venir la voir souvent, mais il a dépensé toutes ses économies pour l'installer dans ce sanatorium.

— Et des malades que j'ai vus hier soir, aucun n'a de chance de guérir ? s'informa Hermine.

— Le petit Jorel crache du sang ! Ses parents ont décidé finalement de venir le voir dimanche prochain, mais ils seront déçus. Son état empire.

Charlotte écoutait, la mine soucieuse. La religieuse eut un geste d'impuissance.

— Je me suis très bien documentée depuis que je travaille au chevet des poitrinaires. Cette femme dont je te parle, Hermine, les médecins avaient pratiqué sur elle une intervention très douloureuse, la collapsothérapie. Cela consiste à faire s'affaisser le poumon pour que les zones détériorées cicatrisent avec les tissus sains. Quand elle est arrivée à Lac-Édouard, elle souffrait le martyre. Je crois que cela a précipité sa fin. Moi, je veille à la nourriture, du bœuf saignant et du lait, beaucoup de lait. Figure-toi que monsieur Nolet a eu droit à un drôle de traitement avant d'être pris ici. Il a été couché dans une écurie près d'une jument et de son poulain, enveloppé dans une couverture qui avait été frottée sur le corps de l'animal pour l'imprégner de l'odeur du lait. Les personnes responsables de ce traitement avaient entendu dire que c'était un remède efficace[1] contre la tuberculose.

Effarée, Hermine hocha la tête. Elle continua néanmoins à beurrer de larges tranches de pain.

— Ma sœur, est-ce que je pourrai servir les petits déjeuners des patients ? s'enquit-elle. Cela me ferait plaisir de revoir Jorel.

— De toute façon, si je refuse, tu vas discuter et finir par gagner la partie. Sous tes airs de petit ange, tu as ton caractère. Fais à ton idée. Comme ça, la femme de service pourra aérer les chambres pendant ce temps. D'ordinaire, c'est elle qui assiste sœur Gabrielle.

La jeune femme remercia tout bas, sincèrement heureuse de participer à la bonne marche de l'établissement. Elle jeta un coup d'œil dans le réfectoire : une autre religieuse veillait sur les malades qui s'attablaient. Des quintes de toux retentirent, déchirantes. Elles provenaient d'un jeune homme blond, âgé d'une trentaine d'années.

« Hier soir, je n'ai fait attention qu'à Jorel, se reprocha Hermine. Je devrais avoir un petit mot gentil pour chaque pensionnaire. »

Elle portait un pantalon en jersey gris, confortable et bien chaud, ainsi qu'un tricot bleu à col roulé. Les cheveux simplement attachés sur la nuque, le tablier blanc noué à la taille, elle traversa la salle, une cruche de lait bouillant dans une main et un plat garni de tartines dans l'autre.

---

1. D'après Louise Côté, *En garde ! Les représentations de la tuberculose au Québec dans la première moitié du XXe siècle.*

Jorel tressaillit de joie en la reconnaissant. Il claironna un « Bonjour, madame la chanteuse ! » puis il ajouta :

— Je n'avais encore jamais vu une dame en pantalon.

— C'est moderne et très pratique, répliqua-t-elle en souriant.

— Vous allez travailler ici, maintenant ? demanda l'enfant.

— Non, je reprends le train à midi ; j'aide sœur Victorienne, qui est une amie à moi depuis très longtemps. J'espère que tu vas bien manger ce matin ; on m'a dit que tu n'avais guère d'appétit.

Hermine repartit chercher de la confiture et du café. Elle sentit le poids d'un regard. Elzéar Nolet, assis à la même place que la veille, près de Jorel, la fixait avec un air décontenancé.

« Cet homme est vraiment étrange ! » songea-t-elle, perplexe.

Jocelyn Chardin avait passé une mauvaise nuit à se ronger le corps et l'âme. Il était certain que sa fille avait repris le train à l'aube, comme tous les voyageurs. Il avait versé des larmes d'accablement, puis il s'était imaginé guéri, capable de parler à Hermine, de lui confesser sa pitoyable existence. Et voici qu'il la retrouvait à nouveau, en tablier, les joues roses et ses beaux yeux bleus débordants de compassion. Dès qu'elle fut de retour, il fit appel à ce qui lui restait de courage.

— Madame, dit-il d'une voix basse et profonde, je vous présente toutes mes excuses pour mon attitude d'hier soir. J'ai une fille de votre âge.

— Ce n'est rien, monsieur ! assura-t-elle.

Après avoir vérifié que chaque patient disposait du nécessaire, Hermine s'apprêta à retourner en cuisine.

— Mais je tenais à m'en excuser, reprit-il. Nous sommes considérés comme des pestiférés, nous, les poitrinaires. Ce qui fait que nos sentiments sont à fleur de peau. J'ai même dû déclarer ma maladie et remplir un registre pour y figurer comme phtisique. Quand on fait une pareille démarche, on a l'impression de crier au monde entier qu'on va mourir[1] !

— Je m'en doute bien, monsieur, répondit-elle, désorientée.

Cet homme la mettait mal à l'aise. Une petite voix flûtée la tira de son embarras.

— Vous connaissez sœur Victorienne ? interrogea Jorel.

— J'ai grandi dans le couvent-école de Val-Jalbert, un village situé près du lac Saint-Jean. Les religieuses m'ont élevée et sœur Victorienne, qui était converse, m'a appris beaucoup de choses.

— Vous êtes orpheline, alors ? s'étonna le petit.

Jocelyn redoutait la réponse. Il gardait les paupières mi-closes, tellement perturbé qu'il tremblait sans pouvoir se contrôler.

— Pas vraiment, mais je ne peux pas te raconter mon histoire, je dois m'occuper de mon bébé.

Pas vraiment ? La nuance stupéfia Jocelyn. Il faillit renverser son bol de lait. Jorel, lui, afficha une moue dépitée et reposa la tartine qu'il mangeait. De peur de le contrarier, Hermine crut bon d'en dire un peu plus.

---

1. Loi établie en 1901.

— Mes parents m'avaient confiée aux sœurs parce qu'ils ne pouvaient pas me garder. Souvent, cela me rendait triste, mais Dieu, pour me consoler, m'a fait le don de la capacité de chanter.

Même s'il l'avait voulu, Jocelyn ne pouvait plus douter de l'identité de la jeune femme. Ses oreilles se mirent à bourdonner et une sueur glacée perla à son front dégarni. Assourdi, le cœur brisé, il s'entendit marmonner :

— Vous devez les haïr, les mépriser, vos parents, de vous avoir abandonnée ?

— Non, monsieur ! Je leur ai pardonné, car ils n'ont pas eu le choix.

— Comment le savez-vous ? s'écria Jorel.

— Mais que tu es curieux, toi ! plaisanta Hermine. Tu ferais mieux de déjeuner. Je l'ai su par ma mère, que j'ai eu le grand bonheur de retrouver. Maintenant, finis ta tartine.

Cette fois, elle s'en alla d'un pas rapide servir trois autres personnes. Elle ne vit pas Elzéar Nolet frémir des pieds à la tête, pâle à faire peur. Chaque révélation l'atteignait en plein cœur.

« Qu'est-ce qu'elle a dit ? s'étonnait-il, pétrifié. Laura serait en vie ? C'est impossible, j'ai vu sa tombe ! Mais je ne suis pas fou, elle a parlé de sa mère et sa mère, c'est Laura, ma Laura ! »

L'infirmière se précipita vers lui. Elle assistait toujours aux repas.

— Monsieur Elzéar, ça ne va pas ? s'inquiéta-t-elle.

— Laissez-moi, morigéna-t-il entre ses dents. Fichez-moi la paix !

Une rage folle l'envahissait. Un destin diabolique et cruel semblait s'acharner sur lui. Il avait pleuré son épouse de longues années en s'accusant de sa mort. À cette tragédie s'ajoutait la douleur de tout ignorer de son unique enfant, Marie-Hermine. S'il n'avait pas cherché à obtenir de ses nouvelles, c'était à cause de l'intolérable culpabilité qui l'avait rendu solitaire, froid et hargneux. Il avait même soigneusement évité les abords de Val-Jalbert et du lac Saint-Jean, supposant que sa fille était restée au couvent-école. Comment aurait-il pu se présenter à elle alors qu'il avait sacrifié Laura ? Ces certitudes s'écroulaient. Il avait l'impression de sombrer, d'avoir été berné par un sort démoniaque.

— Je vois bien que vous êtes malade, monsieur Elzéar ! s'affola l'infirmière. Je dois prévenir le docteur pour qu'il vous examine.

— Non, n'en faites rien ! supplia-t-il, radouci. J'ai mes humeurs, au réveil, vous le savez bien !

Jocelyn se répétait qu'il devait donner le change, s'accorder le temps de réfléchir. Cela lui paraissait impensable de poser d'autres questions à Hermine. Habitué à se terrer, à cacher sa véritable identité, il cédait à la panique.

« De toute façon, je suis condamné par cette saleté de maladie, mes jours sont comptés. Mais quand même, j'aurai revu mon enfant chérie, ma belle fleur de lumière ! se consola-t-il. Si vraiment Laura a survécu, cela me fait un chagrin en moins. Une faute en moins ! »

Hermine était retournée à la cuisine. Sœur Victorienne lui avait préparé un grand bol de café au lait. Charlotte se régalait, installée devant une desserte.

— Moi, j'ai des brioches, jubila la fillette. Tiens, je t'en donne une.

— Je n'ai pas faim, ma chérie, soupira la jeune femme. En fait, j'ai honte de ma faiblesse.

— Pourquoi ça ? s'inquiéta la vieille religieuse.

— Devant vos pensionnaires, je perds tous mes moyens. Je n'ose pas les regarder en face, j'ai juste pu bavarder avec le petit Jorel, parce que c'est un enfant. Mais les autres, les plus âgés, comme Elzéar Nolet, ils m'intimident. Je me sens si vigoureuse par rapport à eux, en pleine santé. Je crains qu'ils lisent de la pitié sur mon visage ou dans mes yeux. Je me conduis en lâche.

— Ta ! ta ! ta ! trancha la femme de service en blouse blanche. Si vous aviez un emploi ici, ma petite dame, cela vous passerait. Au début, j'étais maladroite et gênée, moi aussi. Ensuite on prend de l'assurance. Ils sont poitrinaires, mais au fond ce sont des gens comme vous et moi. Ils ont plaisir à jaser de leurs familles, de la neige ou du dégel.

— Je sais bien, gémit Hermine. Mais eux, ils sont condamnés.

— Tu ne sauras ni le jour ni l'heure ! déclara sœur Victorienne, citant les Saintes Écritures. Une personne saine peut décéder brusquement, d'un accident ou d'une autre façon.

— Comme sœur Sainte-Madeleine, mon ange gardien, que la grippe espagnole a emportée si vite, répliqua la jeune femme avec un pauvre sourire. Je n'avais que quatre ans, mais je ne l'oublierai jamais. J'ai toujours sa photographie.

— Je m'en souviens, dit seulement l'ancienne converse.

Ébranlée sans vraiment en comprendre la cause précise, Hermine se décida à boire son café au lait.

Elle n'avait plus qu'une envie, être à Val-Jalbert, choyée par Mireille, dans la belle maison de Laura. Charlotte demanda si elle pouvait promener Mukki.

— Il pleure souvent, ça l'endormira si le landau roule un peu, certifia la fillette. J'irai dans le grand couloir.

— Si tu veux, répondit Hermine. Mais est-ce prudent, ma sœur ?

Cela signifiait, à mots couverts, que la jeune femme craignait une possible contamination pour les deux enfants.

— Il n'y a aucun risque, trancha sœur Victorienne. Nous avons des consignes du médecin et de monsieur le directeur. L'établissement est nettoyé et désinfecté quotidiennement et les pensionnaires vont remonter dans leurs chambres se reposer. Les horaires sont impératifs. Entre chaque repas, du repos. Tu peux y aller, Charlotte.

La fillette s'empressa de quitter la pièce. Elle adorait pousser le landau, dont elle admirait la literie en dentelle et la couverture bleue très douce qui contrastait avec le minois doré du bébé, dont le duvet brun dépassait du béguin en coton blanc. Le couloir lui semblait interminable, mais au bout de deux allers-retours Mukki dormait profondément. La fillette put ainsi observer le cortège des malades qui empruntaient l'escalier principal pour rejoindre leur chambre à l'étage. Elle ne fut pas très surprise de voir redescendre l'un d'eux quelques minutes plus tard. C'était Jocelyn. Il s'appuyait sur une canne et avait coiffé son calot en feutre.

— Pardon, monsieur ! dit-elle, quand il lui barra le passage.

Cet homme de haute taille, robuste malgré sa maigreur, avait une allure surprenante pour une enfant de dix ans. Il eut cependant un sourire très doux en se penchant pour mieux voir le nourrisson. Charlotte remarqua qu'il tenait un mouchoir propre, plié en quatre, devant sa bouche.

— Je t'ai aperçue, tout à l'heure ! dit-il doucement. Es-tu la sœur de la jeune femme qui chante si bien ?

— Oh non, monsieur ! C'est sa mère, madame Laura, qui m'a recueillie. Et même, sans elle, je serais aveugle ; elle a payé mon opération. Hermine, je la connais depuis longtemps et je l'aime comme si c'était ma grande sœur.

— Ah, tu as beaucoup de chance, dans ce cas, fit Jocelyn.

Il avait saisi l'unique opportunité qu'il aurait peut-être de voir son petit-fils. Le teint mat du bébé, ainsi que ses yeux et ses cheveux noirs, l'intriguèrent.

— Il ne ressemble pas à sa mère ! s'étonna-t-il. Elle qui est si blonde !

Charlotte n'avait pas de raison de se méfier. Elle était même assez fière d'être à même de fournir une explication.

— Mukki a du sang indien, c'est pour ça, monsieur. Tout le monde le dit à Val-Jalbert, il tient de son papa, Toshan !

Jocelyn s'appuya au mur, abasourdi. Tout se mêlait dans son esprit.

— La jeune dame, Hermine, s'est mariée avec un Indien ? demanda-t-il. Ce n'est pas courant.

— Clément Toshan Delbeau est métis et catholique.

— D'accord, petite, je comprends.

En fait, il ne comprenait plus rien. Le destin avait décidément brouillé les cartes. Le cœur de Jocelyn cognait fort. Il crut que sa poitrine allait éclater. Une quinte de toux le suffoqua, si bien que Charlotte, effarouchée, en profita pour s'esquiver. Elle fut vite de retour dans les cuisines. Certaine qu'Hermine n'apprécierait pas son bavardage avec un inconnu, elle se garda bien d'en parler.

— Mukki dort comme un ange, annonça-t-elle.

— Je te remercie, Charlotte ! dit la jeune femme qui enlevait son tablier. Nous partirons pour la gare dans une heure et demie, environ. Il nous faudra marcher un peu.

Hermine cachait de son mieux une sourde angoisse. Malgré sa joie d'avoir retrouvé sœur Victorienne, l'atmosphère du sanatorium l'oppressait. Elle pensait beaucoup à Jorel, dont le visage trahissait tant de désespoir enfantin, mais aussi à Elzéar Nolet, qui se considérait comme un pestiféré. Un autre souci s'ajoutait à sa tristesse. Depuis une vingtaine de minutes, elle éprouvait une douleur lancinante dans le bas du ventre.

« Pourvu que ça s'arrête ! priait-elle en son for intérieur. Je ne devrais pas avoir mal, c'est mauvais signe. »

Jamais elle n'aurait osé confier ce qui la tourmentait. Jusqu'à l'heure du départ, elle discuta avec la vieille religieuse et la femme de ménage, puis elle monta chercher les valises. La douleur ne lâchait pas prise. Ce fut enfin le moment des adieux.

— Je vous écrirai, promit-elle à sœur Victorienne. J'ai été tellement heureuse de vous revoir !

— Et moi je suis tranquillisée. Désormais, je sais que tu as une mère, un époux et un bel enfant. N'oublie pas mes conseils, ma chère Marie-Hermine.

— Je ne les oublierai pas, promit la jeune femme.

Finalement, l'intendant du sanatorium proposa de les accompagner pour porter les valises. Hermine embrassa sœur Victorienne. Elles avaient toutes les deux une grosse envie de pleurer. Un soleil d'hiver, pâle et nacré, baignait le paysage. Charlotte respira l'air vif et glacé avec délice. La fillette n'était pas mécontente de rentrer. L'aventure lui avait suffi. Elle aspirait à retrouver sa jolie chambre, ses jouets et ses camarades d'école.

Personne ne vit Elzéar Nolet debout à une des fenêtres, le visage plaqué à la vitre. Il regarda s'éloigner sa fille, vêtue d'un superbe manteau de fourrure, poussant le landau où dormait son petit-fils.

« Par quel hasard a-t-elle épousé le fils d'Henri Delbeau ? s'interrogeait-il. Ma mémoire est bonne, quand même. Le fils de Delbeau s'appelait Clément. J'en perds mes esprits. Je dois savoir ce qui s'est passé ! Et Laura ? Par quel miracle est-elle vivante et fortunée, on dirait ? »

L'incompréhension et l'incrédulité se montraient plus fortes que l'émotion. Il refusait de mourir sans avoir appris la vérité. Les poings serrés, les lèvres pincées par l'angoisse, il fixait la silhouette gracieuse de sa fille. Elle se faisait de plus en plus floue, déformée par ses larmes d'amertume, amenuisée par la distance. Tout à coup, un voile noir l'entoura. Il s'effondra sur le parquet.

Hermine monta dans le train avec soulagement, à mille lieues d'imaginer qu'elle avait vu son père et qu'elle lui avait adressé la parole. Transie, elle se demandait comment faire le trajet de Chambord à Val-Jalbert, le soir venu.

« Il fera nuit, j'aurais dû aller au bureau de poste et envoyer un message télégraphique à maman. Hans et elle seraient venus me chercher à la gare. Tant pis, je leur aurais avoué mon expédition ratée… J'ai mal, j'ai si mal… »

Charlotte commença à s'inquiéter de son silence et de son regard angoissé.

— Qu'est-ce que tu as, Mimine ?

— Rien de grave, ma chérie ! Je voudrais être déjà chez nous, bien au chaud.

Elle caressa la joue de la fillette et se referma à nouveau sur ses pensées, attentive à la souffrance qui taraudait son ventre. Après deux longues heures, elle dut allaiter Mukki. Le bébé avait à peine fini de téter qu'un liquide chaud commença à couler entre ses cuisses, imprégnant sa lingerie et son pantalon en jersey. Les craintes de la jeune femme se confirmaient. Épouvantée, elle n'osait plus bouger. Jamais elle n'avait éprouvé un tel sentiment d'irrémédiable.

« Oh non ! Pas ça, mon Dieu, pas ça ! Je fais une fausse couche. Ce n'était pas un retard de règles, j'en suis sûre. J'ai eu des nausées. Même ce matin, toutes les odeurs me soulevaient l'estomac. »

À sa déception atroce s'ajoutait aussi un terrible embarras. Elle ne voyait pas comment remédier à ce flux de sang, surtout dans ces conditions. Malgré son chagrin, elle se félicita de porter un manteau de fourrure assez long et épais, qui dissimulerait les dégâts.

« Heureusement, je ne l'avais pas annoncé à Toshan ! Il ne saura rien. S'il l'apprenait, il aurait le droit de me haïr, de me mépriser. Mais pourquoi cela m'arrive-t-il, pourquoi ? Peut-être que le train provoque des fausses couches, les wagons sont tellement secoués, parfois. »

Au fond, la jeune femme savait bien qu'il n'y avait pas de cause précise. Elle se jugeait responsable, cependant.

« Si j'étais restée à Val-Jalbert, j'aurais gardé mon bébé ! »

Cette conviction la désespéra. De gros sanglots la secouèrent. Charlotte se leva de la banquette et se jeta à son cou.

— Pourquoi tu pleures ? Dis ? Tu as l'air bizarre depuis tout à l'heure.

En d'autres circonstances, Hermine n'aurait rien dit à la fillette, par pudeur à l'égard de son jeune âge. Mais elle cédait à une crise de panique et elle ne savait pas vers qui se tourner.

— Je perds mon bébé ! J'avais très mal au ventre depuis ce matin. Je pensais que ça s'arrangerait. Hélas, non, c'est tout le contraire. Ma chérie, veux-tu surveiller Mukki ? J'ai besoin de me rendre au cabinet de toilette. Si tu pouvais aller chercher ma valise, je dois mettre d'autres vêtements.

Charlotte roula des yeux effarés. Elle ignorait encore les secrets et les mécanismes du corps féminin, mais elle avait souvent vu les guenilles ensanglantées que Mireille lavait après les avoir laissées tremper dans une grosse bassine. Questionnée, la gouvernante lui avait livré une explication sommaire, comme quoi les dames perdaient du sang tous les mois quand elles n'étaient pas enceintes.

— Oui, Mimine, souffla-t-elle avec l'impression d'être mêlée à un événement affreux.

La jeune femme s'en alla à petits pas en essayant de se tenir bien droite, alors qu'elle avait envie de se plier en deux sous le coup de la douleur. Lorsqu'elle revint, très pâle, ce fut au tour de Charlotte de pleurer. Hermine avait roulé son pantalon pour cacher les taches de sang, mais la fillette aperçut un peu de tissu rougi et cela l'épouvanta.

— Ma pauvre chérie, notre trajet de retour n'est pas gai ! Charlotte, je suis désolée.

Elle tenta de la rassurer.

— N'aie pas peur !

— Ce n'est pas ta faute, répondit l'enfant doucement. Tu dois être tellement triste que ça me fait de la peine, beaucoup de peine.

— Oh oui, je suis triste, mais on ne peut rien y changer !

Après ce pénible constat, la jeune femme demeura silencieuse, tout à sa détermination de ne pas se donner en spectacle. Elle avait très froid et se sentait vulnérable, sale. Malgré le lange de Mukki qu'elle avait utilisé pour se protéger, le sang imbibait à nouveau sa lingerie, ses bas et sa jupe. Deux fois encore, elle dut aller au cabinet de toilette. Le voyage jusqu'à Chambord prenait des allures de calvaire.

*

Mireille tomba des nues en les découvrant sur le perron, à plus de neuf heures du soir. Hermine tenait à peine debout. Elle avait le teint blême et le nez boursouflé par les larmes. Charlotte n'était guère plus vaillante, épuisée par le trajet et l'inquiétude.

— Je vous croyais à Québec, moi ! s'écria la gouvernante. Entrez vite, il gèle à pierre fendre !

— Je te raconterai tout, geignit la jeune femme. Il faut que je me couche. Par chance, j'ai croisé le maire à Chambord, sur le quai de la gare. Il nous a ramenées en voiture.

— Eh oui, j'avais entendu un moteur. Je n'étais pas tranquille, toute seule ici. Je claquemure tout avant la nuit. Mais qu'as-tu, ma pauvre enfant ?

— Mireille, j'ai fait une fausse couche, confessa-t-elle une fois dans le vestibule, prête à sangloter encore. J'étais enceinte de deux mois à peine, mais voilà que par ma faute j'ai perdu le bébé. Je voulais l'annoncer à Toshan avant de lui avouer que j'avais pris le train pour Québec. Maintenant je veux garder tout ça secret.

La gouvernante para au plus urgent. Hermine se laissa dorloter comme font les enfants malades. Quand elle put s'allonger, après s'être lavée et changée de linge, une bouillotte aux pieds dans son lit aux draps parfumés, un soupir de bien-être lui échappa.

— Doux Jésus ! soupira Mireille. Pauvre mignonne, tu en as eu des misères ! Il ne manquait plus que ça. Demain, il faudra que j'aille téléphoner au docteur de Roberval. Il doit t'examiner.

— Non, je t'en prie, je ne veux pas. Personne n'a besoin de savoir. Ni maman ni Toshan. Mireille, je t'en supplie.

— Bon, nous verrons. Mais si la fièvre te prend, le docteur viendra.

— Oui, si j'ai de la fièvre, chuchota la jeune femme à demi assoupie.

Mireille s'organisa. Elle coucha Mukki près de sa mère et s'occupa de Charlotte qui était affamée.

— Est-ce qu'elle va mieux, Hermine ? demanda la fillette.

— Pour le moment. Mais il faut bien la surveiller. Quelle idée, aussi, d'entreprendre un voyage pareil quand on attend un bébé !

Cette déclaration renforça la malheureuse Charlotte dans son sentiment de culpabilité. Elle avait persuadé Hermine de partir pour Québec, et rien ne s'était déroulé comme prévu.

— Je t'aiderai, Mireille, dit-elle d'une petite voix triste. Je ne veux pas qu'elle soit malade. Elle ne va pas mourir, dis ?

— Mais non, ne t'inquiète pas. Ce sont des soucis de femme et les femmes sont solides, ma mignonne, sinon la terre serait dépeuplée !

Le lendemain, la brave femme joua les infirmières. Elle aurait marché sur les mains s'il l'eût fallu. Du matin au soir, elle prépara de bons plats et porta des plateaux, avec l'aide fébrile de Charlotte. Tandis qu'un vent âpre sifflait sur le village, Hermine se pelotonnait au creux de son lit douillet.

— Tu en auras d'autres, des bébés, répétait Mireille. Ne bats pas ta coulpe, ça ne tient pas à chaque fois. Tu n'es ni la première ni la dernière à perdre ton fruit. Repose-toi, surtout.

Hermine se rassérénait, éperdue de gratitude. Elle souffrait moins, elle était à l'abri et cette sensation de sécurité totale l'apaisait. Elle était semblable à un animal blessé seulement soucieux de guérir, de ne plus courir de danger.

Le vendredi matin, elle se leva. Il lui semblait inouï d'avoir vécu autant de choses en quatre jours.

« Lundi, nous partions, lundi soir, je dormais à Lac-Édouard, mardi, j'ai eu ce mal au ventre. Maman sera là demain, samedi. Elle me manque. Comme je vais l'embrasser, la serrer contre moi ! Et Toshan, lui aussi, il va me rejoindre… Mireille m'a juré de garder le secret. Elle est même allée rendre visite à Onésime pour lui faire promettre de ne rien révéler de mon départ pour Québec. Ce n'est pas bien de les duper, mais j'ai tellement honte, tellement de remords ! »

Tout semblait rentré dans l'ordre. Le froid céda brusquement la place à de nouvelles chutes de neige. Au sanatorium de Lac-Édouard, cela jeta la consternation. Comment ferait ce pauvre monsieur Elzéar Nolet, qui avait disparu durant la nuit ? On s'était mis en quête de lui dès l'aube, mais il avait emporté sa valise. Quelques empreintes relevées par des hommes du village indiquaient qu'Elzéar, tournant le dos à la gare, s'était enfoncé dans les bois.

Les religieuses prièrent pour lui avec ferveur. Mais c'était en réalité Jocelyn Chardin qui avait fui la maladie, engageant un combat farouche contre son mauvais sort, une sorte de gageure lancée à son passé, lui qui n'avait peut-être pas d'avenir.

Dévoré par un feu ardent, il ne ressentait ni le froid ni la neige. Il marchait en raquettes vers le lac Saint-Jean, vers Val-Jalbert.

6

Le silence du rossignol

Val-Jalbert, samedi 25 février 1933

Hermine était allongée sur le divan du salon. Cette semaine qui s'achevait l'avait vue si malade ! Comme annoncé plusieurs jours auparavant par courrier, Laura venait dîner avec Hans. Mireille s'activait à la cuisine, désireuse de servir un excellent repas.

— Tu es bien installée ? demanda Charlotte à la jeune femme. Tu n'as besoin de rien ? Un livre, une tisane ?

La fillette lui avait apporté une couverture en laine, car Hermine grelottait malgré la douce chaleur qui régnait dans la pièce.

— Non, je te remercie. Je suis un peu angoissée, car maman ne va pas tarder. Cela me désole de lui cacher la vérité, pour le voyage en train et le reste…

Elle n'osait pas prononcer le terme *fausse couche*, qui résonnait de manière détestable dans son cœur.

— En plus, je vous oblige à mentir aussi, Mireille et toi ! ajouta-t-elle. J'ai tellement honte, Charlotte. Et ce soir, Toshan sera là. Maintenant je me rends compte de ce que j'ai fait en partant comme ça, sur un coup de tête.

— Pardon, Mimine ! C'est ma faute !

— Veux-tu te taire ! coupa Hermine. Ne dis plus jamais ça. C'était à moi d'être plus réfléchie. Je n'aurais pas dû me lancer dans une aventure aussi imprudente.

Charlotte continuait à se juger responsable des malheurs de sa grande amie. Elle recula avec un pâle sourire et alla s'asseoir devant le guéridon pour reprendre un ouvrage de couture.

« Que j'ai froid ! songea Hermine. Il y a du soleil dehors, mais il gèle dur. Heureusement, Armand a garni la remise à bois et les poêles chauffent bien. »

Son court passage au sanatorium de Lac-Édouard l'avait poussée à réfléchir et peut-être à mûrir.

« Je ne dois plus jamais me lamenter. Le petit Jorel se doute sûrement qu'il est condamné, mais il a le courage de sourire. Ses parents ne viennent pas souvent lui rendre visite ; je sais combien c'est pénible, quand on est enfant. »

Les longues et pénibles heures qu'elle avait passées alitée lui avaient permis de dresser un bilan de sa jeune existence.

« Certes, j'étais orpheline, mais j'avais une famille, au couvent-école. Et Betty a très vite pris la place d'une mère. Chère Betty ! À elle aussi, j'ai caché la vérité, hier soir. »

Élisabeth Marois était venue goûter à l'improviste, ce qui ne lui ressemblait pas.

— Je n'ai pas pu te rendre visite, Mimine, ma petite Marie avait de la fièvre et une mauvaise toux, avait expliqué leur voisine et amie. Avec ce froid, je ne suis pas sortie de la semaine. Armand m'a juste dit que la maison était très calme ; il t'a même crue absente.

— Moi aussi, j'étais souffrante, Betty. Charlotte a manqué l'école lundi et mardi pour seconder Mireille ; elle s'est occupée de Mukki.

Cela avait suffi à rassurer Élisabeth, encore ébranlée d'avoir tremblé pour sa dernière-née, cette petite fille tant désirée, qui toussait beaucoup.

« J'aurais mieux fait de me soucier de Betty et de Marie, pensa-t-elle. Avant, je partageais tous les problèmes des Marois, mais à présent je me tiens à l'écart. »

En conclusion, Hermine n'était vraiment pas fière de ses actes. Le bruit d'un moteur la fit sursauter. Quelques minutes plus tard, Laura entrait, le visage rosi par le froid.

— Maman ! Que tu es jolie ! la complimenta-t-elle. Tu as changé de coiffure !

— Oui, une nouvelle coupe et des frisettes. Et une teinte plus claire, s'exclama sa mère.

Ses cheveux fins et soyeux composaient une couronne de minuscules bouclettes d'un blond platine. Très maquillée, Laura virevolta pour enlever son manteau de fourrure, du renard argenté, et apparaître dans une robe en velours gris, une toilette à la mode qui dévoilait les jambes et ne marquait pas la taille. Hans observa les évolutions de sa fiancée d'un œil perplexe, puis il fixa Hermine avec insistance.

— Es-tu malade ? lui demanda-t-il. D'habitude, tu n'es pas couchée à cette heure-là…

— Je m'étais allongée en vous attendant, répliqua-elle. Je ne me sens pas très bien. Rien de bien méchant, un peu de fatigue.

— Ce n'est pas étonnant, rétorqua Laura d'un ton laconique. Le thermomètre bat des records de basse température. Du moins trente, à Roberval, cette nuit.

Hermine fit l'effort de se lever, toujours frissonnante. Elle remarqua que sa mère ne l'avait pas encore embrassée.

— Dans ce cas, je comprends mieux pourquoi je n'arrive pas à me réchauffer, même si Armand fait ronfler les poêles.

— Mais cela n'empêche pas certaines personnes de voyager, malgré le froid et les tempêtes ! décréta Laura en s'asseyant au bout du divan. N'est-ce pas, ma chérie ?

La jeune femme resta muette de stupeur. Ce sous-entendu ne pouvait pas être dû au seul hasard. Sa mère ouvrit son sac à main et en sortit un journal plié en deux.

— Tu n'avais pas pensé que nous serions au courant, Hans et moi ? nota-t-elle avec amertume. Enfin, Hermine, peux-tu m'expliquer ce délire ? J'ai cru avoir une hallucination quand j'ai découvert cet article. Hélas, je n'ai pas eu *La Presse* le jour même de la parution, sinon tu m'aurais vue arriver aussitôt. J'en ai eu connaissance hier seulement, si bien que je n'ai pas dormi de la nuit. Je vais t'en lire un passage, tu pourras comprendre le choc qui a été le mien.

Sidérée, Hermine garda le silence, le regard rivé sur Laura qui ouvrait le quotidien avec des gestes agités. Sa voix s'éleva peu après, ferme et glaciale.

— *Bénissons pour une fois les rigueurs de l'hiver qui ont contraint une jeune et belle artiste à faire halte au sanatorium de Lac-Édouard dans la nuit de lundi à mardi. Parions aussi que jamais les pensionnaires de l'établissement n'ont eu droit à un récital d'une telle qualité. Originaire de Val-Jalbert, une cité ouvrière désormais pratiquement déserte, la talentueuse Hermine Delbeau a su ravir un public occasionnel en interprétant de grands airs du répertoire lyrique. Applaudie avec ferveur, notre compatriote ne restera pas longtemps dans l'ombre…* Inutile de poursuivre ! Hermine, que faisais-tu là-bas ? J'étais loin de t'imaginer à mi-chemin ou presque de Québec, lundi soir. Tu te moques vraiment de moi !

— Maman, j'ignorais qu'un article parlerait de moi ! s'écria la jeune femme, décontenancée. Je suis navrée.

— Mais où allais-tu ? s'écria Hans. Le journaliste écrivait qu'il y avait eu un incident sur la voie ferrée, des arbres qui ont causé des dommages. Et tu avais emmené ton fils, je suppose ? Laura en a pleuré. Lui mentir de la sorte !

— Je n'ai pas menti, se défendit Hermine. Je n'ai rien dit. Je suis mariée, j'ai le droit de voyager sans vous prévenir, tous les deux. Je comptais vous en parler aujourd'hui.

Laura gardait les yeux rivés sur le journal, tout en hochant la tête d'un air abattu.

— Maman, il ne faut pas m'en vouloir, reprit la jeune femme. J'avais décidé de passer une audition au Capitole. Je voulais vous en faire la surprise. Je suis partie avec Charlotte et Mukki. Tout le monde prend le train, hiver comme été ! Mais il y a eu la tempête et l'accident de la locomotive. On nous a hébergés au sanatorium. Et on m'a demandé de chanter pour les pensionnaires, voilà tout. Il n'y avait pas de quoi faire un article ! Je ne comprends pas…

Hermine s'empêtrait dans ses explications. Elle se sentait semblable à une gamine en train de confesser une bêtise.

— Voilà tout ! répéta Laura. Tu accordes à des étrangers ce que tu me refuses depuis des semaines. Avoue que c'est une punition, et bien cruelle.

Charlotte qui assistait à la scène préféra s'éclipser vers la cuisine. Hans, quant à lui, annonça qu'il montait les bagages à l'étage.

— Les bagages ? Mais pourquoi ? demanda Hermine.

— Pour la bonne raison que je reviens habiter ici, chez moi. Je ne te laisserai plus seule, décida Laura. Et Toshan, est-il au courant de cette folle équipée ? S'il t'a accordé la permission de partir pour Québec au pire de l'hiver, je ne le féliciterai pas.

— Je ne lui ai rien dit à lui non plus, maman. Je t'en prie, ne sois pas fâchée ! Sais-tu que j'ai retrouvé sœur Victorienne, au sanatorium ? J'étais bien contente de la revoir, elle était converse au couvent-école et me considérait comme sa fille.

— Encore une ! cingla Laura d'un ton rageur. Je n'ai que toi au monde, mais tu as plus d'égards pour les femmes qui t'ont servi de mère que pour ta vraie mère. J'aurais été si heureuse de t'accompagner à Québec, de partager ces moments avec toi ! Nous aurions logé dans le meilleur hôtel, dîné toutes les deux, ou toutes les trois, car Charlotte serait venue aussi. Tu m'as privée d'une joie rare !

Hermine prit place à côté de Laura. Elle était sincèrement touchée.

— Pardonne-moi, maman. De toute façon, je ne suis pas allée jusqu'à Québec. Le lendemain, j'ai préféré rentrer ici. Cela peut te paraître insensé, mais je voulais me débrouiller seule. Pour l'audition, c'est la même chose, je n'avais pas envie que tu sois dans la salle, ni Hans. Vous mettez tant d'espoir en moi que j'ai peur de vous décevoir. Je comptais obtenir l'opinion d'un professionnel sur ma voix, sur ma technique, sans que nous en discutions des jours auparavant. J'ai eu tort et j'ai été bien punie.

— Punie ? Et pourquoi donc ? questionna sèchement Laura qui ne décolérait pas.

La jeune femme détourna la tête. Elle refusait de parler de sa fausse couche, même si cela aurait attendri sa mère.

— Disons que j'ai été confrontée à un enfant poitrinaire, qui n'a plus que quelques mois à vivre, que je me suis sentie futile et inutile face à ces malheureux. Au moins, j'ai pu leur offrir un peu de bonheur en chantant.

— Et moi ? gémit Laura. Je n'ai pas droit à ce bonheur-là ! Faut-il que je devienne tuberculeuse pour écouter ma fille ? Je connais mes torts, Hermine, mais je pensais que tu m'aimais. J'en doute fort, à présent. Depuis que tu vis dans cette maison, un abîme se creuse entre nous.

— Maman ! Je t'en prie, ne dis pas ça !

— Je dirai ce que je veux ! Nous nous sommes retrouvées bien trop tard. Tu t'es aussitôt mariée avec Toshan. Quand j'aurai épousé Hans, nous ne partagerons plus rien, toi et moi.

Sur ces mots, Laura éclata en sanglots. Hermine l'étreignit de toutes ses forces.

— Qu'est-ce que tu as à t'emporter comme ça ! Ma petite maman chérie, tu te trompes, je t'aime et je ne voulais pas te chagriner.

Hermine commençait à s'inquiéter de l'état d'excitation extrême de sa mère.

— Ce n'est quand même pas si grave, maman, ajouta-t-elle. Écoute, nous irons à Québec ensemble, durant l'été, ou l'année prochaine. Maintenant que mon incartade n'est plus un secret, je voudrais bien te raconter comment j'ai organisé mon départ. Tu auras même le droit de te moquer, car tout m'effrayait, la gare de Chambord Jonction, le train…

Laura essuya ses yeux larmoyants d'un geste malhabile. Elle tremblait. Hermine ramassa le journal qui avait glissé sur le sol. Par simple curiosité, elle chercha l'article. Deux clichés illustraient le texte, des photographies prises à son insu. Elle étudia d'un œil critique sa silhouette de profil et chercha à reconnaître des visages parmi le public.

« Badette m'avait prévenue qu'un journaliste était là, parmi les rescapés. Mais je ne pouvais pas imaginer qu'il travaillait pour *La Presse*, se dit-elle. Ni qu'il publierait un article ! Je n'ai vraiment pas de chance. »

Tout à coup elle pensa à Toshan. Lui aussi avait peut-être lu le journal de la veille.

— Eh bien ! Je vais être contrainte de tout avouer à mon mari.

— Ah ! fit Laura d'un ton outré. Tu le fais par obligation seulement ? Enfin, Hermine, d'où te vient cette nouvelle manie de mentir, de dissimuler ?

J'ai toujours admiré ta franchise et ton honnêteté ! Qu'est-ce qui t'arrive ?

— Je suis navrée, maman, soupira la jeune femme. Ce n'est pas toujours facile d'être sincère. Si tu veux entendre la vérité, la voici. Je souffre, oui, je souffre de devoir choisir entre une vie de femme, de mère, et cette fameuse carrière que tu me fais souvent miroiter. Ce n'est pas tant par envie d'être reconnue ou riche, mais parce que j'aime chanter. Plus que ça, c'est une sorte de passion, de besoin chez moi. Là-bas, au sanatorium, il y avait un petit malade, il s'appelait Jorel. Il m'a fait le plus beau compliment du monde, il m'a dit que ma voix allait peut-être le guérir. Alors je vais me battre, maman ! Ce soir, j'expliquerai à Toshan que je ne peux pas renoncer à chanter, qu'il me laisse au moins donner des récitals dans les hôpitaux, les orphelinats, les sanatoriums… Que le don que m'a fait Dieu serve à quelque chose !

Ce fut au tour de la jeune femme de fondre en larmes. Elle avait crié, si bien que Charlotte accourut, suivie de Mireille qui portait Mukki. Hans dévala l'escalier, très alarmé.

— Même sœur Victorienne m'a déconseillé de faire une carrière, renchérit Hermine avec véhémence, entre deux sanglots. Je lui obéirai, je vous obéirai à tous, mais je veux chanter encore.

Elle se leva, éperdue de chagrin, les mains plaquées sur sa poitrine. Ce n'était pas la première fois que son corps réagissait violemment à un conflit intérieur. Laura, comme dégrisée, poussa une exclamation apeurée.

— Ma chérie, calme-toi, voyons !

Il était trop tard. La jeune femme se revoyait dans le train, ses vêtements maculés de sang. Elle avait perdu un enfant, une minuscule promesse d'enfant et elle en était mortifiée. Tous ses beaux rêves se teintaient de ce sang-là.

— Jamais je ne monterai sur une scène en costume ! Je ne serai pas madame Butterfly ni la Marguerite de *Faust*. Si vous saviez, tous, combien j'aurais aimé parcourir l'Europe, charmer un public ! Je ne dois pas le faire, je ne dois pas… hurla Hermine.

— Allons, petite, raisonne-toi ! pesta la gouvernante. Tu traumatises Charlotte et ton fils. Madame, prenez le petit !

Mireille entraîna Hermine en lui tenant les poignets. Une fois dans la cuisine, elle lui tamponna le visage à l'aide d'un torchon imbibé d'eau froide.

— Pauvre petite, ne te rends pas malade ! On peut dire que ta mère et toi, vous n'avez guère les habitudes des gens du pays. Vous êtes de véritables paquets de nerfs. Un peu de décence, quand même ! Regarde-moi, Hermine !

— Je te regarde, répliqua celle-ci en ouvrant grand ses prunelles d'azur.

— Tu n'as que dix-huit ans. Tu ne vas pas gâcher ta jeunesse à te lamenter ! Profite donc de Toshan et de ton bébé, au lieu de te torturer le cœur et l'âme. Et tu l'as échappé belle, cette semaine. J'en ai connu, des filles de ton âge qui en mouraient, d'une fausse couche. Tu es bien ingrate ; Dieu t'a épargnée.

Ce discours, prononcé très bas d'une voix autoritaire, tempéra la jeune femme. Mireille lui servit un verre de brandy.

— Bois, ça te fera du bien !

— Mais non, je ne pourrai pas avaler d'alcool !

Laura entra et s'empara du verre qu'elle vida d'un trait.

— Où est Mukki ? questionna Hermine. Je voudrais le prendre dans mes bras.

— Charlotte s'en occupe, coupa sa mère. Maintenant que nous avons vidé l'abcès, il serait temps de déjeuner. Sinon, je vais m'évanouir. Je n'ai pas dormi cette nuit et je n'ai rien mangé depuis des heures. Nous discuterons le ventre plein, ce sera plus judicieux.

Malgré le drame familial qui venait d'éclater, une demi-heure plus tard, Laura, Hermine, Charlotte et Hans étaient attablés devant une savoureuse soupe aux gourganes, cuite à point. Elle fleurait bon les parfums mêlés des fèves, des oignons, du lard salé, des carottes et du chou qui la composaient. Mireille en préparait une fois par semaine, régalant aussi Armand qui travaillait dur à l'entretien de la maison et de la chaufferie. Elle précisait fidèlement que c'était une recette propre à la région du Lac-Saint-Jean en espérant qu'un jour on l'interroge sur les plats appréciés à Tadoussac, son village natal. Mais personne n'y songeait, encore moins ce samedi.

La gouvernante servit ensuite un bouilli où avait mijoté une pièce de viande d'agneau agrémentée de navets et de pommes de terre. Par ce temps de grand froid, elle veillait à établir des menus soutenants.

Bien sûr, la conversation revint sur l'escapade d'Hermine. Hans crut bon de constater, avant le dessert :

— Au fond, ta fille n'avait pas tort, Laura chérie, elle est en droit d'aller où bon lui semble sans nous avertir, surtout moi qui ne suis pas encore son beau-père.

— J'ai réagi avec démesure, concéda Laura. Mais je n'ai pas vu grandir Hermine. Je l'ai perdue à l'âge d'un an, pour la retrouver jeune fille. J'ai tendance à la traiter en enfant, mon enfant adorée.

La jeune femme eut un doux sourire résigné. Elle se sentait lasse à cause de la tension nerveuse qui l'avait remuée tout entière.

— Raconte-nous ce que tu as interprété au sanatorium, déclara Hans. Tu avais répété en vue de l'audition ?

— Oui, chaque matin, répondit Hermine. J'ai chanté *Lakmé*, *Madame Butterfly,* enfin mon récital habituel. L'*Ave Maria* de Gounod, et même *À la claire fontaine.*

— J'aurais tant aimé t'écouter, ma chérie ! s'attrista Laura. Je t'en prie, chante-nous quelque chose. Cela nous réconciliera pour de bon.

Hermine aurait vraiment voulu satisfaire sa mère, mais à la seule idée d'entonner un air d'opéra, sa gorge se noua. Elle fit non de la tête.

— Je suis trop épuisée, maman, confessa-t-elle. Demain, c'est promis. Pas aujourd'hui. Mukki dort. Cela le réveillerait.

— Bon ! Je n'insisterai pas, dit Laura en se dirigeant vers le salon avec un air déçu.

La jeune femme se leva de table et suivit Laura. Elle la trouva le journal entre les mains.

— Je ne te comprends pas, Hermine ! avoua-t-elle. Tout à l'heure, tu criais ta passion du chant, mais tu refuses de chanter pour moi, encore une fois.

— Maman, ce n'est pas si simple ! Je ne suis pas un automate dont on tourne la clef et qui se met en marche. J'ai mal au ventre, je suis éreintée. C'est la mauvaise période, tu sais ce que c'est…

— Oui, évidemment ! bougonna Laura en regardant les clichés illustrant l'article. Je suis stupide, je te tourmente encore. Excuse-moi ! Que tu es jolie sur cette photographie, celle où on te voit bien de face ! Tu as l'air d'un ange avec tes cheveux blonds et ton air radieux.

— Ce petit garçon, là, derrière moi, c'est Jorel ! précisa Hermine. Je ne pensais pas qu'on pouvait être atteint si jeune de la tuberculose.

Laura poussa un soupir. Elle étudia le visage de l'enfant, puis observa les trois autres pensionnaires immortalisés par l'objectif. Soudain elle retint sa respiration, tant sa stupeur était intense, dévastatrice. Elle voyait un homme assis près de Jorel et l'inconnu ressemblait trait pour trait à son premier mari, Jocelyn. Certes, il paraissait décharné et à demi chauve. Son menton et ses joues étaient soigneusement rasés. Mais l'expression hagarde des yeux qu'on devinait très foncés, le front, le nez et jusqu'au dessin de la bouche correspondaient au visage de Jocelyn Chardin.

— Maman, révéla la jeune femme, j'ai fait une fausse couche. Je ne voulais pas t'en parler, mais je crois que j'aurais tort de te le cacher plus longtemps. Mireille m'a soignée, elle m'a réconfortée ; mais elle ne pouvait pas te remplacer tout à fait. J'avais tellement besoin de toi !

Cet aveu arracha une plainte consternée à Laura. Elle posa le quotidien pour tendre les bras à sa fille.

— En es-tu sûre, ma pauvre chérie ? interrogea-t-elle. Mon Dieu, et moi qui t'assomme de reproches et de jérémiades ! Viens là, viens !

Hermine put enfin se réfugier contre la poitrine de sa mère et pleurer sur son épaule. Elle respirait, paupières closes, le délicat parfum de lavande que dégageait sa peau, ainsi que la fragrance de la poudre de riz.

— Maman, je t'aime ! Je te demande pardon. Je dirai la vérité aussi à Toshan, mais j'ai peur de le perdre.

— Allons, allons ! Il n'est pas si intraitable, quand même ! s'étonna Laura. La nature commande, nous obéissons. Tu n'es pas responsable.

— Si, c'est ma faute. Je suis sûre que j'aurais gardé le bébé sans ce voyage déraisonnable. J'ai eu des douleurs mardi matin, en me levant.

— Es-tu tombée, t'es-tu cogné le ventre ?

— Non, mais nous avons fait le trajet jusqu'au sanatorium en traîneau tiré par des chiens. Il y avait beaucoup de soubresauts !

Laura frémit de tous ses membres, car pour elle un traîneau tiré par des chiens demeurait le symbole des instants les plus dramatiques de son existence. Elle avait parcouru des kilomètres et des kilomètres grâce à ce moyen de locomotion. Elle avait des souvenirs si nets, maintenant : Jocelyn guidait ses bêtes à travers l'immensité neigeuse et hostile, tandis qu'elle se nichait dans les fourrures. Son visage lui rappelait l'homme sur la photographie. Elle jeta un coup d'œil angoissé au journal qui gisait sur le tapis.

— Ce n'était peut-être qu'un retard, dit-elle d'un ton apparemment calme.

— J'avais déjà des nausées ; certaines odeurs me révulsaient. J'étais fière de l'annoncer à Toshan. Il va m'en vouloir d'être partie sans lui en avoir parlé, sans son accord.

— Tout s'arrangera, Hermine, ne crains rien !

Hantée par l'envie de regarder à nouveau la photographie, Laura ramassa *La Presse*. Elle désigna du doigt l'étranger qui présentait une ressemblance étrange avec Jocelyn.

— Et ce monsieur, un poitrinaire lui aussi ? demanda-t-elle en essayant de cacher son affolement. Il est d'une maigreur !

— Un drôle de personnage, commenta Hermine. Monsieur Elzéar Nolet.

— Elzéar ? répéta sa mère d'une voix exprimant un grand étonnement. Un très ancien prénom. Il doit être assez âgé.

— Je n'en sais rien, maman ! Il semblait d'un tempérament ombrageux, aigri. Il s'est plaint de la condition des tuberculeux, que l'on fuit souvent comme des pestiférés.

Laura ignorait la généalogie des Chardin. Son union avec Jocelyn, réprouvée par cette famille, n'avait pas donné lieu à une rencontre ou au moindre bavardage sur tel ou tel ancêtre. Cependant elle crut bon de se rappeler que son premier mari avait fait allusion un soir à un Elzéar.

« Cet homme peut très bien être un parent des Chardin, se dit-elle, d'un air indécis. Cela expliquerait une similitude de traits. »

Réconfortée par la tendresse de sa mère, Hermine se laissa aller aux confidences.

— Sais-tu, je n'étais pas à mon aise, au sanatorium. D'ailleurs, cet homme, Elzéar Nolet, avait des agissements singuliers. Pendant que je parlais au petit Jorel, il m'a touché les cheveux avec une expression inquiétante. Il avait l'air d'un dément. Ensuite, il m'a présenté des excuses en me disant qu'il avait une fille de mon âge. Sœur Victorienne m'a expliqué combien les tuberculeux souffrent d'être séparés de leur famille. Ils vivent coupés de la société et reçoivent peu de visites.

Laura approuva avec une attitude faussement distraite. Son cœur battait au ralenti, mais avec force. Elle se mit à frissonner. Contre toute logique, une sonnette d'alarme retentissait dans chaque fibre de son être.

« Pourquoi ce pensionnaire, qui ressemble tellement à Jocelyn, lui a-t-il caressé les cheveux ? Pourquoi a-t-il indiqué qu'il avait une fille de son âge ? se demandait-elle. Oh, je deviens folle ! Ce n'est qu'une coïncidence, un concours de circonstances aussi. Voyons, ce monsieur, sans doute troublé par la beauté d'Hermine et par sa voix, a cédé au besoin de la toucher ! Et qu'il ait une fille de son âge n'a rien d'étonnant. Ils sont sûrement légion, les hommes ayant une enfant de dix-huit ans. Enfin, je ne vais pas me mettre à délirer. Jocelyn est mort, mort et enterré par les soins d'Henri Delbeau. Si encore personne n'avait vu son cadavre ! »

— Maman ? Tu es toute pâle ! s'étonna Hermine.

— Je suis consternée, ma chérie, en pensant à ce que tu viens de subir. Si je l'avais su, je serais venue tout de suite. Cela me désole, aussi, que tu n'aies pas osé m'envoyer quelqu'un pour m'avertir. Armand aurait été ravi de faire le trajet jusqu'à Roberval. Il nous faudrait le téléphone, ici, surtout pendant l'hiver. Val-Jalbert est coupé du monde, maintenant qu'il y a si peu d'activité humaine.

Mireille vint aux nouvelles. Elle s'inquiétait pour son dessert.

— Madame, est-ce que je sers la tarte et le café au salon ? Monsieur Hans et Charlotte sont encore à table, eux ; je ne sais pas comment procéder.

Mais Laura et Hermine retournèrent dans la salle à manger, à la grande satisfaction de la fillette qui redoutait une autre altercation. Le repas s'acheva dans une apparente bonne humeur, même si chacun brassait des idées noires. Hans s'interrogeait sur l'amour que lui portait sa future épouse. Si leur liaison comblait ses besoins de tendresse et ses pulsions masculines, Laura n'était pas une femme ordinaire : elle était très versatile. Elle pouvait se montrer capricieuse, autoritaire, puis céder à des peurs informulées qui la rendaient distante ou fragile, presque enfantine dans l'expression de son angoisse. Mais il n'envisageait plus l'avenir sans elle et avait hâte de lui passer la bague au doigt.

Charlotte, elle, se faisait toute petite, certaine qu'un des adultes finirait par comprendre qu'elle était responsable du voyage en train et de la fausse couche de sa grande amie. Avec l'obsession d'expier sa faute imaginaire, elle se proposait pour débarrasser la table, bercer Mukki, essuyer la vaisselle ; mais, malgré ses sourires rassurants, elle avait le cœur gros.

Quant à Hermine, plus l'heure tournait, plus elle devenait angoissée. Toshan serait bientôt là et c'était la première fois qu'elle ne l'attendait pas impatiemment.

« Est-ce que je dois lui dire la vérité ? songeait-elle. S'il n'a pas eu le journal entre les mains, à quoi bon courir le risque d'une dispute ? Non, je suis stupide. C'est mon mari, je ne vais pas commencer à le trahir. »

Une douleur sourde en bas du ventre la fit grimacer. Dédaignant sa part de tarte aux pommes, un délice nappé de crème et de sirop d'érable, elle annonça qu'elle allait se reposer dans sa chambre.

— Maman ou Charlotte, dès que Mukki se réveillera, ce serait bien gentil de le monter. Je le ferai téter.

Hans alluma un cigare, pendant que Laura se levait pour embrasser sa fille.

— Va vite, ma chérie !

Sur ces mots dits d'un ton affectueux, elle retourna dans le salon et reprit *La Presse*, munie d'une loupe, cette fois. Fébrile, elle examina la face maigre d'Elzéar Nolet avec la plus profonde attention. La ressemblance avec Jocelyn subsistait, mais à la façon d'une caricature.

« Cet homme est peut-être de la famille Chardin, un oncle, un vieux cousin. Mes parents disaient souvent que j'étais le portrait de ma tante Paula. Il n'y a pas de quoi se faire du souci ! »

Des aboiements de chiens et des éclats de voix retentirent devant la maison. Laura crut reconnaître le timbre grave de son gendre, mêlé à celui, plus aigu, de Simon Marois.

— Simon ! Que ferait-il ici ? se demanda-t-elle tout bas.

Les jeunes gens s'attardaient à l'extérieur. Toshan suivait à chacune de ses visites le même rituel. Il débarrassait ses chiens de leur harnachement avant de les enfermer dans un petit bâtiment et de ranger le traîneau sous un auvent. Laura préféra être fixée et se posta près d'une fenêtre. C'était bien Simon qui accompagnait le jeune Métis. Hermine redescendit, la mine soucieuse.

— Maman, Toshan est arrivé avec Simon. Mais pourquoi ? Le fils de Betty était reparti pour Montréal, le mois dernier. Je n'aurai pas l'occasion de parler à mon mari, dans ce cas. Quand ils sont tous les deux, ils n'ont qu'une idée, jouer aux cartes ou plaisanter autour d'un verre de caribou.

— Tu trouveras forcément l'occasion ! lui dit tout bas sa mère.

La porte s'ouvrit à la volée. Clément Toshan Delbeau se déchaussa tout de suite en lançant un regard dur à Hermine. Celle-ci, effrayée, n'osa pas approcher.

— Où est Simon ? questionna Laura. Je n'ai pas rêvé, Simon Marois était avec vous.

— Vous n'avez pas rêvé, madame ! rétorqua-t-il. Mais à cette heure, mon chum est allé saluer sa mère. Je l'ai invité à souper avec nous.

La tension qui habitait le jeune homme était manifeste. Il désigna l'escalier à Hermine.

— Montons ! ordonna-t-il. Il faut causer, nous deux !

Elle obéit, mortifiée. Toshan savait, sinon il ne lui parlerait pas ainsi, de ce ton froid.

— Voulez-vous m'expliquer, insista Laura, ce que Simon fabrique ici, à Val-Jalbert ?

— Plus tard ! coupa-t-il.

Le couple se retrouva dans sa chambre. Sans perdre de temps, Toshan sortit de sa veste un morceau de papier plié en quatre qu'il brandit sous le nez de sa femme.

— Je ne suis pas content ! déclara-t-il. C'était dans *La Presse*, hier. Les collègues ont bien rigolé. Je l'ai pris en pleine figure, au moulin. Ils avaient fait un avion avec l'article. « Eh l'Indien, ta blonde s'est sauvée du côté de Lac-Édouard ! Elle a donné un récital aux poitrinaires ! » J'avais l'air de quoi, moi ? J'ai dit que ce n'était pas possible, que tu restais à la maison comme une épouse consciencieuse qui s'occupait de notre petit de six mois. Et là, j'ai vu les photographies !

— Tes collègues sont des imbéciles, protesta Hermine. Et ne crie pas si fort, on doit t'entendre en bas.

— Je m'en moque ! répliqua-t-il sèchement. Quand tu décideras de faire ta valise et d'aller traîner je ne sais où, envoie-moi un télégramme d'abord, que je ne sois pas tourné en ridicule !

— C'est la seule chose qui te contrarie ? s'étonna-t-elle, la colère prenant le pas sur la crainte et la honte. L'opinion de tes collègues ? Eh bien, oui, je suis partie en douce, sans le dire à personne, même pas à ma mère ! J'en ai le droit !

— Non, tu n'as pas le droit ! hurla-t-il. Si je n'avais pas croisé Simon à Chambord, dès que je te voyais, je te giflais ! C'est un brave garçon, il m'a raisonné. Il joue les grands frères à ton égard.

— Me gifler ? s'étonna Hermine. Tu m'aurais frappée ? Mais je n'ai rien fait de mal !

— Quelle preuve est-ce que j'en ai ? Vas-y, dis-moi un peu ! Une mère de famille qui se promène seule sans son mari à des milles de chez elle, qui se fait photographier en gilet moulant ! Regarde mieux, tu te prends pour une vedette de cinéma à mettre ta poitrine en avant ?

Hermine s'était préparée à des remontrances justifiées, mais pas à une scène de jalousie. Elle éclata en sanglots, prise d'affolement.

— Mais il faisait très chaud dans le réfectoire du sanatorium, je ne pouvais pas garder ma pèlerine ! hoqueta-t-elle. Et j'allaite : mes seins sont plus gros qu'avant.

— Justement, tu n'as qu'à les cacher un peu ! répliqua-t-il en faisant les cent pas autour du lit. Moi, je te pensais ici, bien sage, avec notre fils. Qu'est-ce qui t'a pris ?

— J'avais décidé de passer une audition à Québec, mais il y a eu une tempête en cours de route et la locomotive a été arrêtée. On nous a hébergés au sanatorium. Je t'aurais tout raconté aujourd'hui. Mardi, j'étais de retour à la maison.

Toshan se roulait une cigarette. Hermine l'en empêcha. Elle ne supportait pas l'odeur de tabac dans une pièce fermée. Furieux, il rangea son matériel.

— Je t'en prie, ajouta-t-elle. J'ai eu tort, ça, je ne dis pas le contraire. Dimanche, quand tu m'as quittée, je t'ai demandé pardon en pensée tellement j'étais embarrassée de te mentir. Mais tu dois m'écouter, Toshan, c'est important pour moi de chanter, très important. Je voulais aussi me prouver que j'étais capable de voyager par le train avec Charlotte et le bébé. On me traite comme une gamine tout le temps, maman, toi, Hans !

— Je veux bien que tu chantes, s'irrita-t-il. Seulement, pas dans les grandes villes, pas sur une scène. Chez ma mère, oui, pour mes cousins. Je me souviens, j'étais fier de toi.

Le jeune homme évoquait une soirée d'été au bord de la rivière Péribonka. Une partie de sa famille montagnaise leur avait rendu visite à la cabane de Tala, sa mère. Hermine avait interprété de l'opéra et des chansons traditionnelles du pays à la stupéfaction de tous.

Hermine se frotta les yeux et sécha ses larmes du bout des doigts. Elle éprouvait une intense sensation de détresse, confrontée à son mari qui n'avait pas un geste d'affection pour elle. Il se tenait debout au milieu de la pièce, sculptural, les traits durcis, le regard noir. Un instant elle douta du bien-fondé de leur union, même si Toshan, au fond, n'était guère différent des hommes de la région. Ils épousaient la fille de leur choix dans le meilleur des cas, en espérant qu'elle serait une bonne ménagère, une excellente cuisinière et une mère dévouée.

— Peut-être que nous nous sommes trompés de chemin invisible, balbutia-t-elle. Quand je suis tombée en amour avec toi, Toshan, tu me semblais bien supérieur à mon tuteur, et surtout plus gentil. Joseph Marois menait Betty à la baguette, à cette époque. Toi, tu lui avais cloué le bec, à Jo ! Tu te rappelles, près de la cabane à sucre ? Tu m'avais fait songer à un justicier, à quelqu'un qui prônait la liberté, l'égalité entre les hommes sur cette terre. Tu as changé, tellement changé.

— Oh ! Toi et tes discours ! pesta-t-il. Tu crois que c'est une partie de plaisir, cette job au moulin de Riverbend ? La moindre des choses, c'est que tu tiennes ton rôle comme je tiens le mien. Je travaille et toi, tu élèves mon fils !

La jeune femme eut un petit rire désabusé. C'était exactement ce qu'elle se répétait depuis des jours pour s'en convaincre. Mais, venant de Toshan, cela la chagrina.

— Mukki se porte à merveille ! affirma-t-elle. Il mange et dort bien. Il n'a pas souffert du voyage. Sais-tu, dans le train, il y avait des femmes avec leurs enfants, seules comme je l'étais.

— Hermine, si tu m'avais averti, je ne t'aurais jamais empêchée de partir, dit-il. Alors je suis en colère. Ton idée d'aller jusqu'à Québec, c'était une belle idiotie. Tu ne connais rien des villes. Il pourrait t'arriver n'importe quoi, là-bas !

C'était un dialogue de sourds, chacun restant sur sa position et ses rancœurs. On frappa. Exaspéré, Toshan cria d'entrer. Laura et Charlotte avancèrent dans la pièce. La fillette tenait le bébé contre elle.

— Il pleurait, expliqua-t-elle.

— Toshan, ajouta Laura, je vous en prie, n'accablez pas Hermine. Je suis en partie responsable de son coup de tête et même de bien des choses.

Il fixa sa belle-mère sans aménité. Elle ne se découragea pas pour autant et poursuivit :

— Cela vous gênait de vivre à mes crochets et vous vous êtes dépêché de trouver un travail. Depuis plusieurs semaines, Hermine s'ennuie de vous et moi je l'ai tourmentée au sujet de sa carrière de chanteuse, ce qui l'a poussée à entreprendre ce voyage. Elle l'a fait en cachette et voilà le résultat, nous sommes tous malheureux. Mettez votre orgueil de côté, Toshan, acceptez mon hospitalité. Après tout, ce serait une manière de vous rendre la pareille, puisque votre père et votre mère nous ont hébergés, Jocelyn et moi-même, il y a dix-sept ans. J'ai une dette envers vous.

Ces paroles troublèrent Hermine, Laura évitant ordinairement avec soin de faire allusion à cette période de son existence. Toshan fut désarçonné lui aussi. Mais il ne céda pas.

— Je finirai mon contrat à Riverbend ! grommela-t-il. Au mois de juin, nous repartirons, ma femme, mon fils et moi. Je regrette bien d'avoir eu la bonté de conduire Hermine chez vous. Val-Jalbert est un lieu maudit.

Hermine poussa un faible cri d'affliction. Toshan sortit en claquant la porte.

— Ma chérie, je suis désolée ! soupira Laura. Je voulais t'aider, mais j'ai échoué.

Mukki se mit à pleurer de toutes ses forces. La jeune femme, en larmes, le prit et s'allongea.

— Laissez-moi, par pitié, laissez-moi ! gémit-elle.

Charlotte s'empressa de quitter la chambre. Laura hésita, mais elle suivit la fillette.

*

Simon se présenta à la tombée de la nuit. Mireille le reçut fraîchement.

— Mon garçon, vaudrait mieux pas venir icitte pour souper. Monsieur Clément Toshan a fait des siennes. Hermine est dans tous ses états, car son mari a disparu !

Le fils aîné des Marois fit une grimace.

— Est-ce qu'il est parti en traîneau ?

— Non, même que ses chiens ont faim, à cette heure !

Hermine accourait, équipée pour affronter le froid extrême qui sévissait ce soir-là. Bonnet de laine, écharpe, manteau, mitaines et de solides chaussures munies de crampons. Elle se précipita sur le perron et referma la porte derrière elle.

— Où comptes-tu aller ? lui demanda Simon.

— Je n'en peux plus d'attendre ! s'écria-t-elle. Je veux retrouver Toshan. La lune se lève, j'y verrai comme en plein jour. Il a forcément laissé des empreintes. Maman ne voulait pas que je sorte, mais j'ai eu gain de cause.

— Mimine, la neige est dure et il gèle, certifia-t-il. N'espère pas suivre des traces. Au pire, Toshan a pu marcher vers Chambord, ou bien il traîne dans le village. Reste donc chez toi, j'y vais, moi.

— Je t'en supplie, Simon, je préfère le chercher, je ne tiens plus en place, implora la jeune femme.

— Alors, je t'escorte. Je ne serai pas tranquille, autrement. C'est bien désert par ici.

— Et si j'emmenais Duke ! C'est le chien de tête, il me connaît et je suis sûre qu'il sentira la piste de son maître ! assura Hermine.

Sous son accoutrement, elle avait une expression de petite fille égarée qui émut Simon. Il l'attira dans ses bras et lui tapota le dos.

— Dis, tu te souviens des nuits semblables, l'hiver, quand les loups hurlaient sur la colline.

Une fois, on les avait longuement observés. Tu avais peur.

— Pas du tout, tenta-t-elle de plaisanter. J'avais surtout peur de ton père, qui nous avait défendu de sortir.

Par précaution, la jeune femme attacha une cordelette au collier de Duke. Le grand chien renifla l'air glacial et s'élança. Hermine avait du mal à le suivre.

— R'garde donc ! dit bientôt Simon. Le chien va droit vers la pulperie. Ton mari n'est pas loin.

Ils longeaient, pénétrés par la morsure du gel, les rues où naguère logeaient des dizaines et des dizaines de foyers, dans les maisons en bois alignées comme des soldats au garde-à-vous. Hermine crut revoir la foule joyeuse des dimanches qui se rendait à l'église à la belle saison. Les dames en longue jupe brune, mais parées d'un joli corsage brodé, un chapeau de paille posé sur leur chevelure soigneusement coiffée. Les messieurs n'étaient pas en reste, arborant un nœud papillon ou une cravate, le costume sombre des jours de fête qui leur donnait meilleure allure que les blouses et les salopettes de travail.

« Et, en bas des perrons, le long des façades, il y avait des nuées de fleurs ! se rappela-t-elle, nostalgique. Les potagers regorgeaient de courges aux grosses feuilles d'un vert bleuté, de salades, de pommes de terre. Mon Dieu ! Pourquoi cela n'est-il plus ! Où sont les vaches, le cochon qu'on engraissait, les moutons, les chevaux ? Et les enfants qui dévalaient la rue Saint-Joseph ou la rue Tremblay ? »

— Cela fait un sacré drôle d'effet, hein ? dit Simon, lui aussi envahi par la mélancolie.

Il avait en mémoire des visions ensoleillées, heureuses, animées, de la cité ouvrière du temps de sa splendeur.

— Faut se faire une raison, Mimine ! ajouta-t-il avec un soupir. Tous les gens sont partis, mais les Marois demeurent sur place, propriétaires de leur lopin et de leur maison. Et aussi les Chardin Delbeau, madame Laura et sa fille, le Rossignol de Val-Jalbert !

— Ne prononce plus ce nom-là, Simon ! Je t'en prie ! Le rossignol ne chantera plus, il fera silence, comme un brave oisillon docile. Tout ça pour garder son bien-aimé. Oh, regarde, la belle maison du contremaître, nous sommes déjà rue Sainte-Anne.

Les vastes bâtiments de l'ancienne usine composaient une masse sombre dans le paysage d'un blanc de nacre. La lune commençait à verser sa clarté fantomatique sur les toits saupoudrés de neige d'où émergeait la haute cheminée en briques rouges.

— Tu te souviens, Mimine, quand Armand, ce chenapan, venait là en douce, récupérer de la ferraille ? dit Simon en souriant, attendri. Il stockait ses trésors sous son lit, au fond de vieilles boîtes en carton.

La jeune femme jeta un regard attristé sur le quai qui servait à charger les wagons, car une ligne de chemin de fer reliait les hangars de la fabrique à Roberval. Les ballots de pulpe étaient acheminés vers Chicoutimi, les États-Unis et même l'Europe, surtout pendant la Première Guerre mondiale.

— Où est passé Duke ? interrogea Hermine.

— Là-bas, sur l'esplanade. Nous l'avons déniché, ton mari ! Il caresse le chien. Allez, faut vous réconcilier ! Je suis célibataire, mais si j'avais une épouse, Mimine, et qu'elle me jouait une sale blague du genre de la tienne, je serais fâché pareillement. Demande-lui pardon, déjà que tu me dois une fière chandelle. Je l'ai raisonné du mieux que j'ai pu. Il voyait rouge !

Hermine devina une silhouette sombre qui se dressait à l'autre bout de l'esplanade et le rond incandescent d'une cigarette.

— Je vais le rejoindre ! affirma-t-elle. Merci, Simon, tu fais un bon grand frère !

Il lui pinça le menton en riant, peut-être pour cacher une émotion un peu vive. Personne ne résistait aux magnifiques yeux bleus de la jeune femme quand ils se nimbaient de tendresse.

— File ! grommela-t-il. Et arrangez-vous pour ne pas geler sur place.

Elle hésitait encore. La promenade l'avait réchauffée, mais le froid reprenait ses droits. Transie, elle avança en se demandant comment Toshan avait pu rester des heures dehors. Chaque pas vers son bien-aimé augmentait sa peur d'être repoussée. Mais il lui fit signe, la main tendue.

— Toshan ? appela-t-elle.

Hermine répondit à son geste ; ses doigts gantés de laine se refermèrent sur ceux de son mari. Il ne l'attira pas contre lui, comme elle le souhaitait de tout son cœur. Cependant, il ne refusa pas cette infime étreinte.

— Viens ! dit-il d'un ton neutre.

Elle voulut parler, mais il mit l'index devant sa propre bouche pour lui conseiller de se taire. Ce fut lui qui déclara :

— La lune est ronde, ce soir ! Elle chemine doucement dans le ciel. Viens, la rivière chantera rien que pour nous deux.

La jeune femme, la gorge nouée, luttait contre de nouvelles larmes, toutes de douceur, cette fois. Toshan s'était exprimé sans hargne, avec les intonations des premiers jours de leur amour. Elle le suivit, éblouie par la paix enchanteresse qui émanait du paysage immaculé. Le grondement cristallin de la cascade éclata soudain, comme si Hermine n'y avait pas prêté attention auparavant, ou bien comme si l'eau folle, dans son combat incessant contre la froidure, se ranimait tout à coup.

— Écoute, s'extasia le jeune Métis, écoute la Ouiatchouan fredonner son chant de victoire ! Viens, viens !

Toshan l'entraînait à l'assaut de la pente, précédé par Duke qui furetait, la truffe au ras du sol. Le chien, lui, armé de ses robustes griffes, franchissait sans peine les bancs de neige verglacés. Hermine faillit tomber à deux reprises, mais son mari la soutint en l'aidant à marcher.

— J'étais plein de colère, aujourd'hui, commença-t-il. Tu n'as pas tort en prétendant que ce travail m'a changé. Ces gars avec qui je travaille, ils boivent souvent un peu trop, ils aiment les mauvaises plaisanteries sur les filles. Ils tournent beaucoup de choses en dérision. J'ai fini par les imiter, juste pour qu'ils m'acceptent parmi eux. Si ma mère Tala me voyait dans ces moments-là, elle me mépriserait. Je te demande pardon.

— Moi aussi, je te demande pardon ! s'écria-t-elle.

— Regarde, dit-il tendrement en l'entourant enfin de ses bras. C'est grâce à la rivière que j'ai compris mes torts, c'est grâce à elle que ma rage s'est enfuie.

Pelotonnée contre lui, Hermine découvrit un spectacle d'une beauté irréelle, d'une somptueuse féerie. Le clair de lune nimbait d'argent la gigantesque cascade dont la course frénétique se moquait de l'emprise féroce du gel. On aurait dit une folle coulée de cristal irisée d'une lumière céleste, jaillie d'un écrin de glace tout aussi magnifique. Le rude hiver, tel un artiste patient, avait su capturer la moindre goutte d'eau pour en décorer les arbustes, les branches mortes, les rochers. Ce chef-d'œuvre grandiose ne devait rien à l'humain, il naissait des caprices de la nature depuis des siècles et saurait toujours renaître, tant que la Ouiatchouan coulerait vers le lac Saint-Jean, telle une jeune amoureuse pressée de rejoindre son bien-aimé.

— Je n'ai jamais rien vu d'aussi magnifique ! avoua la jeune femme, émerveillée.

Toshan la dévisagea. Il avait l'impression de retrouver la vue, d'admirer à nouveau, ravi, les traits charmants de sa petite épouse. Il embrassa délicatement ses joues glacées, puis le bout de son nez fin, lui aussi gelé. Il se perdit dans l'éclat bleuté de ses grands yeux, dont les cils se perlaient de minuscules cristaux de givre.

— Hermine, j'avais oublié combien tu m'étais précieuse ! confessa-t-il d'une voix suave. Je ne suis plus digne de toi, à m'être montré si mauvais, si violent.

Chaque mot devenait un baume miraculeux sur les blessures invisibles de la jeune femme.

— J'ai contemplé la cascade longtemps, je l'ai écoutée rugir et se plaindre avant de comprendre qu'elle chantait, tout heureuse de rester libre, de ne pas céder à l'emprise du gel. Mon âme en a été lavée, purifiée. J'ai su que Dieu m'avait accordé un privilège immense en te confiant à moi, car tu es la plus belle des filles de ce pays, la plus douce. Mais tu es un oiseau chanteur et j'ai honte d'avoir voulu te mettre en cage. Coupe-t-on les ailes des rossignols ?

— Toshan, Toshan, je t'en prie ! s'écria-t-elle. Ne dis pas ça, je suis fautive, moi aussi. Je n'avais plus confiance en toi et j'ai agi en dépit du bon sens, je t'ai manqué de respect. Et je croyais que tu ne m'aimais plus ou que tu ne m'avais jamais vraiment aimée.

Il l'étreignit de toute sa force d'homme. Ils demeurèrent ainsi, enlacés, ne faisant plus qu'un. Mais ils continuaient à admirer l'extraordinaire spectacle que la nuit glacée leur offrait. Au sein d'un monde endormi, d'une froideur extrême, ils puisaient courage et espoir dans l'exubérance nacrée de la cascade. Les soucis du quotidien, les menues habitudes, les dates établies, les erreurs communes à tous, triste lot du genre humain, tout ceci se dispersait, volait en éclats, confronté à la splendeur divine de la Ouiatchouan en toilette de neige et de lune.

« Merci, mon Dieu, merci ! priait Hermine dans le plus secret de son cœur de femme. Je saurai désormais où est ma voie, où est mon bonheur… Auprès de Toshan, loin des villes, dans le cercle magique des forêts et des eaux folles. »

Ils étaient incapables de s'éloigner, comme envoûtés. Une chouette blanche quitta le refuge d'une épinette et passa au-dessus d'eux, sans un bruit. Toshan parut se réveiller.

— Hermine, ma chérie, nous devons rentrer. Je ne pouvais pas te demander pardon ailleurs qu'ici. Maintenant tout est bien, nos chagrins sont effacés.

— Oui, c'est vrai, je me sens toute neuve. Je n'ai plus peur.

Ils reculèrent, toujours enlacés. Le corps de son mari communiquait à la jeune femme une chaleur étrange.

— Toshan, dit-elle d'un ton ferme, j'attendais un bébé ; je voulais te l'annoncer ce samedi, mais je l'ai perdu. Sûrement à cause de ce voyage stupide. J'aurais pu te mentir encore, mais je ne le ferai pas. J'ai été bien malade, Mireille m'a soignée. Maman m'a affirmé que ce sont des choses qui arrivent souvent. Mais je veux un autre enfant, très vite, un enfant de toi à chérir autant que je chéris notre Mukki. Nos petits grandiront où tu le souhaites, chez Tala si tu le désires. Tu as eu la gentillesse de me conduire à Val-Jalbert pour revoir ma mère et mes amis, mais j'étais très heureuse là-bas, dans la cabane où tu as grandi.

Le jeune homme s'affola.

— Une de mes cousines est morte d'une fausse couche ! avoua-t-il. Pourtant elle n'avait pas bougé ni pris de risque. Hermine, si j'étais revenu ce matin et que je t'avais trouvée à l'agonie ! Quelle abomination !

Toshan s'arrêta sous un des hangars de la fabrique. Il prit le visage de sa femme entre ses mains.

— Ne regrette pas ce bébé, j'aurais dû être près de toi ! Ne pleure pas. Nous aurons d'autres enfants et leurs rires au fond des bois seront la plus belle musique du monde.

— Mon amour, balbutia Hermine, enfin, tu es là ! Mon Toshan poète, généreux, qui sait pardonner et me charmer. Oh ! comme je suis heureuse !

Ils échangèrent enfin un long baiser passionné. Duke qui les suivait comme une ombre se mit à aboyer. Des appels résonnaient dans la nuit. Leurs prénoms mêlés retentissaient, lancés par des voix masculines. Simon et Armand apparurent.

— Hé ! les amoureux, s'exclama l'aîné des Marois, madame Laura s'inquiète. Et il y a un nourrisson mort de faim qui empêche toute la région du Lac-Saint-Jean de dormir ! Il fait moins trente, vous n'avez rien senti ?

— Non ! assura Hermine, rayonnante malgré son embarras.

Les quatre jeunes gens empruntaient bientôt l'interminable rue Saint-Georges. Le clair de lune inondait de lumière le village désert, les façades grises derrière lesquelles ne brillait plus aucune lampe. Cependant ils étaient joyeux et se tenaient par la main comme des gamins en maraude.

« Que la vie est belle ! songea Hermine. Ma rivière a fait un miracle, elle m'a redonné Toshan, celui que mon cœur de quatorze ans avait choisi. Et pour ce miracle, je suis prête à tous les sacrifices. Adieu, ma carrière, adieu, les scènes de théâtre et les costumes ! Je ne chanterai plus ! Enfin si, des berceuses pour mes petits ! »

Elle arriva la première sur le perron de la maison. Là, le poêle ronflait et les fenêtres dispensaient une clarté dorée. Laura ouvrit, en larmes, ravagée par l'angoisse. Charlotte se tenait derrière elle, un encombrant paquet à son cou qui lançait des hurlements aigus.

— Mukki, mon pauvre Mukki ! s'écria la jeune mère en s'emparant du bébé.

Mireille annonça qu'il y avait du vin chaud à la cannelle et des beignes brûlants. Soulagée par l'issue de cette soirée mouvementée, elle conduisit Simon, Armand et Toshan près de ses fourneaux.

— On va trinquer à la bonne franquette, sans chichis, comme disent les Français ! déclara-t-elle. J'ai les jambes en compote, je ne vais pas vous servir au salon.

Hermine s'était installée dans cette pièce pour allaiter son fils. Elle entendait les rires et les discussions et cela achevait de la rassurer. Assise près d'elle, Laura se remettait de ses émotions.

— Je suppose que vous êtes réconciliés, ton mari et toi ? interrogea-t-elle tout bas.

— Oui, maman, grâce à la cascade. C'était tellement beau, féerique ! La pleine lune changeait en cristal tout ce qu'elle éclairait. Toshan m'a demandé pardon, alors que c'était à moi de le faire.

L'expression extatique de la jeune femme rendait vain chaque mot. Hermine paraissait transfigurée. Laura lui caressa le front, éblouie par la beauté céleste de sa fille.

— Au mois de juin, maman, ajouta celle-ci, nous partirons chez Tala, Toshan et moi. Je lui dois bien ça.

— Vous patienterez jusqu'à mon mariage, quand même ? répondit sa mère. J'ai décidé d'une date. Hans doutait de mes sentiments. Je ne veux plus hésiter.

— Bien sûr, nous serons là, à tes côtés.

Laura détourna la tête et fixa le guéridon où gisait, encore menaçant, le journal plié en deux. Le papier et l'encre avaient-ils vraiment représenté une image inoffensive, celle d'un sosie de Jocelyn Chardin, ou bien son premier mari était-il revenu de l'au-delà ?

« J'en aurai le cœur net ! se promit Laura en son for intérieur. La semaine prochaine, je prendrai le train pour Lac-Édouard et j'irai au sanatorium. Sinon le doute me rendra folle. »

Une heure plus tard, un profond silence régnait dans la maison. Mireille dormait avec la conscience satisfaite d'une gouvernante dévouée. Charlotte, sa poupée dans les bras, rêvait qu'elle se promenait dans les rues de Québec, sous un chaud soleil. Hans, lui, rejoignait le lit de Laura sur la pointe des pieds. Elle, en chemisette de soie brodée, mais à demi nue, guettait le déclic ténu que ferait la poignée de la porte. Le désir et le plaisir seraient le meilleur élixir pour chasser les fantômes.

Hermine somnolait, la tête nichée au creux de l'épaule de Toshan. Ils s'étaient grisés de tendresse et de baisers sans aller au-delà, la jeune femme n'étant pas vraiment rétablie. Ils avaient beaucoup parlé, à voix très basse, évoquant ces projets anodins des couples au seuil d'une longue vie commune.

Dans l'appentis, les chiens sommeillaient, couchés en boule, la queue protégeant leur museau des courants d'air. Seul Duke restait éveillé. Les oreilles bien droites, il écoutait. Ses ancêtres les loups lui avaient légué un instinct puissant : la vigilance. La grande bête grise, aux aguets, percevait une présence en marche, l'approche d'un intrus. Il se mit à grogner, le poil hérissé, tant qu'il y eut l'écho d'un pas lourd sur la neige.

Puis le bruit des pas s'estompa, le silence revint. Jocelyn Chardin reprenait son chemin.

7

Parmi les ombres

Val-Jalbert, même nuit

Après avoir fait à pas de loup le tour de la maison où habitaient Laura et Hermine, Jocelyn Chardin regagna le bas de la rue Saint-Georges. Il ne pouvait pas se tromper, sa femme et sa fille dormaient là, comme l'attestait le nom sur la boîte aux lettres peinte en rouge. « Laura Chardin. »

« Alors, c'est bien vrai, pensa-t-il. Si je patientais jusqu'à l'aube, je pourrais frapper à la porte. Je ne sais pas qui ouvrirait, peut-être ma fille ou ma femme. Je n'aurais plus qu'à leur parler, à leur dire qui je suis, et à arrêter de me tourmenter avec ça. Mais non, pas si vite ! »

Il se retrouva devant le couvent-école. Son cœur qui battait déjà fort dans sa poitrine s'emballa. Il observa d'un air interdit l'imposant bâtiment qu'il pensait ne jamais revoir. Sa mémoire avait si bien enregistré chaque détail de l'élégante et robuste construction qu'il eut la sensation de faire un bond hallucinant dans le passé.

Il alla jusqu'à tourner la tête pour chercher le sapin sous lequel il s'était caché, en janvier 1916.

« Dieu sait que je l'ai examinée plus d'une heure, cette belle bâtisse, avant de me résigner à abandonner ma toute petite fille », pensa-t-il, bouleversé.

Son regard sombre s'attacha au clocheton érigé au-dessus du fronton triangulaire qui surplombait le balcon du premier étage, lui-même servant d'auvent au large perron protégé par une balustrade. Le bois, unique matériau utilisé en dehors des vitrages, lui parut un peu délavé par les intempéries.

« Comment ai-je pu me séparer de Marie-Hermine ? Quel père étais-je pour la priver de sa mère ? »

Attiré irrésistiblement par les marches couvertes de neige gelée, Jocelyn approcha. Il croyait tenir de nouveau son enfant contre lui, pelotonnée dans un ballot de fourrures.

« J'ai été bien lâche ! songea-t-il en fixant d'un air hagard l'endroit exact du perron où il avait déposé Hermine. Je n'avais qu'à me livrer à la police, confier mon épouse et ma fille à un hôpital. J'aurais peut-être fait quelques jours de prison, mais j'en serais sorti bien vite et j'aurais retrouvé ma famille. Dieu, quel affreux gâchis ! »

Jocelyn poussa un juron, les poings serrés. Il avait eu cinquante ans en ce début d'année et il maudissait la fatalité qui faisait de lui un poitrinaire, un homme en sursis.

« Oui, quel gâchis ! J'ai sacrifié le meilleur de ma vie par bêtise, par peur. J'ai fui comme un lièvre.

Si j'avais su, mon Dieu, si seulement j'avais su que ce salaud n'était pas mort ! J'en ai fait, des dégâts, avec ma lâcheté ! Laura a vécu comme une bête traquée et, pour finir, j'ai abandonné ma petite ! »

Jocelyn avait été médusé en rencontrant dans une rue passante de Trois-Rivières, dix ans plus tôt, l'homme qu'il avait cru tuer par accident. Certes, il l'avait laissé inanimé sur le pavé, le crâne en sang, mais l'individu s'en était tiré avec une semaine d'hôpital et quatre points de suture. Il l'avait lui-même expliqué à Chardin après l'avoir reconnu. Tous deux avaient vieilli. Si Laura avait été la responsable involontaire de la bagarre qui les avait opposés jadis, l'un et l'autre s'étaient étonnés de tant de brutalité à cause d'une femme.

« Quand Laura saura que je ne suis pas un criminel ! pensa fiévreusement Jocelyn. Mais a-t-elle envie de me revoir ? Si elle est vivante depuis tout ce temps, pourquoi n'a-t-elle pas essayé de me retrouver ? »

Il ignorait que les Chardin avaient pris soin de brouiller les pistes. Sa vieille mère, figée dans sa piété et ignorante du pardon, avait même brûlé les lettres envoyées par Hermine quand, adolescente, elle avait cherché à contacter sa famille paternelle.

Toutes ces incertitudes, ces non-dits, ces secrets bien gardés avaient tissé une trame de silence.

Jocelyn s'en alla, ombre parmi les ombres de la nuit, en direction de Chambord. Il avait tellement marché, ces dernières années, qu'il ne craignait pas la distance à parcourir.

Il remit ses raquettes, assis sur le perron d'une maison vide où avaient logé Annette et Amédée

Dupré, les plus proches voisins des Marois. Le couple et ses enfants étaient partis après la fermeture définitive de l'usine.

— Je reviendrai en plein jour ! se promit-il à mi-voix. Je dois être présentable, quand même.

Il avançait à grandes enjambées en piquant un bâton ferré dans la neige gelée. Depuis qu'il avait repris sa liberté, car il considérait le sanatorium comme une prison de luxe, Jocelyn était insensible au froid et à la fatigue, ce qui constituait une sorte de prodige, vu son état de santé.

Son départ du sanatorium, que le personnel avait pris pour une fuite irréfléchie, Chardin l'avait préparé vite et bien. Ses économies dans la poche intérieure de sa veste fourrée, il avait emporté des provisions. Une de ses sœurs lui rendait visite une fois par mois et lui apportait à l'occasion des biscuits sablés au gingembre, du pain d'épice ou des fruits secs. Il n'y touchait pas ou peu, mais il s'était félicité de pouvoir garnir une besace en tissu de toutes ces bonnes choses. Et ce n'était pas un hasard si, le premier soir, il avait tourné le dos à la gare. En fait, il craignait d'être vite retrouvé s'il prenait le train à Lac-Édouard. Au milieu de la nuit, il s'était rapproché de la voie ferrée afin de la longer jusqu'à Lac-Bouchette, ce qui facilitait grandement sa marche dans la neige, l'itinéraire que prenait le train étant toujours dégagé.

« Au moins, si je dois crever de cette saleté qui me ronge les poumons, je crèverai en pleine nature, sous une épinette, et pas entre quatre murs ! se disait-il. Le temps qu'il me reste à vivre, autant le passer libre, à manger ce que je veux et à boire du brandy si j'en ai envie ! »

Coureur des bois aguerri par la force des choses, Jocelyn n'avait plus rien du jeune comptable éduqué dans l'austérité par de fervents catholiques. Il n'oublia pas le briquet en argent qu'il avait hérité d'un oncle. Allumer un feu, même en hiver en plein vent, ne lui posait aucun problème. Il avait donc dérobé à sœur Victorienne une casserole à couvercle en fer-blanc ainsi que du café et une gourde. Au fond, son expédition téméraire le distrayait du chagrin écrasant dont il souffrait.

« J'ai perdu huit mois au sanatorium, huit mois de trop ! Cela dit, je ne vais pas plus mal, il faut le reconnaître ; ils m'ont soigné de leur mieux. Et puis sans doute, c'était un tour inattendu de mon fichu destin, puisque j'ai pu revoir ma fille ! Ma belle petite Marie-Hermine qui chante comme un ange du ciel ! »

Non content de voler sœur Victorienne, il lui avait aussi soutiré un renseignement capital. Hermine et sa mère Laura vivaient toujours à Val-Jalbert, près du couvent-école. Malgré l'interrogatoire maladroit auquel il avait soumis Charlotte dans un des couloirs de l'établissement, il n'en était pas certain. La fillette avait dit qu'elle habitait chez Laura, sans préciser où.

— Ma sœur, avait-il dit après le repas de midi en osant pousser la porte des cuisines, la jeune dame qui a si bien chanté, savez-vous si elle habite encore Val-Jalbert ? J'ai un cousin à moi qui a travaillé là-bas, il y a dix ans de ça. J'y suis déjà allé, dans ce village.

La vieille religieuse, occupée à empiler la vaisselle sale, avait répondu d'un trait. Elle ne voulait pas contrarier ce malade qui s'était évanoui dans sa chambre le matin même, justement après le départ d'Hermine.

— Mais oui, monsieur Elzéar, même que sa mère a racheté une des plus belles maisons, tout près du couvent-école où cette jeune dame, comme vous dites, a grandi ! Vous auriez dû lui en parler, quand elle servait le café !

— Vous savez très bien que je ne suis guère bavard ! avait-il répondu.

Il avait su garder une mimique renfrognée, alors qu'une joie insensée le faisait trembler. La seule idée de savoir Laura vivante lui avait donné l'énergie nécessaire : il avait décidé de partir sans attendre. Tout lui paraissait simple, à ce moment-là. Il frapperait à la porte de son épouse, il se présenterait. Dix fois, cent fois il s'était imaginé la scène tout en marchant, chaussé de la paire de raquettes qui lui appartenait et qu'il avait apportée au sanatorium au cas où des balades autour de l'établissement seraient organisées.

À voix basse, il parlait à la femme qu'il avait tant aimée, une sorte de répétition de leurs retrouvailles dont il ne se lassait pas.

— Ma chère Laura, tu dois être bien surprise de me voir devant toi ! Même si tu me détestes, si tu m'as rayé de ton cœur, écoute-moi, je ne t'importunerai pas longtemps. Mais je veux comprendre comment tu as survécu et qui est enterré à ta place, près de cette misérable cabane où j'ai failli te tuer. Laura, j'ai revu notre fille au sanatorium de Lac-Édouard et je l'ai entendue chanter. Il faut me pardonner, je ne veux pas mourir sans ton pardon.

Bien sûr, Laura pleurerait et tremblerait, sidérée. Jocelyn, qui auparavant la croyait morte depuis dix-sept ans, ne pouvait concevoir l'absurdité de la situation, car il ignorait qu'il jouait le rôle du défunt. Cela l'aurait éclairé sur de nombreux points et aurait levé le voile sur le chassé-croisé de leur existence respective. Ainsi, il aurait compris pourquoi Henri Delbeau n'avait pas touché à l'argent placé dans une banque de Trois-Rivières. Le chercheur d'or avait toujours répugné à dépouiller l'homme qu'il avait cru enterrer.

Ces rêveries, ces monologues qui résonnaient dans le paysage enneigé, grisaient Jocelyn. Le premier soir, il trouva refuge dans une cahute à demi écroulée. Il fit un petit feu dans un vieux récipient en ferraille et s'adressa encore à sa femme.

— Nous avons des choses à nous raconter, Laura ! Crois-tu que Dieu m'accordera une année de plus pour que je fasse mieux connaissance avec notre fille ? Quel choc j'ai eu quand j'ai compris que c'était elle, la jolie chanteuse aux cheveux blonds ! Elle te ressemble, dis donc ! Et déjà maman. Peut-être que tu n'aurais pas dû la laisser épouser ce garçon, Clément Delbeau. Comment se sont-ils rencontrés, tous les deux ?

Seule lui répondait une chouette perchée sur un bouleau tout proche. Après avoir passé une seconde nuit dans une cabane de bûcheron, Jocelyn était arrivé à la gare de Lac-Bouchette, où il avait acheté un billet pour Chambord Jonction. Là, il s'était accordé une halte dans une chambre d'hôtel bon marché. Sa moustache et sa barbe pointaient, toison grise qu'il renonça à raser.

« C'était bon pour le poitrinaire Elzéar Nolet d'avoir un visage livide, se disait-il en détaillant son reflet dans le miroir du cabinet de toilette. De l'exercice, du grand air, un verre de gin et j'ai meilleure mine. Personne n'a besoin de savoir que je sors d'un sanatorium. Je ne vais pas m'en vanter. Mon Dieu, ayez pitié, je veux guérir, je dois guérir ! Laura est vivante, ma fille mérite d'avoir un père. »

Une tuque de grosse laine brune dissimulait son crâne dégarni. Il se sentait différent, rajeuni. Le samedi après-midi, il s'était mis en chemin vers Val-Jalbert. Mais rien ne s'était passé comme il l'avait prévu. Plus il approchait du village, moins il avait de courage. Les scènes qu'il avait imaginées et arrangées à son goût lui paraissaient ridicules. Alors il s'arrêtait et revenait en arrière. Honteux de se montrer aussi lâche que jadis, il repartait, mais il tergiversait à nouveau et se reposait tous les cent pas.

« Je leur ferai peur, à toutes les deux ! Marie-Hermine jurera à sa mère que je suis un tuberculeux, Elzéar Nolet, qui se trouvait à Lac-Édouard lundi dernier. Et j'ai bien changé ; Laura doutera de mon identité. Oh, j'aurais vite fait de lui en dire assez pour la convaincre, même si elle me lance à la figure une tonne de reproches. Mais ça ne fera pas bon effet sur notre fille. Je n'ai qu'à retourner à Chambord et leur écrire une lettre. Elles viendront et nous déjeunerons tous les trois. Tant pis pour la dépense, j'ai encore de l'argent ! »

Jocelyn avait fini par errer autour du village, sans oser y entrer. Il s'était allongé sur une litière de vieux foin dans la grange du moulin Ouellet[1], désormais à l'abandon. Il s'était endormi et réveillé à la nuit tombée, saisi par le froid. Il avait pu l'endurer jusque-là parce qu'il marchait beaucoup, chaudement vêtu.

« Je vais mourir gelé des pieds à la tête ! » avait-il songé.

Il avait repris ses pérégrinations pour enfin se rendre près d'une imposante demeure dont les cheminées fumaient. Il avait pu la situer grâce aux indications de sœur Victorienne qui lui avait dit que la jolie jeune femme habitait à proximité du couvent-école. Tel un rôdeur en quête d'un mauvais coup, il avait fait le tour de la maison. Un chien avait grogné dans l'appentis.

« Si par malheur, cette bête se met à aboyer, elle va ameuter tout le monde ! » s'était-il dit en s'écartant du bâtiment.

Maintenant, Jocelyn s'éloignait pour de bon du village, affaibli par un trouble insoutenable.

— Plus tard, répétait-il à mi-voix, plus tard. Je ne suis pas prêt et j'ai peur, mon Dieu ! Oui, j'ai peur d'affronter Laura.

Il crut ne jamais arriver à Chambord. La joyeuse impatience qui l'avait soutenu et ragaillardi s'était éteinte. Il garda la chambre une semaine. Ensuite, s'estimant rétabli, il décida de partir pour Roberval,

1. Moulin à farine construit en 1866 sur la rivière Ouellet, baptisée du nom d'un des premiers occupants du lieu, proche du site de Val-Jalbert et inclus jusqu'en 1871 dans la municipalité de Roberval. Les fondations de ce moulin à farine sont encore apparentes aujourd'hui et elles sont considérées comme le plus vieux bâtiment de Val-Jalbert.

où on lui avait indiqué une pension dont les prix convenaient à sa bourse.

Val-Jalbert, dimanche 5 mars 1933

Hermine était heureuse, profondément heureuse. Elle avait passé une excellente semaine, entre sa mère et Charlotte. Hans était reparti pour Roberval et Toshan pour le moulin de Riverbend, non sans lui avoir fait mille caresses et dit des mots doux, ce qui l'avait rassurée sur la force de leur amour.

Soulagée de voir la paix revenue, Mireille s'était échinée à cuisiner de bons petits plats, mais elle devait puiser dans les conserves faites maison et les viandes salées par ses soins à l'automne. Le cellier regorgeait encore de pommes un peu flétries et de bocaux de prunes, ce qui n'empêchait pas la gouvernante d'attendre avec impatience l'été et sa profusion de légumes et de fruits frais.

Armand Marois, débordant de vigueur, prenait très au sérieux son rôle de factotum, selon le terme employé par la maîtresse de maison, Laura. Âgé de quinze ans, il veillait scrupuleusement à l'entretien de la chaudière et au stock de bois de chauffage.

— Mon cher petit Mukki, Papa est sorti s'occuper de ses chiens. Hélas, il va nous laisser encore une fois ! dit doucement la jeune femme qui berçait son fils dans ses bras.

Un pâle soleil d'hiver traversait les rideaux de lin écru. Le salon tout entier en paraissait plus gai. Les meubles étincelaient de propreté, encaustiqués avec soin. Les bibelots disposés ici et là, en porcelaine blanche ou en bronze, captaient le moindre éclat de lumière. Tout était paisible, baigné d'harmonie. Laura se reposait à l'étage après avoir tricoté près du poêle une partie de l'après-midi.

— Mon bébé, mon trésor, balbutia encore Hermine, tu es le plus gentil petit garçon de la terre, le plus beau.

Elle savourait la sérénité de l'instant, réconciliée avec son mari et la vie en général. La rivière Ouiatchouan avait réellement fait un miracle.

« Il a suffi d'une nuit de pleine lune, d'une querelle, de pardons échangés, et nous sommes amoureux comme au premier jour, Toshan et moi, songeait-elle, un sourire très doux sur les lèvres. C'est merveilleux d'être aimée et d'aimer, de tout partager. »

La transformation de Toshan étonnait également Laura. Son gendre s'était montré fort aimable la veille. Pendant le dîner, il avait raconté des souvenirs de son enfance. Le jeune homme était vêtu d'une chemise blanche qui lui donnait une apparence très séduisante. Ses cheveux étaient ordonnés avec soin, bien tirés et coiffés en une tresse unique, au milieu du dos. De la nuit qui avait suivi ce repas familial, Hermine gardait la voluptueuse empreinte. Elle avait pu s'offrir enfin à son mari, ardente, impatiente de céder au plaisir inouï qui les égarait, les emportait dans un univers de folle sensualité, d'exquise intimité.

Charlotte entra dans la pièce, un livre à la main. La fillette portait une robe de velours bleu et ses cheveux bruns étaient divisés en deux couettes bouclées. Elle s'installa sur le divan. Comme la jeune femme, elle éprouvait une joie intense parce que les adultes ne se disputaient plus et que Toshan et Hermine étaient de nouveau amoureux. Avec la volonté de sérénité propre aux enfants, Charlotte oubliait déjà les linges tachés de sang que Mireille avait lavés à grande eau. Elle effaçait aussi les larmes versées le soir, dans le silence de sa chambre.

— Que tu es ravissante, Lolotte ! s'écria Hermine.

— Pas Lolotte, soupira la fillette. Maintenant Armand m'appelle comme ça lui aussi et je n'aime pas du tout ce surnom. Tu sais ce qu'il a dit dans la cuisine, tout à l'heure ?

— Non ?

— Il a sifflé et a chanté : « Plus tard, Lolotte aura de gros lolos ! » Mireille lui a pincé le nez en le grondant. Il paraît que les Français disent ça, des lolos, pour parler de la poitrine des dames.

— Armand est un vaurien, coupa la jeune femme. Ne lui réponds pas, il te taquine ! Quel roman lis-tu ?

— *Oliver Twist*, de Charles Dickens[1]. Je l'ai presque fini. Hans me l'a prêté. C'est l'histoire d'un orphelin, mais il retrouve sa famille, un peu comme toi.

Mukki s'était endormi. Hermine le coucha dans la nacelle en osier garnie de dentelles immaculées et d'un matelas douillet qui servait de berceau au rez-de-chaussée. Un bruit de pas feutrés en provenance du vestibule annonça Toshan. Il vint se pencher sur le nourrisson.

— As-tu vu, Hermine, il suce son pouce ! s'extasia-t-il.

---

1. Charles John Huffam Dickens (1812-1870) : romancier britannique, un des plus populaires du dix-neuvième siècle. On lui doit notamment *David Copperfield* et *Oliver Twist*.

— Oui, de temps en temps, répliqua-t-elle tout bas. C'est cela qui me peine. À cause de ton emploi, tu ne le vois pas grandir. Chaque jour compte. Jeudi, il a gazouillé. Je t'assure, on aurait pu croire qu'il essayait de me parler. Tu as harnaché les chiens ? Mireille t'a préparé un panier pour ton souper. Je suis sûre qu'elle t'a mis un gros morceau du gâteau de ce midi.

Toshan eut un sourire mystérieux. Il prit Hermine par la taille et l'entraîna près d'une fenêtre.

— Non, je leur ai donné à manger, précisa-t-il.

— Mais c'est l'heure où tu équipes le traîneau, d'habitude ! s'étonna-t-elle. Moi, j'ai plié ton linge, tu peux l'emporter.

— Hermine, je reste ici ce soir, déclara-t-il en la fixant d'un air passionné. Et demain et aussi après-demain. Je ne te quitterai plus.

La jeune femme le dévisagea sans comprendre. Puis elle s'inquiéta.

— Tu as demandé un congé au contremaître ?

— J'ai donné mon job à Simon. Il ne veut pas retourner à Montréal. Tu te souviens le jour où j'ai traversé le lac Saint-Jean en traîneau ? Ce jour-là, Simon m'a confié qu'il se languissait du pays et de sa famille. Il m'a supplié de lui trouver un emploi du côté d'Alma ou de Chambord. S'il est arrivé avec moi, samedi dernier, c'était pour rester dans la région. Betty est au courant, mais pas Joseph. J'ai réfléchi, cette semaine. Simon, c'est devenu mon chum. Comme il n'y avait pas d'embauche pour lui, j'ai discuté avec le patron du moulin. Si je renonçais à ma place, il engageait Simon.

— Et tu veux vraiment vivre là, avec maman,

Charlotte et Mireille ? interrogea-t-elle, abasourdie, n'osant pas croire à ce revirement. Aux crochets de ma mère, comme tu disais ?

— Je veux surtout profiter de ma femme et de mon fils, avoua Toshan. Mon fichu orgueil, la cascade et la lune l'ont brisé menu, l'autre nuit. Ce n'était pas en mon honneur d'être si fier, si arrogant ! Et les paroles de ta mère m'ont trotté longtemps dans le cœur. Laura estime qu'elle a une dette envers moi ; je veux bien l'admettre, même si c'est faux. Mais je ne vais pas jouer les paresseux. J'y ai beaucoup pensé, Hermine chérie. J'irai chasser. Comme ça Mireille aura du gibier à cuisiner. Et je donnerai un solide coup de main à Armand. J'ai repéré des arbres morts qu'il faudrait abattre et débiter en vue de l'hiver prochain.

Hermine écoutait, bouleversée, sensible aux intonations caressantes de son mari, à la douceur de son regard. Elle noua ses mains autour de sa nuque et se hissa sur la pointe des pieds pour lui donner un baiser. Il souffla à son oreille :

— Et je pourrai te faire un autre bébé, en m'appliquant bien !

— Chut ! fit-elle en désignant Charlotte du regard. Toshan, j'étais heureuse, aujourd'hui, mais à présent je suis encore plus aux anges. Oh, tu seras là, près de moi ! Je dormirai dans tes bras chaque soir, le matin nous prendrons le petit déjeuner ensemble. Je ne peux pas y croire !

— Pourtant, c'est ce qui se passera, dit-il en riant. De vrais coqs en pâte, nous deux !

Toshan redevint grave aussitôt pour ajouter :

— J'ai eu des remords, sais-tu, quand tu m'as appris ton gros chagrin et tes souffrances. Il y a autre chose. Tu te sacrifies pour Mukki et moi. Au fond, peut-être que tu serais plus contente de vivre en ville, à Québec, de faire une carrière de chanteuse… Je veux te prouver que je suis capable de reconnaître mes torts.

En guise de réponse, Hermine se serra contre lui. Elle aurait volontiers consenti à perdre la voix merveilleuse qu'elle avait reçue en don à la naissance si le restant de son existence ressemblait à cette belle journée d'hiver où Toshan venait de lui donner la plus belle preuve d'amour. Laura, qui descendait l'escalier, les vit enlacés par la porte entrebâillée. Elle pensa que le couple se disait au revoir et alla directement dans la cuisine.

— Madame, chuchota tout de suite Mireille qui cachait mal son excitation, j'ai cru entendre une drôle de nouvelle. Doux Jésus, monsieur Toshan, pardon, monsieur Clément, a quitté son emploi. Il va rester chez nous jusqu'au mois de juin, sûrement…

Laura marqua un temps de surprise. Elle hocha la tête, l'air assez satisfait.

— Tu peux dire « chez lui », Mireille ! décréta-t-elle. Mon gendre fait partie de la famille, il me semble. Et c'est une excellente nouvelle, à mon avis.

Elle avait reporté son voyage en train jusqu'à Lac-Édouard afin de profiter un peu de sa maison et de sa fille, dont la bonne humeur l'enchantait. Si Toshan quittait son travail, elle n'avait plus de scrupules à laisser Hermine quelques jours.

« Hans revient mardi matin, songea-t-elle. Il me conduira à Chambord Jonction. S'il me pose des questions, j'inventerai un prétexte quelconque.

Personne ne m'empêchera d'aller au sanatorium et de rencontrer Elzéar Nolet. »

Laura Chardin, comme son mari Jocelyn, avait changé au fil du temps. Le destin lui avait joué tant de mauvais tours ! Elle en était ressortie plus forte, avec un besoin d'indépendance qui inquiétait souvent Hans Zahle. De peur de la contrarier, le pianiste ne l'interrogea pas sur les raisons de son départ. Attendrie par autant de souplesse d'esprit, elle lui avoua cependant le but de son voyage, en trichant un peu.

— J'ai décidé de rendre visite à sœur Victorienne, la religieuse qui a élevé Hermine. J'ai envie d'en savoir plus sur l'enfance de ma fille. Lac-Édouard n'est pas si loin, mais il n'y a pas de route pour s'y rendre, juste la voie ferrée. Je reviendrai vite.

— Dans ce cas, j'aurais pu t'accompagner ! avait-il proposé.

— Non, je préfère y aller seule.

Vexé, il avait réprimé un geste d'agacement. Encore une fois, il avait l'impression d'être mis à l'écart par sa fiancée. Mais il l'embrassa sur le front, sans rien dire de sa contrariété.

Durant le trajet, Laura brassa une foule d'idées. Plongée dans la contemplation du paysage qui défilait derrière la vitre du wagon, elle fit revivre les plus belles heures de son passé. Les larmes aux yeux, elle se revit jeune émigrante, débarquant à Québec après avoir quitté sa Belgique natale. Elle occulta les tristes événements qui l'avaient poussée à se prostituer, notamment le décès accidentel de son frère aîné, Rémi, qui travaillait aux Forges du Saint-Maurice, à Trois-Rivières. Privée de son appui, car c'était lui qui l'avait encouragée à le rejoindre au Canada, Laura avait connu la misère et la faim, puis la honte et le déshonneur.

« Mais Jocelyn m'a aimée, il m'a sauvée ! pensait-elle, très émue. Il m'a épousée, reniant pour cela toute sa famille, ces Chardin rigides qui brandissaient leur foi en un Dieu sans pitié ni charité. Pour eux, je n'étais qu'une créature perdue, presque diabolique. J'ai eu la preuve que Dieu, lui, me pardonnait mes fautes, puisque j'ai mis Hermine au monde. Le Rossignol des neiges, comme la surnommaient les gens de Val-Jalbert. »

Certains souvenirs lui faisaient fermer les paupières afin de capturer, indemnes, des images intimes qui n'appartenaient qu'à elle et à Jocelyn. Leurs nuits d'amour sur l'herbe de juillet, leurs baisers passionnés, le jeu des corps en quête de plaisir.

« Il ne peut pas être vivant ! » songeait-elle, meurtrie par le trouble qu'éveillaient en elle ses visions encore trop nettes. Elle en aurait gémi, sans la présence de ses voisins de compartiment.

« Non, cet homme sur le journal, ce n'est pas Jocelyn, juste un sosie ou un cousin. Quand j'ai retrouvé la mémoire, je l'ai cherché, mon mari. Vivant, il aurait sans aucun doute récupéré ses économies à la banque. »

Laura ne pouvait soupçonner que Jocelyn avait retiré l'argent, mais plus tard, alors qu'elle séjournait au Château Roberval sous l'apparence d'une riche veuve, la dame en noir qui avait tant intrigué Hermine.

Elle évoqua aussi leur interminable errance de fugitifs après la naissance de leur petite fille.

« Nous portions le poids de ce crime, nous étions pareils à des bannis, sans toit ni espoir d'un havre de paix. Je me couchais dans le traîneau, ce beau traîneau que Toshan utilise encore, et je protégeais mon bébé du froid et du blizzard. Mon Dieu, quelle joie quand nous pouvions dormir à l'abri dans une cabane de bûcheron et allumer un feu ! Mais je commençais à appréhender les silences de Jocelyn ; ses humeurs noires, oui, je les craignais davantage que les loups rôdant autour de nous. »

Ces pensées l'affaiblissaient. Lorsque le train s'arrêta en gare de Lac-Édouard, Laura descendit à regret sur le quai, jugeant sa démarche idiote. Elle se mit à agir en somnambule pour prendre une chambre dans un hôtel de qualité et se changer avant le dîner. Le lendemain matin, apaisée par une longue nuit de sommeil, elle entrait dans le sanatorium et demandait à rencontrer le directeur.

— Cher monsieur, je me présente : Laura Chardin ! Je suis la mère de la jeune chanteuse que vous avez eu l'amabilité d'héberger le mois dernier, oui, Hermine Delbeau.

Laura ne reculait devant rien. Elle annonça qu'elle souhaitait rendre visite à un malade, Elzéar Nolet, et faire la connaissance de sœur Victorienne, ancienne converse au couvent-école de Val-Jalbert. Ses manières de dame riche et ses sourires charmants la servirent. Le directeur jugea important de lui donner satisfaction.

— Madame, je serais ravi de vous rendre service. Je vais prévenir sœur Victorienne, avec qui vous pourrez discuter à votre aise dans mon bureau, que je mets à votre disposition. Mais vous n'aurez pas l'occasion de voir monsieur Nolet, il nous a faussé compagnie.

— Faussé compagnie ! répéta-t-elle d'une voix moins ferme. Que voulez-vous dire par là ?

Elle envisagea un décès brutal tout en doutant de la formulation peu adaptée à la fonction de son interlocuteur. Son cœur s'affola néanmoins. Pourquoi l'homme qu'elle désirait approcher avait-il disparu ?

— Entendons-nous, chère madame. Elzéar Nolet est parti de son propre chef, sans daigner nous avertir. Sa conduite m'a consterné. Je le croyais plus raisonnable. Les tuberculeux ont le devoir de déclarer leur état et, en principe, ils sont vite admis dans le sanatorium le plus proche de leur famille. Beaucoup cachent leur maladie pour ne pas être séparés des leurs et continuer à travailler. Ainsi se propage ce fléau de notre époque, une véritable calamité, surtout dans les milieux défavorisés, où on ne pratique pas une hygiène de vie rigoureuse, où la nourriture manque. Un cercle infernal. Bref, monsieur Nolet n'entre pas dans cette catégorie, car notre établissement accueille des patients disposant de revenus suffisants, et même des patients fortunés. Je parlerai donc, en ce qui le concerne, d'une fuite préméditée. Je prie pour qu'il ne contamine pas ceux qu'il a voulu retrouver, épouse, enfants !

— Quand ce monsieur s'est-il enfui ? demanda Laura, qui luttait contre un terrible pressentiment.

— Environ vingt-quatre heures après le départ de votre charmante fille. L'état d'Elzéar Nolet empirait. Il se montrait agité, nerveux, irritable. Ce n'était pas un pensionnaire facile. Mais pardonnez ma curiosité : si vous teniez à lui rendre visite, vous êtes sûrement de sa famille ?

— Une très lointaine parente ! affirma Laura. Je savais qu'il séjournait ici, mais je remettais sans cesse mon voyage. Ce n'est pas grave, il m'avait peut-être même oubliée.

Laura avait la bouche sèche. Elle préféra se taire plutôt que de s'embrouiller dans des explications hasardeuses. Elzéar Nolet lui échappait. Il lui serait impossible d'examiner de près son visage décharné, préoccupant par sa ressemblance avec celui de Jocelyn. Le doute se ravivait, poignant.

— Comme vous êtes livide, madame ! s'écria le directeur.

— Ce n'est rien. La fatigue, la déception aussi ! soupira-t-elle.

Quelques instants plus tard, une religieuse aux traits ridés salua Laura d'une légère inclinaison de la tête. En longue robe noire, un voile blanc encadrant une figure poupine, sœur Victorienne jaugea la nouvelle venue d'un œil méfiant.

— Ma sœur, comme je suis heureuse de vous connaître ! dit Laura avec une sincère émotion.

Le directeur les avait laissées seules. Sœur Victorienne prit place sur une chaise.

— Je n'ai guère de temps à vous accorder, madame Chardin, déclara-t-elle. J'ai le repas de midi à préparer.

Le ton sec était dénué de toute aménité. Laura le sentit et n'osa plus dire un mot. La religieuse, pressée de mettre un terme à l'entretien, arborait une mine renfrognée. Dans sa jeunesse, elle avait travaillé dur. Fille d'un trappeur, aînée de neuf frères et sœurs, elle avait choisi de prendre le voile. Le couvent lui avait paru préférable à une vie d'épouse et de mère. Se sachant laide, elle avait cependant refusé une demande en mariage. La vue de Laura, élégante, sophistiquée, encore très jolie, l'agaçait.

— Vous m'en voulez, n'est-ce pas, à cause d'Hermine ? avança celle-ci. Je sais qu'elle a beaucoup souffert d'être une enfant trouvée. Mais vous n'ignorez pas les circonstances de son abandon, n'est-ce pas ? Je suppose qu'elle a pu tout vous expliquer le soir où elle a dormi ici. Je regrette encore chaque jour de ne pas avoir profité des premières années de ma fille. J'essaie de réparer le mal que je lui ai fait, ma sœur. Et je tenais à vous remercier d'avoir veillé sur elle pendant toutes ces années.

— C'était le devoir que Dieu m'avait confié, madame Chardin ! Hermine était une fillette sage, gentille, douée pour l'étude. Vous lui transmettrez mon affection. Je ne vous juge pas. Dans cette triste histoire votre défunt époux était le plus coupable. Je prie matin et soir pour celle qui fut notre protégée et notre rayon de soleil afin de l'aider à suivre sa voie, celle d'une maman et d'une jeune femme intègre.

Laura baissa les yeux. Hermine lui avait dit que la religieuse désapprouvait sa timide ambition de chanteuse lyrique.

— Soyez tranquille, ma sœur, ma fille se consacre désormais à son mari et à son fils, répliqua-t-elle tout bas, de plus en plus gênée par la froideur polie de la vieille religieuse.

Sœur Victorienne se leva, salua et sortit. Accablée, Laura n'aspira plus qu'à rentrer chez elle. Les mots

« défunt époux » résonnaient de façon sinistre dans chaque fibre de son corps et de son cœur. Bien sûr, Jocelyn était mort, réduit à l'état de squelette, son âme s'était envolée, son regard sombre s'était éteint à jamais.

« Que je suis sotte de courir après un parfait inconnu ! se reprocha Laura. Elzéar Nolet est poitrinaire, usé, grognon et un peu dérangé. Hermine disait qu'il lui avait touché les cheveux, je comprends pourquoi. Ce monsieur était en manque d'affection, il a dû aller chercher son bonheur en ville. Si c'était lui, Jocelyn, en apprenant l'identité de la jeune femme qui allait chanter, puisque le directeur l'a présentée aux malades, il aurait forcément cherché à lui parler, il l'aurait interrogée. Mon Dieu, comment ai-je pu imaginer qu'il avait ressuscité ? Et si c'est un individu hargneux apparenté à la famille Chardin, je n'ai rien à regretter. Ces gens sont bornés et froids. »

Le soir même, Laura était de retour à Chambord Jonction. Prévenu par un télégramme, Hans l'attendait sur le quai de la gare qui fourmillait d'activité, livrée au va-et-vient des voyageurs et de véhicules les plus divers, souvent fabriqués avec les moyens du bord.

— Hans ! Quelle joie de te voir ! proclama-t-elle en se réfugiant dans ses bras. J'ai hâte d'être ta femme, je t'aime, entends-tu ? Tu es là, bien vivant, si doux, si patient !

Le pianiste n'en croyait pas ses oreilles. Laura lui criait son amour pour la première fois. Ils passèrent la nuit à l'hôtel où ils prirent deux chambres. L'une des pièces fut inutile, mais il fallait préserver les apparences et les convenances. Rassuré sur les sentiments de sa fiancée, Hans se révéla enfin un amant téméraire, inventif, inlassable.

« Adieu, Jocelyn ! songea Laura à l'aube. Adieu ! Si je te revois, ce sera au ciel. »

Elle embrassa le front de Hans, toujours endormi.

Roberval, samedi 11 mars 1933

Jocelyn se plaisait à Roberval. Il ne se lassait pas de la vue sur le lac Saint-Jean, toujours pris par les glaces et encapuchonné de neige. Un froid sec persistait, offrant de belles heures de soleil au milieu de la journée. Après le repas de midi qu'il prenait à la pension, Chardin se promenait sur le port. Il ne s'était pas senti aussi bien depuis longtemps.

« Je ne suis pas loin de Val-Jalbert, ici, songeait-il. Dès que je le déciderai, j'aurai vite fait de me trouver devant la maison de Laura. Pourquoi me presser ? J'ai franchi les plus dures étapes. J'ai quitté le sanatorium, je sais où ma femme et ma fille résident. Bientôt, j'irai ou j'écrirai. »

Plusieurs brouillons de lettres s'étaient consumés dans le foyer du poêle qui chauffait sa chambre. Mais, certain de toucher au but, Jocelyn patientait encore. Confusément, aussi, il espérait rencontrer quelqu'un capable de lui parler de Laura. Il savait qu'elle était riche, mais il ignorait pourquoi et comment. Plusieurs fois il était passé devant le Château Roberval, ce splendide hôtel de grand luxe où Hermine avait chanté, ce qu'il avait appris lors de son récital à Lac-Édouard. Il n'avait pas osé entrer.

Ce jour-là, il emprunta par le plus grand des hasards la rue Sainte-Angèle. Derrière la fenêtre d'une maison se tenait une vieille femme à la chevelure argentée. Elle devait coudre ou broder, mais son visage triste trahissait un ennui profond, proche de la détresse. Ils échangèrent un regard. Apitoyé, le sévère Jocelyn lui adressa un sourire. Il se méfiait d'ordinaire des personnes âgées, échaudé par le tempérament acariâtre de sa grand-mère maternelle, la seule qu'il ait connue.

Mélanie Douné lui rendit son sourire, aux anges. Bien vite, elle fut sur le pas de sa porte.

— Vous cherchez votre chemin, monsieur ? dit-elle, la mine soudain rayonnante. Vous n'êtes pas de Roberval, je ne vous ai jamais vu par ici !

— Je suis de passage, répondit-il, embarrassé. Il ne fallait pas vous déranger, madame. Je séjourne quelques semaines à la pension voisine, rue Marcoux.

— C'est toujours agréable de jaser un peu ! Ma belle-fille, qui travaille à l'Hôtel-Dieu Saint-Michel depuis le mois de janvier, elle ne peut plus me tenir compagnie. Et mon fils est employé au moulin de Riverbend, cela fait vingt grosses années.

Jocelyn approuva d'un hochement de tête. Il était poli et n'osait pas s'éloigner, la vieille femme semblant réconfortée de discuter avec lui.

— En ces temps de crise économique, vos enfants ont de la chance d'avoir un salaire ! répliqua-t-il. Mais, pour vous, ce n'est pas très gai, je comprends ça.

— J'avais plus de distractions à Val-Jalbert, monsieur. Est-ce que vous en avez entendu parler ? Un village ouvrier qui est à l'abandon, maintenant. J'ai mangé ma part de pain blanc, là-bas. Mon mari était ouvrier à la fabrique de pulpe. J'ai mis quatre de mes petits au monde dans le haut de la rue Saint-Georges.

Des larmes perlèrent dans les yeux gris de Mélanie Douné. Jocelyn, lui, pareil à un chasseur sur le qui-vive, saisit l'occasion.

— Je suis déjà allé à Val-Jalbert, madame, du temps où l'usine fonctionnait. Un village modèle, à l'américaine, disaient les journaux de l'époque.

— Mais entrez donc boire un café, monsieur ! proposa Mélanie après avoir détaillé Jocelyn.

Il lui faisait l'effet d'un honnête homme, avec ses vêtements corrects et ses manières agréables.

Tous les deux se réjouissaient pour des raisons différentes. L'une était ravie de bavarder, l'autre espérait obtenir des renseignements. Cette vieille dame avait sûrement croisé sa fille.

Mélanie disposa des tasses sur la table et garnit une assiette de biscuits. Elle jubilait intérieurement. Jocelyn resta silencieux, persuadé que son hôtesse parlerait d'elle-même. Cela ne manqua pas.

— Et c'était moderne, bien aménagé, Val-Jalbert, poursuivit-elle. Monsieur Dubuc, le président de la compagnie de pulpe, avait fait planter de beaux arbres sur la rue principale, qui était couverte de macadam. Il y avait même des trottoirs de bois et un escalier près de l'hôtel. Cela permettait de rejoindre le quartier du plateau. La maison où nous logions, mon époux et moi, était équipée d'un cabinet d'aisance. Mes enfants, ceux qui étaient en âge, sont allés au couvent-école, tenu par les sœurs de Notre-Dame-du-Bon-Conseil, de Chicoutimi. Elles savaient enseigner l'histoire, le calcul, mais aussi le respect, la morale, des valeurs qui se perdent.

Jocelyn sirotait son café en grignotant un biscuit. Il écoutait Mélanie Douné avec une telle attention qu'elle chercha comment captiver encore plus son visiteur. Son fils et sa belle-fille se lassaient vite de lui faire la conversation.

— Il paraît qu'une jeune institutrice fait encore la classe, à Val-Jalbert, une demoiselle Lemay ; elle est très pieuse. Il s'en est passé des choses, là-bas, des bonnes et des mauvaises. Tenez, par exemple, les religieuses ont dû recueillir un bébé, en 1916, une petite fille jetée sur le perron comme une marchandise indésirable. Il faut avoir le cœur bien dur, monsieur, pour abandonner un enfant d'un an à peine !

Ces mots firent une forte impression sur Jocelyn, non pas pour leur sens propre, mais parce qu'ils annonçaient le sujet qui le passionnait. Il prêcha le faux pour savoir le vrai.

— Et qu'est-elle devenue, cette gosse ? Sans doute, elle a pris le voile, n'ayant pas de famille, dit-il sur un ton neutre.

— Pas du tout ! Je peux vous en dire long sur Hermine, notre joli rossignol. Figurez-vous qu'elle venait chez moi m'apporter des tisanes que la converse me préparait, ou bien elle faisait mes courses au magasin général. J'étais veuve et les mois de grosse neige, avec ma douleur à la hanche, je ne sortais pas, j'avais trop peur de faire une chute. Hermine était si serviable et gentille. Je lui demandais une chanson, elle se plantait près du fourneau tel un ange et elle chantait. Ah, monsieur ! Quelle voix d'or, d'une pureté, d'une limpidité ! Je ne pouvais pas m'empêcher de pleurer et cela lui faisait de la peine. C'est une belle jeune femme, à présent.

Il n'y a pas deux mois, elle m'a rendu visite pour me montrer son fils.

Si Mélanie n'avait pas été aussi absorbée par son récit, elle aurait peut-être saisi l'expression tendue de Jocelyn.

— Elle chante de mieux en mieux, il faudrait qu'elle en fasse sa carrière, comme La Bolduc. Le curé de Val-Jalbert, le père Bordereau, l'estimait beaucoup. Fillette, elle interprétait l'*Ave Maria*, à l'église.

— Et ses parents ne se sont jamais manifestés ? interrogea Jocelyn, très pâle.

Il jouait sa dernière carte, ne pouvant citer Laura sans éveiller la méfiance de la vieille dame.

— Mais si ! Tout le monde le sait, dans le pays ! Hermine avait un contrat au Château Roberval, le grand hôtel. Son tuteur la poussait à gagner sa vie, un gourmand, Joseph Marois ! Et dans la salle du restaurant, la petite a vu une dame en noir, la veuve d'un riche industriel de Montréal, je ne sais plus son nom. Bref, un soir, Hermine a compris que c'était sa mère. Il paraît que cette malheureuse avait perdu la mémoire pendant plus de dix ans.

Mélanie parlait tant et si vite qu'elle en avait la bouche sèche.

— En voilà une coïncidence ! s'exclama-t-il d'un ton qui sonnait un peu faux.

— J'ai toujours pensé que ce n'était pas un hasard. Riche comme elle était, Laura Chardin avait cherché sa fille partout. Betty, l'épouse de Joseph Marois, m'avait raconté que cette veuve était venue à Val-Jalbert réclamer Hermine. Il y en a eu, des histoires. Le tuteur refusait de lâcher sa poule aux œufs d'or, c'est ce qui se disait, au village.

— Et le père ? articula péniblement Jocelyn.

— Pauvre homme, on a su par Laura Chardin qu'il était mort et enterré dans les terres du Nord, au bord de la rivière Péribonka. Quand Hermine s'est mariée avec Clément Delbeau, un Métis, mais beau garçon, ça oui, elle est allée fleurir la tombe de son père. Son Indien habite la région avec sa mère qui est veuve, une Indienne baptisée.

Chardin ferma les yeux un instant. Il revoyait la femme d'Henri Delbeau, méfiante, hostile, coiffée de longues nattes brunes, le corps souple vêtu d'une robe en peau de cerf. Le chercheur d'or la nommait Rolande.

« Si j'avais pu imaginer, alors, que ma fille deviendrait l'épouse du garçonnet qui nourrissait mes chiens le soir où Henri nous a hébergés ! pensa-t-il effaré. Mon Dieu, tout est-il écrit, décidé à l'avance ? »

Mais le pire, c'était d'apprendre que Laura et Hermine le tenaient pour mort. Il aurait voulu réentendre chaque parole de Mélanie Douné afin de ne rien oublier.

— Vous disiez que la mère de cette jeune personne avait perdu la mémoire ? Je n'aimerais pas que cela m'arrive, dit-il assez bas.

— Les docteurs appellent ça de l'amnésie, ajouta la vieille dame. Quand elle a rencontré l'industriel, qui était plus vieux qu'elle, Laura Chardin ne se souvenait pas de son passé ni de son enfant. Moi, monsieur, si je ne gardais pas l'image de mon cher mari, je n'aurais plus le courage de vivre. C'est précieux, la mémoire. Tout ce que je vous raconte, je l'ai glané de-ci de-là. Les gens jasent volontiers, surtout l'hiver où on s'ennuie ferme. Dès que je croise quelqu'un de Val-Jalbert à la messe, un ancien habitant ou un de ceux qui y demeurent, je prends des nouvelles. Et puis, Hermine, j'ai de l'affection pour elle. C'était une fillette joyeuse et prévenante ! Mais on sentait bien que c'était un grand chagrin pour elle de grandir sans ses parents. Betty Marois vient me voir, certains dimanches, et nous parlons de notre rossignol.

— Cette histoire est singulière ! avoua Jocelyn, de plus en plus bouleversé. Et le père, sait-on de quoi il est mort ?

Mélanie se pencha en avant comme pour dévoiler un affreux secret.

— Il s'est tiré une balle en pleine figure. Ensuite les loups ont mangé son cadavre ! Mais, d'après Betty, l'homme qui l'a enterré, un chercheur d'or, a quand même planté une croix sur la tombe. J'ai souvent pensé que c'était un individu sans scrupules. Il s'est fait justice, accablé de remords.

La vieille femme se tut. Elle se signa en regardant son invité.

— Reprenez du café, monsieur. Et un biscuit.

— Je vous remercie, je n'aurai plus faim à l'heure du souper.

Jocelyn se leva et remit sa veste et son chapeau. Soudain, l'air lui manquait. Ce n'était pas à cause de la chaleur ambiante.

« Je suis mort, se dit-il. Laura me croit mort. Hermine a fleuri ma tombe. Quel désastre ! Cette fois, je dois leur écrire. Si je frappe à leur porte, elles vont me prendre pour un revenant. »

— Il faudra revenir, monsieur, insista Mélanie. Avec un peu de chance, vous ferez la connaissance de la jeune femme qui chante si bien. Au fait, c'est monsieur ?

— El...zéar, Elzéar Nolet, bégaya-t-il en lui serrant la main.

— Mélanie Douné, minauda-t-elle. J'ai été bien contente d'avoir de la compagnie.

Il prit congé le plus rapidement possible, dans sa hâte de retrouver l'air glacé de la rue et d'ordonner le chaos de ses pensées.

« Qui est enterré à ma place ? s'étonnait-il. J'ai tant pleuré sur cette tombe en imaginant le joli corps de ma Laura sous la neige et les pierres. Je dois savoir ! Peut-être que Clément Delbeau a des réponses, lui. Ce sont ses parents, qui habitent là-bas. »

Il était retourné à grandes enjambées nerveuses sur le port de Roberval. Son regard obscurci par l'angoisse se perdit sur la vaste étendue blanche du lac. De l'autre côté se trouvait la ville de Péribonka, d'où l'on pouvait suivre des pistes qui longeaient la rivière du même nom. Accoutumé à la solitude, grisé par sa liberté retrouvée, Jocelyn envisagea son départ vers le désert blanc, ces territoires du Nord qu'il considérait comme le meilleur des refuges quand il se croyait un meurtrier et fuyait la police. Il ignorait que le chercheur d'or avait péri noyé, cinq ans plus tôt.

— Je ne vais pas courir ce risque, décréta-t-il entre ses dents. Il y a des milles et des milles à franchir. Si le temps se remet à la neige, ce sera trop pénible, je m'épuiserai. Allons, du cran ! Je ne peux plus hésiter. Demain j'irai chez Laura, à Val-Jalbert.

Si Clément Delbeau s'y trouve, il pourra sans doute me renseigner aussi bien que son père. Mais non, ce n'était qu'un gosse, à l'époque. Et s'il savait quelque chose, Laura le saurait également.

Il éprouvait une sourde hostilité à l'égard de son gendre, comme si le jeune homme lui avait volé Hermine. Dépossédé de l'enfance de sa fille et de son adolescence, il n'avait d'elle que deux images. Le bébé rieur qu'il avait déposé sur le perron du couvent-école et la jolie jeune femme qui lui était apparue au sanatorium. Et au fond de son âme durement éprouvée restaient encore les préjugés de l'austère et très pieuse famille Chardin. Certes, Clément et sa mère étaient des Indiens baptisés. Cela n'avait pas changé leur sang montagnais.

« Un Métis ! J'aurais espéré un mari plus convenable pour mon unique enfant », songea-t-il.

Sa rancœur s'effaça devant le poids de sa décision. Il n'attendrait plus pour revoir son épouse légitime. Il se répéta qu'il frapperait le lendemain chez Laura.

Déterminé, Jocelyn rentra enfin à la pension.

Val-Jalbert, le lendemain, dimanche 12 mars 1933

Laura avait invité Élisabeth Marois et ses enfants à goûter. Les jours de soleil qui avaient précédé ce dimanche laissaient espérer un printemps précoce. Du moins Hermine et sa mère voulaient-elles s'en persuader. La gouvernante, qui s'était lancée dans la fabrication de choux à la crème, prédisait le contraire.

— Doux Jésus ! Vous pouvez placoter à votre aise, le bonhomme hiver n'a pas dit son dernier mot. Les arbres ne s'y trompent pas, ni les bêtes.

— Mais l'eau d'érable coule bien, répliqua Élisabeth. Jo nous a tous emmenés à la cabane à sucre, hier, pour poser les récipients sur les troncs. Samedi prochain, nous y retournerons faire cuire le sirop. Tu te souviens, Mimine, quand tu venais avec nous ? Edmond était bambin.

— Si je me souviens ! s'écria la jeune femme. Joseph attelait deux chevaux de trait qu'il empruntait à monsieur Potvin. Et il avait bricolé une sorte de charrette à patins avec son voisin Amédée.

— C'était le bon temps, le village n'était pas dépeuplé ! soupira Betty Marois avant d'embrasser sa petite Marie sur le front.

Elle idolâtrait sa fille dernière-née, un don du ciel qui la récompensait d'avoir élevé trois garçons et beaucoup pleuré à chaque fausse couche. Si l'usine fonctionnait toujours, Simon n'aurait pas eu besoin de prendre un travail à Riverbend.

— Enfin, je suis quand même contente de l'avoir à la maison comme avant. Jo aussi, mais il ne le montre pas.

Laura retint un soupir. La conduite du fils aîné des Marois l'avait un peu déçue. Sans l'en avertir, il avait quitté l'emploi qu'elle lui avait procuré à Montréal. Selon le jeune homme, l'entreprise de feu Franck Charlebois connaissait une baisse de rendement. Cela l'inquiétait et elle se promettait de faire le voyage vers Montréal l'été revenu, après ses noces.

Comme bien souvent, Laura avait choisi le salon pour recevoir. C'était sa pièce préférée, en raison des deux larges fenêtres qui donnaient sur l'étendue boisée tenant lieu de parc. Les beaux rideaux, en lin couleur ivoire, étaient écartés, les vitres impeccables laissaient entrer une chaude lumière orangée, car le soleil déclinait.

Assis à une table en marqueterie, Hans discutait avec Toshan et Simon. Ils avaient projeté de jouer aux cartes tous les trois après le goûter. Hermine ne quittait guère des yeux son jeune mari. Partager chaque jour avec lui la remplissait d'une félicité infinie.

« Que tu es beau, mon amour ! pensait-elle. Et je suis ta femme. J'ai hâte de poser mes lèvres sur les tiennes, de sentir ton corps contre moi. Ta peau est si douce, on dirait du satin. »

— Tu ne m'écoutes plus, Mimine, protesta Betty. Tu devais me montrer la première dent de Mukki.

— Dès qu'il se réveille, promit Hermine. Hier soir, pendant la tétée, il m'a pincée bien fort. Mireille a raison, je lui donnerai une bouillie par jour. C'est un affamé.

Le crépuscule commença à bleuir les carreaux. Laura alluma les belles lampes en porcelaine fleurie aux abat-jour de papier ciré. Charlotte jouait aux dames avec Edmond, son fidèle camarade, près du gros poêle en fonte. Les deux enfants avaient un guéridon à leur disposition. Armand n'était pas là, car son père l'avait gardé chez lui pour curer l'étable. Joseph se vengeait ainsi de voir son deuxième fils travailler la semaine chez Laura Chardin.

— Maman, je crois que tu devais nous annoncer quelque chose, dit Hermine en souriant malicieusement. Il fait presque nuit et tu n'as rien dit.

— Ma chérie, tu brûles les étapes, plaisanta sa mère. Vous n'avez pas fini de goûter. Mireille se vexera si vous laissez des choux à la crème.

— Dans ce cas, j'en prends un autre, s'écria Betty avec une mine gourmande.

— Maman, insista Hermine, je t'en prie !

Laura se leva. Elle était resplendissante dans sa robe neuve en velours de soie beige. Un sautoir de perles courait sur sa poitrine, la mettant en valeur. Sa coiffure moderne, des boucles courtes d'un blond platine, la rajeunissait. Enfin, elle conservait une silhouette menue.

— Bon, puisque ma fille n'en fait qu'à sa tête, je n'ai pas le choix. J'ai donc le plaisir de vous annoncer à tous la date de notre mariage, à Hans et moi. Ce sera le 12 juin, dans l'église de Chambord. Hermine, Charlotte et vous, chère Betty, vous serez mes demoiselles d'honneur. J'ai déjà choisi vos toilettes, à mes frais bien sûr. Si Edmond accepte d'être sur le devant de la scène, j'ai prévu un costume en velours bleu pour lui. Il portera les alliances sur un coussin assorti. Et, grande nouvelle, ma fille chantera à cette occasion. Nous n'avons pas encore décidé d'un titre, mais nous nous amusons beaucoup en cherchant lequel.

Un concert de félicitations salua la déclaration de Laura. Radieuse, au bord des larmes, elle tendit les mains vers Hans, tout aussi ému. Le couple s'étreignit sous le regard réprobateur de Mireille et de Betty. En Québécoises aguerries et donc très pudiques, elles ne prisaient guère ces démonstrations de tendresse en public, surtout devant les enfants. Mais Hermine, charmée, fit un clin d'œil à Toshan qui le lui rendit aussitôt.

Personne ne vit un visage hagard derrière une des vitres. Jocelyn, un chapeau de feutre rabattu jusqu'aux sourcils, avait assisté à la scène, percevant même, parfois, des bribes de discussion. Il fixait, le cœur brisé, cette étrangère en robe soyeuse, si blonde et fardée. La femme ressemblait vaguement à Laura, sa jeune épouse aux cheveux châtain clair et aux formes rondes. Mais ses manières et ses gestes avaient changé. Ses traits affinés dénotaient une aisance acquise dans la haute société.

« Ce n'est pas elle, ça ne peut pas être elle ! » songea-t-il.

Il observa Hans Zahle, qui ne lâchait pas la taille de Laura. Cet escogriffe pâle, affublé de lunettes, lui parut bien frêle et timoré.

« J'ai entendu Marie-Hermine appeler cette femme maman. C'est donc vraiment Laura ! Dieu, je ne l'aurais pas reconnue ! Faut dire qu'elle était mariée à un industriel fortuné, d'après Mélanie Douné. Elle a fréquenté les beaux quartiers. »

Une douleur oubliée le pénétrait jusqu'à la nausée. L'aiguillon cruel de la jalousie semait son venin.

« Il a été question de mariage, j'en suis certain. Pourtant, ce type a l'air assez jeune. Mais ça ne peut pas se passer comme ça, je suis vivant, moi, vivant ! Elle est mon épouse ! »

Jocelyn ne pouvait pas reculer ni détacher ses yeux de la pièce gaiement illuminée. Il prenait la mesure de la nouvelle existence de Laura qui habitait une solide demeure au décor luxueux. La petite femme potelée, aux mèches raides couleur de neige et au tablier blanc, devait être une domestique. Il s'intéressa peu à Betty et à ses enfants. Ces gens ne comptaient pas.

Après la colère, il céda brusquement au découragement.

« Je ne peux pas me présenter maintenant à la porte, se dit-il. Cela ferait un gros pavé jeté dans la mare... Finie la fête ! Et je ne vais pas raconter mon histoire devant tout ce monde-là. »

Puis ce fut le désespoir. Sa triste condition s'imposa à lui. Il n'était qu'un homme vieillissant, tuberculeux de surcroît. Laura n'avait pas besoin de lui, sa fille non plus. Trop d'années s'étaient écoulées.

« Je n'ai rien à leur offrir ! Mon Dieu, moi qui ai tant pleuré Laura, moi qui l'ai abandonnée en plein hiver, sans veiller sur elle comme je m'y étais engagé devant vous, le jour de notre mariage ! Mon Dieu, donnez-moi la force de me sacrifier. Tant pis si des questions demeurent sans réponse, tant pis si je meurs sans avoir embrassé Marie-Hermine. Je paie cher mes erreurs, ma lâcheté de jadis. »

Ces sombres pensées le torturaient. Comme pris de folie, il regarda autour de lui. Un profond silence pesait sur le paysage crépusculaire. Les chiens enfermés dans l'appentis, de l'autre côté de la maison, ne daignaient même pas aboyer, ce qui aurait pu signaler sa présence. Jocelyn eut l'impression singulière d'être invisible, condamné aux ténèbres. Une ombre parmi les ombres du soir.

« Tu as bien raison de m'avoir rayé de ta vie, Laura ! songea-t-il avec épouvante. J'ai failli te tuer d'un coup de fusil, au bord de la Péribonka. Et toi, ma belle enfant à la voix d'ange, je t'ai abandonnée. Toutes les deux, si je frappais à votre porte, vous n'auriez que des reproches à me faire, que de la haine envers moi. Adieu ! »

Jocelyn Chardin s'éloigna une fois encore. Sa haute silhouette vêtue de brun se fondit entre les arbres. Il titubait, meurtri tel un écorché vif. Cette santé qu'il jugeait meilleure, il s'en moquait à présent. La tuberculose pouvait ronger ses poumons, il n'avait plus envie de respirer ni de vivre un jour de plus. Il marchait à l'aveuglette, secoué de sanglots secs. Un lièvre coupa son chemin et détala. L'animal longea en trombe l'appentis. Les chiens se mirent à grogner et à japper de fureur.

Toshan tendit l'oreille.

— Ce sont peut-être des loups qui rôdent ! dit-il à Hermine. Le village est tellement calme, ils deviennent plus hardis. Les pauvres, ils ont le ventre creux à la fin de l'hiver.

Le jeune homme sortit sur le perron. En bas des marches, qu'un vernis de givre recouvrait, il aperçut une paire de raquettes, un modèle en apparence assez ancien.

— Il y a quelqu'un, ici ? cria-t-il.

Les alentours étaient déserts ; personne ne répondit. Interloqué, Toshan attendit un peu. Jocelyn avait enlevé ses raquettes pour se présenter à Laura et, dans son terrible chagrin, il était reparti en chaussures.

— C'est à n'y rien comprendre ! déclara Toshan de retour dans le salon. J'ai trouvé de vieilles raquettes devant la maison. Quelqu'un est venu. Je vais inspecter les bâtiments.

Laura opina avec un sourire inquiet. Elle ne put s'empêcher de regarder du côté des fenêtres obscurcies par la nuit.

— Mireille, tire vite les rideaux, je te prie ! Ce quelqu'un a pu nous épier. Je n'aime pas ça.

— Mais, maman, ce doit être Armand. Il aura emprunté ces raquettes à Joseph ; les siennes ont pu se casser. Toshan va sûrement le trouver dans la remise à bois.

— Armand n'a pas prévu venir chez vous ce soir ! objecta Betty. Je ferais mieux de rentrer.

Simon proposa à sa mère de la raccompagner. Il reviendrait ensuite disputer la partie de cartes prévue avec Toshan et Hans.

— Tu souperas là, décida Hermine.

Quelques minutes plus tard, Toshan réapparut. Il avait l'air préoccupé. Son sang indien et ses instincts de chasseur refaisaient surface.

— J'ai relevé des empreintes de pas qui vont du bas du perron jusqu'aux fenêtres du salon, fit-il remarquer. La neige est gelée, on les voit à peine, mais ça ne fait pas de doute.

— Je n'aime pas ça du tout ! répéta Laura d'une petite voix tremblante.

— N'ayez pas peur, coupa le jeune homme. Il n'y a plus personne dans les environs, sinon, les chiens aboieraient.

Laura se réfugia près de Hans. Ses peurs ressurgissaient. Elle imagina le fantôme de Jocelyn, sa face blême et décharnée collée à la vitre. « Je suis stupide ! se rassura-t-elle. Nous aurons bien une explication demain. »

Mais les jours passèrent sans apporter d'éclaircissements au mystère des raquettes. Mireille les rangea dans la remise à bois.

À la fin du mois d'avril, Hermine eut la conviction d'être à nouveau enceinte. Les oiseaux menaient un joyeux tapage dans les arbres qui arboraient des bourgeons cotonneux. La neige, humide et lourde, fondait très doucement, tandis que la Ouiatchouan lançait à la ronde le mugissement puissant de ses eaux grossies par le dégel.

— Le bébé naîtra à Noël, avoua-t-elle à Toshan. Un petit Jésus à choyer !

Il l'embrassa sur le front, émerveillé. Le jeune couple n'avait jamais été aussi heureux.

8

Les secrets de Tala

Au bord de la rivière Péribonka, vendredi 5 mai 1933

Dissimulé derrière le tronc d'une énorme épinette, Jocelyn Chardin observait la cabane de Tala. Deux mois environ s'étaient écoulés depuis qu'il avait quitté Val-Jalbert, renonçant à entrer en contact avec Laura. De retour à la pension de Roberval, il s'était effondré sur le lit. Le désespoir le terrassait autant que l'épuisement, car la marche sans ses raquettes avait été une véritable épreuve de force. Il était resté dans la petite chambre aux volets clos une semaine entière.

« Autant mourir tout de suite, pensait-il. J'ai tout perdu une seconde fois. »

Cependant, la faim le faisait sortir de son refuge. Il prenait quand même ses repas dans la salle commune en compagnie des autres pensionnaires. Il hésitait à retourner au sanatorium. Jocelyn aurait pu revenir là-bas, non pas pour guérir ou bénéficier de soins, mais par habitude. Il connaissait le personnel et les malades.

« Non, ça me coûtait trop cher ! » se raisonnait-il.

Trop souvent, il revoyait Laura dans les bras de ce grand type blond, enlaidi par des lunettes rondes. Son épouse, qui ne l'était plus que de nom et par le biais d'un serment échangé moins de vingt ans auparavant, lui avait paru frivole, excessivement fardée, ridicule dans sa toilette à la dernière mode. C'était une sorte d'étrangère qui lui déplaisait presque. Il rêvait de retrouver l'ancienne Laura, la jolie fille en robe longue coupée dans une cotonnade fleurie.

« Que je suis bête ! Les années ont passé. Je l'ai rencontrée avant la guerre. Les femmes ne montraient pas leurs mollets et elles gardaient leurs cheveux longs. Je préférais ce temps-là ! »

Ces amères réflexions avaient occupé Jocelyn du matin au soir. Vers la mi-mars, il avait repris ses promenades sur le port. Le froid sec persistait, la glace emprisonnait toujours le lac sous une gangue cotonneuse.

— Ce serait vite fait de traverser en traîneau, se disait-il. Une fois arrivé à Péribonka, je trouverais bien quelqu'un en route vers le Nord.

Il ne pouvait se débarrasser de son idée : rendre visite aux époux Delbeau. Malgré de louables efforts, il ne les considérait pas encore comme les beaux-parents de sa fille.

« Il y a fort à parier qu'ils ne reverront jamais Marie-Hermine et leur fils, songeait-il. Ils sont installés dans la soie et l'argenterie, à Val-Jalbert, ils ne vont pas retourner au fond des bois. Et si jamais ils y retournent, d'ici là, je serai mort ! »

Mais il retardait toujours son départ. Fréquemment, quand il errait dans les rues de Roberval, il souhaitait croiser Laura, tout en évitant les silhouettes féminines qui lui ressemblaient. Mais il dut se contenter de croiser Hans Zahle. Le pianiste entrait dans une épicerie en manteau de beau drap brun, coiffé d'un chapeau de feutre. Jocelyn s'était immobilisé, repris par la jalousie féroce dont il souffrait dans sa jeunesse.

« Ce blanc-bec va coucher avec ma femme, si ce n'est déjà fait ! Tabarnak ! Qui suis-je pour laisser faire ça ? »

La réponse qu'il se donnait ne variait pas. Il n'était qu'un homme vieillissant atteint de la tuberculose, et cela lui ôtait le courage de se présenter à Laura et à Hermine.

Enfin, début avril, Jocelyn avait sympathisé avec un certain Joachim Gagnon, qui possédait un solide traîneau et un attelage de huit chiens. Personnage jovial, bon vivant et peu curieux, il avait accepté, moyennant une petite somme, de le conduire jusqu'à la cabane des Delbeau. Il avait fallu lier connaissance, jaser et jaser encore, toujours sur le port. Après un séjour de quelques jours dans une auberge de Péribonka, Jocelyn venait de toucher au but.

« J'avais oublié combien c'est beau, le printemps ! Il est précoce, cette année ! »

Il songeait sans quitter des yeux la maisonnette en planches claires où habitait Tala. Autour de lui, la forêt se parait d'une multitude de petites feuilles d'un vert tendre. La terre renaissante exhalait un parfum subtil et entêtant d'humus tiède. Grâce au soleil du mois de mai, on pouvait observer la naissance timide de quelques fleurettes : crocus, violettes, narcisses, parmi l'herbe douce. Les grands arbres, pins blancs, bouleaux, sapins, semblaient saluer le ciel et le remercier de se montrer enfin limpide, d'un bleu pur.

Jocelyn avait l'impression singulière de percevoir la montée de la sève au cœur des troncs, la poussée végétale sous ses pieds. Lui aussi avait changé d'apparence. Personne n'aurait cru voir Elzéar Nolet, avec sa face glabre et décharnée, son teint blafard. Une barbe noire parsemée de gris argent accentuait ses traits virils aux pommettes moins saillantes. Il toussait rarement et se sentait beaucoup plus robuste.

« C'est le grand air vif du lac Saint-Jean ! se disait-il. Et la liberté, les verres de gin ! »

Un sourire ironique plissa le coin de ses lèvres. Il allait abandonner sa cachette pour marcher vers la cabane quand la porte s'ouvrit. Un chien en sortit, un bâtard au poil noir et blanc. Tout de suite l'animal aboya, le dos hérissé. Tala apparut, baignée par la clarté dorée du matin. La mère de Toshan tendit les paumes de ses mains en l'air, comme pour recueillir la chaleur du soleil. Jocelyn frissonna, éberlué. Elle lui présentait la même apparence que jadis, menue, petite, coiffée de longues nattes noires. Son visage couleur de pain brûlé avait gardé un charme mystérieux. Mais elle ne portait plus ses vêtements en peau de cerf ornés de franges et de perles, juste une chemise blanche, frôlant ses chevilles.

— Qui est là ? appela-t-elle. Montrez-vous !

« Delbeau doit être au bord de la rivière ! songea-t-il, désorienté. Tant pis, j'y vais ! »

Il avança d'un pas hésitant dans la clairière qui entourait la cabane. Le chien grogna, Tala le fit taire d'un geste.

— Bonjour, madame, cria-t-il en levant une main hésitante.

Chaque enjambée lui coûtait. Le regard noir de l'Indienne le scrutait, anxieux et méfiant. Il aurait voulu baisser les yeux, il ne pouvait pas. Enfin il s'arrêta à un mètre d'elle.

— Vous êtes bien Rolande Delbeau ? demanda-t-il par simple principe.

— Jocelyn Chardin ! balbutia Tala. Je me doutais que vous reviendriez ici, un jour.

— Par le diable ! grommela-t-il. Vous m'avez reconnu ? Alors que votre mari m'a enterré il y a dix-sept ans !

— Je suis la seule personne aujourd'hui à savoir que vous n'êtes pas mort, décréta-t-elle.

Ces mots plongèrent Jocelyn dans une profonde stupéfaction. Il en resta bouche bée, les bras ballants.

— Si je me doutais ! J'ai à parler avec votre époux, madame.

— Je suis veuve. Henri, lui, est vraiment mort, dit-elle tout bas. Il y a cinq ans. Une crue de la rivière l'a emporté. Mon fils et moi, nous avons marché longtemps pour retrouver son corps en aval. Il repose près de la Péribonka, enterré par mes soins.

Jocelyn accusa le coup. Les jambes flageolantes, il avisa un tabouret, en fait un tronçon d'épinette calé dans le sol près d'une table de même fabrication rustique. Il s'assit, toujours sidéré.

— Je suis désolé, madame, dit-il. Je l'ignorais.

— Voulez-vous du café ? proposa Tala.

— Oui, ce n'est pas de refus !

Il éprouvait une crainte irraisonnée, une terrible gêne. C'était une chose de venir discuter avec Henri

Delbeau, entre hommes, mais être confronté à sa femme, il ne s'y attendait pas. L'Indienne semblait détenir la clef de l'énigme. Cela aussi le perturbait.

Tala resta assez longtemps à l'intérieur de la cabane. Elle réapparut habillée d'une robe noire à la jupe ample et très longue. Encombrée d'un plateau, elle vint s'asseoir en face de lui.

— Je me suis dit que vous étiez peut-être affamé et assoiffé, dit-elle d'un ton courtois. L'hospitalité est sacrée pour mon peuple.

Il fixa d'un air absent les galettes dorées et le pot de miel. Une cruche en fer fumait près d'une carafe remplie d'eau.

— Je ne vous dérangerai pas longtemps, fit-il d'une voix enrouée par l'émotion. J'ai juste besoin de comprendre ce qui s'est passé là-bas !

Il désigna du menton la direction du Nord. Tala hocha la tête en guise de réponse. Elle eut un léger sourire malicieux.

— Nous sommes parents, à présent ! dit-elle. Nos enfants sont mariés. Toshan et Hermine ont habité ici, l'an dernier. Votre fille est une personne généreuse et dévouée. Un bel oiseau chanteur ! Et votre petit-fils, Mukki, est aussi le mien.

Jocelyn lui lança un coup d'œil embarrassé. Il devait se rendre à l'évidence. Une parenté qui ne l'enchantait pas existait vraiment entre cette Indienne et lui. Sans éprouver de l'aversion ou du mépris pour les Montagnais, il réagissait à l'instar de beaucoup de gens du pays. Même baptisés, les Indiens demeuraient des sauvages aux mœurs et aux coutumes insolites.

— C'est ma foi vrai, répondit-il d'un ton neutre, plus triste que gai, cependant.

— Donc, vous êtes au courant ! soupira Tala. Je n'en étais pas certaine. Comment l'avez-vous appris ?

— Par hasard !

Il n'était pas en confiance et préférait en dire le moins possible. Il triturait ses doigts, les nouait et les dénouait. Son agitation ne pouvait échapper à son hôtesse.

— Je peux aussi vous offrir du whisky ! dit-elle d'un air engageant. Vous avez l'air sur des charbons ardents !

— J'en ai besoin, oui ! admit-il avec un soupir. Je comptais m'entretenir avec Henri Delbeau, mais il est mort en emportant ses secrets dans la tombe.

— Henri n'avait aucun secret, répliqua-t-elle. Les secrets enfouis dans cette terre, ils sont là, dans mon cœur.

Tala toucha sa poitrine. Jocelyn, la bouche sèche, acquiesça. Elle se leva et alla chercher une bouteille d'alcool. Sa démarche souple, un peu féline, le déconcertait. Il se demanda quel âge elle pouvait bien avoir. Cette femme dégageait une profonde sérénité, comme si elle ne vivait pas seule au fond des bois depuis plusieurs saisons.

— Dans ce cas, je suppose que vous avez revu votre femme Laura ! demanda-t-elle en lui servant un verre, qu'il vida d'un trait.

— Non ! aboya Jocelyn. J'ai rôdé comme un voleur autour de sa maison, à Val-Jalbert. Elle va se remarier, je n'ai pas jugé bon de la rendre malheureuse. Je lui en ai fait assez endurer par le passé. Si je suis venu, c'est seulement pour savoir qui repose sous la tombe à six milles d'ici. J'ai pleuré Laura devant la croix que votre mari avait plantée. J'en ai l'esprit tout retourné, tant je me pose de questions. Moi qui pensais que mon épouse était morte, que c'était sa tombe ! Comprenez-vous ? J'ai appris le contraire au mois de février de cette année grâce au bavardage d'une vieille dame de Roberval. Et Laura était persuadée que j'étais enterré là-bas, ma fille aussi ! Marie-Hermine m'a porté des fleurs, n'est-ce pas ? Je le sais, ça aussi.

— Je suis désolée, tout est ma faute ! déclara Tala en gardant un visage impassible. J'ai tu la vérité, et pourtant je hais le mensonge. Et si je vous parle, Jocelyn, je serai à votre merci. Vous pourrez me dénoncer à la police des Blancs, qui est bien sévère pour ceux de mon peuple.

— Quelles niaiseries me débitez-vous ? coupa-t-il, excédé.

— Ce ne sont pas des niaiseries, mais une histoire de sang et de larmes. Même Toshan l'ignore. Et Henri n'en avait jamais eu la moindre idée.

— Toshan, Toshan ! protesta-t-il. Il me semble que votre garçon s'appelait Clément, jadis.

— C'était le prénom choisi par Henri à l'occasion de son baptême catholique. Mon fils se nomme Toshan, ce qui signifie grande joie, satisfaction. J'étais comblée d'avoir un enfant, un petit garçon. Je suis toujours très fière de lui. Et ce n'est pas la peine de prendre ce ton sec avec moi. Je vous ai peut-être causé du tort, mais je n'ai pas eu le choix.

Le whisky avait détendu Jocelyn. Très mal à l'aise à cause de Tala dont la beauté brune et cuivrée le troublait autant que ses étranges propos, il voulut s'emparer de la bouteille.

— Un verre suffira, s'écria-t-elle. Si vous êtes ivre, vous ne m'écouterez plus.

— Eh bien, parlez ! Après je me remettrai en chemin.

— Où irez-vous ? s'enquit-elle.

— Me confesser dans l'église la plus proche ! Je vais laisser mon épouse convoler avec un autre. Elle sera bigame, une sale affaire, non ?

Tala pinça ses lèvres charnues, d'un rose tendre. Jocelyn croisa les bras en se rejetant un peu en arrière. Elle devinait qu'il la méprisait, de façon inconsciente ou à fleur de conscience.

— À l'époque où vous êtes arrivés chez nous, avec Laura, Henri avait de gros soucis, commença-t-elle d'une voix tendue. Un homme lui cherchait querelle au sujet d'une concession que mon mari avait achetée en le prenant de vitesse. Cet homme à l'âme noire et au cœur sec était un chercheur d'or lui aussi. Il contestait le document prouvant que nous étions propriétaires. Une fois, alors qu'il venait se plaindre et qu'il nous menaçait de représailles, Henri l'a frappé et jeté dehors. Déchaîné, l'autre a juré sa perte. Mais il a décidé de s'en prendre à moi. C'était en automne, à la saison où les feuilles des érables deviennent rouges comme si la forêt se couvrait de sang.

Jocelyn n'avait jamais vu la chose sous cet angle. Il se racla la gorge, de plus en plus gêné.

— Cet après-midi-là, Henri se trouvait loin, en amont de la rivière, avec Toshan. Ils ne rentreraient pas avant le coucher du soleil. Il fallait des heures et des heures pour dénicher quelques grammes d'or en tamisant le sable. J'étais donc seule et j'entassais des bûches dans la remise à bois. Le mauvais homme est venu ; il est entré dans le bâtiment en barrant la porte derrière lui. Je n'ai pas eu le temps de ramasser la hachette, par terre. Il a dit que je devais payer pour mon mari qui lui avait volé son lot. Tout s'est passé très vite, je n'osais pas me débattre, de peur qu'il ne me tue. Il m'a violée.

Un silence pesant suivit cet aveu. Jocelyn regarda autour de lui, incapable de soutenir le regard noir de Tala. Il avait honte tout à coup. C'était une femme, une créature de Dieu aussi, qui méritait le respect et la considération. Si ce qu'elle racontait était vrai, elle avait dû subir une effroyable épreuve, atteinte dans son honneur et dans son corps. Cela le fit se souvenir de Laura. Quand il l'avait rencontrée, elle se prostituait sous la contrainte d'un ignoble individu qui la battait à la première tentative de rébellion. Il lui avait fallu beaucoup de délicatesse et de paroles rassurantes pour l'aider à oublier ce que les hommes lui avaient fait endurer. Certains se croyaient tout permis parce qu'ils déboursaient quelques billets.

— Ensuite, il riait en ajustant la boucle de son ceinturon, reprit Tala. Avant de partir, il m'a prévenue : « Je reviendrai cet hiver et tu auras intérêt à te montrer encore plus gentille, si tu veux sauver la peau de ton mari. Delbeau prendra une balle dans la tête si tu as le malheur de lui raconter ce qui vient de se passer. Tu as intérêt à filer doux à chacune de mes visites. » Je vous l'ai dit, c'était un très mauvais homme. Après ce jour-là, je n'ai eu qu'une idée : protéger Henri et notre fils. Je n'ai rien dit à mon mari, j'ai caché mes larmes de honte et de haine. Toshan n'avait que sept ans, il lui fallait son père.

— Vous avez tué ce type ? interrogea Jocelyn. Vous toute seule ?

— D'une certaine manière, oui ! soupira-t-elle. Je me suis confiée à mon frère, Mahikan[1]. Nous avons établi un plan afin de punir cet homme et de me venger. Votre arrivée à la cabane, cet hiver 1916, a failli tout compromettre. Pour cette raison, j'étais furieuse et très tourmentée. L'homme avait promis de revenir et je voulais sa mort.

— Je me rappelle, vous n'étiez guère accueillante, fit-il remarquer. Quant à moi, j'avais bien assez de mes soucis.

— Votre présence pouvait faire échouer ce que j'avais prévu avec Mahikan qui était brave, courageux et rusé ! Je ne peux pas vous expliquer en détail comment, mais le piège que nous avions mis au point a fonctionné. Mon frère a trouvé celui que j'appelle encore mon ennemi et il lui a dit que je l'attendais dans le baraquement abandonné où vous vous cachiez, Laura et vous, parce qu'en cette saison Henri restait à la maison plus souvent. Que les mâles pris de désir sont faciles à rouler ! Ce porc a vraiment cru que je me soumettais à son bon plaisir, que je consentais à son sordide arrangement. Mahikan s'est même proposé pour l'escorter, mais juste avant d'arriver à destination, il l'a tué d'une balle en pleine tête.

1. Prénom montagnais signifiant Loup.

— Mais, bon sang ! Pourquoi près du baraquement ? Vous, Tala, vous saviez que nous étions là-bas ! Nous pouvions être témoins du meurtre !

Une idée traversa l'esprit de Jocelyn ; il en fut irrité.

— Ou alors vous pensiez me faire accuser, si jamais la police découvrait tout. Cela dit, dans ces solitudes, en plein hiver, il n'y avait pas grand risque. Vous en avez trop dit, continuez et ne mentez pas ! Pourquoi, là-bas ?

— J'ai obéi à mon frère. Mahikan m'assurait que c'était bien le seul endroit où je pouvais donner rendez-vous à cet homme pour qu'il ne se méfie pas. Je ne pouvais pas prévoir qu'Henri, deux jours plus tard, se mettrait en route pour vous apporter des provisions. J'ai essayé de l'en dissuader, mais il n'a rien voulu entendre. Et puis, au fond de moi, je pensais que vous étiez déjà morts de faim et de froid, votre femme et vous.

— Merci pour nous ! s'indigna Jocelyn. Votre histoire est un peu bizarre. Moi, je n'ai pas entendu de coup de feu. Peut-être à cause de ce fichu vent qui secouait les tôles. En plus, une meute de loups rôdait. Ces bêtes étaient tellement affamées qu'elles avaient tué mes chiens. Je dois reconnaître aussi que j'étais à demi fou de peur et de chagrin, à cause de Laura qui perdait l'esprit. Admettons que votre frère a tué cet homme et qu'il s'est enfui. Mais Henri ! Comment a-t-il cru que c'était moi, ce cadavre ?

— Les loups avaient rongé ses chairs, trancha-t-elle sur un ton hargneux. L'homme avait votre taille et le même genre de vêtements, ceux que portent les coureurs des bois. Et quand mon mari l'a découvert, mon ennemi n'avait plus face humaine. Henri n'y a pas regardé à deux fois. Il s'inquiétait pour Laura, certain que c'était vous et qu'elle devait avoir subi le même sort. Mais elle était vivante, squelettique, folle, mais bien vivante ! Il s'est surtout préoccupé d'elle, de la ramener chez nous. Tout de suite, mon mari m'a confié à voix basse que vous vous étiez suicidé d'une balle dans la tête et qu'il avait pu ensevelir votre dépouille, malgré la neige. Je ne l'ai pas démenti, même si je savais que ce n'était pas vous. Mahikan avait eu le temps de passer pour me rassurer. J'exultais. Plus jamais cet homme ne me ferait de mal, plus jamais il ne menacerait Henri. J'ai pu enfin respirer à mon aise.

Malgré son calme apparent, Tala tremblait. Elle se servit du café et contempla le cercle des arbres autour d'eux. Mais Jocelyn ne regardait qu'elle.

— C'était risqué, ajouta-t-il. Je pouvais revenir chez vous afin de savoir où était Laura. Dans ce cas, Henri aurait vite compris que vous le dupiez.

— J'étais sûre du contraire. Un homme qui essaie de tuer son épouse parce qu'elle est devenue folle ne la recherche pas après s'il a raté son coup ! affirma Tala. Laura avait pu dire à Henri que vous aviez braqué votre arme sur elle en plein front. Bien qu'elle ait perdu ses esprits, votre femme vous craignait : elle avait même très peur de vous.

— Vous faites erreur ! Malade de honte, j'ai fini par retrouver cette hideuse bicoque où nous crevions de faim, de froid et de chagrin, s'enflamma-t-il. Et Laura avait disparu. Dès que j'ai aperçu la tombe avec sa croix en bois, cela m'a semblé évident. Henri avait découvert ma pauvre femme morte et lui avait donné une sépulture décente. Mon Dieu, comme j'ai pleuré, comme je me suis maudit ! Mais je suis né lâche, je mourrai lâche. Je n'ai pas mis fin à mes jours. Je me suis enfui.

— J'ai su par Hermine que Laura ignorait tout de votre sort avant de rencontrer Toshan, le jour où ces jeunes amoureux ont fui Val-Jalbert pour se marier à l'ermitage Saint-Antoine. À compter de ce jour, elle a cru à votre mort. Et quand j'ai fait la connaissance de votre fille, je lui ai raconté la même histoire, celle à laquelle croyait Henri ; j'ai continué à mentir. Je protégeais mon frère Mahikan. Il ne méritait pas la prison. Maintenant, il ne craint plus rien, son âme a rejoint les âmes de nos ancêtres.

Tala se leva et entra dans un appentis. Elle en ressortit, un fusil entre les mains et un sac en peau de cerf sur l'épaule. Elle les lui tendit. Ainsi cette femme était armée, elle aurait pu à tout moment se servir du fusil pour le tuer. Au lieu de cela, elle le lui confiait, montrant ainsi la totale confiance qu'elle avait en lui.

— Nous parlerons encore ce soir, près du feu. Vous devriez aller chasser. Je serais heureuse d'avoir de la viande fraîche. Mon fils s'en charge, d'habitude. Rapportez-nous des perdrix ou un beau lièvre. Je les cuisinerai. Je vous ai mis des cartouches dans ce sac.

— Moi, chasser ? s'écria-t-il. Mais je vise mal ! Et qui vous dit que je ne vais pas me tirer une balle dans la cervelle afin de mourir pour de bon ?

— Vous n'avez pas du tout envie de mourir, rétorqua Tala. C'est le printemps, la sève coule dans les branches des arbres, la terre se réchauffe. Vous aussi, Jocelyn, vous reprenez de la vigueur.

Il rougit violemment. La belle Indienne esquissa une moue ironique avant de lui tourner le dos et de disparaître à l'intérieur de la cabane.

« Quelle drôle de bonne femme ! pesta Jocelyn en pensée. Je n'ai jamais été un bon chasseur ! »

Mais il s'éloigna, la besace en cuir dansant sur sa hanche, le fusil à la main. Le chien le suivit.

La nature en plein renouveau se fit complice de Tala. Après maintes déambulations à travers la forêt, Jocelyn débusqua une compagnie de perdrix grâce au chien qui s'était mis à l'arrêt, la truffe frémissante.

« J'aurai l'air d'un véritable idiot si je rate ce gibier facile à tirer ! songea-t-il. L'Indienne dit vrai, je n'ai pas envie de mourir. Je suis même affamé ! »

Il visa en s'efforçant de maintenir l'arme fermement. Un coup partit, puis un second. Il y eut des battements d'ailes, un envol groupé. Deux perdrix s'effondrèrent.

— Je ne serai pas ridicule, au moins ! s'écria Jocelyn.

Le chien rapporta les volatiles un par un. L'animal devait être habitué à cet exercice.

— Tu es un bon chien, oui, une brave bête ! dit-il en le caressant.

Le passé s'imposait encore. Jocelyn se revit le matin où il avait fait l'acquisition de Bali, ce superbe chien de traîneau croisé de malamute qui s'était révélé un gardien dévoué et un excellent meneur d'attelage. Une fois encore, le sentiment d'avoir été dépossédé d'une partie de son existence l'étreignit. Il poussa un juron et retourna vers la cabane.

Tala l'attendait, assise à l'extérieur, près d'un feu. La lumière déclinait et le soleil semait de reflets ambrés les frondaisons verdoyantes.

— J'ai tué deux perdrix ! annonça-t-il. Je vais vous aider à les plumer.

— Ce n'est pas un travail d'homme ! répliqua-t-elle en riant. Je m'en occupe. J'ai préparé votre chambre. Vous trouverez un baquet d'eau chaude pour votre toilette. Toshan a bien agrandi notre maison. Je vous ai logé dans la pièce de droite. Hermine l'aimait beaucoup. Elle a mis son bébé au monde dans le lit où vous dormirez.

— Merci bien ! dit doucement Jocelyn. Ce n'est que pour une nuit. Je ne vous importunerai pas davantage. Je repartirai demain.

L'Indienne garda le silence. Déjà elle vidait le gibier à l'aide d'un couteau. Le chien reçut les abats en récompense.

« Le cœur de cet homme est rongé par le remords ! pensait Tala. L'ombre de la mort obscurcit son âme. Il faudrait qu'il retrouve la voie de la bonté. »

Jocelyn aurait été bien surpris s'il avait pu lire dans l'esprit de son hôtesse. Il se tenait au milieu de la chambre, étonné de la propreté et de la décoration des lieux. Les montants du robuste lit, des morceaux de troncs mal écorcés, évoquaient la forêt toute proche. La couverture bariolée aux vives couleurs égayait la pénombre. Quant à la cheminée en galets, elle témoignait d'une patiente quête le long de la Péribonka, une rivière bordée de sable comme son nom indien le signifiait. D'autres tissus, ornés de formes géométriques, couvraient deux des murs de planches claires.

« Ma fille a vécu ici ! se dit-il. Ici, elle a souffert, elle a dû crier, son jeune corps fragile torturé par le pénible travail de la naissance. »

Il dut s'asseoir, accablé par le constat amer qu'avait déjà fait Laura.

« Ma toute petite, mon enfant chérie ! J'ai perdu des années de ta précieuse vie. Mais ces premiers mois que tu as passés avec nous, tes parents, ont été illuminés par ta présence. »

Les paupières closes, Jocelyn puisait dans sa mémoire des images lointaines d'un adorable nourrisson aux mèches blondes, aux prunelles d'un bleu limpide.

« Tu nous as souri très tôt, à un mois, je crois. Oh ! Ce sourire d'ange ! Je m'étais promis de veiller sur toi jusqu'à ma mort. Tu gazouillais aussi, ou bien tu lançais des cris aigus, tant tu étais joyeuse. Tiens, tu avais de la voix, même si petite. Mon Dieu, laissez-moi le temps de connaître mon enfant ! Faites que je puisse la serrer dans mes bras, entendre son pardon. Si elle me raconte son enfance, si nous jasons tous les deux en bons amis, en père et fille, je pourrai m'en aller en paix. Au fond, Laura m'importe peu, contrairement à Marie-Hermine ! »

Perdu dans ces tristes pensées, Jocelyn sentit des larmes couler le long de son nez, sur ses joues. Le jour où sa fille était née, à Trois-Rivières, il avait patienté des heures dans la cuisine de leur appartement. Une sage-femme se trouvait auprès de Laura. Il n'avait pas entendu un cri, juste des murmures, de courtes plaintes. Mais cela durait, durait. Enfin, il y avait eu le vagissement caractéristique de l'arrivée d'un bébé. L'accouchement s'était bien déroulé.

« Elle était si jolie, Marie-Hermine, toute rose, un duvet blond sur le crâne. Le soir, elle nous observait, sa mère et moi, et j'ai dit à Laura qu'elle avait de bien beaux yeux. Nous avons été ce couple fasciné par le miracle de la vie : un homme et son épouse, qui se tenaient les mains entre deux sanglots de pur bonheur. »

Jocelyn secoua la tête comme pour se débarrasser de ces douces images. Avec des gestes brusques, il ôta ses chaussures et se déshabilla. Il se lava, debout dans le baquet dont l'eau avait tiédi, en utilisant un carré de linge et une savonnette mis à sa disposition. Sa nudité le gênait. Il eut l'impression étrange de redécouvrir son corps. Bien qu'amaigri, il était encore musclé et solide. Au moment de se rhabiller, il aperçut des vêtements propres au pied du lit.

« Eh bien, les sauvageonnes tiennent à la propreté de leurs invités ! » pensa-t-il en son for intérieur. Puis il eut honte : « Je n'ai rien à lui reprocher, à cette femme ! Enfin si ! Sans son mensonge, j'aurais peut-être pu retrouver Laura à temps. Je ne pouvais pas la chercher, je la croyais morte. »

Le dilemme revenait, obsédant. Un absurde quiproquo les avait séparés, Laura et lui. Désormais, les jeux étaient faits.

« Je suis condamné, elle se remarie. Dieu en a décidé ainsi ! De toute façon, d'ici peu ma femme sera veuve pour de bon. Autant profiter du temps qu'il me reste à vivre ! »

Tala le vit s'approcher du feu. Le crépuscule noyait d'ombres bleues la forêt et le sous-bois plus clairsemé, derrière la cabane. Les flammes, hautes et orangées, répandaient autour du foyer de galets une aura lumineuse.

— Est-ce bientôt cuit ? demanda-t-il, toujours mal à l'aise.

Les perdrix rôtissaient, embrochées sur une tige de fer. Tala avait placé sur les braises un récipient contenant de l'eau et de l'huile, un mélange dont elle arrosait les oiseaux à l'aide d'une louche. Un fumet délicieux s'élevait de la viande.

— J'ai mis des pommes de terre sous les cendres chaudes, précisa-t-elle. Nous ferons un bon repas, ce soir. Grâce à vous, Jocelyn.

— Et quand il n'y a pas d'homme pour chasser, comment faites-vous ? interrogea-t-il. Je parie que vous savez très bien vous servir du fusil. Le chien connaît son rôle, il a récupéré le gibier sans tenter de le manger.

— Ce chien a été dressé par Toshan. Mon fils obtient ce qu'il veut des bêtes.

« Et des filles, sans doute ! songea Jocelyn. Je voudrais comprendre comment il a pu épouser Marie-Hermine. »

Tala lui décocha un regard espiègle. Elle désigna un siège de fortune, une caisse.

— Installez-vous. Nous avons tant de choses à nous dire encore.

— Et quoi donc ?

— Mais arrêterez-vous enfin de grogner, d'aboyer comme un roquet ? protesta-t-elle. Qu'est-ce qui vous tracasse à ce point ? Cela vous dérange de souper avec une Indienne ! Mettez ça de côté ; il fait doux, le ciel sera beau cette nuit. Un peu de lune, beaucoup d'étoiles. Vous êtes fâché ?

— Mais non ! Seulement, les bavardages des femmes, j'en ai perdu l'habitude. Qu'avez-vous à raconter ?

— Je haïssais votre épouse, avoua Tala. Non, le mot est trop fort, car elle m'inspirait de la pitié. La vérité, c'est que j'étais jalouse d'elle. Je l'ai avoué à Hermine. Notre oiseau chanteur en a ri.

Jocelyn serra les poings. Entendre Tala parler de sa fille avec ce ton affectueux l'agaçait. Il n'avait pas eu l'occasion, lui, de partager le quotidien de son enfant pendant toutes ces années.

— J'étais jalouse, insista son hôtesse en souriant. Laura était si blanche, si délicate et élancée. Elle portait un joli collier, une bague de fiançailles, une alliance. Le soir de la tempête, quand Henri vous a hébergés, je me suis morfondue de voir cette belle jeune femme sous mon toit. Mais elle pleurait, elle avait de la fièvre. Je l'ai soignée.

— Avez-vous du vin ? demanda-t-il. Si vous continuez à me replonger dans ce passé-là, il me faudra du vin ou du whisky.

— Je fabrique de la bière, vous trouverez un tonnelet au frais derrière la remise à bois.

Il ne bougea pas, incapable de s'éloigner du feu et de Tala. Elle lui tendit la bouteille d'alcool, qui était dissimulée sous sa jupe.

— Tenez, mais n'en abusez pas, recommanda-t-elle. Je redoute les hommes qui ont trop bu.

— Et que s'est-il passé, ensuite ? répliqua Jocelyn comme s'il n'avait pas écouté. Quand Henri a ramené Laura ici, chez vous ?

— Elle avait beaucoup changé. C'était une autre personne, qui posait sur nous des regards d'enfant apeurée. Une fois rassurée, elle se réjouissait d'un rien, d'une tasse de café, d'un biscuit. Sa présence me dérangeait, j'étais de plus en plus jalouse, car Henri veillait sur elle avec beaucoup de vigilance. Aux premiers jours d'été, il a décidé de la conduire dans un hôpital à Montréal. Comme je craignais ce long voyage qu'ils feraient tous les deux ! Laura avait repris des rondeurs et des couleurs. La veille de leur départ, j'ai supplié mon mari de ne pas me quitter pour elle. Il s'est moqué de moi en me traitant d'idiote. Henri avait emporté votre lettre, celle où vous lui donniez procuration sur votre compte à la banque. J'ai imaginé le pire. Il allait vivre avec Laura, il nous abandonnerait, Toshan et moi. Cela ne s'est pas produit. Mon mari est revenu. Il m'a annoncé que notre fils irait apprendre à lire et à écrire chez les frères agriculteurs de Vauvert. Mon seul enfant, pensionnaire au loin ! J'ai tant pleuré.

— Votre mari avait raison, l'instruction est très utile, fit remarquer Jocelyn. Les préceptes religieux aussi.

Il s'était radouci. Tala découpait les perdrix et fouillait les cendres pour en sortir les pommes de terre, qui présentaient une coque brune fendillée. L'odeur de la nourriture était alléchante. Dans les bois, un renard poussa un glapissement. Une chouette lui répondit.

— Vous ne préféreriez pas habiter en ville ? s'étonna-t-il.

— Je m'y ennuierais, répliqua-t-elle. La solitude ne m'effraie pas, ni les animaux de la forêt. Et j'ai souvent de la visite : mes sœurs, mes cousins, mes cousines et Toshan !

Tala baissa la tête et remplit deux assiettes. Menue, gracieuse et fragile, elle parut très jeune à Jocelyn. Il détailla ses nattes brunes, son profil délicat.

— Que faisait Marie-Hermine toute la journée, quand elle vivait près de vous ? interrogea-t-il.

— Pourquoi la nommez-vous ainsi ?

— C'est son vrai prénom de baptême, fit remarquer Jocelyn. Cela dit, j'ai bien remarqué qu'elle se faisait appeler Hermine. Quelle importance, après tout !

— Demain, je vous montrerai les lettres qu'elle m'a écrites, promit Tala. Hermine cousait de la layette pour son bébé. Elle se promenait au bord de la rivière. Ma famille l'a entendue chanter, un soir semblable à celui-ci. C'était magnifique ! Votre enfant est douce et gentille. Elle mérite d'être heureuse. Elle mérite aussi de connaître son père. Mangez, à présent, la viande refroidit vite.

Jocelyn avait l'estomac dans les talons. Il ne protesta pas. Jamais il n'avait trouvé un repas aussi délicieux. Avec la voûte céleste en guise de toit, le bruissement du vent dans les arbres, le pétillement des flammes, il se sentait en paix.

— Au fond, si cela vous rend service, je peux passer deux ou trois jours ici. Vous me trouverez bien de l'ouvrage, n'est-ce pas ?

L'Indienne approuva d'un sourire. Une semaine plus tard, Jocelyn était encore là.

Au bord de la Péribonka, dimanche 14 mai 1933

Jocelyn sortit de la cabane et s'étira en plein soleil. En dix jours, les arbres s'étaient revêtus de leur feuillage d'été, d'un vert intense. Des fleurs d'un rose tendre couvraient le sol de la clairière. Assise sur un tabouret, Tala confectionnait un panier en tressant des lamelles d'osier. Elle se levait plus tôt que son invité et, dehors, se livrait à de multiples petites tâches, le chien sur ses talons ou couché à ses pieds comme c'était le cas ce matin-là.

— C'est le deuxième dimanche que je passe chez vous et je ne vous ai pas vue partir à la messe, lui cria-t-il d'un ton moqueur.

— Je ne vais pas parcourir plusieurs milles pour sauver mon âme ! répliqua-t-elle. Le café est chaud, j'ai fait cuire des galettes.

Il retint un sourire de bien-être. L'exercice physique, l'air pur du printemps, la cuisine simple et savoureuse de Tala lui avaient insufflé une nouvelle vigueur. Il toussait rarement et ne souffrait plus de ces mauvaises fièvres qui l'affaiblissaient tant au sanatorium.

— Voulez-vous que j'aille chasser ? demanda-t-il avec bonne humeur. Ou bien pêcher ?

— Du poisson nous changerait de la chair des perdrix, plaisanta Tala. Je n'en ai jamais autant mangé.

Il se surprit à éclater de rire. Malgré ses tentatives pour tirer un jeune chevreuil ou un lièvre, il finissait toujours par rapporter des perdrix.

— Ce sera donc du poisson, décida-t-il en se versant du café.

Sa gêne du début était oubliée. Il s'assit en face de l'Indienne et la regarda entremêler les fines lanières d'osier d'un vert jaunâtre.

— Quand même ! ajouta-t-il. Je vais devoir m'en aller. Je ne me suis pas encore confessé.

— Où irez-vous, à la fin ? répliqua Tala sur un ton distrait.

— Je crois que je retournerai à Trois-Rivières, chez mes parents. Ils sont très âgés ; peut-être que l'un des deux est mort pendant mon absence. J'ai une sœur, vieille fille, qui s'occupe d'eux.

Bizarrement, Jocelyn n'avait pas parlé de sa maladie à Tala. Il s'imposait une hygiène stricte, prenait soin de manger dans la même vaisselle et de se laver les mains dix fois par jour.

— Ah, vos parents ! soupira-t-elle. Cela me rappelle qu'ils ont causé un grand chagrin à Hermine. Elle leur avait écrit après avoir retrouvé sa mère. Laura avait dû lui dire d'où vous veniez. Les Chardin de Trois-Rivières ont répondu à votre fille qu'ils ne souhaitaient pas la connaître ni correspondre avec elle. Ces gens manquaient d'humanité. Pourtant je suis sûre qu'ils suivaient l'office tous les dimanches !

Interloqué, Jocelyn se gratta la barbe. Il ne mit pas une seconde en doute les propos de Tala. En la côtoyant, il avait acquis la certitude qu'elle était sincère avec lui.

— Hermine a écrit à ma famille ! dit-il, surpris. Cela date de trois ans environ, si j'ai bien compris. Figurez-vous que j'ai tout noté dans un calepin pour me repérer. Donc, c'était il y a trois ans, quand Laura s'est installée à Val-Jalbert. Mais, à cette époque, j'étais de retour à Trois-Rivières.

Il se tut, refusant d'avouer qu'il séjournait au sanatorium de sa ville natale, car il était déjà atteint de la tuberculose.

— Ils ne m'ont rien dit ! constata-t-il avec amertume. Si j'avais vu cette lettre, cela aurait arrangé bien des choses. Maintenant, tout est fichu.

Jocelyn se leva. Il portait une chemise à carreaux et un pantalon de toile. Tête nue, il prit le matériel de pêche et s'éloigna en direction de la rivière. Son cœur lui faisait mal.

« Pourquoi Tala m'apprend-elle ça aujourd'hui ? Tabarnak ! Pour une fois que j'étais content ! Pourvu que ma mère n'ait pas craché son venin dans sa réponse ! Ma petite Hermine n'a pas besoin de savoir la vérité sur Laura. »

En arpentant les berges de la Péribonka d'un pas nerveux, il laissa s'écouler les heures, perdu dans le chaos de ses souvenirs, de ses pensées moroses. Puis il s'allongea sur le sable, au soleil. La chaleur le fit somnoler. Des rêves, dont il garda l'écho sensuel dans chaque parcelle de son corps, l'agitèrent.

La nuit tombait lorsque Jocelyn rentra à la cabane. Tala surveillait une marmite en fonte, placée à même les braises.

— Je n'ai pas pris de poissons ! dit-il. J'avais la cervelle à l'envers à cause de cette histoire de lettre.

— Je suis désolée, avoua-t-elle. J'ai préparé un ragoût à base de salaisons.

Ils mangèrent en silence, tous deux assis près du feu. Jocelyn avait bu de la bière, qu'il n'appréciait guère. Souvent, il dévisageait Tala. Elle avait un teint cuivré, une peau mate qui paraissait lisse et soyeuse. Il s'aperçut qu'elle portait une tunique en coton rose, dont l'échancrure dévoilait la naissance des seins. De la part d'une honnête mère de famille ou d'une demoiselle, cela l'aurait choqué, mais l'Indienne était libre de ses faits et gestes, il l'avait compris.

« Je dois partir, se dit-il. Cette femme m'échauffe le sang. Dieu ! Ces rêves que j'ai faits, cet après-midi… »

Comme si elle lisait en lui, Tala le fixa à son tour. Jocelyn déchiffra un désir douloureux dans ses prunelles noires.

— Il y a longtemps que je n'ai pas eu un homme dans mon lit ! déclara-t-elle sans honte. Je sais bien que vous ne passerez pas le reste de vos jours ici. Mais cette nuit, rien que cette nuit, je vous attendrai. Je n'ai pas encore quarante ans, une sève neuve bat dans mes veines et je n'ai qu'une envie, me glisser près de vous à chaque lever du soleil.

Éberlué, il faillit lâcher son verre. L'impudeur de Tala le désemparait.

— En voilà, une drôle d'idée ! s'exclama-t-il. Navré, je ne viendrai pas et je vous défends de me rejoindre. Je ne tiens pas à être damné. Je suis marié, ce serait tromper mon épouse devant Dieu.

— Depuis dix-sept ans, vous n'êtes allé avec aucune femme ? s'informa-t-elle d'un ton très doux.

— Bien sûr que si ! protesta Jocelyn. Je me croyais veuf, je n'avais pas à pratiquer la chasteté.

— Laura a quelqu'un dans sa vie, elle va se remarier. Peut-être même qu'elle couche avec son fiancé. Pourquoi seriez-vous fidèle à une personne que vous donnez à un autre ? Je ne vous comprends pas. Qu'est-ce qui vous empêche de reprendre votre place auprès d'elle ?

Elle se rapprochait de lui, par mouvements lascifs. Il voulut se lever, mais, comme ensorcelé, il ne bougea pas.

— Vous êtes belle, Tala ! avoua-t-il. Mais je ne peux pas. Nous étions bons amis ; laissez-moi en paix.

— Rien ne se saura ! promit-elle. Vous n'avez même pas vu le cercle de galets blancs que j'ai tracé autour de la cabane. Ce qui arrivera à l'intérieur de ce cercle ne comptera pas. Cela s'effacera de nos mémoires. Vous avez besoin de joie, de tendresse, Jocelyn. Déjà, vous êtes bien différent de l'homme qui s'est présenté à moi, taciturne, hargneux, méprisant. Je soignerai votre âme en comblant votre corps.

Les mains habiles de Tala se posèrent sur ses cuisses. Il frissonna, terriblement tenté.

« Si je la renversais sur le sol, si je posais mes lèvres dans son cou, sur sa bouche toute rose ! imagina-t-il. Ne plus penser, se livrer au plaisir ! »

Soudain il la repoussa, mais avec délicatesse.

— Quand je dis que je ne peux pas, c'est la triste vérité. J'ai encore des sentiments pour Laura, mais je ne l'ai pas touchée depuis des années et, oui, elle va en épouser un autre. Mon souci n'est pas là. Je suis tuberculeux. Cette maladie se transmet entre mari et femme, entre amant et maîtresse, je le sais trop bien. Je vous disais tout à l'heure que j'ai eu des aventures. Pas tant que ça, mais j'ai vécu plusieurs mois avec une veuve. Elle était phtisique. J'ai réalisé trop tard qu'elle m'avait contaminé. Je suis condamné. Comprenez-vous enfin pourquoi j'ai renoncé à Laura, à serrer ma fille dans mes bras ? Dieu m'a puni de mes fautes, de ma lâcheté, de mes erreurs. J'ai passé huit mois au sanatorium de Lac-Édouard, où j'avais l'impression d'être un vieillard. Et avant cela, j'ai séjourné aussi dans le même genre d'établissement, à Trois-Rivières. Je n'en ai plus pour longtemps.

Tala appuya sa joue contre sa poitrine en nouant ses mains autour de sa taille. Il se crut perdu, affolé qu'il était par la tendresse de ce geste, de cette étreinte.

— Moi, je te guérirai, Jocelyn ! déclara-t-elle doucement. La médecine des Blancs est impuissante face à ce mal, mais la puissance de la terre nourricière est immense. Peut-être es-tu déjà guéri ? Viens, je t'en prie. Je te donnerai la force, le courage. Quand tu me quitteras, tu iras vers ta femme et ta fille.

Le tutoiement inattendu brisa une barrière. Jocelyn se sentit en terrain familier. En quelques jours, Tala lui avait offert la douceur d'une existence quasi conjugale, hormis les nuits qui les séparaient.

— Si tu viens dans mon lit, dit-il d'une voix altérée, basse et chaude, je ne repartirai pas. Tu sais bien que c'est impossible, ça. Ton fils, mon gendre en fait, va te rendre visite. Hermine l'accompagnera sûrement. Ils se demanderont qui je suis. Je dois te confier une chose.

Il lui relata sa rencontre imprévue avec sa fille à cause d'une avarie de locomotive, à Lac-Édouard. Il se faisait volubile pour dépeindre la scène, l'apparition d'une jeune chanteuse blonde et charmante, la découverte de leur parenté.

— J'ai failli en mourir ! affirma-t-il.

Tala n'avait pas changé d'intention. Elle demeurait lovée contre lui. Jocelyn lui caressa les cheveux.

— Hermine m'en a parlé, mais elle croyait avoir affaire à Elzéar Nolet. J'ai emprunté ce patronyme à mon grand-père. Une fois encore, j'ai été lâche, un vrai lâche ! Je pouvais me présenter à elle et tout lui dire. Je n'ai pas osé.

— Ce n'était pas le bon moment, lui fit remarquer l'Indienne. Tu n'étais pas prêt. Il te faudra beaucoup de mots et de sourires, quand tu seras confronté à ta femme et à ton enfant. Sois raisonnable, promets-moi d'empêcher le remariage de Laura. Si elle ne veut pas de toi et que tu n'éprouves plus rien pour elle, vous pourrez divorcer.

— Divorcer ? s'exclama-t-il. Non, cela ne compterait pas. Je suis catholique. Ce que Dieu a uni, aucune paperasse ne le délie. De toute façon, Laura sera bientôt veuve.

En se redressant, Tala le fit taire d'un doigt posé sur sa bouche. Jocelyn eut envie d'embrasser ce doigt et la main tout entière. Il n'était plus en mesure de lutter. Déjà, le désir l'égarait.

— Viens ! dit-elle calmement. Nos deux corps ont faim l'un de l'autre. Je l'ai su le lendemain de ton arrivée. J'ai lu dans tes yeux que je te plaisais.

Il la suivit, docile comme un jeune garçon pressé de s'initier aux jeux amoureux. Tala alluma une chandelle. La petite flamme jaune dispensa une lumière très douce dans la chambre. Jocelyn voulut attirer l'Indienne sur le lit, mais elle refusa d'un signe de tête. Rieuse, elle commença à le déshabiller.

— Fais la même chose, dit-elle. Enlève mes vêtements.

Se prenant au jeu, malhabile, il la dénuda. Il découvrit ses épaules rondes, sa poitrine menue comme celle d'une adolescente, son ventre à peine bombé. Tala était mince, pareille à une gracieuse statuette de bronze, animée de mouvements souples. Elle le caressait du bout des doigts avec une science rare.

— Tu me rends fou ! haleta-t-il.

Elle se plaqua contre lui et appuya ses lèvres chaudes sur son torse, à l'emplacement du cœur. Jocelyn, cette fois, la souleva et l'obligea à s'allonger. Il avait connu des femmes ces dernières années, mais, pour des étreintes pudiques ; cela se passait dans l'obscurité. Ses maîtresses gardaient leur longue chemise de nuit qu'il retroussait pour prendre son plaisir.

Tala, offerte, joyeuse et presque indécente dans son abandon, éveillait en lui des sensations oubliées. La voir nue, pouvoir explorer son corps à pleines mains, tout ça allumait un feu ardent chez cet homme accoutumé à de longues périodes d'abstinence.

— Attends encore ! implora-t-elle quand il tenta de la pénétrer. Attends !

Elle s'agenouilla en travers de leur couche et défit ses nattes brunes. Une cascade de cheveux ondulés ruissela dans son dos et sur ses seins.

— Viens maintenant ! murmura-t-elle.

En prenant possession de l'intimité brûlante de Tala, Jocelyn crut n'avoir jamais éprouvé un tel plaisir. Il s'émerveillait, criait, gémissait. Plus discrète, elle lui prouva la douce violence de sa joie de femme par des larmes et un sourire très doux.

Sans échanger un baiser, chacun y veillant par mesure de prudence, ils avaient vibré à l'unisson, comme des amants qui se connaissaient de longue date.

Au matin, Tala dormait dans la petite pièce aménagée par ses soins. Une nouvelle vie s'établit. De jour, ils ne se permettaient aucun geste de tendresse ni n'exprimaient aucune sorte de désir.

Mais lorsqu'elles envahissaient la forêt alentour, les ombres du soir les voyaient très empressés de se coucher. Il leur arrivait de ne pas allumer de feu pour vite s'enfermer dans la grande chambre fraîche.

Jocelyn ne s'interrogeait pas sur cette relation. Il mangeait avec appétit, marchait beaucoup, fendait du bois, respirait l'air vif de la rivière. Il n'avait plus d'âge, plus de passé ni d'avenir. Seuls comptaient le quotidien et le retour apaisant des rites ordinaires.

La belle Indienne l'observait souvent, d'un regard mi-triste mi-fier. Son amant avait repris du poids, il se tenait bien droit et arborait un teint hâlé par le soleil. Quand il riait, elle fondait de joie. Mais elle savait que cet homme ne lui appartenait pas, ne lui appartiendrait jamais, et elle se préparait à le perdre.

Le mois de mai s'achèverait bientôt. Ce matin-là, Tala servit le café à Jocelyn, vêtue de sa robe en satinette noire à col blanc. Cela lui donnait l'apparence d'une pensionnaire.

— Tu dois partir aujourd'hui, dit-elle d'un ton posé. J'ai fait un rêve. Mon fils entrait dans la clairière, il avait son chien Duke avec lui. Mais Hermine n'était pas là. Cela signifie que Toshan n'est pas loin. Peut-être vais-je le voir traverser la clairière avant midi ? Regarde !

L'Indienne, sous les yeux médusés de Jocelyn, sortit une enveloppe de sa poche de tablier.

— Un trappeur m'a porté ça la veille de ton arrivée ici, avoua-t-elle. On peut dire que c'est mon plus proche voisin, il possède une cabane à trois milles au nord. C'est un faire-part de mariage. Laura épouse Hans Zahle le 12 juin. Tu as le temps de retourner à Val-Jalbert. Une fois à Péribonka, tu prendras un bateau pour Roberval.

— Pourquoi m'as-tu caché ce courrier ? questionna-t-il. Tu savais la date des noces et tu me le dis maintenant. Et puis, dans ce cas, pourquoi ton fils viendrait-il ces jours-ci ?

— Hermine et sa mère tiennent à ma présence. C'est écrit, lis donc. Toshan vient me chercher. Il ne doit pas te trouver chez moi. Je t'en prie, pars tout de suite. Cette nuit, pendant que tu dormais, j'ai ramassé les pierres du cercle magique. Notre histoire n'existe plus. Mais tu es guéri, je le sens dans mon cœur, je le vois aussi ! Tu ne tousses plus, tu as repris des forces. Agis en homme loyal et courageux. Va rejoindre ta famille.

— Et toi ? s'inquiéta Jocelyn. Tu seras seule, comme avant, saison après saison. Je n'étais pas malheureux, je serais bien resté encore près de toi.

— Non ! Je voulais te guérir, te redonner l'estime de toi-même. Je ne crains pas la solitude. Je sais aussi que Toshan préfère habiter là, au fond des bois. Ils viendront un jour ou l'autre, Hermine et lui, avec le petit Mukki.

Sur ces mots, Tala courut à l'intérieur de la maisonnette. Elle rassembla les vêtements de Jocelyn et effaça toute trace de son séjour. Il la regardait s'affairer.

— Et si je refuse de m'en aller ? demanda-t-il.

— Es-tu fou ? Toshan te reconnaîtra ; mon fils n'oublie jamais les visages de ceux qui croisent sa route. Tiens-tu à ce que ta fille sache que nous avons été comme mari et femme pendant trois semaines ? Reprenons nos places, Jocelyn. La mienne est ici, au bord de la rivière, la tienne est près de Laura et d'Hermine.

Il se gratta la barbe, perplexe.

— Tala, écoute-moi ! dit-il enfin. Tu prétends que ton fils va arriver aujourd'hui et qu'il vient te chercher pour assister au mariage. D'un autre côté, tu me chasses comme un intrus pour que j'empêche ce mariage-là. Que diras-tu à Toshan ? Tu vas lui sortir un de tes rêves prémonitoires en lui jurant que les noces n'auront pas lieu ?

— Peut-être ! répliqua-t-elle. Lui, au moins, il me croira. Les songes ont une grande importance pour mon peuple.

Elle lui tendit son sac en cuir. Il ajusta la bandoulière sur son épaule. Quelque part son orgueil d'homme était soumis à rude épreuve. Il aurait aimé la voir pleurer ou bien l'entendre le supplier de rester. Avait-il été un piètre amant ?

— Va-t'en ! ordonna-t-elle. Tu m'as rendue très heureuse. Le souvenir de ce bonheur embellira mon hiver. Je t'en prie, Jocelyn, pars vite et n'emprunte pas la piste. Coupe à travers la forêt. Tu verras, plus tu t'éloigneras de moi, plus tu te sentiras fort et déterminé à reconquérir Laura, à te faire aimer de ta fille. Tu es marié devant Dieu à cette femme.

La belle Indienne le poussa dehors et claqua la porte derrière lui. Jocelyn retint un juron de colère. Il mit son chapeau et partit d'un bon pas, tout droit vers une autre page de son destin.

Val-Jalbert, samedi 3 juin 1933

Hermine s'était accoudée à la fenêtre du salon. Elle étrennait une jolie robe en mousseline bleue assortie à ses yeux, un détail pensé par Laura. Sa mère prônait la coquetterie et l'élégance, dépensant souvent sans compter pour une pièce de tissu de qualité.

« Qu'il fait beau ! songeait la jeune femme, fascinée par la riche gamme de verts que lui offraient les arbustes plantés autour de la maison. Dommage que Toshan ne soit pas là ! Mais il a raison, Tala ne viendra pas au mariage s'il ne la ramène pas. Cela dit, je la comprends. Elle ne pourrait pas faire ce long voyage seule et elle n'est pas habituée à vivre dans un village, même pratiquement désert. Et tout ce luxe que déploie maman, j'ai peur que cela ne la mette mal à l'aise. »

L'arrivée imminente de sa belle-mère angoissait un peu Hermine. En fait, elle redoutait surtout sa rencontre avec Laura. Depuis une semaine, les préparatifs de la noce perturbaient l'ordre établi. Mireille ne savait plus où donner de la tête.

— Mimine, appela Charlotte, Mukki est réveillé. Je lui fais manger sa bouillie ?

— Si cela ne t'ennuie pas. Avec moi, il recrache tout. Le pauvre chéri, il se venge parce que j'essaie de le sevrer.

La fillette jeta un coup d'œil inquisiteur sur la silhouette de la jeune femme. La transparence de sa robe légère laissait deviner un ventre légèrement bombé. Cette fois, tout le monde était au courant de la grossesse.

— Mireille voudrait te parler aussi, ajouta Charlotte. Tu n'as qu'à venir avec moi à la cuisine. Dis, tu n'es pas fatiguée ?

— Mais non, je t'assure, arrête de t'inquiéter. Je suis certaine que je garderai mon bébé, cette fois. Je ne prendrai pas le train et je me repose souvent. Et je te rappelle qu'il ne sera pas là avant Noël.

Elles traversèrent le vaste salon qui regorgeait de bouquets de fleurs, de bibelots, de miroirs à cadre doré. Laura et Hans étaient allés plusieurs fois à Chicoutimi acquérir de nouveaux meubles et des objets de décoration plus adaptés à la fête qui suivrait la cérémonie de mariage.

— Ah ! Hermine, s'écria Mireille, j'ai besoin de tes lumières. Doux Jésus, c'est un monde ! Madame tient à me confier le repas du début à la fin. Elle a pourtant les moyens de faire livrer des merveilles culinaires. Le charcutier de Roberval est un cordon-bleu. Mais non, c'est à moi de gérer le souper. Combien serons-nous ? Je m'y perds !

La jeune femme embrassa son fils assis dans une jolie chaise haute en bois de noyer. Charlotte lui nouait un bavoir autour du cou.

— Tiens, petite, sa bouillie est à point, dit la gouvernante. J'ai ajouté du miel. Alors, Hermine, connais-tu le nombre de convives ?

— Toute la famille Marois, déjà, répondit-elle. Joseph, Betty, Simon, Armand, Edmond, cela fait cinq personnes. Marie est trop petite, elle ne compte pas. Du côté de Hans, il y a sa mère, sa sœur aînée et son époux, qui viennent de La Tuque pour l'occasion. Nous en sommes à huit… Plus Toshan, Tala et moi, cela fait onze !

— Laura invite aussi le maire de Val-Jalbert et mademoiselle Lemay, mon institutrice, claironna Charlotte. Peut-être le curé de Chambord, s'il accepte ?

— Tu es mieux renseignée que moi ! fit remarquer Hermine. Mais tu as oublié Mélanie Douné. C'est mon idée. Mélanie sera tellement heureuse de revenir à Val-Jalbert ! De plus, je sais que, plus jeune, elle rêvait d'entrer dans la belle demeure de monsieur le surintendant Lapointe. Quand je lui portais des tisanes de la part des religieuses, elle jasait à son aise. Cette maison la fascinait.

— Ayoye ! bougonna Mireille. Je ne m'en sortirai pas ; combien de couverts, alors ?

— Disons une quinzaine, car maman est capable de nous annoncer de nouveaux invités, soupira Hermine. Elle voudrait que ce soit une journée inoubliable. Ce soir, elle rapporte sa toilette de mariée. Je serai la seule qui aura le droit de la voir. La couturière de Chambord a des doigts de fée, paraît-il. Elle a copié un modèle du couturier français Poiret, en tulle ivoire.

— Tu n'as pas eu droit à tout ça quand tu as épousé Toshan, gémit Mireille. Ma pauvre petite, tu as convolé à la sauvette, en habits d'hiver et à l'ermitage Saint-Antoine.

— Je ne regrette rien, assura la jeune femme. J'étais follement heureuse. J'avais voyagé avec mon bien-aimé en traîneau, en pleine nature sauvage. Le traîneau de mon père.

Sa voix trahissait une soudaine mélancolie. Hermine pensait souvent à Jocelyn Chardin, ce père qui demeurerait un étranger, dont plus personne n'osait prononcer le nom.

« Maman a même pris l'habitude d'appeler mon fils Mukki. Elle affirmait l'autre soir que c'était adorable, très gai. A-t-elle vraiment oublié son premier amour ? Moi, si Toshan mourait, dix-sept ans plus tard, est-ce que je pourrais me remarier ? Oui, sans doute. J'étais presque fiancée à Hans, alors que je croyais avoir perdu à jamais celui que j'aimais ! Mais, à cette époque, il n'y a pas si longtemps d'ailleurs, nous n'étions pas un vrai couple, Toshan et moi. »

Hermine en déduisit que les relations intimes entre mari et femme jouaient un grand rôle dans l'alchimie amoureuse. Elle eut la certitude que sa mère et Hans étaient bien plus que de chastes fiancés.

« Cela ferait rougir Betty, si elle l'apprenait, songea-t-elle encore. Bizarrement, je m'en moque un peu, puisqu'ils vont se marier. C'est tellement bon d'aimer, d'être aimé ! Comment peut-on reprocher à des gens de céder à leurs sentiments. »

Elle effleura son ventre du bout des doigts, rayonnante. De toute son âme, elle avait souhaité avoir très vite un deuxième enfant et elle était exaucée. Ce don du ciel avait chassé le souvenir amer de sa fausse couche.

— Hermine, je crois que Laura est de retour, dit Charlotte. J'ai entendu la voiture de Hans.

— Je vais les aider, s'écria la jeune femme. Ils ont sûrement beaucoup de paquets à porter.

— Non, moi j'y vais ! protesta la fillette en se ruant dans le couloir. Tu ne dois pas faire d'efforts.

— Pauvre gosse ! s'attrista Mireille. Elle te couve parce qu'elle se croit toujours responsable de ce qui t'est arrivé à Lac-Édouard.

Hermine approuva d'un signe de tête navré. Elle essaya de donner une cuillère de bouillie à Mukki, mais le bébé, robuste et rieur du haut de ses huit mois et demi, attrapa l'ustensile et éparpilla l'épais liquide. L'irruption de Laura fit diversion.

— Ma chérie ! Mireille ! Regardez ! Je ne devrais pas le montrer, parce que je le mettrai le jour du mariage, mais je ne peux pas résister, il est superbe ! C'est une boutique de mode parisienne qui me l'a envoyé. Vous vous rendez compte ! Cela vient de Paris, jusqu'à Val-Jalbert !

Laura exhiba un somptueux petit béret entièrement brodé de perles dont la nacre scintillait.

— Ce sera ravissant, n'est-ce pas ?

— Maman, tu vas être sublime, s'enthousiasma Hermine. C'est bien le mot qu'emploie sans cesse Hans.

— Exact, sublime ! Et la maison sera au diapason, des lys, des roses blanches, des guirlandes de soie partout. J'ai acheté des lampions que nous suspendrons sous l'avancée du perron. Des bougies aussi, par dizaines.

— Vous allez être frappée d'apoplexie, ma pauvre madame, s'affola Mireille. Il reste dix jours avant la cérémonie et vous êtes déjà tout agitée.

— Ne joue pas les rabat-joie ! coupa Laura. Demain il faut procéder aux essayages. Hermine, si tu sors promener Mukki, préviens Betty. La couturière vient en début d'après-midi. Hans, Hans !

Le pianiste entra dans la cuisine. Il portait un élégant costume d'été trois-pièces en lin beige. Charlotte le suivait de près, encombrée d'une petite caisse.

— Vous avez vu, monsieur Hans a changé de lunettes, clama la fillette.

— Et je suis épuisé, précisa-t-il. Je monte me reposer. Ma Laura, à ce rythme, je ne tiendrai pas jusqu'au 12 juin.

— Mais si, tu n'as pas d'autre choix, plaisanta Laura.

Hermine contempla sa mère, qui lui sembla resplendissante. Ses boucles platine dansaient autour de son cou gracieux, son joli visage pétillait d'excitation. Peut-être trop, pensa-t-elle. Pourquoi avait-elle de nouveau cette impression tenace, un brin déplaisante, que Laura s'étourdissait dans la ronde des préparatifs et des achats ? Comme si c'était un excellent moyen de ne plus réfléchir au mariage lui-même ?

« Pourtant je lui ai demandé hier et avant-hier, dès que nous étions seules, si elle aimait sincèrement Hans. Maman a ri en me jurant que oui », songea la jeune femme.

Elle n'eut pas le loisir de s'attarder sur ce point. On frappait à la porte principale.

— Oh ! Ce sont sûrement mes gardénias en pot, que j'ai commandés à Chambord, déclara Laura. Ne bougez pas, je m'en occupe.

Amusée, Hermine l'accompagna. Des gardénias en pot ! Encore une coûteuse excentricité qui ferait écarquiller les yeux des Marois, du maire et de l'institutrice…

— Je n'ai pas entendu de bruit de moteur, remarqua sa mère dans le vestibule.

Hermine eut un pincement au cœur. C'était inexplicable, mais à cet instant précis elle éprouva une angoisse affreuse. Laura la regarda, surprise.

— Ma chérie, tu es toute pâle !

— Ce n'est rien, maman. Ouvre donc !

Un homme de haute taille se tenait sur le seuil. Vêtu d'un costume gris et d'une chemise impeccable, il portait un chapeau en cuir. Son visage au teint halé trahissait une cinquantaine d'années, mais il avait belle allure avec sa barbe noire parsemée de gris et sa moustache dévoilant une bouche charnue. Son regard brun exprimait une appréhension singulière. Il ne disait rien, un porte-documents entre les mains.

« Qui est-ce ? s'interrogea Hermine. Je l'ai déjà vu, mais où ? »

Laura demeurait figée, bras ballants et bouche bée. Elle fixait le visiteur d'un air profondément étonné. Par quel miracle les traits de Jocelyn Chardin reprenaient-ils vie et consistance devant elle ? Si cet homme se décidait à parler, aurait-il la voix grave de son défunt mari ?

— Monsieur ? demanda-t-elle, éberluée. Qui cherchez-vous ici ?

— Maman, qu'est-ce que tu as ? s'enquit Hermine, inquiète. Qui est-ce ?

— Je suis ton père, répondit l'inconnu. Je suis Jocelyn Chardin.

9

Les épines des retrouvailles

Hermine dévisageait attentivement l'homme qui disait être son père. Elle avait bien entendu. Il venait de dire d'une voix grave: « Je suis Jocelyn Chardin ! » C'était tellement incroyable que la jeune femme se tourna vers sa mère, comme pour lui demander un démenti immédiat. Elles savaient toutes les deux que Jocelyn était enterré au bord de la rivière Péribonka, à dix kilomètres de la cabane où vivait Tala, la mère de Toshan.

Mais Laura était statufiée. Elle avait toujours dans la main droite le béret en perles. Muette de stupeur, elle demeurait sous le choc. Ce qu'elle avait pressenti ces derniers mois se produisait. Son premier mari était vivant et se présentait à Val-Jalbert. Certes, il ne faisait pas nuit noire et le visiteur n'avait rien d'un spectre. Elle percevait sa respiration saccadée, redécouvrait ses traits, la forme de ses sourcils et de ses lèvres. Il posait sur elle des yeux brun doré où se lisait un appel fébrile. C'était vraiment Jocelyn, il n'y avait pas de doute.

— Vous n'êtes pas mon père, protesta tout à

coup Hermine. Maman, j'ai déjà vu cet homme. Il s'appelle Elzéar Nolet, il était pensionnaire au sanatorium de Lac-Édouard ; je t'en ai parlé. Que faites-vous ici, monsieur ?

Jocelyn eut un geste d'impuissance. Depuis la veille, il était rongé par l'angoisse et avait frappé à la porte avec l'envie de s'enfuir encore une fois. Il lui avait fallu une grande détermination pour rester sur ce perron aux dimensions imposantes, dont les piliers en pierre soutenaient un auvent de belle taille.

— J'avais pris le patronyme de mon grand-père, Elzéar Nolet, mais en vérité je suis Jocelyn Chardin. Laura, toi au moins, tu me crois ? Tu ne m'as pas vu depuis dix-sept ans, je sais, mais tu me reconnais ?

Laura le fixait toujours, les pupilles dilatées, le souffle suspendu. Ainsi, elle ne s'était pas trompée. Elzéar Nolet, le poitrinaire qui s'était enfui du sanatorium, était bel et bien son mari, Jocelyn. De folles pensées tournaient dans son esprit, toutes dominées par un sentiment intense d'irréalité. Elle pensa à son prochain remariage avec Hans, qui faisait la sieste. Un piège effrayant se refermait sur elle. Dans un premier temps, cela coupa court à tout élan de joie. Elle se sentait autant coupable que victime.

— Mais tu étais mort, finit-elle enfin par murmurer, avec une balle en pleine tête ! Les loups t'avaient à moitié dévoré… Que s'est-il passé ?

Elle se tut et recula d'un pas. Sa vue se brouillait. Le front moite, les lèvres sèches, elle n'en croyait pas ses yeux. Elle eut l'impression de sombrer au fond d'un néant obscur. Livide, elle s'appuya sur le mur extérieur.

— Maman ! cria Hermine en la soutenant. Je t'en prie, maman !

— Laura, ne crains rien, assura Jocelyn. Regarde-moi, je ne te ferai aucun mal.

Chardin faisait abstraction du maquillage, des cheveux courts bouclés et d'un blond trop pâle, de la toilette luxueuse. Il avait retrouvé le regard limpide de sa femme, son intonation un peu lente. Tout proche d'elle, il pouvait lire sur son joli visage les infimes dommages du temps : quelques rides, un pli au coin de la bouche… Mais cela le rassurait.

— Jocelyn, dit Laura complètement ranimée, tu es là ? C'est toi, c'est bien toi ?

Devant Hermine médusée, sa mère se jeta au cou de l'homme et se réfugia contre lui. Il crut percevoir les battements désordonnés de son cœur. Ses bras se refermèrent autour de Laura qui sanglotait.

— Tu dois m'expliquer, implora-t-elle. Il faut que je sache ! Mon Dieu !

Elle répéta plusieurs fois « Mon Dieu » sans cesser de pleurer et de gémir. Bouleversée, encore incrédule, Hermine retenait des larmes de nervosité.

« Mon père ! Elzéar Nolet était mon père ! songeait-elle sans pouvoir accepter le fait. Mais, à Lac-Édouard, il savait que j'étais sa fille. Il ne m'a rien dit ! Pourquoi ? Je ne l'imaginais pas comme ça. »

— Allons-nous rester dehors jusqu'à ce soir, s'étonna Jocelyn. Nous avons à discuter, nous trois.

— Oui, tu as raison, il vaut mieux entrer, approuva-t-elle, décontenancée. Nous allons nous installer dans le petit bureau. Hermine, ma chérie, apporte-nous une carafe d'eau fraîche ; j'ai la bouche sèche, c'est l'émotion ! J'en suis toute chamboulée !

Et fais en sorte qu'on ne soit pas dérangés. Ne dis rien, surtout.

Cela réconfortait Laura de s'attacher à des détails pratiques. Elle guida Jocelyn vers une pièce assez exiguë, aménagée depuis peu. Sans oser le regarder, elle précisa :

— Je voudrais faire installer le téléphone ! Je dois m'occuper de mes affaires ; j'ai deux usines à Montréal. La rentabilité est en chute libre, toujours la crise… J'ai donc prévu de travailler deux heures chaque matin. Vois-tu, j'ai fait poser des étagères et des placards, et j'ai acheté ce meuble à douze tiroirs. C'est moins confortable que le salon, mais plus intime.

Il hocha la tête, embarrassé de sa personne, troublé par la présence de son épouse. Quelques instants auparavant, elle s'était réfugiée dans ses bras. Il en gardait une impression inoubliable.

« Il n'y a pas trois mois, je croyais Laura morte ! songea-t-il. Et là, d'un coup, j'ai senti le parfum de ses cheveux, la rondeur de ses seins contre ma poitrine. Elle n'a pas hésité longtemps, elle m'a enlacé, moi qui me disais qu'elle serait froide, hostile. En plus, elle me sait malade, sans doute, puisque notre fille m'a vu au sanatorium. Peut-être qu'elle m'aime encore ? »

— Assieds-toi, Jocelyn ! Prends ce fauteuil ! Doux Jésus, te voir devant moi, vivant ! Mais au fond, je le sentais, oui, j'avais l'intuition que je te reverrais.

Elle avait du mal à articuler, tant elle tremblait. La situation lui paraissait surnaturelle, aberrante. Pourtant elle ne rêvait pas.

— Il faut m'expliquer ! répéta-t-elle.

Pendant ce temps, Hermine se dirigeait à pas

feutrés vers la cuisine. Elle essayait de réfléchir, de comprendre, mais bien en vain. Elle devait néanmoins admettre l'évidence : Laura avait reconnu Jocelyn, cet homme était son père, à n'en pas douter. Mais elle n'éprouvait aucune sensation de bonheur ou de soulagement.

« D'abord, il se fait passer pour un autre, ce qui n'est pas très loyal. Ensuite, s'il n'était pas mort, pourquoi n'a-t-il pas cherché à nous retrouver, maman et moi ? » se demandait-elle en silence.

Plongée dans la confection d'une crème fouettée, Mireille lui lança un coup d'œil distrait.

— Alors, ces fameux gardénias en pot sont arrivés ? Si le livreur est encore là, offre-lui donc un verre de limonade.

— Non, il n'y a pas de gardénias ! répliqua la jeune femme. Maman a de la visite.

— C'est qui, alors ? demanda Mireille.

Sans répondre, Hermine remplit une carafe d'eau et prit trois verres.

— Charlotte, peux-tu garder Mukki une heure ? dit-elle enfin. Fais à ton idée. Promène-le en landau ou couche-le, mais je dois retourner près de maman.

— Bien sûr, Mimine, promit la fillette.

— Vas-tu me dire qui nous rend visite ? Qu'est-ce qui se passe ? s'inquiéta Mireille. Tu en fais une tête, Hermine. Tu es blanche comme un linge. On dirait que tu as vu un fantôme !

— Mais non, assura la jeune femme avec une pointe d'ironie.

Elle avait hâte de se retrouver à nouveau face à son père, par simple curiosité. Trop d'années s'étaient écoulées, ce n'était plus qu'un étranger doublé d'un menteur. Une animosité instinctive s'éveillait en elle.

« Petite fille, je l'ai espéré, je l'ai attendu ! J'ai prié pour le revoir, j'ai rêvé de lui. Quand j'ai su qu'il était mort, je lui ai pardonné, mais ce n'était même pas vrai. Il se moquait bien de moi et de maman », ruminait-elle en entrant dans le bureau.

— Ah ! Ma chérie ! déclara Laura d'un ton bouleversé. Viens vite t'asseoir avec nous. Jocelyn vient de m'apprendre une chose affreuse. Jusqu'à ta visite forcée au sanatorium, il me croyait morte. C'est une tragique méprise. En fait, c'est à cause du récit d'Henri Delbeau. Il y a des éléments totalement faux. Tu te souviens. Ton père, soi-disant, voulait me tuer afin de m'éviter de mourir de faim, mais il n'a pas pu tirer. Il s'est enfui du baraquement. Après avoir erré quelques jours, il est revenu sur les lieux et, découvrant une tombe, il a cru qu'Henri m'avait enterrée là. Désespéré, il est parti. C'est bien ça, Jocelyn, tu es allé chercher un job aux États-Unis.

— Oui, ça s'est passé ainsi ! confirma l'homme.

— Tu te rends compte, Hermine ? reprit Laura. Ton père a su que j'étais en vie quand tu as parlé de moi au petit Jorel. Déjà, la veille, il avait compris que tu étais sa fille. Quel prodigieux hasard, une fois encore ! Si tu n'avais pas décidé de te rendre à Québec, si le train n'avait pas eu cette panne, nous ne serions pas réunis aujourd'hui ! Et j'ai quelque chose à t'avouer. Quand j'ai vu dans le journal la photographie, et que tu m'as montré Elzéar Nolet, j'ai été frappée par la ressemblance de cet homme avec ton père. Je suis allée à Lac-Édouard, au sanatorium. Cela m'a permis de rencontrer sœur Victorienne.

Mais il n'y avait plus d'Elzéar Nolet ! Le directeur m'a confié que ce pensionnaire était parti sans avertir personne. Je me suis persuadée que c'était une coïncidence, même si cela me paraissait étrange.

Hermine observa sa mère. Laura était profondément émue, dans un état d'exaltation qui la faisait paraître différente. Cela indigna davantage la jeune femme.

— Tu aurais pu me prévenir, maman ! s'écria-t-elle. Si tu avais des doutes sur la mort de ton premier mari, à quoi bon épouser ce pauvre Hans ? Et vous, monsieur, pourquoi avoir joué la comédie ?

Une violente colère envahissait Hermine. Sous le poids de son regard bleu lourd de reproches contenus, Jocelyn perdit contenance.

— Je n'ai pas joué la comédie ! protesta-t-il. J'étais tellement abasourdi, je n'ai pas osé te parler. Je t'avais quittée toute petite, et j'avais en face de moi une belle jeune femme qui chantait comme un ange du ciel, déjà mère en plus. Je me suis senti le dernier des misérables, un vieillard, malade de surcroît. Peux-tu comprendre ma détresse et ma honte ? T'annoncer que j'étais ton père en plein réfectoire ? C'était impensable. Tu as le droit de me haïr, de me mépriser. Mon Dieu, ce n'est pas facile, tout ça ! Mais je veux que tu le saches, Hermine, et toi aussi, Laura, je ne suis pas venu vous chercher des ennuis. Vous avez appris à vivre sans moi, et depuis longtemps. Seulement, je ne pouvais pas laisser ma femme légitime se remarier, étant donné qu'elle n'était pas veuve.

— C'est l'unique raison de ta visite ? s'étonna Laura, les traits tendus. Tu n'avais pas hâte de me revoir ? De connaître notre fille ? Jocelyn, nous avons tant de choses à nous dire. Tu dois savoir toute la vérité à mon sujet. J'ai souffert d'amnésie durant des années. J'ai épousé un homme plus âgé que moi, à Montréal, Franck Charlebois. Quand il s'est éteint, j'ai hérité de sa fortune. Le destin est cruel, je venais de retrouver la mémoire. C'était il y a trois ans. Grâce à cet argent que je possédais, j'ai remué ciel et terre pour vous chercher, toi et notre enfant chérie. Je n'ai pas eu trop de mal à obtenir des renseignements sur Hermine, grâce aux religieuses de Chicoutimi, mais toi ! Tu étais comme gommé de la surface de la terre. Tu n'avais pas retiré ton capital de la banque, à Trois-Rivières, personne ne t'avait vu. La police elle-même n'avait aucun dossier à ton nom. Quant à ta famille, elle n'a pas daigné répondre à mes courriers.

— Mais elle a répondu aux miens ! coupa Hermine. J'avais écrit à mes grands-parents en espérant qu'ils voudraient faire ma connaissance, mais ils ont refusé tout net. Ils m'ont rejetée comme si j'étais une personne méprisable. Sur le coup, j'ai été profondément blessée.

— Et, autant te le dire, Jocelyn, ta mère n'a pas hésité à dévoiler mon douloureux passé à Hermine. Elle est donc au courant de tout, aussi bien pour moi que pour toi. Nous avons connu des heures bien noires, à cause de ça.

Laura baissa la tête. Plus tard, elle raconterait à son mari retrouvé les épisodes mouvementés qui avaient suivi la tempête provoquée par les lettres de la famille Chardin.

« Hermine voulait mourir en se jetant du haut de la cascade, mais c'est moi qui suis tombée ! Hans m'a sauvé la vie... Pauvre Hans ! Comment va-t-il réagir ? »

Jocelyn accusa le coup. Il parut sincèrement ému.

— Je suis désolé ! s'écria-t-il. Ma mère a eu tort et, à cause de sa dureté de cœur, de son étroitesse d'esprit, nous avons perdu du temps, tous les trois. Mais c'est toi qui as le plus souffert, Hermine ! Ma fille, pardonne-moi ! Si tu veux bien m'écouter, et toi aussi Laura, après vous pourrez agir en connaissance de cause. Je tiens à le redire, j'ai conscience de mes fautes. Notre conversation terminée, il y aura des décisions à prendre. Si tu souhaites vraiment te remarier, Laura, il faudra envisager un divorce. Et toi, Hermine, tu seras à même de me juger.

Et Jocelyn raconta. Dans l'espoir inconscient d'attendrir sa fille, il commença par évoquer le soir où il l'avait abandonnée sur le perron du couvent-école.

— Ce fut le moment le plus pénible de ma vie ! affirma-t-il, les yeux brillants de larmes contenues. Tu étais bien au chaud dans les fourrures, toute mignonne et attendrissante malgré la fièvre qui t'épuisait. Je n'arrêtais pas de t'embrasser, de te regarder. Tu étais mon trésor le plus précieux, je t'aimais de toute mon âme ! Comme tu gazouillais, déjà ! Je t'ai cajolée, bercée, je t'ai fait mille promesses que je n'ai pas tenues. Celle de revenir te chercher si je le pouvais, celle de t'envoyer des lettres. J'avais une telle douleur dans mon cœur. Laura était malade, toi aussi. J'espérais que les sœurs te sauveraient. Tu dois me croire, Hermine, je t'ai confiée aux religieuses parce que je croyais dur comme fer que c'était la meilleure solution. Le seul moyen de te sauver la vie, peut-être. Mais j'avais tort, sur toute la ligne. Je n'aurais pas dû m'enfuir de Trois-Rivières, ni vous entraîner, ta mère et toi, loin de tout. Ma pauvre Laura, tu ne t'es jamais plainte, alors que tu as enduré des nuits de gel, des tempêtes, la faim et pire encore, mes humeurs de chien errant.

Tout en l'écoutant, Hermine étudiait la physionomie de son père. Il avait une voix grave, bien timbrée, que l'émotion faisait vibrer. La carapace de ressentiment dans laquelle la jeune femme s'était enfermée se fissurait, ébranlée par le récit poignant de Jocelyn. De minute en minute, son visage lui devenait familier, tandis que le regard brun piqueté d'or capturait le sien, en quête de pardon.

— J'ai payé cher mes erreurs, poursuivit-il. La plus grande, Laura, a été de me croire un assassin. J'étais pressé de te le dire. Je n'ai pas tué cet homme, Banistère Desjardins. Je l'ai croisé par hasard, il y a dix ans de ça, dans une rue de Trois-Rivières. J'étais de passage et je repartais le lendemain. Il s'en est tiré avec des points de suture au crâne. En fait, nous l'avons laissé sur les pavés, mais il était assommé, pas mort. Te souviens-tu de la panique qui m'a pris ? J'étais comme fou, je m'imaginais en prison pour le restant de mes jours, alors que toi et la petite auriez été privées de mon soutien. Comme j'ai regretté ma lâcheté ! J'aurais dû me présenter à la police, expliquer ce qui s'était passé, et rien de tout ça ne serait arrivé. Notre existence tout entière a basculé à cause de cet accident, de ma terreur d'être un criminel. Nous aurions pu vivre heureux, en paix. Et nous aurions élevé notre petite fille ensemble. Quel gâchis ! Toutes ces belles années perdues !

Jocelyn essuya maladroitement les larmes qui coulaient sur ses joues. Laura se mit à pleurer. C'en était trop pour elle.

— Tu étais innocent ? dit-elle. Mon Dieu, ce n'est même pas du gâchis, c'est un désastre ! Notre couple sacrifié, notre unique enfant qui a grandi sans nous connaître !

Hermine assistait à la scène, très émue. Elle prenait la mesure de la tragédie qui avait été la leur.

« Mes parents ! songea-t-elle. C'est la première fois que j'emploie ces mots et qu'ils sont là près de moi, tous les deux. »

Elle respira profondément pour reprendre son calme.

— Je crois que vous avez besoin d'un remontant, avança-t-elle sur un ton plus chaleureux. Je vais chercher la bouteille de gin et des biscuits.

— Oui, merci, dit Laura, épuisée. Je ne me sens pas bien du tout.

La jeune femme entra dans la cuisine. Mireille, infatigable, épluchait des pommes de terre.

— Alors, on me fait des cachotteries ! Depuis quand madame reçoit-elle dans son bureau, et pas dans son salon ?

Elle bougonna sur le ton de la plaisanterie, mais avec une pointe d'inquiétude, cependant :

— Si c'est un huissier ou un notaire, il faut me le dire. Madame est ruinée ? Je dois rendre mon tablier ?

— Ne te fais aucun souci, Mireille, répliqua Hermine. Tu sauras très vite qui est là. Un proche parent.

— Un proche parent ! minauda celle-ci. Tu peux raconter des âneries, ma fille, je ne suis pas sotte. Il se passe du vilain, à mon avis.

Hermine soupçonna Mireille d'avoir écouté à la porte, selon son habitude.

— D'accord ! admit-elle. Ne dis rien à Charlotte ni à Hans. Mon père est vivant ! Jocelyn Chardin est vivant ! Il a dû apprendre que maman se remariait et il a décidé de se montrer.

— Doux Jésus ! gémit la gouvernante. Dis donc, ça n'a pas l'air de te réjouir.

— J'ai fleuri sa tombe il y a deux ans environ. J'ai prié pour lui, mais il menait sa vie je ne sais où. Mireille, il me faudrait du café, du gin et de quoi grignoter.

— Toi, tu brasses des idées noires ! Ben, voyons donc, Hermine, tu as ton père et ta mère, tu ferais mieux de sourire !

— C'est trop tard, décréta la jeune femme. Il aurait mieux fait de réapparaître quand je me languissais d'une famille, au couvent-école. Je guettais la rue Saint-Georges, à la période de Noël et j'étais sûre qu'un traîneau allait arriver, que ce serait lui, mon père. Mais il n'est jamais venu. Je lui en veux, Mireille, c'est plus fort que moi. Et puis, même si j'avais envie de me réjouir, il est tuberculeux.

En quelques phrases, elle résuma à la gouvernante comment elle avait rencontré le prétendu Elzéar Nolet, très affaibli, condamné selon la médecine. Cet homme ne faisait qu'un avec Jocelyn Chardin.

— Il n'a pas pu guérir, ajouta-t-elle. Je pense qu'il vient nous faire ses adieux. Je préfère ne pas m'attacher à lui, si je dois le perdre très bientôt.

Mais maman va souffrir encore une fois à cause de cet homme.

— Cet homme est ton père, tu lui dois le respect ! trancha Mireille.

— Mais ce n'est qu'un étranger pour moi, rétorqua Hermine en sanglotant.

La gouvernante se leva en se frottant les mains sur le tissu de son tablier. D'un élan de sincère compassion, elle attira Hermine dans ses bras.

— Ma pauvre mignonne, tu es à bout de nerfs. Je vois bien que tu es malheureuse ! Allons, sois courageuse, il va y en avoir de l'agitation, icitte ! Le mariage est à l'eau, monsieur Hans aussi va tomber de haut. Pense à toi, surtout. Toshan ne tardera pas ; il te consolera. Et tu auras un beau bébé pour Noël.

— Toshan ! répéta Hermine. Mireille, il revient avec Tala. Nous avons invité ma belle-mère à la noce. Quelle catastrophe !

La jeune femme étreignit plus fort encore la domestique. Son affection et son franc-parler la réconfortaient.

Dans le bureau, Jocelyn profitait de l'absence de sa fille pour évoquer des points délicats de leur séparation.

— Je ne veux rien te cacher, Laura, tu es mon épouse devant Dieu. Je me considérais comme veuf et, par conséquent, j'ai eu des aventures. Oh, pas beaucoup ! Mais une femme a compté, elle se nommait Aline. Paix à son âme ! C'était ma logeuse, du temps où je travaillais sur un chantier forestier du côté de La Tuque. Une veuve qui louait des chambres pour gagner son pain. Nous étions discrets, nous ne souhaitions ni l'un ni l'autre nous remarier. Aline toussait beaucoup. Elle était poitrinaire. J'ai attrapé cette saleté de maladie ; tu t'en doutes, sinon je n'aurais pas séjourné au sanatorium.

— Je ne peux rien te reprocher, Jocelyn. Moi-même, lorsque j'étais amnésique, j'ai épousé Franck Charlebois. Et j'étais prête à me remarier.

— Tu aimes cet homme ? demanda-t-il très bas.

Laura ne sut que répondre. Elle craignait de vexer Jocelyn, tout en s'interrogeant sur ses sentiments pour Hans.

— C'est un compagnon tendre, plaisant et patient, confessa-t-elle. J'étais si seule, après le départ d'Hermine, j'avais besoin d'être entourée. Son départ était en fait une fuite. Tu ne sais rien des circonstances. Joseph Marois était le tuteur légal d'Hermine. Mais il s'opposait au mariage de notre fille et de Toshan, enfin, de Clément Delbeau.

— Là-dessus, je le comprends, lança Jocelyn. Je t'avoue avoir été étonné. Pourquoi as-tu consenti à cette union si mal assortie ? Hermine avait reçu de l'instruction, elle pouvait enseigner. Et avec son talent de chanteuse ! Notre fille méritait mieux.

— Jocelyn, je ne te permets pas ! Tu juges ton gendre sans même le connaître. Je te l'accorde, il trouve des jobs ici et là, c'est un Métis, mais je l'apprécie.

Laura savait qu'elle n'aurait pas tenu le même discours quelques mois auparavant. Mais, par souci de justice, elle croyait nécessaire de défendre Toshan.

— De toute façon, il fait partie de notre famille, à présent ! Et ne t'avise pas de critiquer son mari devant Hermine, elle sortirait ses griffes.

— Je m'en garderai bien, déjà qu'elle me traite en intrus ! dit-il avec amertume.

La jeune femme frappa à la porte au même instant. Laura vit qu'elle avait pleuré.

— Ma chérie, viens ! Que nous as-tu préparé de bon ?

— Ce n'est pas moi, Mireille s'en est chargée, répliqua sèchement Hermine.

— Jocelyn, maintenant que notre fille est là, je voudrais que tu nous dises qui est enterré à ta place, là-bas, dans le Nord ? Tu pènsais que c'était moi, je croyais que c'était toi ! Il y a bien un malheureux qui repose sous cette tombe ?

— Hum ! Dieu tout-puissant ! dit-il à voix basse. Je n'en sais rien du tout. Sans doute un coureur des bois. Le pays n'était pas si désert que ça. Il y aurait eu un règlement de comptes entre chercheurs d'or. Henri Delbeau a cru que je m'étais suicidé parce que cet homme, qu'il avait découvert mort, se trouvait à proximité du baraquement. Son cadavre était méconnaissable. Il n'avait plus de face humaine et son corps était en partie mangé par les loups.

Il obéissait ainsi à la volonté de Tala qui tenait à garder secrète l'identité du mort. Intriguée, Hermine demanda :

— Comment le savez-vous ? Qui vous l'a dit ?

Pris de court, Jocelyn leva les bras au ciel.

— Quand j'ai quitté le sanatorium, je me posais des tas de questions, affirma-t-il en se levant. J'ai pris pension à Roberval et, par hasard, j'ai rencontré une ancienne habitante de Val-Jalbert, Mélanie Douné. C'est elle qui m'a raconté tout ça. Les gens jasent, dans ce pays. Mets-toi à ma place, Hermine ! J'avais besoin de savoir ! Je t'avais vue et j'avais appris que ma femme était vivante. Ma Laura que j'avais tant pleurée ! Je sens bien que tu te méfies de moi, que tu n'as qu'une envie, me voir décamper, mais je suis ici pour tirer les choses au clair. Peux-tu imaginer le cauchemar qu'a été ma vie ? J'avais failli tuer celle que j'adorais pour ne pas assister à son agonie, et parce qu'elle était devenue folle ! Combien de fois j'ai pensé au suicide quand j'ai cru que l'amour de ma vie gisait sous ce tas de pierres avec une misérable croix de planches en guise de sacrement religieux !

Jocelyn dépassait Hermine d'une bonne tête. Il se penchait un peu, le regard agrandi par la volonté de se justifier.

— Et sais-tu pourquoi je ne me suis pas pendu à la première branche ? Dis, le sais-tu ?

— Non, souffla-t-elle, impressionnée par sa véhémence.

— Pour toi, ma fille, dans le faible espoir de croiser ton chemin un beau jour, de te raconter la tragique histoire de tes parents. Je m'accrochais à ce rêve ! J'évitais d'approcher de Roberval, de Chicoutimi et encore plus de Val-Jalbert, trop honteux pour essayer d'avoir de tes nouvelles. J'avais foi en la bonté des religieuses. J'avais tant prié ! Au fond de mon cœur, j'avais la conviction que toi, au moins, tu étais vivante et que tu étudiais. Aujourd'hui, je te revois enfin, je pourrais te toucher en tendant la main, mais j'ai compris que tu me détestes. Mon Dieu, on étouffe, ici !

Hermine remarqua que le front de son père était constellé de fines gouttes de sueur. Laura ouvrit en grand la fenêtre entrebâillée, qu'une moustiquaire voilait.

— Jocelyn, calme-toi ! implora-t-elle d'une voix douce. Nous serions mieux dans le salon, mais je tenais à un peu d'intimité.

Elle sortit un mouchoir de sa poche, l'imbiba d'eau froide et lui tamponna le front et les tempes. C'était un geste plein de compassion et de tendresse, comme si le temps écoulé n'existait plus, comme s'ils avaient toujours été là, ensemble, dans cette maison. Finalement, Jocelyn reprit place dans le fauteuil. Il respirait mal.

— Je suis navrée, dit très vite Hermine. Je ne vous déteste pas, mais vous arrivez sans prévenir, sans même avoir écrit. Une lettre aurait atténué le choc pour maman et moi. Nous nous serions préparées à ces retrouvailles peu ordinaires. Comment avez-vous eu notre adresse ?

— Par sœur Victorienne, au sanatorium ! répliqua-t-il. Elle ignore qui je suis. Mais dès que j'ai su où vous viviez, ta mère et toi, je me suis mis en route. Rien n'aurait pu me retenir : un véritable forcené.

— Ah, mon Dieu ! cria Laura. Tu es déjà venu, Jocelyn ! Les raquettes en bas du perron, ce sont les tiennes. Avoue-le, par pitié ! Seigneur, tu étais dehors, sous les fenêtres, le soir où j'ai annoncé mon mariage avec Hans.

— En effet ! confessa-t-il. J'étais dehors dans le froid et l'ombre, tandis qu'une joyeuse assemblée se tenait dans ton salon. Toutes ces lumières, ces beaux tissus, ces meubles, ces gens inconnus ! Et toi, Laura, tu avais tellement changé : une figure de mode dans les bras de cet homme qui te serrait contre lui... Hermine et Toshan se parlaient à l'oreille. Mon Dieu, j'ai eu l'impression d'être mort pour de bon, de n'être qu'une âme errante, un maudit qui n'avait plus droit aux douceurs de la vie. Plus de maison illuminée pour Jocelyn Chardin, plus de rires, plus d'affection. Plus rien ! Je me suis dit que je n'avais pas le droit de briser votre bonheur à toutes les deux, que je devais disparaître. Je me suis enfui, encore une fois. Ma vie n'a été qu'une interminable fuite.

— Mais c'était au mois de mars ! coupa Hermine. Pourquoi n'avez-vous rien fait plus tôt pour empêcher le remariage de maman ?

— Je me savais condamné. Laura se croyait veuve, ça, je l'avais compris grâce à Mélanie Douné. J'allais mourir, je pouvais bien offrir sa liberté à la femme que j'avais tant aimée.

— Que tu avais tant aimée ? répéta Laura, piquée au vif. Dis tout de suite que tu ne m'aimes plus ! D'abord, pourquoi parles-tu à l'imparfait ? Tu n'es plus condamné, tu ne vas plus mourir ?

— Il paraît, répondit Jocelyn. J'ai consulté un docteur à Chicoutimi. Je suis en rémission.

— Par quel miracle ? insista Laura, survoltée.

Il eut un sourire mystérieux. Tala lui avait fait promettre de ne jamais révéler leur courte liaison ni son rôle dans sa guérison. L'Indienne n'avait pas de notions médicales, mais elle prétendait que l'esprit était parfois plus puissant que le corps. Selon Tala, la volonté et la joie de vivre remplaçaient tous les remèdes des docteurs.

— Dieu en a décidé ainsi ! dit-il. Peut-être est-ce un signe qu'il m'envoie afin de m'éviter de commettre une faute de plus ! Je me suis confessé, à l'église Saint-Jean-de-Brébeuf, à Roberval. Le prêtre m'a exhorté à intervenir avant ton remariage. Sinon, par ma faute, tu serais en état de péché mortel. La bigamie n'est pas prisée chez les catholiques.

Il y avait un léger brin d'ironie dans les paroles de Jocelyn. Cela déconcerta Laura, qui l'avait connu très pieux et effrayé par les possibles châtiments divins, sur terre et dans l'au-delà. Elle s'apprêtait à en discuter quand Hans fit irruption dans le petit bureau, l'air intrigué et sans même avoir frappé.

— J'entends parler depuis plus d'une heure ! s'exclama-t-il. Et Charlotte en est à sa vingtième berceuse. Impossible de dormir dans ces conditions ! Monsieur ? Je me présente, Hans Zahle, le futur époux de votre hôtesse.

Hermine retint son souffle. Elle était soumise à des vagues d'émotions, de pensées confuses qui la rendaient silencieuse, mais l'arrivée impromptue du pianiste la tira de sa torpeur. Elle prit conscience aussi du magnétisme qui émanait de son père. Depuis qu'il se trouvait là et parlait de sa voix grave, elle était comme ensorcelée.

— Monsieur, à qui ai-je l'honneur ? ajouta Hans.

— Je suis Jocelyn Chardin, le mari de Laura à cette heure précise, et pour l'éternité.

Les mots firent lentement leur chemin dans l'esprit de Hans, abasourdi. Il regarda mieux l'homme qui venait de les prononcer d'un ton énergique.

— Mais c'est insensé ! protesta-t-il. Laura, ma chérie, ne te laisse pas abuser par cet individu ! Tu m'as toujours dit que ton premier mari était mort. Tu souhaitais te rendre sur sa tombe, cet été. Nous avons affaire à un imposteur.

— Je peux prouver ce que j'avance, déclara Jocelyn. Dans ce porte-documents, j'ai mes papiers d'identité, un certificat de mariage et l'acte de naissance de ma fille Hermine. Je vous l'accorde, ma présence n'est pas en votre faveur. Seulement, puisque je suis vivant, je devais empêcher ce mariage.

Hans Zahle devint livide. Consternée, Laura, eut un élan vers lui. Les yeux écarquillés derrière ses verres de lunette, il recula.

— Je suis navrée ! soupira-t-elle. Mais il s'agit bien de Jocelyn Chardin, mon premier mari. Je l'ai reconnu. C'est une longue histoire, très compliquée.

— J'aurais bien aimé l'entendre, cette histoire ! grogna le pianiste. Il me semble que je suis concerné, quand même ! Tu aurais dû m'appeler. Et vous, monsieur Chardin, vous avez choisi de ressusciter in extremis, juste pour briser notre bonheur, à Laura et à moi ! Je ne sais par quel tour de passe-passe vous êtes vivant, mais une solution s'impose : le divorce ! N'est-ce pas, Laura ? Tu vas demander le divorce ? Tant pis pour la cérémonie religieuse, je m'en passerai, au point où nous en sommes…

L'allusion était explicite. Jocelyn eut la confirmation de ce qu'il supposait. Sa femme et Hans n'avaient pas attendu la bénédiction d'un prêtre pour coucher ensemble. Hermine, qui s'en doutait aussi, fut choquée, mais surtout par l'indélicatesse du pianiste. Il mettait Laura dans une situation embarrassante.

— Tais-toi, Hans ! s'exclama cette dernière. Je suis

déjà bouleversée, n'en rajoute pas. Personne n'est responsable de ce qui arrive. Mais le fait est là, nous ne pouvons plus nous marier, bien évidemment !

Zahle jaugea Jocelyn avec une haine naissante. Ne l'ayant jamais vu ainsi, les deux femmes le dévisageaient avec effarement, lui qui se montrait toujours si conciliant.

— Monsieur Chardin, commença-t-il en pointant l'index vers Jocelyn, je vous préviens, cela ne se passera pas comme ça ! J'aime Laura, je ne vous céderai pas la place. Ce serait un peu facile, non ? Vous débarquez ici en fichant tous nos projets en l'air ! Mais dis-lui, Laura ! Qu'il aille au diable !

— Mais Hans, enfin ! objecta Hermine d'une voix tremblante. Tu perds la tête ! Pense à maman ! Regarde, elle pleure, maintenant.

C'était vrai ! Laura sanglotait, pathétique dans son désarroi. Jocelyn avança d'un pas et toisa son rival.

— Si mon épouse me demande de partir, je m'en irai ! décréta-t-il. Mais je n'ai aucun ordre à recevoir d'un blanc-bec de votre espèce !

— Reste, Jocelyn ! gémit Laura. Nous devons trouver un terrain d'entente, nous expliquer.

— Ah, très bien, j'ai compris ! rugit Hans. Tu vas reprendre la vie conjugale avec cet homme qui n'est plus qu'un étranger pour toi ? Tu me déçois, Laura ! Je crois me rappeler de drôles de choses. Ce n'est pas ton premier mari qui a essayé de te tuer, dans ce misérable baraquement au bord de la Péribonka ? Un soir, tu m'en as parlé. Ces douces soirées que nous avons passées, tous les deux, près du poêle, de cela aussi tu te moques ? Tu préfères cet assassin ? Celui qui t'a forcée à abandonner ta fille d'un an ?

Bravo ! J'ai supporté tes crises de larmes, tes mystérieux chagrins, tes caprices, et tu me jettes dehors !

— Non, Hans, non ! s'insurgea Laura. Je n'ai pas l'intention de te jeter dehors !

— Ce gars-là n'en veut qu'à ton argent, tempêta Jocelyn. Il ne t'aime pas !

— Je ne vous permets pas de juger de mes sentiments, répliqua Hans, hors de lui.

Hermine se précipita aux côtés de sa mère qui sanglotait, mortifiée par les propos du pianiste. L'écho de la querelle attira Mireille. La porte du bureau étant demeurée entrouverte, la gouvernante observa la scène sans oser entrer.

— Et vous Chardin, vous l'aimez, votre femme ? ajouta Hans d'un ton agressif. Dans ce cas, pourquoi l'avez-vous délaissée pendant toutes ces années ? Vous devriez avoir honte de l'approcher !

Jocelyn se contenait depuis un moment, soucieux de ne pas provoquer de scandale. Mais de voir de si près la face courroucée de Hans Zahle, de l'écouter cracher son mépris, cela dépassait les limites de sa patience. Il fit l'erreur de l'imaginer dans le lit de Laura. Sa jalousie se réveilla, puis s'exalta.

— Fermez-la, pauvre gnochon ! vociféra-t-il en levant un bras menaçant. Sinon je...

— Allez-y, frappez-moi ! s'écria Hans. Venez, sortons ! Vous m'entendez, Chardin, si vous voulez vous battre, je suis votre homme !

Le pianiste recula, bousculant Mireille. Il se tenait en position de combat, les poings serrés brandis en avant, tel un boxeur. Avec une souplesse surprenante, il ouvrit néanmoins la porte principale et continua à appeler Jocelyn depuis le perron. Ce dernier se rua vers lui sans écouter les supplications de Laura.

Hans dégringola les marches et se campa sur la terre ferme.

— Mais venez donc ! brama-t-il. Je ne vais pas renoncer à celle que j'aime ! Je vois bien, à votre air, que vous me prenez pour un moins que rien, un freluquet ! Je n'ai pas peur de vous, croyez-moi !

Furieux, Jocelyn fut sur lui en deux enjambées. D'abord, il se contenta de le pousser en arrière, à pleines mains. Au fond, il n'avait pas vraiment envie de se donner en spectacle devant Laura et Hermine. Zahle revint à la charge, l'empoigna par le col de sa chemise. Il décocha un premier coup en laissant tonner sa rage.

— On me prend pour qui, ici ? D'abord la fille qui me laisse tomber comme un mouchoir sale, ensuite la mère ! Et puis, quoi encore ?

Jocelyn n'y comprenait plus rien, mais, d'un tempérament sanguin, il n'avait pas envie de réfléchir. Le menton endolori, il recula d'un bond pour mieux foncer sur son rival.

— Non, arrêtez ! implora Hermine en courant vers eux. Ne vous battez pas ! Papa, je t'en prie ! Ne lui fais pas de mal.

Le « papa » fut comme un rayon de soleil dans le cœur de Jocelyn. Les bras lui en tombèrent. Jamais il n'avait entendu ce mot sans frémir. Mais jamais il ne s'adressait à lui. Pendant ses nombreuses pérégrinations, c'était deux syllabes qui le blessaient à chaque fois, criées par un enfant dans un jardin public, au coin d'une rue ou sur le seuil d'un magasin. Il n'avait pas rêvé, Hermine venait de l'appeler « papa » et de le tutoyer.

La jeune femme était surprise également. C'était un vrai cri du cœur qui lui avait échappé. Le souffle suspendu, elle s'interrogeait sur cette soudaine sensation de douceur qui l'envahissait. Jadis, elle avait tellement eu besoin de prononcer ce mot un peu enfantin. Un vague sourire sur les lèvres, elle répéta :

— Papa, je t'en prie ! Et toi aussi, Hans ! Ne vous battez pas tous les deux.

Jocelyn la dévisagea. Sa fille tremblait d'émoi. Soudain elle se plia en deux, avec une grimace de douleur.

— Mon Dieu, ma chérie ! hurla Laura qui se tenait un peu à l'écart. Vite, aidez-moi, elle doit s'asseoir ! Elle attend un bébé !

Le pianiste resta les bras ballants, désappointé. Sans avoir reçu un seul coup, il sentait qu'il venait de perdre la bataille.

Mireille en profita pour intervenir au pas de course.

— N'ayez pas peur, madame ! Il faut juste qu'elle s'allonge.

Jocelyn prit Hermine par la taille. Il la soutint avec délicatesse jusqu'au perron.

— Par ici, monsieur, indiqua la gouvernante. Le vestibule, ensuite la porte vitrée, à gauche. Vous trouverez sans peine le divan.

— Je suis navré, petite, je ne savais pas pour ton état, s'excusa-t-il à son oreille.

Laura les suivait, affolée, sans même un regard pour Hans. Elle aida Jocelyn à installer Hermine confortablement. Enfin, d'un geste tendre, elle lui caressa le front et les cheveux.

— Ma pauvre petite chérie ! Tu as des parents qui ne te causent que du chagrin et des ennuis ! gémit-elle.

— J'ai ressenti une douleur assez forte ! avoua la jeune femme. Maman, j'ai peur. Je ne veux pas perdre mon bébé. Je suis peut-être comme Betty, qui avait tant de mal à mener une grossesse à terme.

— Mais Betty a quatre beaux enfants, malgré cela, dit Mireille, un flacon à la main.

Elle versa une goutte de liquide odorant sur un morceau de sucre qu'elle présenta à Hermine.

— C'est de l'eau de mélisse, ça te fera du bien. Il faudrait éviter les grosses émotions, à l'avenir, ajouta la gouvernante. Heureusement que Charlotte est sortie promener Mukki, elle aurait été apeurée. Ces messieurs auraient pu s'expliquer ailleurs, et surtout pas devant la maison.

— Mireille, ne t'en mêle pas, coupa Laura. Laisse-nous, veux-tu ! Nous n'avons pas besoin de tes critiques !

— Bien, madame. Je suis navrée, madame.

Jocelyn fut impressionné. Il observa d'un air désorienté la domestique qui battait en retraite.

« Laura a bien changé ! pensa-t-il, saisi d'une sourde angoisse. Elle joue à merveille les grandes dames fortunées. Quand je l'ai connue, elle n'aurait pas parlé sur ce ton à quiconque. Maintenant, elle donne des ordres. Et cette femme plus âgée qu'elle lui fait des courbettes ! »

Cela lui déplaisait autant que le cadre luxueux de la pièce richement meublée et décorée, qu'il détaillait d'un air méfiant. Mais Hermine toussota. Il ne pensa plus qu'à sa fille.

— Est-ce que ça va mieux ? demanda-t-il, inquiet.

— Oui, je n'ai presque plus mal, depuis que je suis allongée, répondit-elle.

— Repose-toi encore, conseilla Laura.

La jeune femme regarda attentivement son père. Jocelyn, mal à l'aise, tenta un sourire.

— Toi, tu me ferais marcher sur les mains quand tu m'appelles papa ! voulut-il plaisanter. Si j'avais su pour ton état, je n'aurais pas pensé à me bagarrer.

Hermine le trouva attendrissant. Elle devinait qu'il n'était pas habitué à des relations familiales, ni à la complicité que tissent des conversations quotidiennes. Jocelyn Chardin avait tout du solitaire au caractère sauvage, et ses tentatives pour corriger sa nature un peu rude étaient touchantes.

Laura entendit du bruit à l'étage ; cela provenait de la chambre attribuée à Hans, lors de ses séjours à Val-Jalbert.

— Mon Dieu, il va partir ! Je dois lui parler ! s'exclama-t-elle. Jocelyn, occupe-toi de notre fille.

Elle s'éclipsa sans lui donner le temps de répondre. Déchirée entre le passé et le présent, incertaine quant à l'avenir, Laura ne savait plus quoi faire. Le pianiste, lui, bouclait sa valise.

— Hans, par pitié, écoute-moi ! implora-t-elle. Tout à l'heure, dans le bureau, tu m'as dit des choses déplaisantes, mais je te pardonne, tu étais bouleversé. Il y a de quoi, je dois l'admettre. Jocelyn s'est présenté ici pendant que tu dormais, je n'allais pas refermer la porte et le rejeter. J'étais prise de panique, je n'ai pas eu l'idée de te réveiller. Rien n'est décidé, il faut que nous discutions encore.

— Je ne resterai pas une minute de plus dans cette maison, assura-t-il. Comme ça, vous serez tranquilles pour bavarder. Laura, je ne suis ni aveugle ni sot. Cet homme est ton mari, il a des droits sur toi. Je n'ai plus qu'à m'incliner ! Si tu voyais la façon dont tu le regardes ! À mon avis, tu le suivrais au bout du monde.

— Est-ce ma faute, à la fin ? protesta-t-elle. Je l'ai reconnu tout de suite, c'était comme si nous n'avions pas été séparés durant des années. Je crois que c'est à cause de l'amnésie dont j'ai souffert. En quelques secondes, je me suis sentie très proche de lui. Peut-être que la période où je n'avais plus aucun souvenir ne compte pas ! Jocelyn est vivant et, bien sûr, cela change tout. Mais j'ai encore des sentiments pour toi, Hans ! Tu comptes beaucoup, je ne veux pas que tu sois malheureux.

Hans froissa un foulard en soie et le jeta par terre. Laura constata qu'il retenait ses larmes.

— Je te remercie pour le « encore des sentiments » ! dit-il sèchement. Demain, tu en auras moins et après-demain plus du tout. Et je souffre le martyre, parce que je t'ai déjà perdue. Même si tu me vouais une passion dévorante, ce qui n'est pas le cas, tu choisirais Jocelyn, car c'est ton mari, le père de ta fille. Pour une fois, ça t'arrange de suivre la loi divine, de te plier aux convenances !

— Hans, où vas-tu ? demanda tristement Laura. As-tu besoin d'argent ?

— Je retourne à Roberval, dans mon logement ! Il est à moitié vide, puisque j'ai fait porter ici deux malles et mes livres, mais je te fais confiance. Tu sauras m'expédier ce qui m'appartient. Quant à ton argent, je n'en veux pas. Je t'ai déjà coûté assez cher !

Elle reçut ces derniers mots comme une insulte. Humiliée, elle recula d'un pas.

— Là, tu me dégoûtes ! s'indigna-t-elle. Bientôt, tu raconteras que j'achetais tes services. Comment peux-tu me traiter ainsi ?

— Je suis anéanti ! déclara-t-il. Ta fille et toi, vous avez une pierre à la place du cœur, voilà ce que j'ai compris. Hermine était bien contente de s'appuyer sur moi quand elle avait besoin de réconfort. Mais elle a préféré Toshan dès qu'il a refait surface après sa prétendue mort accidentelle. Décidément, c'est une habitude chez vous. Tu crois que je n'ai pas souffert ? Je l'aimais ! Ensuite j'ai cru trouver une tendre consolation auprès de toi. Nous sommes devenus très proches et il nous était difficile de vivre l'un sans l'autre. Ce mariage comptait beaucoup pour moi. Nous avions fait tant de projets ! Et la veille des noces, pour ainsi dire, ton premier mari ressuscite à son tour et vient réclamer sa place. Si seulement tu m'avais laissé entrevoir une petite chance ! Non, même pas ! Je ne fais pas le poids, je ne suis ni assez beau ni assez viril.

Malgré sa colère et sa déception, Laura ne se décidait pas à sortir de la chambre. Elle éprouvait pour Hans une douloureuse compassion.

— Tu t'égares, Hans ! Cela n'a rien à voir, je te le jure ! soupira-t-elle. Tu m'as rendue très heureuse, j'étais bien avec toi. Mais, en effet, pour une fois, je m'incline devant le destin. Si Jocelyn a survécu, s'il m'a retrouvée, c'est un signe. Nous devons finir nos jours ensemble et donner à Hermine ce qu'elle n'a jamais eu, une famille unie. Je suis vraiment désolée, crois-moi.

— Ne dis rien de plus, Laura, je veux m'en aller. Je dois prévenir ma sœur et ma mère que la noce est annulée. Elles se réjouissaient. Leur plus grande inquiétude était que je finisse vieux garçon. Elles avaient raison.

— Tu peux encore rencontrer une jeune femme digne de toi qui saura t'aimer ! Hans, aie confiance et, surtout, je t'en supplie, ne fais pas de bêtise !

Le pianiste toisa Laura d'un œil froid. Il prit sa valise en ricanant.

— Tu crois que je pourrais me suicider pour une femme de ton genre ? La musique me consolera, ce sera ma seule maîtresse ! Adieu, Laura !

Il sortit et claqua la porte. Elle s'assit au bord du lit et pleura de plus belle.

Dans le salon, Jocelyn et Hermine avaient perçu des éclats de voix. Ils n'avaient pas échangé un mot, intimidés l'un par l'autre. Le passage de Hans, qui ne daigna même pas les saluer, les obligea à parler enfin.

— Je savais que ce ne serait pas facile pour Zahle, reconnut Jocelyn. Je n'ai aucune sympathie à son égard, mais je le plains.

— Moi aussi, avoua Hermine. Il n'a pas de chance. C'est quelqu'un de très attentionné. Quand je chantais au Château Roberval, il y a trois ans, Hans m'accompagnait au piano. Ensuite, il m'a donné des leçons de chant. Et il disait vrai, nous avons été fiancés quelques semaines. Je croyais que

Toshan, que j'aimais de toute mon âme, était mort dans un incendie. J'avais tellement de chagrin que je suis tombée gravement malade. Hans m'a redonné espoir. Il s'est montré si prévenant, si gentil. Moi aussi je le plains. Il doit être terriblement éprouvé. Je ne l'imaginais pas capable d'une telle agressivité.

Son père s'était assis à ses côtés, il n'arrêtait pas de la regarder. En ce jour de retrouvailles, le sort de Hans lui importait peu.

— Que tu es belle, ma petite ! s'extasia-t-il. Je me suis souvent demandé à quoi tu ressemblais, devenue adulte. Je te voyais comme Laura dans sa jeunesse, les cheveux châtains, les yeux clairs, mais Dieu t'a gâtée. Tu es si blonde et ton regard est d'un bleu magnifique, un vrai ciel d'été !

— Merci, je suis contente que vous me trouviez jolie ! répliqua-t-elle.

— Ah non ! se désola Jocelyn. Tu ne vas pas recommencer à me traiter en étranger.

Hermine opina en souriant. Elle s'attarda à étudier les traits de son père. Il lui parut plus séduisant que sous l'apparence d'Elzéar Nolet.

— Vous pouvez ôter votre chapeau… je veux dire, tu peux ôter ton chapeau, nous sommes dans la maison ! fit-elle remarquer.

— Bah ! Tu y tiens vraiment ? Les hommes ont leur petite coquetterie, parfois. Je suis bien dégarni du front ; je me disais que Laura serait déçue. Un peu plus et je le maintenais d'une main, en cognant de l'autre sur ce pauvre Zahle !

L'aveu bouleversa Hermine. Elle prit conscience de l'épreuve prodigieuse que vivaient ses parents. Ils se retrouvaient face à face après une très longue séparation ; ils devaient se confier leur passé respectif et aussi affronter les outrages du temps.

— Je suis sûre que maman se soucie peu de ce détail, assura-t-elle. Peut-être qu'elle s'apprêtait à épouser Hans, mais, depuis que je la connais, elle m'a beaucoup parlé de toi, papa. Je sais qu'elle t'a cherché partout dès qu'elle a retrouvé la mémoire. Et, encore récemment, quand elle a décidé de se remarier, elle hésitait, elle avait l'impression de te trahir.

— Merci, ma petite fille chérie, dit Jocelyn d'un ton ému. Tu soignes bien des blessures avec ces mots-là.

Spontanément, Hermine prit la main de son père. Il referma ses doigts sur les siens, graciles et un peu froids.

— C'était mon rêve le plus doux, de te tenir la main sur les chemins de Trois-Rivières ! dit-il d'une voix rauque. Avant le drame qui nous a poussés à fuir, Laura et moi, j'étais un honnête homme, comblé par son épouse et ce beau bébé qu'elle m'avait donné. Tu aurais grandi dans cette ville. J'en avais, des projets pour nous trois. Souvent je te contemplais, endormie dans ton berceau, et je me promettais, quand tu aurais l'âge requis, de t'emmener patiner sur la rivière gelée, l'hiver, et de te conduire à l'école. J'espérais aussi que tu aurais des frères et des sœurs. Rien de tout ça n'a pu se réaliser. Hermine, pardonne-moi. J'ai failli à mon rôle de père qui était de te protéger, de veiller sur toi.

— Papa, coupa-t-elle, les yeux brillants de reconnaissance, je te pardonne. Je me suis montrée dure, rancunière, car j'ai tellement souffert, petite fille.

Je vous ai attendus des années, maman et toi. La vie est étrange, parfois. Je faisais des rêves à l'époque où j'habitais chez les Marois, nos voisins. Je voyais un homme menant un traîneau tiré par des chiens, un homme très grand, vêtu de noir, barbu. Je me réveillais, certaine que c'était mon père.

Jocelyn la contemplait, ébloui par l'éclat de son teint et de sa chevelure. Hermine, pour lui, avait la grâce des anges, pimentée d'un charme sensuel.

— J'aurai au moins fait quelque chose de bien dans ma vie ! conclut-il. C'est toi, ma petite chérie. Si seulement je pouvais revenir en arrière, tout recommencer à zéro ! Mais je ne dois pas être ingrat avec la providence. J'ai déjà eu un cadeau précieux, ces instants passés ensemble, à faire connaissance. Sais-tu, Hermine, que pendant mon séjour au sanatorium j'étais hanté par l'idée de me supprimer ? Quitte à mourir, autant décider du jour ! Je me répétais que la maladie me volait mes ultimes forces, et que je ne te reverrais pas. C'était insupportable. Alors, je priais ! Mon Dieu, je n'ai jamais autant prié de toute mon existence. Je demandais au ciel de guérir, ce qui me permettrait de te chercher, ou bien de faire un miracle pour que tu apparaisses. J'ai été exaucé au-delà du possible. Les docteurs assurent que je suis en rémission, et tu es là, près de moi.

Hermine médita cette confession, puis elle ajouta :

— Moi aussi j'ai prié, enfant, pour revoir mes parents. Je devais être trop impatiente, je me suis découragée. Cependant, aujourd'hui, mon père et ma mère sont sous le même toit. Oh ! Je voudrais tant que nous puissions rester réunis !

La jeune femme se réfugia contre l'épaule de

Jocelyn. Ils pleuraient tous les deux, sans bruit. Laura les aperçut par la porte vitrée. Ce tableau inespéré arracha de son cœur l'épine acérée qui s'était plantée là à cause de ces retrouvailles mouvementées. Pendant qu'elle sanglotait sur le départ de Hans, et surtout sur sa cruauté, son mari et sa fille avaient su abolir la plaie vive de plusieurs années de silence, d'absence.

Hermine la vit à travers le rideau de dentelle.

— Viens, maman ! Je t'en prie, viens !

Laura se précipita, avide de réconfort, pressée à son tour de partager un peu de tendresse, avec eux, rien qu'avec eux, Jocelyn et Hermine.

— Faites-moi une place ! quémanda-t-elle.

Jocelyn l'attira à sa gauche et l'entoura d'un bras énergique, mais aussi câlin. Il avait sa femme d'un côté, son enfant de l'autre. De toute son âme, il remercia en pensée la belle Indienne, Tala, la louve à qui il devait ce moment béni. Laura posa sa joue sur son épaule, Hermine fit de même. Ils perdirent la notion du temps et du lieu.

Et tout à coup, comme si un magicien agitait sa baguette, la béatitude de ces instants fut balayée. Mireille sortit de la cuisine et trottina dans le couloir. La gouvernante avait vu passer Charlotte derrière la maison. La fillette, de retour de sa balade, avait besoin d'aide pour hisser le landau en haut du perron. Mukki réclamait sa bouillie de flocons d'avoine avec des cris perçants. Dans l'appentis, les chiens de Toshan se mirent à aboyer. Le jeune Armand Marois, qui les nourrissait et les sortait chaque jour, devait approcher de l'enclos construit par ses soins.

— Papa, s'écria Hermine, je vais te présenter mon fils, Jocelyn Mukki Delbeau !

— Et ton traîneau ! renchérit Laura. Il est ici, sous le hangar. Ce beau traîneau en bois sombre que tu avais payé très cher pour moi. Je me souviens, tu disais : « Un traîneau de reine pour ma princesse Laura. » Toshan en a pris soin. Rien n'est endommagé. Il y a toujours la frise sculptée du dosseret qui représente des pommes de pin et des feuilles de chêne, et nos initiales, un L et un J !

Jocelyn n'en croyait pas ses oreilles. Il eut un élan joyeux vers le couloir, mais Charlotte entrait, le bébé à son cou.

— Bonjour, monsieur, dit-elle poliment en examinant le visage de l'étranger.

Soudain, elle lança à Hermine un regard paniqué avant de préciser :

— Bonjour, monsieur Elzéar !

La jeune femme courut prendre Mukki, non sans caresser au passage la joue de Charlotte.

— Ne t'inquiète pas, ma chérie ! Je vois bien que tu crois reconnaître un malade du sanatorium, mais en vérité c'est mon père, le mari de maman… Jocelyn Chardin.

— Ah ! fit simplement la fillette, sidérée. Alors bonjour, monsieur Chardin.

Mireille triturait son tablier, tant elle était nerveuse. Elle dit très vite, d'un ton respectueux :

— Madame, puis-je proposer un bon goûter ? J'ai préparé des beignes. Ce sera excellent avec des cerises et de la crème fraîche livrés par l'épicier de Chambord.

— Ce sera parfait, Mireille, affirma Laura. Je suis désolée, je t'ai malmenée, mais j'étais bouleversée.

— C'est oublié, répliqua la domestique. J'ai compris ça, vous étiez bien trop maganée, avec tout ce chambardement !

Jocelyn réprima un sourire. Mireille lui était sympathique. Comme Laura et Hermine, il ignorait de quoi demain serait fait, où il dormirait le soir même. La situation demeurait complexe. Mais il fallait profiter du soleil de juin, des gazouillis du petit Mukki, du sourire lumineux des deux femmes qu'il chérissait.

— As-tu faim, Jocelyn ? interrogea Laura d'une voix douce.

— Oui, j'ai faim de bonheur ! répondit-il. Je n'en ai pas eu depuis si longtemps !

Sa femme lui promit qu'il en retrouverait la saveur en lui jetant un regard limpide où la passion venait de se rallumer.

10

Jocelyn Chardin

Val-Jalbert, samedi 3 juin 1933, le soir

Mireille et Charlotte étaient seules dans la cuisine. Des lueurs orangées faisaient flamboyer la batterie de casseroles en cuivre. La fenêtre encore ouverte laissait entrer un air plus frais. La fillette rêvassait, attablée devant un bol de soupe.

— Pourquoi je dois manger là, de si bonne heure ? demanda-t-elle à voix basse.

La gouvernante, qui faisait rissoler des tranches de lard, répliqua d'un ton bougon :

— Madame a décidé, j'obéis à madame ! Ce n'est pas moi qui commande, icitte ! La maison est sens dessus dessous, petite, à cause du retour de monsieur Jocelyn. Bientôt, ce sera lui, le patron, je le vois bien à son air autoritaire.

— C'est un peu étrange d'être mort des années et ensuite de ressusciter, commenta Charlotte.

— Veux-tu bien te taire ! grogna Mireille. Ils sont dehors, ils se promènent. Dépêche-toi donc, après tu monteras te coucher. Madame, monsieur Jocelyn et Hermine ont besoin d'être tranquilles, pour discuter. Ils n'ont pas fini de placoter, je te le dis… Quand je pense à ce pauvre monsieur Hans, j'en ai le cœur tout retourné. Il était bien en colère.

Mireille se tut, même si sa langue la démangeait. Il lui manquait un interlocuteur qui pût soutenir sa conversation, Charlotte n'ayant pas l'âge de jaser de certaines choses.

— Et le mariage, alors ? demanda la fillette.

— Es-tu niaiseuse ? Il n'y a plus de mariage. Cela me fera de l'ouvrage en moins. Pas de banquet à préparer…

Charlotte retenait ses larmes. Elle adorait la jolie robe que la couturière de Chambord lui avait essayée la veille. De sombres pensées l'accablaient. Peut-être que monsieur Jocelyn ne voudrait plus d'elle et qu'il déciderait de la confier à Betty. Tout recommencerait. Joseph Marois lui ferait garder la vache, une grosse bête qui lui faisait peur, et il se plaindrait de l'avoir à charge. Bien sûr, il y aurait Edmond, un bon camarade, mais elle ne s'occuperait plus de Mukki.

— Qu'est-ce que tu as ? fit remarquer Mireille. Tu boudes ?

— Je n'ai pas faim, je préfère aller me coucher tout de suite, répondit la fillette.

— Eh bien, file, tu mangeras mieux demain matin.

La gouvernante poussa un soupir qui en disait long. Charlotte se leva. Elle traversa le couloir et monta l'escalier sans bruit. En passant devant la chambre d'Hermine, elle perçut le refrain d'une comptine. Avide de réconfort, elle passa la tête par la porte entrebâillée.

— Viens, ma Lolotte, dit tendrement la jeune femme qui berçait son fils.

— Mimine, tu n'es pas dehors ?

— Je suis remontée il y a dix minutes, Mukki avait sommeil. Oh, tu as une petite mine triste, toi.

Hermine attira sa protégée contre son épaule. Celle-ci ferma les yeux, presque tranquillisée. Elle se moquait bien d'être surnommée Lolotte si elle pouvait demeurer encore longtemps près de sa grande amie.

— Il ne m'aime pas, ton père ? interrogea-t-elle très bas. Je devrai toujours souper à la cuisine, maintenant qu'il est revenu ?

— Mais que vas-tu penser ? Il ne te connaît pas, et puis la situation n'est pas simple. Maman et lui doivent s'expliquer, cela peut durer plusieurs heures, même plusieurs jours. Et ce soir, nous soupons tous les trois dans la salle à manger. Tu te serais embêtée.

— Mimine, je ne veux pas retourner chez Betty, osa avouer Charlotte. Elle est gentille, mais pas Joseph !

— Oh non ! Tu croyais qu'on allait te renvoyer ? s'écria Hermine, consternée. Jamais, ma chérie ! Tu es ma petite sœur, je te garderai avec moi le plus longtemps possible.

Pour toute réponse, la fillette se jeta à son cou. Attendrie, Hermine l'embrassa sur le front.

— Sais-tu ce que tu vas faire, Lolotte ? Tu vas aller mettre ta chemise de nuit et prendre ta poupée et un livre. Ensuite, tu te coucheras dans mon lit. Comme ça, Mukki ne sera pas tout seul et demain matin on se réveillera toutes les deux.

Une expression émerveillée illumina le visage de Charlotte. Tout à fait rassurée, elle courut jusqu'à sa chambre.

« C'est facile de rendre un enfant heureux, de lui redonner le sourire, songea Hermine. De la tendresse, des bons mots et ils reprennent espoir. Mais pour les adultes, il en faut davantage. »

Elle n'arrivait pas à prendre pleinement conscience de la présence de son père. Après le goûter, un peu silencieux à son avis, où ils avaient échangé des banalités, Laura avait montré leur ancien traîneau à Jocelyn.

« Maman n'était pas à l'aise ! pensa-t-elle. Elle riait trop, parlait à tort et à travers. Je suis sûre qu'elle s'inquiète pour Hans, ou bien elle a l'impression qu'elle doit rendre des comptes à son premier mari, point par point. »

Le sort du pianiste la préoccupait également. En trois ans, Hans était devenu un ami précieux, presque un membre de la famille. Elle avait assez souffert, malgré son jeune âge, pour mesurer la terrible douleur qu'il devait éprouver. Le retour de Charlotte, rayonnante, l'obligea à donner le change.

— Ma petite puce, couche-toi vite ! dit-elle avec un grand sourire. Je ne vais pas veiller tard.

— Peut-être que je ne dormirai pas quand tu reviendras, avança la fillette. Je t'aime tant, Mimine ! Es-tu contente d'avoir retrouvé ton père ?

— Mais oui ! certifia-t-elle. Mukki dort bien, maintenant. Je descends, ma chérie.

Hermine envoya un baiser à Charlotte du pas de la porte et s'apprêta à passer la soirée en compagnie de ses parents. C'était une sorte d'événement inouï, dont elle ne parvenait pas à se réjouir vraiment.

Laura, qui faisait asseoir Jocelyn à la grande table de la salle à manger, était dans le même état d'esprit, mais pour des raisons différentes et plus intimes. Elle était très heureuse de retrouver son mari ; néanmoins cela causait un tel bouleversement dans son existence qu'elle cachait mal une profonde angoisse. En conséquence, elle se montrait un peu trop gaie.

— J'espère que la maison te plaît, dit-elle au moment où Hermine les rejoignit. Le village manque d'animation, mais j'ai appris à savourer notre isolement. Et Chambord n'est pas loin, Roberval non plus. Ah ! Ma chérie, nous t'attendions.

— Mukki a été long à s'endormir, expliqua la jeune femme. En tout cas, je suis affamée.

Jocelyn les regarda tour à tour. Pour lui aussi, la situation avait quelque chose d'extraordinaire. Il admira encore une fois la grâce fascinante de sa fille. Elle avait défait son chignon et ses cheveux blonds ruisselaient en vagues souples sur ses épaules menues. Vêtue d'une robe en cotonnade fleurie, Hermine incarnait le printemps dans toute sa splendeur lumineuse. Laura, plus distinguée et toujours maquillée avec soin, lui paraissait très jolie. Il ne put s'empêcher de songer à Tala. Le souvenir de sa brève liaison avec l'Indienne le gênait tout en exacerbant sa vigueur masculine. Grâce à leurs étreintes clandestines, il avait signé un nouveau pacte avec la vie et l'espérance.

— Avez-vous pu discuter un peu, tous les deux ? interrogea Hermine d'un ton prudent.

— Oui, répliqua Laura. J'ai emmené ton père jusqu'au couvent-école, mais nous ne sommes pas allés plus loin, de peur de croiser Joseph ou Betty. Je serai bien obligée de leur apprendre ce qui se passe, mais plus tard. Demain, sans doute.

— Ta mère m'a surtout raconté pourquoi vous avez recueilli Charlotte, ajouta Jocelyn. C'est un beau geste de votre part.

Il baissa la tête et joua un instant avec sa fourchette. Mireille venait d'entrer et leur apportait le potage. La gouvernante se retira avec une courbette qui lui sembla bien superflue.

— Franchement, ça me fait tout drôle de voir une domestique me tourner autour, confia Jocelyn.

— Pourtant, au sanatorium, les pensionnaires étaient servis, eux aussi, fit remarquer Hermine. Cela ne semblait pas te déranger.

— Ce n'est pas pareil, coupa-t-il.

— Je connais Mireille depuis des années, indiqua Laura. C'est une femme qui a beaucoup de cœur et de finesse. Je ne pourrais pas me passer de ses services. Sais-tu qu'elle est native de Tadoussac ?

Jocelyn ne répondit pas. Il tentait de concevoir un avenir sous ce toit, à Val-Jalbert, auprès de son épouse, de sa fille, de Charlotte et de la gouvernante. Laura, vexée par son silence, pensa de nouveau à Hans. Il lui était difficile, voire impossible, de rayer son amant de son esprit et de son cœur en quelques heures.

« Hier encore, nous étions là, tous les deux, dans cette pièce. Je parlais de la fête qui suivrait la cérémonie du mariage. Comme nous avons ri ! Il avait cette manie délicieuse de prendre ma main à tout moment et d'embrasser mes doigts. Souvent, il jouait du piano, si doucement, et toujours mes morceaux préférés. Mon Dieu ! Dans quel état il était, aujourd'hui ! Lui toujours si réservé, si calme. »

— Toshan et Tala ne devraient pas tarder, déclara Hermine, partagée entre la joie et l'embarras. Ils vont être surpris, eux aussi, par le retour de papa.

— Ce sera l'occasion d'une grande réunion familiale ! s'écria Laura. Nous leur expliquerons la situation. Depuis le temps que je souhaitais rencontrer la mère de ton mari, ma chérie ! J'espère qu'elle ne sera pas trop mal à l'aise, chez nous…

Jocelyn approuva d'un signe de tête. Il était le seul à savoir que Tala ne viendrait pas. Elle le lui avait promis.

— Quand mon fils voudra me conduire à Val-Jalbert, je lui dirai que je ne peux pas le suivre, avait affirmé l'Indienne de sa voix chaude et un peu rauque. Il ne s'opposera pas à ma volonté ! Ne te fais aucun souci !

Hermine avait surtout hâte de retrouver Toshan. Elle ignorait de quelle manière ses parents entrevoyaient le futur immédiat, mais elle voulait, pour sa part, passer beaucoup de temps avec son bien-aimé.

— De toute façon, reprit Laura, je dois annuler dès demain tout ce qui était prévu. Le mariage, les invitations et le reste. Si tu le désires, Jocelyn, nous pouvons reprendre la vie commune très bientôt.

C'était dit d'un ton attentionné, teinté d'une sourde anxiété, cependant. Il ne fut pas dupe.

— Rien ne presse, trancha-t-il. Et si cela doit se faire, ce ne sera pas ici. Cette maison ne m'appartient pas, je m'y sentirai toujours comme un étranger. Il faudrait la revendre et acheter un logement à Roberval. Ce serait très agréable, de vivre au bord du lac Saint-Jean.

— Personne ne rachètera une demeure comme celle-ci, Jocelyn ! protesta Laura. Il n'y a plus qu'une cinquantaine d'habitants à Val-Jalbert, regroupés près de la route régionale. Ce quartier est désert et seuls les Marois sont propriétaires de leur maison sur la rue Saint-Georges. De toute façon, la maison reviendra à Hermine, plus tard.

— Fais-lui une donation tout de suite, dans ce cas. Je ne compte pas finir mes jours en profitant de la fortune de Franck Charlebois.

Mireille réapparut chargée d'un plat fumant, ce qui mit fin au débat.

— La fricassée de poulet aux navets, madame. Les navets proviennent du potager de Joseph Marois ; ils sont délicieux.

Laura approuva d'un air évasif. Elle n'avait pas songé au problème que poseraient l'argent et les biens dont elle avait hérité. Hermine se sentait de trop et décida de se coucher très tôt. Mais le repas n'était pas terminé. La jeune femme essaya de détendre l'atmosphère.

— Vous trouverez forcément une solution à tout ça, s'écria-t-elle avec douceur. En tête-à-tête ! Cela ne me concerne pas vraiment. Si vous me racontiez vos souvenirs de jeunes mariés ou les jours qui ont précédé ma naissance ? Tout à l'heure, dans le salon, papa m'a parlé de moi, quand j'étais bébé. C'était très touchant. Tu ne m'as jamais donné de détails sur cette période, maman.

— Disons que je n'osais pas, ma chérie. C'est stupide, je sais ! Maintenant que tu es mère toi aussi, je n'ai pas à être gênée. Mais pas ce soir, d'accord ? Une autre fois…

— Moi, je peux te présenter un peu ma famille, les Chardin, proposa Jocelyn. Mon père se nommait Constant. J'ai appris son décès la semaine dernière. Je n'ai pas pu me rendre à son enterrement.

La jeune femme fit une petite grimace.

— Je sais, la première lettre que j'ai reçue était signée Constant Chardin. Ensuite, c'est ta sœur Marie qui m'a écrit.

— Ma pauvre Marie ! Elle est restée vieille fille et elle se dévoue à présent pour notre mère âgée de soixante-quatorze ans, qui souffre de rhumatismes. Marie m'a rendu visite au sanatorium chaque mois. Il a fallu qu'elle me sache malade pour me pardonner mes prétendues erreurs, notamment mon mariage avec Laura.

Hermine retint un soupir. Jamais elle n'oublierait la teneur de la lettre rédigée par Marie Chardin, dont elle savait les dernières lignes par cœur.

Certes, vous n'êtes pas coupable personnellement et je prierai pour votre salut. Vous portez notre nom, un affront dont je souffre, mais il est sali à jamais par votre mère. Que Notre Seigneur Jésus ait pitié de vous.

— Je suis heureuse de pouvoir te connaître, papa, dit-elle d'un ton chaleureux. Mais je crois que ta mère et ta sœur n'auront jamais envie de me rencontrer.

— Tout peut s'arranger, dans la vie, répliqua Laura. La preuve, Jocelyn, tu es là, près de nous… Notre fille réclame des souvenirs. Lequel lui offrir ?

— J'aimerais lui dire que le matin de son baptême, en février 1915, il neigeait dru, déclara Jocelyn. Un déluge de neige ! Sache, ma petite Hermine, que je t'ai portée jusqu'à l'église en t'abritant sous ma pèlerine en gros drap de laine. J'étais fier, ça oui. Et ta mère était ravissante, je lui avais offert une toque en fourrure blanche. Je crois que ce jour-là j'étais le plus heureux des hommes.

— Et ensuite, nous sommes allés déjeuner dans une auberge, renchérit Laura. Tu étais si sage, ma chérie. Tu dormais dans mes bras, toute belle dans ta robe en dentelle. Je remerciais Dieu de m'avoir accordé tant de bonheur.

Le couple échangea un regard voilé par une infinie tristesse. À cet instant, tous deux déploraient d'avoir été séparés. Jocelyn devait lire dans l'esprit de sa femme, car il murmura :

— Nous aurions pu être heureux ainsi, sans toutes ces années passées dans l'absence ! déplora-t-il. Mon Dieu, j'ai tout gâché à cause de ma lâcheté.

— Ne dis pas ça, Jocelyn ! s'indigna Laura. Aurais-tu oublié que je suis l'unique coupable ? Tu as voulu m'arracher à mon sort méprisable, tu m'as épousée. Bien sûr, tu as cru avoir tué cet homme, mon tortionnaire. Mais réfléchis, si tu ne m'avais pas aimée et protégée de lui, rien ne serait arrivé. En fait, tes parents et ta sœur avaient raison, j'ai provoqué ta perte. Maintenant, comment franchir le fossé qui s'est creusé entre nous ? Tu ne veux pas habiter ici, tu m'en veux d'être riche, élégante, si différente de celle que tu adorais jadis. Et tu en as le droit ! Le pire, c'est que je ne peux pas redevenir cette jeune femme qui dépendait de toi en toutes choses. Je ne serai plus jamais la Laura que tu aimais !

Hermine avait les joues en feu. Elle avait eu tort d'interroger ses parents sur leur passé. Jocelyn fixait Laura avec un air hébété.

— Je n'exige rien de semblable. Mon Dieu, Laura, faut-il nous déchirer le cœur à rabâcher nos erreurs ? Moi aussi, j'ai changé. Pendant des années, j'ai erré du Canada aux États-Unis en étant persuadé que j'étais un double assassin. Je croyais avoir la mort de Banistère Desjardins sur la conscience et la tienne, ce qui était bien plus intolérable. J'ai bu du caribou à en tomber écroulé sur le plancher, je me suis battu, parfois. J'étais devenu violent, ombrageux, méfiant : un paria, en quelque sorte. Enfin, je préfère ne pas en dire plus, surtout en présence de ma fille.

Mireille fit encore diversion en apportant le dessert. Laura n'avait pas touché à son assiette.

— Je patiente un peu, madame ? s'enquit-elle poliment.

— Non, je n'ai plus faim, tu peux débarrasser.

La gouvernante déposa devant chacun un ramequin garni de compote de pommes nappée d'une couche de meringue dorée au four.

— Oh, Charlotte adore ce dessert, fit remarquer Hermine. Je lui monte ma part, je suis sûre qu'elle ne dort pas encore. Et je vais me coucher aussi. Ne m'en veuillez pas, je suis épuisée.

Elle quitta précipitamment la table, incapable de demeurer une minute de plus avec ses parents. Ils en furent un peu surpris. Ils ne soupçonnaient pas que de les voir réunis la plongeait dans un désarroi inexplicable.

« Ils souffrent, ils sont loin de se réconcilier pour de bon, se dit-elle en grimpant les marches d'un pas rapide. Je préfère les laisser seuls et me retrouver avec ma Lolotte et mon petit Mukki. Je ne peux pas les aider et je n'ai pas à les écouter régler leurs comptes. Oh ! Toshan, reviens-moi vite, je t'en prie ! »

Après le départ de la jeune femme, Laura se prit la tête entre les mains et ferma les yeux.

— Qu'est-ce que tu as ? s'inquiéta Jocelyn en lui effleurant l'épaule.

— Je m'en veux, j'ai fait fuir Hermine. Je suis si maladroite avec elle. Tu ne sais rien de notre vie commune. Depuis trois ans, j'accumule les bêtises. La pauvre chérie, elle n'a pas de chance, d'avoir une mère comme moi.

— Et un père de mon genre, ajouta-t-il. Laura, viens, allons marcher un peu. L'air de la nuit nous fera du bien. J'ai à te parler d'une chose importante.

Elle le suivit, après s'être enveloppée d'un châle. Dès qu'ils furent sur le perron, une chouette s'envola d'un jeune érable. Le battement de ses ailes fit tressaillir Laura. Jocelyn eut la tentation de la serrer contre lui, mais il n'osa pas.

— La lune se lève, nota-t-il d'un air grave. Je ne pensais pas revivre une nuit de printemps à tes côtés. Te penser morte et réduite en poussière, c'était ma croix à porter. Mais tu es là, et j'en remercie Dieu.

Ils déambulaient entre les bouleaux au tronc pâle qui entouraient la maison, plus imposante et d'une architecture plus compliquée que les logements doubles bâtis pour les ouvriers. Jocelyn observait l'ancienne demeure du surintendant Lapointe comme si c'était une ennemie. Il nota les piliers en pierre de l'auvent, les fenêtres de l'étage surplombées d'une avancée du toit, ainsi que les proportions majestueuses de la construction. Rien d'étonnant si Laura avait décidé d'aménager l'intérieur avec une profusion de belles choses.

— Pourquoi as-tu acheté cette maison-là ? demanda-t-il. Celles qui bordent la rue Saint-Georges auraient pu te convenir aussi bien. Elle a dû te coûter cher.

— J'étais folle de joie d'avoir retrouvé ma fille, répondit-elle d'un ton ferme. Je voulais lui donner ce qu'il y avait de mieux. Hermine était tellement heureuse que je m'installe à Val-Jalbert ! Elle a grandi ici, Jocelyn. Petite fille, elle a joué dans les prés alentour avec les enfants Marois et sûrement bien d'autres. Son véritable foyer, c'est le couvent-école. Les religieuses ont veillé sur elle et l'ont éduquée avec soin. L'église a été démolie, mais à huit ans notre fille y a chanté l'*Ave Maria* pour les gens du village. On me l'a raconté, il paraît que tout le monde était émerveillé. Et puis, au début, j'ai eu des problèmes avec Joseph Marois, qui était son tuteur au regard de la loi. Il refusait que je l'emmène. D'où mon empressement à acheter un logement sur place. J'ai fait venir de Montréal du mobilier, de la vaisselle, le piano. Je tenais à rattraper le temps perdu, à combler ma fille de cadeaux. Cela ne lui plaisait pas vraiment. Elle avait surtout besoin d'amour, de tendresse.

— Mais toi, tu espérais l'éblouir en étalant ta fortune... Je parie qu'elle a des goûts de luxe, maintenant. Comme toi.

— Vas-tu me reprocher souvent d'être riche, plus riche que toi ? s'écria Laura. Est-ce vraiment ma faute si Franck Charlebois m'a épousée afin de me donner un foyer, un toit, ceci à une époque où je n'avais aucun souvenir ? Tu n'existais plus pour moi, ni Hermine. J'aurais pu croupir à l'hôpital dans le service réservé aux aliénés. Je considère que j'ai eu beaucoup de chance. Franck m'a appris les bonnes manières, j'ai fréquenté des notables, j'ai pu tenir un intérieur encore plus luxueux que celui où je vis actuellement. D'ailleurs, ce n'était pas très judicieux, à table, de nous dire d'entrée de jeu que tu refusais d'habiter cette maison. Tu as vu le résultat, Hermine n'a même pas pris le dessert avec nous !

Laura s'éloigna en direction d'un banc qu'elle avait fait placer au fond de ce qu'elle appelait son parc. Exaspérée, elle s'assit et éclata en sanglots. Jocelyn la rejoignit. Il l'obligea à se relever, ses mains puissantes lui maintenant la taille.

— Je ne suis qu'un rustre, reconnut-il. Tu es là et c'est le plus important. Quand même, tu me connais ? Je suis orgueilleux. Si je vivais à tes crochets, je me sentirais rabaissé. Ma Laura, pardonne-moi. Je t'aime toujours, je n'ai jamais cessé de t'aimer. Cela me rend stupide, sans doute.

Il essaya de l'embrasser. Ses lèvres ne trouvèrent que le vide. Elle avait bondi en arrière.

— Excuse-moi, Jocelyn, mais est-ce bien raisonnable ? interrogea-t-elle. Si tu n'étais pas tout à fait guéri ? Dès mon retour du sanatorium, je me suis renseignée sur la tuberculose. Cette maladie m'effraie ! Tu me comprends, n'est-ce pas ?

Il recula lui aussi avec un geste de colère. La réaction de Laura le renvoyait au cauchemar qu'il avait vécu durant ces cinq dernières années.

— De mieux en mieux ! Traite-moi en pestiféré ! Ne te gêne pas, j'ai l'habitude ! Mon Dieu, Laura, je ne suis pas fou. Il n'y a plus aucun risque, à mon avis. Tu brandis ma maladie pour ne pas me dire la vérité. Tu ne m'aimes plus ! Je ne suis qu'un pauvre imbécile. La nuit précédente, tu étais couchée avec Hans, c'est lui que tu veux dans ton lit, pas moi !

L'expression de Jocelyn était effrayante. Le visage tendu par la fureur, son regard noir étincelant, il défiait Laura de toute sa virilité jalouse. Elle continua à pleurer, excédée.

— Même si c'était le cas, je ne faisais rien de mal, puisque je te croyais mort, dit-elle. Je chérissais ton souvenir, ça, je peux te le jurer. Et je t'aime encore. Mais je ne suis pas prête à autre chose, pas si vite. Tu n'as pas à me le reprocher. Toi, tu as bien eu des maîtresses !

Il se calma immédiatement en pensant à Tala. Lui n'avait guère d'excuses, comparé à Laura, car il avait joui du corps souple et brun de l'Indienne tout récemment, en sachant son épouse vivante de surcroît.

— J'ai eu tort de te brusquer, concéda-t-il pour changer de sujet. Mais je suis bel et bien guéri, d'après les docteurs. Ils ont fait des radiographies à l'hôpital. Je ne serais pas venu, si j'avais eu le moindre doute.

Laura poussa un bref soupir, proche de la résignation, et lui tendit sa bouche.

— Non, ne te force pas ! s'écria-t-il. C'était ce que je voulais te dire. Je n'ai pas l'intention de faire valoir mes droits de mari sur-le-champ. J'attendrai que tu sois prête, ne crains rien. Ce n'est pas facile, notre histoire. Mais je ne te demandais qu'un baiser...

Elle approuva d'un pauvre sourire larmoyant.

— Merci de m'accorder du temps. Cet après-midi, j'éprouvais les mêmes sentiments qu'autrefois à ton égard. J'avais confiance, je me persuadais que nous allions tout de suite être un couple. Mais...

— Mais quoi ? demanda Jocelyn d'une voix radoucie.

— Ne te fâche pas, par pitié ! C'est au sujet de Hans. J'ai une immense affection pour lui. Il s'est montré dur, presque cruel, alors qu'il est bon et patient. Le chagrin peut nous égarer. Je voudrais lui parler, le consoler. Nous étions fiancés. Tant que j'aurai cette épine au cœur, je serai incapable d'aller vers toi corps et âme.

Jocelyn perdit patience, malgré les supplications de Laura.

— Si ton seul souci, c'est de consoler ton fiancé, il vaut mieux envisager le divorce ! trancha-t-il. Je m'en vais. De toute façon, je n'avais pas prévu dormir à Val-Jalbert. J'ai réservé une chambre à Roberval. Raccompagne-moi, que je prenne mes affaires. Il vaut mieux agir en personnes civilisées.

Elle resta les bras ballants, décontenancée. C'était le moment ou jamais de s'accrocher à son mari, de lui jurer qu'elle l'aimait toujours, même si elle refusait de partager son lit avec lui. Elle trouvait indécente l'idée de coucher dès ce soir auprès de Jocelyn. Sa chair de femme gardait l'empreinte de Hans.

— Eh bien, pars ! gémit-elle. Hermine sera déçue de ne pas te voir au petit déjeuner.

Il leva les bras au ciel, hors de lui.

— Et où comptais-tu me loger ? Dans la chambre de Zahle ? Quant à notre fille, ce n'est plus une enfant. Je crois même qu'elle est plus lucide que toi.

— Il y a une petite pièce très propre équipée d'un lit d'appoint derrière la remise à bois. Armand Marois y a déjà couché ! C'est un adolescent qui travaille pour nous. Tu ne vas pas rentrer à Roberval si tard, à pied en plus. Dors ici, quand même.

— Non, je pars. J'ai fait des milles et des milles sans emprunter aucun véhicule. Rentrer à Roberval ne me fait pas peur.

— Tu reviendras ? implora-t-elle. Nous devons réapprendre la vie de famille. Je suis ta femme.

Jocelyn ne répondit pas. Laura l'escorta jusqu'au perron et le précéda dans le couloir.

— Mon porte-documents, mon chapeau ! grommela-t-il.

Elle ouvrit la porte du petit bureau plongé dans la pénombre. Il entra à l'intérieur, en évitant de la regarder. Un léger déclic le fit sursauter.

— Pourquoi as-tu tourné la clef ! s'étonna-t-il.

Laura se jeta contre lui et l'enlaça de toutes ses forces. Elle avait soudain besoin de le toucher, de quémander un peu de tendresse.

— Si tu t'en vas dans cet état d'esprit, je serai désespérée ! balbutia-t-elle, la joue collée à sa poitrine si étroitement qu'elle percevait les battements précipités de son cœur.

— Tu joues avec le feu ! insinua-t-il en l'étreignant à son tour. Je n'ai plus du tout envie de partir, à présent.

— Alors recommençons tout à zéro. Nous avons vingt ans de plus qu'à notre première rencontre, mais nous sommes aussi maladroits et timides qu'à cette époque. Je suis bien, là. J'avais froid, tu me réchauffes, Joss…

C'était un diminutif intime que Laura avait souvent murmuré par le passé, pendant leurs ébats amoureux. Jocelyn le reçut telle une bénédiction. Ils demeurèrent longtemps ainsi. Jocelyn déposait de légers baisers sur les cheveux soyeux de son épouse, gagné par son abandon plein de confiance. Elle respirait à petits coups et se faisait toute petite et câline dans ses bras.

— Tu es toujours la même ! finit-il par dire. Tu as gagné. Je vais dormir dans cette pièce dont tu parlais. Je trouverai le chemin tout seul.

Laura esquissa un sourire de reconnaissance. En se hissant sur la pointe des pieds, elle déposa un chaste baiser sur le front de son mari.

— Merci, Joss, et à demain matin ! Pour rien au monde, je ne t'aurais laissé t'en aller cette nuit.

Une heure plus tard, Jocelyn avait pris possession du cabanon en planches. Il fut long à trouver le sommeil. La journée avait été fertile en émotions. Il renonça à s'interroger sur Laura, sur Hermine et sur leur avenir à tous les trois, pour effeuiller les meilleurs souvenirs de son existence. Une ronde d'images le berça. Une jeune et jolie femme qui courait vers lui en robe d'été, les cheveux au vent. C'était Laura. Une souple naïade au corps délicat émergeant de l'eau d'un petit lac, rieuse, c'était encore Laura, l'été où elle attendait Hermine et qu'ils s'étaient baignés.

Elle n'était pas nue, mais le fin tissu de sa chemisette, plaqué sur ses seins, ses hanches et ses cuisses, célébrait sa beauté.

Il revit leur mariage. Elle n'avait aucune famille et, de son côté, les Chardin avaient refusé d'assister à la cérémonie. Jocelyn avait demandé à un de ses collègues comptable de servir de témoin, alors que sa fiancée jouait le même rôle pour Laura.

« Qu'elle était belle, émue, presque incrédule ! Sa petite main tremblait au moment de me passer l'alliance. Mon Dieu, comme je l'ai aimée, cette femme ! Mais elle est là, bien vivante ! Tout à l'heure, je sentais son parfum, j'admirais la courbe de ses reins. »

Il serra les poings dans la pénombre, bien décidé à reconquérir Laura.

Dans la maison, Hermine avait entendu le pas de sa mère le long du couloir de l'étage. Charlotte et Mukki dormaient. Elle se leva et, pieds nus, marcha jusqu'à la chambre de Laura.

— Maman, pourquoi pleures-tu ? Papa est reparti ?

— Ma chérie, que je suis contente ! J'avais besoin de réconfort, de te parler un peu. Je ne pourrai pas fermer l'œil de la nuit, je le sens.

Elles s'installèrent sur le grand lit couvert d'un luxueux tissu à motifs de roses et d'iris.

— Ton père couche dans le cabanon de jardin, celui que j'ai fait aménager pour Armand, lui avoua Laura. Il voulait rentrer à Roberval, alors qu'il est minuit passé. Je l'en ai dissuadé. Mon Dieu ! C'est tellement étrange de le revoir, d'entendre sa voix. Je ne parviens pas à y croire vraiment.

— Je ressens la même chose, avoua Hermine. Mais je me suis déjà habituée à lui, comme si je l'avais toujours connu.

— Seulement, toi, tu es sa fille, pas sa femme, soupira sa mère. Ma position est délicate. Je pensais aimer Hans, nous étions en pleins préparatifs de mariage et Jocelyn frappe à ma porte. C'est fantastique ! Je n'avais pas le choix, n'est-ce pas ? Je devais redonner tout de suite sa place à mon époux, à ton père.

La voix de Laura se brisa. Elle continuait à frissonner, éperdue de doutes, de craintes. Apitoyée, Hermine la prit dans ses bras.

— Maman, tu préférerais vivre avec Hans ? Tu peux me le dire franchement. J'ai compris bien des choses, aujourd'hui, à votre sujet.

Elle faisait allusion aux propos du pianiste, qui avait révélé leur liaison. Embarrassée, Laura eut un geste d'impuissance.

— Je ne sais plus où j'en suis, ma chérie. Je suis profondément bouleversée d'avoir retrouvé ton père, mais j'étais très attachée à Hans. Nous nous sommes promenés, tout à l'heure, et il a tenté de m'embrasser. J'ai pris peur, je n'ai pas pu. Il était vexé. Je lui ai expliqué que je redoutais la contagion, au cas où il ne serait pas tout à fait guéri. C'était vrai, mais en partie seulement. J'ai brandi ça comme un bouclier, car j'avais peur de ce baiser. Peur de ne pas être à la hauteur, de ne rien éprouver pour un homme que j'ai adoré. Je t'en prie, Hermine, aide-moi à élucider certains points. Toi, tu as vu ton père au sanatorium. Avoue qu'il a beaucoup changé en trois mois ! Quand j'ai regardé le cliché du journal à la loupe,

Elzéar Nolet m'a fait songer à Jocelyn, un Jocelyn vieilli, maladif. Comment ton père a-t-il réussi ce tour de force de se présenter à nous le teint hâlé, revigoré, énergique ? Il y a un mystère là-dessous !

Hermine se creusa la tête en vain.

— La guérison a été rapide ; son état s'est amélioré en conséquence, hasarda-t-elle enfin. Papa semblait se morfondre, au sanatorium. Il s'est enfui après ma visite, car il savait que tu étais vivante. Cela a pu provoquer une sorte de choc ! Et ensuite, reprendre sa liberté a été salutaire pour lui.

— C'est possible, admit Laura. Quel dommage, il se dégarnit… Son front paraît immense, maintenant. J'aimais tant passer mes doigts dans ses cheveux.

— Tu peux encore, mais dans le cou et près des oreilles, la taquina Hermine. Ne lui en parle pas, surtout. Il m'a fait de la peine, à garder son chapeau pour que tu ne t'aperçoives pas de son début de calvitie !

Attendrie, Laura eut un léger sourire. Elle jeta un coup d'œil rêveur à sa chambre, au décor luxueux et raffiné d'inspiration britannique. Les teintes beiges et grises abondaient, les chintz fleuris, les statuettes en porcelaine.

— Imagines-tu ton père ici ? Icitte, comme dirait Mireille.

La jeune femme haussa les épaules, indécise. Certes, Hans Zahle, avec ses manières un peu précieuses, ses allures de poète, devait se plaire dans un tel cadre. Mais Jocelyn Chardin…

— Maman, il vous suffit d'être patients. Rien ne presse, au fond. Petit à petit, vous serez plus proches l'un de l'autre, moins gênés. Tu me demandes conseil, alors voilà ce que je pense. D'abord, il faut prévenir tous ceux que tu allais inviter à ton mariage. Tu dois annoncer aux Marois, au maire et à nos connaissances que ton premier mari est revenu ! Et très vite, rends visite à Hans et fais la paix avec lui. Il est bienveillant et généreux, il ne peut pas te reprocher ta décision. Vous devez vous quitter en amis, pas en ennemis. Tu verras, tout rentrera dans l'ordre.

— Mon Dieu, quel discernement ! déclara sa mère. Jocelyn disait vrai, ce soir, tu es plus lucide que moi. Je ferai ainsi, ma chérie.

Hermine lui serra tendrement les mains.

— En tout cas, maman, cela me ferait plaisir si un jour, toi et papa, vous étiez heureux ensemble. Mukki aura des grands-parents, et le bébé que je porte aussi. Trouvez au moins un terrain d'entente avant Noël, que nous puissions fêter la naissance du Christ dans la joie, ainsi que celle de mon deuxième enfant.

— Je te le promets ! soupira Laura.

Val-Jalbert, mercredi 14 juin 1933

Laura venait de compter à la hâte sur ses doigts, comme une enfant. Onze jours, cela faisait déjà onze jours que Jocelyn habitait à Val-Jalbert, s'entêtant à occuper le cabanon de jardin.

— Et la date prévue pour mon mariage avec Hans est passée, heureusement. Cela me soulage ! s'avoua-t-elle à mi-voix. Je n'ai plus qu'à oublier.

Elle était seule dans le salon où régnait le parfum capiteux des premières roses, cueillies à l'aube par ses soins. Les fleurs de serre, d'un prix exorbitant, elle les avait offertes à l'église de Chambord. Lys et gardénias en pots ornaient l'autel et devaient ravir les yeux des paroissiens.

« Onze jours ! pensa-t-elle avec une vague surprise. Et Jocelyn affiche le même air d'ours en cage. Poli pendant les repas, ronchon quand il s'ennuie. Il ne m'a plus touchée, pas une fois ! Pas une ébauche de baisers ! C'est bien ma faute aussi. Si je tente une approche, il s'en va. Je parie qu'il pourrait dessiner un plan du village, à force de l'arpenter du matin au soir. »

Le caractère ombrageux de Jocelyn déroutait la maisonnée. Mireille se méfiait de lui, Charlotte l'évitait soigneusement. La fillette se disait que cet homme cachait un secret. La preuve, il avait menti au sanatorium en prétendant s'appeler Elzéar Nolet. Quant à Hermine, elle se contentait de discuter avec son père, tous deux assis sous l'auvent du grand perron. Ces bavardages ne duraient pas et ils avaient pour unique thème Val-Jalbert. Pour Jocelyn, qui explorait avec intérêt la cité ouvrière abandonnée, la jeune femme évoquait l'époque encore récente où plus de huit cents personnes déambulaient dans les rues. Elle avait raconté à son père bien des anecdotes. Mais elle ne l'accompagnait pas dans ses excursions, de peur de mettre en péril le bébé qu'elle attendait. Armand Marois s'en chargeait. L'adolescent, souvent livré à lui-même, savourait son rôle de guide.

Ce jour-là, il escortait Jocelyn jusqu'à la chute Maligne, en amont de la gigantesque cascade chère à Hermine. Là-bas, la tumultueuse rivière Ouiatchouan, grossie par la fonte des neiges, faisait un premier bond d'une quarantaine de mètres au sein des forêts d'épinettes. Mireille leur avait préparé de quoi pique-niquer là-bas.

— Laura ? appela Charlotte qui rentrait de l'école. Regarde ce que j'ai retrouvé dehors, dans l'herbe.

— Mais approche ! s'impatienta celle-ci. Montre-moi.

C'était le béret en perles nacrées. Il avait plu la veille et il était dans un état lamentable, souillé de terre brune.

— Ma coiffure de noces ! pesta celle-ci. Mon Dieu, tu peux jeter ça dans le fourneau de la cuisine.

— Est-ce que tu es triste de ne plus te remarier ? interrogea Charlotte d'un ton enflammé. Tu pleures souvent, en cachette. Je t'entends de ma chambre.

Laura leva les yeux au ciel. Elle était de mauvaise humeur. Jocelyn ne lui témoignait guère d'attention. Il agissait en invité indifférent, sauf à l'égard de sa fille et de son petit-fils. Mukki avait droit à ses sourires et à des chatouilles.

— Ce sont des affaires d'adulte, Charlotte ! coupa-t-elle. Je suis nerveuse, rien d'autre. Que fais-tu ici, d'ailleurs ? Et l'école ?

— La classe est finie, il est plus de quatre heures et demie. Est-ce que tu me le donnes, ton béret ? Il ne faut pas le brûler, il est trop joli !

— Oui, garde-le si ça te fait plaisir, soupira Laura. Mais tu ferais bien de le laver. Va vite goûter. Hermine se repose ; ne fais pas de bruit si tu montes à l'étage.

L'enfant s'éclipsa, émerveillée d'être en possession d'une chose aussi magnifique. Elle en avait le souffle coupé. Laura replongea dans des pensées douces-amères.

« Quand Jocelyn a frappé chez nous, je tenais ce béret à la main. Mais à quel moment l'ai-je lâché ? Peu importe ! Si c'était la seule dépense inutile ! J'ai jeté beaucoup d'argent par les fenêtres pour rien. »

Ces fameux onze jours n'avaient pas été de tout repos pour Laura. Elle avait suivi à la lettre les conseils d'Hermine. Joseph, Betty et le maire du village, conviés à déjeuner, avaient écouté, sidérés, le résumé de la dramatique histoire de Jocelyn, qui s'était présenté à la fin du repas.

« Une véritable épreuve ! se souvint Laura. Ce n'était pas plaisant. Mais au moins, nous avons respecté les convenances. Tout le pays sait que je ne suis plus fiancée à Hans et que je vis avec mon mari en toute légalité. »

— Je vous souhaite de former à présent une honnête famille, pieuse et charitable, avait conclu le maire.

Laura se leva et s'accouda à la fenêtre grande ouverte. La nature exultait, gorgée de sève neuve. Le vent fleurait des senteurs exquises : celles de la terre réchauffée, des fleurs sauvages et des eaux vives.

— Hans est loin, maintenant ! dit-elle tristement.

Avec l'accord de Jocelyn, Laura avait rendu visite au malheureux pianiste. Il faisait ses malles. L'entretien s'était passé mieux qu'elle ne l'espérait. Calmé, résigné, Hans avait même déploré son coup de folie, selon ses propres termes.

— Je m'incline devant le destin, qui nous a piégés tous les deux, Laura ! avait-il déclaré. Mais je m'en vais. J'ai trouvé un emploi à Québec. Toujours la musique. Je jouerai dans un orchestre.

Il avait tenu à lui rendre l'automobile qu'elle avait achetée et dont il ne voyait plus l'utilité. En guise d'adieu, il avait baisé sa main gantée de dentelle.

« Un galant homme », pensa Laura avec une pointe de nostalgie.

La voiture était garée devant le logement des Marois. Elle l'avait prêtée à Simon qui, ravi, faisait parfois fonction de chauffeur.

— Tout est en ordre ou presque ! soupira-t-elle.

Les chiens se mirent à aboyer. Les jappements n'exprimaient pas la colère, mais une joie délirante. Une voix grave s'éleva, ordonnant aux bêtes de se taire. Laura reconnut ce timbre sensuel et viril.

— Mon Dieu, c'est Toshan ! Hermine va être aux anges !

La jeune femme, alertée par le tapage des chiens, descendait déjà l'escalier en simple robe de lin blanc. Elle se rua sur le perron.

— Toshan ! Tu es là, enfin !

Il la reçut dans ses bras en riant. Le couple enlacé contourna l'angle de la maison. Les baisers qu'ils allaient échanger n'avaient pas besoin de témoins. Laura, qui s'était précipitée pour saluer son gendre, virevolta sur ses chaussures à talons hauts et alla prévenir la gouvernante.

— Nous avons un couvert de plus ce soir, Mireille.

— J'avais deviné, madame. De toute façon, monsieur Clément annonçait son retour dans son télégramme. Vous saurez peut-être pourquoi sa mère n'a pas répondu à votre invitation.

Ce point demeurait un mystère pour Hermine et Laura. Le 10 juin, soit deux jours avant la date prévue pour le mariage, Toshan avait envoyé un télégramme dont le contenu les avait déconcertées.

Navré. Impossible de rentrer à temps pour la noce. Mère ne viendra pas. Serai là très vite. Clément Toshan Delbeau.

— Une drôle de coïncidence, avait commenté Jocelyn, pas du tout rassuré.

Depuis il appréhendait le retour de Toshan. Hermine, elle, se croyait au paradis. Blottie contre son bien-aimé, dans la pénombre de la remise à bois, elle frémissait sous ses caresses.

— Tu m'as manqué, confessa-t-elle. J'ai tant de choses à te dire.

— Patience, ma petite femme coquillage, moi je n'ai pas envie de parler, pour l'instant, juste de t'embrasser encore et encore. Mais tu as un joli ventre bien bombé ! Ce sera un deuxième fils, gros et fort.

— Non, une fille ! Vraiment, tu trouves que j'ai grossi ?

Il la fit taire d'un nouveau baiser passionné. Dans l'enclos, Duke gémissait et grattait le grillage.

— Je viens, mon chien ! Sage ! cria Toshan.

Hermine fit la moue en l'empêchant de regarder Duke. Elle voulait son mari pour elle seule. Par chance, la jeune femme avait un excellent moyen de monopoliser son attention.

— J'ai une nouvelle incroyable à t'apprendre, lui dit-elle à l'oreille. Mon père Jocelyn est vivant ! Il est là, à Val-Jalbert.

— Ton père ? fit le jeune homme avec une mine abasourdie.

— Oui, il s'est présenté chez nous le 3 juin. Bien sûr, le mariage de maman et de Hans a été annulé. Je te raconterai son histoire, c'est très long et compliqué. Si tu étais arrivé à la date prévue avec ta mère, tu serais déjà au courant !

— C'est un reproche, ça ? interrogea Toshan.

— Mais non, seulement nous avons été surprises, maman et moi, que vous ne veniez pas tous les deux avant la noce.

— Tu as retrouvé ton père, moi j'ai perdu ma mère, fit-il remarquer. Ne fais pas ces yeux, Tala n'est pas morte. Elle a disparu en me laissant un message. Je suis en retard à cause de ça. Je l'ai cherchée partout, chez mon oncle, chez mes cousines. Personne ne savait où elle était.

Dépossédée de l'effet de son coup de théâtre, Hermine s'inquiéta vite pour sa belle-mère.

— Tu dois être affolé ! Je suis désolée pour toi ! Que disait le message ?

Toshan sortit un papier de sa poche et le lui tendit. Elle le lut à voix basse.

Mon fils, je dois faire un voyage. Ne te soucie pas de moi, mon cœur porte des ailes. Je reviendrai en temps voulu. Rentre auprès de ta jeune épouse. Elle a besoin de toi. Tala.

— Et c'est tout ? s'exclama-t-elle.

— Oui, rien d'autre. La cabane était fermée, la clef cachée au même endroit que d'habitude. Ma mère a emmené le chien. Je suppose qu'elle avait ses raisons d'agir ainsi. Mais depuis des années, elle refusait de quitter les bords de la rivière. « La Péribonka est ma compagne, ma sœur ! » Voilà ce qu'elle répétait. Je t'avoue que je ne comprends pas. Mais parle-moi de ton père ! Quel genre d'homme est-il ?

Toujours étonnée par les mots de Tala, Hermine demeurait pensive. Elle répondit enfin :

— Je l'apprivoise au fil des jours ! Selon maman, il était plus gai jadis, moins sévère. Mais je suis heureuse quand je le vois bercer Mukki dans ses bras. Je crois que, plus le temps passera, plus je serai à l'aise avec lui. C'est mon père, celui dont j'ai tant rêvé. Nous lui avons montré le traîneau ! Si tu l'avais vu caresser le bois des poignées, les sculptures du dosseret ! Il n'en revenait pas… J'avais les larmes aux yeux.

Toshan relâcha son étreinte pour courir libérer ses chiens. Chagrinée, Hermine le rattrapa et lui saisit la main, l'empêchant d'ouvrir l'enclos.

— Que veux-tu faire ? demanda-t-elle.

— Je vais les faire courir un peu, ils ont besoin de se dégourdir. Tu m'avais promis qu'Armand les sortirait tous les soirs…

— Papa s'en occupe, s'écria-t-elle. Il veille sur eux. Je crois qu'il aime autant ces bêtes que toi. Je te rappelle que tu as un fils ! Ton Mukki doit être réveillé ; je vais lui donner à téter.

Le jeune homme éclata de rire.

— Dans ce cas, je te suis ! J'aime te voir donner le sein à mon enfant.

Il y avait du désir dans le regard noir de Toshan. Frémissante, Hermine pressentit que son mari, une fois le bébé repu, couvrirait sa poitrine de baisers. Le souffle précipité, elle se hâta de regagner sa chambre. Nul ne les dérangea. À l'aide d'une savonnette,

Charlotte lavait son béret en perles dans une cuvette en émail, en faisant couler en abondance le robinet extérieur. Mireille pétrissait de la pâte à tarte sous l'œil morose de Laura qui s'était réfugiée dans la cuisine pour ne pas troubler la joie de sa fille.

— C'est une chance d'être autant isolés, madame, grommelait la gouvernante. Votre gendre a souvent des façons de sauvage. Un beau sauvage, mais un sauvage quand même. Chaque fois qu'il est de retour, il s'enferme avec Hermine et on ne les revoit qu'à l'heure du souper. Seigneur Jésus ! Si ma sœur avait agi de la sorte lorsque son mari revenait du bois, mes parents auraient crié au scandale. Ce n'est guère convenable.

— Ce que tu es vieux jeu, Mireille ! Au moins, Toshan prouve son amour à ma fille. Ce n'est pas le cas de tous les hommes. Et puis, ils sont jeunes !

— Je remercie Dieu de ne pas avoir eu d'époux ni d'enfants, bougonna la domestique. Ce n'est que du désagrément.

— Dieu n'a rien à voir avec ça, dit Laura, un instant déridée. Tu m'as seriné que tu avais décliné plusieurs demandes en mariage. Tu n'avais pas envie de fonder une famille, ce n'est pas un crime.

— Votre café est prêt, madame, dit Mireille avec un sourire malicieux. Vous n'êtes pas fâchée ? Je ne fais que donner mon avis sur monsieur Toshan.

— Tant que nous sommes en tête à tête, rien ne me vexe. As-tu compris, Mireille ? Depuis que nous habitons Val-Jalbert, tu as changé. Tu es moins discrète qu'à Montréal et bien contente d'employer à nouveau les expressions que monsieur Charlebois ne tolérait pas.

— Maintenant, faut pas que je déplaise à monsieur Jocelyn, fit remarquer la gouvernante. S'il devient le patron, icitte !

Laura haussa les épaules et se leva.

— À ma connaissance, il est le patron, Mireille, puisque c'est mon mari. Je vais boire mon café dans le salon. Au fait, le soir, ne fais pas jouer ton gramophone trop fort. J'entends la musique de ma chambre.

La gouvernante promit d'y veiller. Elle se retirait tôt dans la pièce où elle logeait, près de la buanderie, depuis qu'elle s'était acheté avec ses économies un gramophone d'occasion et des disques de la célèbre Bolduc. Elle retenait certaines chansons et les fredonnait dès qu'elle le pouvait. Là encore, à peine sa patronne sortie, elle entonna à mi-voix *Le Sauvage du Nord*[1].

C'est le Sauvage du Nord en tirant ses vaches
Y avait des bottes aux pieds qui faisaient la grimace

Tout le long de la rivière tom di la dam tom di la dam
Les petits Sauvages étaient couchés par terre
Pis y en avaient d'autres sur le dos de leur mère

Tu m'as aimé pis je t'ai aimé à présent tu me quittes
Tu m'aimes plus et pis moé non plus
Nous sommes quitte pour quitte

Laura s'était arrêtée au milieu du couloir pour se regarder dans le miroir à cadre doré suspendu entre deux portes. Elle entendit très nettement les paroles

1. Chanson de La Bolduc datant de 1931.

et y perçut une intention railleuse de la part de sa domestique.

« Se moque-t-elle de Toshan, ou fait-elle allusion à l'étrange couple que nous formons, Jocelyn et moi ? » songea-t-elle, irritée.

Elle pencha pour une raillerie à l'égard de son gendre. Cela l'arrangeait.

« J'espère que le souper se déroulera bien, pensa-t-elle encore. Mais oui, nous sommes tous des gens civilisés, même Toshan, malgré les allusions de Mireille. »

Hermine était loin de se tourmenter à ce sujet. Les rideaux en lin vert voilaient la lumière de l'après-midi en dispensant une pénombre particulière, proche de celle d'un sous-bois. La jeune femme gisait entièrement nue sur son lit, offerte aux caresses de son bienaimé.

— Notre fils est un sage petit homme, souffla Toshan à son oreille. Il s'est vite endormi pour laisser ses parents tranquilles. Que tu es belle, douce, toute ronde et dorée ! Un coquillage de plus en plus parfait !

— Chut ! chuchota-t-elle. Tu me fais rougir ! Si quelqu'un écoutait à la porte ?

— Je parle très bas, et ce qu'on fait dans cette pièce ne regarde personne, plaisanta-t-il, la bouche à portée d'un de ses seins. Nous célébrons mon retour !

— Toshan, j'avais tellement envie que tu sois là, près de moi, jour et nuit, surtout la nuit.

Il l'avait dévêtue sans un mot, mais la détermination de ses gestes et de son visage avait dissuadé

Hermine de protester. Elle demeurait pudique. Il le savait et luttait contre ce qu'il estimait un défaut, une contrainte néfaste.

— Je te préfère sans une once de tissu sur le corps ! répéta-t-il. Comme ça, je peux t'admirer. Partout.

Elle ferma les yeux, car il posait maintenant ses lèvres chaudes en bas de son ventre, puis encore plus bas, entre ses cuisses. Il se livra à un long baiser très intime, audacieux, qui la fit vibrer de la tête aux pieds. Submergée par un plaisir intense, la jeune femme mordilla une de ses mains pour ne pas gémir.

— Le besoin de toi me donnait des ailes, déclara Toshan en se redressant. Je voulais ma petite épouse toute blonde et rose. Je m'étais promis de te déshabiller, de me rassasier de ta beauté. Et de te rendre heureuse…

Hermine l'obligea à s'allonger à ses côtés, presque égarée de joie. Ses larges prunelles bleues dilatées, elle le contempla avec dévotion, comme la première fois, à l'abri du cercle des mélèzes. C'était leur nuit de noces et jamais elle n'avait vu un homme nu. Mais Toshan s'était tenu debout près du feu, superbe statue de bronze aux muscles déliés, aux cheveux noirs dénoués.

— Tu es tellement beau, toi aussi. Et je t'aime tant.

— Viens sur moi ! Je veux te voir…

— Il t'en prend, des fantaisies, à cette heure de la journée ! fit-elle d'un air troublé. Je n'oserai jamais.

Mais il sut la convaincre en la guidant et en l'encourageant de baisers fiévreux. Elle se prit vite au jeu avant d'atteindre un paroxysme d'extase amoureuse qui lui arracha un petit cri étonné.

— Oh toi ! dit-elle dès qu'elle eut repris sa lucidité. Si Mukki s'était réveillé ? Notre fils grandit, il comprend tout et à présent il arrive à s'asseoir dans son berceau. Maman prétend qu'il va marcher très tôt. Avant ses douze mois.

La jeune femme s'échappa des mains de son mari et enfila des sous-vêtements et sa robe blanche. Rieuse, échevelée, elle revint sur le lit.

— Ce soir, tu feras la connaissance de papa. Je n'ai même pas eu le temps de te raconter ce qui s'est passé quand il a frappé chez nous en début d'après-midi. Et Hans, ce pauvre Hans, si tu avais vu son coup de colère !

Toshan écouta le récit détaillé des retrouvailles entre Jocelyn et Laura. Hermine termina par l'exposé de leur vie de famille durant ces onze jours.

— Maman se ronge les sangs. Mon père joue les indifférents à son égard, mais je suis sûre qu'il est retombé amoureux d'elle. Enfin, j'ai mes deux parents près de moi, c'est le plus important.

— Ma mère a dû rêver que le mariage serait annulé, soupira Toshan, qu'il y aurait un drame ce jour-là ou bien avant, sinon elle ne serait pas partie. C'est dommage, cela m'amusait de la confronter à Laura !

— Et peut-être qu'elle aurait pu nous dire qui est enterré à la place de papa ! Cela demeure une énigme. Mais non, je suis sotte, Tala croyait elle aussi que c'était la tombe de mon père.

— Ce n'est pas intéressant ! coupa-t-il. De vieilles histoires datant de si longtemps. Alors, auras-tu un garçon ou une fille ? Voilà ce qui m'intrigue !

Passionnée par la question, elle toucha son

ventre d'un air espiègle. Si Mukki ne s'était pas réveillé au même instant, ils auraient recommencé à s'embrasser. Hermine prit le petit et le tendit à Toshan.

Le jeune couple s'amusa avec le bébé dont les gazouillis et les rires en grelot les émerveillaient. Mais Charlotte frappa à la porte vers sept heures du soir.

— Il faut venir à table. Monsieur Jocelyn s'impatiente, Laura aussi, claironna la fillette.

Ce fut un vrai branle-bas de combat. Hermine tira les rideaux et ouvrit la fenêtre en grand pour aérer la chambre, puis elle se coiffa. Il fallait encore changer Mukki.

Toshan fit également des efforts de présentation. Il laissa ses cheveux flotter sur ses épaules et décida de porter la veste en peau de cerf ornée de franges que Tala lui avait confectionnée pour ses vingt ans.

Il se présenta ainsi à son beau-père. Celui-ci, disposé à être aimable, le toisa d'un air méfiant, outré de ce qu'il considérait comme un accoutrement. En quelques secondes, les deux hommes surent à quoi s'en tenir. Ils ne s'apprécieraient jamais. Ni l'un ni l'autre n'aurait pu l'expliquer, mais ils en avaient la certitude.

— Bonsoir, monsieur ! dit froidement Toshan.

— Bonsoir, Clément ! rétorqua Jocelyn. Je vous préviens, je vous appellerai par votre prénom de baptême.

Le jeune Métis se raidit davantage. Pour lui, ces paroles étaient une déclaration de guerre. Une guerre qui devait durer des années.

11

Par amour !

Val-Jalbert, mercredi 14 juin 1933, même soir

Le repas était ponctué d'interminables silences. Chaque convive en venait à souhaiter les passages réguliers de Mireille, dont l'entrain et les petites phrases anodines détendaient un instant l'atmosphère. Dès que la gouvernante servait un plat, Laura en profitait pour commenter d'une voix pointue ses talents de cuisinière et Hermine insistait d'un ton faussement allègre.

Jocelyn ne desserrait les dents que pour manger. Le regard fixé sur son assiette, il luttait contre la vague de colère qui, à la seule vue de Toshan, avait balayé toutes ses bonnes résolutions. Clément Delbeau était aussi muet que lui.

« Je fais l'effort de venir à table dans une tenue décente, je mets une cravate et une chemise blanche, et lui, il se déguise en Indien, ruminait-il. J'ai déjà croisé des Montagnais, ils s'habillaient comme tout le monde. Ce gars-là me jette son métissage à la figure ! »

Assise en face de Toshan, Charlotte percevait

la tension qui régnait entre les adultes. Elle n'en comprenait pas la raison, mais elle se consolait en pensant au ravissant béret. Son trésor séchait à l'air chaud du soir.

Il n'y avait eu aucune ébauche de discussion. Affligée par la mine sombre de son mari, Laura en voulait aussi à son gendre. Elle n'était pas loin de tirer la même conclusion que Jocelyn. Toshan avait fait exprès de mettre sa veste en peau et de ne pas attacher ses cheveux.

« Mireille doit se réjouir, enrageait-elle intérieurement. Demain matin, elle va me rechanter *Le Sauvage du Nord* ! »

Tourmentée par la bouderie manifeste de son jeune époux, irritée également par la froideur de son père, Hermine faisait de gros efforts pour ne pas exprimer sa déception. La voyant au bord des larmes, Laura perdit patience.

— Quel charmant souper ! s'écria-t-elle. Parlons au moins de la pluie et du beau temps ! Les autres sujets sont tabous, n'est-ce pas ? Il ne faut pas évoquer tous les tracas occasionnés par l'annulation d'un mariage, ni le terrible quiproquo dont nous avons tant souffert, Jocelyn et moi. Saviez-vous, Toshan, car je vous appellerai toujours Toshan afin de respecter votre choix de vie, que mon mari ici présent me croyait morte et enterrée à dix kilomètres de votre cabane, alors que je prévoyais me rendre sur sa tombe cet été… Ce genre de choses n'est pas banal ! Les gens à qui nous l'avons appris étaient abasourdis.

— Hermine m'a tout raconté, bougonna le jeune homme.

— Qu'en pensez-vous ? demanda Laura. Vous avez grandi là-bas, au bord de la Péribonka. Quelqu'un de votre voisinage a dû disparaître à la même époque. Si seulement votre mère avait daigné répondre à mon invitation, noce ou pas ! J'aurais été enchantée de l'accueillir, de la connaître. Et nous aurions pu chercher la solution tous ensemble.

Jocelyn faillit s'étrangler avec une bouchée de viande. Il se mit à tousser avant de boire une gorgée de vin.

— Je n'ai pas vu ma mère, répondit Toshan. Tala voyage, ce qui est assez singulier. Mais c'est une femme libre d'aller où elle veut. Peut-être était-ce le moment de son existence où elle devait accomplir un pèlerinage ?

— Mais quel pèlerinage ? s'étonna Hermine. Tala serait partie à pied jusqu'à l'ermitage Saint-Antoine ?

— Peut-être ! soupira-t-il.

— Dans quel but ? interrogea Laura. En tout cas, cela nous prouve que Tala a gardé la foi chrétienne. Je me souviens d'elle ; votre père, Henri, la prénommait Rolande. Une si jolie femme, avec ses longues nattes d'un noir de jais, son visage remarquable. Vous lui ressemblez, Toshan.

Chaque mot accablait Jocelyn. Il jeta un regard en biais au jeune homme pour vérifier cette prétendue ressemblance.

« Vrai, c'est un beau garçon ! dut-il reconnaître. Il a sûrement séduit Hermine sans problème. Mais il ne la rendra pas heureuse, j'en mettrais ma main à couper ! »

Sans le montrer vraiment, il éprouvait à l'égard de sa fille des sentiments très forts. Elle lui paraissait vulnérable, digne et dévouée. Il cédait à une sorte d'idolâtrie paternelle. Souvent, il se répétait qu'il ne méritait pas une enfant aussi remarquable.

Laura ignorait que Jocelyn avait envoyé une longue lettre à sa sœur Marie, dans laquelle il lui expliquait sa nouvelle situation en vantant essentiellement les qualités d'Hermine.

Même si je n'ai pas eu le bonheur de l'écouter chanter depuis que j'habite Val-Jalbert, je n'oublierai jamais l'émotion inouïe qui m'a envahi quand ma propre enfant a entonné un air d'opéra au sanatorium. Ma fille, et ta nièce, Marie ! Elle est si belle avec ses cheveux blonds ! Mais c'est aussi une fille intelligente, instruite, et dotée de la voix la plus sublime qui soit. Si Dieu lui a accordé tant de grâces, c'est à n'en pas douter qu'il la tient en haute estime…

Voilà ce qu'il avait écrit à la fin de son courrier, après avoir décrit aussi le petit Mukki, en prenant soin de l'appeler Jocelyn. Mais encore une fois il avait cédé à la lâcheté et caché à sa sœur le métissage de Clément Delbeau, ce Toshan qu'il jugeait de plus en plus effronté.

Mireille fit une nouvelle entrée, encombrée d'un lourd plateau.

— Le dessert ! annonça-t-elle. Des crêpes à la confiture de bleuets. Monsieur Jocelyn, monsieur Clément, prendrez-vous un verre de gin, en fin de repas ?

Toshan ne répondit pas. Soudain il se leva en jetant sa serviette de table sur sa chaise.

— Je sors prendre l'air ! déclara-t-il.

Il s'éloigna d'un pas souple. La porte principale claqua. Hermine fut tentée de le suivre, mais elle n'osa pas. Charlotte retint ses larmes.

Jocelyn se garda bien de triompher. Il n'avait aucune envie de contrarier sa fille.

— Ai-je dit quelque chose de mal ? s'enquit la gouvernante. Si c'est le cas, je suis navrée, madame.

— Tu le sais très bien, rétorqua Laura à bout de nerfs. Quelle mouche t'a piquée ? Tu avais cessé d'appeler Toshan ainsi ! Je te prie de ne plus t'amuser à ça ! As-tu compris, cette fois ? Et toi, tu n'es pas en reste, Jocelyn ! Mon Dieu, si ta mère était une Indienne, aurais-tu honte de tes origines ? Henri Delbeau, en bon père de famille intransigeant, a forcé Tala à baptiser leur fils Clément. Mais le chercheur d'or s'est noyé, et Toshan, qui est adulte, a le droit de porter le nom qu'il préfère. C'est irritant, à la fin, de s'attacher à ce genre de détail.

— Là, je t'approuve, maman, dit Hermine d'une voix altérée. Moi qui étais tout heureuse à l'idée de ce repas. Tous ceux que j'aime autour d'une même table ! Voilà le résultat !

— Je n'ai pas été désobligeant avec mon gendre, s'offusqua Jocelyn, de très mauvaise foi. J'allais justement lui parler du premier soir où je l'ai vu. C'était un garçonnet assez sauvage d'environ sept ans. Mon vieux Bali lui avait fait la fête. Nous avons ça en commun, les chiens nous apprécient.

— Alors, tu aurais pu en discuter plus tôt avec mon mari, papa, s'écria Hermine sur un ton de reproche. Tu ne lui as pas adressé la parole, sauf quand il t'a serré la main. Et pour déclarer que, toi, tu l'appellerais Clément. Il était blessé, je l'ai bien senti.

— Je ne pouvais pas prévoir qu'il se vexerait pour si peu, pesta Jocelyn. Ce n'est plus un gamin ! J'ai reçu une éducation religieuse poussée à l'extrême, ma petite ! On ne plaisantait pas avec le sacrement du baptême, chez les Chardin. Aussi, quelle idée a eu ton mari de porter cet accoutrement ? J'ai été choqué.

— Mais, papa ! Pour lui, c'est l'équivalent de ton costume, car cette veste a été cousue et décorée par Tala.

La jeune femme se tut, prête à pleurer. Elle mentait, car elle avait deviné elle aussi qu'il y avait un brin de provocation dans le choix de Toshan.

— Excusez-moi, dit-elle, je vais le rejoindre. Charlotte, si Mukki se réveille, installe-le dans sa chaise haute et donne-lui sa bouillie du soir. Je n'ai plus beaucoup de lait.

La fillette en profita et courut jusqu'au salon contigu sous le prétexte de surveiller le bébé. Laura se retrouva seule face à Jocelyn.

— Tu ferais mieux d'accepter immédiatement Toshan parmi nous, tel qu'il est. Hermine l'aime de tout son cœur. Qu'ils soient heureux, eux, au moins ! Bonne nuit !

Elle quitta à son tour la salle à manger, la gorge serrée. Une immense déception l'accablait. Si Laura avait envisagé un avenir paisible auprès de son mari retrouvé, ce soir, elle renonçait à ses illusions. Le regret poignant de ce qui aurait pu être aux côtés de Hans la traversa.

« J'ai tout perdu ! se disait-elle en montant l'escalier. J'ai sacrifié quelqu'un qui m'aimait vraiment et j'ai ouvert ma maison à cet étranger, Jocelyn Chardin. Il ne tient pas compte de ma détresse ni de mes espoirs. Il me salue d'un geste de la main en gardant ses distances. Pourtant, il me plaît encore ! Betty l'a rencontré, elle m'a confié que c'était un bel homme, vigoureux, jovial. Lui, jovial ! Décidément, il réserve ses sourires aux autres, à Hermine, à Mukki, à ma voisine… »

Laura s'allongea sur son lit et sanglota à son aise.

Hermine, elle, cherchait Toshan. Il n'était pas du côté de l'enclos des chiens, ni sous les arbres du parc. Une peur proche de la panique la gagnait.

« Quand même, il n'est pas reparti ! s'inquiéta-t-elle. Non, je l'aurais entendu, il aurait pris son sac à l'étage. Mon Dieu, que la vie est complexe, parfois ! J'étais stupide de croire que mon mari et mon père deviendraient les meilleurs amis du monde. »

La jeune femme erra dans la rue Saint-Georges. Le crépuscule envahissait le village, semant des ombres mauves sur les toits et les façades dont les peintures se délavaient. Elle passa devant le perron des Marois et caressa du bout des doigts le capot de l'automobile que sa mère avait prêtée à Simon. Des éclats de voix s'élevaient à l'arrière de la maison. Une vague odeur de cigarette américaine aussi.

Elle courut vers l'écurie, qui servait à abriter la vache Eugénie et Chinook, le grand cheval alezan. Toshan et Simon, assis sur des caisses au milieu de la cour, fumaient ensemble.

— Toi alors ! protesta-t-elle. J'aurais pu faire le tour de Val-Jalbert sans te trouver. Bonsoir, Simon !

Le fils aîné des Marois bondit de son siège improvisé et lui fit une bise fraternelle sur la joue.

— Ne joue pas les mégères, Mimine. Ce serait dommage, une si jolie fille ! s'exclama-t-il. Je rassurais mon chum Toshan, à propos de ton père. M'sieur Chardin devrait aller plus souvent au cinéma. Moi, à Montréal, j'ai vu plusieurs westerns. Tiens, dans *La Caravane vers l'Ouest*[1], un film qui date un peu, déjà, les Indiens étaient habillés comme ton mari. Je crois que je vais adopter cette mode, peut-être que je dénicherai une blonde bien douce, bien conciliante, à ton image…

La bonne humeur et les mimiques gourmandes de Simon étaient irrésistibles. Hermine éclata de rire et se jeta dans les bras de Toshan.

— L'impresario qui était venu ici m'avait dit que tu devrais faire du cinéma, nota-t-elle. Nous serions riches, si tu faisais l'acteur.

— Et ton père me prendrait pour une créature diabolique, ironisa-t-il. Non, je n'ai pas envie de ces pitreries-là !

— Oh, te fâche pas, on jase pour rire, ajouta Simon. Le dernier western que j'ai vu, avant de quitter mon job, c'était *La Piste des géants.* Avec John Wayne, un vrai colosse, ce gars[2] !

— Tu es tout seul, Simon ? demanda Hermine.

— Oui, les parents sont chez des cousins de Chambord ; ils ont emmené Edmond, Armand et la petite Marie. Mais ils ont pris la route en calèche.

---

1. Film de 1923 réalisé par James Cruze, tourné en milieu naturel dans le Nevada et qui eut un grand succès.

2. *La Piste des géants* de Raoul Walsh, western de 1930.

J'ai dû atteler notre Chinook. Maman préférait se promener en plein air, comme elle dit. La voiture, ça ne lui convient guère. Du coup, je me tournais les pouces.

Les trois jeunes gens bavardèrent encore quelques minutes. Hermine prit le temps de rendre visite à Eugénie. La vache lui témoigna son amitié d'un meuglement sonore. Joseph la soignait bien. Elle mettait bas tous les deux ans et donnait son lait à la famille. L'ancien ouvrier vendait le veau.

— Tes parents continuent à vivre exactement comme avant, fit remarquer la jeune femme. Un cochon à engraisser, des poules et la brave Eugénie. Cela me rappelle le bon temps.

Toshan s'assombrit. Il se leva et la prit par la taille.

— Rentrons, dit-il. À la revoyure, Simon !

Ils marchèrent doucement, tous les deux enlacés. Ils s'arrêtèrent devant le couvent-école.

— C'est là que ton père t'a abandonnée, fit remarquer Toshan. Il t'a rendue malheureuse ; je ne le lui pardonnerai pas.

— Mais ce n'est pas à toi de lui en vouloir ! soupira-t-elle. Je lui ai pardonné, car il voulait me sauver.

— Je n'aime pas cet homme, s'obstina-t-il. Hermine, si tu venais avec moi ? Je dois retourner à la cabane, ma mère aura besoin de bois l'hiver prochain. Tu respireras le parfum de la forêt, tu te baigneras dans la rivière. Mukki fera peut-être ses premiers pas dans la clairière, à l'endroit où j'ai appris à marcher.

— Tu souhaites encore une fois respecter la loi du cercle ? dit-elle d'un ton préoccupé.

— Ce n'est pas une loi humaine, mais une loi dictée par les étoiles et la terre-mère de mes ancêtres.

— J'ai perdu un enfant, au mois de mars, parce que j'ai pris le train. Je ne peux pas voyager, Toshan ! répliqua Hermine d'une voix tendue. Je dois me reposer.

— Tu te reposeras là-bas, chez moi. Tala reviendra avant l'automne, elle sera contente de revoir Mukki. De toute façon, moi, je ne peux pas passer l'été à Val-Jalbert.

— C'est à cause de mon père ?

— Mais non, nous finirons bien par nous entendre ! rétorqua-t-il sans conviction, dans l'unique but de ne pas la blesser. J'aurais été heureux de t'emmener. Nous aurions traversé le lac Saint-Jean en bateau. Tu en rêvais.

Hermine se blottit contre lui. La veste en peau de cerf dégageait une odeur familière qui évoquait l'univers de Toshan et restituait à la jeune femme des souvenirs de son séjour chez Tala. Elle revit la cheminée en galets de la chambre, les tentures bariolées couvrant les murs et la splendeur de la rivière aux eaux calmes, ses plages de sable.

— Prendre le bateau, ça me plairait et ce ne serait pas trop long, mais ensuite ? s'inquiéta-t-elle. La première fois, c'était l'hiver, il neigeait, j'étais sur le traîneau. J'ai eu l'impression qu'il y avait une distance considérable entre le port de Péribonka et la cabane de tes parents.

— Il y a une piste accessible, en cette saison. Je trouverai un moyen de transport.

— Non et non, je ne veux pas monter dans un camion qui va tressauter au moindre cahot. As-tu pensé au retour ? Si nous revenons en automne, je serai enceinte de six mois ou plus. Cela m'épouvante. Je t'en supplie, ne me demande pas ça.

Il hocha la tête, dépité.

— Alors, je me mettrai en chemin dimanche !

— Oh non, pas si vite ! Reste jusqu'au mois de juillet, aie pitié. Juste une ou deux semaines.

Elle tendait son visage vers lui, implorante. Il baisa son front et ses lèvres tremblantes.

— D'accord, je ne te quitterai pas avant le mois de juillet.

— Merci, Toshan. L'année prochaine, je te le promets, je viendrai avec toi. Nous devons d'abord penser à l'enfant que je porte.

Le jeune homme l'embrassa à pleine bouche en guise de réponse. Ils rentrèrent enfin dans la grande maison dont les nombreuses fenêtres resplendissaient au sein d'un paysage bleu sombre. Laura et Jocelyn étaient assis dans le salon devant une tasse de tisane de feuilles d'érable.

— En voilà un événement ! dit Hermine d'un ton malicieux. Maman, tu as réussi à convertir papa au confort ?

— Nous avons beaucoup discuté et ton père fait un effort. Il essaie de s'accoutumer à mon cadre de vie. Nous avons visité chaque pièce, surtout à l'étage. Il paraît que ma chambre a tout d'une bonbonnière : trop de tissus fleuris, de couleurs pastel... Quant au couloir et à mon salon, on dirait un musée, à ce qu'il dit.

Toshan se tenait à l'écart, prêt à monter jusqu'à leur chambre. Hermine salua ses parents d'un sourire tendre et prit son mari par la main.

— Bonne nuit ! dit-elle d'un ton affectueux.

— Charlotte a donné sa bouillie à Mukki et elle l'a couché, précisa Laura. Bonne nuit, mes enfants.

En prononçant ces mots familiers, elle ferma les yeux. Tout aurait pu être si simple. Jocelyn et elle n'auraient pas été séparés, ils savoureraient leur intimité, et Toshan ne serait pas un Métis, mais un instituteur aux cheveux courts qui filerait doux face à ses beaux-parents. Cela lui parut si cocasse qu'elle eut un petit rire amer.

— Mon Dieu, Jocelyn, nota-t-elle tout bas, quelle étrange famille nous formons ! Si cela continue, nous courons à l'échec.

Elle battit des paupières et le fixa d'un air égaré.

— J'ai tant besoin de sérénité et d'harmonie ! avoua-t-elle. En tout cas, je te remercie de m'avoir consacré un peu de temps.

Jocelyn approuva, embarrassé. Il prit congé et s'empressa de regagner son cabanon. Il disposait d'une lampe à pétrole et d'une literie confortable. Sur une étagère rudimentaire, il avait aligné de menus objets qu'il dénichait en explorant le village et les bâtiments abandonnés de l'usine de pulpe. Une fois couché, il lisait quelques pages d'un roman que lui avait prêté Hermine. Comme Laura, Jocelyn se sentait très seul, quand il éteignait la lumière. L'obscurité se peuplait de trop d'images du passé, le renvoyant à ses torts, à ses erreurs.

« Je ferais mieux de m'en aller ! » pensait-il chaque soir. Mais le matin, il décidait de rester encore.

Val-Jalbert, vendredi 16 juin 1933

Hermine promenait son fils rue Saint-Georges en compagnie de Charlotte. Après les longs mois d'hiver et les tempêtes de neige, c'était un ravissement pour elles deux de marcher au soleil en robe légère. Elles avaient rendu visite à Betty, mais celle-ci, occupée à faire sa lessive, s'était contentée de prendre des nouvelles de Laura. Les Marois, d'abord totalement abasourdis par le retour de Jocelyn, se montraient très aimables avec lui. Joseph l'appréciait et l'avait déjà invité à boire le café.

— Les fleurs se moquent bien que le village soit désert, constata la jeune femme en observant un jardin en friche éclairé par une gamme de corolles aux vives couleurs.

— Oui, c'est joli, assura la fillette. Mais tu ne m'as pas répondu. Où est Toshan ? Je t'ai posé la question deux fois.

— Je suis un peu distraite, pardonne-moi. Je suppose qu'il est allé à Roberval, comme hier. Je ne sais pas pourquoi.

— Ne sois pas triste, Mimine !

Charlotte étreignit la main de sa grande amie. La présence de cette enfant affectueuse, toujours prête à l'aider, lui devenait de plus en plus précieuse.

— Je suis surtout contrariée, ma chérie. Toshan voulait que je passe une bonne partie de l'été chez sa mère, mais j'ai dû refuser, je ne veux pas prendre de risques.

— Des risques pour le deuxième bébé ?

— Oui, soupira la jeune femme. Pourtant je

devrais suivre mon mari par amour. Il ne se plaît pas vraiment à Val-Jalbert.

La fillette approuva d'un air grave, mais, au fond, elle était rassurée. Les mois d'été sans Hermine, entre Laura et Jocelyn, auraient été bien moroses.

Elles faisaient demi-tour quand Toshan les rejoignit au pas de course. Bien qu'essoufflé, il rayonnait.

— Hermine, nous partons demain. Tu peux venir sans danger, j'ai rencontré un vieux camarade qui va nous emmener en bateau jusqu'à un demi-mille de la cabane. J'aurais pu y penser bien plus tôt. Les Indiens montagnais remontaient la Péribonka en canoë, par le passé. Ils le font même encore aujourd'hui. Pierre possède une solide embarcation. Tu n'auras presque pas de marche à faire. S'il le faut, je te porterai sur mon dos les trois cents derniers pieds.

Le jeune homme rayonnait de joie. Soudain, il souleva Charlotte par la taille et la fit tournoyer en l'air.

— Arrête ! Tu es fou ! hurla-t-elle en riant aussi.

— Et cette demoiselle vient avec nous, ajouta-t-il. Tu ne peux pas voyager sans ta nounou !

Hermine céda tout de suite. L'aventure la tentait. Elle avait si souvent rêvé de traverser le lac Saint-Jean.

— C'est vrai, je viens ? s'enquit la fillette.

— Bien sûr ! Toshan a raison, avec toi je ne crains rien. Tu es mon petit ange gardien.

Charlotte se mordit les lèvres pour ne pas pleurer de bonheur. Quand elle reprit contact avec le sol, vite, elle se jeta sur Hermine et se serra contre elle.

— Je suis trop heureuse !

— On n'est jamais trop heureux, Lolotte ! la taquina la jeune femme. Maintenant, à la maison ! Nous devons préparer nos bagages et annoncer la nouvelle à maman. Elle ne sera pas d'accord, mais tant pis !

Toshan se mit à pousser la voiture d'enfant à vive allure. Mukki, réveillé et ravi de l'aubaine, lança des cris suraigus. Hermine suivit de son mieux, entraînée par Charlotte. Laura vit arriver la joyeuse troupe. Elle s'était assise sur le perron dans un fauteuil en osier qu'elle avait acheté pour la belle saison.

— Qu'est-ce qui vous prend, tous ? s'exclama-t-elle. On dirait que vous êtes poursuivis par un ours. Enfin, si c'était le cas, vous ne seriez pas aussi gais.

Les jeunes gens exposèrent leur projet d'un ton qui n'admettait pas de réplique.

— Je trouve que c'est de la folie, mais apparemment vous ne changerez pas d'avis, déclara-t-elle. Il faudra quand même revenir ici au début de l'automne. Je compte sur vous, Toshan. Les derniers mois de grossesse, Hermine ne pourra faire aucun effort.

— Vous avez ma parole ! répliqua-t-il, un peu surpris par une capitulation aussi facile. D'habitude, sa belle-mère se montrait plus inflexible.

Le jeune homme lut sur ses traits une grande lassitude. Il aimait bien Laura et, en pensée, il accusa Jocelyn de la faire souffrir, ce qui n'était pas faux.

Hermine entendit la voix de son père. Il se trouvait sans doute du côté de l'enclos des chiens.

— Je vais prévenir papa, dit-elle.

Jocelyn la vit approcher et, immédiatement, son expression morose se changea en un large sourire.

Une fois de plus, la jeune femme le jugea séduisant. C'est vrai qu'il avait beaucoup d'allure avec sa haute stature et ses épaules carrées.

— Tu es plus radieuse que le printemps, affirma-t-il. Déjà rentrée de ta balade ?

— Oui et je venais te dire que nous partons demain, Toshan, Charlotte et moi. Nous allons séjourner au bord de la Péribonka jusqu'à la fin de septembre. Mon mari doit remplir la remise à bois de sa mère, comme chaque été. Et Tala sera heureuse de revoir Mukki.

— Mon Dieu ! Hermine, c'est impossible. Tu ne vas pas couvrir cette distance dans ton état ! Je n'apprécie guère le luxe dont s'entoure Laura, mais tu manqueras de tout le confort, là-bas. En plus, je me sentirai bien seul, privé de ta présence et de mon petit-fils. Je te l'interdis !

— Papa, de toute façon, nous sommes adultes, mon mari et moi, protesta-t-elle. Tu n'as rien à m'interdire. Je t'assure que le voyage se passera bien. L'ami de Toshan nous prend à bord, nous traversons le lac, ensuite nous remontons la rivière. Son bateau est équipé d'un moteur. Au retour, nous descendrons la Péribonka en canot, celui d'Henri Delbeau qu'il faudra juste consolider.

— Tabarnak ! jura Jocelyn. C'est bien encore des manières de sauvage ! Ma pauvre petite, si j'avais pu imaginer que tu vivrais ainsi !

Trop heureuse pour se vexer, Hermine eut un élan vers son père. Il s'inquiétait sincèrement pour elle et cela la touchait. Il dut lui ouvrir les bras, car elle se blottissait contre lui.

— Papa, ne te fais pas de souci, je vis très bien. Je suis presque une riche héritière, j'ai un bel enfant et un mari que j'aime. Et mes deux parents sont enfin réunis.

Jocelyn perçut une note ironique dans ce bref discours.

— Réunis, réunis, bougonna-t-il, c'est vite dit.

Mais il la cajola, malhabile, gêné. Chez les Chardin, on ne s'embrassait qu'au premier de l'An. Il en déduisit que Laura et sa fille étaient d'une autre nature, moins pudibonde et plus spontanée.

— Je t'attendrai, promit-il en caressant d'une main hésitante sa chevelure soyeuse. Ne me reviens pas habillée en Indienne !

— Peut-être que si, plaisanta Hermine. Et toi, veille bien sur maman, fais un effort.

Il acquiesça timidement.

Laura était montée dans sa chambre. Elle tournait en rond, furieuse d'avoir consenti sans discuter au départ de sa fille.

« Vraiment, les enfants sont ingrats ! songeait-elle avec une colère impuissante. Hermine comme Charlotte ! Elles n'ont pas de réticence à me laisser seule ici en compagnie d'un vieux grincheux et d'une gouvernante encore plus lunatique que moi. »

Plantée devant son miroir, elle étudia son reflet. Plus elle se regardait, plus elle avait l'impression de voir une inconnue. Sa coiffure lui déplaisait, son maquillage aussi. La robe droite, coupée à mi-mollet selon la mode parisienne, masquait ses formes.

« Si seulement j'avais une vingtaine d'années, et Jocelyn aussi, je pourrais jubiler de me retrouver en tête à tête avec lui ! » pensa-t-elle, le cœur serré.

Cela lui donna une idée. Toute sa tristesse envolée, Laura crut qu'elle ne patienterait jamais jusqu'au lendemain. Mais les heures filèrent rapidement. Elle aida Charlotte et Hermine à choisir leurs vêtements et à boucler leur valise. Ce fut l'occasion d'une ultime mise au point entre les deux femmes.

— Maman, je suis navrée de t'abandonner, avoua Hermine. Toshan tenait tellement à m'emmener.

— Et si tu fais une deuxième fausse couche? s'inquiéta sa mère, prête à renoncer à son plan. Il y a eu cette douleur, le jour où ton père et Hans allaient se battre.

— Cela n'a pas duré. Je t'assure, j'ai l'intuition que tout ira bien. Tu verras, cet enfant naîtra à la date prévue et il se portera à merveille.

En disant cela, elle appuya un instant les mains sur son ventre.

— Je ferais bien pire par amour, maman. Et j'aime Toshan de tout mon être.

— Alors, pars tranquille, ma chérie ! Ne t'en fais pas, je ne suis pas seule. Si ton père continue à m'ignorer, j'inviterai Betty à goûter. Simon peut me conduire à Roberval.

« Par amour ! se répéta Laura en son for intérieur. Ma fille a poussé ce cri du cœur et j'y vois plus clair. Tout ce que je ferai dans les jours qui viennent, ce sera par amour. »

— Je descends parler à Mireille ! dit-elle à voix haute. Je tiens à ce que vous emportiez de quoi déjeuner et dîner.

La gouvernante fredonnait, sa silhouette dodue sanglée d'un long tablier blanc. Elle se tut en voyant sa patronne pénétrer dans la cuisine.

— Ma chère Mireille ? commença Laura. Je vais te dire quelque chose de très confidentiel ! Tu dois me promettre de ne pas en parler ce soir, ni demain matin. Enfin, sois gentille, garde ça pour toi.

— Oui, madame, répliqua la domestique, impressionnée.

— Tu travaillais déjà chez monsieur Charlebois quand il m'a épousée. Je te connais donc depuis des années…

— Oui, madame, dit la pauvre Mireille, paniquée, et redoutant soudain un renvoi imminent.

— Depuis tout ce temps, tu n'as pas eu de congés, pas un jour. Même le dimanche, tu ne lâches pas tes fourneaux. Tu vas prendre des vacances ! Ne tremble pas comme ça, c'est une bonne nouvelle, non ? Je suis sûre que ta famille, à Tadoussac, sera heureuse de te revoir.

La gouvernante jeta un regard angoissé sur ses belles casseroles en cuivre et sur les bocaux de verre alignés par ordre de taille sur trois grandes étagères peintes en jaune. Cette vaste cuisine où régnait une propreté scrupuleuse était son domaine.

— Mais, madame, où voulez-vous que j'aille, moi ? Je n'ai qu'un frère aîné à Tadoussac qui ne s'est pas marié ; je n'ai donc ni neveu ni nièce.

— Ton frère t'accueillera sûrement à bras ouverts, Mireille ! S'il le faut, je te paye le voyage. Les billets de train pour Chicoutimi, et de là tu embarqueras pour Tadoussac, sur un de ces grands bateaux blancs de la compagnie Richelieu. Je te l'offre, d'accord ?

Le visage écarlate, la domestique s'assit sur une chaise, un torchon entre les mains. Son existence se calquait sur celle de Laura.

— Vous êtes ma famille, vous tous, bredouilla-t-elle. Je me suis attachée à Hermine, au petit Mukki et à Charlotte.

— Enfin, Mireille, je ne te chasse pas, soupira Laura. Je t'offre des congés bien mérités. Reviens à la mi-juillet !

— Est-ce que j'ai le droit de visiter ma cousine Soufrénie, qui demeure à La Tuque ? Nous correspondons, je me sentirais plus à l'aise chez elle que chez mon frère !

— Mais bien sûr, ma pauvre Mireille ! Je te demande seulement de partir en vacances, de t'offrir un peu de distraction, de repos ; tu peux choisir entre ton frère et ta cousine.

— Doux Jésus ! Des vacances ! Bien, madame. Quand dois-je m'en aller ?

— Demain. Je m'arrangerai avec Simon, il te conduira à Chambord Jonction et te mettra dans le train. Mais pas un mot à quiconque. Et prépare des provisions pour Hermine et Toshan, ne lésine pas sur la quantité.

Laura s'apprêtait à quitter la cuisine.

— Comment vous débrouillerez-vous, madame, sans moi ? gémit la gouvernante.

— Je n'ai pas toujours été riche, Mireille, tu le sais bien. En Belgique, à treize ans, je faisais des ménages. Une fois par semaine, je pétrissais la pâte à pain, j'allumais le four après avoir ramassé du bois. Et tous les jours, je nourrissais le cochon. Mes parents étaient très pauvres ; je les secondais de mon mieux.

Mireille hocha la tête. Laura ne s'était jamais confiée à elle sur la période précédant son arrivée au Canada.

— Je comprends ça, madame, répliqua-t-elle. Au fond, je suis bien contente de revoir ma cousine.

Samedi 17 juin 1933, le lendemain

Hermine contemplait le lac Saint-Jean, fascinée par son immensité. Ses eaux enfin affranchies de l'emprise des glaces miroitaient au soleil. Un vent frais agitait sa surface, faisant naître une infinité de vaguelettes frangées d'une écume blanche.

— Nous allons vraiment partir en bateau ? s'enthousiasma Charlotte, elle aussi admirative.

— Mais oui. Pierre ne devrait pas tarder, son bateau est amarré, dit Toshan. Dommage que Simon ne soit pas resté un peu avec nous pour nous voir embarquer. Il paraît que ta mère avait besoin de lui, enfin, de l'automobile. Je vais commencer à mettre nos bagages sur le pont.

Il désigna les trois valises et la voiture d'enfant. Pour l'instant, le bébé était assis à l'intérieur, un sourire rayonnant sur son petit visage au teint mat. Il observait le lac avec un air ravi.

— Regardez Mukki, s'écria la jeune femme. Il est content de voyager, on dirait.

— Et toi ? questionna son mari. Es-tu heureuse d'entreprendre ce voyage ?

— Oh oui, c'est bien plaisant, surtout avec toi !

— Voilà Pierre, coupa Toshan en se ruant à la rencontre d'un homme râblé, de taille moyenne. Une casquette cachait en partie ses cheveux blonds.

La jeune femme tressaillit. Elle venait de reconnaître Pierre Thibaut. Il lui adressa un signe de la main en s'approchant.

— Bien content de te revoir, Hermine, dit-il. Tu as embelli, si c'est une chose possible d'embellir quand on est belle comme toi.

Toshan en resta bouche bée. Il considéra sa femme d'un œil suspicieux.

— Ne te contrarie pas, mon gars, intervint à nouveau Pierre. J'avais compris que la belle blonde douce et sage dont tu me rebattais les oreilles, c'était le Rossignol de Val-Jalbert, mais j'ai rien dit, histoire de te faire une blague quand on se croiserait. C'est chose faite. Hermine, je l'ai vue toute petite, au couvent-école. On a combien d'années de différence, environ sept je crois ?

— C'est ça ! dit-elle, embarrassée.

Pierre lui avait donné son premier baiser. C'était un an après la fermeture définitive de l'usine de pulpe. Le garçon quittait le village avec son père Marcel Thibaut et ses frères et sœurs. La grippe espagnole avait cruellement éprouvé cette famille en 1918, emportant leur mère Céline, une femme très appréciée au village, ainsi que Jeanne, la fille aînée.

« Il m'a dit que j'étais très jolie et il m'a embrassée, se souvint-elle. J'allais avoir quatorze ans. Mon Dieu, comme j'ai pensé à lui, ensuite. J'étais certaine d'être amoureuse, mais quand j'ai vu Toshan patiner, j'ai oublié Pierre. »

— Il faut partir, annonça le jeune homme. On jasera tout autant à notre aise sur le bateau. C'est votre fils, ce beau bébé ?

Hermine prit Mukki dans ses bras.

— Il a neuf mois, précisa-t-elle, toujours mal à l'aise.

— Moi, j'ai deux enfants, rétorqua Pierre. Et un job au moulin de Riverbend. J'ai été promu contremaître ; mon épouse a hérité d'une terre et d'une maison de son oncle. Alors, j'ai racheté ce bateau et je l'ai remis à neuf. Les dimanches, je promène les touristes. Mais pour vous tous, c'est gratuit. Entre chums, pas d'histoire d'argent.

— Pas question, coupa Toshan, on te donnera quelque chose ; tu feras un cadeau à tes filles.

Luttant contre sa timidité, Hermine interrogea Pierre sur sa famille. Il lui apprit avec un large sourire plein de fierté qu'il avait une fillette de quatre ans, Arabelle, et une petite de deux ans et demi prénommée Sidonie.

— De vraies poupées ! ajouta-t-il. Un troisième est en route.

— Nous aussi, nous attendons un bébé, confia-t-elle.

— Dans ce cas, j'espère que le lac se tiendra bien sage, que tu ne sois pas brassée dans tous les sens ! plaisanta-t-il.

Malgré toute la sympathie qu'il avait pour Pierre, Toshan céda à la jalousie. Il avait rarement vu Hermine en compagnie d'autres hommes, du moins pas avec d'anciens camarades de Val-Jalbert. Tout l'irritait. Le tutoiement chaleureux, les regards admiratifs de son ami pour la jeune femme, l'attitude même de celle-ci qui manquait de naturel.

Cependant, son courroux se dissipa vite dès qu'ils furent à bord du petit bateau. Charlotte était si excitée qu'elle trébucha contre un cordage et s'étala sur le pont. Mais elle se releva aussi vite en riant.

L'embarcation, même amarrée, tanguait sous leurs pieds. Cela ne dérangeait ni Toshan ni Pierre. Tous deux avaient l'habitude de naviguer. Hermine s'empressa de s'asseoir, Mukki lové contre elle.

— Reste bien près de moi, Lolotte, chuchota-t-elle, apeurée. Quand je pense que nous allons traverser toute cette eau ! Il paraît que le lac Saint-Jean ressemble à une mer.

— As-tu remarqué la belle couleur qu'il prend, à cette heure ? s'exclama Pierre. Notre lac est passé du bleu acier au gris foncé, alors qu'hier matin il était bleu ciel. En fait, ça dépend de ses humeurs.

— J'espère qu'il est de bonne humeur, aujourd'hui, voulut plaisanter la jeune femme.

— Sois tranquille, Hermine, il sait à qui il a affaire, répliqua Pierre Thibaut d'un air malicieux.

Enfin ce fut le vrai départ. Le bruit du moteur semblait assourdi, comparé au chant du vent et au bruissement de l'eau sous la coque. Un vol de goélands leur servit d'escorte quelques minutes, puis les oiseaux blancs se dispersèrent et reprirent la direction du port. Les maisons de Roberval, les toits et les cheminées s'amenuisèrent rapidement.

— C'est *cute*, vous ne trouvez pas ? cria leur capitaine. Franchement, y a pas plus douce saison que la fin du printemps.

Toshan approuva distraitement, mais Hermine se perdait dans la contemplation du paysage dont la magnificence et la démesure s'imposaient à elle avec encore plus d'acuité que sur la terre ferme. Le cercle des montagnes et des hauts plateaux se changeait en un écrin de roche et de forêts qui aurait contenu le lac, tel un gigantesque bijou de pur saphir.

« Merci, mon Dieu ! pria-t-elle en silence. Merci de m'avoir donné cette vie et ce pays où je n'ai qu'à ouvrir les yeux pour me rassasier de beauté. »

Elle respirait avec délectation l'air vif, riche en parfums nouveaux. L'infinité de l'azur et la danse des vagues lui donnèrent envie de chanter afin de célébrer sa joie extrême. Pierre lisait-il dans ses pensées ?

— Donnes-tu encore des récitals, maintenant que tu es mère ? demanda-t-il au même instant.

— Non ! trancha Toshan, ma femme n'a pas besoin de chanter. Elle est trop occupée avec le bébé.

— J'ai renoncé à faire carrière, ajouta Hermine d'un ton un peu amer.

La réponse catégorique de son mari l'avait blessée. Il ne lui avait pas laissé le temps de s'exprimer.

— Ben voyons donc ! C'est dommage, ça, déplora Pierre. Quand j'ai su que tu étais mariée, je me suis posé la question. Moi qui m'attendais à lire ton nom sur des affiches partout dans la région. Et même ailleurs ! Mon père m'en parle encore, de ta voix. Un don du Seigneur, sûr !

Charlotte caressa discrètement la main de la jeune femme. La fillette savait d'instinct que ce sujet la tourmentait.

— De toute façon, expliqua Hermine, la voix, c'est une sorte d'outil. Je ne la travaille pas ; elle sera de moins en moins performante. Et j'aurai bientôt deux enfants à élever.

— Dommage, quand même, insista Pierre, ce qui fit grimacer Toshan. Tu aurais pu nous chanter l'*Ave Maria*, au milieu du lac.

— Non, pas avec ce vent, répliqua la jeune femme, amusée par cette idée. Invite-moi au baptême de ton prochain enfant, je viendrai vous interpréter un cantique.

— J'y compte bien ! Ne me fais pas faux bond. En tout cas, tu as de la chance, Toshan, d'avoir mis en cage le Rossignol de Val-Jalbert !

— Ma femme n'est pas en cage, démentit ce dernier. Mais moi, j'ai intérêt à montrer patte blanche, sinon elle me boude.

— Menteur ! s'écria Hermine.

Elle était trop heureuse pour s'attrister, encore une fois à cause de sa voix et de sa carrière. Seul comptait l'amour qui les unissait, Toshan et elle. Mukki sommeillait contre sa poitrine. Charlotte guettait la surface du lac comme si une créature fantastique allait en surgir.

« Nous allons passer un merveilleux été dans les bois, pensait Hermine. Chaque matin, j'irai à la rivière et ma Lolotte jouera sur la berge. Le soir, nous resterons autour du feu, dehors. »

La traversée se poursuivait en direction du port de Péribonka. Pierre semblant perdu dans ses pensées, Toshan vint s'asseoir près d'elle.

— Peut-être qu'il t'aurait volontiers épousée, lui aussi, mon chum ? chuchota-t-il à son oreille. Il n'est pas franc. Depuis que j'ai le job à Riverbend, je parlais de toi, il ne m'a pas dit qu'il te connaissait.

— C'était pour mieux te taquiner un jour, c'est tout, répondit tout bas Hermine. Pierre, j'étais encore une fillette quand il a quitté le village. Jamais il n'a eu ce genre d'idée.

Elle préférait mentir. C'était son petit secret et cela n'avait aucune importance, ce premier baiser échangé dans une rue de Val-Jalbert un soir d'hiver.

Val-Jalbert, même jour

— Ils sont partis ! Mon Dieu, ils sont tous partis ! répétait Laura à voix basse, debout au milieu du salon.

Elle avait vu s'éloigner deux fois la voiture, avec Simon au volant. Le jeune homme avait d'abord conduit Hermine, Toshan, Charlotte et Mukki à Roberval. Puis il avait emmené Mireille. Il y avait eu quelques larmes d'émotion et maintes recommandations. Si Jocelyn avait assisté au départ de sa fille d'un air boudeur, il ignorait cependant que la gouvernante s'en allait aussi.

« J'ai jusqu'à ce soir, pensa Laura. Par chance, Joseph a eu la bonne idée de proposer une promenade à Jocelyn. Ils sont montés à la cabane à sucre avec Edmond et Armand. Vite, vite, je dois me dépêcher… »

Elle sortit et courut presque jusqu'à la maison des Marois, où Élisabeth la reçut avec un sourire étonné.

— Je parie que vous êtes triste et que vous avez besoin de jaser un peu, histoire de vous réconforter, déclara sa voisine et amie. J'espère que ce voyage ne fatiguera pas trop notre Mimine.

— Il faut avoir confiance ! répliqua Laura qui ne pouvait pas entrer chez Betty sans se revoir trois ans auparavant. En grand deuil, une voilette de tulle noir dissimulant ses traits, elle s'était présentée comme la mère de l'adolescente dont Joseph Marois avait la tutelle. Son irruption dans la vie bien réglée de la famille avait semé la panique.

« Cela me semble à la fois très loin et tout proche, songea-t-elle. Il s'est passé tant de choses, depuis ! »

— Voulez-vous du thé ? proposa Betty.

— Non, je vous remercie. J'ai un service à vous demander. Par pitié, ne me prenez pas pour une folle.

— De quoi s'agit-il ?

— Avez-vous gardé une toilette d'été qui daterait de vos vingt ans ? Après la guerre, nous portions encore des jupes longues, des corsages cintrés ! Enfin, il me faudrait une tenue démodée. Je n'ai rien dans ce goût-là.

Élisabeth ne posa pas de questions. La requête de Laura la distrayait de ses occupations habituelles, centrées autour des repas à cuisiner, de la lessive et du repassage, sans oublier la couture et le tricot.

— Venez donc, j'ai ce qu'il vous faut dans une garde-robe où je range les affaires qui ne servent plus. Jeune fille, j'étais aussi mince que vous maintenant ; ça devrait vous aller.

Elles échangèrent un coup d'œil complice. Laura se retrouva bientôt en possession d'une jupe en coton beige à fines rayures grises qui lui descendait aux chevilles et d'un joli corsage en satin brodé.

— Merci, ma chère Betty, je vous les rendrai lavés et repassés. C'est une nouvelle lubie que j'ai eue, de m'habiller à l'ancienne. Promis, je vous raconterai.

— Buvez une tasse de thé quand même. Bien sucré, cela vous redonnera des couleurs.

Les deux femmes bavardèrent un quart d'heure, surtout de la décision prise par Hermine de suivre Toshan « au bout du monde ».

— Elle le fait par amour, soupira Laura. Et moi qui avais prévu me rendre là-bas, cet été. Sur la tombe d'un inconnu, puisque mon mari est bien vivant. Ce sera pour l'année prochaine. Cela me plairait de voir cette fameuse rivière Péribonka pendant la belle saison. Et mon roman préféré, *Maria Chapdelaine*, se passe dans cette région.

— Il fallait les accompagner, alors ! déplora Betty gentiment.

— Non, je les aurais dérangés. Au fait, envoyez-moi Armand la semaine prochaine. Il n'y a guère d'ouvrage en ce moment, mais je veux bouger des meubles. Charlotte aura la surprise à son retour : je vais lui laisser ma chambre et m'installer dans la sienne. Bon, je rentre chez moi, Betty. Merci !

Et Laura ressortit, pressée d'essayer les vêtements qu'elle avait récupérés.

— C'est parfait ! se réjouit-elle en contemplant son reflet dans le grand miroir de son armoire. Je m'habillais ainsi quand j'ai rencontré Jocelyn.

La jupe et le corsage soulignaient la grâce juvénile de son corps. Elle brossa ses courtes boucles blond platine et les cacha sous un foulard en satinette fleurie noué sur la nuque. Débarrassé de tout maquillage, son visage lui parut plus doux. Heureuse de sa métamorphose, elle parcourut la maison silencieuse.

— Je n'ai plus qu'à cuisiner !

Elle éprouva une certaine satisfaction en reprenant contact avec la texture des légumes ou le velouté des fruits. Son cœur battait fort quand elle pensait à Jocelyn, en évoquant ses souvenirs.

« Il va s'étonner de me voir habillée ainsi. Pour notre premier rendez-vous, j'étais coiffée comme ça, d'un foulard rouge à pois blancs. Mais j'avais les cheveux longs et il les a caressés. »

Laura comptait servir le souper dehors, près du cabanon. Sans ménager sa peine, elle dressa une petite table et prit deux chaises de la salle à manger. Vite, elle retourna ensuite étaler la pâte qu'elle avait pétrie afin de cuire une tourtière.

Plus l'heure avançait, plus elle devenait nerveuse, oubliant son apparence, son éternel souci de coquetterie.

« J'en ai assez de me lamenter, pensa-t-elle, immobile devant le fourneau. Mon chagrin d'avoir perdu Hans était bien faible comparé au regret que j'avais de Jocelyn quand j'ai retrouvé la mémoire. Il a changé, il a vieilli, bien sûr, mais depuis qu'il est là, près de moi, j'agis en dépit du bon sens ! S'il partait, je ne le supporterais pas. Je veux qu'il reste toujours à mes côtés, c'est mon époux, mon bien-aimé. »

Il faisait très chaud. Le front moite, les joues brûlantes, Laura fit un pas vers l'évier et s'aspergea d'eau fraîche.

— Mais… qu'est-ce vous faites là, mademoiselle ? fit une voix interrogative.

C'était Jocelyn. Il paraissait intrigué et méfiant. Elle se retourna.

— Laura ! Mais ?

— Le repas sera bientôt prêt, annonça-t-elle. Il n'y a plus personne ici. Mireille a pris un congé. J'ai donc décidé de jouer les ménagères, comme avant.

Le « comme avant » chemina dans l'esprit de Jocelyn qui ne pouvait pas quitter sa femme des yeux. Elle ressemblait tant à l'ancienne Laura : la taille élancée, les seins ronds sous le tissu léger du corsage. Le plus beau, c'était son visage au teint lisse, aux lèvres d'un rose pâle, sans le fard rouge vif, et aux prunelles d'eau claire.

— Laura, s'exclama-t-il, pourquoi fais-tu ça ? Pourquoi te donner tant de mal ? Je ne le mérite pas.

— Par amour, répondit-elle tout bas. Par amour pour toi, Jocelyn.

Il lui tendit les bras. Laura se précipita dans ce refuge qui lui avait tant manqué. Elle se sentit toute fragile, mais en sécurité.

— Ma chérie ! dit-il au creux de son cou. J'attendais ça depuis des jours, mais je ne voulais plus te brusquer.

Elle se serra davantage contre lui, attentive à l'émoi de son corps. Les mains de Jocelyn s'égaraient de ses hanches à sa taille en effleurant son dos. Il semblait réapprendre une douce leçon qui eût prôné la tendresse et la délicatesse. Sa mémoire d'amant lui dictait de légers baisers sur la nuque gracile de sa femme, des gestes patients. Trop jeune, Laura avait connu le viol marchandé, la brutalité des hommes qui se croyaient tout permis. Elle avait eu ensuite besoin d'être mise en confiance, de découvrir la lente montée du désir. Certes, les années écoulées avaient pu guérir ces traumatismes, mais elle n'apprécierait pas une prise de pouvoir trop virile.

« Peut-être que Hans Zahle, qui n'avait guère l'allure d'un mâle dominant, la comblait-il sur ce point ? » s'interrogea-t-il en pensée.

Il décida de faire oublier à son épouse le pianiste et tous les autres. Mais elle s'écarta, les joues roses, la respiration accélérée.

— Allons souper, Joss ! Je me suis donné du mal, tu l'as dit toi-même. Tu dois faire honneur à ma cuisine !

Jocelyn l'aida à servir le repas. La tourtière de Laura se révéla délicieuse, meilleure, selon lui, que celles de Mireille. Ils burent du vin, puis un doigt de gin. Au crépuscule, des oiseaux chantèrent dans les arbustes voisins. C'était un cri singulier, sonore et dur, d'une longueur infinie.

— Laura, écoute ! Ce sont des engoulevents ! Te souviens-tu ?

— Oh oui, affirma-t-elle. Nous en avions entendu, un soir, près de Tadoussac, quand je t'ai annoncé que j'étais enceinte. Ils ont chanté jusqu'à l'aube, je n'en pouvais plus, mais nous étions si heureux que j'avais promis de ne jamais oublier la nuit des engoulevents.

Il lui saisit la main. Son regard sombre brillait de désir. Une chaleur sourde palpitait dans son ventre et dans ses reins. Laura se leva et contourna la petite table. Sans réfléchir, elle se pencha sur son mari et l'embrassa à pleine bouche. Leur baiser se fit ardent, interminable. Elle tremblait sur ses jambes. Jocelyn se contenait pour ne pas lui ôter ses vêtements et l'allonger à même l'herbe du jardin. Très lentement il se leva et l'enlaça.

— Tu es toujours aussi belle, avoua-t-il en l'entraînant vers le cabanon. Viens, par pitié.

— Je n'ai jamais eu pitié de toi, protesta-t-elle. Je ne vais pas commencer. C'est toi qui as eu pitié de la pauvre immigrante que j'étais à l'âge de notre fille. Jocelyn, je n'ai jamais cessé de t'espérer, de te regretter. Tu dois me croire !

— Je te crois, puisque je ressentais la même chose, ma toute petite chérie !

Laura ferma les yeux, refoulant des larmes de joie. Il l'avait appelée ainsi pendant leur nuit de noces.

Dans le cabanon, la pénombre paraissait complice et chargée de promesses. Ils s'étendirent sur le lit de camp, obligés de ne pas s'écarter l'un de l'autre. Longtemps encore, ils s'embrassèrent. Puis Jocelyn déboutonna le corsage en satin et découvrit les seins menus à la pointe brune. La chair douce et laiteuse de sa femme exalta ses sens. Il acheva de la dénuder, ébloui de revoir, intacts, la taille fine, le ventre lisse, les jambes gracieuses. Elle n'osait pas le regarder, confuse et pudique comme une jeune vierge.

Par le passé, il n'aurait pas été aussi téméraire, aussi raffiné dans ses caresses. Tala lui avait enseigné des jeux amoureux proscrits par l'Église. Jocelyn songea un court instant à ce paradoxe, tandis que Laura, affolée de plaisir, se libérait elle aussi de certains préjugés. Leur maturité et leur envie fébrile de fonder de nouveau un couple uni firent le reste. Ils partagèrent une savante extase qui leur arracha des cris étouffés.

Un peu plus tard, incrédules, épuisés, ils se reposaient, si étroitement enlacés que le désir les torturait déjà à nouveau.

Elle s'émerveillait de le trouver si fort, si musculeux, si vigoureux. Il était bouleversé par son total abandon, par sa séduction.

— Maintenant, nous devons tout nous pardonner et vivre enfin heureux, ensemble, dit-il simplement.

— Je n'ai plus peur de rien, répliqua-t-elle.

Rieuse, elle se redressa sur un coude.

— Enfin, si ! Je redoute de tomber de ton lit de camp. Demain, ou bien avant peut-être, je te montrerai ma nouvelle chambre, notre chambre que j'ai aménagée pour toi. Ce sera celle qu'occupe Charlotte. Je n'y ai aucun souvenir, et le décor te plaira.

— Je me fiche de tout ça si tu es dans mon lit ! certifia-t-il.

Laura se coucha sur lui et le fit taire d'un baiser. Le passé avait perdu son venin. L'avenir s'ouvrait devant eux, peut-être menaçant, mais ils l'affronteraient main dans la main.

12

D'une rivière à l'autre

Cabane de Tala, mi-septembre 1933

Hermine suivait des yeux le vol d'outardes qui fendait le ciel gris, juste au-dessus de la clairière. Les oies sauvages progressaient avec de légers battements d'ailes, disposées de façon à former un V majuscule, comme un message tracé pour ceux qui demeuraient à terre. Charlotte se tenait près d'elle, Mukki serré dans ses bras.

L'air frais sentait le feu juste allumé. La jeune femme regarda en direction de la cabane. Une épaisse fumée blanche s'élevait de la cheminée.

— Tala a raison, l'hiver sera sûrement précoce, fit-elle observer. Depuis hier, plusieurs vols d'outardes sont passés. Elles fuient le Nord et se dirigent vers un pays au climat plus doux.

— J'aime bien leurs cris, avoua la fillette d'un air rêveur. Mais tu te sens bien, Mimine ? Tu trembles !

— Ne t'inquiète pas, je ne suis pas assez couverte et le vent fraîchit. Viens, rentrons.

Elles ne s'étaient guère quittées durant l'été.

Toshan travaillait dur et, quand il posait ses outils, il allait à la chasse ou à la pêche. Presque chaque jour, même le lendemain de leur arrivée, le jeune homme s'en allait dans la forêt voisine, abattait des arbres morts ou débitait ceux qui gisaient au sol. Il avait entrepris de réparer le toit de la remise et d'agrandir encore la cabane en ajoutant une pièce en belles planches au fort parfum balsamique.

— Pour faire une chambre à nos enfants, avait-il affirmé à Hermine qui l'interrogeait sur l'utilité de cette nouvelle pièce. J'espère que nous viendrons toujours passer l'été ici, en pleine nature.

La jeune femme préférait ne pas le contredire. Toshan était si gentil, si affectueux et prévenant qu'elle voulait préserver leur bonheur qui frôlait la perfection.

Ils avaient joué aux pionniers jusqu'au retour de Tala, à la fin du mois de juillet. En l'absence de la maîtresse des lieux, le mot d'ordre était une joyeuse indiscipline. Hermine disposait d'un lit de fortune sous la véranda, d'où elle surveillait les inventions culinaires de son mari ou de Charlotte. Ils se régalaient de poissons pêchés à l'aube dans la rivière, quand ce n'était pas des perdrix grillées sur les braises. Mais le plat principal restait les crêpes arrosées de sirop d'érable ou de miel.

« Nous étions un peu comme au paradis, songea Hermine en entrant dans la cabane. Le soir, nous bavardions près du feu, sous les étoiles. Charlotte prétendait que des yeux de bêtes brillaient dans les bois ; elle se réfugiait contre moi en riant. Et Mukki n'a jamais été aussi sage. Il dormait à poings fermés plus de dix heures la nuit. Il a six dents déjà. Un vrai petit homme, qui se déplace à quatre pattes, maintenant. »

Tala était assise près de l'âtre en galets. Elle se chauffait les mains, une expression affligée sur son visage.

— Vous allez bientôt repartir pour Val-Jalbert, nota-t-elle en leur souriant. Comme les outardes, vous serez tous loin de moi.

L'Indienne semblait en proie à une tristesse impénétrable depuis qu'elle était revenue au bercail. Toshan s'en était inquiété plusieurs fois.

— Maman n'est plus la même, avait-il dit à Hermine la veille. Les premiers jours, en nous trouvant ici, elle paraissait contente, mais il y avait quelque chose de différent dans ses gestes et sa voix. Quand je l'ai interrogée, elle m'a répondu par une énigme, elle ne m'a même pas dit où elle était allée en pèlerinage et pourquoi !

Seul Mukki parvenait à dérider Tala. Elle s'était beaucoup occupée de son petit-fils. Elle l'emmenait en promenade, le portant sur son dos dans un large foulard qu'elle nouait autour de ses épaules.

Là encore, elle le prit sur ses genoux et lui montra la danse des flammes dans le foyer.

— Hélas, nous sommes bien obligés de vous quitter ! répondit Hermine en s'asseyant à ses côtés. Mes parents doivent avoir hâte de me revoir. Et maman, telle que je la connais, va vite demander à une sage-femme de m'examiner, dès que je serai à la maison.

Tala hocha la tête. Elle jeta un coup d'œil au ventre rebondi de sa belle-fille.

— Mukki ne prenait pas tant de place, constata-t-elle. Tu as porté ton premier enfant sous le toit de cette cabane, il est né dans la pièce voisine. Cela m'a donné une grande joie. Ce nouveau bébé naîtra dans le foyer de ta mère Laura. C'est équitable. Ne crains rien, tout se passera bien.

La jeune femme ne savait que dire pour réconforter Tala. Mais elle lui proposa encore une fois de les suivre à Val-Jalbert.

— Venez avec nous, je vous en prie ! Toshan se fait du tracas pour les longs mois d'hiver où vous serez seule. Maman souhaite vous rencontrer. Il y a une chambre très accueillante. Vous fêterez Noël en famille. Et vous ferez la connaissance de votre deuxième petit-fils ou de votre petite-fille…

— Je ne fête pas la naissance de Jésus-Christ, même si Henri m'a lu les Évangiles avant mon baptême. J'ai respecté de mon mieux la parole de votre Dieu, qui prêchait la charité et l'amour, mais ce n'était pas toujours facile. Ne m'en veux pas, Hermine, je ne viendrai pas dans ton village. Je préfère ma cabane.

Charlotte s'était prise d'affection pour l'Indienne. Elle l'aidait aux travaux ménagers et écoutait ses souvenirs d'enfance avec un intérêt sincère.

— Il faut que vous veniez, Tala, implora la fillette. Vous me manquerez trop…

Ce cri du cœur arracha un sourire à Tala. Elle caressa les boucles noires de Charlotte.

— Je ne peux pas quitter ce lieu. Ne vous souciez pas de moi.

Toshan entra à son tour. Il tapa ses chaussures contre la pierre du seuil.

— Il pleut dru, annonça-t-il. Au fait, Marc vient de passer sur la piste ; il avait du courrier.

Le dénommé Marc était un trappeur du voisinage. Il se rendait tous les trois jours à Péribonka à cheval et jouait les facteurs.

— Ah ! J'ai une lettre de maman ! s'écria Hermine. Elle a dû recevoir les nôtres, Charlotte, celles que nous avons écrites à la mi-août.

Au cours des veillées qui les avaient réunis tous les quatre, la jeune femme avait raconté avec émotion comment son père, Jocelyn, s'était présenté à Val-Jalbert peu de temps avant le remariage de Laura. Tala avait su garder une mine impassible.

— J'avais peur de voyager dans mon état, avait-elle alors avoué à sa belle-mère. Mais c'était la seule chose à faire, car cela donnait l'occasion à mes parents de réapprendre la vie commune. Ils avaient besoin d'intimité.

Chaque mot avait blessé Tala. C'était après un de ces récits que le jeune Métis l'avait questionnée.

— Quelle est la douleur qui te ronge ? D'abord tu pars je ne sais où, tu reviens six semaines plus tard ! Mère, je t'en prie, je ne t'ai vue ainsi qu'après la mort de papa.

— Je me suis brûlée à un feu que je ne devais pas approcher, mon fils, avait seulement répondu Tala. J'ai cru que j'aurais la force de me rétablir, mais la plaie est à vif, elle ne me laisse aucun repos.

Depuis, Toshan et Hermine cherchaient vainement quels étaient ce feu et cette plaie vive.

— Oh, écoutez ça, s'écria la jeune femme. Je vous lis un passage, la fin de la lettre. « *Vous trouverez des changements à la maison. Ma fille chérie, dis à Charlotte qu'elle hérite de ma chambre, avec tous les objets et les tissus précieux qui la fascinaient. Jocelyn et moi nous sommes installés dans sa chambre à elle, ce qui satisfait pleinement mon mari dont le caractère ne cesse de s'adoucir. Les bois autour de Val-Jalbert commencent à se parer de leur couleur d'automne, et nous avons fait de belles balades. Transmettez toutes mes amitiés à Tala, que je serais heureuse de revoir, après toutes ces années. Elle est la bienvenue chez nous.*

Mon Dieu que j'ai hâte de vous accueillir, de guetter la première neige en votre compagnie ! Dernière nouvelle, Simon Marois a déniché une blonde à son goût et il compte nous la présenter le 31 décembre. » Elle nous embrasse et vous redit son amitié, Tala, conclut Hermine.

Toshan qui tournait le dos à son épouse ébaucha une grimace. Il aurait volontiers passé l'hiver dans la cabane, quitte à chasser le gros gibier et à doubler la réserve de bois. La perspective d'avoir à supporter Jocelyn durant des mois ne l'enchantait guère.

« Mais je n'ai pas le choix. Hermine tient à mettre notre enfant au monde chez sa mère. C'est plus prudent, je ne le nie pas. »

Ni lui ni la jeune femme ne remarquèrent les traits crispés de Tala, le frémissement de ses mains. De même, ils ne virent pas le voile de consternation qui ternissait le regard brun et or de Charlotte. La fillette avait un grand secret. Elle chérissait Simon, se moquant bien de leurs neuf ans de différence. De rapides calculs la confortaient dans ses rêves. Encore un peu de patience et il deviendrait son mari. La prétendue blonde à son goût venait de couper court à ses projets.

— Hermine, Toshan, moi, je n'ai qu'à rester là avec Tala, déclara-t-elle d'une voix plaintive. Je n'ai plus envie de rentrer à Val-Jalbert.

Comme le couple la dévisageait avec stupeur, elle ajouta :

— Et ça me plairait de passer l'hiver au fond des bois ! Je ferais de la couture, je rentrerais des bûches pour le feu. Vous voulez bien, Tala ?

— C'est absurde, trancha Hermine sans permettre à sa belle-mère de donner son avis. Enfin, Lolotte, qu'est-ce qui te prend ? Et Mukki, il aura besoin de sa nounou, à Noël ! Tu sais bien pourquoi. Le nouveau-né va m'accaparer.

La future maman en aurait pleuré d'exaspération. Elle avait beau supporter vaillamment sa grossesse, elle se sentait moins à l'aise que pour Mukki, plus pesante, plus vite fatiguée.

— De toute façon, nous partons après-demain, dit-elle en retenant ses larmes. Et avec toi, Charlotte… Je vais m'allonger jusqu'au souper.

Tala se leva, très digne.

— Obéis à celle qui te protège depuis longtemps, mon enfant, conseilla-t-elle à la fillette. Tu t'ennuierais, ici. Et je suis sûre que la fête de Noël sera très belle, chez Laura.

Toshan vit sa mère baisser la tête comme sous le poids d'un fardeau et entrer dans la petite pièce qu'elle s'était aménagée.

— Charlotte, garde Mukki, je reviens, dit-il calmement.

Le jeune homme ne rejoignit pas Hermine, mais Tala. Il la trouva le front appuyé à l'étroite fenêtre qui avait vue sur la forêt.

— Maman, je t'en supplie, parle-moi et sans me mentir ni faire de mystères. Il sera trop tard, quand je serai reparti. Tu es malheureuse ; je ne suis pas aveugle. C'est à cause d'un homme ? Tu peux me l'avouer, je ne te ferai aucun reproche. Tu es en droit de te remarier, cela me rassurerait, au fond.

La résistance héroïque de Tala céda brutalement. Elle étouffa un sanglot.

— Mon fils bien-aimé, je me suis condamnée à souffrir ! Oui, j'aime un homme, mais je l'ai perdu. Je n'aurais pas dû détruire le cercle de galets blancs qui le retenait près de moi. Il n'aurait pas pu s'éloigner d'un pas. Mais j'ai eu ce courage. Il le fallait !

Toshan comprit qu'il avait vu juste. Il s'agissait bien d'une histoire d'amour contrariée.

— Qui est-ce, mère ? questionna-t-il d'un ton pressant. Va le chercher, ramène-le.

— Non, mon fils. Jamais ! Ce feu qui m'a brûlée, c'est lui et, je te l'ai dit, ce feu ne m'était pas destiné.

Avec une infinie tendresse, il essuya d'un doigt les larmes qui coulaient sur les joues de sa mère.

— Tu n'avais pas pleuré depuis la mort de papa ! Faut-il que tu aimes cet homme !

— Je l'oublierai, certifia Tala. Le vent du Nord et les neiges de l'hiver me soigneront. Je retrouverai la paix. Promets-moi de ne pas révéler la cause de mon chagrin à Hermine. Vous devez vite partir, tant que la rivière n'est pas grossie par la pluie. Ta femme a besoin de sécurité, de sérénité et de ses parents aussi. Je ne veux plus qu'elle se fasse du souci à mon sujet.

Ma sœur et mes nièces me rendront bientôt visite ; je ne serai pas seule.

— Maman, qui est cet homme ? Comment peut-il renoncer à toi ? Quand tu t'es absentée, tu l'as rejoint ?

Tala rejeta cette supposition d'un mouvement de tête. Elle se résigna à mentir.

— Tu ne le connais pas, mais c'est quelqu'un de notre peuple, de sang montagnais comme moi. Et je ne suis pas allée avec lui, j'ai marché des milles pour solliciter l'aide d'un shaman[1]. Tout ceci ne te regarde pas vraiment, Toshan. Maintenant, va auprès de ta jeune épouse. Ton oiseau chanteur ! Tu ne l'appelles plus ainsi. Et elle ne chante plus.

— Je te renvoie la pareille, gronda-t-il. Cela ne te regarde pas !

Il sortit en claquant la porte. Le repas du soir qui suivit fut silencieux et morose, chacun se repliant sur ses colères ou ses déceptions. Tala se reprochait de s'être confiée à son fils, alors que celui-ci lui en voulait de son sous-entendu à propos d'Hermine. Charlotte boudait ouvertement. Proche de l'adolescence, elle s'accordait un chagrin amoureux disproportionné pour son âge. Quant à la jeune femme, une douleur sourde dans le dos l'importunait autant que son ventre alourdi par la grossesse. Elle n'aspirait plus qu'à une chose, se retrouver à Val-Jalbert, près de ses parents et de Mireille. L'affection pleine d'entrain de la gouvernante lui manquait.

---

1. Chez les Indiens, le shaman a le rôle de sorcier, de guérisseur aussi.

Le lendemain n'apporta aucun changement. Tala demeura cloîtrée dans sa chambre. Toshan réserva la majeure partie de son temps à remettre en état le canot de son père et à l'équiper d'une sorte de tente en toile, au cas où il pleuvrait pendant la descente de la rivière.

Hermine et Charlotte firent leurs valises.

— On pourrait quand même rester ici jusqu'au mois d'octobre ! fit remarquer la fillette qui changeait les langes de Mukki.

Allongé sur le lit les fesses à l'air, le bébé agitait ses jambes nues avec vigueur.

— Il risque d'y avoir des chutes de neige bien avant octobre. De plus, je te rappelle que tu dois retourner à l'école.

La jeune femme se pencha sur son fils.

— Mon petit chérubin a eu un an avant-hier et nous n'avons même pas fêté son anniversaire dignement, dit-elle. Une fois à la maison, je demanderai à Mireille de faire un gâteau.

Cependant, Tala n'avait pas oublié la date. Elle avait offert à l'enfant une paire de minuscules mocassins en cuir rouge, agrémentés de perles blanches et noires, qu'elle avait confectionnés avec soin.

— Quel magnifique travail ! s'était extasiée la jeune femme en examinant les chaussures qui logeaient dans une seule de ses mains. Je les lui mettrai ce soir, peut-être que cela détendra l'atmosphère. C'est le dernier repas que nous prenons ici, j'aimerais bien qu'il soit agréable. D'ailleurs, Charlotte, je voudrais savoir pourquoi tu as demandé à passer l'hiver avec Tala. C'était idiot, ma chérie !

— Elle me fait de la peine. Je l'aime beaucoup !

Et je n'aime pas l'école. En plus, Armand Marois me taquine tout le temps. Simon est gentil, lui, Edmond aussi, mais je déteste Armand !

— Bref, ce sont des enfantillages, tes raisons, déclara Hermine. J'ai besoin de toi, Charlotte, tu es ma petite sœur.

— Pardon, Mimine !

Elles tombèrent dans les bras l'une de l'autre, réconciliées. On frappa à la porte, un assemblage rudimentaire de planches mal rabotées. Tala entra. Elle portait une veste et un chapeau.

— Je viens vous dire au revoir, expliqua-t-elle. J'ai décidé de partir chez ma mère, Odina[1]. Elle sera heureuse d'avoir de la compagnie. Te souviens-tu d'elle, Hermine ?

— Bien sûr, comment oublierais-je la femme qui m'a aidée à donner naissance à Mukki ! Mais tu ne vas pas te mettre en chemin maintenant ? Il fera nuit dans trois heures !

— C'est suffisant pour arriver chez Odina ! L'obscurité ne me fait pas peur. J'emmène le chien.

— Qu'en pense Toshan ? insista la jeune femme.

— Il pense que je suis libre d'aller où je veux, à l'heure que je veux. Ne te fais pas de souci pour moi. Ma sœur Aranck habite chez Odina ; leurs bavardages chasseront ma fatigue.

— Ton chagrin, plutôt ?

— Je n'ai pas de chagrin ! certifia Tala avec un sourire. Des regrets, des remords, des soucis, mais pas de chagrin ! Sois heureuse, petite Kanti, près de tes parents enfin réunis.

---

1. Prénom montagnais signifiant Montagne.

L'Indienne lui caressa la joue. Hermine eut envie de pleurer. C'était un cousin de son mari, Chogan, dont le nom signifiait « oiseau noir » qui l'avait surnommée ainsi après l'avoir entendue chanter un air d'opéra : celle qui chante !

— Je ne mérite plus de m'appeler Kanti, dit tristement la jeune femme.

— Songe à la puissance du cercle, ma fille, ajouta Tala. Rien ni personne ne t'empêchera de chanter. C'est écrit dans le livre de ta vie. Je t'aime beaucoup, n'en doute pas. Grâce à toi, j'ai appris à lire. Aussi, n'hésite pas à m'envoyer une lettre quand le bébé sera né.

Tala embrassa Charlotte sur le front, après quoi elle toucha la poitrine d'Hermine à l'emplacement du cœur.

— Nous nous reverrons l'été prochain, dit-elle doucement avant de refermer la porte.

Toshan ne fit pas de commentaires. Il paraissait même soulagé. Leur dernière soirée fut donc plus détendue que prévu. Ils soupèrent et se couchèrent tôt afin de partir à leur tour dès le lever du soleil.

Mais, à l'aube, un incident en apparence anodin se produisit. Charlotte transportait sa valise jusqu'à la berge en poussant également le landau où était assis le bébé. La jeune femme, elle, fouillait la literie avec des gestes exaspérés.

— Qu'est-ce que tu cherches, ma chérie ? s'inquiéta Toshan qui venait de fermer les volets. Si nous voulons être au rendez-vous convenu avec Pierre, il ne faut pas tarder.

— Je voulais mettre ses mocassins à Mukki, mais il en manque un. Impossible de le retrouver.

Je ne suis pas aussi leste que d'habitude. Il faudrait regarder sous le lit et la commode. Moi, je ne peux plus m'accroupir !

Son mari éclata de rire et palpa à pleines mains son ventre rebondi.

— Ma petite femme toute ronde ! plaisanta-t-il. Ne te rends pas malade, il ne doit pas être loin, ce mocassin.

Réconfortée, elle passa dans la pièce voisine. Toshan, lui, dut presque s'allonger pour examiner l'espace entre les planches servant de sommier et le plancher. Il vit tout de suite le mocassin ainsi qu'un mouchoir plié en quatre. Il récupéra le tout en vitesse.

« Ce mouchoir est bien poussiéreux », se dit-il en secouant le tissu, de la batiste à carreaux rouges et verts qui gardait le pli du repassage.

Aussitôt il distingua les initiales brodées au fil rouge. Un J et un C majuscules. Son esprit fonctionna à la vitesse de l'éclair en associant les deux lettres à un personnage, le seul de ses connaissances dont le nom correspondait.

« Jocelyn Chardin ! Mais non ! Que ferait ce mouchoir ici ? »

Une angoisse confuse envahit d'abord Toshan, puis il poussa un soupir de soulagement.

« Hermine a pu le prendre par erreur, ce mouchoir, dans la lingerie, chez Laura. Mais… dans ce cas, pourquoi serait-il aussi poussiéreux ? Il serait tombé par terre les premiers jours que nous avons passés ici ? Il n'y a pas d'autre explication. »

Il quitta la pièce, ravi de pouvoir présenter le mocassin disparu à la jeune femme. Elle l'attendait impatiemment, sur le perron.

— Ah, tu l'as trouvé ! s'exclama-t-elle, aux anges, en prenant la petite chaussure.

— Il était sous le lit, mais tu n'aurais pas pu l'attraper, en effet. Tu as dû perdre ce mouchoir, aussi, annonça-t-il en agitant le carré de tissu déplié, que le vent agita.

Hermine éclata de rire en descendant les marches en bois de la véranda.

— Désolée, ce n'est pas à moi. C'est un mouchoir d'homme, tu le vois bien ! Je ne l'ai jamais vu.

Plus sérieuse, elle hasarda d'une voix douce :

— Il devait appartenir à ton père !

Surpris, Toshan faillit répondre : « Non, au tien, je crois ! » Quelque chose d'indéfinissable l'en empêcha. Cela ressemblait à une prudence instinctive. Vite, il rangea le fameux mouchoir dans sa poche de pantalon. Hermine n'avait pas pu voir les initiales.

— Sans doute, dit-il d'une voix faussement détachée. Allons-y !

Des pans de ciel bleu pâle se dessinaient entre les arabesques capricieuses de quelques nuages d'un blanc pur. La Péribonka roulait des flots paisibles. Assise sur le sable près du canot, Charlotte chantait une berceuse à Mukki, lové contre elle.

Hermine huma l'air frais du matin. Malgré sa joie de rentrer à Val-Jalbert, son village, elle laissait une part d'elle-même dans la cabane de Tala et alentour.

« Nous avons été tellement heureux, ici ! Nous reviendrons l'année prochaine ; il le faut. J'espère que Tala sera plus joyeuse », songea-t-elle avec une pointe d'inquiétude.

Toshan l'aida à grimper dans l'embarcation, qu'il avait poussée à l'eau. Elle eut un pincement au cœur. Le canot du chercheur d'or paraissait moins stable que le bateau à moteur de Pierre Thibaut. Mais Charlotte, déjà installée, lui prit la main.

— Je raconterai nos vacances dans une rédaction, dit la fillette. Quand mes camarades sauront que j'ai aperçu un ours noir !

— Grâce à ma mère, dit Toshan. Elle connaît si bien la forêt qu'elle a repéré depuis longtemps les endroits où passent les bêtes.

Ils échangèrent tous les trois un regard attristé. Le départ de Tala, la veille, n'avait pas été sans les intriguer.

— En route ! cria le jeune Métis. Le courant va nous conduire sans gros effort jusqu'au quai de Péribonka.

Après ça, il demeura silencieux, perdu dans ses pensées, s'appliquant à avironner de son mieux pour ne pas s'approcher des berges. La rivière était large. Elle serpentait entre de hautes collines boisées. Charlotte chantonnait des comptines pour le bébé. Hermine écoutait, amusée, les mots répétés dix fois, les refrains simples. L'enfant qu'elle portait remuait beaucoup. Elle se massa le ventre discrètement à travers sa robe en lainage. Mais les mouvements lents et confus, à l'intérieur de son corps, ne firent que se multiplier. C'en était presque douloureux.

« Mon Dieu ! Je vais accoucher d'un géant », s'effara-t-elle, mi-joyeuse, mi-soucieuse.

Toshan fixait la surface miroitante de la Péribonka, irisée d'éclats de soleil. Un énorme poisson fendit l'eau et replongea dans une gerbe d'éclaboussures argentées. Le Métis continuait de se creuser la cervelle.

« Que faisait ce mouchoir sous le lit de la grande chambre ? J'ai beau chercher, je ne comprends pas. Si encore nous n'avions pas agrandi la cabane et ajouté des cloisons, mon père et moi, je pourrais me dire que ce maudit bout de tissu est là depuis dix-sept ans, que cela remonte au premier séjour de Jocelyn et Laura chez mes parents… Mais le mouchoir serait dans un état lamentable, pas impeccable. J'ai senti une odeur de savon. Ou bien cela date effectivement d'il y a longtemps et ma mère a gardé ce linge et l'a utilisé, sachant qu'elle ne le rendrait jamais à son propriétaire. Je suis bien bête de me torturer l'esprit. J et C ! Qui aurait ces mêmes initiales dans nos voisins ? »

Il ne trouva pas de patronyme correspondant à ces lettres. Le malaise qu'il éprouvait à ce sujet ne fit que s'aggraver.

— Qu'est-ce que tu as, Toshan ? lui cria Hermine, assise à l'avant du canot, tandis qu'il se tenait à l'arrière. Tu n'as pas ouvert la bouche depuis le départ.

Elle supposait que son mari redoutait leur retour à Val-Jalbert.

— Tout va bien, répondit-il avec un sourire tendre. Je réfléchis à notre avenir.

— Mon Dieu ! s'exclama-t-elle. Est-ce le moment ? Moi, je voudrais être à Noël ! D'ici là, je ne pourrai plus bouger à cause du bébé. Cela ne me plaît pas d'être presque impotente.

Le mot était un peu fort. Il plongea une main dans la rivière et lança de l'eau à la jeune femme.

Elle poussa un cri aigu. Charlotte éclata de rire et se cacha derrière Hermine.

« Au diable ce mouchoir ! songea Toshan. J'interrogerai maman l'été prochain. »

Mais en arrivant à Péribonka, ses pensées avaient pris un tour différent. Il soupçonnait Jocelyn Chardin d'être venu à la cabane récemment. Et s'il avait raison, celui qui avait brisé le cœur de Tala n'était autre que son beau-père. Il décida de ne pas en parler à Hermine, tant qu'il n'aurait pas de confirmation. Cependant, un sentiment proche de la haine le taraudait à l'égard de l'homme dont il allait devoir supporter la présence durant un interminable hiver.

Val-Jalbert, jeudi 12 octobre 1933

— On dirait que l'été ne veut pas mourir, déclara Laura à sa fille. Le paysage devient sublime. Si je savais peindre, je serais tellement heureuse de reproduire toutes ces teintes de feuillage, de l'or brun, du rouge, du jaune veiné d'ocre. Et les dernières roses, si fragiles, au parfum suave ! Que j'aime l'automne !

— Maman ! Ma parole, tu deviens poète ! constata Hermine. Moi, je n'ai pas pu me promener une seule fois depuis notre retour. Peut-être que la sage-femme se trompe. Elle m'a ordonné de rester allongée, mais je m'ennuie.

— Ton enfant risque de naître prématurément, coupa Laura. Il faut respecter les consignes de prudence. Tu gardes le lit ! Je m'attendais à des complications, de toute façon. Quelle idée de voyager dans ton état !

— Maman, tu me l'as répété je ne sais plus combien de fois, se plaignit Hermine, agacée.

La seconde traversée du lac Saint-Jean s'était révélée plus difficile. Le vent soufflait fort et le bateau de Pierre tanguait dangereusement. Mais cela n'avait aucun rapport, selon elle, avec les déductions de la sage-femme, venue de Roberval pour l'examiner.

— Le passage est déjà bien ouvert, avait-elle dit tout bas à l'oreille de Laura. Si votre fille ne reste pas alitée, le bébé peut venir trop tôt et il ne survivra pas. Remarquez, il est très gros, ce petit. Inutile de s'affoler, mais surveillez-la bien.

Toshan avait été mis dans la confidence. Cela ne l'arrangeait pas. Jocelyn était beaucoup plus accommodant après un été passé avec Laura, mais le jeune Métis évitait soigneusement de le croiser. Ce n'était pas simple, puisqu'ils habitaient tous ensemble.

« Je ne peux pas prendre un job, Hermine a besoin de moi, songeait-il. Je n'ai qu'à sortir tôt le matin et rentrer après le souper. »

La jeune femme l'encourageait dans ce sens. La tension qui régnait quand Jocelyn et Toshan se trouvaient en présence lui était perceptible et difficile à supporter. De plus, ces deux individus de sexe masculin occupaient un espace considérable dans la maison naguère réservée à ces dames. Ils marchaient fort, martelaient les marches de l'escalier, claquaient les portes, chacun à une heure différente et à sa manière.

Le soir, Hermine montait se coucher sitôt le repas terminé. Là, assise contre un confortable rempart d'oreillers, elle pouvait profiter de son mari.

Ils jouaient aux cartes ou aux dames, ou se contentaient de bavarder.

Ce lundi-là, elle comptait demander une faveur à sa mère. Laura avait beaucoup changé depuis le mois de juin. Sûrement pour ne pas déplaire à Jocelyn, elle ne se fardait plus et laissait bouger ses cheveux. Ses toilettes étaient plus ordinaires et les bijoux que lui avait offerts l'industriel Franck Charlebois avaient disparu, rangés dans leur écrin d'origine. Mais Laura resplendissait de bonheur. Elle était amoureuse et ne s'en cachait pas. Devant l'entente évidente du couple, leurs regards complices, leurs gestes de tendresse, très discrets mais touchants, Toshan en venait souvent à douter. Pourquoi et en quelles circonstances Jocelyn avait-il pu séjourner chez Tala ? Et si cela s'était produit, sa mère avait pu être séduite sans le montrer ni l'avouer à Chardin. Le jeune Métis, pour sa part, s'estimait uni à Hermine jusqu'à la fin de ses jours. La fidélité allait pour lui de pair avec la force des sentiments. Par conséquent, si son beau-père aimait passionnément Laura, il n'avait pas pu entretenir une liaison avec une autre femme.

« Pourtant, maman a parlé d'un feu auquel elle s'était brûlée. L'image est assez forte ! » songeait-il.

Laura était loin de se douter de ce qui tourmentait son gendre jusqu'à l'obsession. Elle cherchait comment divertir Hermine, tout en s'occupant beaucoup du petit Mukki. L'enfant marchait et il nécessitait une surveillance constante. Charlotte était en classe le jour, ce qui rendait la besogne plus difficile encore.

Le couvent-école avait définitivement fermé ses portes. Une institutrice laïque accueillait les élèves dans une des maisons du village[1]. Cela réconfortait les derniers habitants de Val-Jalbert, mais accentuait leur sentiment d'être de plus en plus menacés. Certains guettaient avec anxiété le bureau de poste, craignant qu'il soit à son tour fermé[2].

— Qu'ils fassent ce qu'ils veulent, les bureaucrates ! tempêtait Joseph Marois. Ils ne me délogeront pas de chez moi. Ma maison, je l'ai achetée, gagnée à la sueur de mon front.

Pour l'ancien ouvrier, âpre au gain et avare, les jardins potagers abandonnés étaient une aubaine. Certes, les légumes, les courges ou les fruits s'avéraient plus petits et moins abondants que par le passé, mais Élisabeth savait tirer profit des récoltes de son mari. Elle faisait des confitures et des conserves, tandis que la vache Eugénie broutait à son aise entre les logements vides.

Dans ce décor assez particulier, chaque famille restante composait une sorte d'îlot. La belle demeure de Laura s'entourait de jeunes arbres, de rosiers et d'un petit champ clos, fraîchement retourné à la bêche par Jocelyn. Il s'était mis en tête de planter de quoi agrémenter la cuisine sans dépenser un sou. Ce nouveau potager, qui s'ajoutait à celui entretenu par Armand Marois, avait permis à Laura et à son mari de partager la même activité pendant l'été. Elle arrosait les semis le soir, coiffée d'un large chapeau de paille. Lui, il sarclait, bêchait et arrachait les mauvaises herbes.

---

1. Cet arrangement devait durer jusqu'en 1939.
2. Le bureau de poste sera fermé en 1947.

Sans le mouchoir brodé d'initiales qui obsédait Toshan, tout aurait été pour le mieux en ce début d'automne.

— Maman, si cela ne te vexe pas, et si cela ne cause pas trop de fatigue à Mireille, je préférerais prendre mes repas du soir dans ma chambre, se décida à dire Hermine en posant le livre qu'elle tenait. Il faudra monter aussi le souper de Toshan.

Dans le silence qui suivit, le tic-tac de la pendulette en bronze résonna étrangement.

— Je ne peux rien te refuser, répondit Laura après avoir pesé le pour et le contre. Mais ton père sera contrarié. Il aime bien avoir ta présence à table.

— Tant pis ! dit tristement la jeune femme. Je ne peux plus supporter la guerre froide évidente entre mon mari et mon père. Cela me coupe l'appétit, je t'assure. Je ne comprends pas ce qu'ils ont. Papa est si gentil avec moi, quand nous sommes en tête à tête. Mais face à Toshan, ce n'est plus le même.

Laura l'admit d'un soupir et vint s'asseoir à côté de sa fille.

— Entendu, je préviendrai Mireille. Elle va bougonner. Depuis qu'elle a pris des congés et qu'elle a pu jaser à sa guise avec sa cousine de La Tuque, j'ai du mal à la reconnaître. Elle ne jure plus que par les chansons de La Bolduc. Nous aurons bientôt une gouvernante révolutionnaire. Dieu sait que je lui verse de bons gages ! Elle n'appartient pas à la classe ouvrière ni aux pauvres qui s'entassent dans les bas quartiers de Québec ou de Montréal.

— Mireille est une perle, coupa Hermine. Et tellement drôle et gaie ! C'est à nous d'endurer ses humeurs. Et puisque tu parles de La Bolduc, maman, j'aimerais bien écouter les disques d'opéra, durant le jour. Cela me divertira.

— Si tu veux ! Mais un grand nombre appartenait à Hans. Je lui en ai redonné une dizaine quand je suis allée lui rendre visite à Roberval. Nous avons encore l'électrophone. Vu le prix qu'il m'a coûté, j'espère qu'il fonctionne toujours.

Un bruit sourd retentit à l'étage, assorti d'un hurlement de douleur strident et enragé. Mukki était encore une fois tombé de son lit-cage.

— Oh non ! s'écria Laura. Ce petit est un vrai casse-cou.

Elle se rua vers l'escalier. Hermine retenait des larmes de dépit. Cela la torturait d'être condamnée à l'immobilité. Sa mère réapparut vite, l'enfant accroché à son cou.

— Le pauvre chéri a une bosse sur le front, affirma-t-elle. Mireille va lui passer du baume à base d'arnica.

La jeune femme vit Laura et son fils s'éloigner. Malgré la bonne volonté générale, elle se sentait mise à l'écart, inutile et dépossédée de son rôle de mère.

Derrière la maison se jouait un autre drame. Jocelyn venait de distribuer aux chiens de Toshan des restes de nourriture. Si les deux hommes avaient le même intérêt pour ces animaux, cela ne les rapprochait pas. Ils y trouvaient même prétexte à se chamailler encore. Ce fut le cas une nouvelle fois.

Toshan, lui, revenait de Roberval où il s'était acheté des cigarettes américaines. Faire de longues marches le détendait. Il comptait sortir Duke pour l'emmener courir dans la prairie du moulin Ouellet.

En constatant que Jocelyn leur donnait de la viande au milieu de l'après-midi, le jeune Métis s'emporta.

— Je ne vous ai pas demandé de gaver mes bêtes ! cria-t-il d'un ton furieux. Déjà ils ont bien trop grossi, cet été.

— Si vous n'êtes pas content, mon garçon, perdez la manie de laisser vos chiens enfermés, rétorqua Jocelyn. Pendant votre absence, je les ai promenés chaque soir. Oh ! Ce n'était pas pour vous rendre service, mais pour eux. Un chien ne se plaît pas dans un enclos.

— S'ils vagabondaient dans le village, on me le reprocherait, maugréa Toshan. Je n'ai pas le choix. Les autres années, ils passaient la saison chaude dans la forêt, chez ma mère.

L'ombre de la belle Indienne sembla se glisser entre eux. Gêné par le souvenir de Tala, Jocelyn tourna le dos à son gendre qui, lui, céda au besoin forcené de savoir la vérité.

— Une minute, monsieur ! s'écria-t-il. J'ai quelque chose qui vous appartient, je pense.

Intrigué, Jocelyn revint sur ses pas. Toshan lui tendait le mouchoir, replié à la hâte.

— C'est bien à vous ?

— En effet, répondit Jocelyn, pas trop surpris. Ma sœur Marie m'avait offert un lot de six, brodés à mes initiales, quand je suis entré au sanatorium de Lac-Édouard. Où l'avez-vous trouvé ?

Il retournait le bout de tissu entre ses doigts d'un air indifférent. Cependant le regard noir du jeune Métis le mit mal à l'aise.

— Figurez-vous que je l'ai trouvé à plusieurs milles d'ici, dans la cabane de ma mère, sous le lit de la chambre principale, celle qu'elle nous prête à Hermine et à moi.

— C'est impossible, voyons ! bredouilla Jocelyn. Je n'ai jamais mis les pieds là-bas. Enfin si, mais cela date de dix-sept ans, vous le savez très bien.

Toshan le fixait sans pitié. Son beau-père mentait, cela se devinait à son intonation. Il avait l'air pris au piège.

— Je ne vous crois pas ! trancha-t-il durement.

— Qu'allez-vous supposer ? pesta Jocelyn. Dites, ça vous amuse de m'accuser de je ne sais quoi ? Pourquoi diable aurais-je perdu un mouchoir chez votre mère ? Hermine a dû le prendre par mégarde dans ses affaires, le jour de votre départ. Il n'y a pas de quoi en faire une histoire ! Ce n'est qu'un carré de linge.

Si Tala ne lui avait pas avoué sa peine de cœur, le jeune homme se serait peut-être contenté de cette explication.

— Vous auriez pu prévoir une expédition jusqu'à la cabane de mes parents pour comprendre qui était enterré à votre place, avança-t-il d'une voix dure.

— C'est le dernier de mes soucis, tonna Jocelyn, l'air mauvais.

— Je trouverai une preuve, tempêta Toshan en pointant un doigt accusateur vers son beau-père. Si Hermine n'était pas votre fille et si vous n'aviez pas le double de mon âge, je vous ferais cracher le morceau à ma façon. Écoutez-moi bien, Chardin ! Je n'ai pas envie de causer un scandale en ce moment. Mais quand je saurai ce qui s'est vraiment passé, et je le saurai, vous le paierez cher, très cher. Tala souffre, ma mère bien-aimée est brisée. Si c'est votre faute, je vous réduirai en miettes !

Fou de colère, Toshan recula d'un pas. Puis il ouvrit l'enclos et prit Duke par son collier.

— Dites à Hermine que je rentrerai pour le souper, lança-t-il en s'éloignant.

Les traits décomposés, Jocelyn poussa un long soupir.

— Tout ça pour un mouchoir ! enragea-t-il. Le diable a de ces ruses…

Il aurait pu évoquer l'œil de Dieu, soucieux de punir les pécheurs coupables d'adultère. Mais, profondément heureux de sa nouvelle vie près de Laura, il attribuait ce coup de malchance à une entité maléfique. Anéanti, Jocelyn alla se réfugier dans le cabanon. Il était malade d'angoisse.

« Si ça se sait, ce que j'ai fait, je n'aurai plus qu'à me pendre à la première branche, pensait-il. Hermine me haïrait et Laura ne voudrait plus jamais entendre parler de moi. »

Il se remémorait la scène qui l'avait confronté à Toshan en se demandant comment son gendre avait pu entrevoir la vérité.

« Tala n'a pas tenu sa promesse, elle qui voulait tant que notre aventure demeure secrète, se dit-il encore. Dieu sait qu'elle ne semblait pas éplorée, le jour où je l'ai quittée. Cela signifie qu'elle a triché, qu'elle n'était pas aussi forte que ça ! De là à prétendre que je lui ai brisé le cœur… Il ne faut pas exagérer ! »

Il s'étonna lui-même de ne plus rien éprouver pour la belle Indienne. Les baisers de son épouse légitime, sa chair douce et laiteuse, leur amour renaissant, avaient eu raison de Tala. Les insinuations de

Toshan faisaient peser un tel danger sur son couple et ses rapports avec Hermine qu'il décida de rattraper le jeune homme. Dans quel but, il l'ignorait. C'était plus fort que lui.

Le ciel s'était couvert de lourds nuages gris. Des bourrasques de vent balayaient avec violence les feuilles jonchant la terre. Seulement vêtu d'une chemise et d'un gilet en laine, tête nue, il fonça dans la direction empruntée par Toshan. Il eut vite conscience d'une baisse considérable de la température, mais il ne pouvait pas renoncer. Les jappements de Duke le guidèrent droit vers le moulin Ouellet, un des plus anciens bâtiments de Val-Jalbert, situé à l'écart du village.

Toshan affectionnait ce lieu paisible, bercé par le chant de la rivière. C'était là, sous un couvert de feuillages, qu'Hermine lui avait accordé un premier baiser.

En apercevant la silhouette de son gendre, qui jetait une branche à son chien d'un geste énergique, Jocelyn s'arrêta net.

Une bouffée de haine le transperça. Durant trop d'années il avait été victime d'un destin cruel. D'honnête comptable pieux et soucieux de moralité, il s'était cru un meurtrier en cavale, après avoir tout sacrifié pour Laura. Un instant, il se vit frappant à mort le jeune homme qui risquait de compromettre son bonheur retrouvé. Les poings serrés, les mâchoires crispées, il imagina un combat silencieux.

« On serait plus tranquille sans cette espèce de sauvage mâtiné d'Irlandais ! S'il pouvait disparaître, j'aurais ma fille pour moi tout seul ! »

Tout de suite effrayé par l'infamie de cette idée, il retint un gémissement. Cela lui était déjà arrivé d'avoir peur de ses propres pulsions. Toshan continuait à jouer avec Duke. Malgré la distance, Jocelyn pouvait l'observer à sa guise. Les gestes de son gendre trahissaient sa force et sa souplesse, son plaisir d'être seul au milieu de la prairie.

« Je ferais mieux de retourner à la maison, se raisonna-t-il. Hermine aime ce garçon et il est le père de mon petit-fils. »

Il grelottait sans s'en rendre compte. Un froid intense venait de s'abattre sur la région du Lac-Saint-Jean. Puis ce fut la neige, une armée serrée de gros flocons ruisselant du ciel duveteux.

— Tabarnak ! jura Jocelyn.

Il avança d'un pas alerte, autant pour se réchauffer que pour rejoindre Toshan. Deux fois, il le héla, mais son gendre se dirigeait maintenant vers la rivière Ouellet, qui avait donné son nom au moulin à farine, lui-même baptisé ainsi en hommage à son fondateur. Le jeune Métis disparut d'un seul coup dans un fouillis de végétation couleur de rouille, sur les traces de son chien.

— Où sont-ils passés ? se demanda-t-il à mi-voix.

La neige recouvrait déjà le pré, lourde d'humidité. Jocelyn, qui claquait des dents, se mit à courir. Sa chemise et son gilet étaient trempés, ses pieds étaient gelés. Cependant, poussé en avant par un sentiment d'urgence, il s'aventura sur la berge. Des flots sombres coulaient à vive allure, animés de remous.

— Ohé, Toshan ! appela-t-il encore. Nous avons à discuter, tous les deux ! Montrez-vous !

Jocelyn se glissa entre des branches de saules. L'une d'elles lui fouetta le visage et l'aveugla. Il se débattit, furieux contre ce coup du sort.

« Je devrais, à cette heure-ci, boire un lait chaud avec Laura, bien à l'abri. Qu'est-ce que je fabrique ici ? » pensa-t-il en faisant une enjambée de trop.

La terre meuble céda sous son poids. Il trébucha, essaya de s'accrocher à un tronc et tomba en avant. L'eau glacée referma son étreinte sur lui. Le choc fut si brutal qu'il en eut la respiration coupée. Jocelyn lutta de nouveau, cherchant à reprendre pied. Il se démenait, hurlait, pataugeait. Ce n'était guère profond, en cette saison. Mais soudain il vacilla, pareil à un ivrogne et s'effondra, la tête la première. Il fut emporté durant ce qui lui parut une éternité. Il tentait de respirer, de se relever encore, de plus en plus faible à cause de ses vêtements gorgés d'eau et du froid qui le terrassait. « Je vais finir noyé ! » songea-t-il à demi inconscient.

Des bruits singuliers lui parvenaient, tandis qu'il lançait un dernier regard hébété vers le ciel d'où ruisselaient des myriades de flocons d'un gris sombre sur l'immense voile de nuages. Des cris, des grognements retentissaient ; il ne savait pas d'où ils venaient.

— Allez, Duke ! hurlait une voix. Dépêche-toi. Prends-le par son col de chemise, allez !

Toshan progressait péniblement à contre-courant, de l'eau jusqu'à la taille. Il encourageait son chien qui, mû par l'instinct, s'était précipité au secours de Jocelyn. Duke mordait ferme un coin de gilet. L'animal fit pivoter le corps qui le heurta de plein fouet.

— Bien, Duke ! Lâche, à présent, je m'en charge !

Le jeune homme se courba en deux, saisit les bras de Jocelyn et le hissa sur son dos en ahanant sous l'effort intense. Quitter le lit du gros ruisseau ne serait pas chose facile. Il lui fallut de longues minutes au sein d'un univers glacé et opaque, sous un déluge de neige.

— S'il n'attrape pas la mort avec ce bain forcé…, haleta Toshan en reprenant pied sur la berge.

L'état comateux de Jocelyn l'inquiétait. Spontanément, il ôta sa veste imperméable, fourrée en lainage, et en couvrit le torse et les épaules du malheureux. Il eut beau le secouer et lui frictionner les joues, il ne reprenait pas conscience.

— Je dois le ramener à la maison le plus vite possible ! s'exclama-t-il. Il va mourir. Chardin, répondez !

Mais Jocelyn ne montrait plus aucun signe de vie, excepté un faible souffle, si irrégulier que Toshan le percevait à peine.

*

Laura ouvrait de grands yeux surpris, debout près d'une des fenêtres du salon. Elle s'était émerveillée de la douceur de l'automne deux heures auparavant et maintenant des rideaux de neige dissimulaient le paysage qui se revêtait d'un blanc immaculé. Mireille apporta le plateau du thé.

— Vous avez vu ça, madame ? bougonna la gouvernante. Le bonhomme hiver est déjà là.

— Mais non, objecta Hermine, toujours étendue sur le divan. Ce n'est qu'un petit coup de froid.

Je suis certaine que le beau temps reviendra. Il y a encore beaucoup de feuilles sur les arbres.

— En tout cas, il faut vite allumer les poêles ! décréta sa mère. Je grelotte. Et Mukki a ses menottes glacées. Où est Armand ? Il se plaignait de manquer d'ouvrage. Là, j'ai bien besoin de lui pour chauffer la maison. Mireille, demande à Charlotte d'aller le chercher !

— Oui, madame.

Hermine frissonnait elle aussi. Laura vint s'asseoir à son chevet, l'air préoccupé.

— Je me demande où est passé ton père, s'inquiéta-t-elle. Il n'a ni manteau, ni foulard, ni chapeau. Enfin, il doit bricoler dans le cabanon. Mon Dieu, quel pays ! Parfois cela me décourage tous ces mois de froidure qui nous attendent.

La jeune femme s'apprêtait à répondre quand Armand Marois déboula dans le salon, les chaussures gainées de neige, la mine affolée.

— M'dame Laura ! Un malheur est arrivé, m'sieur Jocelyn est tombé dans le ruisseau Ouellet. Votre gendre le ramène sur son dos. Venez vite ! Je retourne aider…

— Non, ce n'est pas vrai ! hurla Laura en se relevant. Comment est-ce possible ? Que faisait-il là-bas ?

Elle se rua dans le couloir et sortit sur le perron. Toshan titubait sous le poids de Jocelyn. Déjà, Joseph accourait à la rescousse.

— Besoin d'un coup de main ? s'écria l'ancien ouvrier.

— Mon Dieu ! gémit Laura, complètement affolée. Montez-le dans notre chambre et prévenez un docteur.

Elle secoua le bras de son mari, mais elle n'obtint qu'une plainte inarticulée.

— Joss, je t'en supplie, reste avec nous ! se lamenta-t-elle.

Joseph et Armand remplacèrent Toshan, à bout de force. Il expliqua, essoufflé :

— J'ai eu peur, il ne reprenait pas connaissance. Mais il a quand même toussé et dit quelque chose entre ses dents, juste après. Il faut le sécher et le frictionner sur tout le corps.

Laura l'écoutait à peine, malade de peur et d'angoisse. Elle put respirer à son aise en voyant son mari allongé sur le lit. Mireille les avait suivis.

— Je vais préparer des bouillottes et une boisson à ma façon, madame, bien brûlante. Du caribou chaud et du sirop d'érable, ça vous réveillerait un mort.

— Oui, dépêche-toi, Mireille, implora Laura.

Joseph congédia son fils et commença à déshabiller Jocelyn dont la pâleur et le mutisme étaient inquiétants.

— C'est qu'il est lourd et charpenté, votre époux ! dit-il à Laura. Toute seule, vous n'auriez pas pu en venir à bout.

— Vous avez raison, approuva-t-elle. Merci beaucoup.

La présence de son voisin la gênait. Il dut le comprendre, car il souleva sa casquette et commença à sortir de la chambre dès qu'il eut fini de dévêtir Jocelyn.

— Personne pouvait prévoir que nous aurions une bordée de neige avant la nuit, pesta-t-il sur le seuil de la pièce. Ce matin, c'était du beau soleil.

— Merci encore, dit-elle en prenant des couvertures en laine dans l'armoire. Assurez-vous que le médecin vienne, surtout.

Une fois seule, Laura put agir. Elle s'empara de serviettes de toilette et frotta son mari des pieds à la tête avec un acharnement désespéré.

— Joss, parle-moi ! le suppliait-elle. Regarde-moi ! Nous étions si heureux, qu'est-ce qui t'a pris de rester dehors par ce temps ? Tu étais guéri, mon chéri. Mon Dieu, non, laissez-le-moi !

Elle sanglotait, sans cesser pour cela de le réchauffer de son mieux. Il gardait les paupières mi-closes sur un regard absent. Subitement, Laura se coucha sur lui, la tête nichée au creux de son épaule. Elle avait l'impression de pouvoir le sauver en offrant sa propre chaleur.

— Qu'est-ce qui s'est passé ? gémit-elle. Joss !

Soudain il poussa une plainte et se racla la gorge. Laura se redressa pour l'examiner.

— Où je suis, là ? balbutia-t-il. Ah ! C'est notre chambre…

— Mais oui, s'écria-t-elle, infiniment soulagée. Jocelyn, quelle peur j'ai eue ! Je ne veux plus te perdre, plus jamais. Je ne pourrais plus vivre sans toi. Tu m'entends ? Je t'aime trop !

Mireille était de retour. Laura prit le plateau qu'elle avait monté et lui fit signe de ne pas s'attarder.

— Est-ce que je peux annoncer en bas que monsieur a repris ses esprits ? interrogea la domestique du pas de la porte. Votre fille se ronge les sangs.

Au même instant, Hermine entra dans la chambre. Les événements lui paraissaient assez graves pour braver les interdits de la sage-femme.

— Papa ? s'alarma-t-elle. Comment te sens-tu ? Mon Dieu, tu nous as causé une belle frayeur ! Mon pauvre papa !

— Petite, content de te voir, dit-il doucement.

Toute la somme de tendresse qu'elle retenait depuis des années se libérait. Devant cet homme tremblant et livide, peut-être en danger de mort, elle fondit de douceur, d'amour filial.

Laura ne pensa même pas à lui reprocher son imprudence. Elle pleurait tout son soûl, bouleversée de voir Hermine penchée sur son père avec une expression anxieuse. Jocelyn tendit une main vers son enfant et, vite, celle-ci étreignit ses doigts et les embrassa.

— Papa, ne nous abandonne pas, je t'en prie ! Je commence juste à te connaître ; ne me quitte pas.

— Mais non, je suis solide, dit-il d'une voix rauque. Je ne sais pas ce que j'ai eu. J'avais couru, ensuite il neigeait, et il y a eu l'eau glacée autour de moi, j'ai suffoqué…

— Toshan m'a dit que tu étais tombé dans le ruisseau. Tu es pire qu'un gamin ! déclara la jeune femme, attendrie, apitoyée.

— Ma chérie, nous discuterons de cet accident plus tard, coupa sa mère. Il doit boire la préparation de Mireille.

Elles s'installèrent chacune d'un côté du lit. Il faisait nuit, à présent. La boisson à base de caribou et de sirop d'érable, très chaude, acheva de ranimer Jocelyn. Laura, avec des gestes d'une délicatesse extrême, lui enfila une veste de pyjama et un gilet de laine.

— Je dois une fière chandelle à ton mari ! confessa-t-il en fixant Hermine. Il m'a sorti de ce fichu ruisseau. Le chien aussi s'est démené pour me tirer de l'eau. Ce brave Duke…

Il ferma les yeux un moment, envahi par le souvenir méprisable de sa fureur.

« J'ai eu envie de tuer mon gendre et, lui, il m'a sauvé la vie. Je ne suis qu'un vieux type au cerveau malade ! Quelque chose cloche chez moi, j'aurais dû réussir à rejoindre la berge sans l'aide de personne, à tenir debout ! J'ai eu un malaise, je crois… »

— Je veux voir Toshan ! avoua-t-il. Seul à seul. Laura, sois gentille, dis-lui de monter. Toi, ma petite fille chérie, retourne te coucher. Ne t'en fais pas, je serai toujours là à Noël pour la naissance de ton enfant.

Mireille frappa. Le médecin de Roberval était avec elle. Hermine se résigna à quitter le chevet de son père.

Laura raccompagna le docteur au bout d'une demi-heure. La couche de neige atteignait déjà vingt centimètres. Dans le salon, une assemblée silencieuse attendait le diagnostic. Il y avait là Joseph Marois, Betty et la petite Marie, endormie sur son sein, Charlotte, Edmond et Armand. Après s'être changé de vêtements, Toshan avait patienté aux côtés d'Hermine.

— Alors, maman ? s'enquit la jeune femme.

— Oh ! répondit Laura, j'ai eu droit à des mots savants que je vous épargnerai. En bref, ton père a subi un chaud et froid, une sorte de choc qui aurait pu lui être fatal. Il n'a eu qu'un malaise, assez sérieux pour nous faire craindre le pire. Mais enfin, Toshan, que faisiez-vous tous les deux au bord du ruisseau ? Quand le temps a changé, il fallait rentrer !

— Je promenais Duke dans la prairie du moulin Ouellet, expliqua le jeune Métis. Je lui lançais une branche pour l'entraîner à courir. Je croyais que Jocelyn était ici, dans la maison. Et puis, j'ai décidé de longer la berge. Tout à coup, j'ai entendu un bruit, comme un arbre qui s'effondrerait dans l'eau. C'était votre époux. Il ne pouvait pas se relever. Il était comme assommé ; alors, je suis allé le secourir.

Tout le monde se regarda, en proie au même étonnement. Dans le silence, Joseph fit remarquer :

— Ce n'est pas courant, de faire une chute dans le ruisseau ! Une chance que ce n'est pas arrivé au printemps, quand l'eau est deux fois plus rapide et profonde.

— Mon Dieu, c'est vrai ! admit Laura. Mais Jocelyn n'est pas tiré d'affaire. Selon le docteur, qui repasse demain soir, il doit se reposer. Une pneumonie est à craindre.

— Doux Jésus ! s'exclama Mireille.

Les Marois ignoraient que leur voisin et ami avait contracté la tuberculose et qu'il était en rémission. Laura s'était arrangée pour garder la chose secrète, ayant fait la leçon à Charlotte, la plus susceptible de commettre une indiscrétion.

— Au fait, Toshan, mon mari veut vous parler, dit Laura d'un ton radouci. Il a insisté ! En tout cas, je vous remercie de l'avoir sauvé. Je ne l'oublierai jamais.

Le jeune homme lui adressa un sourire poli. Il n'avait aucune envie de se retrouver en face de son beau-père, mais il n'osa pas refuser.

Jocelyn s'était assis dans le lit. Il avait les joues rouges et le regard brillant.

— Ah ! Venez plus près, mon garçon. Je voulais vous dire merci. J'aurais pu sortir de ce maudit cours d'eau, mais j'ai eu un malaise. Sans vous, j'y restais…

— Je sais, maugréa Toshan. Laura nous l'a expliqué. Vous savez, j'aurais secouru n'importe qui en difficulté. Et n'importe qui aurait agi comme moi. J'ai beau être un sang-mêlé, j'ai une moralité et je respecte la vie humaine.

— Asseyez-vous, dit doucement Jocelyn. Vous me donnez le vertige à rester debout. Et ne dites pas de sottises. Je me doute que vous avez des qualités, sinon ma fille ne vous aimerait pas autant. Nous avons pris un mauvais départ, tous les deux, par ma faute. Ce n'est pas évident de retrouver sa fille unique mariée et déjà mère. Je vous ai considéré à tort comme un rival, comme si vous pouviez me voler l'affection qu'elle ne me portait pas !

Il y avait de l'ironie dans sa voix. Il toussa encore. Résigné, Toshan s'installa dans un fauteuil.

— Et tout à l'heure j'ai réagi comme un crétin, comme un gnochon bien sot, comme dirait Mireille. Je fais allusion au mouchoir, mon garçon. Peut-être que vous m'avez fait peur avec votre regard accusateur, et j'ai menti ! Et si j'ai fait cette chute dans le ruisseau, c'est que j'essayais de vous rattraper pour avoir cette discussion.

— Vous êtes allé chez ma mère ? avança Toshan.

— Oui ! Et bien pour les raisons que vous avez devinées. J'avais besoin de savoir qui était enterré là-bas. Vous devez comprendre dans quel état d'esprit j'étais alors. Je ne veux pas vous apitoyer, mais mettez-vous dans ma peau ! Atteint de la phtisie, je venais d'apprendre que mon épouse n'était pas morte au bord de la Péribonka et j'avais vu ma fille au sanatorium. En prime, Laura se remariait. Je me suis vu telle une épave prête à s'échouer contre un rocher. J'étais brisé. Mais la volonté de vivre est tenace chez nous tous. J'ai décidé de laisser ma femme épouser Zahle et de disparaître, quitte à crever dans un coin. Avant ça, j'ai tenu à rendre visite à vos parents, car j'ignorais qu'Henri s'était noyé. Votre mère m'a reçu et nous avons sympathisé. Tala a une forte personnalité. Je lui ai confié mes malheurs et elle s'est entêtée à me remettre sur le droit chemin. Je devais empêcher les noces de Laura, je devais veiller sur ma fille et surtout me battre contre la maladie. J'ai travaillé en plein air, j'ai chassé et pêché. Le soir j'avais droit à des tisanes qui me faisaient beaucoup de bien. Tala m'a soigné, j'en suis certain, pour que je revienne en bonne santé près de Laura et d'Hermine. Voilà tout ! Que j'aie laissé tomber un mouchoir dans la pièce où je dormais ne signifie rien, enfin pas ce que vous imaginez.

Jocelyn se tut, à bout de souffle. Il n'irait pas plus loin dans sa confession, ne serait-ce qu'afin d'obéir à Tala.

— Maintenant, vous connaissez la vérité, ajouta-t-il. Que votre mère soit tombée en amour avec le vieux grincheux que je suis, à demi chauve en plus, ce n'est pas croyable. Et si tel est le cas, je n'y peux pas grand-chose.

Toshan n'avait pas quitté son beau-père des yeux pendant son récit. Il semblait scruter ses traits pour découvrir une possible ruse.

— Si ça s'est passé comme vous le dites… marmonna-t-il. Ma mère est très seule, elle a dû apprécier votre compagnie. Je sais aussi qu'elle est orgueilleuse. Si elle vous a trouvé à son goût, elle ne l'aura pas montré.

— En effet, je n'ai rien deviné du tout, assura Jocelyn en soutenant le regard noir de son gendre.

— Quand même, habiter chez une veuve pendant plusieurs jours, ce n'est guère convenable, fit remarquer le jeune homme. Il n'y a pas de proches voisins, mais je n'ai pas envie qu'on jase sur ma mère.

— Elle a vite établi que nous étions parents, puisque nous avions un petit-fils en commun ! Voyons, Toshan, faisons la paix ! Vous avez entendu, je vous appelle Toshan, et non Clément. Croyez-moi, je suis désolé d'avoir causé de la peine à une femme aussi droite et dévouée que Tala. Je ne vous chercherai plus querelle. Hermine souffre de notre inimitié et il faut la ménager, surtout en ce moment. Mais que cela reste entre nous. Laura n'est pas au courant, ni ma fille. C'est la volonté de votre mère.

Jocelyn tendit la main. Toshan hésita, puis répondit à cette invite amicale.

— Je vous remercie, j'y vois plus clair. Mais ça ne m'empêchera pas de m'inquiéter pour maman. Les peines de cœur sont parfois aussi douloureuses qu'une plaie vive. Bon rétablissement !

— Attendez, ajouta Jocelyn. Tala ne sait pas qui repose sous la tombe, près du baraquement. Cela restera un mystère pour nous tous.

— Laissons ça de côté, rétorqua Toshan en sortant de la chambre. C'est le passé !

Il était partagé entre le soulagement et un reste

de suspicion. Tout concordait dans le récit de Jocelyn, jusqu'à la résolution de Tala à le soigner, à le convaincre de ne pas renoncer à sa famille. Sa rancœur faiblissait. À l'avenir, il se promit d'être plus aimable avec son beau-père. Hermine s'en réjouirait et cette seule idée le confortait dans sa décision.

13

Autour de Noël

Val-Jalbert, mi-décembre 1933

En proie à un gros rhume, Jocelyn avait dû garder le lit une semaine. Laura s'était fait une joie de le dorloter. Elle avait tricoté à son chevet, tenant à monter elle-même les plateaux des repas. Elle se couchait tôt pour se délecter de la joie d'être allongée contre son mari dans la lumière tamisée d'une petite lampe servant de veilleuse.

Il lui avait avoué les raisons de l'accident. Elle l'avait gourmandé en ponctuant ses sermons de baisers.

— Quelle manie ont les hommes de se prendre le bec ? Vous êtes comme des coqs dans une basse-cour. Mais, à ton âge, évite de courir derrière un jeune athlète, au bord d'un ruisseau…

Il ne s'était pas vexé, de trop bonne humeur pour cela. La situation avait tourné à son avantage. Toshan ne le soupçonnait plus, Laura se montrait d'une tendresse infinie. Bien au chaud, gavé d'une nourriture saine, il s'était remis rapidement.

Deux mois s'étaient écoulés dans une évidente harmonie. C'était la mi-décembre et Val-Jalbert semblait enseveli sous une épaisse couche de neige. Le froid demeurait tolérable. Chez Laura, chacun menait à bien ses occupations ou ses activités. Charlotte se rendait à l'école, équipée de raquettes. Toshan, qui appréciait l'hiver, attelait ses chiens et se portait toujours volontaire pour des expéditions à Roberval ou à Chambord. Il satisfaisait ainsi la fringale d'achats de sa belle-mère, qui dépensait sans compter en prévision des Fêtes.

— Ce Noël 1933 devra être le plus magnifique, le plus parfait ! disait-elle en dressant des listes de courses deux fois par semaine.

Jocelyn ne s'en mêlait plus. Il ne se lassait pas de la regarder bouger, rire ou soulever leur petit-fils pour le faire tourner en l'air. Laura lui paraissait la femme la plus charmante du monde, gaie, drôle, douce et autoritaire à la fois. Vivre à nouveau en sa présence après avoir cru ne jamais la revoir tenait du miracle, selon lui. Il craignait tellement de la contrarier qu'il changeait de caractère petit à petit, sans en avoir conscience.

Hermine présidait dans le salon depuis le canapé garni de coussins. Elle s'adonnait à la couture, confectionnant des brassières en calicot et en lainage. La naissance approchait à grands pas et elle guettait impatiemment le moindre signal d'alarme de son corps. La sage-femme était revenue l'examiner à plusieurs reprises. Elle hochait la tête, pinçait les lèvres, comme quelqu'un qui refuse de dire le fond de sa pensée. Lors de sa dernière visite, elle avait suggéré à Laura de prévoir un accouchement à l'Hôtel-Dieu Saint-Michel, à Roberval.

— Ce serait plus prudent, madame Chardin. L'enfant me paraît très gros. Je crains un siège.

— Nous aviserons le moment venu, avait répliqué Laura. J'ai entière confiance en vous. Mais comme nous disposons d'une voiture, si vraiment il y a un souci, ne vous inquiétez pas, nous irons à l'hôpital.

Concertée, Hermine s'était récriée. Elle préférait mettre son bébé au monde à la maison. Seul Toshan savait combien elle redoutait cette épreuve.

— J'ai eu tellement mal, pour Mukki ! lui confiait-elle le soir, dans l'intimité de leur chambre. Je voudrais éloigner Charlotte et notre fils, à ce moment-là. Il faudra les envoyer chez Betty. Je leur ferai peur, si je crie.

Il la tranquillisait de son mieux, plus habile à parler d'amour qu'à trouver les mots adaptés à ce cas précis.

— Tu es courageuse, tu y arriveras ! répétait-il, attendri.

— Toi aussi, tu t'en iras ! Souviens-toi, chez Tala, je t'ai mis dehors. J'étais bien entourée, avec ta grand-mère Odina et ta tante Aranck. Hélas, cette fois, elles ne seront pas là pour me faire boire leur tisane magique.

— Il n'y avait pas de magie, mais des plantes qui calment les douleurs. Ne t'inquiète pas, maman m'en a remis un sachet la veille de son départ. Si Mireille te force à avaler du caribou, le bébé sortira sans que tu le sentes.

Ils riaient malgré l'angoisse qui les tenaillait. Plus qu'une dizaine de jours et l'enfant naîtrait.

Jocelyn commençait à se tourmenter pour la même raison. Il avait renoncé à ses excursions dans le village, échaudé par sa mésaventure, et c'était lui qui consacrait le plus de temps à Hermine. Ils jouaient aux cartes et aux dames, ou bien écoutaient des disques d'opéra.

En cette fin d'après-midi du 16 décembre, ils discutaient de la prouesse vocale de Caruso[1], après avoir écouté le célèbre air de Paillasse, *Vesti la giubbia.* Le ténor italien, décédé depuis une douzaine d'années, avait séduit les foules du monde entier grâce à la qualité de son interprétation et à sa voix d'un timbre et d'une puissance uniques.

Hermine était ravie de bavarder avec son père de la passion qu'elle réprimait soigneusement. Si elle avait abandonné le chant lyrique, elle s'intéressait à tout ce qui touchait ce domaine.

— Regarde cet article, papa, dit la jeune femme en sortant une feuille d'un sac où elle rangeait quelques affaires pour les avoir toujours à sa disposition. Je l'ai découpé dans un magazine et je le relis souvent. Il date de presque trois ans. C'est une sorte d'hommage rendu à Emma Lajeunesse[2], une cantatrice de chez nous. Je le sais presque par cœur. Elle est née à Chambly, en 1852, près de Montréal. Il paraît qu'elle

1. Enrico Caruso (1873-1921), considéré comme l'un des plus grands chanteurs d'opéra de tous les temps.

2. Marie-Louise-Cécile-Emma Lajeunesse Albani naquit à Chambly le 1er novembre 1852 et fut élève du couvent du Sacré-Cœur de Montréal. Elle alla ensuite parfaire ses études musicales à Paris et à Milan. Elle est décédée à Londres le 3 avril 1930.

avait un talent extraordinaire. Lis, je t'en prie ! Elle était élève du couvent du Sacré-Cœur de Montréal, mais elle a fait des études musicales à Paris et à Milan. Et à vingt ans, donc à peu près à mon âge, elle a débuté sur la scène du Covent Garden, à Londres, et elle a fait la conquête du public. Je t'assure, une véritable idole !

Jocelyn ajusta ses lunettes et lut tout haut.

— En effet, elle était même devenue l'amie intime de la reine Victoria. Et après l'avoir écoutée chanter, l'empereur d'Allemagne, Guillaume Ier, la consacra première cantatrice de sa maison royale. L'article précise qu'elle a abandonné son art à soixante ans, mais qu'auparavant elle s'occupait de l'éducation de jeunes artistes. Dis donc, tu aurais pu la rencontrer, cette dame ! Elle s'est éteinte en 1930. Ta mère n'a pas dû y penser. Tu as une voix vraiment rarissime, ma petite chérie. Je n'ai pas eu la chance d'entendre Emma Lajeunesse, mais je t'ai entendue, toi, et je suis sûr que tu pourrais faire la même carrière. Laura, avec sa fortune, aurait pu t'offrir des études musicales, en Europe si nécessaire.

Un poids pesa sur les épaules d'Hermine. Elle regretta de s'être enflammée en évoquant la célèbre cantatrice québécoise.

— Papa, il y a trois ou quatre ans, et même avant, j'étais sous la tutelle de Joseph Marois, et ensuite maman m'a retrouvée. C'était une période mouvementée.

— Quel dommage ! déplora son père. C'est encore notre faute, à ta mère et à moi. Nous avons été de piètres parents.

Jocelyn rendit l'article à sa fille. Il lui prit la main.

— Si tu me chantonnais quelque chose, proposa-t-il. Laura est chez Betty, Charlotte donne sa bouillie à Mukki, Toshan et Armand sont partis couper un beau sapin tout jeune que les enfants décoreront après le souper.

Elle refusa d'un signe de tête. Soudain des larmes coulèrent sur ses joues.

— Non, papa, je n'en ai pas envie.

— Je crois, moi, que tu en as très envie, au contraire, répliqua-t-il. Pourquoi pleures-tu ?

— Je suis nerveuse, aujourd'hui. Et ma voix ne vaut plus rien, je ne la travaille plus.

— Mais tu aimes chanter ? insista-t-il. Que ressens-tu, dans ces moments-là ?

Hermine ferma les yeux et les rouvrit. Jocelyn la mangea des yeux. Elle lui parut d'une beauté resplendissante avec son teint rose, ses lèvres rouges et charnues. Son visage avait un ovale parfait ; le nez était mutin et délicat. Il se perdit dans ces prunelles d'un bleu de porcelaine. C'était la chair de sa chair, son enfant. Dieu lui avait fait un don magnifique, une voix en or, et ce cadeau inestimable semblait relégué aux oubliettes.

— J'éprouve un bonheur immense, j'ai l'impression de voler très haut dans le ciel, d'être ailleurs, dans un univers de beauté. Cela demande des efforts, mais je les accomplis dans un état second. Comment t'expliquer ?

Jocelyn étreignit plus fort la main gracile de sa fille. En la fixant d'un air admiratif, il supplia :

— Rien qu'une chanson, n'importe laquelle ! Pour ton vieux père qui t'aime de tout son cœur.

— Alors, rien qu'une, dit-elle tout bas. La plus facile, *À la claire fontaine.*

— Oui, d'accord… Elle me plaît bien, celle-là…

À la claire fontaine, m'en allant promener,
J'ai trouvé l'eau si claire que je m'y suis baignée…
Il y a longtemps que je t'aime, jamais je ne t'oublierai…

Hermine avait commencé en douceur, sur une tonalité basse, comme intimidée. Peu à peu, emportée par la joie de chanter, elle prit de l'assurance et alla chercher des notes plus hautes. Sa voix ne la trahissait pas, elle montait, vibrait, superbe, sublime. Jocelyn en avait des frissons. Aussitôt, alors qu'il souriait sans rien exiger d'autre, elle entonna le début de l'*Air des clochettes*, de *Lakmé*, qu'elle avait interprété au sanatorium.

Dans la cuisine, Mireille tendit l'oreille. De saisissement, elle posa le couteau qui lui servait à éplucher des navets. Charlotte retint sa respiration. Mukki lui-même leva une menotte, bouche bée. Des sons limpides, d'une pureté de cristal, s'élevaient du salon et emplissaient l'espace. Depuis de longs mois, personne n'avait pu écouter le Rossignol de Val-Jalbert.

La gouvernante avança d'un pas feutré dans le couloir, Charlotte fit descendre le bébé de sa chaise et, lui prenant la main, l'emmena. Sans se montrer, le trio profita du récital improvisé.

Jocelyn avait les larmes aux yeux. Sa fille avait à peine terminé qu'il quémanda un cantique de Noël.

— Laisse-moi reprendre mon souffle, dit Hermine en riant. Je ne suis pas du tout entraînée. Mais quel plaisir !

Elle fredonnait *Gloria in excelsis Deo*[1] quand Mukki échappa à Charlotte et trottina vers elle. Le petit avait une expression émerveillée. La jeune femme chanta de plus belle, son fils blotti contre elle. Mais elle s'arrêta presque aussitôt. L'enfant qu'elle portait venait de bouger dans son ventre, un mouvement violent, pareil à un bond de cabri. Jocelyn s'alarma devant son expression de stupeur.

— Qu'est-ce que tu as ? Hermine ?

— Désolée, papa ! Le bébé ne doit pas apprécier ma voix, lui !

Elle confia Mukki à son père et demeura sur le qui-vive, l'air songeur. Mireille et Charlotte entrèrent, la mine réjouie.

— C'était très beau, Mimine ! s'écria la fillette. Je t'en prie, tu chanteras à Noël !

— Mais c'est déjà Noël, rectifia la gouvernante, puisque nous avons eu ce cadeau !

— Je vous en prie, protesta la jeune femme, gênée par leur exaltation. Je n'ai fait que chantonner pour mon père. Et vous, vous écoutez aux portes !

Son sourire rayonnant démentait ce reproche. Jocelyn se leva et remit du bois dans le gros poêle en fonte noire.

— Je vous sers le thé ? demanda Mireille. Ou nous attendons madame Laura ?

— Je voudrais un lait chaud et du pain beurré à

1. *Les Anges dans nos campagnes.*

la place du thé et des biscuits, plaisanta le maître de maison. Tu le sais bien !

— Mais oui, monsieur, je vous taquinais, avoua la domestique.

Elle s'éloignait déjà lorsque Hermine l'appela.

— Mireille, peux-tu venir une minute ? Charlotte, ma chérie, donne ses jouets à Mukki et installe-le sur le tapis.

Sous l'œil suspicieux de Jocelyn, elle dit tout bas à l'oreille de la gouvernante.

— J'ai perdu les eaux. Je suis bien embarrassée à cause de mon père. Je n'ose pas le lui dire. Et maman qui tarde !

— Veux-tu que je le prévienne, moi ? Mais tu n'es pas tout à fait au terme !

— Qu'est-ce que ça change ? chuchota la jeune femme. Le travail va commencer. Mon Dieu, j'ai peur, une peur affreuse.

Son père avait perçu les derniers mots. Il se figea, angoissé. Mireille ne lui laissa pas le temps de poser une seule question. Elle le rejoignit et murmura :

— Il faut conduire Charlotte et Mukki chez madame Marois. Comme ça, vous ramènerez madame Laura. Le bébé va naître ce soir ou cette nuit !

Hermine devint toute rouge. Elle se sentait prisonnière du divan, de la belle couverture en laine rouge qui la protégeait des courants d'air. Le liquide chaud sous elle lui faisait penser au flux de sang qui avait trempé ses bas et sa jupe, pendant le voyage en train, au mois de février.

— Seigneur, doux Jésus ! gémit Jocelyn. Déjà ce soir ! Mon Dieu !

Mais il garda son calme et suivit les directives de Mireille.

— Charlotte, monte prendre ta chemise de nuit, tes chaussons et du linge propre. Emporte aussi des langes et un pyjama pour Mukki. Tu vas dormir chez Betty !

— Le bébé arrive ! s'extasia la fillette.

Elle dévisagea la future maman avec un sourire touchant et s'empressa d'obéir. Hermine lui envoya un baiser du bout des doigts. Elle n'osait pas s'agiter ni se lever. Sa gêne fut encore plus grande quelques minutes plus tard, quand Toshan et Armand furent de retour. La jeune femme les entendit discuter dans le couloir. Son mari apparut le premier, encombré d'un sapin dont la cime gracile frôlait le plafond. Un délicieux parfum de forêt se répandit dans le salon, tenace, grisant.

— Hermine, l'arbre de Noël ! J'ai mis longtemps à choisir, Laura voulait qu'il soit touffu et bien vert !

Armand Marois avança à son tour, sa tuque à la main. Il salua la jeune femme d'un clin d'œil. Ils entretenaient des rapports fraternels, ayant grandi ensemble.

— Est-ce que tout va bien ? interrogea Toshan. Hermine, tu n'as pas l'air à l'aise.

— Je vais accoucher ! avoua-t-elle, au mépris de toute pudeur.

Cela choqua surtout Jocelyn, qui se racla la gorge, et Mireille, très à cheval sur les principes. Les femmes ne devaient pas parler de ce genre de choses devant des hommes. Mais le principal intéressé, Toshan, se moquait des convenances. Il cala le sapin dans un coin de la pièce, faisant tomber au passage un vase garni de feuilles d'érable séchées, d'une somptueuse couleur ocre.

— Ma petite chérie, ne crains rien ! Je suis là ! As-tu mal ?

— Pas encore, mais je suis sûre que le temps est arrivé, certifia-t-elle. La sage-femme devait venir demain. Va vite la chercher, je te prie.

— J'attelle les chiens. Le traîneau est prêt, j'ai graissé les patins hier matin ! Je la ramène. Mireille, faites chauffer de l'eau. Dans un bocal, à la cuisine, il y a des plantes que ma mère m'a données. La tisane apaise la douleur.

Hermine fondit en larmes. Toshan lui semblait trop beau, mais trop loin d'elle. Il dégageait une paix inconsciente, son visage à la peau cuivrée ne laissant transparaître aucune émotion superflue. Seuls ses gestes et ses intonations témoignaient de son anxiété et de sa fébrilité.

« Il arrive de la forêt, songeait-elle. Ses cheveux sont humides, sa tuque est constellée de flocons… Il est grand, mince, musclé, vigoureux, et il a des cheveux de jais. Moi, je me sens distendue, faible et vulnérable. »

— Courage, ma douce épouse. Jocelyn, vous devriez l'accompagner dans sa chambre.

— Oui, évidemment, répliqua l'interpellé, pressé d'avoir le soutien de Laura.

Il régnait une animation discrète dans la maison. Charlotte descendit l'escalier en manteau à capuchon et bottes fourrées. Mukki était emmitouflé lui aussi.

— J'ai besoin d'une lanterne, gémit la fillette.

Jusqu'au couvent-école, l'éclairage public est en panne.

— Mais je viens avec toi, poule mouillée ! coupa Armand, goguenard. Les loups ne te croqueront pas ce soir.

Mireille allait et venait. Elle tirait les rideaux et ramassait les cubes de Mukki. Hermine s'allongea, très pâle. Son corps ne bronchait pas. Aucun élancement ne vrillait le bas de son dos ni de son ventre, mais elle éprouvait une pesanteur étrange entre les cuisses.

— Sors d'ici, papa, supplia-t-elle. Les enfants, partez, je vous en prie. Où est Toshan ?

— Déjà à pied d'œuvre, affirma la gouvernante. Tiens bon, Hermine. Madame sera bientôt là.

Jocelyn se réfugia dans le petit bureau. Il se grattait la barbe et passait une main moite sur son front dégarni. Finalement, il alla chercher du vin dans le cellier et se servit un bon verre.

— Qu'est-ce que j'ai ? se demandait Hermine à mi-voix. J'ai tort de rester étendue, je ferais mieux de marcher ; cela hâtera la délivrance. Je peux déjà monter me changer…

Elle se dirigea vers l'escalier malgré les protestations effarées de la domestique.

— Je ne risque plus rien, Mireille, la rassura-t-elle. Je n'ai pas envie que cela dure des heures.

— Fais à ton idée, ma petite, mais sonne si tu as besoin d'aide !

Dans son cabinet de toilette, à demi nue, Hermine perçut une légère contraction. C'était vague, diffus. Elle enfila une jolie chemise de nuit très longue, soulagée d'être propre et dans une tenue correcte.

Après avoir respiré profondément, elle déambula dans sa chambre.

Laura fit irruption dix minutes plus tard, l'air affolé. Elle se rua sur sa fille et l'enlaça.

— Ma chérie, mets-toi au lit, par pitié !

— Non, maman. Je préfère rester debout et marcher. Le bébé se porte sûrement très bien, il a bougé tout à l'heure. Et puis les douleurs ne se déclenchent pas. Voudrais-tu aller vérifier si Mireille a préparé la tisane de Tala ? Je dois en boire beaucoup, comme pour la naissance de Mukki.

— D'accord, je fais vite. Au moindre signe inquiétant, repose-toi.

Hermine promit et continua à marcher. Elle ressentit une deuxième contraction, mais encore sourde, quasiment indolore. Le temps se dilua ; son ventre se durcissait sans lui causer de souffrance. La jeune femme oubliait la tisane, Laura et Jocelyn. Les mains plaquées sous ses seins, elle fredonnait très bas ses airs d'opéra favoris. Son esprit lui renvoyait l'écho d'un orchestre invisible qui jouait divinement. Bercée par ce concert intérieur, elle arborait un sourire extatique.

Au rez-de-chaussée, Laura perdait patience et, sans crier, elle accablait la gouvernante de violents reproches. Mireille avait renversé sur la table le pichet de tisane. Il fallait en refaire. Jocelyn, venu aux nouvelles, se préoccupa surtout du fourneau qui charbonnait. L'eau ne bouillait pas.

— Un peu de sérieux, Mireille, quand même, ronchonna-t-il. Et Hermine qui est seule là-haut. On n'entend pas un bruit. Seigneur, j'espère que Toshan va trouver la sage-femme. Elle a pu être appelée ailleurs. Je monte !

— Non ! intima Laura. Hermine n'en est qu'au tout début. J'étais prévenue, madame Marguerite, la sage-femme, m'a dit que le bébé était très gros et que l'accouchement risquait d'être long. Laisse-la tranquille, ta fille ! Un homme ne lui sera d'aucun secours.

— Je peux au moins lui demander si tout va bien, en restant derrière la porte ! insista Jocelyn, sincèrement inquiet. Si elle s'était évanouie ?

— Moi, je l'entends marcher, assura Laura. Fais ronfler le poêle plus fort, pour que l'eau soit brûlante.

— Allez donc au salon, supplia la gouvernante ; je n'ai pas coutume d'avoir du monde dans la cuisine.

Tous trois se mirent à se chamailler en sourdine, ce qui trahissait leur anxiété.

Hermine arpentait toujours sa chambre. Chaque fois qu'elle passait devant son armoire à glace, sa silhouette la surprenait. Seulement vêtue d'une longue chemise de nuit et d'un châle, son ventre prenait des proportions considérables. À intervalles réguliers, elle écartait les rideaux et regardait par la fenêtre.

« Pourvu que Toshan trouve la sage-femme ! se disait-elle. Je souffrais beaucoup plus pour Mukki. Ou alors le vrai travail n'est pas commencé, puisque le terme était prévu pour la fin du mois. »

Elle s'immobilisa après avoir respiré profondément. Tout son bassin semblait pris dans un carcan. Un changement se produisait dans son corps.

— Qu'est-ce que c'est ? se demanda-t-elle très bas. Mon Dieu, mais…

Une douleur sourde la fit gémir, tandis qu'une nette sensation de pesanteur l'obligeait à se diriger vers son lit. Du liquide coulait entre ses cuisses. Elle se pencha de son mieux et procéda à un rapide examen du bout des doigts.

— Le bébé sort ! Et je n'ai pas eu mal ! balbutia-t-elle, étonnée.

Elle se glissa entre les draps et releva sa chemise. Le dos arqué, elle ne pouvait plus se retenir de pousser. Prise de panique, elle appela de toutes ses forces.

— Maman ! Maman ! Viens ! Vite !

Laura se rua dans l'escalier.

*

Chez les Marois, on veillait autour de la table. Armand avait expliqué tout bas à sa mère ce qui arrivait. La douce Élisabeth s'était tout de suite organisée, après avoir accueilli Charlotte et Mukki avec sa gentillesse habituelle.

— Tu dormiras dans la chambre d'Edmond, comme avant, avait-elle dit à la fillette, qu'elle avait hébergée plus d'un an. Je prendrai Mukki avec moi, car il risque de réclamer sa maman.

Comme tous les samedis soir, Simon était venu souper et coucher sous le toit familial. Charlotte en oubliait ses craintes au sujet d'Hermine, même si, en grande discussion avec son père, le jeune homme ne lui accordait aucune attention. Tout en aidant

Betty à mettre le couvert, elle le regardait souvent à la dérobée, les yeux pleins d'admiration.

— Hermine est partie pour mettre un enfant au monde chaque année, dit l'ancien ouvrier en se versant une rasade de caribou. M'est avis qu'on ne l'entendra plus chanter, si elle doit élever une huitaine de gamins.

— Cela ne prouve rien, papa, assura Simon. Je crois qu'elle pourrait encore faire carrière. Seulement, ça ne plaît guère à mon ami Toshan.

— Ton ami ! ricana Joseph. Tu n'es pas difficile. Ce gars-là ne m'inspirera jamais confiance, accoutré la moitié du temps avec ses habits de sauvage. Chaque fois que je le croise, il mène son traîneau à une allure de fou ! Et ses chiens ont toujours l'air prêts à vous déchiqueter la gorge.

— Tais-toi donc, Jo ! soupira Betty. On ne juge pas les gens sur leurs vêtements. Le principal, c'est que notre Mimine soit heureuse et elle l'est... Cela me fait plaisir pour elle. Ses parents sont réunis, ils sont à leur aise financièrement et bientôt elle aura un beau petit à choyer.

— Gagné ! brailla Edmond qui jouait aux osselets, assis près du fourneau.

Le petit garçon, encore bien menu pour ses neuf ans, ponctuait ses démonstrations d'adresse de cris de triomphe. Son père, ainsi qu'Armand, le cadet plongé dans la lecture d'un illustré, lui avaient dit plusieurs fois de faire moins de bruit. Mais il s'en moquait.

— Edmond, je vais bientôt coucher ta petite sœur et Mukki, lui fit remarquer sa mère. Tu n'auras pas intérêt à pousser des hurlements pareils, tout à l'heure.

Élisabeth, dont la silhouette s'était un peu alourdie, passait toujours pour une jolie femme. Ses cheveux châtain clair, frisés, étaient coupés à hauteur de la nuque, ce qui attristait toujours son mari. Elle se vantait de suivre la mode, même dans un village pratiquement désert. La naissance de sa fille l'avait ravie et avait attisé sa gaieté. Marie, gracieuse poupée âgée de bientôt un an et demi, la remplissait de fierté. Là encore, elle s'étonnait de la gentillesse de sa benjamine, qui prêtait un de ses jouets à Mukki.

— En voilà un qui est bien trop gâté, commenta Joseph. Mon Dieu, avez-vous vu comme il a le teint mat ? Paraît que, son vrai prénom, c'est Jocelyn ! Mukki, ça ne veut rien dire. Moi, on ne m'ôtera pas de l'esprit que Simon aurait mieux fait d'épouser Hermine quand j'en ai eu l'idée.

— Jo, te tairas-tu, à la fin ! dit sa femme, excédée. Nous sommes en famille, bien tranquilles, et tu trouves à redire sur tout.

— On a grandi comme frère et sœur, Mimine et moi, ajouta Simon. On ne se plaisait pas assez pour se marier.

Charlotte écoutait, sensible aux moindres intonations de son héros. Elle s'était appuyée au chambranle de la porte séparant la cuisine du salon et observait Edmond, avec qui elle s'amusait beaucoup quelques mois plus tôt. Ce soir-là, elle se sentait différente de lui. Son tout jeune cœur battait pour Simon et cela la plaçait, à son avis, du côté des jeunes filles.

— Gagné ! brailla encore une fois le garçon.

— Doux Jésus ! s'exclama Joseph. Attends un peu que j'appelle le Bonhomme Sept Heures !

Le petit garçon se figea. Il jeta un coup d'œil perplexe à son père.

— Je n'ai plus peur de lui, je suis trop grand, déclara-t-il d'une voix hésitante.

— Tu dis que tu n'as plus peur, coupa Armand. Dans ce cas, pourquoi regardes-tu du côté de la fenêtre ?

Edmond tira la langue à son frère et rangea ses osselets. Il se rapprocha insensiblement de Charlotte.

— Le Bonhomme Sept Heures rôde. Attention à toi, Ed, insista Simon, hilare. Je n'étais pas rassuré, moi non plus, à ton âge. Et j'étais moins sage que toi, ça, on me l'a assez répété. Dès que papa menaçait d'appeler le Bonhomme Sept Heures, je filais au lit.

— Mais je peux pas aller au lit, on n'a pas soupé, rétorqua Edmond.

Amusée, Betty adressa un sourire très tendre à son aîné. Elle était contente de le voir assis parmi eux, sous la lampe. Quand il habitait Montréal, elle se languissait de lui.

— Le Bonhomme Sept Heures, j'en connais une qui n'aura pas à s'en effrayer, dit-elle. Marie est tellement douce, je parie qu'elle ne fera jamais de bêtises et qu'elle sera bien obéissante.

Son mari fit une moue dubitative. Il avait élevé ses fils d'une poigne rude. Le fameux bonhomme dont il s'était souvent servi pour les terroriser tenait son nom de deux mots anglais, *bone setter*, une expression désignant un ramancheur, un rebouteux.

Ni Joseph ni Betty n'auraient pu expliquer pourquoi les bambins du Québec tremblaient à la seule évocation du Bonhomme Sept Heures. Petits, ils avaient eu peur eux aussi du mystérieux personnage, une sorte de père fouettard. En fait, certains prétendaient que cela provenait à l'origine d'un rebouteux anglais qui frappait le soir à la porte et remettait les os en place sans anesthésie. Il s'annonçait en criant : « *Bone setter !* » Sans doute, les parents hurlaient bien fort, de quoi semer la frayeur dans l'esprit des enfants[1].

Mais personne ne toqua à la porte des Marois. Ce furent des aboiements de chiens qui retentirent dans la rue. Seul Toshan se déplaçait en traîneau. Simon se leva en vitesse et regarda par la fenêtre.

— Tiens, voilà Toshan qui ramène la sage-femme, s'écria-t-il.

Le jeune homme suivit des yeux l'attelage. Toshan, les pieds calés sur l'extrémité des patins, les mains cramponnées aux poignées, exhortait ses bêtes à accélérer encore leur allure alors qu'ils étaient presque à destination.

Charlotte éclata en sanglots. Elle éprouvait une soudaine angoisse en songeant à Hermine, qu'elle imaginait en proie à des douleurs atroces, en danger de mort, peut-être. La fillette avait entendu bien des récits d'accouchements tragiques et d'être tenue à l'écart dans des instants aussi éprouvants la consternait. Simon se retourna et s'approcha d'elle. Apitoyé, il lui ébouriffa les cheveux et lui chatouilla le menton.

---

1. D'après Jean Séguin, *Recueil d'expressions et de mots québécois.*

— Pleure pas, Charlotte, Hermine ira mieux demain et toi, tu auras un deuxième bébé à t'occuper ! lui dit-il avec une sincère tendresse.

Elle le dévisagea d'un air béat, immédiatement consolée. Attendri par son minois grave, le jeune homme lui fit un clin d'œil, ne sachant comment lui témoigner davantage de sympathie.

— Ça me rend malade, se lamenta Betty. On souffre tant, nous, les femmes !

— Avec ça, tu n'es pas prête de réconforter Charlotte, coupa Joseph. Sers donc la soupe, je suis affamé.

Ils commencèrent à manger, tous émus chacun à sa façon en songeant à Hermine.

*

Laura venait d'entrer dans la chambre. Hermine haletait, appuyée sur ses coudes, les jambes écartées.

— Maman, le bébé ! gémit-elle.

Au même instant, elle dut pousser encore, le visage crispé par l'effort. Un bref cri lui échappa, auquel répondit un faible vagissement. Un tout petit bébé s'agitait entre les cuisses de la jeune femme.

— Mon Dieu ! Il est né, balbutia Laura en s'approchant. Que dois-je faire, ma chérie ?

— Le cordon, il faut couper le cordon, indiqua Hermine. Le ligaturer, avant.

L'enfant lança un cri beaucoup plus puissant qui fit se précipiter à l'étage Mireille et Jocelyn. Mais ils restèrent dans le couloir, stupéfaits. La gouvernante toqua en demandant des nouvelles.

— Une belle petite fille vient de naître, répondit Laura qui pleurait et riait.

— Une fille, quel bonheur ! se réjouit la jeune mère. Toshan sera si content.

Laura, très pâle, fouillait dans un tiroir de la commode où Hermine rangeait son matériel de couture. Elle avait noué un ruban de satin autour du cordon ombilical, mais redoutait l'opération suivante. Pendant ce temps, sa fille respirait encore très fort, comme si elle avait d'autres douleurs.

— Les ciseaux, où sont les ciseaux ? se lamentait-elle. Ma chérie, si je commets une erreur ? Que fabrique ton mari ? Il devrait être là avec madame Marguerite !

— Les voilà, hurla Jocelyn.

Une cavalcade ébranla l'escalier. Hermine reprit ses esprits aussitôt.

— Maman, ne laisse pas entrer Toshan, je t'en supplie. Je ne veux pas qu'il me voie dans cet état.

Infiniment soulagée par la perspective de confier sa fille à une personne expérimentée, Laura promit tout bas. La sage-femme apparut dans l'entrebâillement de la porte, sa sacoche à la main. Marguerite Babin avait cinquante-deux ans. Elle s'était établie à Chambord depuis trois ans, après avoir exercé à Montréal. Elle était petite et robuste et avait les cheveux coupés court, très frisés. Elle inspirait confiance grâce à son sourire paisible et à son regard perspicace.

— Voyons ça, dit-elle en tapotant la cuisse d'Hermine. Il n'est pas gros, ce bébé.

Elle ligatura à nouveau le cordon, le coupa et souleva l'enfant, dont le petit corps visqueux était cependant potelé. D'un geste sûr, elle l'enveloppa dans un lange en laine.

— Il faut de quoi la baigner, bredouilla Laura. Nous avons été surprises par la rapidité de la naissance. Mais il y a de l'eau chaude. Et une cuvette, bien sûr.

— Ce n'est pas pressé, rétorqua Marguerite. Ma jeune dame, souffrez-vous encore un peu ?

— Oui, plus que tout à l'heure ! avoua Hermine.

— C'est bien ce que je pensais, remarqua la sage-femme. Je n'ai pas osé me prononcer quand je vous auscultais, mais là, j'en suis sûre, ce n'est pas fini ; il y en a un second.

— Un second quoi ? s'étonna Laura.

— Un autre bébé ! Votre fille attendait des jumeaux.

Cette déclaration dérouta Hermine. Elle s'allongea, prise d'un étrange vertige. Marguerite procéda tout de suite à un examen, la mine soucieuse.

— Pour le coup, nous avons affaire à un siège ! déclara-t-elle. Allez, ma petite, il va falloir pousser dès que je vous le dirai. Votre paroi utérine était distendue, vous n'avez pas dû bien sentir le travail ?

— En effet, je n'ai presque pas eu mal, dit la jeune femme. Cela m'inquiétait, j'avais peur… mais j'ai respiré et marché.

— Parfait ! Maintenant, du cran !

Laura recula, livide. Tout se mêlait dans sa tête. Le seul mot de siège lui rappelait des récits d'accouchements interminables, de souffrances atroces qui se soldaient par la mort de la mère ou du bébé. Elle ferma les yeux, mais fut vite rappelée à l'ordre.

— Madame Chardin, prenez la petite fille, elle me gêne, au bout du lit ! s'impatientait Marguerite.

— Je vais la montrer à son père et à son grand-père. Qu'en dis-tu, Mimine chérie ?

— Oui, va, maman.

— Couvrez-la bien, dans ce cas, ajouta la sage-femme. Et tant que vous y êtes, demandez donc à ces messieurs de chauffer davantage la maison, ou au moins une pièce. Les bébés auront besoin de chaleur, ils sont nés avant le terme.

Jocelyn, Toshan et Mireille n'avaient pas bougé d'un pouce, alignés le long du mur du couloir. Laura, en larmes, tendit le nouveau-né à son père.

— Une jolie petite fille, Toshan, un bouton de rose ! Regardez-la. Elle est magnifique.

Le jeune homme se pencha sur la minuscule poupée qui suçait son pouce en clignant des paupières. Un duvet blond couvrait le crâne bien rond.

— Oh ! fit-il, bouleversé. Comment va Hermine ?

— Comme une jeune maman qui doit se remettre à l'ouvrage, précisa Laura. Il y a un second bébé.

— Quoi ? se troubla Jocelyn. Des jumeaux ? Un garçon, cette fois ? Une autre fille ?

— Nous le saurons bientôt, mais il faut prier et souhaiter que tout se déroule normalement. Mon Dieu, j'ai tellement peur ! geignit-elle. Joss, notre chérie… Si jamais…

— Ne dis pas de bêtises, Laura ! répliqua son mari d'une voix inquiète. Viens là.

Jocelyn l'enlaça tout en admirant le bébé. Dans la chambre, il n'y avait aucun cri, juste les murmures de Marguerite qui parlait très bas à Hermine. Puis la sage-femme haussa le ton. Ils entendirent tous distinctement ce qu'elle disait.

— Poussez, poussez ! Non, pas tant, tout doux ! J'ai les pieds, mais un bras est coincé. Arrêtez de respirer, ne poussez plus, ça y est, j'ai le bras. Oui, oui…

Un cri de rage, pareil à celui d'un chat en colère succéda à ces exhortations. L'enfant était né.

— Bravo, s'exclama Marguerite. Vous pouvez vous reposer. Elle a du caractère, celle-ci !

Laura poussa un long soupir rassuré. Mireille, qui n'avait pas cessé de prier, les mains jointes, donna une bourrade à Toshan.

— Deux filles, monsieur ! Vous avez deux filles d'un coup !

— Mais oui ! s'extasia Jocelyn. Mon Dieu, quel événement, ça s'arrose !

Il avait envie de pleurer. Dans un élan de bienveillance, il tendit la main à son gendre.

— Félicitations, mon garçon !

— Merci, je ne sais pas quoi dire, moi ! J'en ai les jambes en coton !

Hermine, elle, flottait dans un univers tiède et enchanteur, celui du devoir accompli, de l'épreuve surmontée avec succès. La sage-femme la nettoyait et massait son ventre, après s'être occupée de la seconde petite fille, qu'elle estimait plus dodue que sa sœur.

— Vous méritez un bon repas, à présent, et un verre de vin. Ça vous redonnera des forces !

On tambourinait à la porte. Cela tira la jeune mère de sa béatitude proche de la somnolence.

— Dites à mon mari de patienter, je vous en prie, dit-elle doucement.

Accoutumée à des patientes soucieuses de ne rien montrer des suites naturelles d'un accouchement, la sage-femme veilla au moindre détail. Pendant presque une heure, il y eut des allers-retours du rez-de-chaussée à l'étage, avec de l'eau chaude, du linge de maison, des bols de soupe. Mireille se lança dans la préparation d'un gâteau, tandis que Laura se lamentait de ne pas avoir de champagne, le vin des grandes occasions, selon elle.

Hermine percevait tout ce remue-ménage sans vraiment y accorder d'attention. Elle sombrait dans des phases de sommeil très courtes, mais réparatrices, et chaque fois qu'elle se réveillait le même ébahissement l'envahissait.

« Deux filles ! J'ai deux filles ! Des jumelles ! Deux beaux bébés en parfaite santé, de toute évidence. »

Son esprit et son cœur oscillaient entre l'émerveillement et la crainte. C'était inouï. Deux enfants d'un coup, cela signifiait aussi un surplus de dévouement.

« Le destin a décidé, je ne serai jamais chanteuse, pensa-t-elle enfin. Inutile de rêver, je ne serai ni une nouvelle Bolduc ni une Emma Lajeunesse. »

Elle éprouva une telle honte en se disant cela que ses joues devinrent cramoisies.

« Comment puis-je désirer une vie aussi superficielle ? Monter sur une scène, me farder, conquérir un public ! Mon Dieu, pardonnez-moi, vous me comblez de bienfaits et moi, je me plains. »

Une minute plus tard, Marguerite Babin faisait entrer Toshan.

La jeune femme dut retenir des larmes de confusion. Lui, il la contemplait, hésitant à s'approcher.

— Que tu es belle ! dit-il d'un ton ébloui. Et nos petites, de vraies poupées, comme leur maman !

Elle approuva avec un sourire tremblant. Ses longs cheveux blonds, brossés par Laura, couvraient ses épaules. Ses lèvres rose vif et ses grands yeux bleus brillants d'émotion le troublaient à un point extrême. Elle avait pour son mari le charme unique des madones dont les portraits ornent les églises.

Il prit place au bord du lit, fasciné par les deux bébés couchés de chaque côté de leur mère.

— Il faut trouver leurs prénoms ! Disons un prénom, si tu n'as pas changé d'avis.

— La première-née, mademoiselle qui suce son pouce, ce sera notre Laurence. Tu te souviens ?

— Bien sûr, nous en discutions il y a trois jours à peine. Laurence… Et sa sœur ?

L'expression d'amour passionné qu'elle lisait sur les traits de son mari délivra Hermine de ses vagues regrets. Elle admira à son tour sa seconde fille.

— J'ai eu peur qu'il lui arrive malheur, expliqua-t-elle. Elle se présentait par le siège, mais ce sont ses pieds qui sont sortis, ensuite un bras était bloqué contre sa tête. Madame Marguerite a pu le dégager. Si tu savais combien j'ai imploré la Sainte Vierge de sauver ce petit être innocent ! Je voudrais la nommer Marie. Tu es d'accord ?

— Marie, c'est un très beau prénom, approuva Toshan. Mais la fille de Betty s'appelle Marie, elle aussi. Cela ne t'ennuie pas ?

— Non, ce serait plutôt le contraire ! certifia Hermine. Laurence et Marie, Marie et Laurence. Te rends-tu compte ? Quel petit miracle ! Nous attendions un enfant et nous en avons deux ; trois, maintenant, avec Mukki. Cela m'étonnait aussi, d'avoir un ventre pareil ! Et je comprends mieux certains mouvements qui me semblaient singuliers. Nos filles se ressembleront beaucoup, mais elles auront peut-être un caractère très différent. La preuve, Marie a hurlé de rage en venant au monde, mais pas Laurence.

— En tout cas, je crois qu'elles seront toutes les deux blondes comme toi. J'aimerais tant pouvoir prévenir ma mère ! Mais, en cette saison, personne ne lui portera de courrier. Je vais quand même lui écrire. Avec un peu de chance, elle apprendra la bonne nouvelle avant le printemps.

Toshan prit la main de sa femme entre les siennes et la porta à ses lèvres. Il déposa un baiser sur les doigts menus, doux et chauds.

— Nous aurons une belle famille, dit-il, rêveur. Il nous faudra un autre garçon, quand même, sinon Mukki n'aura pas de petit frère à qui apprendre la vie dans la forêt. J'agrandirai encore la cabane. Nous ne serons pas à l'étroit. Et sais-tu à quoi je pensais en allant chercher madame Marguerite ? Je devrais remettre en service le matériel de mon père. Si je trouve de l'or, je n'aurai plus besoin de prendre un job.

— Tu brûles les étapes, Toshan, lui reprocha-t-elle avec douceur. Nous avons nos petites chéries, notre Mukki, je ne me sens pas prête à avoir un quatrième enfant tout de suite, ni à vivre au fond des bois.

Il hocha la tête, l'air confus, tout en se promettant d'être ferme sur ce point qui le préoccupait. Hermine était son épouse, elle n'avait pas à habiter des mois encore chez Laura. Leur foyer serait sur les bords de la Péribonka, sur les terres de son père, Henri Delbeau. Il avait la ferme intention d'élever ses enfants en pleine nature, jusqu'à l'âge où ils devraient aller à l'école.

— Tu as raison, concéda-t-il. Nous avons le temps. Je te parlais de l'avenir, pas du présent. Tu dois te reposer, ma petite femme coquillage, et bien te nourrir. Donner à téter à deux bébés, ça risque de t'épuiser.

Hermine ne s'était pas posé la question. Elle était trop fatiguée pour y réfléchir.

— Toshan, dis à mes parents de venir, ensuite je voudrais dormir.

Il posa sa tête entre ses seins quelques secondes seulement, puis il l'embrassa sur la bouche. Elle lui caressa la joue.

— Si tu veux le lit pour toi et les filles, je m'installerai dans le cabanon cette nuit. Il y a une truie, je ne mourrai pas de froid. Rien ne me fait peur, tellement je suis heureux ! Et c'est grâce à toi, ma bien-aimée.

La jeune femme approuva en souriant. Elle accueillit son père et sa mère dans le même état de fatigue.

— Ma pauvre chérie, dit Laura, nous ne te dérangerons pas longtemps. Mireille prépare la chambre d'amis pour madame Marguerite ; elle dort ici, évidemment. Cela me tranquillise, elle pourra te surveiller. Qu'elles sont jolies, tes filles ! N'est-ce pas, Jocelyn ?

— Je suis tout retourné, confessa-t-il. C'est une telle surprise ! Ma petite Hermine, tu nous fais un beau cadeau, ce soir. J'espère que je les verrai grandir et devenir aussi ravissantes et intelligentes que toi. Et comment s'appellent-elles ?

— Marie et Laurence ! répondit-elle. Demain, je broderai leurs initiales sur la layette, et il faudra deux bercelonnettes, le double de langes… Demain, je…

La jeune mère plongea dans un profond sommeil. Attendris, ses parents sortirent sur la pointe des pieds. Dès qu'elle fut dans le couloir, Laura chuchota :

— Je vais engager une nurse et trouver une nourrice sérieuse ! Hermine ne pourra pas allaiter deux bébés en même temps. Quel surcroît de travail : les lessives, les soins, les changes ! Qu'en penses-tu ?

— Avec Mireille, Charlotte et toi, je crois que notre fille aura suffisamment d'aide ! avança-t-il prudemment.

— Nous n'avons pas de lait ! rétorqua-t-elle.

— Laura, coupa Jocelyn d'un ton apaisant, laisse Hermine décider de tout ceci. Nous allons la choyer, il n'y aura pas de problème ; aie confiance. Je suis ravi, ces petites ont de beaux prénoms.

Elle acquiesça en se blottissant contre lui.

— C'est bon que tu sois là ce soir, que tu aies vu tes petites-filles juste nées. Je n'imaginais pas connaître ce bonheur. Joss, ne me quitte plus, tu me le promets ?

— Je n'en ai aucune envie, affirma-t-il. Nous avons perdu dix-sept ans, mais plus rien ne nous séparera, désormais.

Transportée de joie, Mireille leur servit du vin chaud à la cannelle et un morceau de gâteau. Le couple s'installa dans le salon, près du gros poêle en fonte noire. Ces deux prénoms les ravissaient : Marie et Laurence. Ils se mirent à bavarder, le cœur en fête.

La gouvernante les informa que Toshan était dehors, malgré la neige qui tombait en abondance et un froid sévère.

— Notre jeune papa voulait annoncer la nouvelle aux Marois ! précisa-t-elle.

Clément Toshan Delbeau n'avait jamais connu un sentiment aussi intense d'allégresse, de fierté et de pur bonheur. Il était passé devant le couvent-école en jetant bien haut sa tuque, qu'il rattrapait avec adresse. Il n'avait pas pris la peine de mettre ses raquettes, la distance étant trop courte jusque chez leurs voisins. De la neige aux genoux, il se retournait sans cesse pour observer les fenêtres éclairées de la grande maison où sommeillaient sa femme et ses filles. D'un bond, il fit face à la rue Saint-Georges, dont le tracé rectiligne, bordé de façades à jamais éteintes, montait vers l'usine et le quartier du plateau.

Le jeune homme offrait son visage au vent glacé et au déferlement continu des flocons duveteux. Il aurait voulu pousser une clameur farouche afin d'exprimer cette ivresse qui le dominait tout entier.

« J'ai la plus jolie des femmes, la plus douce, la plus sage, songeait-il. Elle m'a choisi, moi, Toshan, de la race montagnaise. Je suis peut-être un Métis, mais j'ai épousé un trésor de blondeur, de nacre ! »

Il fallait un événement considérable pour le décider à frapper à la porte des Marois. Simon ouvrit, l'air inquiet.

— Ah, Simon ! claironna Toshan. Serre-moi la main, je suis papa ! Des jumelles !

— Entre donc, proposa son ami. Qu'est-ce que tu racontes ? Des jumelles ?

Élisabeth et Joseph bondirent de leur chaise et entourèrent les jeunes gens. Charlotte n'était pas couchée. Elle se jeta sur Toshan.

— Mimine va bien ? Dis, elle n'est pas morte ?

— Mais non ! Nous avons deux belles petites blondes. Des poupées, des princesses !

— Hermine a eu des jumelles ! s'écria Betty. Doux Jésus !

Elle fondit en larmes, émerveillée. Charlotte n'en croyait pas ses oreilles.

— Ce n'est pas courant, ça, intervint Joseph. Félicitations, mon gars ! Faut arroser la chose ! Armand, sors la bouteille de caribou et des biscuits.

Les anciennes querelles étaient oubliées. L'ouvrier, ébahi, regardait Toshan des pieds à la tête, mais en riant, les yeux un peu humides cependant. Le jeune père lui paraissait ordinaire en pantalon de velours brun et en veste fourrée. Hormis ses cheveux longs d'un noir de jais, celui qu'il désignait par le terme de sauvage ou de sang-mêlé avait tout d'un garçon du pays : grand, bien bâti et tout de même assez sympathique.

— Des jumelles ! jubila-t-il. Notre Hermine a fait d'une pierre deux coups. Et le grand-père, il aurait dû t'accompagner, venir trinquer avec nous !

— Calme-toi, Jo ! tempêta Betty. Tu te mets dans des états ! Tu bois trop, aussi !

— Je ne suis pas saoul, mais heureux, protesta-t-il. Val-Jalbert ressemble à un bateau en perdition, tous les rats se sont sauvés, sauf nous, les Chardin et les Delbeau. Voici qu'à présent deux fillettes repeuplent mon village. Oui, ma Betty, j'ai envie de fêter ça !

Toshan riait, amusé, ému. Armand et Simon lui donnèrent l'accolade, Charlotte se cramponna à sa manche. La fillette aurait voulu tout savoir et elle posait des questions en rafale. Aussitôt, les deux prénoms la ravirent.

— Hermine a choisi Laurence pour la première-née et Marie pour la seconde, disait le jeune Métis.

— Que c'est joli ! s'écria Betty. Nous aurons deux Marie icitte.

L'heure était à la liesse, à la fraternité. Toshan, un peu ivre, mit de côté ses projets. Un jour, il emmènerait sa petite famille loin de la cité abandonnée, mais pour un soir il acceptait de faire partie des derniers habitants de Val-Jalbert.

Réveillé par le tapage, Edmond descendit l'escalier. En pyjama, ébouriffé, il demanda d'une voix pâteuse :

— Est-ce que c'est déjà Noël ?

— Non, fiston ! s'esclaffa Joseph. Notre Mimine a eu deux bébés. On se réjouit tous ensemble.

Le calme revint progressivement et les conversations se tarirent. Il était tard. Dans le silence qui s'installait, le hurlement lointain d'un loup s'éleva, mélodieux et triste à la fois. Toshan pensa à sa mère, Tala, la louve, Tala, la solitaire. Dégrisé, il salua la compagnie et repartit au sein de la nuit d'hiver.

14

Les guignoleux

Dimanche 17 décembre 1933

Il avait neigé toute la nuit. En ouvrant sa porte, Élisabeth Marois contempla un long moment le paysage. Un autre jour, elle aurait pu trouver triste le spectacle du village englouti sous un épais manteau immaculé qui pesait sur les toits des maisons vides de la rue Saint-Georges. Mais elle éprouvait une joie incrédule en songeant à sa protégée, Hermine, devenue maman de deux petites filles. Cela lui faisait l'effet d'un prodige divin, d'une bénédiction que recevait Val-Jalbert.

Simon et Armand étaient déjà partis porter la bonne nouvelle au maire, au doyen de la municipalité, Eusèbe, et aux dernières familles habitant près de la route régionale.

— Alors, ma Betty, lui cria Joseph, tu as l'intention de nous faire geler, Marie et moi ? Tu en fais, des histoires, parce que ta Mimine a mis au monde des jumelles ! Je parie que tu l'envies…

— Pas du tout, je suis heureuse pour elle, protesta son épouse en refermant la porte. Je lui rendrai une petite visite cet après-midi. J'ai hâte de voir ces trésors.

— Des trésors, des trésors, faut pas exagérer, maugréa l'ancien ouvrier. Le trésor, c'était la voix d'Hermine. Maintenant, elle fera comme les femmes du pays, un enfant tous les ans. Plus question de pousser la chansonnette !

— Toutes les femmes sauf moi, gémit-elle. En plus de vingt ans, je t'ai donné quatre petits, pas un de plus !

— Ne regrette rien, Betty, je n'en t'ai jamais voulu pour ça, ce n'est pas ta faute. Et nous avons pu acheter la maison et le terrain. Tout est très bien comme ça.

Elle se rapprocha de lui. Marie, assise dans sa chaise haute, éclata de rire en tendant les bras à sa mère. Joseph lui faisait manger de la bouillie à la cuillère.

— En tout cas, c'est de la satisfaction, les filles, avoua-t-il. Tu vois, ma Betty, celle-là, je m'en occupe. Edmond, lui, il mettait les mains dans son assiette ou bien il crachait son lait. Sois bien sage, Marie ! Aujourd'hui, ton père ira couper un sapin et on le décorera tous ensemble pour Noël et le soir du 31 décembre.

Élisabeth posa la main sur l'épaule de son mari. Leur couple avait tenu bon, malgré tout.

— Je suis bien heureuse, près de toi, déclara-t-elle d'un ton très doux.

Il la regarda avec une expression d'infinie reconnaissance.

— Je t'en ai fait voir, avec mes colères, mon avarice

et mon penchant pour le caribou. Maintenant nous n'aurons plus que du bon. Je te le promets, Betty !

Touchée, elle lui adressa un sourire enchanté.

— Et sais-tu à quoi j'ai pensé ? ajouta-t-il. Même s'il n'y a plus grand monde par chez nous, il faudrait se souvenir de nos traditions. Tout vire au moderne, surtout chez Laura, mais ça me plairait de jouer les guignoleux avec mes fils, le soir du 31 décembre. Peut-être même que Jocelyn et Toshan seraient de la partie. On chausse nos raquettes, on peut même aller cogner à la porte de quelques fermiers des environs.

— Tu plaisantes ou tu es sérieux, Jo ? s'étonna Élisabeth. La guignolée servait à récolter de la nourriture pour les pauvres du village !

— Eh oui ! Ce pauvre Eusèbe a beau être propriétaire de son logement, il me fend le cœur. Ses vêtements sont élimés jusqu'à la corde. Il ne mange guère à sa faim.

— Mais je croyais que sa petite-fille veillait sur lui ?

— Yvette ? Celle-là, sournoise comme elle est, il peut crever, le vieux, elle s'en fiche ! Maintenant qu'elle a épousé ce grand niaiseux d'Onésime Lapointe, elle tourne le dos à sa famille. Déjà que son père nous a laissés tomber ! J'ai encore une carriole et un cheval, moi, je peux avoir besoin d'un charron[1].

Ce soudain souci de charité désorienta un peu Betty, mais, d'une nature optimiste, elle ne put que

1. Yvette est la fille du charron de Val-Jalbert ; de mœurs légères dans sa jeunesse, elle a épousé Onésime Lapointe, le grand frère de Charlotte.

s'en réjouir. La journée lui sembla d'autant plus captivante.

— Si je rends visite à Hermine, un petit quart d'heure pour ne pas la fatiguer, j'en toucherai un mot à ces messieurs, avança-t-elle.

— Dis-leur plutôt de venir jaser avec moi, répliqua-t-il. Et tu féliciteras bien Mimine de ma part. Surtout pour les prénoms, de bons prénoms chrétiens !

Joseph riait dans sa barbe, ce qui atténuait l'ironie de sa remarque. Élisabeth se remit à ses tâches ménagères, le cœur en fête. Au début de l'après-midi, elle était chaudement équipée, prête à affronter le froid et la neige pour découvrir Marie et Laurence Delbeau. Seul Edmond était autorisé à l'accompagner.

— Fais attention, maman, recommanda Simon, une cigarette au coin des lèvres. Dans peu de temps, y aura tant de neige tombée que tu retrouveras plus le chemin !

— Et faudra que j'aille te chercher, claironna Armand, le cadet.

— Je ne suis pas si bête, rétorqua leur mère. Pour m'égarer entre ici et la maison de Laura, faudrait que je sois aveugle ou que j'aie bu un coup de trop, neige ou pas neige.

Elle rayonnait, heureuse d'avoir ses enfants autour d'elle, un mari fidèle, un foyer où il faisait bien chaud et où flottait encore l'odeur alléchante des beignes qu'ils avaient dégustés au dessert.

— À la revoyure, mes guignoleux ! murmura-t-elle avec un sourire joyeux, car sa fille dormait à l'étage et elle craignait de la réveiller.

— Des guignoleux ? répéta Armand, ébahi.

— Votre père vous expliquera, trancha Betty en sortant.

Edmond marchait devant sa mère. Des rideaux de flocons s'abattaient sur eux. Le petit garçon sautillait, s'enfonçant jusqu'aux genoux dans la neige fraîche qui remplissait le passage creusé à la pelle le matin même par Simon et Toshan. Les deux jeunes gens, vigoureux et avides d'exercice, avaient aménagé une sorte de tranchée pour relier la maison des Marois à celle des Chardin.

Élisabeth jeta un coup d'œil consterné sur la façade du couvent-école. Elle avait toujours trouvé cette construction superbe, avec son perron imposant, ses deux portes doubles, les balcons et le clocheton.

« Tous mes fils ont été en classe ici, songea-t-elle. Les sœurs étaient des enseignantes hors pair, elles leur apprenaient le calcul et l'histoire, mais aussi la morale, le respect d'autrui, la politesse. Souvent, je m'imaginais que ces saintes femmes étaient des anges en robe noire et voile blanc ! Je me souviens quand elles m'ont trouvée, un soir, à demi évanouie... »

Elle eut une brusque envie de pleurer. À cette époque, elle n'était qu'une très jeune femme de dix-neuf ans à peine, déjà mère de Simon, un bambin turbulent.

« J'attendais un bébé, du moins j'en étais sûre, mais je rêvais de voir cette petite fille que sœur Sainte-Madeleine avait découverte sur le perron du couvent-école, ce perron-ci... Quelle soirée ! Il y avait eu une panne d'électricité, juste après ou avant que la sirène d'alarme de l'usine se soit mise en marche. J'avais tellement peur ! Je suis partie comme une folle dans la nuit, car je voulais des nouvelles de Joseph ! Et je suis tombée à plusieurs reprises, tant je m'affolais, et j'ai fait une fausse couche. Si les sœurs ne m'avaient pas ramenée à l'abri, je serais morte de froid. C'est ce soir-là que j'ai vu l'enfant pour la première fois, ma Mimine. »

Un gros soupir lui échappa. Edmond l'avait devancée et, à l'abri sous le large auvent de la maison de Laura, il tapait ses chaussures sur le sol pour les nettoyer.

— Maman, dépêche-toi donc ! hurla-t-il. J'ai regardé par une des fenêtres ; Charlotte décore le sapin de Noël. C'est pas juste, on n'a pas encore commencé, nous autres !

— En voilà des manières d'épier les gens, Edmond ! gronda-t-elle en pressant le pas.

Les chiens de Toshan aboyèrent, ce qui signalait toujours l'approche d'un visiteur. Laura se précipita pour ouvrir à leur voisine.

— Ma chère Betty, entrez vite. Si vous n'étiez pas venue, j'aurais envoyé Jocelyn vous chercher ! Les petites jumelles sont superbes, toutes roses, potelées : des poupées ! Nous sommes tous en admiration.

Au milieu du vestibule, Mireille veillait au grain. Elle aida leur voisine à ôter son manteau et secoua le bonnet et l'écharpe sur le seuil. Edmond fut prié de prendre les patins en feutrine pour rejoindre Charlotte dans le salon.

La belle demeure, surchauffée, embaumait la pâtisserie tiède et le café. Laura, un foulard blanc sur les cheveux, guida Élisabeth vers l'escalier en lui tenant fermement le bras.

— Hermine garde la chambre, mais nous l'installerons vite au rez-de-chaussée. Il y fait meilleur et elle se sentira moins isolée. Oh, comme j'aimerais que vous passiez Noël avec nous, Betty !

— Oh non, Joseph ne voudra jamais. Mais le soir du 31, pourquoi pas ! J'ai une mission, figurez-vous.

Elles montèrent à l'étage en conversant à voix basse. Hermine les vit entrer, très souriantes et réjouies. La jeune femme trônait dans son lit, sa chevelure blonde divisée en nattes. Une chemise de nuit en satin rose, brodée d'un motif floral, s'accordait à son teint resplendissant.

— Jamais on ne dirait que tu viens d'accoucher ! s'extasia Betty en s'approchant. Que tu es jolie ! Et toute fraîche !

— Merci, je n'ai pas souffert du tout, avoua Hermine. Enfin, presque pas comparé à la naissance de Mukki. Madame Marguerite m'a expliqué que cela se produisait parfois quand on porte des jumeaux. Le ventre est si tendu qu'on sent moins les contractions. Et elles sont nées à quatorze minutes d'écart, le passage était ouvert. Il n'y a pas eu de soucis.

Élisabeth approuva d'un signe de tête, embarrassée par les propos directs de la jeune mère. Mais elle oublia sa gêne en se penchant sur le berceau où dormaient deux nouveau-nées coiffées d'un béguin semblable en calicot blanc. Laurence et Marie étaient couchées dos à dos, leurs menottes en l'air.

— Mon Dieu ! Comme elles se ressemblent ! soupira Betty, émerveillée. Tu auras du mal à les différencier, Mimine.

— Non, elles n'ont pas encore vingt-quatre heures et je les reconnais sans problème. Marie suce parfois son pouce. J'ai noué un ruban rose à son poignet. Laurence ne pleure presque pas. Elle est très calme. Ce sont des anges, des beautés !

Elle arborait un immense sourire de fierté. Ses appréhensions de la veille s'étaient envolées, mais pas la sensation de honte. Durant des mois, Hermine se reprocherait d'avoir pensé que, deux bébés d'un coup, c'était une lourde charge et que sa carrière était définitivement condamnée. Au nom de cette honte et de son remords, elle éprouverait une passion farouche pour ses filles, comme si l'infime pointe d'égoïsme qui l'avait atteinte faisait d'elle une mère dénaturée.

— Et pour les nourrir, c'est pas trop difficile ? interrogea Betty.

— Elle ne veut pas entendre parler d'une nourrice, déplora Laura. Elle va se ruiner la santé. Tout à l'heure, je l'ai vue devenir très pâle parce qu'elle allaitait les petites ensemble, une à chaque sein. Mireille a prévu de la gaver de viandes, de laitages et de gâteaux, mais ce serait plus simple d'engager une nourrice.

— Je suis contre ces méthodes ! objecta Hermine. Le lait d'une mère est primordial pour les enfants qu'elle met au monde. Et je juge cela triste, humiliant pour une femme d'allaiter un bébé qui n'est pas le sien pour de l'argent. S'il le faut, nous achèterons des biberons et du lait maternisé. C'est de la poudre à laquelle on rajoute de l'eau bouillie. Une maison suisse en fabrique ; il paraît que cela a sauvé des nourrissons, je l'ai lu dans un de tes magazines français, maman !

— Doux Jésus, Mimine, tu ne ferais pas boire ce

genre de produit à tes petites ? s'effara Élisabeth. Simon a voulu me faire goûter du lait concentré en boîte ; j'ai refusé tout net.

— Il faut vivre avec son temps, fit remarquer Laura. Les conserves sont très pratiques.

Hermine se leva pour rejoindre Betty. La sage-femme lui avait conseillé de marcher un peu, puisque l'accouchement s'était très bien passé et qu'elle n'avait aucune complication.

— C'est étrange, confessa-t-elle très bas, je me sens toute plate, toute légère. Et je suis tellement heureuse !

D'un geste familier plein de tendresse, elle se serra contre Élisabeth. Leur affectueuse complicité ne se démentirait jamais. Là encore, elles observèrent, presque joue à joue, les traits délicats des bébés assoupis. Laura ne put s'empêcher d'être jalouse.

— Tu es un peu leur grand-mère, toi aussi, ma Betty ! déclara Hermine. Une charmante grand-mère qui a une fillette de dix-sept mois.

Laura pinça les lèvres. Elle s'apprêtait à quitter la pièce quand Laurence poussa un petit cri. Tout de suite, Hermine la prit dans ses bras.

— Regardez-la ! s'extasia-t-elle. Elle ouvre les yeux, sa bouche est délicate comme une minuscule fleur. Ma chérie, ma petite princesse !

Mais Marie lança à son tour un vagissement vigoureux. Laura se précipita et s'empara de l'enfant avant Élisabeth.

— Je trouve qu'elle a le visage moins rond que Laurence et son duvet est un peu plus foncé, là, en haut du front. D'ailleurs l'implantation est semblable à celle de Jocelyn.

— Non, maman, de Toshan ! rectifia Hermine.

Si je t'écoutais, mes filles tiendraient uniquement de toi et de papa et elles n'auraient rien de nous, leurs parents ! Elles sont peut-être blanches, blondes et roses, mais elles ont aussi du sang montagnais. Je voudrais les photographier pour envoyer des clichés à Tala.

— Bien sûr, ma chérie. Ce n'est pas la peine de te mettre en colère, protesta sa mère.

Cette fois, Laura sortit. Elle ne comprenait pas trop l'excitation de sa fille. Un spectacle réconfortant l'attendait dans le salon. Toshan et Jocelyn, en apparence bons amis, suspendaient au-dessus des fenêtres des guirlandes en papier doré. Le sapin dont la cime touchait le plafond s'agrémentait de boules en verre multicolores, d'une brillance exquise. Des chants de Noël s'élevaient de l'électrophone. Le son du coûteux appareil était d'une meilleure qualité que celui du gramophone de Mireille, si bien que la gouvernante s'attardait près du poêle en fonte, ravie par la musique du cantique *Adeste Fideles*.

— Ma brave Mireille, à ce rythme, le goûter ne sera pas servi à l'heure, s'écria Laura. Et ce soir, nous établissons le menu du réveillon.

— Oui, madame. Je file à la cuisine.

Jocelyn avait perçu une note de mécontentement dans la voix de son épouse. Il descendit de l'escabeau et vint la prendre par la taille.

— Qu'est-ce que tu as, ma Laura ? Nous allons passer notre premier Noël ensemble depuis des années, avec notre fille et nos petits-enfants. Te rends-tu compte de notre chance ? L'an dernier, j'étais au sanatorium de Lac-Édouard et je n'avais qu'une idée, mourir le plus vite possible. Dieu, dans son infinie bonté, nous a réunis. Chaque jour auprès de toi et de notre Hermine me rend meilleur. Alors, fais-moi ton beau sourire !

Elle le dévisagea, partagée entre l'envie de rire et celle de pleurer.

— Parlons-en, de notre fille, chuchota-t-elle à son oreille. Hermine est toute douceur avec Betty, mais moi, elle me rabroue. Je n'ai pourtant rien fait de mal depuis la naissance des petites.

Toshan avait l'ouïe fine. Il préféra ne pas s'en mêler. C'était des histoires de femmes. Mais lorsqu'il entendit Laura proposer à son mari de partir chez Joseph Marois en sa compagnie, au sujet d'une certaine guignolée, il se montra plus curieux.

— Approchez, mon cher gendre, dit-elle d'un ton encore un peu froid. Jo et Simon veulent discuter avec vous deux. Filez, je finirai de décorer le salon.

Jocelyn s'équipa en expliquant à Toshan de quoi il s'agissait.

— C'était une coutume sympathique, en accord avec l'esprit chrétien. À Trois-Rivières, nous étions toujours partants pour courir de porte en porte. Les gens donnaient de grand cœur des légumes, un morceau de lard, un pot de crème, des navets, du lait… Les pauvres ne manquaient pas et ça n'a guère changé ! Je me souviens aussi que, gamin, je courais parmi d'autres enfants, devant les guignoleux. Nous faisions du bruit avec des bâtons, pour annoncer la quête.

— Mon père, il a dit que je ferai ça, moi aussi ! s'écria Edmond. Je dois demander à mon camarade Urbain de venir.

— Et moi ? se réjouit Charlotte. Je pourrai le faire ?

— Nous verrons ça, coupa Jocelyn. La guignolée a lieu le soir du 31 décembre. Le temps peut virer au gel.

Toshan avait écouté, intrigué, vaguement amusé. Son enfance entre un père irlandais et une mère indienne s'était déroulée au fond des bois. Des querelles éclataient le plus souvent les jours de fête, Tala refusant de se plier aux rites catholiques, Henri Delbeau se moquant des croyances de son épouse qui vénérait la nature et la puissance de la terre nourricière.

— Ce jour-là, reprit Jocelyn, mon grand-père Elzéar donnait sa bénédiction à la famille rassemblée. Les disputes étaient oubliées, car il fallait commencer la nouvelle année dans la paix et la bonne entente. On se souhaitait le paradis à la fin de nos jours !

Il se tut un instant, très ému. Laura le rejoignit et releva du bout des doigts le col de son manteau. Elle craignait pour lui : le vent, la neige et le froid… Leur amour avait su renaître, une simple étincelle ayant suffi à ranimer un feu ardent.

— Sois prudent, Joss, dit-elle. Reviens-moi vite, mon guignoleux ! Et vous, Toshan, ne traînez pas en compagnie de Simon. Hermine a besoin de vous, en ce moment.

Il promit en silence d'un clignement de paupières. Laura les regarda s'éloigner. La neige ruisselait, abondante, tenace. Très vite, leurs deux silhouettes brunes, presque de même taille et de même corpulence, furent comme voilées par la danse folle des flocons.

« Merci, mon Dieu ! pria-t-elle. Comme je suis mauvaise d'être jalouse de cette chère Betty ou de faire des reproches à Mireille, qui est si dévouée ! Jocelyn a raison, nous avons tellement de chance. »

Du salon lui parvenait le refrain de *Douce nuit, sainte nuit*[1], assorti d'une délectable odeur de chocolat brûlant.

« Je suis profondément heureuse, pensa-t-elle. Et nous avons deux petites-filles à chérir. Que je suis ridicule de me vexer pour un rien ! »

Une immense gratitude envers la Providence l'envahissait, qui lui fit monter les larmes aux yeux. Elle décida de retourner au chevet d'Hermine et de lui témoigner tout l'amour qui palpitait dans son cœur de mère.

Val-Jalbert, dimanche 24 décembre 1933

Toshan était assis au bord du divan où Hermine se reposait. Elle venait de nourrir ses filles et semblait épuisée.

— Marie et Laurence auront neuf jours ce soir, indiqua la jeune femme. Que le temps passe vite ! Mais je suis soucieuse ; elles n'ont pas pris de poids.

— Si ta mère n'avait pas acheté une balance, tu n'en saurais rien, répliqua-t-il. Elles se portent bien et, je peux en témoigner, elles pleurent rarement. Je t'assure qu'elles vont grossir, petit à petit.

— Je n'ai peut-être pas assez de lait ! avança tout bas Hermine.

Il lui caressa la joue avec le dos de la main, certain

---

1. Cantique composé par Joseph Mohr et Franz Zaber Gruber et chanté à la période de Noël pour la première fois en 1818 en Autriche.

pour sa part qu'il n'y avait aucune inquiétude à se faire.

— Ma petite épouse coquillage, ma chérie, arrête de te poser des questions. Tu m'as fait un si beau cadeau. Regarde comme c'est joli, ici.

Hermine tourna un peu la tête et contempla les décorations du salon. Des branches de conifère enrubannées de rouge et de fils d'or ornaient les murs et la cheminée. Le sapin scintillait, parsemé de minuscules ampoules électriques de toutes les couleurs. Au pied de l'arbre, Charlotte avait dressé une crèche avec des santons représentant les rois mages, Marie et Joseph, le bœuf et l'âne. Laura les avait achetés par correspondance dans une boutique française établie à Québec. La fillette était émue en songeant que les petits personnages avaient fait un long voyage avant de prendre place dans une maison de Val-Jalbert.

Au-dessus des fenêtres agrémentées de rideaux en velours rouge à l'occasion de Noël, des bouquets de houx rutilaient. Jocelyn avait déniché un arbuste en parcourant les bois longeant le canyon de la rivière Ouiatchouan.

— Le décor est un ravissement, concéda Hermine. Toshan, je suis affamée, pourrais-tu demander un bouillon à Mireille ? Et des tartines aussi !

— Mais tu viens de déjeuner ! s'étonna-t-il.

— J'ai encore faim.

Le jeune homme se leva et se dirigea vers la cuisine. Restée seule, Hermine sortit vite de la poche de sa robe de chambre une enveloppe bleue et, encore plus vite, en extirpa une carte postale. L'image était assez ordinaire, un paysage de forêts, enneigé bien sûr, rehaussé d'un semis de paillettes argentées. Majestueux, un cerf traversait une clairière. Pour la sixième fois depuis la veille, elle relut les lignes écrites au dos.

Chère Hermine,

Je vous souhaite de bonnes Fêtes de fin d'année en famille. J'ai appris, en recevant un faire-part de votre mère, la naissance de vos jumelles. Je pense que la maternité ne saurait faire taire le Rossignol de Val-Jalbert. Je vous informe que le directeur du Capitole de Québec aimerait vraiment vous entendre chanter. Dans l'art lyrique, il nous manque une fée à la voix d'or capable de subjuguer un public privé de rêve, de magie. Vous avez mon numéro de téléphone sur la carte de visite que je joins à ce courrier. Bien à vous. Octave Duplessis.

L'envie de pleurer lui piquait le nez, des larmes coulaient malgré elle. Le cœur serré, la jeune femme s'empressa de faire disparaître ce courrier. Ces quelques phrases avaient rouvert une blessure qui ne guérirait sans doute jamais.

Charlotte apparut quelques minutes plus tard, encombrée d'un plateau.

— Mimine, Toshan m'a chargée de te servir. Il sort promener ses chiens.

— Merci, ma chérie ! Pourrais-tu me rendre un autre service ? Je sais, nous sommes dimanche, mais il faudrait que tu coures poster cette lettre ! Je l'ai timbrée. Comme ça, elle partira mardi.

— Mais je dois aller au lit, se récria Charlotte. Tu as oublié ? Cette année, nous fêtons Noël à l'ancienne, a dit Laura. Tout le monde se lève une heure avant minuit pour chanter et danser. Mireille a préparé des tas de bonnes choses. Elle aussi va dormir un peu.

— Cela ne te prendra pas longtemps, insista Hermine. Tu mets tes raquettes et tu vas au bureau de poste.

— D'accord ! Seulement, si Laura s'aperçoit que je suis sortie, elle me grondera.

— Personne ne doit savoir, répliqua la jeune femme. C'est un secret, encore un ! J'écris à cet impresario, Octave Duplessis, qui était venu ici, l'hiver dernier. Si Toshan trouve ma lettre, il va m'interroger et je ne saurai pas quoi répondre. Dépêche-toi, je dirai que tu es partie jouer avec Edmond.

Charlotte observa les traits tirés de sa grande amie. Elle avait écouté certaines discussions sans le faire exprès. Laura, Jocelyn, Toshan et Mireille jugeaient Hermine victime d'une sorte de maladie nerveuse à la suite de l'accouchement.

— Tu n'es pas contente, Mimine, d'avoir deux beaux bébés ? demanda-t-elle. Et ça ne te plaît pas de fêter Noël à l'ancienne ?

— Que vas-tu chercher, Lolotte ? se défendit celle-ci. Je suis très heureuse. Mais je ne veux plus que ce monsieur Duplessis m'écrive. Par chance, c'est Armand qui m'a remis sa lettre !

La fillette prit l'enveloppe blanche que lui tendait Hermine. L'expédition l'amusait, au fond. Un peu d'exercice l'aiderait à trouver le sommeil au début de l'après-midi. Elle doutait d'y arriver et avait prévu lire en cachette un roman d'aventures.

— J'y vais vite ! promit-elle.

Hermine s'allongea, la tête renversée sur un gros coussin en satin. Marie et Laurence dormaient près du divan, chacune nichée dans son berceau. Élisabeth Marois avait prêté la bercelonnette en osier qui avait servi à ses quatre enfants.

« C'est Noël et je me sens tellement épuisée ! s'attristait la jeune femme. Il y a eu tant d'agitation depuis la naissance des petites, tant de visites. Et maman qui voudrait abolir les distances, franchir des bancs de neige en voiture juste pour acheter plus de layette, plus de vêtements ! Il faut surtout laver davantage. »

Elle ferma les yeux, revoyant sa chère Betty le dimanche précédent. Elle lui avait apporté la robe de baptême de sa fille Marie, un poème de dentelles et de broderies fines d'un blanc immaculé. Cette tenue délicate était soigneusement amidonnée. Laura avait sourcillé, mais Hermine avait su être formelle. Marie Delbeau serait baptisée dans cette toilette ravissante, cousue à la main par Betty, tandis que Laurence porterait une robe neuve.

« Maman devrait être moins dépensière ! songea-t-elle. Papa fait des efforts pour ne pas la sermonner, mais elle achète trop de choses. Et si l'usine de Montréal fermait ? Ah ! c'est vrai, maman prétend que dans ce cas, elle vendrait à prix d'or la maison bourgeoise de Montréal et que nous pourrions vivre sur cet argent des années encore. Cela déplaît à Toshan, j'en suis sûre, même s'il ne le montre pas. »

Hermine aurait voulu être plus sereine, mais elle était sujette à des réactions excessives, des crises de larmes ou de colère. Toute la famille l'aidait à s'occuper des petites jumelles, ce qui l'aidait beaucoup. Cependant, cela lui donnait l'impression de ne pas leur consacrer assez de temps. Mukki, qui devait se sentir délaissé, devenait capricieux. Il se réveillait la nuit et pleurait de toutes ses forces. Bref, la jeune mère était dépassée par les événements et la carte de vœux de l'impresario avait achevé de la démoraliser. Aussi avait-elle rédigé un court message très froid dans le but de le décourager définitivement.

— Ma petite femme ? fit une voix grave, vibrante de tendresse.

— Toshan ? dit-elle après un sursaut de surprise.

Son mari était penché sur elle. Il lui souriait, l'air paisible, toujours aussi séduisant.

— Je croyais que tu promenais tes chiens ?

— Ton père m'a remplacé, il avait besoin de prendre l'air, dit Toshan sur le ton de la plaisanterie. Laura est dans tous ses états. Une tourtière a brûlé, celle à l'oie et aux navets. Mireille se lamente. La pauvre fait peine à voir ! En plus, j'ai provoqué par inadvertance une querelle entre tes parents.

Amusée, Hermine se redressa. Les mains chaudes de Toshan sur ses épaules lui offraient douceur et sécurité.

— Raconte ! s'enquit-elle doucement.

— J'ai eu le malheur de demander pourquoi les cadeaux seraient distribués après minuit, puisque nous fêtions Noël à l'ancienne. En effet, j'avais cru comprendre, selon ton père, que jadis on procédait à la remise des cadeaux le jour de l'An. Aussitôt, Jocelyn a déclaré que j'avais raison, qu'il fallait ouvrir les paquets le premier janvier. Ta mère s'est vexée, elle en aurait pleuré !

— Et comment ferons-nous, dans ce cas ? s'inquiéta Hermine.

— Nous en saurons plus à minuit. Maintenant, tu vas avaler ce bouillon, qui est quasiment tiède.

Le jeune couple, enlacé, continua à bavarder. Mukki se réveillerait bientôt de sa sieste et ils tenaient à savourer le moindre instant d'intimité.

Dans la cuisine, Mireille et Laura s'affrontaient autour d'un tonnelet. La gouvernante prétendait servir du vrai caribou et non la boisson frelatée que buvait Joseph Marois.

— Mais que vient faire Joseph chez nous ? s'énervait Laura. Je me moque de son caribou, j'estime que le breuvage que tu prépares, Mireille, va terrasser nos hommes.

— Pas du tout, madame. Je fais la véritable recette. Du vin blanc, du vin rouge, du vin de bleuet, le mien, et du whisky blanc, le tout bien glacé. Monsieur Marois ne met que du vin rouge et un brandy bon marché, tant il est radin !

— Peut-être qu'il est radin, mais c'est le seul à avoir eu l'idée d'organiser une guignolée pour ce pauvre monsieur Eusèbe, rétorqua Laura. Et le cipâte ? Il ne sera jamais cuit, le four chauffe mal !

Mais enfin, madame, je l'ai bien rempli, mon feu ; le four chauffe ! Depuis quatre heures, il mijote, mon cipâte. Dans ma jeunesse, à Tadoussac, il n'y en avait pas une meilleure que moi pour cuire le cipâte du temps des Fêtes. Dans le temps, ça durait du 24 décembre au 6 janvier. Regardez donc, s'il n'a pas bonne mine, mon plat !

La gouvernante, les joues rouges de colère, ouvrit le four. Elle avait surveillé avec un soin jaloux la cuisson de son chef-d'œuvre culinaire, un pâté composé de plusieurs couches de viandes et d'oignons grillés. Du lièvre, de la dinde, du poulet, du porc, du canard sauvage et de la perdrix, le tout assaisonné de fines herbes et enveloppé dans une épaisse couche de pâte.

Laura examina d'abord le gros chaudron en fonte, puis elle prit un torchon pour soulever le couvercle. Un dôme doré lui apparut : il s'en échappait, par une minuscule ouverture creusée à la pointe d'un couteau, un fumet terriblement alléchant, riche en senteurs capiteuses.

— J'ai peut-être laissé cramer une tourtière, mais ma fondue de choux rouges est parfaite, madame, renchérit Mireille. Mes cretons seront à point aussi. La boucherie où se sert monsieur Jocelyn à Roberval nous a fourni du porc de première qualité. Vous m'en donnerez des nouvelles ! Je ne sais pas si vous pourrez manger tout ce que j'ai cuisiné. Vous n'êtes que cinq à table, et encore, miss Charlotte n'a pas d'appétit. Pareil pour mes gâteaux aux fruits confits, j'en ai fait quatre...

— Mais cesse de te plaindre, ma chère Mireille ! s'exclama Laura. Tu soupes avec nous, je te l'ai dit et redit. Tu es de la famille ; ne fais pas tant de manières ! Et rien ne se perdra, une fois mis au frais dans le cellier. Cela te fera moins de travail pour le jour de l'An.

Sur ces mots, Laura sortit de la pièce. Elle avait entendu Mukki appeler de l'étage. Depuis la naissance des jumelles, elle pouvait focaliser son attention sur le garçonnet. Il s'attachait de plus en plus à cette jolie grand-mère, qui le lui rendait bien.

Sa patronne à peine dans l'escalier, Mireille referma la porte soigneusement. Elle but un petit verre de son caribou, fit claquer sa langue de satisfaction et, les mains sur les hanches, elle fredonna en sourdine un des grands succès de La Bolduc, *Le Jour de l'An.*

Préparons-nous, mon père, pour fêter l'jour de l'An
J'vas faire des bonnes tourtières, un bon ragoût d'l'ancien temps

C'est dans l'temps du jour de l'An, on s'donne la main, on s'embrasse
C'est l'bon temps d'en profiter, ça arrive rien qu'une fois par année…

Pendant ce temps, Jocelyn, équipé de raquettes, car la couche de neige dépassait quatre-vingts centimètres, longeait le bord de la prairie du moulin Ouellet. Cet endroit lui plaisait, malgré le mauvais souvenir qui s'y rattachait. Les chiens de Toshan, connaissant par cœur le trajet de la balade, s'en donnaient à cœur joie. Ils couraient ventre à terre et chahutaient dans un concert de grognements et d'aboiements. Duke battait ses trois congénères en rapidité et en souplesse. Le grand chien gris aux yeux obliques et dorés rappelait à Jocelyn son fidèle Bali, mort sous la dent des loups.

Il esquissa un sourire en pensant au cadeau réservé à son gendre, qui ne pouvait guère attendre une semaine avant d'être offert. La réaction de Laura n'avait rien de surprenant. Ils avaient acheté à Toshan un chiot de race husky, un petit mâle aux prunelles bleues et au poil noir. Un masque blanc mettait en valeur son regard d'azur. Un jeu était prévu. Le jeune homme devrait répondre à une devinette mise au point par sa belle-mère.

Qui a les yeux aussi bleus que notre Hermine, mais marche à quatre pattes ? énonça Jocelyn, égayé. Ma Laura est une fine mouche, mais Toshan comprendra vite.

Il allait siffler les chiens quand des cris retentirent près du moulin Ouellet, dont la masse sombre se dressait à quelques dizaines de mètres. C'était une voix aiguë, enfantine.

— Non ! Non ! J'veux pas ! hurlait-on.

Duke s'immobilisa, les oreilles dressées, l'échine hérissée. Puis il fonça. Jocelyn eut du mal à le suivre, mais il fit de son mieux, ayant aperçu deux silhouettes, dont celle de Charlotte en anorak rouge. Ce vêtement flambant neuf, un achat de Laura, ne pouvait appartenir qu'à la fillette. Quant au second personnage, il était d'une stature imposante et drapé d'une pèlerine brune.

— Oh ! cria-t-il. Charlotte ! Qu'est-ce qui se passe ?

Le chien était déjà sur place et menaçait l'individu. Jocelyn ne connaissait pas Jules Lapointe, mais les paroles apeurées de Charlotte le renseignèrent.

— Non, papa, je viendrai pas chez toi. Laisse-moi !

— Vous avez entendu, monsieur ! s'égosilla Jocelyn, sachant que l'homme avait eu des gestes déplacés à l'égard de sa fille. Lâchez-la !

— Vous êtes qui, vous ? clama Lapointe. Tenez votre chien, sinon je lui brise le cou !

Charlotte n'avait jamais été aussi contente de voir Jocelyn. Elle se rua vers lui, une expression de terreur crispant son visage.

— Mon père, il dit que je dois passer Noël dans ma famille, s'exclama-t-elle en se cramponnant à son bras. Je ne veux pas, moi, je vis chez vous, à présent, chez madame Laura.

Elle éclata en sanglots, le dos voûté, secouée par des hoquets de frayeur.

— Monsieur, laissez-la tranquille, commença Jocelyn. C'est peut-être votre enfant, mais j'ai entendu dire que vous n'aviez plus le droit de l'approcher.

— Y a pas eu de décision de justice, dit Jules Lapointe d'une voix éraillée et en cherchant ses mots. Tabarnak, je voulais juste ramener la gamine à la maison. Onésime et Yvette m'ont invité à réveillonner. Comme j'ai croisé Charlotte devant le bureau de poste, je l'ai emmenée.

— Ce n'est pas trop la bonne direction, par là, rétorqua froidement Jocelyn. De toute façon, il fallait prévenir mon épouse, Laura Chardin. Et ma fille Hermine. On ne va pas se cogner dessus la veille de Noël, monsieur ! Si Charlotte accepte, elle vous rendra visite demain, accompagnée par moi ou par mon gendre.

Jules Lapointe faisait peine à voir. Il avait la face bouffie et le teint sanguin. Sa bouche disparaissait sous une moustache jaunâtre, semée de poils gris. Il empestait l'alcool. La mort de son épouse Aglaé après une longue maladie avait fait de lui une loque. Mais ses intentions vis-à-vis de Charlotte demeuraient troubles ; Jocelyn le perçut avec acuité. Duke aussi, sans doute, puisqu'il continuait à gronder, les babines retroussées sur une rangée de crocs impressionnants.

— Fichez-moi la paix ! éructa-t-il. Vous faites les fiers, vous autres, mais vous valez pas mieux que moé. Votre fille, Hermine, elle me le paiera cher, de m'avoir volé la petite. Elle aura affaire à moé, je vous le dis…

— Touchez à ma fille et je vous réduis en miettes ! vociféra Jocelyn. Vous devriez avoir honte d'effrayer Charlotte. En plus, vous êtes saoul !

Il recula en tenant sa protégée contre lui. Jules Lapointe fit mine de foncer sur eux, le poing en avant, mais il tituba et s'effondra dans la neige. Charlotte en profita pour s'enfuir. Elle progressait difficilement, pliée en deux, gênée par ses raquettes. Jocelyn la rattrapa et lui donna la main. Les chiens les suivirent.

— Qu'est-ce qui va lui arriver, à mon père ? demanda-t-elle en pleurant. Faut dire à Onésime de venir le chercher, sinon il va mourir de froid.

— Ne t'inquiète pas, je m'en chargerai !

— En plus, j'ai pas posté la lettre d'Hermine ! gémit-elle.

— Bah, c'est dimanche, je la porterai mardi, vu que c'est fête demain.

Complètement affolée, Charlotte sortit de sa poche une enveloppe froissée, détrempée par de la neige fondue. Jocelyn déchiffra le nom et l'adresse du destinataire. Il rangea le courrier dans sa veste.

— Regarde, on est presque chez nous, observa-t-il. Tu vas m'aider à rentrer les chiens dans l'enclos, après je t'accompagne à la maison. Mireille te donnera du lait chaud.

— Vous êtes très gentil, monsieur Jocelyn, nota la fillette. Je pourrai aller me coucher, et ce sera pareil ?

On me réveillera avant minuit pour le repas et les cadeaux sous le sapin ?

— Mais oui ! assura-t-il d'un ton bourru mais affectueux. Dis-moi, qui c'est ça, Octave Duplessis ? Je n'en ai jamais entendu parler !

C'était vrai. Laura avait évité le sujet et Hermine s'était contentée d'évoquer ses rêves, sa passion du chant, sans citer l'impresario.

— C'est un monsieur de Québec, avoua Charlotte. Quand on a pris le train, Mimine et moi, elle devait le rencontrer et passer une audition. Il est même venu ici, à Val-Jalbert, parce qu'il dit que c'est une merveilleuse chanteuse.

— Sur ce point, je suis d'accord, reconnut-il. Il dirige un théâtre, ce monsieur ?

— Je n'en sais rien, soupira la fillette, épuisée et tremblante d'émotion.

Elle fixait d'un air de noyée la belle demeure de Laura. Les cheminées fumaient, les fenêtres étincelaient, surtout celle qui permettait d'admirer de l'extérieur le sapin décoré. Jocelyn capta son expression désespérée. Il fut attendri et apitoyé. Elle avait dû se croire soustraite du paradis et entraînée en enfer, et tout ça un jour dont elle attendait des joies exquises.

— C'était un secret, la lettre, monsieur Jocelyn, ajouta-t-elle sans lui lâcher la main un seul instant.

— Je garderai le secret, Hermine ne t'en voudra pas, coupa-t-il. Sais-tu, Charlotte, tu vas m'appeler par mon prénom et me tutoyer. Je n'ai pas été très aimable, au début, parce que je suis un vieux grognon, mais je t'aime beaucoup. Viens.

Jocelyn la conduisit dans la cuisine. Il exposa la situation à Mireille qui fondit de compassion.

— Ma Lolotte, mon pauvre petit poulet ! s'écria-t-elle. Dieu a veillé sur toi, il a envoyé monsieur sauver la mise. Je monte te mettre au lit et c'est moi qui te réveillerai ce soir. Ne brasse pas de vilaines idées ! Durant le temps des Fêtes, les enfants sont rois.

La gouvernante entoura la fillette de tendresse et de bonnes paroles. Elle lui fit boire du lait chaud et lui offrit une pointe de tarte à la mélasse, nappée de crème. Jocelyn, lui, s'enferma dans le petit bureau. L'enveloppe était décollée par l'humidité. La tentation était trop forte. Il lut la lettre rédigée par Hermine.

Monsieur, je vous remercie pour vos vœux, mais je vous demande de ne plus jamais m'écrire ni chercher à me rencontrer. J'ai été franche et catégorique sur ce point, j'ai renoncé à une carrière de chanteuse lyrique et je ne passerai jamais d'audition. Je suis mère de trois enfants, je voudrais que vous compreniez que, pour moi, il est hors de question de travailler ma voix et de voyager. Ayez la bonté de me comprendre et d'accepter ma décision !

Suivaient des vœux très simples et une formule de politesse. Jocelyn replia la feuille, songeur. Il savait lire entre les lignes.

— Ayez la bonté de me comprendre ! répéta-t-il tout bas.

Cela ressemblait à un cri du cœur, qu'il interpréta à son idée. Selon lui, Hermine ne suppliait pas Duplessis, mais ceux qui vivaient près d'elle. C'était un appel au secours.

« Ma petite sacrifie sa passion, son art, et cela lui coûte ! Elle croit faire le bon choix, mais ce choix la rend malade ! »

Il transforma la lettre en une boule de papier qu'il cacha au fond de sa poche de pantalon. Ayant fermé les yeux, il remonta le fil du temps jusqu'à cette soirée au sanatorium de Lac-Édouard. Il crut réentendre Hermine chanter l'*Ave Maria* de Gounod. Jamais il n'oublierait la pureté céleste de sa voix, l'aisance avec laquelle sa fille atteignait des notes de cristal, celles qui vous donnaient la chair de poule et du vague à l'âme, comme si on se souvenait d'un paradis perdu. Un don aussi extraordinaire ne devait pas être gaspillé.

« Les trois petits ne seront pas un obstacle, se dit-il. Elle ne sera jamais heureuse si elle renonce à chanter. Que je serve au moins à ça, mon Dieu ! Tant que je tiendrai debout, j'aiderai ma fille à accomplir son destin. Ce sera une manière de payer ma dette d'amour, puisque je n'ai pas veillé sur ses premières années. »

Fort de cette décision, Jocelyn se mit en quête d'Hermine. Mais elle n'était plus sur le divan du salon. Il trouva Laura qui jouait avec Mukki. Elle accueillit son mari avec un air de profonde gratitude.

— Je sais ce que tu viens de faire pour Charlotte, Joss. Merci ! Sans toi, le pire aurait pu se produire. Lapointe n'est qu'un sale individu ! Hermine n'est pas encore au courant. Elle est montée dans sa chambre, Toshan aussi avec Marie sur un bras et Laurence sur l'autre. Irons-nous dormir, nous aussi ?

— Pas tout de suite, je suis encore secoué par ma prise de bec avec cet ivrogne, répliqua-t-il. Quand je pense que j'aurais pu finir ainsi ! Je sors, Laura. J'ai promis à Charlotte d'avertir Onésime. S'il ne récupère pas son père, il sera mort avant minuit. Si tu avais vu ça ! Il s'est effondré dans la neige, imbibé d'alcool, tu peux me croire.

Elle approuva, désolée. Elle aurait voulu chasser l'image de Jules Lapointe de son esprit, tellement elle portait préjudice à la douce ambiance de sa maison. Le sapin n'avait jamais été si bien décoré. Mireille dresserait une table près de l'arbre illuminé et ils partageraient là un excellent repas. Laura secoua la tête, comme pour repousser tout ce qui n'était pas harmonie.

— Sois prudent ! recommanda-t-elle. Et reviens-moi vite. Joss, je suis tellement heureuse de t'avoir près de moi. C'est comme un rêve. Le temps des Fêtes ensemble, quel miracle !

Ils étaient seuls. Un baiser discret à pleine bouche scella à nouveau les liens plus forts que jadis qui maintenant les unissaient.

*

Toshan contemplait Hermine dans son sommeil. Sa chemise de nuit ouverte sur un sein gonflé de lait, elle protégeait d'un bras Laurence qui s'était endormie elle aussi, le mamelon encore à la bouche. Le jeune homme s'émerveillait. Il aurait pu décrire sa petite épouse avec les mots les plus poétiques de la terre, mais il se contentait de la couver du regard, ébahi par sa beauté. Il lissa une mèche blonde et déposa un baiser sur l'épaule ronde. Entre eux, Marie s'était assoupie, repue elle aussi.

« Deux filles d'un coup ! songea-t-il. Elles ensoleilleront notre vie de couple. Mes trois chéries, mes princesses… »

Il s'accordait une trêve en cette veille de Noël. Sûrement, Hermine rechignerait à habiter la cabane de Tala de longues années, et oui ils devraient souvent séjourner à Val-Jalbert. Laura et Jocelyn avaient le droit de connaître leurs petits-enfants. Mais, toutes ces questions, il les affronterait plus tard. Ces jours de fêtes, encore embellis par la présence des deux bébés, rien ne les troublerait.

Il était bientôt l'heure de la réveiller. Sa main droite s'égara dans l'échancrure du vêtement de sa femme, avide du contact de sa chair soyeuse et chaude. Toshan s'aperçut alors que des larmes coulaient sur les joues d'Hermine. Presque aussitôt, sa bouche fit une moue chagrine et elle poussa une plainte. Il en conclut qu'elle faisait un cauchemar et lui caressa le front.

— Où suis-je ? s'écria-t-elle en ouvrant à demi les yeux. Les gens ont beaucoup applaudi, n'est-ce pas ? Ils ont aimé…

— Hermine ! appela-t-il en la secouant. De quoi parles-tu ?

Elle sursauta et le fixa d'un air étonné. La conscience du présent lui revint.

— Toshan ! Oh, les petites ! Je rêvais, vois-tu !

Il plongea son regard noir dans le sien, encore voilé.

— De quoi as-tu rêvé ? demanda-t-il d'un ton préoccupé.

— Je ne sais plus ! mentit-elle.

— Mais si, tu sais, coupa son mari. Des gens t'ont

applaudie parce que tu chantais, sans doute, sur une scène ? Hermine, tu m'avais promis que tu renoncerais à ces sottises.

— Est-ce ma faute si je fais des choses en rêve ? se défendit-elle. Qui m'a appris l'importance des visions que notre esprit nous envoie pendant le sommeil ? Toi, Toshan, et aussi Tala ! Ne sois pas fâché, j'étais enfant dans mon rêve, je chantais à l'église, ici ! Dans notre église qui n'existe plus.

La jeune femme s'étira avec un sourire rassurant. Elle jeta un œil sur la pendulette.

— Je dois m'habiller. Maman nous attend tous en bas, avant minuit. Toshan, prépare-toi.

Elle se leva, en apparence gaie et insouciante. Pourtant, elle se souvenait avec une précision hallucinante du songe qui lui avait tiré des larmes.

« J'étais en costume de Japonaise, je portais un kimono rouge à fleurs jaunes et vertes. J'ai interprété l'aria de *Madame Butterfly.* Je sentais la sueur qui perlait sous la couche de fard qui me donnait un teint très pâle. Le public s'est levé pour m'applaudir. C'était tellement réel ! » pensa-t-elle en se rafraîchissant le visage.

— Est-ce qu'il neige toujours ? interrogea-t-elle d'une voix enjouée.

— Oui, il neige beaucoup, répliqua-t-il. Tes parents ont renoncé à assister à la messe à Chambord. Ils s'y rendront demain en fin de matinée. J'ai promis de les conduire en traîneau.

Il éprouvait un malaise indéfinissable. Les paroles de sa mère lui revinrent. Tala lui avait demandé pourquoi il n'appelait plus Hermine son oiseau chanteur. Et pourquoi elle ne chantait plus… Ses poings se fermèrent, alors qu'une angoisse diffuse l'envahissait. Toshan était loyal, épris de justice, mais il appartenait à une génération d'hommes qui considéraient l'épouse comme l'âme d'un foyer, comme une mère toute dévouée à ses enfants, et ne devant pas s'intéresser à autre chose.

« Nous sommes mariés, nous constituons une famille, se dit-il. Hermine chantera pour nous, le soir à la veillée, là-bas, au bord de la Péribonka. Nous serons son public. Plus tard, oui, plus tard, on verra. Là, elle n'a pas le temps, elle n'a pas besoin de ça. »

Il enfila une chemise blanche finement rayée de gris et mit un costume en velours brun. D'un geste nerveux, il attacha ses longs cheveux sur la nuque. En combinaison de satin rose, Hermine le frôla. Elle riait en silence. Il l'observa tandis qu'elle élaborait un chignon puis fermait un collier de perles autour de son cou. Sa robe lui allait à ravir, fluide, en mousseline bleue, ornée d'une ceinture en cuir blanc soulignant la taille. Les manches descendaient aux coudes. Le corsage se déboutonnait.

— Dis donc, quelle élégance ! dit-il enfin. Nous ne sommes pas à Québec !

— Je veux faire honneur à mes parents, avoua-t-elle. La couturière a choisi ce modèle pour moi : je peux allaiter en toute discrétion. C'est la première fois que je passe le temps des Fêtes avec eux. Maman s'est donné tant de mal.

Toshan la prit dans ses bras et huma son parfum. Il en profita pour lui dire à l'oreille des mots d'amour qui la firent rougir. Mais Charlotte frappa à leur porte.

— Venez, moi, je suis prête, claironna la fillette.

— Entre, ma chérie, dit affectueusement Hermine. Tu tiendras Laurence, et moi, Marie.

Il était vingt-trois heures trente. Du rez-de-chaussée s'élevait une musique bien connue. Une chorale chantait *Les Anges dans nos campagnes*. Laura avait acheté un nouveau disque de chants de Noël.

— Vite, je suis affamée ! déclara la jeune femme, resplendissante.

Elle était si joyeuse que Toshan fut rassuré. Il ne soupçonnait pas la vérité. Hermine avait repris espoir, certaine qu'elle venait de faire un rêve prémonitoire. Il lui suffirait d'être patiente et cela se réaliserait un jour. Bien décidée à passer des heures agréables, elle embrassait Charlotte et la complimentait sur sa toilette et ses boucles brunes, retenues en arrière par des peignes.

— Tu es ravissante, ma Lolotte.

Jocelyn et Laura les accueillirent avec un grand sourire. Ils se tenaient devant le sapin dont la vue était un enchantement. Les guirlandes scintillantes or et argent abondaient, ainsi que les boules en verre qui reflétaient le moindre éclat de lumière. Les odeurs en provenance de la cuisine étaient si alléchantes qu'elles faisaient tourner la tête.

La table resplendissait, la plus belle vaisselle de Laura étant disposée sur une nappe blanche. Des bougies rouges dispensaient une clarté douce et vacillante. Mireille, en robe noire à col de dentelle, arborait des pendants d'oreille en or, ce qui lui allait fort bien. La gouvernante avait refusé de quitter son tablier, puisque, même en partageant le souper, elle ferait le service.

— Un verre de caribou, mon gendre, s'exclama Jocelyn. Le caribou de Mireille ! Doux Jésus qu'il est bon !

— Merci bien !

Ils trinquèrent, toute inimitié reléguée aux oubliettes. Charlotte eut droit à de la limonade. Elle sautillait sur place en scrutant les paquets déposés sous le sapin. Il y en avait beaucoup et les emballages étaient très jolis, du rose, du vert brillant, du rouge. Elle s'étourdissait de tout ce qui était beau et agréable, mais sans cesse l'image de son père revenait gâcher sa joie : Jules Lapointe tombait pesamment, la face dans la neige. Mireille dut deviner le souci de la fillette. Elle la rejoignit et lui dit à l'oreille.

— Monsieur Jocelyn a fait le nécessaire. Onésime a couché votre père bien au chaud. Et il a promis que personne ne viendrait te faire du mal, petite. Ni ce soir ni les autres jours.

Tranquillisée, Charlotte s'occupa de Mukki. Le garçonnet n'avait qu'une idée, toucher les décorations de l'arbre. Il se piquait le front aux aiguilles du sapin et poussait alors des cris aigus. Laura l'avait habillé avec un costume en velours rouge et une chemise à jabot. Déjà grand pour ses quinze mois, l'enfant était superbe avec ses cheveux noirs et son teint mat. Ils se mirent à table, bercés par les chants traditionnels célébrant la naissance de Jésus. Posés sur du pain tiède, les cretons étaient délicieux. Le cipâte se révéla un chef-d'œuvre. Comblée de louanges, Mireille exultait.

— Jamais rien mangé d'aussi bon, affirma Jocelyn.

— C'est digne d'un chef cuistot, renchérit Laura.

Hermine se régalait. Les yeux brillants, elle croquait dans la pâte dorée qui renfermait les couches de viande fondante, grasse et parfumée par les oignons grillés. Détendu par trois verres de caribou, Toshan affichait un sourire béat.

Après le dessert, la tarte à la mélasse et à la crème, Laura frappa dans ses mains.

— Il faut ouvrir les cadeaux !

— Oh oui ! implora Charlotte.

Marie et Laurence, peut-être sensibles à la liesse générale, dormaient profondément. Jocelyn se leva. Il embrassa d'un regard ému sa famille attablée et le salon aux allures de palais enchanté. Mais, au moment de faire le petit discours prévu, sa gorge se serra.

— Hum ! fit-il. Je ne suis pas habitué à prendre la parole en public. Mais voilà ! Il y a quelques mois, j'étais pareil au Canadien errant de la chanson et j'ai collé mon nez à une de ces fenêtres avec l'envie d'entrer au chaud, de retrouver ma femme et ma fille. Dieu m'a accordé cette grâce. Chez les Chardin, on ne s'amusait guère la nuit de Noël, on priait. Aussi, je n'ai qu'une idée, rire et danser. Laura et moi, nous avons mis au point un petit jeu de devinettes. Avant d'ouvrir vos paquets, vous devez réfléchir à l'énigme ! Qui commence ?

Toshan leva la main, hilare, avec une mimique d'écolier.

— Bien, mon garçon. Qu'est-ce qui marche à quatre pattes mais a des yeux aussi bleus que notre Hermine ?

Mireille poussa un éclat de rire aigu. Elle avait abusé de son caribou.

— Personne ! répondit le jeune homme. Si je ne trouve pas, je n'ai pas droit au cadeau ?

— Creusez-vous la cervelle, Toshan ! insista Laura.

— Quatre pattes et des yeux bleus… réfléchit-il. Non ! C'est une blague ! Un chien… un husky ?

Jocelyn se précipita dans le couloir. Ils l'entendirent entrer dans le bureau et revenir à grands pas. Il tenait une panière contre lui, dont l'anse s'ornait d'un ruban bleu. Toshan se leva et se pencha sur un magnifique chiot de trois mois aux prunelles d'azur.

— Une bête de race ! précisa son beau-père.

— Je n'ai jamais osé faire la dépense. Merci ! Cent fois merci à tous ! dit Toshan, très ému.

Hermine faillit pleurer à cause des larmes qui brouillaient le regard sombre de son mari. Il souleva le petit animal et le contempla. Laura fit diversion, touchée par l'émotion de son gendre.

— Qui se plaint de ses boucles d'ébène difficiles à coiffer ? interrogea-t-elle malicieusement.

— Moi ! s'égosilla Charlotte.

La fillette reçut un nécessaire à coiffure qui la combla de bonheur. Elle resta bouche bée devant des peignes en écaille de tortue, des brosses de différentes tailles et un miroir, le tout contenu dans une valise en cuir rouge. Sans jouer aux devinettes, Hermine lui désigna un second paquet. C'était un livre illustré de Jules Verne[1], *Voyage au centre de la terre.*

Sans lâcher son chien, Toshan déballa le cadeau de Mukki. C'était un cheval à bascule en bois qu'il

---

1. Jules Verne : écrivain français (1828-1905) qui signa plusieurs romans d'aventures très prisés par les jeunes lecteurs.

avait confectionné lui-même. Un siège muni de sangles écartait tout danger. Le petit, bien que très fatigué, se retrouva perché sur sa monture en érable, que Mireille faisait basculer d'avant en arrière du bout du pied.

Hermine reçut un parfum de Paris élaboré par un couturier de renom, que Laura avait commandé en France. De la part de Toshan, elle eut une montre-bracelet. Pour lui remettre son cadeau, Jocelyn renoua avec le jeu de l'énigme.

— Que faut-il à un rossignol ? déclara-t-il. Pas de cage ni de graines, mais des notes et des gammes ! Tiens, ma chérie !

Elle découvrit un épais recueil de partitions où étaient regroupés les plus grands airs de l'opéra. Laura redouta une crise de larmes, mais la jeune femme se montra ravie.

— Merci, papa. J'apprendrai les paroles, à défaut de savoir déchiffrer la musique.

Mireille eut un lot de disques et une boîte de chocolats fins. Charlotte attendait patiemment la fin de la distribution. Quand elle fut certaine qu'il n'y avait plus aucun paquet à ouvrir, elle prit la parole, debout près du sapin.

— Je n'ai pas de cadeau pour vous, sauf les napperons que j'ai brodés à vos initiales…

— Mais ils sont ravissants et bien suffisants ! coupa Laura.

— … Mais j'ai écrit un poème pour vous tous, ajouta la fillette sans tenir compte de la remarque. Je voudrais vous le réciter.

Hermine l'encouragea d'un doux sourire. Mireille avait réussi à lui raconter ce qui s'était passé durant l'après-midi. La jeune femme s'était adressé de durs reproches, se jugeant fautive. Si elle n'avait pas envoyé Charlotte poster la lettre, rien ne serait arrivé. Heureusement, Jocelyn l'avait sauvée. Personne n'avait tenu à en discuter afin de préserver l'esprit de Noël.

— Je commence, dit Charlotte, très émue. Ne vous moquez pas ; parfois ça rime, parfois non !

Ils firent silence. La voix claire de l'enfant s'éleva. Le chiot aboya et Toshan le gronda. Jocelyn toussota.

En ce beau soir de fête,
Je n'ai qu'un vœu en tête !
Vous dire merci
À vous, mes amis !
Vous qui m'avez prise sous votre aile
Quand j'avais si peur
Je vous serai toujours fidèle
Et je vous donne mon cœur !

Jocelyn, tu es mon ange gardien
Toshan, tu m'as appris la vie dans une cabane
Laura, tu m'as guérie de la nuit !
Mireille, sur nos appétits tu veilles !
Hermine, près de toi je chemine
Et je n'ai qu'un souhait
Ne jamais te quitter !

Charlotte se tut, les mains derrière le dos, tête baissée. Elle était le symbole de l'innocence, de la gentillesse. Des bravos et des applaudissements retentirent. Laura sanglotait silencieusement, bouleversée par les mots simples mais si forts. « Tu m'as guérie de la nuit », se répétait-elle tout bas. Elle songea qu'elle aurait au moins fait une bonne action dans sa vie, faire opérer la fillette et lui rendre ainsi la vue. Hermine se leva et étreignit sa petite sœur de cœur. Jocelyn n'était pas en reste ; il écrasa une larme. Quant à Mireille, elle reniflait bruyamment, même si son rôle dans le poème se cantonnait à la cuisine.

— Maintenant, dansons ! s'écria Jocelyn. Laura, mets donc le disque, *Les Valses de Vienne*.

— D'abord, j'ai un dernier cadeau pour toi, dit-elle d'une voix tendue. J'espère qu'il te plaira autant que la cravate en soie et l'appareil photographique. J'ai un peu peur, mais écoute… Dieu nous a réunis, et il a dû nous pardonner nos fautes, puisqu'il nous fait le don le plus précieux de la terre. Quel est ce don ?

Jocelyn se gratta la barbe, perplexe. Hermine et Toshan échangèrent un regard intrigué. Laura, d'une carnation assez pâle, devint rose d'embarras.

— Doux Jésus ! s'exclama son mari. Parles-tu des jumelles, de notre fille Hermine ? Là, je ne comprends pas !

— C'est un don à venir ! précisa Laura, tremblante. Je ne suis pas la seule femme de quarante ans à le recevoir !

— Laura, qu'essaies-tu de m'annoncer ? balbutia Jocelyn.

Elle se jeta dans ses bras, tandis qu'il était secoué de frissons comme un homme pris de fièvre. Hermine croyait avoir deviné et son cœur battait à grands coups.

— Maman ? interrogea-t-elle. Parle-nous ! Dis-nous !

— J'aurais peut-être dû choisir un autre moment, mais c'est la nuit de Noël, la nuit des prodiges, déclara Laura. J'attends un enfant, oui, à mon âge. C'est un peu ridicule… Enfin, je ne sais plus, ridicule ou merveilleux !

Mireille se signa, abasourdie. Toshan en resta muet de stupeur. Charlotte se précipita vers Hermine.

— Tu vas avoir un petit frère ou une petite sœur ! Il faut danser !

— Mais c'est vrai, ça. Je ne serai plus fille unique, répliqua la jeune femme sans cacher son incrédulité.

Jamais elle n'aurait imaginé que Laura pouvait être enceinte.

« Que je suis sotte ! pensa-t-elle. Maman est encore jeune, nous avons à peine vingt ans d'écart. Mon Dieu, quel choc ! »

Jocelyn, lui, dévisageait son épouse avec un profond respect et un amour infini.

— Tu me donnes un enfant ! Ma Laura ! s'extasia-t-il. Dieu tout puissant, je vais être père à nouveau !

Il était en proie à un profond bouleversement ; des larmes qu'il n'essuyait pas coulaient le long de son nez. Mireille servit du gin. La gouvernante, très émue, se souvenait du petit Georges, le fils que sa patronne avait conçu avec Franck Charlebois et qui n'avait pas survécu.

« Il faudra beaucoup prier, songea-t-elle. Pourvu que cette grossesse se passe bien ! »

Charlotte avait changé de disque. La musique du *Beau Danube bleu*, de Strauss, retentit dans le salon. C'était une des valses les plus connues au monde. Jocelyn entraîna Laura par la taille et ils dansèrent entre le sapin et la table, les yeux dans les yeux. Hermine dut nourrir ses filles et s'assit sur le divan, pénétrée d'un bonheur exquis. Mukki s'était endormi là, couvert d'un édredon. Toshan riait, séduit par les pirouettes et les gambades de son chiot.

Un peu plus tard, après avoir découpé en six un gâteau aux fruits confits, Mireille attira Charlotte sur ses genoux.

— Ma petite demoiselle, commença la gouvernante, il n'y a pas de nuit de Noël sans écouter le conte de la chasse-galerie.

— Je ne la connais pas, cette histoire, avoua la fillette en bâillant.

— Moi si, coupa Jocelyn, et quand j'étais gamin elle me faisait bien peur.

Laura étreignit la main de son mari. Pendant une valse, elle lui avait donné des précisions. Le bébé naîtrait au mois de juin, un an après leurs retrouvailles. Elle y voyait un signe favorable.

Mireille s'assura que tout son monde était attentif. La voix grave et solennelle, elle ménagea ses effets :

— Il y a très longtemps, à l'époque où Val-Jalbert n'existait pas encore, ni les chemins de fer, ni les automobiles, les jeunes bûcherons de notre pays s'engageaient bien souvent sur des chantiers loin de chez eux. Mais, à la veille de Noël, pris de nostalgie, ils rêvaient de retourner au foyer, de s'attabler avec leurs parents, leurs frères, leurs sœurs et leurs blondes aussi ! Alors le diable leur proposa un pacte. Il les ramènerait chez eux à condition qu'ils ne profèrent aucun juron, sinon ils fileraient droit en enfer. Vous en connaissez, vous, des Québécois qui ne jurent pas ? Nos gaillards hésitaient. Cependant l'envie de se retrouver en famille l'emporta.

Ils promirent de tenir leur langue. Ils s'envolèrent alors dans la « chasse-galerie », le canot volant du diable, qui les conduisit jusqu'à leur village natal, à temps pour la messe de minuit. Ce n'est pas rassurant de voyager dans les airs, au sein des ténèbres. Certains poussaient des cris de frayeur, d'autres gémissaient. Au sol, les bonnes gens qui se rendaient à l'église entendaient ces plaintes venues du ciel et ils se signaient. Mais la chasse-galerie poursuivait sa route et malheur à ceux qui laissaient échapper un juron, on ne les revoyait jamais. Les enfants, vous n'avez jamais entendu des cris de terreur, la nuit de Noël ? Moi, à votre âge, ça m'est arrivé et j'en avais le sang glacé. Dans ce cas, il faut vite se signer et prier.

Charlotte trembla de tous ses membres. Puis elle cala sa tête sur l'épaule de Mireille, assez contente de son effet.

— Moi, je serai toujours polie, promit-elle.

— Il est temps de monter te coucher, surtout, dit Laura.

Dehors, la neige ruisselait, duveteuse. Val-Jalbert semblait englouti, presque effacé de la surface de la terre. Un grand calme régnait. La nuit de Noël s'achevait.

15

Un jour de fête

Val-Jalbert, lundi 1er janvier 1934

Le premier jour de l'année 1934 commençait mal pour Hermine. Seule dans sa chambre, elle venait d'allaiter ses filles et se sentait complètement exténuée. Des larmes de désappointement coulaient sur ses joues. Rien ne se passait comme elle l'aurait voulu. Son sein droit la faisait souffrir à cause des gerçures qu'elle avait au bout du mamelon. La pommade recommandée par la sage-femme ne la soulageait pas. Chaque tétée devenait une épreuve. Marie profitait un peu mais Laurence ne prenait pas de poids. Plusieurs fois dans la nuit, elles hurlaient de faim, exactement à la même heure, si bien que la jeune femme se hâtait de les nourrir pour ne pas réveiller toute la maisonnée.

Cela avait occasionné des changements. Mukki dormait depuis trois jours avec Charlotte. La veille au soir, Toshan avait décidé de coucher dans le cabanon, prétextant qu'Hermine serait plus à son aise en disposant du grand lit pour elle et les petites.

— Et maintenant, papa et Toshan partent jouer les guignoleux, avec Jo, Simon, Armand et Edmond ! se lamenta-t-elle à mi-voix. Charlotte les accompagne aussi et elle emmène Mukki. Ils vont s'amuser, eux, au moins !

Elle pleura de plus belle, terrassée par un pénible sentiment d'isolement et d'échec.

« Je vais être obligée d'accepter l'offre de mes parents et d'engager une nourrice. Mais qui ? Je préférerais la solution du biberon ! »

Toshan et Jocelyn étaient opposés à ce procédé. Laura faisait la moue, n'ayant aucune confiance dans la qualité des laits maternisés.

« On ne peut pas laisser nos chéries dépérir, quand même ! » s'indigna la jeune mère en son for intérieur.

Sans entrain, Hermine se leva pour faire sa toilette et s'habiller. Des cris résonnaient dehors. Elle courut à la fenêtre et tira les doubles rideaux. Une joyeuse équipe, chaudement emmitouflée, gesticulait devant le perron de la maison. Les Marois avaient rejoint leurs camarades de guignolée. Edmond brandissait deux bâtons assez courts qu'il entrechoquait, ravi du bruit obtenu. Les tuques, les foulards et les mitaines étaient de sortie, ainsi que les vestes fourrées et les bottes, car un froid polaire sévissait. Il avait beaucoup neigé avant Noël et les jours suivants, mais, depuis la veille, le ciel s'était dégagé. Il gelait dur. Joseph avait reporté au premier janvier la fameuse guignolée qui se faisait jadis le 31 décembre, afin de bénéficier d'un peu de soleil.

La jeune femme aperçut Simon qui bousculait Toshan. Ils portaient chacun un panier en osier, sûrement destiné à récolter des provisions pour le vieux Eusèbe. Armand arborait une paire de raquettes neuves qu'il avait chaussées. Charlotte secouait une petite cloche en cuivre ornée d'un ruban rouge.

— En route ! cria Joseph. Nous allons d'abord chez les Potvin. Ils nous donneront bien du beurre ou de la crème.

C'était une famille d'agriculteurs établie entre Val-Jalbert et Chambord. Le chemin serait long et pénible, mais les guignoleux paraissaient si enthousiastes qu'ils auraient la vitalité nécessaire. Hermine les observait avec tant d'attention qu'elle n'entendit pas la porte de sa chambre s'ouvrir. Une main se posa sur son épaule.

— Ma pauvre mignonne, tu as encore pleuré ! s'écria la gouvernante d'une voix désolée. Je t'ai monté de la tisane de tilleul sucrée au sirop d'érable.

— Merci, Mireille, c'est gentil. J'allais descendre. Je ne suis pas triste, juste fatiguée et contrariée. Si tu savais comme les tétées me font mal !

— J'ai fait en sorte de ne pas avoir d'enfant tellement ma mère se plaignait de ses couches, du travail et des soucis que lui nous avions causés, avoua-t-elle. Madame Laura est bien courageuse, et toi aussi.

— Toutes les femmes sont courageuses, dans ce cas, rétorqua Hermine. Betty m'a rendu visite, avant-hier, elle voudrait bien un autre bébé. Et elle n'a jamais eu de gerçures. J'en deviens si nerveuse que j'ai honte, j'ai l'impression d'être une mauvaise maman.

— Ne dis pas de bêtises ! Les premiers mois sont les plus difficiles, surtout avec deux bébés. Ensuite, ce ne sera que du bonheur.

Mireille souriait, attendrie. Hermine puisa du réconfort dans sa présence. Toujours fidèle à elle-même avec son casque de cheveux argentés coupés court, sa silhouette rondelette et son visage poupin, la gouvernante savait se rendre indispensable. Là encore, elle tapota le dos de la jeune femme avant de lui adresser un clin d'œil complice.

— Tu seras mieux dans le salon, petite, affirma-t-elle. Quand nos guignoleux reviendront, tu leur offriras le verre de caribou traditionnel sur le pas de la porte. Ils te raconteront leurs exploits. Allez, du cran, tu te distrairas tout à l'heure, pendant le repas. Et tu vas te régaler, c'est promis. Si je faisais le compte de tout ce que j'ai cuisiné pour le jour de l'An, et combien j'ai pétri de livres de pâte pour les tourtières ! Comme dans la chanson de La Bolduc ! Et j'ai dansé, tu peux me croire !

— Tu n'as jamais eu d'amoureux ? questionna Hermine, un peu consolée. Tu ne regrettes rien ?

— Non ! affirma Mireille. Je te l'ai déjà dit, j'aurais pu me marier dix fois, les prétendants ne manquaient pas. Mais je tenais à ma liberté ! Tu vas me répondre qu'être domestique ce n'est pas vraiment être libre. Pour moi, si ! J'ai des économies, un jour je me paierai un voyage, un beau voyage. Bon ! Je jase, je jase, alors que j'ai des beignes à faire frire !

— Va vite, je te rejoins, certifia la jeune femme.

Seule de nouveau, elle songea à sa mère dont le bébé naîtrait au mois de juin. Cela lui semblait incroyable. En une semaine, elle n'avait pas pu se faire à cette idée et éprouvait un mélange d'appréhension et d'émerveillement.

« Maman aurait dû nous prévenir dès qu'elle a eu des doutes, pensa-t-elle. Supportera-t-elle l'accouchement ? Je la trouve bien fragile. Mon Dieu, j'aurai un frère ou une sœur de dix-neuf ans mon cadet… ou ma cadette. Pourvu que tout se passe bien. Papa est si heureux, il en devient touchant. On dirait des jeunes mariés ! »

Hermine avait surmonté sa crise de découragement. Elle décida d'être optimiste et de considérer l'avenir avec confiance. Elle inspecta dans la glace sa robe de lainage beige, brodée au col et aux manches d'un feston rouge. Elle brossa ses cheveux et les attacha sur la nuque.

— Il suffit que je sois patiente, dit-elle à mi-voix. Une nouvelle année commence, je dois avoir le moral.

Marie et Laurence dormaient paisiblement. La jeune femme sortit sur la pointe des pieds et, comme il y avait du bruit dans la chambre de sa mère, elle frappa à la porte. Laura était penchée sur une malle et triait du linge.

— Ah, ma chérie, comment vas-tu ? Il fait si froid que je n'ai même pas escorté nos guignoleux sur le perron. Mais ils doivent repasser chez nous avant de porter au vieux Eusèbe ce qu'ils auront reçu. Je fouille dans les vêtements de mon défunt mari, Franck. Je voudrais offrir un costume bien chaud à ce pauvre homme.

— Tu as fait transporter les affaires de Franck Charlebois ici, à Val-Jalbert ? s'étonna Hermine.

— Mais non, c'était une erreur ! Les déménageurs ont embarqué ce coffre sans me demander conseil. Je n'allais pas le réexpédier à Montréal. Regarde, une robe de chambre. Qu'en dis-tu ? Il paraît qu'Eusèbe souffre du froid, car il n'a pas beaucoup de bois de chauffage. C'est Joseph qui lui en fournit. Sous son apparence d'ours mal léché, notre voisin a du cœur.

Hermine acquiesça sans conviction. Elle observait la silhouette gracile de sa mère et tentait de l'imaginer enceinte de plusieurs mois.

— Je te prêterai la layette des jumelles pour ton enfant, dit-elle presque timidement. Tu auras tout le nécessaire. Mais je dois me remettre à la couture très vite, je n'avais pas prévu d'avoir deux bébés.

Laura se retourna. Elle avait un large sourire de fierté.

— Merci, Hermine ! Je suis la première surprise, sais-tu !

— Mais tu en es vraiment sûre ? insista la jeune femme. Tu n'as pas eu de nausées, aucun malaise ?

— J'en suis certaine, ma chérie ! Je ne m'en suis pas vantée, mais j'ai eu des nausées, et je ne supporte plus l'odeur de friture, notamment. Comme Mireille prépare des beignes et des crêpes, je me suis réfugiée à l'étage.

Ce n'était pas décent d'étaler ses petits soucis intimes. Aussi, Laura ne parla pas des changements qu'elle avait perçus dans son corps de femme et Hermine évita de se plaindre du supplice que devenaient les tétées. Elles se mirent à discuter du solide repas qui serait servi aux guignoleux dès leur retour. Betty et sa fille n'allaient pas tarder.

— Encore une fête ! dit Laura. Mon Dieu, comme je suis heureuse !

Elle se leva et embrassa sa fille sur le front.

*

Le vent était glacé. La joyeuse troupe avait fait le tour des fermes voisines de Val-Jalbert et produisait un véritable tintamarre devant le perron verglacé d'Onésime et de son épouse Yvette Lapointe. Edmond cognait ses bâtons ensemble, sur un rythme moins déchaîné qu'au début de l'expédition. Il avait un peu mal aux bras. Jocelyn et Joseph, qui avaient bu chacun quatre verres de caribou gracieusement offerts par les maîtresses de maison, criaient à tue-tête.

— C'est la guignolée du bon vieux temps ! Ouvrez, ouvrez, bonnes gens ! Ce sont les guignoleux du village ! Nous faisons la quête pour Eusèbe, le doyen !

Connue pour son caractère renfrogné, Yvette écarta un rideau d'une propreté douteuse. Elle hébergeait déjà son beau-père, Jules, et cela la rendait de fort mauvaise humeur.

— Ils en font, du tapage, ces gnochons ! pesta-t-elle. Qu'est-ce qu'ils ont à réclamer ? Je ne le laisse pas mourir de faim, mon grand-père. Qu'ils aillent quémander plus loin.

Onésime, lui, amusé par les clameurs qui retentissaient dehors, se leva pesamment et alla examiner le garde-manger installé dans la cuisine d'été. C'était une pièce exiguë qu'on ne chauffait pas l'hiver et où les aliments se conservaient bien.

— On peut bien donner un morceau de lard, Yvette, ça ne nous fera pas défaut ! J'ai un job, on n'est pas des miséreux, toi et moi. Je t'avais même proposé de le prendre chez nous, ce pauvre Eusèbe.

— Manquerait plus que ça ! bougonna sa femme. Déjà que ton gamin braille du matin au soir.

Le couple avait un fils de six mois, Lambert. Onésime en était gâteux et, s'il n'avait pas travaillé dur toute la semaine, il aurait consacré son temps au petit. Les jours fériés, il le berçait et le portait contre lui du matin au soir. Là, par chance, le nourrisson dormait dans son berceau près du poêle.

— Allez, Yvette, sois gentille. Donne ce bout de lard aux guignoleux et sers-leur un coup à boire, dit-il en se balançant d'un pied sur l'autre. C'est à la dame de maison de faire ça. Demain, c'est le jour de l'An, j'ai un cadeau pour toi.

La jeune femme s'enveloppa d'un châle et chaussa des sabots en caoutchouc. Yvette avait renoncé à se maquiller exagérément et à arborer l'été des robes décolletées, mais celle que Val-Jalbert surnommait avec ironie « la chaude fille du charron » gardait des allures aguichantes. Elle sortit en se déhanchant. Une clameur enthousiaste la salua qui lui fit oublier le froid.

— Tenez, voilà du lard pour le grand-père, mais j'ai pas de caribou ni de gin à cause de Lapointe. Jules viderait une bouteille d'eau de Cologne pour se saouler, déclara-t-elle.

Avec un sourire séducteur, Simon s'empara de la viande. Il s'inclina devant Yvette. Flattée, elle poussa un rire aigu.

Charlotte se tenait à l'écart. Elle craignait de voir surgir son père. Toshan la rassura d'un clin d'œil. Il tenait Mukki perché sur ses épaules et le sort du bambin l'inquiétait. Le jeune Métis avait hâte de rentrer, maintenant. Malgré le soleil, la température baissait encore.

— En route ! cria-t-il aux autres. Mon fils va finir par geler, même si c'est un enfant du pays.

Armand approuva. L'adolescent avait hérité des deux paniers qui pesaient au bout de ses bras. Yvette était déjà rentrée. Les guignoleux reprirent leur tournée. Ils passèrent chez la postière, puis chez le maire. Celui-ci, satisfait de voir une tradition chère à son cœur de Québécois remise au goût du jour, suggéra à sa femme de se montrer très généreuse. Elle offrit un sachet de café, du sucre et un demi-litre de sirop d'érable.

Là aussi, les hommes vidèrent d'un trait un verre de caribou. Ils n'avaient plus qu'à rendre visite au vieux Eusèbe.

— Nous ne sommes pas retournés chez nous, protesta Charlotte. Laura voulait donner des vêtements.

— J'y vais tout seul, décida Toshan. Comme ça, je laisserai Mukki à la maison. Il tombe de sommeil.

Un quart d'heure plus tard, Hermine ouvrit la porte à son mari. Elle était souriante, ravissante.

— Je te ramène notre fils, dit-il. Eusèbe aura de quoi tenir jusqu'au mois de février. Tu es belle à croquer, ma chérie.

Il trébucha avant de l'embrasser sur la bouche. Elle poussa un petit cri.

— Mais tu es ivre ! dit-elle, scandalisée. Toshan, tu auras droit à un café. Plus d'alcool !

— Pas ma faute, bredouilla-t-il. C'est la guignolée.

La jeune femme s'empara de Mukki, tellement couvert qu'on ne voyait que le bout de son nez et ses yeux malicieux. Laura accourait, chargée d'une valise.

— Pour Eusèbe ! claironna-t-elle. L'hiver, c'est important d'être bien vêtu, autant que bien nourri.

Toshan acquiesça en riant. Il s'éloigna d'une démarche hésitante. Hermine secoua la tête.

— Eh bien, nota sa mère, il y aura de l'ambiance au repas !

Laura ne se trompait pas. Au tout début de l'après-midi, la belle demeure résonnait d'éclats de voix, de refrains chantés à plusieurs et de rires. Mireille avait dressé la table près du sapin, comme pour le réveillon de Noël. Élisabeth Marois l'avait aidée avec l'efficacité naturelle d'une bonne ménagère.

— Dix couverts, ce n'est rien du tout, avait alors souligné la gouvernante. Quand madame donnait des soupers fins, à Montréal, du temps de monsieur Franck, je faisais face à des tables de quinze ou vingt personnes.

Rien ne manquait à la fête. Sous l'auvent du vaste perron étaient suspendus des guirlandes lumineuses, des branches de sapin et un bouquet de houx. L'électrophone ne chômait pas. Simon veillait au choix des disques, alternant entre La Bolduc et son fameux succès *Le Jour de l'An* et des musiques plus classiques, des valses, des chansons françaises de Berthe Sylva[1], *Le Raccommodeur de faïence*, *Ferme tes jolis yeux*…

Mireille servit quatre énormes tourtières fumantes à la pâte dorée, garnies de viande de porc, de pommes de terre et d'oignons fondus. Encore tout

---

1. Berthe Sylva : chanteuse française très populaire, qui interpréta notamment *Les Roses blanches* et les titres cités ici.

égayé de son équipée matinale, Jocelyn déboucha de la bière et du vin rouge. Le salon faisait aussi office de nursery. Marie, la fille de Betty, dormait sur le divan, alors que les jumelles se trouvaient dans leurs moïses. Hermine fit remarquer que les petites semblaient apprécier le bruit, puisqu'elles étaient plus sages au rez-de-chaussée qu'à l'étage.

Mukki avait fait une courte sieste et se balançait sur son cheval à bascule, surveillé de près par Charlotte et Edmond.

— Gardez de la place pour mon ragoût, les prévint Mireille. De la dinde, des fines herbes, des navets, du bœuf et du lard, bien sûr !

Tous les convives étaient affamés. Les Marois au grand complet affichaient des mines réjouies. Le voisinage avec les Chardin se passait à merveille, surtout depuis le retour de Jocelyn. La présence d'un maître de maison digne de ce nom avait rétabli l'ordre, du moins Joseph en était-il convaincu.

Perturbée par les odeurs de graisse chaude, Laura mangeait du bout des lèvres, mais elle éprouvait un sentiment délicieux de plénitude. Après bien des épreuves et des chagrins, elle atteignait son rêve le plus cher, elle aurait une vraie famille. Ses yeux clairs contemplaient Hermine qui parlait à l'oreille de Toshan, puis s'attardaient sur Jocelyn, ce mari retrouvé qui lui avait redonné amour, sécurité, tendresse, et la perspective inespérée d'être à nouveau mère. Charlotte avait droit aussi à toute son affection. Elle aurait volontiers adopté la fillette, si cela avait été possible.

— Si vous aviez vu l'air du vieux Eusèbe ! avança soudain Simon, juste avant le dessert. Il en tremblait de joie, de voir ces paniers remplis de bonnes choses. Du beurre de chez les Potvin, un pot de crème, un sac de pois, un autre de fèves !

— Et pour les habits, était-il content ? demanda Laura. Je l'ai croisé avant Noël, son pantalon montrait la trame.

— Il en a pleuré, affirma Joseph. Surtout la robe de chambre écossaise en pure laine. Il nous a dit qu'il dormirait avec.

— Moi, j'ai cru que sa petite-fille, Yvette, n'ouvrirait pas la porte, ajouta Armand d'un air moqueur. Elle nous a jeté un morceau de lard comme si c'était pour un chien.

— Elle a donné quand même, coupa Simon. Peut-être bien que le reste de l'année, elle lui prépare sa soupe, à Eusèbe.

Les discussions reprirent. On parla du froid qui s'annonçait très vif en janvier, et des qualités de l'institutrice laïque logée dans une des chambres de l'ancienne pension dépendant du magasin général. Hermine écoutait les conversations avec une expression rassérénée. Elle s'étonnait d'avoir tant pleuré le matin. Toshan lui tenait la main dès qu'il le pouvait et les jumelles paraissaient repues par la dernière tétée. Son mari lui servit un morceau de gâteau aux fruits confits.

— Merci, dit-elle avec tendresse. Sais-tu que j'aurais bien aimé participer à votre guignolée !

— C'est le rôle des hommes, qui sont capables d'avaler une barrique de caribou ! répliqua-t-il sur le ton de la plaisanterie, mais en fronçant les sourcils.

La jeune femme le trouva d'une séduction infinie. Elle eut envie de lui redire combien elle l'adorait, mais ce n'était guère le moment. Mireille, qui apportait une tarte à la farlouche, un délice de tarte à la crème fraîche et à la cassonade, suspendit son geste. Du coup, Joseph lui prit le plat des mains.

— Tiens, on frappe, dit la gouvernante. Je vois pas qui vient nous déranger, un jour pareil !

— Ma sœur Marie est bien capable d'avoir fait le trajet, fit remarquer Jocelyn. Je lui ai envoyé un télégramme de Roberval pour lui annoncer que j'allais être père et qu'il était grand temps qu'elle fasse la connaissance de Laura et d'Hermine. Je n'ai pas eu de réponse, pas encore. Ce serait le jour idéal, car je compte bien donner ma bénédiction à toute ma famille, puisque je suis le plus âgé.

— Va donc ouvrir, Mireille ! ordonna Laura, très inquiète.

Elle n'avait aucune envie de voir débarquer Marie Chardin.

— Oui, madame. Et je fais entrer ? Qui que ce soit ?

— Mais enfin, évidemment !

Malgré la musique et les discours énergiques d'Edmond qui voulait danser avec Charlotte, Toshan perçut des aboiements de chiens. Il identifia le timbre rauque de Duke, proche de celui des loups, et les jappements aigus du chiot husky, qu'il avait nommé Kute. C'était en relation avec une des exclamations les plus courantes de son ami Simon : « C'est *cute* ! » Comme cela signifiait « c'est mignon ! », le jeune Métis estimait rendre ainsi hommage à la beauté de l'animal.

— Duke ne grogne pas, précisa-t-il à Hermine. On dirait qu'il fait la fête, depuis l'enclos. Il connaît le visiteur !

Il n'eut pas le temps d'en dire davantage ni de faire d'autres suppositions. Mireille réapparut, précédant deux femmes. D'ordinaire, la gouvernante suggérait aux gens de quitter leurs manteaux et couvre-chefs dans le vestibule, mais ce n'était pas le cas. Vêtues de lourdes vestes en fourrure et de toques assorties sur leurs cheveux noirs, les nouvelles venues firent sensation.

Tala, car c'était elle, crut qu'elle allait tourner les talons et s'enfuir immédiatement. L'Indienne ne s'était pas préparée à tant de luxe, de lumières, de décorations scintillantes, de fumets délicats. Elle ne s'attendait surtout pas à découvrir autant de personnes rassemblées. Les hommes portaient un costume du dimanche, en chemise blanche et cravate, les femmes étaient très élégantes, parées de bijoux. Sa vue se brouilla.

— Mère ! s'exclama Toshan. Que fais-tu ici ?

Il se leva de table brusquement, tandis que Jocelyn piquait du nez dans son assiette. Il n'avait lancé qu'un bref regard à Tala, mais suffisant pour en être malade de gêne. Dans son accoutrement de coureur des bois, sa maîtresse de quelques jours lui avait paru bien misérable, très différente en tout cas de cette jolie créature à la peau brune et aux mœurs audacieuses qui lui avait redonné le goût de vivre.

— Tala ! s'exclama Laura en se précipitant vers les visiteuses. Quel bonheur de vous revoir enfin ! Mais comment avez-vous pu faire le voyage avec toutes ces chutes de neige, ce froid inhumain ? Entrez, venez partager notre repas.

La maîtresse de maison se souvenait vaguement de l'épouse du chercheur d'or. Cependant, il s'agissait de son ancienne hôtesse, de la mère de son gendre. Elle digérait à peine le choc de la surprise, mais continuait de parler d'un ton attentionné.

— Hermine vous avait suggéré de passer l'hiver chez nous, et j'étais entièrement de son avis. Ce n'est pas une vie, pour une femme seule, de s'enfermer six mois dans une cabane, en pleine forêt ! En tout cas, je suis sincèrement heureuse de vous accueillir chez moi.

L'Indienne scrutait Laura avec attention. Elle aussi ne la reconnaissait pas vraiment, déconcertée par les cheveux courts d'un blond platine et par sa toilette à la dernière mode.

— Je ne voudrais pas troubler ce jour de fête, dit-elle tout bas, sous le regard interloqué de Toshan. J'étais à Péribonka quand un homme de Roberval m'a remis une lettre d'Hermine, celle qui m'annonçait qu'elle avait mis au monde deux petites filles. J'ai traversé le lac Saint-Jean, le cœur en fête. Les attelages sont nombreux et la glace est épaisse.

Hermine s'approcha et prit sa belle-mère dans ses bras.

— Quel courage ! constata-t-elle. Merci, Tala, d'être venue. Je suis très touchée.

La jeune femme désigna d'un geste interrogateur la compagne de Tala, qui paraissait très jeune.

— Hermine, j'ai voulu conduire près de toi une de mes nièces. Je te présente Madeleine. Elle est baptisée et très pieuse. Son mari est mort en novembre, elle vient de confier sa fille de deux ans et demi aux sœurs de Notre-Dame-du-Bon-Conseil, à Chicoutimi. Madeleine a beaucoup de lait, elle souhaiterait être la nourrice d'une des jumelles. Cela atténuerait son chagrin et lui procurerait un moyen de subsistance pendant les mois à venir.

Ces paroles semèrent un profond étonnement. Les Marois échangèrent des coups d'œil significatifs qui exprimaient leur perplexité. Jocelyn en resta bouche bée.

— Quand je disais qu'il y aurait un petit miracle en ce début d'année ! déclara Mireille, qui continuait à décrire des cercles étroits autour des visiteuses dans l'espoir de les débarrasser de leur veste. Notre Hermine a des difficultés à allaiter ces demoiselles ; vous tombez à pic, Madeleine.

Celle-ci fit un triste sourire. Toujours attablés, les Marois observaient discrètement les Indiennes. Betty constatait qu'elles avaient de longues nattes entrelacées de rubans et, aux pieds, des bottes en peau d'orignal. Simon jugeait Madeleine assez jolie, mais trop petite et trop ronde. Charlotte quitta sa chaise sans bruit et marcha vite vers le groupe qui se tenait à l'entrée du salon.

— Tous mes vœux, Tala ! claironna la fillette. Je vous souhaite le Paradis à la fin de vos jours. Et à vous aussi, Madeleine.

C'était la formule traditionnelle, qui devait retentir au même instant dans beaucoup de foyers, de fermes isolées, de maisons en ville ou à la campagne.

— Merci, mon enfant, répondit Tala qui fixait avec intérêt les bercelonnettes installées près du gros poêle en fonte.

— Venez vite voir les petites, s'empressa Hermine. Marie a des cheveux châtains, enfin du duvet, Laurence suce son pouce et elle est plutôt blonde.

L'air grave, presque recueilli, Tala se pencha sur les bébés. Elle les examina longuement tour à tour. Toshan s'était servi un verre de vin. Il ressassait de sombres idées. Sa mère avait-elle vraiment parcouru un tel chemin pour admirer ses petites-filles ou bien désirait-elle revoir l'homme dont elle était amoureuse ? Le jeune Métis osait à peine regarder Jocelyn.

« Mon beau-père ne doit pas être à l'aise ! songea-t-il. Au moins, quand maman saura que Laura est enceinte, cela la poussera à être plus sensée. »

Pour l'instant, Tala ne se souciait que des petites. Elle enleva ses mitaines et caressa le front de Laurence.

— Toi, tu t'appelleras Nadie, en langue montagnaise ! dit-elle tout haut. La langue de tes ancêtres maternels. Nadie, celle qui est sage…

Puis elle toucha la joue de Marie en souriant.

— Toi, tu seras Nuttah, ce qui signifie mon cœur !

Ni Laura ni Hermine ne protestèrent. Cela ressemblait à une cérémonie de baptême selon les rites indiens. Tala soupira et déboutonna le lourd vêtement qui pesait sur ses épaules. Jocelyn l'observait. Elle avait maigri et son visage était devenu anguleux.

— Maintenant, il faut vous restaurer, insista Laura. Nous sommes au dessert, mais Mireille peut réchauffer des portions de tourtière ; il en reste trois.

— Je vous remercie de prendre autant soin de nous, déclara Tala.

Très digne, elle se dirigea vers la table, ce qui pour elle équivalait à marcher vers Jocelyn Chardin. Elle portait une tunique ample aux motifs colorés et géométriques que les Indiens d'Amérique du Sud nomment un poncho. Betty, en couturière émérite, se promit d'en confectionner un pour sa fille. Elle trouvait cela pratique et original.

— Mettez-vous entre Toshan et moi, Tala, proposa Hermine. Et vous, Madeleine, prenez place à côté de Charlotte. Simon, apporte vite deux chaises.

Joseph s'assombrit. Il avait mis longtemps à accepter Toshan, mais malgré tout, il était né d'un père irlandais. Cependant, ces deux Indiennes au masque impassible et au teint cuivré l'irritaient. Lui qui se promettait de passer la journée entière chez son ami Jocelyn, il se hâta de terminer son dessert, pressé de sortir fumer sa pipe.

— Quel événement ! s'écria Laura, consciente du changement d'atmosphère. Je suis enchantée de vous accueillir, Tala. Est-ce que vous reconnaissez mon mari Jocelyn ? Comme nous tous, il a dix-huit ans de plus, mais c'est bien lui.

Hermine retint un soupir de confusion. Sa mère s'empêtrait dans ses politesses.

— Je le reconnais très bien ! répondit celle-ci sur un ton étrange qui n'échappa à personne.

Toshan s'empressa de servir du gâteau à sa mère et d'interroger Madeleine sur ce qu'elle désirait boire ou manger. Jocelyn se décida à affronter les prunelles sombres de Tala. Elle lui lançait un défi, il en fut persuadé aussitôt.

« Mais que veut-elle ? s'alarmait-il en silence. Pourquoi est-elle venue jusqu'ici, alors que nous avions décidé d'oublier notre relation. Mon Dieu, elle m'a poussé à reconquérir Laura. Qu'est-ce qui lui a pris ? »

Le repas se poursuivit en silence. Mireille s'entêta à faire réchauffer du ragoût, à offrir des beignes tièdes et du thé. Tala refusa toute nourriture après avoir goûté un peu de gâteau.

— Hermine, dit-elle enfin, accepteras-tu les services de Madeleine ? Je l'ai amenée avec moi parce qu'elle était malheureuse. Plus tard, elle souhaite prendre le voile, mais les sœurs lui ont recommandé de beaucoup réfléchir. Je sais que chez toi elle aura chaud et qu'elle sera bien nourrie. Son mari est mort sur un chantier. Il s'était engagé comme bûcheron. La chute d'un arbre l'a tué sur le coup.

— Doux Jésus, quel malheur ! gémit Élisabeth. Et quel âge avez-vous, Madeleine ?

— Vingt ans, dit doucement la jeune Indienne.

Tala aurait volontiers raconté la véritable histoire de sa cousine. Madeleine, dont le prénom était Sokanon[1], n'avait pas souhaité se marier. Ses parents l'y avaient forcée, elle qui rêvait de consacrer sa vie à Dieu. Le décès accidentel de son époux la libérait d'un statut dont elle souffrait. Son geste de confier leur petite fille aux religieuses de Chicoutimi était un premier pas vers une existence cloîtrée et pieuse qu'elle espérait de toute son âme.

— Bien sûr que j'accepte ! affirma Hermine spontanément. J'ai besoin d'aide ; mes petites n'ont pas grossi.

— Merci, Kanti, balbutia Madeleine.

— Kanti ! répéta la jeune femme.

— Je suis la sœur de Chogan, qui t'a entendue chanter au bord de la Péribonka, expliqua-t-elle. Il te

1. Prénom féminin signifiant Pluie en algonquin, langue souche de la langue montagnaise.

nomme encore ainsi. Il dit qu'il n'oubliera jamais la beauté de ton chant qui montait vers les étoiles.

Bouleversée, Hermine ne put se maîtriser. De grosses larmes coulèrent sur ses joues et le long de son nez. Elle les essuya du revers de la main, furieuse d'être aussi émotive. Ce nom indien qu'on lui donnait avait rouvert la blessure. Elle se leva, repoussa sa chaise et, tête haute, respira profondément.

— Merci, Madeleine, répliqua-t-elle en souriant. Toi aussi, tu as le droit de m'entendre.

La voix du rossignol s'éleva presque immédiatement, limpide, cristalline. Sans réfléchir, Hermine se lançait dans l'exécution de l'*Air des clochettes*, cet aria de *Lakmé* qu'elle affectionnait. Elle n'avait pas travaillé depuis des mois, mais elle n'eut aucune difficulté à atteindre les notes les plus hautes, tant était immense son bonheur de chanter.

Autour de la table, chacun suspendait son souffle. Laura avait les doigts crispés sur sa serviette, la bouche entrouverte. Pour elle, c'était un éblouissement.

« Ma fille chérie, songeait-elle. Enfin, elle chante. Mon Dieu, merci ! Quelle splendeur, quelle merveille ! »

Betty et Joseph semblaient en extase. Ils en oubliaient leur curiosité pleine de méfiance à l'égard des deux Indiennes. Tala affichait une expression triomphante, mais Madeleine pleurait en silence, les mains jointes sur sa poitrine. Jocelyn se réfugia dans la contemplation de sa fille. Hermine resplendissait avec ses beaux yeux bleus brillants de joie, ses lèvres roses humides, son teint de lys. Il avait l'impression d'être aspiré vers le ciel, lavé de toutes ses erreurs.

Dès que la jeune femme se tut, des bravos retentirent. Simon et Armand applaudirent comme des fous. Charlotte n'était pas en reste, transportée de ravissement. Elle faisait sauter Mukki sur ses genoux. Le tout petit garçon criait de plaisir.

— Chère Kanti, pourrais-je entendre l'*Ave Maria ?* implora Madeleine. Mon frère Chogan n'a pas menti. Votre voix est si belle, comme celle d'un ange !

Hermine répondit d'un sourire tremblant. Elle interpréta le cantique avec une ferveur nouvelle, paupières mi-closes. Debout près du sapin, Mireille ne bougeait plus, fascinée. Mais des hurlements vigoureux coupèrent court au récital. Marie et Laurence s'étaient réveillées.

— Je suis désolée, dit la jeune mère. Elles ont été très sages, mais maintenant elles doivent être affamées. Je vais les nourrir dans ma chambre. Venez avec moi, Madeleine. Autant commencer tout de suite !

Tala était déjà debout et prenait une de ses petites-filles dans ses bras.

— Je vous accompagne, déclara-t-elle d'un ton ferme.

Les trois femmes se dirigèrent vers l'escalier. Hermine portait Marie. Quand leurs pas résonnèrent dans le couloir de l'étage, Joseph quitta la table lui aussi.

— Je sors fumer ma pipe sur le perron afin de n'incommoder personne. Je crois qu'ensuite, je rentrerai chez moi. Vous avez des invitées, alors…

Élisabeth comprit l'allusion de son mari. Ils ne s'attarderaient pas. Désolée, Laura objecta :

— Nous devions passer la journée ensemble ; je pensais même vous retenir à souper, ce soir.

— J'ai trop bu, et la guignolée m'a fourbu, mentit Joseph. Simon, Armand, faites à votre idée, mais ce serait plus poli de rentrer vous aussi. Toi, Edmond, tu peux rester jouer une heure ou deux avec Charlotte.

L'enfant parut soulagé. Jocelyn triturait de la mie de pain. Il était pâle et ses traits étaient tirés. Toshan, toujours assis en face de lui, le constata avec un malaise indéfinissable.

— C'était un beau jour de l'An, fit remarquer Simon. Nous avons eu la chance d'entendre le Rossignol de Val-Jalbert, qui ne chantait plus. Il faudrait remercier la nourrice, la jolie Madeleine.

— Veux-tu te taire ! le sermonna Joseph. En voilà des manières ! Es-tu sourd ? Cette fille désire prendre le voile ; ne va pas lui tourner autour !

— Ce qui te dérange, papa, ce n'est pas vraiment ça, rétorqua sèchement le jeune homme.

— Ah non ! coupa Betty. Vous n'allez pas vous chamailler aujourd'hui ! Ce serait une mauvaise façon de commencer l'année. De plus, ton père a raison. Si seulement tu nous avais amené ta blonde, comme c'était prévu ! Nous ne la verrons jamais, celle-là ?

— J'ai rompu, trancha Simon.

« Et tant mieux ! » pensa Charlotte, qui continuait à aimer Simon en grand secret.

Toshan ne bronchait pas, comme totalement indifférent à la discussion. Il revoyait Hermine pendant qu'elle chantait, métamorphosée, vibrante d'une émotion infinie. Il avait oublié, en fait, combien elle était douée et à quel point sa voix demeurait exceptionnelle. Cela lui évitait de penser à sa mère. Tala était là, sous ce toit. Il jugeait la situation insupportable.

— Hé ! Toshan, s'exclama Simon, si on allait sortir tes chiens ! Je voudrais voir Kute ! Est-ce qu'il a grandi depuis Noël ?

Cette diversion tombait à point. Toshan en profita pour s'éclipser, non sans avoir lancé un coup d'œil inquisiteur à son beau-père. Jocelyn n'eut même pas le cran de sourire.

— Mireille, tu prépareras la chambre d'amis pour Tala, dit Laura. Fais le lit double et le lit d'appoint.

— Oui, madame.

Bizarrement, une sorte de tristesse s'instaura. Laura éprouvait une certaine gêne à l'idée d'accueillir deux étrangères. Pleine de bonne volonté, elle appréciait l'intimité familiale qui rythmait leur quotidien. L'arrivée de Tala et de Madeleine avait jeté un froid, c'était une évidence. L'attitude de Jocelyn, morose et taciturne, l'attristait. Elle en conclut qu'il était contrarié, lui aussi.

— L'épouse d'Henri Delbeau n'a guère vieilli, constata-t-elle.

— C'est vrai que vous l'avez connue, jadis ! dit Betty. Elle semble d'une nature froide et austère. Mais ses vêtements sont gais, eux.

— Ne t'avise pas de te déguiser à la mode indienne ! grommela Joseph qui enfilait son manteau. À la revoyure, les amis. Et bon courage !

Jocelyn faillit suivre son voisin, pour fuir la maison. Tala lui faisait peur. Elle pouvait très bien dévoiler leur liaison à Laura, briser leur couple péniblement reconstruit. Mais au même instant, sa femme lui prit la main, comme un appel au secours. Il se pencha et embrassa les doigts menus qui étreignaient les siens.

Joseph et Betty étaient partis avec Armand et la petite Marie. Charlotte et Edmond, assis sur le tapis, jouaient aux dames. Mukki s'obstinait à saisir une des pièces du jeu en riant aux éclats chaque fois qu'il y parvenait. Laura se réchauffait près du poêle. Jocelyn, encore attablé, semblait perdu dans ses pensées.

Hermine descendit l'escalier à vive allure, toute souriante. Tala l'escortait, l'air satisfait.

— Maman, papa, Laurence a bien tété, elle dort comme un petit ange. J'ai pu nourrir Marie sans souci. Madeleine se repose. Elle m'a dit de ne pas m'inquiéter, qu'elle veillait sur mes filles. Et ma chère Tala m'a donné de précieux conseils en matière d'allaitement.

La jeune femme, rayonnante, s'empara d'une pointe de tarte et la dégusta. Elle parlait rarement aussi franchement de ce genre de détails. Embarrassé, Jocelyn se leva.

— Je suis content pour toi, dit-il. Et je vous remercie, madame, d'être venue avec une bonne nourrice et de précieux conseils.

Le *madame* irrita la belle Indienne, mais elle n'en montra rien. Elle regrettait l'élan inconsidéré qui l'avait conduite à Val-Jalbert. S'il était exact qu'elle avait reçu bien plus tôt que prévu et par hasard la lettre d'Hermine, Tala avait vu là une occasion de croiser à nouveau le chemin de Jocelyn Chardin. En femme amoureuse, elle avait espéré qu'il serait heureux de la revoir. Mais il transpirait l'angoisse et la honte.

— Tala, proposa Hermine, buvez une tasse de thé chaud avec moi. Cela vous fera du bien. Je suis si contente ! Toshan s'inquiétait à votre sujet.

Elle fit asseoir sa belle-mère et la servit. C'était une autre Hermine, que ses parents découvraient, plus enjouée, plus directe aussi.

« Sûrement, ma fille doit être à l'aise quand elle séjourne chez Tala, se disait Laura. Je suppose que les Indiennes s'encombrent moins de convenances que nous. »

Jocelyn s'était posté près d'une des fenêtres, tournant le dos à la visiteuse. Mais il écoutait.

— Alors, Tala, comment trouvez-vous la maison de maman ? Elle est bien telle que je vous l'avais décrite. Je n'ai pas triché, il y a de la place. Demain, ou ce soir avant la nuit, Toshan vous montrera le chiot husky que mon père lui a offert ! Il a les yeux bleus, comme moi !

— Tout est conforme à tes descriptions, Kanti, répliqua Tala assez gentiment. Même ton village. Nous avons eu de la chance, Madeleine et moi. Sur le port de Roberval, un homme nous a prises dans son camion et nous a amenées ici. J'ai vu le couvent-école et tous ces logements vides. C'est un lieu où je ressens une grande paix. La cascade chante fort, malgré le gel !

Hermine approuva, toujours flattée si on aimait Val-Jalbert. Soucieuse de prouver à sa belle-mère que tout allait pour le mieux, elle déclara d'une voix douce :

— Il se passe même des petits miracles, sans doute grâce à la Ouiatchouan, ma rivière. Figurez-vous que ma mère attend un enfant. Il naîtra au mois de juin.

Jocelyn tressaillit de contrariété. Hermine avait-elle besoin de confier la nouvelle à Tala ? Surprise, Laura se crut obligée de participer à la conversation.

— Ma chérie, j'aurais pu l'annoncer moi-même à notre invitée. Tu me mets dans une position délicate, ton père aussi. Enfin, tant pis !

Tala fixait le fond de sa tasse. Un froid immense la pénétrait. Elle croyait assister aux étreintes enflammées de cette jolie femme et de celui qui avait été son amant.

« J'ai donc atteint mon but, se disait-elle comme pour donner le change. Ils sont réunis et ils s'aiment ! Pourquoi ai-je allumé ce feu qui me ronge ? Un feu pareil à de la glace ! J'ai eu tort de venir, tort de croire que je lui manquais comme il me manque ! »

— Tala, vous n'avez pas l'air bien. Le thé ne vous plaît pas ? demanda Hermine.

— Votre chambre doit être prête, ajouta Laura. Si vous désirez vous installer, vous reposer vous aussi…

L'Indienne se leva. Elle jetait des regards mornes sur le sapin illuminé, sur le piano, sur le dos de Jocelyn Chardin.

— Je voudrais parler à mon fils, déclara-t-elle d'une petite voix. Il fait très chaud, chez vous. Je sors.

Hermine se précipita et lui donna sa veste en fourrure. Tala s'équipa sans dire un mot.

— Si vous patientez un peu, je vous accompagne, dit sa belle-fille. Le temps de m'habiller et de me chausser. Je vous montrerai l'enclos des chiens.

— Je suis capable de trouver sans ton aide un enclos avec des chiens, répliqua Tala en parvenant à sourire. Reste avec ta mère et ton père, Hermine. Je me réjouis pour eux et pour toi.

La jeune femme referma la porte avec une pointe d'inquiétude. Loin de soupçonner la vérité, elle s'imagina que sa belle-mère, face au bonheur de ses parents, pouvait souffrir d'amertume, d'un sentiment de solitude. Elle la plaignit de tout son cœur.

Toshan était accoudé au portillon de l'enclos. Simon était parti. Le jeune Métis fumait une cigarette en observant les pitreries du chiot qui mordait la queue de Duke. Il crut entendre son nom et tout de suite il vit sa mère approcher. On l'aurait prise pour une vieille femme malade. Courbée, Tala longeait l'arrière de la maison en s'appuyant d'une main au mur.

— Maman ! appela-t-il en se ruant vers elle. Maman, qu'est-ce que tu as ?

Elle respirait très vite, les yeux brillants. Il voulut la soutenir, mais elle l'arrêta d'un geste.

— Mon fils, rends-moi un grand service ! Je veux rentrer chez moi. Attelle tes bêtes et prépare le traîneau.

— Par ce froid ? Mais c'est stupide, rétorqua-t-il. En plus, tu viens d'arriver. Et je n'ai pas envie de laisser Hermine seule avec nos trois enfants !

— Ta femme est entourée par sa famille. Mon fils, si tu refuses, je m'en irai à pied. Je ne peux pas rester ici, sous ce toit.

— Dans ce cas, il fallait attendre l'été ! Nous comptions faire le voyage avec les petits, indiqua Toshan. Si je comprends bien, tu voulais surtout revoir mon beau-père ! Ne montre pas un tel étonnement. Eh oui, je suis au courant à cause d'un simple mouchoir que j'ai trouvé chez toi, sous le grand lit. Un mouchoir brodé à ses initiales. J'ai imaginé le pire, cependant sans preuve, je me suis contenté de montrer de la froideur à Jocelyn. Ensuite, nous nous sommes expliqués, entre hommes. J'ai bien compris que c'était lui, le mystérieux individu qui t'avait brisé le cœur. Mais il n'y est pour rien, au fond, il ne pouvait pas prévoir que tu tomberais amoureuse de lui. Maman, tu dois te raisonner. Jocelyn aime Laura, il ne t'aimera jamais, toi !

Tala avait eu très peur. Elle reprit ses esprits, soulagée. Jocelyn avait eu soin de taire la vérité.

— Oui, c'était lui, avoua-t-elle. Tu n'aurais jamais dû l'apprendre. Maintenant tu le sais et tant mieux. Je ne suis qu'une sotte.

Elle contenait péniblement de gros sanglots qui apitoyèrent son fils, tant elle était sincère et tourmentée. Il lui tapota l'épaule. Aussitôt elle se mit à trembler en désignant les chiens.

— Mon fils, je t'en prie, aie pitié. Je n'exigerai plus jamais rien de toi, Toshan, si tu me ramènes à notre cabane. Je suis comme un lièvre, aujourd'hui, j'ai besoin de mon gîte, de mon refuge. Là-bas, mon cœur pourra battre moins fort, là-bas, je n'aurai plus mal.

Le jeune homme leva les bras au ciel. Il ne pouvait pas demeurer insensible à l'affliction de sa mère.

— D'accord ! Je vais te raccompagner. Mais Hermine sera très triste et mes beaux-parents ne vont rien y comprendre. Et Kute, mon chiot ? Il ne pourra pas suivre. Tu sais comment j'élève mes bêtes. Si je le laisse seul en ce moment, il prendra de mauvaises habitudes.

— Je le tiendrai contre moi, mon fils ! Je t'en prie, fais en sorte que notre départ soit tenu secret. Ne dis rien. Ou bien raconte que tu m'emmènes en promenade. Dépêchons-nous, il fera vite nuit.

— Et alors ! tempêta-t-il. Comment la nuit pourrait-elle m'empêcher de conduire le traîneau ? Ne bouge pas de là. Je reviens, j'ai besoin de couvertures, de viande pour mes chiens, de pétrole. Vraiment, maman, tu m'obliges à mentir à ma femme, ce qui me gêne beaucoup !

— Vite, mon fils ! implora Tala. Vite ! Sinon je pars tout de suite, seule !

Cette fois, Toshan s'affola. Il préférait obéir, car il craignait un scandale. Il décida de faire l'aller-retour, ce qui constituerait une rude épreuve. Ensuite il expliquerait à Hermine et à ses beaux-parents que sa mère avait cédé à un caprice.

« De toute façon, ils la considéreront comme une excentrique, comme une Indienne sans plomb dans la cervelle ! » se dit-il.

La colère l'envahissait, ainsi qu'un mauvais pressentiment. Mais, une demi-heure plus tard, le traîneau de Jocelyn Chardin filait vers Roberval. Toshan avait eu de la chance. Hermine était seule dans le salon avec Charlotte et Edmond. Mukki dormait sur le divan.

— Maman et papa sont montés, avait dit la jeune femme.

— Ma mère souhaite visiter le village ; je prends le traîneau, avait-il répondu. Ne te tracasse pas si nous tardons un peu. Duke a besoin d'exercice, les autres bêtes aussi.

Quoiqu'un peu étonnée et après lui avoir recommandé d'être prudent, Hermine s'était replongée dans la lecture d'une revue française. Toshan l'avait embrassée sur le front, puis il avait déposé un léger baiser sur la joue de son fils.

— À bientôt ! avait-il dit avec une infinie tendresse.

Il ne se doutait pas que cet au revoir hâtif lui causerait bien des regrets.

Les chiens trottaient en fouettant de la queue. Leur haleine chaude créait de légers nuages de vapeur que le gel dissipait aussitôt. Les patins du traîneau crissaient en glissant sur l'épaisse couche de neige pétrifiée. Le paysage alentour, baigné d'une clarté bleuâtre, avait des allures figées, fantomatiques. Malgré sa colère, Toshan retrouvait avec un certain plaisir ce brin de folie des coureurs de bois qui se jetaient à l'aventure à travers le désert blanc de l'hiver. Dans ses veines coulait le sang des Montagnais, et cela lui conférait une vigueur singulière, car il appartenait corps et âme à cette terre rude et austère. Et il ignorait la peur.

Assise contre le dosseret en bois sculpté, emmitouflée dans des couvertures, Tala présentait au vent glacial un visage de victime. Affaiblie par un immense chagrin, elle aurait pu se coucher sous une épinette et attendre la mort. La nature endormie, terrassée sous l'emprise du froid, était à l'image de sa douleur de femme. Elle savait que cette expédition serait dangereuse, qu'elle imposait à son fils une gageure insensée. Mais au fond cela lui était égal. L'Indienne entraînait Toshan dans sa fuite, et c'était peut-être une sorte de vengeance.

En arrivant à Roberval, le jeune homme tergiversa. Il pouvait encore faire demi-tour. Le souvenir d'Hermine, blonde et rose dans la lumière douce des lampes, l'obsédait.

« Heureusement, j'ai laissé un message sous la porte de notre chambre. Madeleine le trouvera. Ma petite épouse coquillage ne m'attendra pas ce soir, malade d'inquiétude. »

— Et si la glace du lac n'était pas assez solide, mère ? interrogea-t-il d'un ton sec. Tu prétendais qu'elle était sûre, mais j'en doute !

— Ton traîneau passera sans souci, mon fils, le rassura-t-elle. Je ne pèse pas lourd.

Toshan alluma une cigarette. Le même pénible pressentiment l'opprima, comme s'il allait franchir une frontière et ne pourrait pas revenir en arrière.

— Mon Dieu, protégez-nous, pria-t-il en silence.

Bien que baptisé et éduqué par les frères agriculteurs, il n'était guère porté sur la religion. Ses croyances rejoignaient celles de Tala, qui vénérait un esprit supérieur ayant donné vie à toutes choses sur terre, une terre elle-même respectée comme une puissance féconde.

— Allez, Duke ! hurla-t-il. En avant ! File, file !

Il avait décidé de traverser le lac Saint-Jean le plus vite possible, mais un frisson d'appréhension le secoua. Tala ferma les yeux. Contre sa poitrine, le petit husky lui communiquait sa chaleur. Le vent sifflait et la température baissait encore.

« Jocelyn, songea la belle Indienne, je maudis le jour où je t'ai revu ! Et je te méprise, parce que tu t'es montré lâche et égoïste, tu ne m'as même pas offert un sourire, un mot attentionné, toi à qui j'ai sauvé la vie. »

Ils étaient à mi-chemin du quai de Péribonka quand la tempête déferla des hautes terres du nord-est. Cette fois, Toshan se signa, renouant avec un geste qu'il avait appris enfant et pratiqué bien souvent à contrecœur.

— Maman, nous allons mourir, clama-t-il, fou de rage.

Les rugissements féroces du blizzard couvrirent sa voix. Tala n'entendit même pas.

Val-Jalbert, même soir

Hermine regarda la montre-bracelet que Toshan lui avait offerte à Noël. Il faisait nuit noire. Son mari et Tala auraient dû être rentrés depuis une demi-heure. La jeune femme ne savait pas si elle s'était assoupie, mais le grand salon lui parut d'un calme insolite. Mukki dormait toujours près d'elle ; Charlotte et Edmond avaient disparu.

— Et les petites ? s'affola-t-elle. Elles auraient dû réclamer la tétée. C'est vrai, il y a Madeleine, là-haut.

Elle tendit l'oreille. Aucun bruit ne troublait le silence de la maison. Du côté de la cuisine, rien, pas un seul tintement de casserole.

— Voilà le résultat d'un abus de caribou, constata-t-elle avec une pointe d'ironie. Et de gin…

Ses seins étaient gonflés de lait, mais elle n'osait pas monter dans sa chambre et laisser son fils couché sur le divan. S'il se réveillait, Mukki pouvait explorer la pièce, se brûler à la fonte du poêle ou toucher aux prises électriques. En mère inquiète, elle dénombrait chaque jour les dangers qui pouvaient menacer un bambin de quinze mois très dégourdi.

La jeune femme supposait que Mireille s'était permis un répit avant le souper. Elle décida de patienter afin de ne déranger personne.

« Quand même, par ce froid, c'était une drôle d'idée de visiter Val-Jalbert en traîneau, songea-t-elle. Toshan et moi, nous avons à peine passé du temps ensemble, depuis hier. »

Songeuse, elle pensa à sa belle-mère. « Tala n'avait pas l'air à l'aise du tout, chez nous. Mais c'était très gentil de sa part de venir voir Marie et Laurence. Nuttah et Nadie ! Je crois qu'elles ne porteront jamais leur prénom indien ; papa n'a pas apprécié. Lui aussi, il paraissait embarrassé, contrarié même. »

Elle espérait à chaque instant entendre les chiens aboyer, cependant elle n'envisageait pas une seconde de sortir et d'aller jusqu'à l'enclos. Malgré le chauffage et les doubles rideaux, elle se sentait frileuse.

— Kanti ! Kanti ! appela une voix douce du palier. Viens !

C'était Madeleine. La nourrice avait renoncé au vouvoiement. Elle avait choisi le tutoiement pour appeler sa cousine par alliance. Hermine prit le risque de la rejoindre, Mukki ne bougeant pas. La jeune Indienne lui prit aussitôt la main.

— Tes filles ont faim, mais je leur ai parlé et elles n'ont pas pleuré. Laquelle des deux veux-tu que je nourrisse ?

— Nous pouvons changer à chaque fois ?

— Tu as raison ; comme ça, elles sentiront toujours ton odeur ! Tu es une bonne mère, Kanti !

— Je t'en prie, Madeleine, n'emploie plus ce prénom. Ici, dans ma famille, je suis Hermine. Cela me plaît beaucoup, Kanti, mais il vaut mieux éviter de créer des malaises.

— Pourtant cela te va si bien, celle qui chante ! Quand je t'écoutais, je n'avais plus de chagrin et j'étais encore plus pressée d'entrer chez les sœurs. Ta voix me rapprochait de Dieu !

Hermine fut touchée par ce compliment.

— Merci, Madeleine, c'est très gentil ce que tu me dis là. Je reviens vite ; mon fils dort en bas.

Elle dévala l'escalier et eut une agréable surprise. Charlotte surveillait Mukki qui, décidément, dormait à poings fermés.

— Ma chérie, je te le confie, dit-elle sur un ton doux.

— D'accord ! répondit joyeusement la fillette.

Encore une fois, Hermine s'étonna. Toshan et Tala tardaient vraiment à revenir. Elle courut jusqu'à sa chambre et marcha sans s'en rendre compte sur la page de calepin où son mari avait écrit un bref message. Elle contempla ses deux petites filles. Posées au milieu du lit, elles ouvraient grand leurs yeux d'un beau bleu-gris.

— Qu'elles sont sages ! s'écria-t-elle.

En présence de la jeune nourrice, elle ne s'encombra pas d'une pudeur inutile. Les bébés furent bientôt au sein. Madeleine versa une larme.

— Ma fille me manque, avoua-t-elle. J'espère qu'elle ne pleure pas, qu'elle s'amuse.

— Sais-tu que les religieuses de Notre-Dame-du-Bon-Conseil de Chicoutimi m'ont élevée ? lui confia Hermine. Ces saintes femmes prennent soin des tout-petits, elles sont aimantes et soucieuses de leur santé. Mais je te comprends. Moi, je ne pourrais pas me séparer de Mukki. Ni de ces deux-là. Je ne veux pas que ce sacrifice te rende malade, Madeleine. Tu as le droit de changer d'avis. Si tu ne souhaites pas rester ici, dis-le franchement.

— J'ai remis mon enfant à notre Seigneur Jésus, à la très sainte Vierge Marie ! répliqua la jeune Indienne. Je la reverrai cet été. Mon cœur de mère souffre, mais mon âme est en paix.

Hermine n'osa rien ajouter. Au fil des minutes, la maison sembla reprendre vie. Elle entendit ses parents longer le couloir et descendre au rez-de-chaussée, puis Mukki pousser un cri de joie. De la cuisine s'élevait un gai tintamarre. La jeune femme aurait voulu s'en réjouir, mais il manquait à son bonheur un certain bruit, du côté de l'enclos des chiens et du perron.

— Je trouve que la promenade de Toshan et de Tala dure longtemps, confia-t-elle à Madeleine. Le vent souffle de plus en plus fort. Ils vont geler !

— Notre peuple vit sur ces terres depuis des siècles, rétorqua la nourrice. Nous ne craignons pas le froid ni la tempête. Ils seront là bien vite.

La tétée terminée, elles changèrent les langes des bébés. Charlotte pointa le bout de son nez. Elle marcha sur un rectangle de papier sans s'en apercevoir, elle aussi.

— Laura m'a dit de vous prévenir : le repas sera servi dans la salle à manger. Mireille a préparé une soupe aux pois, aux pois jaunes, avec de la sauge, mais pas de persil, parce que ça coupe le lait. Et du rôti de porc. Si le menu ne vous convient pas, je dois le dire à la cuisine.

Madeleine ne put s'empêcher de sourire malicieusement. Habiter chez des Blancs, dans une aussi belle demeure, prenait des allures d'aventure. Déjà, elle avait examiné en détail le cabinet de toilette et tourné les robinets, presque fascinée par l'installation des sanitaires.

— Je crois que cela nous convient, affirma Hermine. Charlotte, porte Laurence, nous te suivons.

Elles avancèrent de concert, alléchées par une odeur d'oignons frits. Ce fut Madeleine qui vit le message de Toshan et le ramassa. Elle le tendit tout de suite à la jeune femme, dont elle avait déchiffré le prénom.

— C'était sur le plancher ! expliqua-t-elle.

— Oh non, non ! gémit Hermine. Je ne peux pas le croire ! Toshan reconduit Tala à la cabane ! C'est impossible ! Pourtant, il l'a écrit là, en toutes lettres.

Elle lut à nouveau, à demi aveuglée par un flot de larmes. L'incompréhension, l'incrédulité, la déception, tout se mêlait et la suffoquait.

Hermine, ma chérie, pardon de t'avoir menti. Ma mère préfère rentrer chez elle. Je fais mon devoir de fils en la ramenant. Je ne peux pas te dire pourquoi, mais nous en parlerons à mon retour, donc très bientôt. Je suis désolé et, crois-moi, vraiment furieux de t'imposer cette séparation. Présente des excuses de ma part à Laura et à Jocelyn. Toshan.

— Qu'est-ce qui se passe, Mimine ? interrogea Charlotte. Tu es livide !

— Une mauvaise nouvelle ? s'enquit la jeune Indienne.

Hermine était incapable de prononcer un mot. La gorge nouée, elle suivait en pensée un traîneau fonçant dans la nuit glacée. Les chiens couraient, tendus en avant par l'effort, Toshan s'éloignait d'elle, de ses bras, de ses baisers.

« Depuis la naissance des petites, nous avons si peu été ensemble, tous les deux, songeait-elle, révoltée. Et il part. Il n'a pas honte de me mentir ! Tala n'a pas pu exiger ça de lui, ce n'est pas vrai ! »

Sans donner d'explications, Hermine descendit au salon, Madeleine et Charlotte sur ses talons.

— Maman, cria-t-elle en voyant Laura, c'est affreux, il est arrivé quelque chose d'affreux, je t'assure !

— Quoi donc, ma chérie ?

Jocelyn était assis dans un fauteuil, Mukki sur ses genoux. Il avait remarqué l'absence de son gendre et de Tala.

— Dis-nous, Hermine, s'exclama-t-il.

— Toshan est parti, et il ne m'a même pas avertie. Enfin si, il a prétendu promener sa mère en traîneau pour visiter le village. J'ai trouvé cela un peu étrange, mais j'étais fatiguée et je n'ai pas protesté !

Un sanglot l'empêcha de poursuivre. Elle reprit son souffle et ajouta :

— Je commençais à m'inquiéter, et là, dans ma chambre, Madeleine a ramassé ce bout de papier. Toshan a dû le glisser sous la porte.

Laura la prit par les épaules.

— Calme-toi, enfin ! C'est une erreur, un malentendu, sûrement. Où seraient-ils allés ?

— Mais maman, lis ça ! Toshan reconduit Tala à la cabane, alors qu'il gèle, que la nuit est tombée. De toute façon, en traîneau, le trajet prend trois jours. Ils sont fous à lier !

Alertée par les cris, Mireille accourut. Elle avait compris l'essentiel et s'empressa de donner son avis :

— Toshan est un brave garçon, il ne va pas te laisser un soir du premier de l'An avec deux bébés de quinze jours.

— Eh bien, si ! rétorqua la jeune femme, en larmes. Vous en êtes tous témoins.

— Je l'avoue, c'est incompréhensible, mais Toshan t'écrit qu'il revient très bientôt, dit Laura. Et s'il y avait une surprise dans l'air ? Ta belle-mère est peut-être tout simplement dans la chambre d'amis et ton mari va réapparaître !

Hermine secoua la tête. Charlotte renchérit :

— Il n'y a personne à l'étage, je le sais !

— Madeleine, étiez-vous au courant ? interrogea Jocelyn en abandonnant son siège.

Il garda Mukki à son cou, comme pour se protéger d'une menace imprécise dont il avait pourtant une conscience aiguë.

— Non, monsieur ! Tala m'avait dit qu'elle resterait ici au moins deux jours.

Malgré sa peine et son effroi, Hermine réfléchissait. « Dès que j'ai annoncé à Tala que maman attendait un enfant, elle a paru contrariée. Ensuite, elle a voulu parler à Toshan, en refusant que je l'accompagne. Je suis sûre qu'elle avait déjà l'intention de rentrer chez elle. Mais pourquoi ? »

Toujours poussée à la compassion, la jeune femme en tira intérieurement une conclusion qui excusait sa belle-mère.

« Au fond, Tala vit dans la plus grande solitude, sans un sou, et son fils unique habite dans cette maison la majeure partie de l'année. Nous l'avons sans doute humiliée, écrasée avec notre luxe et tout ce bonheur. Maman doit avoir le même âge qu'elle, mais elle a retrouvé son époux… et ils vont avoir un bébé. Quand même, ce n'était pas une raison pour s'enfuir ! »

— Hermine, ne pleure pas, supplia Jocelyn. Je vais chez les Marois. Simon sait peut-être quelque chose.

— Non, papa, je t'en prie, ne sors pas, bredouilla Hermine. Tu pourrais prendre froid ! Je n'ai plus qu'à implorer Dieu de les mener à bon port.

— Moi, je peux y aller, chez les Marois, déclara Charlotte.

— Pas question, coupa Laura. Nos voisins n'ont pas besoin de savoir ce qui se passe. Après tout, ce n'est ni une tragédie ni une catastrophe. Toshan a l'habitude des courses en traîneau, par n'importe quel temps, il sera prudent. Tala n'avait pas envie de séjourner chez nous, tant pis ! J'étais heureuse de l'accueillir, de lui rendre la précieuse hospitalité qu'elle et son mari nous avaient offerte jadis, mais elle a repoussé mon amitié. Encore une fois, tant pis ! Nous ferions mieux de souper.

Jocelyn approuva d'un marmonnement. L'anxiété le rongeait. Il n'osait pas réconforter sa fille, dont les sanglots s'apaisaient.

« C'est ma faute, se sermonnait-il. Cette pauvre Tala n'a pas supporté de me revoir, auprès de Laura enceinte de mes œuvres en plus. Tabarnak ! J'ai fait ce qu'elle voulait, je suis guéri et Dieu m'accorde la joie d'être père à nouveau. Mais c'était trop pour Tala. Je n'aurais jamais dû céder au désir qu'elle m'inspirait, je ne me suis pas assez méfié. Aussi, elle a faussé le jeu, puisqu'elle prétendait ne pas m'aimer ! C'était faux. Maintenant la colère l'a rendue à moitié folle, et elle a forcé Toshan à entreprendre une expédition bien trop périlleuse. S'il arrive malheur à mon gendre, pour qui j'ai beaucoup d'affection, à présent, je serai aussi fautif que Tala. »

Il était bien le seul à approcher la vérité et à évaluer les risques du voyage.

Le souper fut des plus moroses. Hermine faisait de gros efforts pour avaler et n'arrêtait pas de soupirer. Laura, toujours excessive, lançait des conversations anodines, sans obtenir de réponses de sa fille. Charlotte s'occupait de Mukki avec davantage de douceur et de prévenance, comme s'il était devenu orphelin. Madeleine, mal à l'aise, tentait de se faire oublier. Elle avait mangé à sa faim et elle pourrait dormir dans la belle chambre qu'elle avait visitée en cachette, sur la pointe des pieds. Le lit en cuivre aux volutes ouvragées, les draps impeccables, les tapis et le miroir de l'armoire l'avaient fascinée. Avant de se coucher, elle se promettait de beaucoup prier pour les gens de cette maison, pour sa tante Tala et son cousin Toshan.

Avant le dessert, la jeune Indienne leva un doigt, tout le corps aux aguets. Ses yeux de jais fixaient un point invisible dans l'espace.

— Écoutez ! s'exclama-t-elle.

Presque immédiatement, des secousses ébranlèrent la solide demeure. Des hurlements retentirent dans les conduits du poêle. Sur le toit, les cheminées vibraient. On aurait dit que des créatures malfaisantes, titanesques, s'acharnaient sur les murs, tandis que des craquements sinistres éclataient de toutes parts.

— Une tempête ! tonitrua Jocelyn.

— Oui, une tempête, dit Madeleine d'un air terrifié.

— Comment l'avez-vous su ? interrogea Mireille.

— Je le savais depuis un moment, répliqua-t-elle en se prenant la tête entre les mains.

Hermine poussa une lamentation de bête blessée. Elle se leva et courut vers les berceaux de ses filles. Elle avait besoin de les serrer contre sa poitrine, de les embrasser.

« Toshan, mon amour, garde-toi en vie ! implora-t-elle de tout son cœur meurtri. Je te pardonnerai si tu me reviens. Toshan. »

Au même instant, les lumières s'éteignirent. Dans la maison en proie aux ténèbres, chacun pensa à ceux qui se débattaient sans doute au sein d'un enfer blanc, un chaos de neige et de glace. Il y avait très peu de chances de revoir un jour Toshan et Tala vivants.

— Prions ! ordonna Jocelyn. Il faut prier, tous ensemble !

16

La grande colère de Toshan

Lac-Saint-Jean, 1er janvier 1934

Toshan avait bravé bien des tempêtes au cours de sa jeune existence, mais celle-ci surpassait en violence tout ce qu'il avait connu. Un vent démentiel laminait la couche de neige gelée qui recouvrait la glace du lac, drossant des milliers de particules cinglantes. Plongé dans une obscurité totale, le jeune homme tenta d'inciter ses chiens à avancer. Mais les quatre bêtes luttaient en vain contre les rafales du blizzard. Duke, les yeux fermés, poussait des gémissements pitoyables. Il était le meneur de l'attelage ; ses congénères s'étaient couchés en boule et tremblaient de froid et de peur.

Le traîneau, très peu chargé, se mit soudain à dériver, chassé sur la droite par une bourrasque encore plus forte que les précédentes. Toshan se cramponna aux poignées pour ne pas chuter en arrière. Ses lèvres se craquelaient, couvertes de givre. Il pouvait à peine respirer.

— Maman ! tenta-t-il d'appeler. Maman, tu tiens le coup ?

Mais sa voix ne portait pas. Il renonça à sa position instable sur l'extrémité des patins pour rejoindre Tala. Les quelque soixante centimètres qui le séparaient d'elle lui coûtèrent un énorme effort. Enfin, il se jeta près de sa mère.

— Pardon, mon fils ! crut-il entendre. Nous sommes perdus, par ma faute.

— Non ! dit-il en approchant son visage du sien, je ne mourrai pas sans revoir Hermine et mes enfants. Protège-toi mieux.

À tâtons, les doigts ankylosés malgré ses mitaines fourrées, il rabattit la couverture sur le nez de Tala. Quelque chose de chaud et de doux apaisa le feu de ses lèvres gercées. Le chiot husky le léchait.

— Courage, maman, ajouta-t-il en lui parlant nez contre nez. Il peut y avoir une accalmie, un creux dans la tempête, j'en profiterai pour repartir.

Il n'obtint aucune réponse audible, mais il sentit que sa mère se réfugiait contre lui. La mère et le fils restaient tous deux enlacés, recroquevillés sur eux-mêmes. Ils étaient livrés aux éléments en furie, tels de misérables humains d'une petitesse dérisoire comparés à la puissance de la nature en délire.

« Hermine, ma chérie, pensait Toshan, assourdi, transi, ne m'en veux pas si tu es seule et que cette tempête t'effraie ! Comme je voudrais te serrer dans mes bras, sentir ton parfum et ta chaleur ! Hermine, Kanti, mon oiseau chanteur, je t'aime. »

C'était sa façon de prier. Tala, elle, n'osait même pas invoquer Manitou, le dieu de ses ancêtres, ni même les esprits des bois. Ce déchaînement impitoyable de l'hiver lui apparaissait comme une réponse à sa faute, à sa souffrance si vaine.

« Que je meure maintenant ! songea-t-elle. Si mon fils revient sain et sauf près de son épouse et de ses petits, je veux bien mourir. Je ne suis qu'une femme stupide, une mère indigne. »

Un grondement sourd retentit alors, suivi d'un long craquement pareil à une plainte titanesque. Sous la glace, les eaux du lac devaient s'agiter. Une fissure se formait, qui pouvait d'un instant à l'autre devenir une crevasse mortelle. Toshan se redressa, terrorisé. Il constata que le vent s'était affaibli, bien qu'encore redoutable.

— Duke, en avant ! hurla-t-il à se briser la voix. Va mon chien, va ! Nodin, Abel, Malo, allez, mes braves chiens, allez ! Duke, file, file !

Le grand chien gris s'élança, tous ses muscles tendus. Lui aussi avait senti le danger. Toshan avait repris sa place au prix d'un saut acrobatique. Il criait sans cesse afin de donner à ses bêtes la hargne nécessaire. Elles ne devaient pas ralentir. Le jeune Métis savait que c'était leur seule chance de survivre. La course prit des allures d'exploit. Enfin, une lumière déchira la nuit : c'était un fanal du quai de Péribonka. Au même moment, le traîneau dépassa une masse sombre. Un homme gesticulait, debout près de ce qui ressemblait à une carriole fracassée.

L'entraide était de mise dans ce pays de froidure. Toshan dut ordonner à Duke de s'arrêter. Par chance, la tempête paraissait s'apaiser.

— Qu'est-ce qui se passe ? demanda-t-il à l'inconnu.

— Mon cheval s'est affalé ; y a plus rien à faire, il est mort ! Tout mon chargement a versé.

— Montez, je vous emmène. Vous reviendrez demain, en plein jour. Montez donc, ma mère va geler si vous ne vous décidez pas.

Le malheureux accepta. Il s'installa devant Tala qui ne bronchait pas, silhouette figée, encapuchonnée dans du drap de laine. Toshan poussa une clameur de victoire en touchant au but. Il exigea un ultime effort de ses chiens pour rejoindre la modeste auberge où bien des voyageurs prenaient pension en cas de mauvais temps l'hiver. L'été, on y dormait en attendant un bateau.

— Maman, je mets les bêtes à l'abri dans la remise ; j'ai mes habitudes ici. Je reviens te chercher. Nous sommes sauvés !

— Je vous dois une fière chandelle, jeune homme, s'écria leur passager. Je comptais faire demi-tour à pied, vous m'avez évité un rude bout de chemin.

Toshan lui adressa un signe de la main. Il se souciait de ses chiens avant toute chose. Sans eux, lui et sa mère seraient peut-être au fond du lac. Après avoir distribué la viande qu'il avait emportée, il revint en courant jusqu'au traîneau. Tala ne s'était pas levée. Pourtant, marcher sur le quai l'aurait réchauffée, du moins désengourdie.

— Maman, viens, nous allons prendre une chambre et un bon souper, dit-il, infiniment soulagé.

Des falots suspendus à des mâts répandaient une faible clarté. Toshan écarta les plis de la couverture et dégagea le visage de sa mère. Il fut épouvanté. Les sourcils, le nez, les joues, les lèvres étaient blancs de givre, ainsi que les paupières fermées. Le chiot s'échappa en jappant.

— Maman, par pitié ! cria le jeune Métis.

Il la secoua, chercha en bas de son cou la pulsation du sang. Elle était encore vivante. Toshan la souleva et la porta contre lui, en titubant, dans la salle du restaurant.

— Une chambre, vite ! implora-t-il.

La serveuse et le patron s'empressèrent. Ils aidèrent le jeune homme à allonger Tala et activèrent le feu du poêle.

— Si vous pouviez me fournir du gin ou du brandy ! leur demanda-t-il en tremblant de tous ses membres.

Dès qu'il eut de l'alcool, il frictionna l'intérieur des poignets de sa mère et ses tempes, puis il écarta ses dents et fit couler un peu de liquide sur sa langue.

— J'étais très en colère, dit-il d'une voix radoucie, mais je t'en supplie, reste avec moi. Tu m'entends, maman ? Nous avons vaincu la tempête et la glace du lac. Tu ne dois pas me laisser maintenant !

Sur les coupes de bois ou au cours de trajets semblables, Toshan avait souvent secouru des camarades dans un état d'hypothermie semblable. Il décida de traiter sa mère à l'égal d'un individu de sexe masculin en la dévêtant presque entièrement. Elle le blâmerait, c'était certain, mais cela signifierait qu'elle serait remise de la fatale étreinte du gel.

— Désolé, maman ! dit-il doucement.

Avec des gestes rapides et habiles, il lui ôta sa veste fourrée et ses bottes en peau d'orignal. Ensuite, il s'attaqua au poncho bariolé. Il devait frictionner le maximum de zones vitales pour réussir à la ranimer. Dans sa hâte, il déchira le tissu d'un corsage noir, mais il put frotter les bras et les épaules du creux de ses paumes humidifiées de gin. Il constata que la respiration se faisait plus régulière, qu'elle geignait tout bas, ce qui était bon signe.

— Du courage, mère ! Tu m'as appris que les douleurs du corps ne sont rien comparées à celles de l'âme et du cœur. Je crois que toi, tu souffres tout entière. Mais tu guériras.

Il souriait, heureux de la voir tressaillir et battre des cils. Soudain un détail l'intrigua. Sous le corsage, il découvrit un bandage blanc, très serré, partant de sous les seins et descendant plus bas que la taille. D'abord, il crut à une plaie qu'elle aurait cachée. Mais les couches de linge superposées révélaient un ventre bombé significatif.

Toshan recula d'un pas, les bras ballants. Il eut l'étrange et très brève sensation de rêver éveillé, du moins d'évoluer dans un cauchemar absurde. Cela ne dura pas. Révulsé, il comprit soudain que son univers quotidien, familier, volait en éclats. Plus jamais il n'aurait confiance en sa mère, qui lui avait outrageusement menti. Envahi par une colère à l'échelle de sa déception, il saisit la bouteille d'alcool et en fit boire une large rasade à Tala. Le gin ruisselait de chaque côté de sa bouche décolorée, détrempant ses nattes et sa peau brune au niveau des clavicules.

— Vas-tu te réveiller ! tonna-t-il. Mère, écoute-moi, je veux la vérité, à présent !

Tala sortit de sa léthargie sans vraiment avoir conscience de sa tenue. Cependant, dès qu'elle croisa le regard noir de son fils, ses mains palpèrent le bandage, comme mues par une volonté propre.

— La tempête est finie ? demanda-t-elle d'un ton hésitant.

— Non, elle commence ! rétorqua le jeune homme. Là, dans cette chambre ! Qui est le père de l'enfant que tu portes ? Avoue-le ! Qui ? Réponds-moi, et vite, car je n'ai pas envie d'alerter les autres clients de l'auberge. Il me faut ta réponse, sinon je l'exigerai en gueulant si fort que toute la région saura que tu m'as dupé, que tu as bafoué l'honneur de ton fils et de ta belle-fille !

La tête douloureuse, épuisée, Tala n'opposa aucune résistance. Il était inutile de lutter.

— Je pense que tu le sais, puisque tu as les poings noués, les mâchoires prêtes à se briser, avoua-t-elle. Pardonne-moi, mon fils. Je n'ai pas voulu ça.

Toshan étouffa une exclamation de furie. Il savait, oui, mais il niait encore l'évidence.

— Alors c'est lui, Jocelyn Chardin ! éructa-t-il.

Une colère infinie le broya. Ses oreilles bourdonnaient, son cœur semblait prêt à se rompre tant il battait fort. Il crut qu'il allait frapper sa mère.

— Je sors de cette pièce et je ne reviendrai que demain matin ! pesta-t-il. Je ne veux pas commettre un acte dont j'aurais honte. Les cloisons sont trop fines, nous parlerons à la cabane. Pas ailleurs, pas avant !

Le jeune homme ne parvenait pas à s'exprimer sans haleter. Il prit la fuite en claquant la porte. En le voyant s'accouder au comptoir, la serveuse crut qu'une tragédie était survenue. Elle aimait bien Toshan.

— Doux Jésus ! dit-elle d'un ton compatissant, vous en faites une mine ! Comment va votre mère ?

— Elle a repris connaissance. Il lui faudrait un souper chaud et du vin. Tenez !

Il jeta des pièces de monnaie devant lui et la salua. Dehors, le vent hurlait encore. Toshan chercha des yeux le chiot husky qui devait errer sur le quai. Le petit animal s'avéra introuvable.

« Tant mieux ! pensa-t-il. J'étais prêt à lui tordre le cou, à lui éclater le crâne sur une pierre. Le cadeau de Jocelyn, je n'en veux plus ! »

La fureur l'empêchait de réfléchir. Il se vit traverser de nouveau le lac Saint-Jean pour regagner Val-Jalbert. Comme il aurait eu plaisir à frapper son beau-père, à l'insulter, à l'arracher des bras de Laura. Comme Tala, Jocelyn lui avait menti et le mensonge était si grave qu'il avait brisé menu le délicat ouvrage de complicité, d'affection virile que les deux hommes avaient patiemment édifié.

Péribonka était un petit village. Toshan s'enfonça à grands pas dans les bois voisins, heurtant du front les branches basses des épinettes que le poids de la neige faisait ployer.

« Tout n'était que déloyauté, que trahison ! se disait-il en avançant au hasard. Les sourires, les discussions, les parties de cartes, la guignolée et les clins d'œil. »

Il repoussait les visions pernicieuses que son esprit lui suggérait à la vitesse de l'éclair : le corps de sa mère sous celui de Jocelyn, leurs étreintes. Enfin, appuyé au tronc d'un bouleau, il poussa un cri rauque, interminable, en décochant des coups de poing à l'arbre. Il eut bientôt les jointures en sang, mais il continua.

« J'avais raison, pour le mouchoir ! J'avais raison et j'ai gobé leurs sornettes à tous les deux ! Mais Laura saura qui est vraiment celui qu'elle aime tant, Hermine saura que son père n'est qu'un salaud ! Il me le paiera cher, très cher ! »

Toshan aurait pu pleurer comme un enfant abusé. Trop orgueilleux, il s'acharna à exalter la haine et le mépris qui submergeaient son cœur.

Tala s'était rhabillée avec soin. Assise au bord du lit, elle guettait le moindre pas dans l'escalier de l'auberge. La serveuse lui avait monté du bouillon de poule, du ragoût de pattes de cochon et un verre de vin. Elle s'était obligée à manger pour l'enfant innocent qui grandissait dans son ventre. Mais elle avait le sentiment d'être tombée au fond d'un gouffre dont les parois abruptes rendaient toute remontée impossible. Elle ne cherchait même plus d'issue.

Elle sommeilla ainsi, changée en statue de chair et de chagrin. Toshan entra à six heures du matin. Tala le regarda, rassurée de le revoir bien vivant, effrayée cependant par son air impitoyable. Une nuit avait suffi à ternir la beauté rayonnante de son fils, l'éclat de son regard. C'était sa faute à elle. Ce constat lui fit courber le dos et verser des larmes de regret.

— En route, dit-il d'un ton implacable. Il n'y a plus de nuages, la journée sera claire. J'ai hâte d'avoir des explications.

Cela sonnait comme une mise en demeure. Tala frémit, mais se redressa, l'air arrogant. La colère de Toshan la stimulait. Elle s'était rarement inclinée devant qui que ce soit.

— Tu entendras ce que j'ai à te dire, mon fils ! décréta-t-elle.

Le traîneau était prêt. Les chiens, harnachés et attelés, remuaient la queue, l'œil vif. Reposés, ils aboyaient, impatients de courir sur la piste du Nord.

— Où est le chiot ? interrogea Tala.

Ils n'étaient pas seuls sur le quai. Elle souhaitait donner le change, entretenir une conversation ordinaire. Mais elle s'inquiétait aussi pour le petit animal.

— Il avait trouvé moyen de se planquer dans l'écurie, avec Duke. Je l'ai donné à ce gars qui a perdu son cheval, hier soir, sur le lac. Il a bu toute la nuit ou peu s'en faut. Ce matin, il était ivre et couché sous le hangar. Je lui ai offert Kute pour le consoler. Je préférais m'en séparer, sinon je l'aurais tué. Tu comprends pourquoi, c'est un cadeau empoisonné !

En s'asseyant sur les couvertures pliées, Tala répondit entre ses dents :

— Je m'étais attachée à lui, il a bravé la tempête avec moi.

Toshan ne répliqua pas, les traits contractés. Il grimpa sur le bout des patins.

— Va, Duke ! Va !

Jusqu'à midi, ils n'échangèrent pas une parole. Un soleil d'argent parsemait de paillettes le vaste paysage d'un blanc pur.

« Le monde est d'une telle beauté ! songeait le jeune homme. Et j'ai un goût de fiel à la bouche ! Hier matin, à la même heure, je tapais joyeusement sur l'épaule de mon beau-père, j'avais mon fils pendu à mon cou. Je me disais que j'avais une bonne vie, une bonne famille. »

Un tel silence régnait autour d'eux qu'il se décida à poser une des questions qui l'obsédait.

— Comment as-tu osé devenir la maîtresse de Chardin ? Tu savais bien qu'il était le père de mon épouse ! Je t'ai crue, quand tu m'as confié être amoureuse de lui sans rien avoir obtenu en retour. Tu mentais ! Tu mentais pour le protéger !

— Mon fils, quand Jocelyn Chardin a traversé notre clairière, je n'ai vu en lui qu'un homme tourmenté, désespéré, précisa Tala. J'ai eu pitié de lui. Il n'avait qu'une idée, disparaître de la surface de la terre pour laisser Laura se remarier. Il déplorait aussi de ne pas pouvoir vivre auprès de sa fille. Je t'assure qu'au début de son séjour, je voulais seulement l'aider. La mort était sur ses traces, je l'ai sentie.

Toshan renonça à se calmer. Il ne pouvait pas considérer la rencontre de sa mère et de Jocelyn sous un autre angle que celui d'un désir immoral, d'une dépravation honteuse.

— Bientôt je devrai te remercier, hurla-t-il. Tu l'as mis dans ton lit pour le sauver et le rendre guéri à sa femme légitime !

— Oui, c'est bien ça, lui cria-t-elle. Tu peux ricaner à ton aise, l'amour engendre l'espérance et, sans espérance, le corps dépérit.

— Ne parle pas d'amour ! Tu voulais un homme, le premier qui passait a fait l'affaire, coupa-t-il. Chardin a profité de toi, et sais-tu pourquoi ? Je te parie qu'il n'aurait pas couché avec une femme blanche, de peur de la compromettre. Mais une Indienne, il s'en fichait. Ce n'est pas surprenant si les filles de notre peuple ont la réputation d'être faciles à séduire !

— Tais-toi ! intima-t-elle.

Tala lui tournait le dos. Il ne vit pas son expression de profonde affliction. Chaque mot prononcé par son fils la blessait, l'humiliait en salissant des souvenirs qui lui étaient précieux. Elle ferma les yeux et pinça la bouche. Il y eut ensuite un interminable silence. Un kilomètre et demi plus loin, Toshan ralentit la cadence de ses chiens, auxquels il ordonna de s'arrêter presque aussitôt. Un orignal s'aventurait sur la piste immaculée, sa lourde tête dressée. Un animal plus jeune, d'une taille moins impressionnante, le suivait. Duke grogna, mais son maître le fit taire.

— La saison de famine commence pour eux, dit Tala. Ils mangent l'écorce des bouleaux et des saules.

— Tu n'as rien à m'apprendre, répliqua Toshan. Tu te serviras de ta langue pour justifier ton acte, pour rien d'autre.

Sur ces mots, il alluma une cigarette, le temps de laisser les énormes bêtes au poil brun s'éloigner. Ensuite, il poursuivit son chemin, menant l'attelage à une allure aussi rapide que sur le lac. Souvent il empruntait des raccourcis connus de lui seul, franchissait imprudemment des bancs de neige. Le traîneau bondissait et grinçait. Deux fois, il faillit se renverser. Tala en déduisit que son fils aurait volontiers provoqué un accident dans l'espoir de se débarrasser d'elle et de l'enfant. Cependant elle tint bon, sans pousser un seul cri de frayeur.

La nuit tombait lorsqu'ils arrivèrent à la cabane. Dans un premier temps, chacun vaqua à ses tâches habituelles. Tala alluma le feu dans la cheminée en galets et mit des haricots à cuire. Toshan dételа ses chiens et leur distribua des filets de poisson fumé qu'il conservait dans un tonneau. Il les enferma dans la remise à bois. Il faisait froid et sombre. Pour la première fois, le jeune homme trouva sinistre cet endroit où il avait grandi. Une poignante mélancolie l'accabla, à laquelle s'ajoutait un besoin désespéré d'être auprès d'Hermine. Il pensa qu'à cette heure-ci, à Val-Jalbert, les lampes illuminaient le salon de Laura. Mukki devait jouer sous le sapin de Noël, et sa petite femme chérie, comme il l'appelait dans le secret de son cœur, veillait sans doute sur le sommeil de leurs filles. Là-bas était resté ce qu'il avait de plus cher au monde.

— Je te maudis, Jocelyn ! dit-il tout haut.

Il dut se résigner à rejoindre sa mère. Elle l'attendait, installée à la table. Une chandelle éclairait son visage torturé par une peine immense. Toshan éprouva une vague pitié. La situation de Tala lui parut peu enviable.

— Quand naîtra l'enfant ? demanda-t-il.

— Au mois de mars… Mon fils, écoute-moi. Cette chose s'est produite, je n'ai pas su l'empêcher. Jocelyn avait renoncé à ses droits d'époux sur Laura et j'étais veuve. Je m'estimais capable d'oublier cet amant de passage, mais l'amour m'a rongée. Et puis, j'ai su que je portais un enfant. J'aurais pu boire les tisanes qui débarrassent les femmes de leur fruit, alors qu'il n'est pas encore bien formé. Le courage m'a manqué. J'ai pensé que je ne serais plus seule, que j'aurais quelqu'un à chérir, à protéger.

— Et tu comptais me faire croire qu'il était né du Saint-Esprit ? ironisa-t-il.

— Je savais que tu viendrais me rendre visite pendant l'été. Je t'aurais dit que c'était un orphelin de quatre mois que l'on m'aurait confié.

Toshan baissa la tête, anéanti. Il alluma une cigarette. Ses doigts tremblaient.

— Tu n'es pas la plus coupable, déclara-t-il après un long temps de réflexion. Je t'ai souvent conseillé de te remarier, pour ne plus habiter seule ici la majeure partie de l'année. Tu te moquais, tu refusais de perdre ta liberté. Voilà le résultat ! Comme j'ai été naïf, alors que j'avais raison ! Je ne serai plus jamais aussi crédule. Mais j'ai soupçonné la vérité à la fin de l'été, à cause du mouchoir qui était sous le lit de la chambre. Avec des initiales brodées, un J et un C. J'ai questionné Jocelyn, il a nié, il m'a menti.

— Il t'a menti, bien sûr ; il n'allait pas te raconter ce qui s'était passé ! fit remarquer sa mère. Je lui avais fait promettre de se taire. Le cercle de pierres blanches était rompu, notre histoire aurait dû s'achever.

— Ce sont des sottises, mère ! Quand même, il aurait dû penser aux conséquences ! C'était à lui, l'homme, de faire attention.

Il se tut, gêné. Les pratiques destinées à ne pas mettre sa partenaire enceinte étaient condamnées par l'Église. Toshan les avait pourtant utilisées, du temps où il multipliait, avide d'expérience, les brèves liaisons au gré de ses pérégrinations.

— Je repars demain, annonça-t-il. Chardin ne s'en tirera pas comme ça. Il doit payer ! Il n'aura plus de famille, plus de toit où s'abriter, lui qui est pétri d'hypocrisie. Mère, je le hais ! Ce que je ressens, là, en moi, me torture, me rend fou ! Si je ne redoutais pas de croupir en prison, je serais capable de le tuer.

Tala se leva brusquement. Elle le fixait avec une expression farouche qu'il ne lui avait jamais vue et qui l'embellissait, lui redonnant l'éclat de la jeunesse.

— Non, mon fils ! Je t'en supplie, ne fais pas ça ! Jocelyn doit ignorer que j'attends un enfant de lui. Je ne veux pas que Laura le sache non plus, ni Hermine, surtout pas Hermine. J'ai eu tort d'entreprendre ce voyage, je voulais voir mes petites-filles, mettre Madeleine en lieu sûr. L'âge ne rend pas plus sage. J'espérais un signe d'amitié de la part de Jocelyn. Je croyais qu'il trouverait le moyen de me parler, qu'il me remercierait, au moins, pour cette nouvelle chance que je lui avais promise. Mais je n'ai vu sur son visage que la peur, l'embarras, la pitié aussi. C'était atroce. Quand Hermine m'a dit que Laura était enceinte, je n'ai pu que m'enfuir. Il le fallait, sinon je risquais de crier mon pauvre amour d'Indienne ! Je ne voulais pas détruire leur bonheur. Toshan, si tu as encore un peu de respect pour moi, je t'en prie, ne leur dis rien. Cet enfant veillera sur mes vieux jours. J'ai déjà quarante-trois ans. Si mon ventre a reçu une graine qui a germé, c'est un signe.

Il bondit du banc, les yeux exorbités, furieux.

— On ne construit pas le bonheur sur des mensonges ! hurla-t-il. Chardin t'a déshonorée, il a sali la mémoire de mon père, de tous nos ancêtres. Peut-être que je ne le toucherai pas à cause d'Hermine qui m'en voudrait. Mais je crierai toute la vérité et il sera bien puni !

— Ne fais pas ça, mon fils ! répéta Tala.

D'un geste vif, elle s'empara d'un couteau sur la table et le porta à son cou.

— Si tu révèles mon secret, je me tranche la gorge ! affirma-t-elle. Tu auras ma mort sur la conscience et celle de ton frère ou de ta sœur !

Le jeune homme resta muet de stupeur. Sa mère enfonça un peu la lame. Il vit distinctement des gouttes de sang perler et couler sur sa peau cuivrée.

— Jure-moi que personne ne saura jamais qui est le père de mon enfant ! Personne, sauf toi et moi !

Toshan semblait fasciné. Il tendit la main vers le couteau.

— Mon frère, ma sœur ! s'étonna-t-il. Maman, arrête ! Ne te blesse pas ! Qu'est-ce que tu as dit ? Bien sûr, né de toi, ce petit sera mon frère ou ma sœur. Mais à Hermine aussi ! Tu vois où nous mènent tes caprices de femelle en chaleur ?

— Jure-le ! cria-t-elle plus fort sans prêter attention à ses insultes. J'ai envie de mourir : prends une décision ! Ce serait une délivrance de m'endormir et de ne pas me réveiller…

En pleine confusion, Toshan leva les bras au ciel. Il venait de penser à l'enfant de Laura. Il en eut la nausée car, fille ou garçon, le bébé légitime de Jocelyn serait à la fois apparenté à Hermine et à la créature qui se nichait dans le corps de sa mère.

Tala appuya plus fort sur la lame. Une plaie vive se dessina.

— Mais arrête-toi ! s'exclama-t-il. Je te le jure ! Là, tu es satisfaite ? Mais tu as exigé beaucoup trop de moi. Pose ce couteau, je garderai le secret. Nous en souffrirons tous, hélas. Moi le premier. Je n'entrerai plus jamais sous le toit où vit Chardin, je refuse de le revoir, d'entendre le son de sa voix.

Tala devina des larmes dans le regard anéanti de son fils. Ce fut pour elle un déchirement. D'une démarche chancelante, elle alla prendre un linge propre sur une étagère et tamponna la coupure sanglante qui barrait la naissance de son cou.

— Comment expliqueras-tu ta décision à Hermine ? s'enquit-elle en s'asseyant de nouveau près du feu.

— Cela m'obligera à jouer les maris tyranniques, grogna-t-il. Ma femme n'aura pas le choix. Elle viendra habiter ici avec nos enfants. De toute façon, c'était prévu ainsi. Je lui ai souvent dit que j'allais agrandir la cabane dans ce but. Mais toi, tu t'en iras, en juillet. Je me moque de savoir où tu logeras et avec qui, je ne veux pas que ton bâtard grandisse près de mes petits. Tu n'auras qu'à demander à grand-mère Odina de t'héberger. Elle sera contente.

— Je le ferai, mon fils, répondit Tala. Mais Hermine ne comprendra pas ton attitude, et elle sera malheureuse d'être séparée de ses parents. J'aime tendrement ton épouse.

— Ah ! Vraiment ? persifla le jeune homme. Tu le lui prouves bien mal. Maintenant, écoute-moi. Tu ne peux pas accoucher sans aide. Je vais partir ! Je chercherai un job qui me tiendra occupé jusqu'au mois de mai. Je dois mettre une grande distance entre Chardin et moi. Je passerai chez ta sœur et je lui demanderai de venir ici te tenir compagnie. Un accouchement, à ton âge, peut mal se passer.

Toshan toisa sa mère d'un œil dédaigneux. Tala crut recevoir une gifle.

— Il vaut mieux que tu partes, en effet, constata-t-elle. Ne sois pas trop dur ni trop cruel, cela te détruira.

— Dans ce cas, tu aurais dû me jeter dans la rivière après m'avoir mis au monde. Si je n'ai plus une once de bonté en moi, de tendresse, c'est ta faute.

Le jeune homme se mit à faire les cent pas, les mains dans les poches de son pantalon. Il décocha un coup de pied dans un tabouret, puis dans la porte de la chambre. Immobile, il sembla réfléchir.

— Au fait, une chose me surprend, dit-il enfin. Pourquoi n'as-tu pas eu d'autres enfants avec mon père ? Tu te souviens d'Henri Delbeau ? Il était chercheur d'or !

— Toshan ! gémit Tala. Comment oses-tu ? Jamais je n'ai oublié Henri ! Quand nous nous sommes mariés, j'avais dix-sept ans. J'étais neuve, fière de le suivre le long de la rivière. C'était un honnête homme, un bon père.

Elle se tut, secouée de sanglots. Son fils ne saurait jamais que le robuste Irlandais ne lui avait pas donné autant de plaisir, en vingt ans, que Jocelyn en une vingtaine de jours. Ce mystère, car c'en était un, et elle-même en avait conscience, avait joué un rôle décisif dans cet amour qui avait rompu la triste harmonie de sa vie de femme.

— Je connaissais bien mon père, ajouta Toshan. Il était très croyant. Aussi, ne me raconte pas qu'il prenait ses précautions. Je crois me rappeler qu'il aurait souhaité une grande famille, des petits gars pour l'aider à fouiller le sable de la Péribonka, des fillettes qui t'auraient secondée au fourneau et à la lessive.

Tala eut un geste d'ignorance. Elle mentit encore, parce que son fils lui faisait peur avec ses mâchoires saillantes, son regard halluciné.

— Je n'ai rien fait contre la nature ! s'écria-t-elle, les mains posées sur son ventre dans une réaction instinctive de défense. Je crois que naissent les êtres qui doivent naître, nous ne choisissons pas qui peuple la terre.

— Chardin est un sacré bon étalon ! tempêta le jeune homme. Deux gamins la même année pour un presque vieillard, moribond il y a quelques mois ! C'est une histoire de fous !

« Surtout que les juments ne sont plus toutes jeunes elles non plus ! » pensa Tala avec amertume.

Elle était à bout de résistance nerveuse, terrassée de chagrin.

— Tu as des haricots et du lard à faire griller, dit-elle en se relevant. Je vais me coucher. Je t'assure que je suis désolée d'avoir causé autant de gâchis, mon fils.

— Je dormirai avec mes chiens, dit-il froidement. Je n'ai pas l'intention de dormir dans un lit où Chardin a déshonoré ma mère.

— Par ce froid ! Je t'en prie, Toshan ! Au moins, allonge-toi dans cette pièce, devant la cheminée !

Il consentit à cet arrangement et installa une couche de fortune avec des couvertures. Tala le laissa seul. Depuis la mort de son mari, elle avait aménagé une petite chambre qui servait à une époque de réserve. C'était son refuge. Des peaux de loups et d'ours étaient accrochées aux cloisons en planches mal équarries. Un petit âtre lui servait à chauffer de l'eau pour ses tisanes. Des objets qu'elle gardait par simple affection étaient disposés sur une étagère. Il y avait aussi trois cadres contenant des photographies. L'une d'elles représentait Hermine et Mukki, à Noël 1932. Le bébé de trois mois et demi souriait déjà et sa belle-fille avait l'air d'un ange, son beau visage couronné de sa lumineuse chevelure.

— Pardon, Hermine, pardon mon oiseau chanteur ! soupira Tala en contemplant le cliché. Pardon, mon cher petit Mukki.

Elle effleura du bout des doigts le verre qui protégeait le portrait d'Henri. Il semblait la regarder depuis l'au-delà.

— Pardon à toi aussi ! Rien ne serait arrivé si tu étais resté mon gardien, mon protecteur.

La troisième photographie, c'était Toshan le matin de sa première communion chez les frères agriculteurs. Les cheveux courts, un missel entre les mains, il arborait une expression boudeuse.

— Mon fils, quand retrouveras-tu la paix de l'âme ? Tu n'aurais jamais dû savoir. Si tu avais vu un bébé de quatre mois dans mes bras, l'été prochain, j'aurais si bien menti que pas un instant tu n'aurais douté de moi. Mais c'est trop tard, le mal est fait. Je t'ai perdu, mon Toshan.

Parmi les pots en fer où elle rangeait des plantes séchées, de la mercerie et du tabac, Tala aperçut celui marqué d'une étiquette et qui contenait de l'arsenic. Le poison datait du vivant de son mari. Henri l'utilisait pour préparer des appâts destinés à piéger les carcajous, ces bêtes trapues, proches parentes des fouines, qui dévastaient leurs provisions de viande durant l'hiver.

— Pourquoi n'y ai-je pas pensé avant ? se demanda-t-elle à mi-voix.

L'Indienne s'allongea sur son lit. Il faisait froid ; elle se blottit sous les fourrures qui lui servaient de couverture.

« À quoi bon vivre encore ? songeait-elle. Ma faute serait effacée, Toshan héritera de la cabane, il peut en faire une vraie maison. Je ne manquerai à personne, même pas à Jocelyn. Je tenais son destin entre mes mains. J'aurais pu le garder ici, le retenir. Non, il nous aurait fallu partir. Mon fils dit vrai, je ne pouvais pas finir ma vie avec le père de son épouse. »

Le désespoir la submergea. De violents sanglots la secouèrent. Suffoquée, elle gémissait et balbutiait des paroles incohérentes. Toshan, l'oreille collée à la porte, écoutait. Tala évoquait des ancêtres, maudissait son corps de femme, suppliait Henri de lui pardonner, puis elle appelait Jocelyn et le maudissait, avant de répéter plusieurs fois son prénom à lui. Quand elle eut dit et redit « Toshan » comme s'il s'agissait d'une incantation, il ferma les yeux, trop tenté de se précipiter dans la petite pièce et de la consoler.

Tala avait été une bonne mère, dévouée, gaie, douce. Jamais elle ne l'avait puni ou frappé. Il la revoyait plus jeune, menue, vive, ses longues nattes noires agrémentées de perles de pacotille. Elle lui racontait les vieilles légendes de son peuple pendant les veillées autour du feu, mais uniquement les soirs où son père dormait déjà. Henri Delbeau souhaitait faire de son fils un brave garçon, pieux et instruit ; il se méfiait donc des excentricités de la jolie Indienne qu'il avait choisie pour femme.

Toshan se prit le visage entre les mains. Le silence régnait maintenant de l'autre côté de la porte.

« Elle a dû s'endormir ! » se dit-il.

La pitié l'envahissait. Sa haine à l'égard de Jocelyn Chardin n'en fut que plus forte.

Val-Jalbert, jeudi 5 janvier 1934

Hermine était assise dans son lit, son peignoir en satin entrouvert. Elle pressait sa poitrine à pleines mains. De grosses larmes ruisselaient sur ses joues. Son lait s'était tari. Laura, Élisabeth et Mireille pensaient qu'elle avait eu trop peur le soir de la tempête, trop de tourment et de chagrin aussi à cause du départ de Toshan. Elle n'avait aucune nouvelle de son mari. Tout le monde essayait de la rassurer, mais elle restait sourde aux bonnes paroles. Jocelyn prétendait qu'ils auraient déjà été prévenus si un malheur était arrivé.

— Tant que je ne le verrai pas, là, devant moi, je penserai au pire ! répliquait-elle.

— Il t'a dit qu'il reviendrait le plus vite possible. Il faut l'attendre patiemment, préconisait Laura.

Depuis deux jours, une atmosphère singulière pesait sur la maisonnée. La tempête avait endommagé les lignes électriques et les réparations s'avéraient difficiles en raison du froid.

La gouvernante avait ressorti les lampes à pétrole et comptait les bougies, craignant d'en manquer.

Hermine ne quittait pas sa chambre et s'obstinait à mettre ses filles au sein. Au bout d'une minute à peine, Marie comme Laurence roulaient des yeux inquiets, puis elles pleuraient de toutes leurs forces.

La veille au soir, installée dans la chambre d'amis, Madeleine avait pris les jumelles pour la nuit et, le matin, elle ne les avait pas amenées à leur mère.

— Cela n'aurait servi à rien, juste à les faire crier de dépit, déplora la jeune femme. Elles doivent téter, à l'heure qu'il est. Je voulais bien de l'aide, mais j'espérais quand même leur donner mon lait.

Cet échec qui portait atteinte à son rôle de mère la blessait profondément. Les yeux rougis par les larmes, elle se glissa entre les draps et sanglota de plus belle. Quelqu'un montait l'escalier. Charlotte frappa deux coups légers et entra, un large sourire sur le visage.

— Mimine, tu as une lettre de Toshan ! Regarde ! C'est Pierre Thibaut qui l'a remise à Laura. Il boit un café dans le salon.

— Donne vite ! s'écria Hermine en se redressant. Mon Dieu, merci ! Merci ! Il est vivant !

Sous le coup de la joie et du soulagement, elle ne se posa pas de questions.

— Comme tu es contente ! se réjouit la fillette. Tant mieux !

La jeune femme décacheta l'enveloppe avec l'envie absurde d'embrasser le papier. Plus rien n'existait à cet instant autour d'elle.

Ma petite femme chérie,

J'ai eu la chance de croiser Pierre sur le quai de Péribonka ; je lui ai donc confié cette lettre que j'allais poster. J'étais sûr, ainsi, que tu la recevrais plus rapidement. Tu dois m'en vouloir d'être parti sans t'avertir, mais tu as dû trouver le message que j'avais mis sous la porte de notre chambre. Je n'y suis pas entré afin de ne pas déranger Madeleine.

J'ai l'impression d'être séparé de toi depuis des siècles. Tu me manques et nous devons faire en sorte de ne plus endurer cette situation.

Je n'ai pas eu le choix, ma douce et belle Hermine. Tala, prise d'un caprice, tenait à rentrer chez elle. Ses raisons sont si extravagantes que je préfère ne pas te les dire. Ensuite, elle était bien désolée à cause de la tempête que nous avons dû affronter.

Je t'en supplie, pardonne-moi. Je ne peux pas revenir pour le moment, ma mère est malade. Je reste à son chevet quelques semaines. J'irai à la chasse, car elle a peu de provisions. Ne t'inquiète pas, je te donnerai des nouvelles régulièrement.

Embrasse très fort Mukki de la part de son père, ainsi que mes deux princesses, Marie et Laurence. N'oublie jamais combien je t'aime.

Toshan Clément Delbeau

— Merci, mon Dieu, il est vivant ! répéta Hermine. Charlotte, descends dire à maman que Toshan m'a tout expliqué. Je me lève et je vous rejoins. Dis aussi à Pierre de m'attendre, que je lui présente mes vœux. Et je dois le remercier. Comme c'est aimable à lui de s'être déplacé !

La fillette s'empressa de jouer les messagères. La jeune femme s'habilla, radieuse. Seule la mort était irrémédiable. À présent qu'elle avait la certitude de revoir son bien-aimé, de le toucher, elle se sentait prête à surmonter tous les obstacles.

« D'abord, je n'ai qu'à me résigner, mes filles seront nourries par une autre. Madeleine me plaît, elle est pieuse, discrète, délicate. Je peux lui faire confiance. Quand Toshan reviendra, je veux qu'il me trouve belle, qu'il me désire ! »

Rougissante, Hermine se coiffa. Avant de descendre, elle reprit la lettre, posa ses lèvres sur la signature de son mari et relut chaque mot avec délectation.

— Oh, Tala est malade ! se désola-t-elle. J'ai à peine pris garde à ce passage. Que c'est ennuyeux ! J'espère qu'elle se remettra vite.

Le comportement de sa belle-mère la déroutait, mais Toshan l'avait accoutumée aux bizarreries des Indiens.

« Cela fait partie de leur séduction, songea-t-elle. Depuis que je les connais, je ne vois plus les choses comme avant. Je réfléchis au sens de mes rêves, je découvre la loi du cercle un peu partout… »

Elle dévala les marches, vêtue d'un pantalon en jersey et d'un gilet en laine qui moulait ses seins. Cela déplaisait à son père, de la voir adopter une mode qu'il qualifiait d'excentrique et de révolutionnaire, mais elle était à son aise.

Pierre Thibaut se leva brusquement de sa chaise en la voyant.

— Bon matin, Hermine ! lança-t-il d'un ton enjoué. Et tous mes vœux de santé et de richesse !

— Ce n'est pas le premier de l'An, mais je te fais la bise ! répliqua-t-elle en riant. Tu m'as ôté un tel poids du cœur en jouant les facteurs !

Le jeune homme approuva d'un air embarrassé. Il admirait Hermine depuis longtemps. Lorsque ses lèvres tièdes frôlèrent sa joue mal rasée, il s'empourpra.

— Quel plaisir de revoir ma fille heureuse ! fit remarquer Laura. Ma chérie, tu as retrouvé ton beau sourire. Monsieur, je vous remercie moi aussi. Nous étions tous dans l'angoisse, depuis cette tempête. Certaines maisons du plateau sont endommagées, des toitures se sont effondrées.

— Il y a eu des dégradations, c'est sûr, assura Pierre. Mais Toshan Delbeau n'a peur de rien, lui. Il paraît que sa mère et lui, ils ont failli être engloutis dans le lac ; la glace se fissurait.

— Mon Dieu ! gémit Hermine. Toshan ne me l'a pas dit dans sa lettre. J'espère qu'il rentrera vite. Je ne le laisserai plus repartir avant le printemps.

Pierre Thibaut prit congé. Laura insista pour lui offrir une bouteille de vin blanc, un cru français dont le jeune Québécois ne soupçonnait pas le prix.

— Et reviens quand tu veux, ajouta Hermine. Avec ta femme et tes filles. Je t'aurais bien présenté mes petites jumelles, mais elles sont avec leur nourrice. Je te raccompagne.

Le temps sec et ensoleillé perdurait. Il gelait dur. Cependant, après de longs jours de grisaille, la clarté dorée qui faisait scintiller chaque détail du paysage enneigé semblait une bénédiction.

— Si jamais tu croises à nouveau mon mari, ajouta la jeune femme, dis-lui que nous allons très bien, les petits et moi. J'aurais peut-être pu lui écrire, si tu avais le temps. Je t'aurais confié la lettre.

— Désolé, Hermine, je ne retourne pas à Péribonka avant un mois, avoua-t-il. La poste ira plus vite, dans ce cas.

— Oui, et dans un mois mon mari sera là, de toute façon.

Elle rayonnait d'une joie innocente. Pierre, sa casquette entre les mains, hésitait à parler. Devait-il révéler à Hermine l'impression déplaisante qu'il gardait de sa rencontre avec Toshan… Celui-ci lui avait paru maussade, froid, soucieux et, encore, ces mots-là ne convenaient pas pour décrire ses traits durcis, son regard haineux. De plus, il se tenait au comptoir de l'auberge, déjà bien éméché.

— C'est la meilleure chose que je te souhaite, Hermine, dit-il en la saluant. À la revoyure !

— À la revoyure, Pierre !

Elle ne perçut rien d'anormal dans ce qui était à son avis une formule de politesse, de franche amitié. Apaisée, elle rentra auprès de sa mère. Laura l'embrassa tendrement.

— Nous pouvons respirer, maintenant, soupira-t-elle. Si par chance, l'électricité était réparée, nous serions comblés, n'est-ce pas ? Enfin, je fais l'impasse sur la mauvaise humeur de ton père. Jocelyn est un peu grincheux, ces jours-ci.

— Je suis certaine qu'il se tourmentait pour Toshan, affirma Hermine. Ils étaient assez proches, depuis Noël. Tout ira mieux très bientôt, maman !

La jeune femme avait raison. Une semaine s'écoula dans la sérénité retrouvée. Marie et Laurence se portaient à merveille grâce au lait et aux bons soins de Madeleine. La nourrice, qui n'avait jamais aussi bien mangé de sa vie, n'avait aucun souci pour allaiter les deux bébés en même temps. Mireille veillait à préparer de succulentes recettes, où prédominaient la viande et les légumes secs, lentilles, pois, fèves et haricots. Chaque matin, Armand Marois livrait un bidon de lait qui servait à élaborer des flans et des crèmes.

Entouré d'un joyeux univers féminin, hormis le petit Mukki, Jocelyn avait réussi à chasser de son esprit le malaise que lui avait causé la très brève visite de Tala. Il se montrait un père et un grand-père dévoué et aimable, un époux attentif.

Un changement notable vint parfaire l'harmonie générale. Hermine, qui ne craignait plus de contrarier Toshan, se remit à chanter. Dès qu'elle ne s'occupait pas de ses filles, qu'elle tenait à changer et à bercer, la maison résonnait des plus grands airs de l'opéra. Pour Laura surtout, c'était un vrai miracle. La voix d'or du Rossignol de Val-Jalbert s'élevait du matin au soir avec des intonations tour à tour tragiques ou enjôleuses. Mireille en dédaigna La Bolduc ; Jocelyn, auditeur passionné, en oublia pour de bon sa courte liaison avec Tala. Malgré son très jeune âge, Mukki cessait jeux et gambades afin d'écouter sa mère. Le spectacle était charmant. L'enfant ouvrait grand ses yeux noirs et joignait ses menottes, bouche bée.

Ce jour-là, debout près d'une des fenêtres du salon, Hermine faisait ses vocalises. Laura brodait un bavoir en coton aux initiales M et D, Marie Delbeau. Celui de Laurence était terminé depuis la veille.

La jeune femme s'interrompit d'un coup avec un soupir qui en disait long.

— Qu'est-ce que tu as, ma chérie ? demanda sa mère.

Jocelyn était sorti. Hermine put s'exprimer sans crainte.

— Je travaillais beaucoup mieux quand Hans m'accompagnait au piano, avoua-t-elle. Même pour répéter des airs, la musique est indispensable.

— Mais tu t'en sors très bien, pourtant, certifia Laura. C'est si beau ! Moi je préfère *Madame Butterfly*. Je ne m'en lasse pas. Et quelle histoire tragique ! Pour ma part, cet officier américain qui revient lui prendre son fils, je le réduirais en miettes, à sa place. La malheureuse se suicide. Rien que d'y penser, j'ai envie de pleurer.

— Cela ne résout pas mon problème, maman ! coupa Hermine, exaspérée. Comprends-moi, cette fois, je veux passer une audition. C'est plus fort que moi, je dois le faire. Je voudrais au moins savoir ce que des professionnels penseront de ma voix. Nous irons à Québec au mois de juillet. J'avais écrit le contraire à Octave Duplessis, mais si je lui téléphone du bureau de poste il sera sûrement ravi. J'ai pris ma décision grâce à Madeleine. Tu te souviens, au jour de l'An, j'ai chanté pour elle, rien que pour elle.

— Oh oui, je m'en souviens ! J'étais éblouie, mais un peu vexée, répliqua Laura.

— J'étais si heureuse ! Ma voix ne me trahissait pas, je me sentais en transe. Alors, tant pis pour les ennuis à venir, je ne renoncerai pas !

— Quels ennuis ? avança sa mère.

— Toshan sera difficile à convaincre, mais il devra céder ! J'ai beaucoup réfléchi depuis quelques jours, surtout après le mensonge de mon mari, quand il est parti ramener sa mère au bout du monde. Pourquoi s'est-il permis de me traiter ainsi alors que, moi, je m'efforce d'être une bonne épouse ? Il est le seul à s'opposer vraiment à ma passion pour le chant. Papa m'encourage, Madeleine, Simon et même Pierre Thibaut. Sans compter toi, Charlotte, Mireille, et ma belle-mère. J'estime avoir le droit de tenter ma chance. Je suis prête à vivre la moitié de l'année dans la cabane de Tala si, le reste du temps, je suis sur une scène.

— Bien dit !

Le cœur de Laura battait à tout rompre. Ce dont elle avait tant rêvé allait peut-être se concrétiser enfin. Des voyages, des séjours dans les grands hôtels de Québec et de Montréal, ou même d'Europe. Au bout de l'aventure, la gloire pour sa fille adorée.

— Je crois, ma chérie, que la solution n'est pas si loin de nous, dit Laura sur un ton complice. Continue tes gammes, je reviens. Je dois poser une question à Charlotte. Je crois que son institutrice est musicienne, cette demoiselle Calixte Gagnon[1] ! Elle serait sans doute enchantée de jouer sur un piano de cette qualité. Nous la traiterons avec soin ; nous lui offrirons du thé à la bergamote et des biscuits au beurre.

— Ma chère maman, tu es une vraie femme d'affaires, se moqua Hermine. Mais ce serait tellement pratique, elle pourrait venir après la classe et le jeudi.

Calixte Gagnon, accorte célibataire de trente-six ans, accepta d'emblée. Pénétrer dans cette grande maison luxueuse lui parut exaltant. Cela égayait aussi un quotidien assez austère, entre les cahiers de grammaire à corriger et la préparation des leçons.

Hermine fut très satisfaite de ses capacités au piano. Les répétitions se firent régulières, ainsi que les goûters, les réunions entre dames, Betty étant invitée également.

Jocelyn déclara d'un ton taquin qu'il y avait de plus en plus de femmes autour de lui.

— Vivement que mon gendre revienne ! disait-il souvent à la fin des repas du soir.

Il prit l'habitude de rendre visite à Joseph Marois. Les deux hommes disputaient de longues parties de cartes, quand ils ne montaient pas inspecter les locaux de l'usine de pulpe. La dynamo fonctionnait toujours, sous la responsabilité de l'ancien ouvrier, ce qui lui permettait de toucher un petit salaire.

1. Calixte est surtout un prénom masculin. Ce personnage est fictif. Le nom de l'institutrice laïque en fonction ces années-là est introuvable à ce jour.

Ils montèrent à la cabane à sucre au début du mois de février, ayant projeté ensemble de réparer le petit bâtiment, assez vétuste.

Les jours filaient, paisibles. Hermine avait reçu deux lettres de son mari par la poste. Il retardait sans cesse son retour en raison de l'état de santé de Tala. La jeune femme ne pouvait pas lui reprocher d'être un bon fils. Elle se languissait de lui, mais se livrait de toute son âme à son autre passion, le chant. Peut-être aussi que c'était un peu là une façon de répondre au léger sentiment d'abandon que lui causait l'absence de Toshan.

Le plus souvent confinée à l'étage dans la belle chambre qui lui était dévolue, Madeleine écoutait les airs de *Lakmé*, de *La Bohème* ou du *Faust* de Gounod. La timide nourrice indienne attachait peu d'importance aux paroles, mais elle tremblait et pleurait, bouleversée par la voix sublime qui montait jusqu'à elle.

Penchée sur Marie et Laurence, elle chuchotait alors :

— Encore, Kanti, encore ! Chante, chante, pour que le monde soit plus beau et moins cruel !

Cabane de Tala, mi-février 1934

La vieille Odina se balançait d'avant en arrière en agitant un tison de bois d'épinette qui dégageait une légère fumée odorante. En face d'elle, Aranck, sa fille cadette, les paupières mi-closes, chantonnait d'une voix gutturale. Les deux femmes invoquaient Manitou, l'esprit suprême, en lui demandant de ranimer la flamme de vie de Tala.

Toshan observait le visage de sa mère, empreint de sérénité. Elle ne dormait pas. Son âme libérée devait voyager parmi les étoiles ou dans le domaine mystérieux des rêves.

« Mère, sois en paix ! songea-t-il. Je ferai mon devoir ! »

Odina et Aranck avaient couché Tala entre des draps propres, dans le lit de la grande chambre, sous des couvertures de laine. L'enfant était née trois semaines avant terme. Pour cette raison, il régnait une chaleur inhabituelle dans la cabane. Elle ne devait pas avoir froid.

« Kiona[1], pensa encore le jeune Métis. Toute menue mais vigoureuse. Kiona, une pauvre petite fée qui doit peser cinq livres et quelques onces, en plus ! »

Il était assis près de la panière en fine vannerie où sa grand-mère avait niché le bébé. Plusieurs fois dans la soirée, il avait regardé d'un œil perplexe sa demi-sœur, qui était aussi celle de son épouse Hermine et serait également celle de l'enfant de Laura. Cela ressemblait à une fable. Odina et Aranck, portées à rire des choses les plus graves, jugeaient cela amusant. Mais la faiblesse anormale de Tala, au lendemain de l'accouchement, les avait ramenées à une gravité solennelle.

Tala la louve se mourait. Toshan refusait d'y croire. Sans plus réfléchir, il caressa la joue de Kiona. Son esprit tourmenté se tourna vers celle dont il était séparé et vers ses propres petits. Des mots lui

1. Prénom algonquin signifiant Fée.

vinrent. Pour se libérer du poids du secret, dans sa tête il écrivit une longue lettre à Hermine.

Ma petite chérie, si tu savais le mauvais hiver que je passe ! Ce n'est pas du froid, du gel, des tempêtes de neige dont je me plains, mais j'ai dû rester au chevet de ma mère, comme je te l'ai déjà dit. Seulement, tu ignores la vérité. Elle attendait un bébé et le père n'est autre que ton père à toi ! Voilà, je t'ai enfin mise au courant de cette ignominie. Et maintenant, je ne sais que penser en contemplant Kiona, notre sœur à tous les deux…

Eh oui, Tala a aimé Jocelyn, qui aimait Laura. J'ai cru devenir fou de colère, de douleur. J'ai haï, j'ai crié, j'ai eu envie de tuer. J'ai bu aussi, un peu trop. Sais-tu pourquoi, ma petite femme coquillage, si douce, si belle ? Le soir où nous sommes arrivés à la cabane, le 2 janvier, ma mère s'est enfermée dans sa chambre. Nous nous étions disputés, j'avais eu des mots durs, des mots méprisants, insultants même. Elle pleurait très fort, elle disait n'importe quoi. J'écoutais à la porte. Ensuite, il y a eu un silence total. J'allais m'endormir, couché devant la cheminée et, là, une voix a résonné en moi. Tu n'es pas obligée de me croire, c'était la voix de mon père, Henri. « Sauve ta mère ! » disait-il. Je me suis relevé et j'ai enfoncé la porte. J'étais encore plus fou que la veille. Maman était debout, de la mousse blanche au coin de la bouche. « Je ne veux pas mourir, mon fils ! » Elle a dit ça et je l'ai traînée dehors. Elle avait pris du poison. Je l'ai aidée à se faire vomir, je lui ai donné de l'eau. Par chance, la quantité d'arsenic était minime et le produit un peu vieux. Moi qui détestais l'enfant du péché, à cet instant, j'ai eu peur pour lui. J'en ai voulu à Tala d'avoir cherché à détruire cet innocent en se détruisant. Après ça, je n'ai pas osé la quitter ! Sauf quand je partais pour Péribonka avec mes chiens, sur le traîneau de l'homme que je déteste, que je ne veux plus jamais voir ni entendre.

Mon cousin Chogan est passé à la cabane. Je lui ai demandé d'aller prévenir ma grand-mère et ma tante. Elles sont arrivées depuis un mois. Je leur ai tout raconté, même si ma mère ne voulait pas. Hier, elle est partie dans la forêt, échappant à notre surveillance. Quand elle est revenue, elle tenait sous sa veste un nouveau-né. Kiona ! Odina pense que Tala a perdu la raison. Si c'est le cas, j'en suis le responsable, et ton père aussi.

Tu me manques, Hermine, ma chérie, mon tendre amour. Mukki me manque aussi et, en voyant Kiona, je pense à Marie et à Laurence, qui ont dû bien changer ! Toute cette histoire me tient éloigné de vous, j'en suis désolé. Ce soir, je suis désespéré. Ma mère est en train de mourir.

Aranck secouait Toshan par l'épaule. La lettre immatérielle qu'il venait d'écrire à Hermine avait eu le bienfait de le faire s'évader de la cabane.

— Mon neveu, s'enquit sa tante, est-ce que tu priais le Dieu des Blancs ? Tes lèvres s'agitaient, tu semblais bien loin d'ici.

Elle parlait en montagnais, mais il avait compris. Un regret le traversa. Jamais sa jeune épouse ne lirait ce courrier. Il ne pouvait pas trahir la promesse que lui avait extorquée Tala.

— Mon neveu, regarde, dit Aranck. Ma sœur respire mieux, elle a ouvert les yeux. Toshan, donne-lui son enfant.

— Non, fais-le, toi ! protesta-t-il, stupéfait devant la résurrection de sa mère.

Tala semblait se réveiller d'un sommeil réparateur. Elle eut un léger sourire en reconnaissant Odina et le décor de la grande chambre, construite du temps d'Henri Delbeau.

— Des loups hurlent au bord de la rivière ! déclara-t-elle. Ils ont faim, la grande faim de l'hiver. Moi aussi je suis affamée.

Ces paroles provoquèrent un joyeux remue-ménage. La vieille Indienne se leva et poussa sa fille cadette vers la pièce voisine. La mort n'avait qu'à chercher une autre victime. Elles firent un vrai tapage en brassant des casseroles et en fouillant les étagères.

Aranck n'avait pas confié Kiona à Tala. Toshan soupira avant de soulever le bébé et de le déposer avec délicatesse dans les bras de sa mère.

— Elle aura plus chaud près de toi, dit-il d'un ton radouci. C'est une très belle petite fille. Mais à présent, je voudrais que tu te rétablisses, maman, et que tu deviennes plus sensée. Grand-mère Odina prétend que tu es à demi folle ; prouve-nous le contraire. Tu dois élever Kiona et la rendre heureuse, car elle n'est pour rien dans la faute de ses parents. Demain matin, je pars pour de bon, cette fois. Vous avez assez de provisions et Chogan vous livrera du riz, des lentilles et du sucre avant le printemps.

Tala l'écoutait en fixant d'un air passionné son bébé.

— Tu es bon, mon fils, répondit-elle en le dévisageant enfin. Malgré ta colère, tu ne m'as pas abandonnée, tu m'as sauvée et Kiona aussi. Je dois te dire une chose importante. Ne voue pas trop de haine à Jocelyn Chardin ! J'ai eu pitié de lui, tout d'abord, puis j'ai décidé de le guérir pour qu'il reprenne sa place auprès de Laura et d'Hermine. Une force impérieuse m'a poussée vers lui, car c'est moi qui l'ai séduit et non le contraire. Comment savoir si l'être suprême ne nous a pas réunis pour que Kiona existe ? J'ignore pourquoi ton père n'a pas pu me donner d'autre enfant que toi ! Imagine ma surprise en me découvrant enceinte à mon âge ? Sois tranquillisé, mon fils, mon cœur ne souffre plus de cet amour interdit. Désormais, je ne suis plus seule, j'ai ma Kiona à choyer et à bercer. Je suis si heureuse ! Retourne auprès de ton épouse et de tes enfants !

Toshan eut un geste de lassitude. Il n'en était pas question. Il pouvait pardonner le désir d'un homme pour une femme, surtout dans les circonstances qu'il connaissait. Chardin se jugeait condamné et Laura allait se remarier. Mais il détestait le mensonge et la lâcheté.

— Non, mère ! Je vais chercher un job, j'ai besoin d'argent. Tu n'as pas oublié notre accord. Tu iras habiter chez grand-mère Odina. Je lui ai promis de changer les tôles de son toit et d'acheter de la nourriture et un fusil à Chogan. Je dois ensuite préparer notre cabane pour Hermine et nos petits.

Tala hocha la tête. Elle s'inclinait devant la volonté de ce fils qu'elle avait blessé et séparé de ceux qu'il chérissait. Mais l'idée de vivre dans la cahute misérable, plus au nord, où s'entassaient Aranck, Odina, Chogan et sa femme, ainsi que leurs enfants, ne lui plaisait guère.

— Avec Kiona contre ma poitrine, je pourrais loger dans une grotte, une tanière d'ours, affirma-t-elle cependant, arrogante et douce à la fois. Ne t'inquiète pas, mon fils, à ton retour, j'aurai quitté la cabane que ton père a construite pour moi.

C'était une manière ambiguë de faire comprendre à Toshan que le lieu lui appartenait et qu'elle acceptait de faire un lourd sacrifice. Il ne fut pas dupe, mais joua les indifférents.

— Repose-toi, mère ! dit-il simplement.

Il avait du mal à cacher le respect qu'elle lui inspirait par la force de son caractère, sa capacité à frôler la mort et à renaître l'heure suivante. Tala la louve ! Au fond, il était fier d'être son fils.

17

L'envol du rossignol

Val-Jalbert, 30 avril 1934

Avec l'aide de Charlotte, Hermine avait promené Marie et Laurence pour la première fois le long de la rue Saint-Georges. Les petites jumelles avaient grossi et grandi. Il fallait deux voitures d'enfant ; aussi appréciait-elle la présence dévouée de la fillette. La neige fondait à vue d'œil sous l'effet d'un soleil éclatant. Jour et nuit, la chute d'eau de la Ouiatchouan faisait entendre un grondement sourd, comme pour signifier aux humains qu'elle avait triomphé de l'hiver et avait hâte de sinuer à l'air libre pour se jeter dans le lac Saint-Jean, lui aussi en partie libéré de sa gangue de glace.

Stimulée par ce redoux qui annonçait le printemps, la jeune femme revenait du bureau de poste. Elle avait envoyé une lettre à Toshan, à l'adresse qu'il lui avait donnée dans un précédent courrier. Son mari travaillait à Val-d'Or depuis plus d'un mois. C'était une ville minière en plein essor, établie à plusieurs centaines de kilomètres à l'ouest du Lac-Saint-Jean.

Malgré toute sa bonne volonté, Hermine ne comprenait pas pourquoi Toshan avait accepté un travail aussi éloigné, sans même passer lui rendre visite à Val-Jalbert. Bien sûr, il lui avait donné quelques explications par écrit, mais cela n'avait fait que la tourmenter davantage.

« C'est offensant, qu'il prenne des décisions sans tenir compte de mon avis, songeait-elle. J'étais au courant de ses projets, mais quand même ! Nous habiterons la cabane de Tala, il veut la transformer en une maison confortable et je dois m'en accommoder, quitter mes parents et mon village. En conséquence, il lui faut de l'argent ! Et sa mère, qui adorait cet endroit, s'en va vivre ailleurs ! »

— Tu es triste, lui dit Charlotte tout bas. Je le sais, depuis trois jours tu ne chantes plus !

— Tu as raison. J'ai beaucoup de chagrin à cause du comportement de Toshan. Je voudrais tant qu'il revienne ! Cela fait quatre mois que je l'attends. Au début, je ne me suis pas inquiétée, mais là… On dirait qu'il n'a pas envie de revoir ses filles et son Mukki. Moi, encore moins. Je me fais des idées !

La jeune femme se confiait à Charlotte, car elle n'osait pas s'épancher auprès de ses parents. Enceinte de six mois, Laura passait son temps à tricoter et à coudre, sous l'œil attendri de Jocelyn. Dès qu'il était question de l'absence de Toshan, Hermine avait droit à des propos rassurants, mais un peu indifférents.

— Tu as de la chance d'avoir un mari qui préfère travailler que d'être entretenu par sa belle-famille, affirmait sa mère. Et il t'écrit régulièrement ; il fait de son mieux !

— Un homme en pleine force de l'âge comme Toshan a besoin d'espace et d'action, disait son père. Ne lui en veux pas, il a sa fierté.

Le dimanche précédent, Hermine en avait touché deux mots à Betty qui l'avait consolée en riant.

— Tu es bien une fille de Val-Jalbert, Mimine. Ici, grâce à l'usine, les femmes voyaient leur époux rentrer tous les soirs, mais dans d'autres régions ces messieurs ne sont là que six mois par an. Moi, j'avais prévenu Joseph, je voulais mon homme à la maison le plus souvent possible. Ne t'en fais pas, Toshan et toi serez vite réunis et tu auras un autre bébé l'année prochaine.

Un enfant par an, cela restait le rêve impossible de la douce Élisabeth Marois. Elle gardait un sentiment d'échec de ne pas avoir eu une nombreuse progéniture.

Bref, à écouter son entourage, Hermine aurait dû se réjouir de la situation, ce qui n'était pas le cas.

— Quelles idées te fais-tu ? interrogea Charlotte.

La jeune femme jeta un coup d'œil affectueux à sa petite compagne, bientôt adolescente. Cela se discernait à une poitrine naissante, à ses allures plus gracieuses.

— Je me dis que tout est ma faute, répliqua-t-elle. J'ai profité du départ imprévu de Toshan pour recommencer à travailler ma voix et à chanter autant que j'en avais envie. Les répétitions avec mademoiselle Calixte m'occupaient si bien l'esprit que je n'ai pas vu les semaines s'écouler. En plus, Madeleine est une si bonne nourrice que les petites ne sont pas un souci, juste un plaisir. Je les amuse, je les berce ou je les promène, comme aujourd'hui ; ce n'est que du bonheur. Je n'ai jamais lavé un lange et je les change rarement. Une vraie dame de la haute société !

Hermine plaisantait, mais sur un ton amer. Elle se reprochait à présent d'avoir cédé à la facilité.

— J'ai pris de mauvaises habitudes. Si je vais habiter au bord de la Péribonka, Toshan continuera à chercher un job. La moitié de l'année, je serai seule avec les trois enfants. Madeleine ne se plaint pas, mais je sais qu'elle a hâte d'entrer chez les sœurs de Notre-Dame-du-Bon-Conseil de Chicoutimi, en septembre. En fait, j'ai l'impression d'avoir trahi mon mari. Ou de lui avoir désobéi ; c'est un peu pareil.

Elle s'était assise sur la dernière marche du perron de l'ancienne maison de Mélanie Douné, cette veuve sympathique qui résidait désormais à Roberval. Charlotte s'installa à ses côtés, la mine soucieuse.

— Si tu pars vraiment, Mimine, qu'est-ce que je ferai, moi, ici ? Il faut que tu m'emmènes. J'aime bien Laura et Mireille, mais pas autant que toi ! Je t'aiderai. Je ferai le ménage et la cuisine. Et je m'occuperai de Mukki.

— Non, ma Charlotte, à la rentrée, maman veut t'envoyer au pensionnat pour que tu puisses devenir institutrice.

— Je suis assez savante. Je me moque des études. Hermine, ne me laisse pas !

Elle se blottit contre sa grande amie et éclata en sanglots. La violence de ce chagrin décontenança la jeune femme.

— Enfin, Charlotte ! Je serais ravie de te garder, mais ce serait égoïste de ma part. Il te faudra un métier, plus tard !

— Tu n'as qu'à faire carrière, comme dit ton

père, je te suivrai partout, je serai ta maquilleuse, ta femme de chambre. Mimine, je t'en supplie ! Peut-être que, Laura et Jocelyn, ils décideront de me rendre à mon père ou à Onésime ! Sa femme, Yvette, elle me déteste.

Hermine caressa les cheveux noirs de Charlotte, drus et frisés.

— Si tu continues, je pleure moi aussi, protesta-t-elle. N'aie pas peur, je ferai ce qui est le mieux pour toi. Il faut attendre la réponse de Toshan. Je lui ai parlé de mes projets, puisqu'il me détaille les siens. Cette fois, je ne mentirai à personne, surtout pas à mon mari. Je lui ai expliqué que je comptais passer une audition le mois prochain, parce que chanter m'apporte un bonheur prodigieux et que c'est là mon chemin invisible.

— Quel chemin invisible ? s'étonna la fillette.

— Quand j'ai rencontré Toshan, il m'a dit de très belles choses sur les croyances des Indiens. Il paraît que le monde est parcouru de chemins invisibles et que chacun de nous doit trouver le sien. Il prétendait que nous nous étions croisés ainsi, et que c'était un signe comme quoi nous devions vivre ensemble. Enfin, c'était à peu près ça. En plus complexe. Il y avait l'histoire du cercle, qui est une figure géométrique très importante. Notre vie doit tracer une sorte de cercle.

Charlotte soupira, mi-amusée, mi-découragée. Hermine ajouta encore, d'un ton grave :

— J'aime Toshan de toute mon âme, mais ce n'est pas toujours facile de le comprendre. J'espère que ton futur mari sera un garçon très gentil et très simple.

— Peut-être ! dit Charlotte qui pensait secrètement à Simon Marois.

— Viens, rentrons. Mireille nous a promis une tarte aux pacanes pour le goûter. Je suis soulagée d'avoir envoyé cette lettre. Toshan saura la vérité. S'il refuse que j'aille à Québec, tant pis.

— Tant pis, tu n'iras pas ? interrogea la fillette.

— Tant pis, j'irai quand même ! rétorqua la jeune femme. S'il veut m'en empêcher, il n'aura qu'à revenir à toute vitesse !

La réponse de Toshan arriva dix jours plus tard. Pendant plusieurs minutes, Hermine n'osa pas décacheter l'enveloppe. Elle la tournait et la retournait entre ses doigts, le cœur serré. Son mari pouvait annoncer son retour imminent, la sermonner, lui interdire de quitter Val-Jalbert. Elle pria en silence pour lire des mots pleins d'amour, de tendresse et de compréhension.

« Je croyais que je me soucierais peu de son opinion, c'est faux, songeait-elle en tenant la lettre à bout de bras. J'ai téléphoné à Octave Duplessis, il a prévu une audition le 18 mai en présence du directeur du Capitole et d'autres gens de la profession. Papa m'accompagne. Et je suis malade de peur. Dans le milieu du spectacle, on appelle ça le trac. C'est mademoiselle Calixte qui m'a appris l'expression. J'ai le trac ! »

Envahie par une violente angoisse, elle se décida enfin à parcourir les lignes tracées à l'encre violette par Toshan à son intention.

Hermine chérie,

Ces quatre mois sans toi ont été une épreuve très pénible mais, hélas, nous ne serons réunis qu'en juillet. Si tu pouvais me poster des photographies de nos filles et de mon petit Mukki, j'en serais heureux et je pourrais montrer mes enfants à mes collègues, qui sont de braves gars. Au moins, notre séparation a du bon, car je touche un salaire confortable et je dépense peu. Comme je te l'ai dit dans ma dernière lettre, j'ai déjà expédié de l'argent à mon cousin Chogan. Cela lui permettra de réparer la pauvre baraque où il habite avec sa famille et où ma mère va s'installer, puisqu'elle nous laisse la cabane et les terrains alentour. Ainsi, nous disposerons d'un logement décent. Plus je gagnerai, plus je pourrai prévoir des aménagements. Surtout, mon cher amour, ne m'en veux pas d'avoir pris toutes ces décisions. Si tu vois Pierre Thibaut, arrange-toi dès maintenant avec lui pour la traversée du lac Saint-Jean début juillet. J'y serai et dans quel état d'impatience !

Je n'ai plus qu'un but, me retrouver seul avec toi et nos petits. Réponds-moi rapidement, car je suis sans nouvelles depuis trop longtemps. Toshan qui t'aime.

— Toshan qui t'aime ! relut Hermine à haute voix. Mais ce n'est pas possible, on dirait qu'il n'a pas reçu ma dernière lettre ! Sans nouvelles depuis trop longtemps ! Mon Dieu, papa et moi prenons le train dans six jours !

La jeune femme n'avait aucune précision sur le nom de la société minière qui avait engagé son mari. Elle était dans le bureau de Laura et considéra l'appareil téléphonique d'un œil soupçonneux. L'installation datait de trois semaines environ.

« Maman utilise cette machine en riant de fierté, elle appelle son contremaître à Montréal et paraît à l'aise, mais moi, j'ai eu du mal à discuter avec Octave Duplessis. Je n'entendais presque rien, je criais. Si je pouvais téléphoner à Toshan, lui dire que je vais à Québec ! Je n'avais pas l'intention d'agir dans son dos ! Il déteste le mensonge ! »

Hermine s'enferma à clef et se plongea dans l'examen de l'annuaire. Elle avait un peu de temps. Mukki jouait dans le salon sous la surveillance de Laura et de Jocelyn, alors que Madeleine était à l'étage avec les petites jumelles. Après plusieurs essais infructueux et des conversations hasardeuses, grâce à une opératrice, elle put enfin parler à un des dirigeants de la compagnie minière qui employait Toshan. On lui promit que son mari pourrait la rappeler le soir même au numéro qu'elle indiquait.

La journée parut interminable à Hermine. Elle ne put rien avaler et se contenta de boire du thé et du lait chaud. Plus l'heure avançait, plus l'anxiété la torturait. Cependant, elle sut la dissimuler à ses parents. La sonnerie grêle, métallique de l'appareil résonna une dizaine de minutes avant le souper.

Laura allait se précipiter dans le couloir. La jeune femme l'arrêta d'un geste.

— C'est Toshan, maman, affirma-t-elle. Il m'a prévenue dans sa lettre qu'il téléphonerait. Il faut bien profiter du progrès !

Blême, tremblante, elle courut décrocher. Sa mère n'insista pas. Elle rejoignit Jocelyn dans la salle à manger, une main posée sur son ventre arrondi. Ce geste discret attendrissait le futur père au crâne dégarni et à la moustache grise. Il lui fit un clin d'œil ému, l'air de dire : « Laisse nos amoureux tranquilles, viens près de moi ! »

Hermine se sentait prête à s'évanouir. Son cœur battait la chamade dans sa poitrine. Le combiné en bakélite noire collé à l'oreille, elle attendit.

— Hermine ? C'est Toshan ! Qu'est-ce qui se passe ? J'ai eu une de ces peurs quand le patron m'a dit que je devais t'appeler ! Un des enfants est malade ?

— Tout va bien, ne crains rien, bredouilla-t-elle très émue d'entendre sa voix. Mais je t'ai envoyé une lettre il y a dix jours, tu ne l'as pas reçue ?

— Non, et je commençais à m'inquiéter ! répondit-il.

— Moi, j'ai eu la tienne, j'étais contente, sais-tu !

— Alors…

— Toshan, tu me manques tellement, gémit-elle avant de se mettre à pleurer. Tu m'as quittée quinze jours après mon accouchement, tu te rends compte ! J'avais besoin de toi !

Les larmes la suffoquaient, tandis qu'elle exprimait sa peine contenue, son incompréhension.

— Tu as causé tout ce dérangement pour me dire ça ? s'exclama son mari à l'autre bout du fil. Tu crois que je ne suis pas malheureux loin de vous ? Une lettre aurait suffi.

Hermine dut se forcer pour avouer son prochain voyage. Elle reprit son souffle et débita vite quelques phrases confuses.

— Quoi ? hurla Toshan. Aller à Québec passer une audition ! Et que veux-tu que j'y fasse à présent, puisque tu me mets au pied du mur ? Vas-y, si cela t'amuse, mais à ton retour organise-toi pour emporter toutes tes affaires à la cabane cet été. Fais des caisses, une malle ! Bref, Tu dois avoir ce qu'il faut pour l'hiver prochain. Dans ma prochaine lettre, je te donnerai d'autres consignes. Je t'embrasse, ma chérie. Je fais partie d'une équipe de nuit, ce soir.

— Toshan, je t'aime ! Merci, pour Québec… Moi aussi je t'embrasse !

Un son répétitif lui indiqua que son mari avait raccroché. Elle était encore plus abattue et angoissée qu'auparavant.

— Je déteste cette invention, se lamenta-t-elle. Et Toshan aurait pu me parler plus longtemps.

Jocelyn frappa à la porte et entra sans attendre de réponse. Il dévisagea sa fille, ravissante dans la pénombre dorée du crépuscule.

— Est-ce que ton mari va bien ? s'enquit-il. Mais tu pleures ? Qu'est-ce qui se passe ?

Hermine se réfugia contre l'épaule paternelle en s'étonnant encore une fois de se sentir si proche de cet homme qui était un inconnu pour elle un an plus tôt. Les liens du sang avaient vite repris leurs droits grâce à des heures et des heures de dialogue, de complicité.

— Papa, je suis si heureuse que tu sois près de nous ! Chaque fois que je te vois avec maman, c'est comme un rêve pour moi. Je me dis que mes parents sont réunis, enfin…

— Pour moi aussi, c'est comme un rêve ! Allons, confie à ton père ce qui te chagrine !

Elle lui résuma brièvement la situation. Il eut un bon sourire.

— Tu t'accoutumeras vite à la technologie moderne. Toshan n'était sans doute pas à l'aise lui non plus. S'il t'appelait d'un endroit passant, que ses collègues allaient et venaient, il ne pouvait pas s'exprimer à sa guise.

— Mais il n'y a pas que ça ! se plaignit-elle. Pourquoi a-t-il pris un job à Val-d'Or, si loin d'ici, sans même me rendre visite avant de partir là-bas ?

La jeune femme préféra ne pas en dire davantage. Ses parents ignoraient tout des projets de leur gendre. Elle repoussait sans cesse l'échéance d'une discussion qui serait douloureuse, elle en était certaine.

— Ma fille chérie, oublie un peu tes soucis d'épouse, l'implora Jocelyn. Je suis impatient de t'accompagner à Québec. Pendant mon séjour au sanatorium, je m'ennuyais ferme et j'ai beaucoup lu. L'histoire de notre pays est très intéressante, car c'est une terre d'émigrants, de colons. J'ai hâte de revoir le Château Frontenac[1] en ta compagnie, le port si pittoresque et les plaines d'Abraham. Tu verras le Saint-Laurent. Au fait, savais-tu que c'est Jacques Cartier[2], un Français, un Breton plus précisément, qui a découvert le Canada et lui a donné ce nom ? Grâce à cet illustre personnage, le golfe et le fleuve Saint-Laurent ont figuré sur les cartes. C'est lui aussi qui, le premier, a décrit ces territoires et les animaux

---

1. Le Château Frontenac fut nommé ainsi en l'honneur de Louis de Buade, comte de Frontenac, qui fut le premier gouverneur de la colonie de la Nouvelle-France de 1672 à 1682 et de 1689 à 1698.

2. Navigateur et explorateur français, né à Saint-Malo en 1491, mort en 1557.

qui les peuplaient. Imagines-tu la tête d'un Français confronté à un vieil orignal mâle !

— Papa, je connais bien Jacques Cartier et son histoire, soupira Hermine. Les leçons des sœurs étaient très instructives. Mais tu pourras me servir de guide ; je suis curieuse de visiter Québec, moi aussi. Dommage que maman ait renoncé à venir !

— Ordre du docteur ! renchérit son père. Pas de déplacement en train ni en bateau. Et, pour la même raison, Charlotte doit rester ici. Jamais ta mère ne pourrait se charger de Mukki dans son état.

Hermine approuva, résignée. Ce qui l'attristait le plus, c'était la profonde déception de la fillette.

« Ce sera peut-être l'unique occasion de lui faire découvrir une grande ville ! déplora-t-elle en son for intérieur. Chère petite Charlotte, rien que pour la consoler, je retournerai à Québec, avec elle. »

Le jour fatidique du départ arriva. La maisonnée était en émoi. Madeleine reniflait, Mireille aussi. Hermine embrassa ses filles jusqu'au dernier moment en retenant ses larmes. Laurence et Marie, qui avaient quatre mois et demi, semblaient fascinées par l'agitation générale. Laura relisait à Jocelyn la liste de tous les produits pour bébé qu'il devait acheter.

— N'oublie rien, je ne trouverai pas l'équivalent à Roberval ni à Chambord.

Mukki s'accrocha au cou de sa mère en pleurant, ce qu'il ne faisait jamais d'habitude. Charlotte essayait de paraître enjouée, mais elle arborait un mince visage dépité. Mademoiselle Calixte était venue dire au revoir. Elle avait été témoin d'innombrables répétitions et jugeait indispensable d'encourager la jeune femme.

— Le Rossignol de Val-Jalbert prend son envol ! déclara-t-elle en souriant. Vous charmerez votre auditoire, Hermine, n'ayez aucune crainte.

— Merci, c'est très aimable ! répondit-elle, déjà malade d'appréhension.

— Que vas-tu chanter ? demanda Laura, affolée.

— Maman, je te l'ai dit tout à l'heure ! L'*Air des clochettes* et celui de Marguerite, dans *Faust*.

— Ah oui ! Quand cette malheureuse appelle les anges du ciel à son secours, contre le diable, se souvint sa mère. Et rien d'autre ?

— Je n'en sais rien, maman. Je te raconterai l'audition en détail dès mon retour, juré !

Laura la serra contre elle. Elle aurait tant aimé suivre son mari et sa fille, partager leurs émotions et leurs repas.

— Ce n'est pas juste ! constata-t-elle. J'aurais tant voulu être avec vous.

Les adieux durèrent longtemps.

Lorsque Jocelyn fut assis dans un wagon, Hermine à ses côtés, il poussa un long soupir.

— Quelle aventure ! dit-il. Un peu plus et nous manquions notre train. Comment te sens-tu, ma petite chérie ?

— Je suis exténuée, papa ! reconnut la jeune femme. Et j'ai le cœur gros. C'est si inhabituel, de laisser mes enfants derrière moi ! Je ne les ai jamais quittés plusieurs jours d'affilée. Je ne suis pas une très bonne mère.

— Mais si, ne dis pas de bêtises !

— Je commence à comprendre Toshan, quand il m'expliquait que je ne pouvais pas devenir chanteuse, affirma-t-elle. Les autres femmes font passer leur foyer, leur famille avant toute chose, alors que j'en suis incapable.

— Peu de ces femmes ont un don aussi prodigieux que le tien ! s'écria Jocelyn. Ce serait du gâchis de ne pas tenter ta chance.

Il lui étreignit la main en la couvant d'un chaud regard adorateur. Le convoi s'ébranla dans un concert de grincements, de sifflements, d'appels et d'au revoir sur le quai de Chambord Jonction. Hermine se souvint du précédent départ. Au moins, elle tenait Mukki dans ses bras.

— Trop tard, nous ne pouvons plus descendre ! plaisanta Jocelyn. Cela me fera tout drôle, de passer en gare de Lac-Édouard. Cette fois, tu seras près de moi. Tout est différent.

— Oui, c'est vrai. Quelle chance extraordinaire que tu sois guéri de cette redoutable maladie ! répliqua-t-elle. Dieu est bon d'avoir permis ce miracle.

Il toussota en pensant que c'était surtout une belle Indienne amoureuse qui l'avait tiré des griffes de la mort.

« Et j'ai été bien ingrat, le jour du premier de l'An, pensa-t-il. J'aurais dû me montrer plus chaleureux, plus accueillant. Tala s'est sentie humiliée par ma froideur. »

Cela ranima l'inquiétude confuse qu'il avait au sujet de Toshan. Le comportement du jeune Métis lui paraissait anormal, même si lui-même prétendait le contraire devant sa fille. Si son gendre savait la vérité, maintenant, il ne reviendrait jamais à Val-Jalbert.

— Alors, papa, ces leçons d'histoire ! avança Hermine gentiment. Si tu ne me parles pas pendant tout le voyage, je vais me languir de mes petits, de Charlotte et de maman !

— Dans ce cas, je vais me creuser la cervelle, dit-il en riant.

Hermine avait envie de pleurer. Certes, Toshan ne s'était pas opposé à cette expédition pour Québec, mais il avait qualifié l'audition d'amusement.

« Au fond, il doit être furieux. Il n'osait pas me l'interdire, parce qu'on l'écoutait, sans doute… Ensuite, je ferai ce qu'il veut, je vivrai dans la cabane de Tala. Nous avons été séparés durant des mois ; je ne suis plus moi-même sans lui. »

Jocelyn avait mis à profit le silence de sa fille.

— Sais-tu ce qui m'a toujours fasciné ? commença-t-il. La dure existence des premiers colons. Nos ancêtres ont débarqué sur un continent dont ils ignoraient tout. Beaucoup furent cruellement éprouvés par leur premier hiver au Canada. Ils n'étaient pas préparés à un froid aussi intense. Au début, les populations indiennes se sont montrées secourables. Elles offraient des remèdes contre le scorbut, le redoutable mal qu'on attrape sur les bateaux ou pendant les longs hivernages, quand on est privé de produits frais, de légumes ou de fruits. La plupart de nos petites villes se sont développées à partir d'un poste de traite. Les Montagnais et les Hurons ont vite compris qu'ils pouvaient gagner de l'argent ou des objets en vendant des fourrures, mais les colons aussi.

— Et Tadoussac, là où est née notre chère gouvernante, fut l'un des premiers postes, enchaîna

Hermine. Jacques Cartier jugeait le lieu très agréable. J'aimerais y passer en bateau, un jour. C'est à l'embouchure du Saguenay, là où la rivière se jette dans le Saint-Laurent. Mireille me l'a bien expliqué. Elle m'a parlé aussi du cap Trinité, une sorte de falaise de plus de neuf cents pieds, sur laquelle se dresse une énorme statue de la Sainte Vierge[1].

— Je l'ai vue quand j'étais jeune homme ! indiqua Jocelyn. En 1900 ! Je voyageais avec mon père qui m'a raconté que cette statue de Notre-Dame-du-Saguenay avait été sculptée après les mésaventures de Charles-Napoléon Robitaille, un voyageur de commerce. Le malheureux devait traverser le cours d'eau et la glace s'est rompue sous lui. Il se croyait perdu, et il a imploré la Vierge Marie. Il s'est retrouvé sain et sauf sur une autre plaque de glace. Notre homme était si heureux qu'il a tenu à rendre hommage à la Sainte Vierge. On dit que la statue est en bois de pin, mais elle est revêtue de fines plaques de plomb, ce qui l'a protégée de la pluie et de la neige jusqu'à présent. Peut-être que nous pourrions rentrer à Chicoutimi en bateau ? Est-ce que ça te plairait ?

— Oh oui, beaucoup ! De toute façon, tant que je n'aurai pas passé l'audition, je ne serai pas tranquille. Au retour, j'apprécierai mieux les paysages.

Ils continuèrent à discuter à voix basse. Jocelyn tentait de dérider la jeune femme, mais il percevait sa nervosité à fleur de peau. Elle était pâle, avait le

1. Cette statue fut sculptée par Louis Jobin en 1881. Elle mesure 9 mètres de haut et pèse plus de 3 tonnes.

regard lointain et s'acharnait à pétrir entre ses doigts un joli mouchoir en soie, qui, chiffonné, ne ressemblait plus à rien.

Derrière les fenêtres du wagon défilait un paysage d'une grande beauté mais un peu monotone. La forêt s'étendait de chaque côté de la voie ferrée. Jocelyn se montrait plus attentif lorsque le train empruntait un des nombreux ponts jalonnant le trajet. Il désignait à sa fille la rivière en contrebas, grossie par la fonte des neiges. Après avoir partagé avec son père le pique-nique que Mireille leur avait préparé, Hermine ne tarda pas à somnoler.

Lorsqu'ils s'arrêtèrent à la gare de Lac-Édouard, son père la vit ouvrir de grands yeux surpris.

— Où sommes-nous ? demanda-t-elle, ensommeillée.

— Près du sanatorium où je t'ai vue apparaître, ma petite chérie, lui dit Jocelyn. Mon Dieu que j'étais malheureux, à cette époque ! Mais tout a changé, n'est-ce pas ? Nous irons à la cathédrale de Québec allumer un cierge pour rendre grâce au Seigneur de nous accorder tant de bienfaits.

La jeune femme approuva, émue. Elle observait le va-et-vient des voyageurs descendant à Lac-Édouard.

— Tu as raison, papa. Le destin est tellement singulier. Si la locomotive n'avait pas eu cette avarie, cet hiver-là, je n'aurais pas passé la nuit au sanatorium, tu n'aurais pas su que maman était vivante. Il faut croire que tout est écrit à l'avance.

Hermine eut un sourire attendri. Le convoi se remettait en marche. Elle songea à sa chère sœur Victorienne. La vieille religieuse devait continuer à travailler dans l'établissement.

— Je voudrais voyager plus souvent. J'aurais pu aller embrasser sœur Victorienne, si nous avions eu le temps de nous arrêter ici. Mais elle ne serait pas contente de me savoir en route pour Québec. J'ai dormi dans sa chambre et elle m'a bien recommandé de renoncer à une carrière de chanteuse.

— C'est normal, en général les religieuses ont des principes fermes sur le devoir d'une épouse et d'une mère ! concéda son père. Moi, je suis d'accord avec Joseph. Quand il avait encore ta tutelle, il s'y est mal pris en essayant de faire fortune avec ton talent, à une modeste échelle de surcroît, mais il avait du flair !

— Sans doute ! soupira-t-elle. Sais-tu que j'ai rencontré une personne très sympathique, à Lac-Édouard ? Une certaine Badette, qui est journaliste. Elle était si gentille ! D'ailleurs, je lui dois mon récital improvisé. Elle tenait à ce que je chante pour les pensionnaires.

— Alors, je la bénis ! affirma-t-il.

— Badette habite Québec. Je ne la reverrai jamais !

— Tu ignores ce que l'avenir te réserve, ma chérie, assura Jocelyn avec un bon sourire.

Il faisait assez chaud. La jeune femme se rendormit. C'était sa façon à elle de fuir le fameux trac qui ne la quittait pas et de ne pas se morfondre au sujet de ses enfants. Son père ne s'en formalisa pas et se plongea dans la lecture de *La Presse*. Il savourait la présence de sa fille, profitant de son sommeil pour la contempler à son aise. Mais elle se réveilla en fin d'après-midi et, cette fois, ce fut elle qui se lança dans un interminable discours sur les opéras qu'elle aimerait interpréter dans les grands théâtres d'Europe où s'étaient produits les plus illustres noms de l'art lyrique, surtout l'exceptionnel Caruso.

Le train entra à dix-neuf heures trente dans la gare du Palais, le terminus de la ligne. Hermine s'était assise le nez à la vitre pour découvrir Québec. Elle avait aperçu d'innombrables maisons, des toits, des cheminées à perte de vue et aussi l'imposante silhouette du Château Frontenac, perché sur le Cap Diamant. On devait encore ce nom à Jacques Cartier, l'explorateur français, qui avait découvert des pierres brillantes dans la falaise. Il avait émis l'hypothèse qu'il s'agissait de diamants, mais les échantillons rapportés en France en 1542 s'étaient avérés du quartz. Par dérision, les générations suivantes avaient baptisé le lieu Cap Diamant.

— Mais papa, c'est vraiment immense ! Comme je suis sotte, je ne pensais pas qu'il existait des villes pareilles ! Je ne connais que Roberval, Chambord et Val-Jalbert…

— Si tu voyais New York, tu te trouverais mal, ma chérie, répondit Jocelyn qui remettait sa veste et son chapeau. J'ai cherché un job là-bas, mais au bout d'une semaine j'ai préféré regagner la campagne.

Laura avait veillé à l'élégance de son mari. En costume trois-pièces gris et chemise blanche, Jocelyn Chardin avait fière allure. Hermine, envahie d'une exaltation soudaine, considéra son père d'un œil nouveau. Il se confiait peu, avare des souvenirs relatifs à ses années d'errance.

— J'ai vu des photographies de New York, dit-elle. C'est très impressionnant.

Ils se sourirent, tous les deux impatients de descendre du wagon. La jeune femme eut un premier choc en sortant de la gare. Celle-ci lui fit l'effet d'un château avec ses deux tours coiffées d'une toiture pointue en plaques de zinc, encadrant la porte principale surmontée d'une magnifique ouverture vitrée. Le beau monument était de proportions imposantes. Édifié en 1915, il servait de point de départ vers Montréal par la rive nord, et vers la Gaspésie par la rive sud en empruntant le pont de Québec.

Jocelyn s'approcha d'un taxi, suivi par Hermine, totalement désemparée. Elle était assourdie par tous les bruits alentour, le passage d'un tramway[1] ou les vrombissements de moteur des automobiles. De nombreux voyageurs déambulaient, encombrés de leurs bagages.

— Où allons-nous, papa ? demanda-t-elle d'une petite voix angoissée.

— D'abord à l'hôtel, ma chérie. N'aie pas peur, sinon, à tes airs craintifs, tout le monde va deviner que tu arrives tout droit des fins fonds du pays.

— Je m'en moque ! précisa-t-elle en se réfugiant sur la banquette arrière du taxi.

À cet instant, Hermine regrettait de tout son cœur d'avoir mis au point la fameuse audition au Capitole. Son père prit place à ses côtés et lui tint la main, comme si elle n'était qu'une fillette.

— Notre chère Laura a tout prévu ! dit-il. Nous logeons au Château Frontenac. Ce soir, après le souper, nous pourrons nous promener sur la terrasse Dufferin. Il paraît que la vue sur le Saint-Laurent est

1. Dès 1897, des tramways électriques sont mis en place à Québec.

splendide. Tu as intérêt à te faire belle, que je me pavane à ton bras.

— Maman m'a prêté deux robes ; j'espère que je ne te ferai pas honte !

— Toi, me faire honte ! protesta-t-il. C'est impossible ! Tu es si jolie, ma petite fille.

— Mais, papa, les chambres de cet hôtel doivent coûter un prix exorbitant ! J'ai consulté une revue qui vantait l'établissement ; c'est le grand luxe. Maman n'aurait pas dû, elle qui se plaint de la crise. L'usine Charlebois, à Montréal, fonctionne au ralenti. Je n'ai pas envie de la ruiner !

— Tu n'es pas au courant des affaires de ta mère, et je le suis peu également, répliqua Jocelyn. Cependant, je peux te dire une chose, elle a vendu la demeure de Franck Charlebois à des Américains. Grâce à ce joli magot, nous avons de quoi finir nos jours dans l'opulence. Cela me déplaisait, il y a quelques mois, mais je me suis résigné. Quand j'ai écrit la nouvelle à ma sœur Marie, elle m'a retourné un courrier moins virulent. Je pense qu'elle nous rendra visite cet été à Val-Jalbert afin de faire la connaissance de tes petits.

La jeune femme fut un peu surprise. Ses parents savaient être discrets dans certains domaines.

« Je ne serai plus à Val-Jalbert, cet été, songea-t-elle. Je n'ai pas l'intention de me fâcher avec Toshan. Je m'installerai comme il le souhaite dans la cabane de Tala. Après tout, je me sens mieux là-bas, en pleine forêt, que dans cette ville ! »

La vision du Château Frontenac lui fit oublier ses doutes et ses appréhensions. La majestueuse façade de brique rose, la grosse tour et l'alignement des fenêtres, les toits et les tourelles, tout était irisé de pourpre et d'or par le soleil couchant. Bouche bée, Hermine s'émerveilla devant la magnificence de l'édifice près duquel régnait une animation de fourmilière. Les touristes, déjà au rendez-vous estival, parcouraient une longue étendue de planches, ponctuée de kiosques en fonte et en fer forgé. Beaucoup s'étaient accoudés à la rambarde donnant sur le vieux port et le fleuve Saint-Laurent. Des goélands volaient dans un ciel bleu lavande.

— Nous dormons ici ? demanda-t-elle tout bas, de peur d'être la risée du chauffeur de taxi.

— Comme bien des voyageurs, dit Jocelyn. En fait, le Château Frontenac a été construit pour développer le tourisme de luxe. C'était une idée de la compagnie ferroviaire Canadien Pacifique. Il paraît que son architecture ressemble à celle des châteaux français de la Renaissance. Demain, nous visiterons la Citadelle, l'ancien camp militaire. Jadis, il y avait déjà un château à cet endroit, le château Saint-Louis. Viens, il faut descendre de la voiture.

— Comme tu es savant, papa ! dit-elle, sidérée.

— J'ai juste une bonne mémoire et j'occupe mes journées à bouquiner, plaisanta Jocelyn. Du coup, je peux faire le malin.

Sa valise à la main, Hermine fit quelques pas vers l'entrée de l'hôtel. Une porte vitrée lui renvoya son reflet et elle reprit confiance. Elle ne différait en rien des jeunes femmes de son âge qu'elle venait de croiser. Pourtant, se sentant perdue parmi tous ces inconnus et très intimidée, il lui vint à l'esprit une singulière pensée.

« Si je devenais aussi célèbre que Enrico Caruso ou Emma Lajeunesse, si tous ces gens m'avaient applaudie sur scène dans un des rôles que je rêve de jouer, je n'aurais pas à trembler à l'idée d'être ridicule ou gauche. On me regarderait, on saurait qui je suis. Mon Dieu, mais c'est de l'ambition, ça, de l'orgueil ! »

Son éducation religieuse refaisait vite surface. Toute son enfance, on lui avait recommandé d'être modeste et charitable. Presque effrayée par son désir de gloire, Hermine vit à peine le décor somptueux du hall et du salon. Ils prirent un ascenseur en compagnie d'un groom très stylé dans sa livrée rouge. Jocelyn lui donna un pourboire quand il eut déposé leurs bagages dans la première chambre. Une porte double communiquait en effet avec une seconde pièce. La splendeur des tapis, des rideaux, des meubles et de la literie les plongèrent tous les deux dans un état de ravissement incrédule. Des tableaux représentant des vues de la ville agrémentaient les murs tapissés d'un papier gaufré à ramages, couleur de miel.

— Papa, c'est splendide ! dit la jeune femme après un long silence.

— Je n'ai jamais mis les pieds dans un endroit pareil, nota son père. Ma chère Laura aurait été aux anges, ici.

— Il faudra que vous reveniez tous les deux, s'il reste quelques dollars à maman après notre séjour, hasarda Hermine. Quand je pense que le pays a traversé une terrible crise économique qui n'est pas encore résolue ! Tu imagines tout l'argent qui a été dépensé, rien que pour ces chambres. Et l'hôtel est immense. J'appelle ça de l'injustice, du gaspillage !

— Que veux-tu y faire ? répliqua Jocelyn. Cela fournit aussi un emploi à de nombreuses personnes.

Il prenait possession des lieux, ouvrant une armoire, tapotant le lit avec des gestes hésitants, vaguement respectueux. Il se dirigea vers une des fenêtres et l'ouvrit.

— Approche, ma chérie. Ne te pose plus de questions et n'aie plus de cas de conscience. Regarde !

Le jour ne voulait pas mourir. Des lueurs sanglantes irisaient les eaux sombres du Saint-Laurent. La ville étalée sur ses berges s'illuminait peu à peu, et c'était comme un semis d'étoiles qui seraient tombées du ciel pour parer la vieille cité québécoise d'une toilette de fête.

De la musique montait vers eux. Un orchestre jouait une valse dans un des kiosques de la terrasse Dufferin. Hermine suivit des yeux la lente avancée d'un cargo en partance vers l'océan. Elle pensa à Toshan, exilé dans une vallée minière, sans doute logé dans un baraquement.

« Celui que j'aime s'échine à travailler dur, loin, si loin de moi. Il veut nous réunir dans le coin de terre qui l'a vu naître. Et je suis là, dans un château de conte de fées, à contempler le plus beau paysage du monde. Mais sans lui… »

La jeune femme dissimula son chagrin à son père. Elle s'installa dans la chambre voisine et découvrit la salle de bains, aussi somptueuse que le reste.

« Ce soir, je prendrai un bain, se promit-elle. Maintenant, je dois m'habiller pour le souper. »

Elle choisit une robe vert pâle élégante mais d'une coupe sobre. Sa mère lui avait prêté un collier de perles dont l'éclat très doux convenait à son teint clair. Elle dénoua son chignon et brossa ses longs cheveux blonds. Aucune mode ne l'aurait décidée à les couper.

Son père la trouva ravissante. Ils partagèrent un savoureux repas sous les lustres à pampilles de la vaste salle à manger. Hermine dégusta des crevettes et des filets de saumon, suivis d'une glace nappée de crème fouettée. Elle n'avait pas faim ; il lui semblait que le compte à rebours était commencé, que chaque minute la menait inexorablement vers l'audition. Jocelyn se régala d'un filet de bœuf au poivre et d'une portion de gâteau au chocolat. Ils échangèrent quelques paroles anodines, gênés par le bruit de fond que créaient les conversations des autres clients ainsi que les tintements de couverts.

Ils furent soulagés de prendre enfin l'air en se promenant sur la terrasse Dufferin. La nuit demeurait fraîche, mais le vent drainait d'exquis parfums de fleurs et d'herbe coupée, mêlés à la senteur plus puissante des eaux salines du Saint-Laurent.

— Marchons jusqu'aux abords de la Citadelle, proposa Jocelyn. J'ai lu que Québec était une des seules villes fortifiées du Canada et même d'Amérique du Nord. Ses remparts sont un témoin de notre histoire.

Le passé militaire de la cité n'intéressait guère la jeune femme. Elle avait surtout hâte de voir le Capitole, les rues marchandes et leurs boutiques.

— Demain, j'achèterai des cadeaux pour Mukki, Charlotte, maman et Mireille ! dit-elle d'un air posé. Les jumelles sont si petites, ce serait absurde de leur offrir un joujou. J'oubliais Madeleine, alors que je sais très bien ce que je veux lui rapporter. Un missel et un chapelet en argent.

— J'ai des courses à faire, moi aussi, déplora son père. Laura désire bercer notre enfant dans de la lingerie anglaise et il faut un hochet de qualité et des chaussons. Nous irons dans le quartier Saint-Roch, rue Saint-Joseph[1], là où se trouvent des boutiques en grand nombre. C'est une avenue très fréquentée. Et, après-demain, ma fille, tu passes ton audition.

— Hélas, je ne pense qu'à ça ! avoua-t-elle. Je me demande quelle robe porter, comment me coiffer et j'ai l'impression que je n'arriverai jamais à sortir un son de ma bouche.

Malgré toute la gentillesse et les paroles rassurantes de son père, une présence féminine lui faisait défaut. La confiance naïve de Charlotte ou l'enthousiasme fervent de sa mère lui manquaient, ainsi que leurs conseils et leurs rires.

Après avoir contemplé les remparts de la Citadelle et ses murailles interminables, ils firent demi-tour et rentrèrent au Château Frontenac. Seule dans sa chambre, la jeune femme céda à une joie quasiment enfantine en détaillant le cadre somptueux dans lequel elle allait dormir. Elle se baigna avec volupté, alanguie par l'eau chaude et parfumée. Puis, dénudée, sa chair nacrée constellée de gouttelettes, elle s'observa dans un miroir.

Cinq mois après son accouchement, son corps présentait des formes parfaites. Moins mince que dans son adolescence, Hermine demeurait svelte, avec des seins ronds et fermes, une taille bien prise

1. La rue Saint-Joseph a été surnommée la Broadway de Québec, en référence à New York et à sa célèbre avenue commerçante.

et des hanches de Vénus grecque. Les yeux fermés, elle s'autorisa une rêverie sensuelle. Toshan était là, lui aussi, également nu.

« Je tendrais les mains et je sentirais son torse lisse, musclé ! Il m'enlacerait et il me pousserait en riant, tout droit vers le lit ! »

Elle retint une plainte de frustration. Le désir d'amour la hantait. Mais elle se résigna et enfila une chemise de nuit. Une fois allongée entre des draps satinés, elle se morfondit, sachant qu'aucun miracle ne se produirait. Toshan ne surgirait pas de la pénombre pour la griser de caresses, la faire sienne et lui donner ce plaisir foudroyant que procure l'extase.

— Toshan, murmura-t-elle, mon bien-aimé, pardonne-moi.

Hermine ne savait plus au juste ce qu'elle avait fait de mal. Son mari et elle étaient séparés depuis le premier jour de l'année et cela lui semblait à présent une absurdité.

Elle s'endormit cependant très vite, épuisée par le voyage et les nerfs malmenés par le dépaysement.

Le lendemain, Jocelyn tint parole. Ils visitèrent le cœur de Québec et flânèrent le long de la rue Saint-Jean pour examiner d'un air songeur la façade monumentale du Capitole. Le grand théâtre, dont la construction s'était achevée en 1903, était souvent appelé l'Auditorium. De structure arrondie, édifié en briques roses comme le Château Frontenac, il remplissait les fonctions de cinéma, aussi bien que de cabaret où l'on pouvait dîner en profitant du spectacle proposé. On y programmait aussi des opérettes, des opéras et des concerts.

— Papa, j'ai peur, reconnut Hermine un peu plus tard.

— Calme-toi, voyons. Laura m'a recommandé de t'acheter une nouvelle robe, si cela est nécessaire. Il paraît que les dames ont besoin d'une toilette neuve pour reprendre courage. Mettons-nous en quête d'un bout de tissu !

L'expression détendit la jeune femme. Ils prirent un taxi pour rejoindre la rue Saint-Joseph et ses boutiques.

— Tu n'as pas oublié que ce soir nous soupons avec Octave Duplessis ! lui dit Jocelyn. Nous avons rendez-vous à l'hôtel vers dix-neuf heures.

— Comment oublierais-je une chose pareille ! protesta-t-elle. J'aurais préféré un repas plus simple, rien que toi et moi.

Revoir l'impresario l'angoissait. Elle gardait un souvenir précis de cet homme au verbe soigné, aux manières directes. Mais l'abondance des vitrines, le grand choix de marchandises que jamais elle n'aurait vues à Val-Jalbert ni à Roberval finirent par la dérider. Et elle acheta une robe en mousseline bleu pâle, à la jupe ample et assez longue, au corsage ajusté. Une ceinture assortie soulignait la taille.

— Je la porterai ce soir et demain, pour l'audition, confia-t-elle à son père.

Celui-ci n'était pas expert en matière de mode féminine ; néanmoins, au contact de Laura, il avait appris à donner son opinion.

— Tu seras très belle, dit-il. Le bleu te va vraiment bien.

Octave Duplessis put en juger quand il aperçut Hermine à une table de la salle à manger. L'impresario, célibataire et amateur de jolies femmes, était assez troublé à la perspective de revoir la jeune chanteuse. Au fond, il n'avait jamais cru qu'elle se déciderait à faire le voyage et à passer cette audition dont il espérait tant. Aussi, lorsqu'il l'avait entendue au téléphone, son cœur s'était-il affolé. Elle lui avait d'abord parlé d'une lettre qu'il n'avait pas reçue, où elle le priait de ne plus chercher à la contacter. Puis elle s'était empêtrée dans des explications embrouillées sur un réveil de sa vocation : le chant lyrique. Une seule chose comptait pour lui, le Rossignol de Val-Jalbert était enfin là, à Québec.

Il se dirigea vers elle et son père, un large sourire aux lèvres. Jocelyn le jaugea discrètement. L'individu lui plut, poli sans exagération, aimable et l'air franc.

— Je suis vraiment sidéré par votre venue, madame, dit-il, à peine assis. Notez que j'ai des difficultés à employer ce terme de madame, alors que vous êtes une si jeune personne !

— Peut-être, mais je suis mariée et mère de trois enfants, rétorqua-t-elle. Vous ne pouvez pas m'appeler mademoiselle.

— Alors, Hermine ? se risqua-t-il à proposer. Si cela ne choque pas monsieur votre père…

— C'est un peu familier, quand même, estima Jocelyn d'un ton conciliant. Ce sont sans doute des habitudes du monde du spectacle.

— En effet, concéda l'impresario. Ainsi, votre bel Indien n'est pas là, lui ?

Hermine le regarda, vexée. Elle but une gorgée de vin blanc avant de répondre d'une voix ferme.

— J'aimerais que vous respectiez mon époux ! Je n'ai pas parlé de vous à mon père en vous traitant de Français ! C'est peu courtois de votre part.

— Je suis navré, mais ne voyez là aucun mépris, s'écria Octave Duplessis. Je vous l'avais déjà dit sur le quai, à Roberval, votre couple a quelque chose de cinématographique ! Et les Indiens peuplaient ce pays bien avant le débarquement des Français ou des Anglais. En voulez-vous un exemple ? Le nom de la ville de Québec est d'origine algonquine. Il signifierait « là où le fleuve se rétrécit ». Samuel de Champlain l'a confirmé dans ses écrits. Mon compatriote vieux de trois siècles.

Jocelyn ouvrant des yeux ébahis, Hermine précisa :

— Monsieur Duplessis est né à Brouage, en France, sur la côte atlantique, le village natal de Champlain. Mais sa mère est anglaise.

— Au moins, vous vous souvenez de nos discussions, se réjouit l'impresario. Alors, que chanterez-vous demain matin ? C'est important, je vous avais conseillé de répéter un air de Marguerite, dans *Faust* ! Le directeur souhaite monter cet opéra depuis deux ans au moins.

— Je pense être au point, avança Hermine. J'ai travaillé l'*Air des clochettes* de *Lakmé*...

Dès lors, la conversation fut uniquement axée sur les opéras du répertoire classique. Jocelyn ne put qu'écouter et hocher la tête. Duplessis évoquait le Palais Garnier, à Paris, où il avait assisté à une représentation de *La Traviata*[1], de Verdi.

---

1. Giuseppe Fortunino Francesco Verdi : compositeur romantique italien, né le 10 octobre 1813 et mort le 27 janvier 1901 à Milan. Son œuvre, composée d'opéras très populaires de son vivant, connaît encore un grand succès.

La jeune femme connaissait grand nombre de titres et bien des compositeurs. Agréablement surpris, son interlocuteur buvait ses paroles, fasciné par le bleu pur de son regard et les intonations passionnées de sa voix.

« Dieu du ciel ! J'ai déniché l'oiseau rare ! songeait-il. Elle est radieuse, réservée, intelligente et belle ! »

Tout haut, il lâcha soudain :

— Hermine, vous devez être la Marguerite de *Faust* ! Jamais encore le public n'a eu droit à de vrais cheveux blonds, à de véritables nattes et à une cantatrice de l'âge de l'héroïne, gracieuse de surcroît et avec une telle voix : de l'or ! On comprendra enfin la fièvre de possession du docteur Faust pour une innocente jeune fille.

Jocelyn toussota. Il n'avait guère apprécié le thème de la *Traviata*, où une courtisane meurt de la tuberculose dans les bras de son amant, mais les compliments fébriles de Duplessis heurtaient son sens des convenances.

— Dites-moi, coupa-t-il, la musique et l'art me semblent une façon de faire avaler des situations souvent peu respectables et de mauvais goût ! Il est donc toujours question de séduction, de liaisons hors mariage, de morts tragiques ?

— Mais monsieur, décréta l'impresario en allumant un cigare, ce n'est que le reflet de la société humaine ! Vous êtes sûrement un très honnête homme, un mari fidèle. Cependant, depuis des millénaires, l'amour a engendré bien des drames.

— Si vous connaissiez mon histoire, ajouta Hermine en adressant un sourire espiègle à l'impresario, vous pourriez écrire un livret d'opéra !

— Je t'en prie, s'offusqua son père, cela ne concerne que notre famille. On ne peut pas plaisanter avec certaines choses.

Contrarié, Jocelyn avait la mine du parfait coupable. Honteux de son passé, il redoutait d'entendre sa fille en dévoiler une partie. Déjà qu'il se sentait en porte-à-faux de jouer les défenseurs de la morale et de la vertu, lui qui s'était permis de coucher avec la mère de son gendre. En fait, Duplessis disait la vérité. Chaque existence comportait des zones d'ombre, des erreurs commises par amour ou perversion.

— Je n'avais pas l'intention de plaisanter, papa, nota-t-elle, confuse. Il est tard, nous devrions monter.

Octave Duplessis perçut la tension de la jeune femme. Soucieux de la ménager en vue de l'audition du lendemain, il prit congé.

— Je viens vous chercher à neuf heures, précisa-t-il. Soyez prête, Hermine, c'est le grand jour. Je vous épaulerai, je vous le promets.

Elle le remercia d'un sourire qui le fit chavirer. Il répondit d'un clin d'œil avant de s'incliner, son chapeau à la main.

« Ce type est un requin ! songea Jocelyn. Et à mon avis, il se fiche bien de l'époux de ma fille, le bel Indien. Mais par chance, je suis là ! »

Hermine était loin de soupçonner les inquiétudes de son père. Légèrement ivre, elle se sentait libre, très jeune et très jolie dans sa robe de mousseline, pareille à un nuage d'azur tissé pour elle. Les notes de l'*Air des clochettes* résonnaient dans son esprit et dans son cœur. Elle s'envolait, toute rêveuse, vers un avenir doré où plus rien n'existerait hormis son art et la joie infinie de chanter.

18

Trahison

Québec, vendredi 18 mai 1934

Hermine regarda une dernière fois la façade en rotonde du grand théâtre du Capitole. Elle se tenait très droite, livide, entre son père et Octave Duplessis.

— Il faut vous décider à entrer, dit l'impresario.

Dès son réveil, la jeune femme avait téléphoné à Val-Jalbert. Laura l'avait rassurée sur son talent en lui souhaitant bonne chance. Mukki babillait non loin du combiné et Charlotte l'avait grondé en lui disant de faire moins de bruit. C'était un peu de sa maison, de ceux qu'elle chérissait : ces voix, ces mots de tous les jours, un très lointain bruit de casserole, sans doute Mireille dans sa cuisine. Hermine y avait puisé du courage et la foi nécessaire avant de passer l'audition qui l'épouvantait.

— Je suis au pied du mur, répondit-elle. Papa, tant pis si j'ai l'air d'une gamine, donne-moi la main, rien qu'une minute.

— Le directeur du Capitole ne va pas vous manger ! plaisanta Duplessis. La plus redoutable sera une certaine soprano, fort mauvaise, qui jalouse toutes ses rivales.

— Je ne suis la rivale de personne, répliqua Hermine tout bas. Allons-y !

Le vent printanier, tiède et suave, fit voleter son ample jupe de mousseline et une mèche blonde sur son front. Par souci de coquetterie, la jeune femme avait laissé ses cheveux défaits, simplement retenus en arrière, à hauteur des tempes, par des peignes en écaille.

— N'ayez crainte, Hermine ! Vous incarnez le renouveau, les fleurs du mois de mai, et votre voix est exceptionnelle, affirma l'impresario. Vous ferez la conquête de Québec et de tout le pays.

Jocelyn cédait au trac qui rongeait sa fille. Il avait du mal à donner la réplique au volubile Duplessis. Une fois à l'intérieur du théâtre, Hermine eut l'étrange impression de se retrouver dans le décor idéal d'un de ses rêves éveillés. Le vaste hall, les couloirs et les escaliers arboraient une décoration rouge et or qui eut le mérite de la stimuler.

« C'est vraiment comme je l'imaginais, pensa-t-elle. Bientôt je vais monter sur scène. »

Elle adressa un regard moins angoissé à son père. Il lui caressa la joue. L'impresario, lui, veillait à l'organisation.

— Vous avez bien compris, Hermine ? Je vous emmène en coulisse ; monsieur votre père peut disposer d'une loge. Je préfère que vous discutiez avec le directeur et les autres personnes présentes après l'audition. Vous entrerez donc directement sur scène. Les musiciens ont les partitions qui correspondent à ce que vous interpréterez. Dès que vous serez prête, ils joueront, mais en sourdine, pour ne pas troubler l'écoute du jury.

Le cœur de la jeune femme se mit à battre à un rythme forcené. Ses tempes bourdonnaient et elle avait la bouche sèche. Jocelyn s'effraya de la voir aussi pâle.

— Tiens bon, ma chérie ! J'ai peur que tu t'évanouisses, moi !

Ils étaient au premier étage. Duplessis ouvrit la porte d'une loge au hasard.

— Monsieur, il vaut mieux la laisser tranquille, maintenant. Faites-moi confiance, j'ai l'habitude, dit-il fermement.

Un silence insolite régnait dans le Capitole, en partie désert à cette heure matinale. Guidée par l'impresario, Hermine visita les coulisses où toute une machinerie compliquée était dissimulée par de gigantesques rideaux de velours rouge.

— Votre loge, annonça-t-il en l'entraînant par le coude dans une petite pièce brillamment éclairée. Même pour si peu de temps, vous avez droit à cet espace sacré où les artistes se reposent, se préparent, se réfugient aussi en cas de triomphe ou de défaite cuisante.

— Et ce bouquet de roses ? s'extasia-t-elle. Elles sont si belles !

— Je voulais vous accueillir en douceur, en poésie, confessa Duplessis. Un conseil, buvez un verre d'eau fraîche. Et respirez, respirez. Je dois vous abandonner, mais quelqu'un viendra vous chercher très vite, notre irremplaçable Lizzie, qui fait office de régisseur. Tout va se passer à merveille.

Elle faillit le retenir tant son angoisse prenait des proportions énormes. Mais une fois seule, elle s'empressa d'obéir. L'eau, presque glacée, lui fit du bien. Tremblante, elle s'assit dans le fauteuil qui faisait face au miroir encadré de lampes. Son reflet la consterna.

— Je suis affreuse ! s'alarma-t-elle. Il me faudrait du fard, non, c'est trop tard. Mon Dieu, je n'y arriverai jamais !

Un instant, Hermine se vit fuir le théâtre, courir dans la rue et appeler un taxi qui la conduirait droit à la gare du Palais. Mais elle haussa les épaules, se reprochant sa lâcheté. Son père attendait dans une loge et sa mère avait dépensé beaucoup d'argent pour ce voyage.

« Je n'aurai qu'à chanter en pensant très fort à mes enfants chéris et à Charlotte. Si par miracle je me retrouvais en pleine forêt, je n'aurais pas peur. Sur scène, je dois me convaincre que je suis loin d'ici, que personne ne me juge. »

On frappa. Hermine sursauta. Aussitôt, elle eut le ventre noué, le front moite. D'une voix quasiment inaudible, elle articula un laborieux « Entrez ». Une robuste personne, d'une cinquantaine d'années, fit irruption, un foulard noir noué sur des frisettes argentées.

— Madame Hermine Delbeau, c'est à vous, lui dit-elle avec chaleur. Je me présente, Lizzie Fournier. Doux Jésus, que vous êtes jolie ! Dépêchez-vous, tout le monde a hâte de vous écouter, Octave nous a promis une diva ! Le Rossignol des neiges, aime-t-il à dire aussi…

Pour l'instant, Hermine se sentait surtout pareille à un malheureux oisillon pris au piège. Elle marcha vers la scène comme dans un brouillard opaque.

« Ce que je fais est grotesque ! songeait-elle. Tous ces gens vont être déçus, ils vont se moquer de moi, me prendre pour une prétentieuse. »

Lizzie Fournier lui tapota les joues en riant.

— Eh ! ma petite, foncez ! Vous ne verrez presque pas votre auditoire, les projecteurs vont vous aveugler.

Encore quelques pas et Hermine se retrouva sur une vaste scène en belles planches brunes. Tout de suite, elle perçut des chuchotis, des commentaires. Elle ignorait que son apparition suscitait un premier choc favorable, et c'était bien cela que désirait Octave Duplessis.

— Mais c'est Marguerite en chair et en os sortie du livret d'opéra ! dit tout bas le directeur, très satisfait, à l'impresario. J'espère que sa voix est aussi sublime que son physique.

— Ce sera la surprise, répliqua ce dernier.

Depuis la loge, Jocelyn scrutait d'un œil anxieux la silhouette éblouissante de sa fille ; il détaillait son visage. En fait, exposée aux feux de la rampe, sa pâleur l'avantageait, lui donnant un teint laiteux, nacré. Mais elle restait immobile, les mains jointes à hauteur de la poitrine, l'air absent.

« Que fait-elle ? se demanda-t-il. Qu'elle se décide, qu'elle chante ! Je sais qu'elle a travaillé dur, qu'elle est au point. »

L'attente, quoique brève, l'avait exaspéré. Enfin Hermine entrouvrit la bouche en souriant humblement. Elle voulait annoncer l'*Air des clochettes* de *Lakmé*, mais en italien, sous le titre *Dov'è l'Indiana bruna.* Mais aucun son ne sortait, elle était incapable de parler. Elle eut un geste d'excuse.

Au premier rang du parterre, Duplessis commençait à s'agiter. Le directeur, assis devant lui dans un fauteuil, lui jeta un regard dépité.

— Patience ! souffla l'impresario. Elle est morte de trac, ça se voit, non ? Cette fille n'est jamais montée sur une scène !

Apitoyé par le désarroi manifeste de la jeune femme, un violoniste joua les accords de l'*Air des clochettes.* Le pianiste l'imita, ainsi que le contrebassiste. Hermine n'avait jamais bénéficié d'un accompagnement aussi harmonieux. Elle ferma les yeux quelques secondes.

« Je dois chanter comme si j'étais près du feu, à la cabane de Tala. Charlotte et Madeleine ont envie de m'écouter. Je dois chanter ! »

Elle regrettait d'avoir fixé son choix sur cet aria très difficile à exécuter, qui débutait par un exercice périlleux, des notes montant très rapidement et devant évoquer l'appel d'une jeune fille dans les bois luxuriants de l'Inde. Soudain elle s'imagina en pleine forêt québécoise, cherchant Toshan, l'implorant d'apparaître. Sa voix s'éleva enfin, d'une pureté absolue, d'une limpidité d'eau vive. Des sons d'une rare beauté, délicats, subtils, vibrèrent dans le parfait silence du grand théâtre.

« Merci, mon Dieu ! pensa Jocelyn. C'est magnifique, sublime ! »

Il ne soupçonnait pas le rôle joué par l'acoustique des salles de spectacle, identique à peu de chose près à celle des églises. La voix de sa fille, qu'il trouvait déjà exceptionnelle dans des conditions ordinaires, lui parut tout à fait prodigieuse. Il n'était pas le seul à le penser.

Octave Duplessis se délectait de sa victoire, car le directeur, la soprano, Lizzie Fournier et deux autres pontes de la profession, en étaient estomaqués.

Hermine les avait tous oubliés. Elle avait conscience de la résonance nouvelle de sa voix, et cela la grisait. Tout entière à son personnage, elle sut exprimer la sensualité, l'inquiétude, la félicité en atteignant des sommets de virtuosité. Lorsqu'elle se tut, Duplessis se leva pour applaudir. Jocelyn fit de même.

— Quel prodige ! s'enthousiasma le directeur en frappant lui aussi dans ses mains. Pincez-moi, je rêve ! Est-ce qu'elle s'était échauffé la voix avant de chanter ?

— Pas du tout, répondit Lizzie. Mais je n'ai jamais rien entendu de si beau !

Soulagée d'avoir réussi sa prestation, Hermine salua d'un léger signe de tête. Elle était impatiente d'interpréter la Marguerite de *Faust*, même si elle devait jongler avec un petit problème. C'était le morceau *Alerte*, le final de l'opéra, chanté par un trio formé d'une soprano, d'un ténor et d'un baryton. Avec l'aide de mademoiselle Calixte, la jeune femme avait répété en isolant les paroles réservées à la soprano.

Anges purs, anges radieux ! Portez mon âme au sein des cieux !

Dieu juste, à toi je m'abandonne ! Dieu bon, je suis à toi ! Pardonne !

Hermine appréciait particulièrement ce passage. Chaque fois qu'elle le chantait, elle se prenait pour l'héroïne, séduite par son amant, le docteur Faust, qui a vendu son âme au diable pour rajeunir et gagner l'amour de Marguerite. Cette prière fervente aux anges du ciel, la jeune femme lui conféra ce matin-là une telle sincérité que le directeur du Capitole en eut la chair de poule. Fier à en étouffer, Jocelyn dénoua sa cravate et son col de chemise. Emporté par la musique et la voix de sa fille, il jeta même un coup d'œil vers le plafond du théâtre, comme si les anges allaient bel et bien venir.

— Stupéfiant ! Mon Dieu, c'était superbe. Elle est tellement *cute*, en plus, s'écria un vieillard très élégant.

Duplessis riait en silence. Ce riche producteur devait être violemment troublé pour en oublier ses manières de bourgeois bien éduqué et laisser échapper une expression populaire du Québec. Le directeur s'était levé et applaudissait, les yeux brillants derrière ses lunettes.

— La perle rare ! La perle rare ! répéta-t-il. Octave, je devrais vous faire un procès pour ne pas m'avoir amené cette enchanteresse plus tôt ! Elle est belle, vraiment belle, et très douée, une voix unique !

Libérée du trac qui avait failli la rendre aphone, Hermine n'avait qu'une envie, chanter et chanter encore… D'un timbre assuré, elle prit la parole.

— Désirez-vous écouter un autre morceau de mon répertoire ? demanda-t-elle sans s'adresser à quelqu'un en particulier.

— Non, c'est inutile, nous devons parler sans tarder, chère madame. Je vous dis à tout de suite dans mon bureau.

La jeune femme poussa un soupir de soulagement.

Elle avait conquis ce public restreint, cela se devinait aux sourires, à la rumeur approbatrice qu'elle percevait. Seule la soprano en titre de la saison lyrique affichait une mine furieuse, consciente d'être confrontée à une adversaire redoutable.

Octave Duplessis grimpa sur la scène avec souplesse après avoir traversé l'espace réservé à l'orchestre. Il s'empressa de féliciter Hermine.

— Merci ! dit-il chaleureusement. J'avais confiance en vous, mais vous avez dépassé toutes mes espérances.

Lizzie, toujours dans le parterre, se mit à crier :

— Vous alors ! Si je me doutais ! Quelle voix, mais quelle voix ! Et quel talent ! J'en ai pleuré ! Nous l'avons, notre diva !

Quelques minutes plus tard, Hermine entrait dans le bureau du directeur, escortée par son père et Duplessis. Grisée par son succès, elle ne prêtait même plus attention au cadre qui l'entourait. Une seule chose comptait : elle avait réussi son audition. Jocelyn, lui, remarqua la beauté cossue du mobilier, les cadres accrochés aux murs, qui représentaient des artistes en costume de scène ou des ballerines en tenue de danse, immortalisées dans une posture gracieuse.

— Asseyez-vous, je vous prie, chère madame, commença le maître des lieux. Je dois reconnaître que je ne croyais pas mon ami Duplessis quand il m'a affirmé qu'une soprano d'exception se cachait dans un village ouvrier presque abandonné. Cela ressemblait à une fable. Il racontait qu'on vous surnommait le Rossignol des neiges, enfin, des excentricités de ce genre. Il disait vrai. Madame, vous possédez un don inouï ! Avez-vous suivi des cours de chant auprès d'un professeur réputé ?

— Oui et non ! répliqua-t-elle. Un pianiste, excellent musicien, m'a donné quelques leçons. Les religieuses du couvent-école nous enseignaient un peu de solfège et nous chantions le samedi matin.

— Incroyable ! Stupéfiant ! Vous n'avez pas fait une seule fausse note, votre voix est d'une richesse, d'une puissance et d'une limpidité exceptionnelles. Je vous signe sur-le-champ un contrat pour la prochaine saison lyrique qui commence cet hiver, une période où les Québécois ont grand besoin de distractions. Mais il faut travailler dès maintenant. Chanter un air ou deux, cela demeure possible sans réel entraînement, quand on a vos facilités et votre sens inné de la musicalité. Mais tenir durant tout un opéra, cela demande un sérieux apprentissage. Vous avez besoin de savoir respirer, de préserver vos cordes vocales. Je crois cependant que vous pourriez être prête pour le mois de décembre. Je vais monter *Faust*, grâce à vous et pour vous. Jamais il n'y aura eu une Marguerite aussi jolie, aussi crédible.

Ce long discours étourdissait Jocelyn. Hermine était très concentrée, sachant l'importance de chaque mot, surtout dans sa situation.

— Vous êtes d'accord, Duplessis ? interrogea le directeur. *Faust* à l'affiche. Il faudra contacter la presse pour présenter notre jeune et étonnante révélation. Disposez-vous d'un logement à Québec, madame ? Les répétitions commenceront d'ici la mi-juin. Lizzie va vous trouver un appartement dans le quartier, à mes frais, bien sûr !

Jocelyn voulut protester, mais Hermine le devança.

— Monsieur, je vous en prie ! Tout va trop vite pour moi. Je ne veux pas vous mentir, j'ai longtemps rêvé de passer une audition au Capitole après avoir rencontré monsieur Duplessis qui m'incitait à le faire. Mais c'était d'abord pour obtenir l'avis de professionnels sur ma voix et ma façon de chanter. J'ai trois enfants en bas âge, je ne peux pas m'engager cette année. Je suis touchée et flattée de votre offre, seulement je dois la refuser.

— Vous ne souhaitez pas devenir cantatrice ? Madame, un avenir prodigieux vous attend. Nous avons eu Emma Lajeunesse, dont la renommée a franchi l'océan, vous êtes toute désignée pour lui succéder. Votre interprétation de *Lakmé* touchait à la perfection. Que ce soit à Paris, à Milan ou à Londres, aucun directeur de théâtre ne vous laisserait lui échapper.

Duplessis n'intervenait pas. Il était convaincu, au fond de lui-même, que la jeune femme souhaitait de tout son être exercer son art, mais il se méfiait de sa droiture. Son devoir d'épouse et de mère devait lui paraître essentiel, elle risquait de le faire passer avant tout.

Hermine baissa la tête, pensive, comme absorbée dans la contemplation du tissu vaporeux de sa robe.

« Bien sûr que je souhaite chanter sur une vraie scène, songeait-elle, jouer Marguerite et d'autres rôles prestigieux ! Jamais je n'aurais cru qu'on me ferait une proposition pareille ! Mais je dois passer l'été avec Toshan et les enfants. Je ne peux rien signer sans son accord et je sais qu'il refusera. Que ferait-il, à Québec ? Il a besoin de la forêt, des grands espaces… J'ai eu tort de venir ici, d'approcher cet univers qui me séduit tant. Tant pis, je me consolerai en sachant que j'aurais pu devenir cantatrice, que j'en avais l'envergure. »

— C'est vrai que cette affaire me semble bien précipitée ! renchérit Jocelyn. Peut-être serait-il plus raisonnable que ma fille travaille encore sa voix pendant un an ? Vous disiez vous-même, monsieur, qu'elle ne pouvait pas débuter sans suivre des cours de qualité.

— Sans doute, mais ce serait à Québec, de toute façon, nota Octave Duplessis. Hermine ne fera pas une carrière en se terrant à Val-Jalbert.

— Certes ! concéda Jocelyn. Mais après tout, il n'y a pas le feu !

— Pour moi, si ! riposta le directeur du Capitole. Enfin, je plaisante. Je ne peux pas obliger madame à bouleverser sa vie de famille. Mais quel dommage ! Ce serait un crime de garder pour vous un don aussi rare, une voix magnifique qui saurait enchanter les foules.

Hermine se décida. Toute son existence, elle se souviendrait de cet instant où elle s'était lancée dans une aventure qui pouvait changer le cours de son destin. Elle garderait intacte cette impression de se jeter du haut de la cascade de sa chère rivière Ouiatchouan. Si elle avait le courage de déployer ses ailes, la chute d'eau impétueuse la briserait sur les rochers ou l'aiderait à voler au firmament de l'art lyrique.

— Monsieur le directeur, dit-elle avec douceur, je signe dès aujourd'hui votre contrat, mais à une condition. Accordez-moi du temps ! Je viendrai m'installer à Québec en septembre, avec mes enfants et leur nourrice. Ils ne seront pas un obstacle aux répétitions ni aux cours de chant que je prendrai. Je me sens capable de travailler du matin au soir pour ne pas vous décevoir. Et tout l'été, je chanterai, je m'imposerai des gammes et des exercices. Je connais par cœur les paroles de Marguerite, dans *Faust*. Je les ai apprises, oui, celles de chaque acte. Ma voix ne me trahira pas, c'est la seule certitude que j'ai sur terre.

— Je vous crois, rétorqua-t-il, un peu surpris par la gravité de ces derniers mots. Cependant l'enjeu est énorme, je prends des risques en conséquence. Mais vous avez du caractère, et cela me plaît ! Je vous l'avoue, je suis certain qu'avec quatre mois de travail soutenu vous serez au point. Donc rendez-vous dans ce bureau en septembre, disons le 2 ou le 3 du mois.

Jocelyn considérait sa fille avec stupeur. Elle avait fait preuve d'une détermination et d'une audace qui le dépassaient. Duplessis exultait.

Ils firent la lecture du contrat et échangèrent des signatures. Hermine agissait dans un état second, à la fois follement heureuse et épouvantée par son geste.

— Attention, il manque une clause, dit le directeur. Interdiction de couper vos cheveux ! Marguerite a de longues nattes blondes, pas question de vous mettre des postiches !

— Je m'en souviendrai, répliqua-t-elle.

Une interminable discussion suivit, puis une invitation à déjeuner. Mais Hermine la refusa poliment. Elle était à bout de nerfs. Jocelyn le devina et déclara qu'ils reprenaient le train dans l'après-midi.

Ils se retrouvèrent à l'air libre avec le même soulagement. Le soleil brillait et la ville autour d'eux vibrait de mille bruits divers. Jocelyn héla un taxi qui passait devant eux au ralenti. Dans l'automobile, la jeune femme lança à son père un regard suppliant.

— Papa, je voudrais rentrer le plus vite possible à la maison, affirma-t-elle. Les enfants me manquent ; maman aussi. J'en ai assez vu. Je profiterai de Québec cet automne.

— Tu commences à faire des caprices de vedette, plaisanta-t-il. Cela dit, moi aussi j'ai hâte de revoir Laura et les petits. Je me demande bien à présent comment j'ai pu me séparer de toi, ma petite chérie. Tu avais environ l'âge de Mukki ! Chaque fois que je le prends sur mes genoux, je pense à toi, que je n'ai pas vue grandir.

Cette déclaration toucha profondément Hermine.

— Cher papa, ne pense plus au passé ! À l'époque, tu as fait ce que tu estimais le mieux pour moi. Et tu es là, désormais. C'est précieux de t'avoir à mes côtés. Grâce à toi, je ne me suis pas enfuie du théâtre. Je ne pouvais pas te laisser seul dans ta loge !

Ils rirent tout bas. Jocelyn ajouta d'un ton convaincu :

— Je suis tellement fier de toi, ma petite fille adorée ! Si j'avais pu me douter, à ta naissance, qu'un jour tu deviendrais cantatrice…

La jeune femme s'assombrit. Elle était au bord des larmes.

— Si je le deviens ! dit-elle amèrement. Je suis à la fois éblouie et terrifiée. En signant ce contrat, je mets en péril mon mariage. Toshan ne me pardonnera jamais ! Pourtant je ne regrette pas ma décision.

C'est un peu comme toi quand tu m'as déposée sur le perron du couvent-école dans l'espoir de me sauver. J'ai l'impression que je sacrifie mon amour pour mon mari, mais je n'ai pas le choix. Je veux donner du bonheur aux gens qui m'écouteront, j'ai envie de faire partager la beauté de la musique à des centaines de personnes. Enfin, c'est dur à expliquer.

— Je te comprends, assura son père. Mais je ne vois pas pourquoi Toshan est si opposé à ce que tu deviennes une artiste lyrique. Il devrait se réjouir, te soutenir, même.

— Avant de m'épouser, il savait que je chantais, soupira Hermine. Cela lui plaisait, il était même admiratif. Seulement, je suis sa femme à présent et la mère de ses enfants. Il juge que je n'ai pas à me montrer sur une scène ni à voyager. Peut-être qu'il a peur de me perdre ? J'aurai la réponse cet été. Il m'a donné rendez-vous sur le quai de Péribonka au début de juillet. Nous passerons deux mois à la cabane.

Préoccupé, Jocelyn approuva d'un marmonnement. L'attitude de son gendre commençait à l'alarmer.

— Nous étions en bons termes, au jour de l'An ! fit-il remarquer. On dirait qu'il refuse de revenir à Val-Jalbert.

— Mais non, il ne peut pas s'arranger autrement, je pense, répondit la jeune femme. Écoute, papa, il y a autre chose. J'ai craint de vous en parler, à maman et à toi. Toshan prépare notre installation définitive là-bas, dans le Nord. Il m'a écrit que Tala partait habiter chez sa mère Odina. Elle nous cède les terres et la cabane. Mon mari tient à agrandir la construction existante, à la rendre plus confortable.

Ils descendirent du taxi et remontèrent à pas lents la terrasse Dufferin jusqu'au Château Frontenac.

— En voilà, une idée stupide ! Passer l'hiver dans ces solitudes, avec des enfants en bas âge ! Tu n'es pas une pionnière ni une Indienne, tabarnak !

— Ne jure pas comme ça, papa ! le gronda-t-elle avec un petit sourire. Une dame t'a regardé avec un air indigné.

— C'est que je suis contrarié, aussi ! Et ta mère le sera davantage ! Elle qui se réjouissait de pouponner en ta compagnie, cet été ! Il faut que tu raisonnes ton mari.

Ils en discutèrent encore un bon moment, accoudés à la balustrade surplombant le majestueux Saint-Laurent. La jeune femme contempla les bateaux dans le port et la pointe de Lévis qui leur faisait face, de l'autre côté du large fleuve. Son regard se perdit vers l'horizon, à l'est, vers le reste du monde, en somme, l'Atlantique, l'Europe, et d'autres pays inconnus, d'autres océans. Il lui venait des envies de voyager à l'infini malgré son cœur de mère mis à rude épreuve.

— Si tu es pressée, il faut partir pour la gare dans moins d'une heure, lui dit son père. Je me suis informé hier soir sur les départs.

— Eh bien, dépêchons-nous, papa, répondit-elle. Viens.

Elle s'éloigna d'une démarche gracieuse sous les regards masculins flatteurs. Jocelyn la suivit, attendri. Hermine n'était que blondeur et légèreté dans sa robe de mousseline bleu ciel.

Val-Jalbert, le lendemain, samedi 19 mai 1934

Hermine devança son père et gravit les marches du perron en tremblant d'impatience. Déjà la porte s'ouvrait sur Charlotte et Mukki.

— Maman ! s'écria le garçonnet. Maman !

La jeune femme le prit dans ses bras et le souleva pour l'embrasser. Il se cramponna à son cou en frottant son nez dans ses cheveux. À dix-neuf mois, il babillait ses premiers mots.

— Oui, ta maman est là, mon petit chéri, dit-elle tout bas en le couvrant de baisers.

Jocelyn contemplait ces chaleureuses retrouvailles d'un œil attendri. Il se sentait éreinté et aspirait à une petite sieste, de préférence auprès de Laura.

Simon Marois était venu les chercher en voiture à la gare de Chambord Jonction, où ils étaient arrivés avec plusieurs heures de retard, leur train ayant eu un incident mécanique. Ils avaient passé la nuit dans le wagon, sur des banquettes bien inconfortables comparées aux lits du Château Frontenac.

— Ma Charlotte, s'exclama Hermine, viens m'embrasser, enfin ! On dirait que tu n'oses pas… Oh, ce voyage du retour ! Je l'ai trouvé long, interminable. Maman ne s'est pas trop inquiétée, au moins ? Nous n'avons pu téléphoner que ce matin, de la gare de Lac-Bouchette !

La fillette approcha avec un étrange sourire. Elle contemplait sa douce amie revenue, comme si elle cherchait sur ses traits l'empreinte qu'aurait laissée son expédition à Québec. Mais la jeune femme, elle, lançait des regards affectueux aux grands arbres entourant la maison, aux massifs de fleurs à peine écloses, au clocheton du couvent-école, serti sur le bleu du ciel. Le chant grondeur de la Ouiatchouan lui parvenait aussi et il lui sembla soudain s'être absentée des siècles.

« Mon village, mon pays du Lac-Saint-Jean, mon paradis ! » songea-t-elle sans s'étonner du silence de Charlotte qui ne lui avait pas dit un mot.

Jocelyn cajolait Mukki à son tour. Simon déposa leurs valises près de la porte.

— Maman pourrait venir nous accueillir, fit remarquer Hermine. Et mes petites princesses ? Comment vont-elles ? J'entends pleurer. C'est Laurence, je parie.

— Non, les jumelles dorment à l'étage, déclara Charlotte. Il y a une grande nouvelle, ici. Le bébé est né depuis une demi-heure ! Le bébé de Laura. C'est lui qui pleure. Mireille est là-haut. Je suis chargée de vous l'annoncer et de vous dire que tout va bien.

— Mon Dieu ! Déjà ! hurla Jocelyn en se précipitant à l'intérieur. Et je n'étais pas là !

Simon en fut stupéfié. Hermine aussi. Fébrile, elle s'élança sur les traces de son père, après avoir repris Mukki dans ses bras.

— Laura voudrait un peu de temps pour se remettre, gémit Charlotte. Il faut patienter, Mimine.

Mais la jeune femme ne l'écoutait pas. Elle grimpait à l'étage au pas de course. Charlotte se retrouva seule avec Simon qui venait de jeter en l'air sa casquette en toile.

— Doux Jésus ! Un bébé de plus à Val-Jalbert ! claironna-t-il sans souci de garder le sérieux que l'on pouvait attendre d'un gaillard de vingt ans bien sonnés. Un habitant de plus, c'est bien, ça, il nous en manque. Miss Charlotte, je vous remercie. Je cours porter la nouvelle à mes parents.

Il riait, égayé par l'expression fascinée de cette presque adolescente qui était si mignonne avec ses boucles noires et ses yeux brun doré. Soudain, il lui saisit une main et la prit par la taille pour un tour de valse sur le perron. Elle suivit le mouvement, bouche bée, les joues roses de plaisir. Simon l'abandonna sur le seuil en la saluant d'un geste galant, assorti d'un large sourire.

— Je pense que nous fêterons l'événement tous ensemble, très bientôt, miss, dit-il encore.

Le jeune homme se remit au volant. L'automobile s'éloigna au ralenti, la distance à parcourir étant minime jusqu'à la maison des Marois. Charlotte demeura à la même place, envahie par une joie indicible.

Elle n'oublierait jamais la date de l'anniversaire du fils de Jocelyn et de Laura, né le jour où son héros l'avait fait danser pour la première fois.

Mireille avait entendu des pas dans le couloir. Vite, elle était sortie de la chambre, soulagée de ne plus être seule avec Laura. Elle accueillit son patron en souriant, mais elle avait pleuré.

— Monsieur, que je suis contente ! N'entrez pas tout de suite, madame se refait une beauté. Le petit est arrivé sans crier gare, ça n'a pas pris deux heures ! Il faut dire qu'en pleine nuit madame a été prise d'une frénésie de rangement. Et à l'aube, elle est partie marcher jusqu'au quartier haut pour contempler le lever de soleil sur la cascade. Je me demandais ce qu'elle avait à s'agiter comme ça.

— Le petit ? bredouilla Jocelyn. J'ai un fils, alors ?

— Ayoye ! gémit la gouvernante. Madame voulait que ce soit une surprise. Par pitié, faites celui qui ne sait pas, sinon elle m'écharpera.

— Un petit gars ! s'extasia-t-il dans un murmure.

Hermine les rejoignit. Elle était bouleversée, exaltée par la nouvelle, tout en déplorant leur retard.

— Pauvre maman ! dit-elle. J'aurais dû être à son chevet ! Heureusement, la sage-femme s'occupe d'elle.

— Mais on n'a même pas eu le temps de prévenir qui que ce soit ! s'exclama Mireille. Madame veut que je téléphone au docteur de Roberval, à présent, pour qu'il vienne examiner le bébé.

— C'est un garçon ou une fille ? interrogea Hermine.

— Je n'ai pas le droit de le dire, rétorqua la domestique.

Jocelyn avait du mal à cacher le bonheur qui le suffoquait. Il désirait un fils et de grosses larmes coulaient sur ses joues.

— Papa, dit tendrement la jeune femme, comme tu es ému ! Il est vrai qu'on le serait à moins.

— Venez, fit la voix de Laura, sonore et joyeuse.

— Vas-y seul, d'abord, décida Hermine. Vous m'appellerez d'ici quelques minutes. Je brûle d'impatience, mais je n'ai qu'à courir embrasser mes petites chéries.

Elle virevolta, excitée, débordante de gaieté. Madeleine la vit pénétrer dans la chambre baptisée la *nursery* par Laura. La nourrice se leva de sa chaise et marcha sans bruit jusqu'à elle.

— Chère Hermine, ce foyer n'était plus le même, sans toi ! Tes filles se portent à merveille. Regarde comme elles dorment en paix.

Madeleine lui prit la main et la conduisit vers les deux bercelonnettes installées en vis-à-vis devant la fenêtre. Des moustiquaires en tulle rose protégeaient les bébés. Leur mère se pencha pour les admirer tour à tour. Laurence suçait son pouce, Marie semblait sourire de béatitude.

— Elles m'ont tellement manqué ! avoua la jeune femme. Quand je pense que nous devions revenir lundi seulement. Je ne tenais plus en place, à Québec, je voulais être là, avec mes enfants et vous tous. Et quelle surprise magique, maman vient d'accoucher, sans problème, à son âge !

— J'ai proposé mon aide, confia Madeleine, mais au moment où Mireille m'a avertie, je faisais téter les petites. Le temps de les bercer, je n'étais plus utile du tout. Je ne sais même pas si c'est un garçon ou une fille.

— Moi non plus, répliqua Hermine. D'ailleurs, j'y retourne. Peux-tu surveiller Mukki ?

— Bien sûr ! promit Madeleine.

Pendant ce temps, Jocelyn Chardin découvrait son fils, un beau garçon qu'il estima peser près de trois kilos en le soulevant dans ses bras. Vêtue d'une ravissante nuisette en soie verte, Laura se pavanait, toute remplie d'orgueil maternel. Ses cheveux brossés auréolaient un visage à peine marqué par l'effort accompli. Elle s'était même poudrée et fardé les lèvres.

— Ma Laura chérie, s'extasia Jocelyn, tu es magnifique, personne ne croirait que tu viens de mettre au monde un si bel enfant. Toi, alors, tu n'es pas faite comme les autres femmes !

— Mais si ! répliqua-t-elle en riant. Je suis la première étonnée ; j'avais tellement souffert pour Hermine. Là, c'était facile, je t'assure. Es-tu content ?

— Content ? Le mot est faible, je suis l'homme le plus heureux de tout le Canada. Je redoutais l'épreuve de la naissance, je craignais même de te perdre. En arrivant devant la maison, j'étais loin de soupçonner une seconde un tel miracle. Mon fils, mon petit gars !

La porte donnant sur le couloir était restée entrouverte. Hermine passa le bout du nez.

— Est-ce que je peux entrer ?

— Oui, ma chérie, s'écria Laura. Viens voir ton frère.

— Mon frère !

— Je suis tombé des nues quand ta mère m'a appris que c'était un garçon, mentit Jocelyn sans scrupule, puisque c'était pour la bonne cause.

La jeune femme vit ses parents enlacés, un bébé niché entre eux. Le tableau la ravit. Leur chambre conjugale, au décor sobre et aux couleurs pastel, était baignée d'une lumière douce grâce aux rideaux de lin blanc.

— Est-ce que je peux le prendre ? demanda-t-elle. Mon Dieu qu'il est beau ! Félicitations, maman ! Voici donc l'oncle de Mukki et de mes jumelles. Que c'est drôle ! Il a six mois de moins que mes filles, mais c'est leur oncle quand même. Et celui de Mukki. Comment allez-vous le baptiser ?

— Je ne sais pas encore, répondit Laura. Je dois en discuter avec ton père. J'aime beaucoup Réal, qui est en vogue ces temps-ci au Québec, ou Pierre-Louis. Pierre-Louis Chardin, ça sonne bien.

— Je te laisse décider, dit Jocelyn. Je ferai à ton idée, ma Laura.

Il l'embrassa sur le front, inondé d'un bonheur proche du délire. Cet enfant né à l'automne de sa vie d'homme lui conférait le sentiment d'être encore fort et vigoureux, d'avoir su triompher de toutes les ruses de l'adversité. Si on lui avait soufflé alors à l'oreille qu'il était aussi le père d'une fillette prénommée Kiona, que le sang des Montagnais s'était mêlé au sien, qu'aurait-il éprouvé ?

Pour l'instant, l'heure était à l'allégresse générale. Il y eut de nombreux va-et-vient. Le médecin déclara que la mère et l'enfant se portaient à merveille. Élisabeth ne cacha pas sa surprise devant la rapidité et la facilité de cette naissance. Mireille ne quitta plus ses fourneaux, préparant des crêpes, des beignes et surtout un bon bouillon de bœuf. Laura dormit la moitié de l'après-midi. Ce fut le soir, dans sa chambre, qu'elle put écouter de la bouche d'Hermine le récit du voyage à Québec et le déroulement de l'audition.

— Tu as signé un contrat ! s'écria-t-elle quand sa fille se tut. Si vite !

— Mais oui, le directeur du Capitole lui a fait des compliments fantastiques, renchérit Jocelyn. Notre Hermine va jouer la Marguerite de *Faust* au mois de décembre. Si tu l'avais entendue, une voix digne d'un ange. Nous irons l'applaudir et nous logerons au Château Frontenac.

Laura qui avait tant bataillé pour pousser Hermine à faire carrière paraissait songeuse. Elle contemplait sans cesse son fils nouveau-né et effleurait du bout des doigts son front bombé, semé d'un duvet brun.

— Tu crois que tu t'adapteras à la vie mondaine québécoise, ma chérie ? demanda-t-elle. Tu es attachée à Val-Jalbert, tout est si paisible, ici. Je m'y plais, maintenant, je ne voudrais pas d'une autre maison.

— Maman, tu es pleine de contradictions, soupira Hermine. On dirait que tu veux me décourager. De toute façon, je ne reviendrai pas en arrière. Je chanterai sur scène, en costume, je dois essayer. C'est tellement important pour moi.

— Et ton mari ? interrogea Laura. Il est au courant ?

— Il le sera ! répondit fermement la jeune femme. Très bientôt.

Elle se résigna à informer sa mère des décisions prises par Toshan. En apprenant qu'elle passerait l'été sans sa fille, sans Mukki et Charlotte, Laura eut un accès de chagrin. Mais son fils nouveau-né pleura, et plus rien d'autre ne compta.

Quai de Péribonka, mardi 3 juillet 1934

Pierre Thibaut faisait les cent pas sur le quai en énormes planches délavées par les intempéries. Il faisait très chaud malgré la brise qui balayait le lac. Des nuées de mouches tournoyaient au-dessus d'un filet de pêche mis à sécher entre deux poteaux.

Hermine était restée dans le bateau, près de Charlotte qui berçait Laurence dans ses bras. Madeleine tenait Marie, dont les pleurs lancinants faisaient concurrence aux cris aigus des goélands. La jeune Indienne avait refusé de quitter les nourrissons. Elle les allaitait toujours et avait mis Hermine en garde contre les effets néfastes d'un sevrage trop brutal. Mukki, assis près de sa mère, observait d'un œil curieux les barques amarrées alentour.

— Je me demande ce que fabrique Toshan, cria le jeune homme à Hermine. S'il tarde trop, nous n'aurons qu'à partir sans lui. Il vous rejoindra à la cabane. Ne t'inquiète pas, je peux décharger les bagages tout seul. Tu es sûre de la date ?

— Mais oui ! répondit-elle. Dans sa dernière lettre, datée du 22 juin, il m'a confirmé qu'il serait à Péribonka aujourd'hui, qu'il guetterait notre arrivée.

Elle lança un regard soucieux au chargement qui encombrait l'embarcation. Deux malles en osier, trois valises bondées, une caisse de vaisselle, des paniers.

« Pourquoi Toshan est-il en retard ? songea-t-elle. Il disait être malade d'impatience à l'idée de nos retrouvailles. Hélas, moi, je ne suis pas à mon aise, j'ai peur de ce qui va se passer. »

Contre l'avis de ses parents, elle n'avait pas avoué à son mari le résultat de l'audition. Elle lui avait envoyé trois lettres où elle parlait des enfants, de son petit frère Pierre-Louis, du jardin potager de Jocelyn, mais pas un mot sur le bref séjour à Québec.

« Je l'aime de tout mon être et pourtant je crains de le revoir. S'il s'oppose à ma décision, je ne le supporterai pas. Nous allons nous quereller tout l'été. »

— Ne t'inquiète pas, lui confia Madeleine de sa voix un peu rauque. Mon cousin Toshan est tellement amoureux de toi, il doit approcher du village au pas de course. Je le sens dans mon cœur.

— Merci, tu es gentille de me réconforter, lui dit Hermine. Sais-tu que tu as un prénom chrétien qui m'est très cher ? Quand j'étais petite fille, il y avait au couvent-école une jeune religieuse, sœur Sainte-Madeleine. C'était mon ange gardien. Elle voulait renoncer à ses vœux pour m'adopter. La grippe espagnole l'a emportée. J'avais quatre ans quand elle est morte, mais je me souviens de mon terrible désespoir.

— Je suis sûre qu'elle est au paradis et qu'elle veille sur toi ! répondit la nourrice.

Une large ombrelle de toile beige les protégeait du soleil. Sous cette lumière voilée, Madeleine resplendissait. Il émanait d'elle quelque chose d'apaisant, de rassurant.

— Je suis heureuse de t'avoir à mes côtés, ajouta Hermine.

Charlotte poussa un gros soupir. À cause de Simon Marois, elle était triste d'avoir quitté Val-Jalbert. Elle ne le croiserait plus par hasard, elle ne lui ouvrirait plus la porte quand il rendrait visite à Jocelyn ou à Laura.

Des éclats de voix retentirent sur le quai. Un chien aboya. Toshan donnait l'accolade à Pierre Thibaut. Le Métis tenait Duke en laisse. Hermine fut saisie par la beauté particulière de son mari. Elle ne l'avait pas vu depuis six mois et elle le redécouvrait, grand, mince, doré, ses longs cheveux noirs nattés dans le dos. Il portait un bandeau rouge sur le front et une large chemise blanche. Comme le prétendait Octave Duplessis, il aurait fait sensation dans les rues de Québec.

— Je te l'avais dit, qu'il approchait ! dit Madeleine avec un bon sourire. Va vite, je reste avec les enfants.

Hermine entreprit de grimper sur le quai en prenant appui sur la coursive en bois du bateau qui se mit à tanguer. Mais déjà Toshan lui tendait la main et la hissait vers lui.

— Ma petite femme coquillage ! lui dit-il à l'oreille.

Il l'étreignit en la dévisageant d'un air ravi. Pierre détourna la tête, choqué par ces démonstrations d'affection qu'il ne se serait jamais permises avec sa propre épouse sur une place publique.

— Tu es en retard ! fit-elle remarquer doucement. Je m'inquiétais.

— J'avais des choses à régler, coupa-t-il. Maintenant j'ai hâte d'arriver à la cabane. Nous serons nombreux, à ce que je vois.

Elle perçut un reproche dans sa voix. Tout de suite, cela l'irrita.

— Tu m'avais permis d'emmener Charlotte. Madeleine est venue parce qu'elle allaite encore les jumelles. Un sevrage brutal aurait pu être dangereux pour leur santé. Regarde, Mukki te fait signe. Tu lui as manqué !

— Un enfant de cet âge a surtout besoin de sa mère, trancha Toshan. Pierre, on ferait bien de se mettre en route. Tu es notre invité, ce soir.

— J'y comptais bien ! rétorqua ce dernier en riant. Je ne vais pas redescendre la Péribonka en pleine nuit.

Hermine retenait des larmes de dépit. Passé son premier mouvement de tendresse, son mari lui paraissait froid, distant. Il ne lui avait pas fait un seul compliment sur sa toilette. Il semblait indifférent à sa robe en cotonnade fleurie qui soulignait ses formes gracieuses, autant qu'à son chapeau de paille orné d'une rose en tissu.

Sans un mot, Toshan lui confia Duke et courut chercher un gros sac en toile qu'il avait laissé contre un poteau. Le chien, lui, décida de faire la fête à la jeune femme. Il se dressa et posa ses pattes sur ses épaules avant de lui lécher le nez.

— Oh non, Duke, non ! cria-t-elle.

Cela fit pouffer Charlotte et Madeleine. Hermine préféra en rire elle aussi. Tant bien que mal, tout le monde, Duke compris, se retrouva à bord du bateau. Pierre démarra le moteur. L'embarcation eut un soubresaut et fendit les eaux bleues de la vaste rivière, qui, depuis des temps immémoriaux, se jetait dans le lac Saint-Jean. Une fois à bord, Toshan se consacra à ses enfants. Il écouta babiller Mukki qui lui fit l'honneur d'un « papa » sonore, puis il prit tour à tour Marie et Laurence dans ses bras en s'extasiant de leur métamorphose.

— Quand je suis parti, elles ne pesaient presque rien, ces petites ; à présent ce sont deux magnifiques poupées. On dirait que Laurence a tes yeux, Hermine. Marie est plus blonde, par contre. Mais elles sont magnifiques ! Tu es une bonne nourrice, cousine Madeleine.

Cela aussi contraria Hermine. Elle avait assez déploré de ne pouvoir allaiter ses filles.

« Il sait bien, quand même, puisque je le lui ai dit dans une lettre, que mon lait s'est tari après la nuit de la tempête à cause de la grande peur que j'ai eue en l'imaginant en perdition », songea-t-elle, incapable de céder à la joie qu'aurait dû lui causer la présence de son mari.

La navigation à contre-courant était assez mouvementée, les eaux étaient encore hautes et puissantes. Charlotte eut envie de vomir et les bébés décidèrent de protester contre le vent, le soleil et le bruit du moteur. Elles hurlèrent plus d'une heure, malgré les berceuses que chantonnait Madeleine. Duke aboyait dès qu'un oiseau survolait le bateau. Mais Toshan et Pierre paraissaient contents du voyage. Ils discutaient, une cigarette au coin des lèvres.

« Tout ceci semble normal pour Toshan, pensa Hermine, le cœur gros. Il m'a demandé d'être tel jour à Péribonka, j'accours ! Je dois habiter en pleine forêt toute l'année avec trois petits et je n'ai pas droit à un merci, à un peu de compassion pour le sacrifice que je fais, car c'en est un… Et pas une question sur mes parents, il ne s'inquiète pas de leur santé, surtout celle de maman. Quand je lui ai raconté la naissance si facile de mon petit frère Pierre-Louis, il a juste hoché la tête ! »

Elle attira Mukki sur ses genoux. Le garçonnet ne tarda pas à somnoler. La présence câline de l'enfant apaisait son chagrin. La jeune femme, exaspérée, regrettait jusqu'au malaise la belle demeure de sa mère, la fraîcheur du grand salon, le thé à la bergamote que Mireille servait à cinq heures du soir, agrémenté de biscuits fleurant bon le sucre et le beurre. Laura et Jocelyn devaient être bien tranquilles, à Val-Jalbert, même s'ils avaient jugé son départ totalement inopportun et saugrenu. Ils s'étaient consolés en promettant à Hermine qu'ils allaient s'arranger pour séjourner à Québec de septembre aux premières neiges.

— Dès demain, je pars à la chasse, disait Toshan à Pierre. Je ferai fumer de la viande pour cet hiver. En fait, j'ai déjà acheté des provisions indispensables, de l'huile, de la farine, du sucre et des conserves.

Hermine serra les dents, oppressée. Elle en voulait à son mari et elle s'en voulait aussi de lui cacher la vérité. Elle était anéantie par une affreuse anxiété.

« Mon Dieu, il a tout prévu. Quand je lui dirai que j'ai signé un contrat avec le Capitole et que je pars là-bas début septembre, il sera fou furieux ! »

Toute la journée, elle se montra silencieuse, comme absente. La moindre occupation lui donnait une contenance. Elle se chargea de distribuer à chacun le repas froid préparé par Mireille et insista pour changer les langes des jumelles. Si Toshan lui envoyait un baiser du bout des doigts ou lui adressait un sourire, elle osait à peine répondre. Plus ils approchaient de la crique où ils aborderaient, plus elle se sentait coupable.

« J'ai agi sur un coup de tête, sans me préoccuper du mal que je ferais à mon mari, finit-elle par penser. Je suis d'un égoïsme ! Sœur Victorienne avait raison, la place d'une femme est dans son foyer, à veiller sur ses petits, à chérir son époux. J'ai cédé à une sorte d'ambition déplorable en acceptant le rôle de Marguerite. »

Elle fit alors un parallèle entre le sort de cette jeune fille et le sien. Marguerite est séduite par Faust, ce qui arrange bien le diable, Méphistophélès. Mais à la fin de l'opéra Marguerite appelle à son secours les anges du ciel pour sauver son âme. Ne s'était-elle pas égarée à son tour, ensorcelée par les velours rouges du théâtre, les applaudissements et les compliments ?

« Si je devenais célèbre comme Emma Lajeunesse, serais-je plus heureuse ? Toshan ne me suivra jamais à Québec ni à Montréal, ni nulle part, d'ailleurs. C'est un coureur des bois, plus indien que blanc. Je l'ai trahi. Non, il ne le saura jamais. Je me débrouillerai pour acheminer une lettre au directeur du Capitole en lui demandant d'annuler mon engagement. »

Hermine respira mieux. C'était l'unique solution. Infiniment soulagée, elle fut de meilleure humeur.

Au crépuscule, ils accostèrent dans la petite crique proche de la cabane. Des lueurs orange dansaient sur l'eau de la rivière et le ciel se teintait de mauve. Il était parsemé de nuages couleur crème bordés de liserés d'or dessinés par le couchant. Un vol d'outardes s'abattit sur l'autre berge de la Péribonka. Les grands oiseaux criaient et caquetaient, ce qui amusa prodigieusement Mukki.

— Mon Dieu ! Tous ces bagages qu'il faut transporter sur le sentier ! soupira la jeune femme. Toshan ? Tala va quand même passer quelques jours avec nous avant de s'installer chez grand-mère Odina ?

— Non, il n'y a plus personne à la cabane, déclara-t-il.

— Qui s'est occupé de tes chiens, alors ? s'étonna-t-elle. Et où est Kute, le husky que papa t'a offert à Noël ?

— Je n'ai gardé que Duke, répliqua-t-il sur un ton irrité. Je t'expliquerai tout ceci plus tard. Commence à marcher avec les enfants et Madeleine, nous vous suivons, Pierre et moi. Tu sais où est cachée la clef. Il faut aérer et allumer un feu.

Médusée, Hermine se planta devant son mari. Il avait rarement été aussi autoritaire avec elle.

— Est-ce que je dois aussi tanner quelques peaux de bête et me déguiser en sauvageonne ? interrogea-t-elle d'une voix ferme et sans penser que sa répartie ironique pouvait blesser Madeleine, indienne elle aussi. Figure-toi que je sais tenir un intérieur. Je n'ai pas besoin de recevoir des ordres.

Il ne s'attendait pas à cette réaction et il la fixa d'un air consterné. Pierre Thibaut sifflota pour masquer son trouble, mais il était bien embarrassé d'assister à une scène de ménage.

— Hermine, pardonne-moi, je pare au plus pressé. Nous en avons pour un moment à transporter tout cet attirail. D'habitude, ma mère entretient le foyer et fait la cuisine.

— Elle n'avait aucune raison de s'en aller, soupira la jeune femme. Et ce n'est pas gentil de t'être débarrassé de ce magnifique chiot husky. Papa sera blessé quand il le saura. Bon, Charlotte, prends la main de Mukki. Madeleine, garde Marie dans tes bras, je prends Laurence. Dépêchons-nous, sinon le grand chef montagnais nous laissera dormir dehors.

Un rire clair s'éleva. C'était la nourrice, qui trouvait très drôle les propos d'Hermine. Elle se moquait ouvertement de son cousin Toshan, lequel, mortifié, décocha un coup de pied dans une des malles en osier. Pierre s'esclaffa lui aussi.

— Ne te fâche pas, mon chum ! dit-il. Les femmes ne sont plus ce qu'elles étaient jadis, excepté la mienne, qui file doux.

— Ayoye ! s'écria le beau Métis en faisant la grimace.

Il alluma une cigarette en signe de protestation. Hermine s'éloigna entre les herbes hautes, suivie de Madeleine et Charlotte. Poussé par son instinct de protection envers les plus faibles, Duke trottinait derrière la petite troupe.

— Je te demande pardon, Madeleine, dit la jeune femme après avoir parcouru une centaine de mètres. C'est mon mari qui m'a mise en colère. Je ne voulais pas offenser ton peuple, vraiment pas. Je respecte vos coutumes et vos croyances.

— Ne t'inquiète pas, répondit celle-ci, je le sais bien, sinon tu n'aurais pas épousé un Métis. Tu as eu raison de te révolter, moi je n'ai jamais osé tenir tête à mon époux. Et, comparé à lui, Toshan est doux comme un agneau.

Hermine la plaignit de tout cœur. Elle apercevait déjà le toit en tôle de la cabane et la cheminée en pierre d'où ne s'échappait aucun panache de fumée. Tala était vraiment partie. Bientôt la clairière apparut, parsemée d'une végétation plus rase avec des touffes de fleurs jaunes.

— Ce sera bizarre, d'habiter ici, sans ma belle-mère, dit-elle à ses compagnes.

Au même instant, Duke gronda sourdement, le poil hérissé. Sans prendre garde à l'attitude de l'animal, Charlotte s'élança.

— Tala m'avait montré où elle cachait la clef, j'y vais !

— Non ! coupa Hermine. Duke a senti quelque chose. Ne bouge pas.

Le chien aboyait maintenant avec fureur. Un grognement féroce retentit en provenance de la remise à bois, dont la porte était ouverte. Le bâtiment communiquait avec un autre, plus exigu, qui servait de réserve. Tala et Toshan y entreposaient de la viande fumée, des barils de poissons en saumure et d'autres denrées de longue conservation.

— Sage, Duke ! ordonna Hermine, apeurée.

Soudain une forme sombre jaillit de la remise en poussant des cris rauques.

— Mon Dieu ! dit la jeune femme tout bas. Un ours noir ! Il est énorme… Ne vous affolez pas, ne faites pas de bruit. Duke va peut-être le faire fuir.

Elle tremblait de tout son corps. L'ours, un vieux mâle, se dressa sur ses pattes arrière, pointant son museau brun poudré de blanc. Il devait avoir mangé des denrées, sans doute un sac de farine ou de sucre.

« Je n'ose pas appeler au secours, il pourrait attaquer ! pensa-t-elle très vite. Tala me racontait qu'en cette saison, des ours rôdaient souvent autour de la cabane. Moi, je n'en avais jamais vu. »

Duke avançait vers l'intrus avec son courage de chien au sang de loup. Les crocs découverts dans un rictus menaçant, il se plaça devant les femmes et les enfants. Les deux bêtes s'affrontèrent du regard, sans cesser de gronder pour l'un, d'aboyer pour l'autre. C'était à qui céderait, à qui prouverait à l'autre qu'il ferait mieux de déguerpir. Marie, la plus nerveuse des jumelles, lança un hurlement de faim, véhément, suraigu. Affolée, Madeleine essaya de dégrafer son corsage pour la faire taire en lui donnant le sein. Charlotte, elle, reculait prudemment en protégeant Mukki de ses bras.

— Mon Dieu ! Ayez pitié de nous ! supplia Hermine dans un souffle presque inaudible.

Mais l'ours noir fit brusquement un bond en arrière, reprit la position à quatre pattes et détala à une vitesse surprenante pour sa corpulence. Ironiquement, les pleurs stridents du bébé semblaient l'avoir effrayé davantage que l'hostilité de Duke. Toshan et Pierre accouraient. Ils avaient posé la malle qu'ils transportaient pour se précipiter à leur secours, car les aboiements rageurs du chien et les grondements de l'ours les avaient alertés. Ils virent disparaître une grosse silhouette sombre dans les fourrés du bois voisin.

— Est-ce que tout va bien ? demanda Toshan en prenant Hermine contre lui. C'était un ours, n'est-ce pas ?

— Oui, gémit-elle. Un ours énorme ! Tu m'obliges à venir vivre dans une région où des bêtes sauvages font la loi, alors que nous avons trois enfants tout petits !

— Cet ours ne fait pas la loi, puisqu'il a décampé ventre à terre, rétorqua-t-il. Les provisions ont dû souffrir de sa visite ; je dois vérifier.

Il se rua vers la remise à bois. Tous l'entendirent jurer et maudire l'animal. Encore secouée de frissons nerveux, Hermine caressa le chien.

— Tu es brave, toi ! bredouilla-t-elle. Je suis sûre que tu étais prêt à te battre pour nous.

Madeleine s'avança. Marie tétait, à l'abri d'un pan de châle qui ménageait la pudeur de la nourrice.

— Ce n'est pas bon signe, avoua-t-elle à l'oreille d'Hermine. Tala a quitté la cabane, le cercle magique a disparu. Il se passera de mauvaises choses ici.

— Je t'en prie, ne dis pas ça ! implora la jeune femme. Quel cercle magique ?

— Le grand-père de Tala était un shaman. Il lui a enseigné quelques-uns de ses secrets. Je ne sais rien d'autre, moi.

Charlotte s'était blottie entre elles deux, Mukki juché sur son dos. Pierre Thibaut hocha la tête.

— Vous êtes bien isolés, par ici, quand même ! fit-il remarquer. En tout cas, Hermine, si tu veux me faire passer du courrier durant l'été, compte sur moi. Je reviendrai tous les quinze jours.

— Merci, Pierre ! dit-elle avec gratitude. Je ne tiens plus sur mes jambes. Cet ours m'a épouvantée.

— Tu as été très courageuse, répliqua-t-il.

— J'ai eu très peur aussi, renchérit Charlotte. Je voudrais bien entrer dans la cabane.

— Eh bien, allons-y ! Je vous servirai d'escorte, mesdames, fanfaronna le jeune homme. Toshan bougonne, car il va devoir chasser dix fois plus si cet ours a dévoré la viande fumée.

Hermine décida de tracer un trait sur l'absence de sa belle-mère. Il y avait tant à faire. Le bébé n'ayant pas tété, elle confia Laurence à Madeleine et prit Marie, endormie, pour la coucher sur le lit de la grande chambre.

Dans l'âtre se trouvait le nécessaire pour faire une flambée. Charlotte dénicha les allumettes et mit le feu à la mousse sèche disposée sous des branchettes, sous l'œil intéressé de Mukki.

De belles flammes s'élevèrent et une vive clarté éclaira aussitôt la pièce. Pierre annonça qu'il devait s'occuper des bagages.

— Je referme bien la porte, n'ayez aucune crainte, mesdames, dit-il gentiment.

Il n'eut pas le temps de sortir, Toshan entra, une malle sur le dos qu'il maintenait en équilibre à la force des poignets.

— Cette sale bestiole a fait un carnage, déclara-t-il. Un sac de farine éventré, un quartier de viande mis en pièces. Je le retrouverai, cet ours-là, et il finira en carpette au pied du lit.

Sur ces mots, il fit basculer son chargement à terre et repartit avec Pierre. Hermine avait eu le temps de saisir l'expression furibonde de son mari. Elle retint un soupir et entreprit de préparer un repas. Tala avait laissé des légumes secs en quantité, des lentilles, des haricots et des fèves.

— Il y a du lard salé dans un de nos paniers, dit-elle à voix haute. Je fais cuire des lentilles. Pour dessert, nous mangerons les biscuits de Mireille.

Ses efforts pour paraître joyeuse furent coupés net. C'était une erreur de prononcer si fort le prénom de la gouvernante. Cela évoquait Val-Jalbert, ses parents, le petit frère dont elle n'avait guère pu profiter, le déroulement plaisant des heures, le couvert mis à l'avance et les soupers savoureux.

« Je ne dois pas me morfondre ! se reprocha-t-elle. Nous avons déjà habité ici et les sœurs m'ont appris à tenir une maison aussi bien qu'à cuisiner. Chez Betty aussi, je mettais la main à la pâte, comme on dit. Nous serons heureux. Une fois que nous serons installés, tout se passera bien. Il le faut. »

Mais elle éclata en sanglots. L'été à venir lui semblait une épreuve insurmontable.

19

Un été de mensonges

Cabane de Tala, même soir

Le repas était très animé. La discussion tournait autour de la prouesse de la minuscule Marie, dont les cris affamés avaient fait fuir un énorme ours noir. Chacun tenait à raconter l'événement selon son point de vue.

Hermine avait relevé ses cheveux en chignon. Un tablier blanc noué sur sa robe fleurie, les joues roses d'avoir cuisiné dans la cheminée, elle oubliait craintes, doutes et pressentiments divers. Son plat de lentilles au lard grillé avait obtenu un vif succès. La jeune femme avait parfumé l'eau de cuisson avec de l'ail sauvage et de la menthe, plantes que sa belle-mère cueillait dans la forêt.

Pierre Thibaut avait sorti de sa besace une bouteille de vin blanc. La jeune femme en avait bu un demi-verre ; Toshan, bien davantage, et il était d'excellente humeur. Mukki dormait déjà, couché dans la petite pièce d'habitude réservée à Tala, octroyée désormais à Charlotte et au garçonnet. Madeleine disposait de la grande chambre, où étaient dressées deux nacelles en jonc, calées sur des trépieds, qui serviraient de berceau à Laurence et Marie. C'étaient des commodités de fabrication artisanale, dont leur père se montrait très fier.

— Odina et Aranck les ont confectionnées pour les jumelles, avait-il expliqué. Chogan les a installées la semaine dernière. Mes filles s'y plairont.

Apparemment, il avait raison, puisque les bébés dormaient eux aussi d'un sommeil paisible. Madeleine, très discrète à Val-Jalbert, se montrait un peu moins timide. Les plaisanteries de Pierre la faisaient souvent rire et elle n'en était que plus ravissante.

— Nous sommes les rois, ici ! déclara enfin Toshan. Par chance, l'ours n'a pas détruit toutes les provisions.

Charlotte bâillait entre chaque bouchée. Hermine l'envoya au lit après l'avoir embrassée tendrement.

— Bonne nuit, ma chérie, la journée a été longue. Va vite te reposer.

Ils se retrouvèrent entre adultes. Le dessert terminé, des biscuits au sirop d'érable et de la confiture de bleuets, Pierre demanda où il coucherait.

— Désolé, tu seras logé à la dure, sur cette banquette, là, dit Toshan, avec une couverture et le feu pour te servir de veilleuse.

— J'en ai connu d'autres, répliqua leur invité.

Madeleine se retira en les saluant d'un signe de tête. Hermine sentit son cœur s'accélérer. Dans quelques minutes, elle serait seule avec Toshan.

— Tu peux aller dans notre belle chambre, lui dit-il à l'oreille. Je fume une dernière cigarette avec mon chum, je couvre les braises et je te rejoins.

Son regard brillant de désir en disait long sur ses intentions. La jeune femme, habituellement, aurait répondu à cette invite muette par un sourire plein de promesses. Mais elle éprouvait une gêne inattendue après plus de six mois de chasteté et beaucoup de colère contenue.

— D'accord, approuva-t-elle.

La belle chambre dont parlait son mari était une pièce qu'il avait ajoutée à la cabane. La construction, toute récente, fleurait bon le bois vert et l'épinette blanche au parfum de résineux. Toshan la lui avait fait visiter juste avant le souper. La décoration était très simple. Des tentures aux motifs bariolés, tissés par des artisans montagnais, ornaient les cloisons. Les planches avaient encore une teinte claire, un peu dorée, qui égayait les lieux. Un grand lit, dont les montants avaient conservé l'écorce de l'arbre utilisé, occupait tout l'espace. Deux peaux de loup servaient de carpette. Une petite cheminée en galets agrémentait un angle. Il manquait une armoire et des rideaux à la fenêtre assez large qui donnait sur la forêt.

Hermine s'était extasiée pour ne pas décevoir Toshan. Elle n'avait pas vraiment simulé la satisfaction, mais elle se demandait bien comment ils répartiraient les couchettes.

À présent, elle se tenait devant la malle où s'entassaient ses vêtements, soigneusement pliés par Mireille. Sur une minuscule table, elle avait disposé une cuvette en porcelaine et un broc d'eau. Après une brève toilette qui lui fit regretter le confort de la maison maternelle, elle enfila une chemise de nuit.

Toshan entra quelques secondes plus tard. Il se précipita sur elle et l'enlaça tout en étreignant sa taille. Ses mains glissèrent ensuite le long des hanches et remontèrent vers la poitrine ronde qui tendait le léger tissu.

— Enfin, tu es là ! lui confia-t-il à l'oreille. Ma femme ! Ma jolie petite femme coquillage. Enlève ça, tu n'en as pas besoin.

Il releva le bas de sa chemise de nuit pour l'aider à l'enlever, mais, malgré sa prévenance, le geste l'agaça.

— Non, pas tout de suite ! dit-elle d'un ton ferme. Je voudrais discuter avec toi.

— Ma chérie, qu'est-ce que tu as ? Nous parlerons demain, ou après-demain. J'ai été privé de toi pendant six mois. Je ne rêve que de ça : ton corps nu, tes seins, tes cuisses.

— Chut ! s'indigna Hermine. Pierre va t'entendre, Madeleine aussi. C'est une cabane, pas une maison ! Et puis, comprends-moi, je suis un peu contrariée. Tu es parti sans me prévenir le jour de l'An et tu as pris un emploi à Val-d'Or sans même passer m'embrasser à Val-Jalbert. Cela m'a causé beaucoup de chagrin. Je me suis inquiétée, j'ai imaginé bien des choses ! Que tu me trompais ! Que tu ne m'aimais plus !

Le jeune homme s'assit au bord du lit, son désir coupé net. Il avait espéré éviter ce genre de conversation.

— Mes parents ont été surpris par ta conduite, je t'assure, renchérit-elle. Je venais d'accoucher et tu disparais.

— C'est un concours de circonstances, mentit-il. Je te l'avais dit dans mon message, je comptais faire l'aller-retour. Mais Tala est tombée malade. Je suis resté près d'elle et tu n'as pas à me le reprocher. Et c'est cette maladie qui l'a décidée à s'installer chez grand-mère Odina. Cela devenait déraisonnable, de vivre seule ici. Du coup, elle m'a dit que je pouvais prendre la cabane et l'agrandir pour ma famille. Il me fallait de l'argent. Quelqu'un de Péribonka m'a parlé de Val-d'Or, où les salaires étaient intéressants. Seulement, je n'avais pas le temps de faire le détour par Val-Jalbert. Tu sais très bien, Hermine, que je prenais trop mes aises, là-bas, à vivre aux crochets de ta mère. J'ai eu un sursaut d'orgueil, salutaire à mon avis, sinon j'aurais fini par être paresseux. J'ai des économies, nous sommes chez nous, ici. Demain je pars à la chasse. Je suis en paix avec moi-même.

La jeune femme, toujours debout près du lit, ne trouvait rien à répliquer. Ce discours se tenait, mais elle percevait pourtant une fausse note dans les derniers mots.

— Tu n'as pas l'air tellement en paix, fit-elle remarquer.

— Bien sûr, tu me repousses alors que nous avons été séparés des mois ! bougonna-t-il.

— C'est toi qui l'as voulu, insista-t-elle. Je te préviens, il faut faire attention, je ne veux pas tomber enceinte !

Hermine n'avait jamais eu de pareils propos. Elle était très pudique et n'abordait pas ce sujet avant ou après leurs étreintes. Abasourdi, Toshan la foudroya du regard.

— Qu'est-ce que tu racontes ? interrogea-t-il durement. Faire attention ? Nous sommes jeunes, je m'arrange toujours pour gagner de l'argent !

Pourquoi ne veux-tu pas un autre enfant ? interrogea-t-il durement.

— C'est trop tôt. Laurence et Marie n'ont que six mois, nous pouvons patienter au moins un an ou deux, fit-elle observer.

Furieux, il délaça ses bottillons et les jeta contre un des murs. Il arracha sa chemise et baissa son pantalon. Hermine l'observait, troublée par le jeu de sa musculature couleur de bronze. Prise à son propre piège, elle fut submergée par des ondes brûlantes de désir à l'intérieur de son ventre.

— Toshan, tu avais meilleur caractère, avant, déclara-t-elle. Si quelque chose te tourmente, dis-le-moi. Nous devons être honnêtes l'un envers l'autre.

Elle songea au contrat qu'elle avait signé et devint écarlate.

« Je lui demande d'être sincère alors que j'ai agi dans son dos et que je suis incapable de lui dire ce que j'ai fait. »

— Je n'ai qu'un souci, une épouse qui se refuse à moi ! ironisa-t-il.

— C'est offensant, aussi, que tu aies donné Kute, comme si tu n'attachais aucun prix au cadeau de papa ! remarqua-t-elle. Tu étais si content, à Noël ! Nous passons l'hiver ici, en principe. Duke ne pourra pas tirer le traîneau tout seul.

— Il n'y a plus de traîneau, soupira son mari. Je vais en fabriquer un avant l'hiver. Mon cousin Chogan me vendra trois bons chiens pour une petite somme. J'ai eu un accident cet hiver en voulant traverser la rivière. La glace s'est rompue, j'ai pu sauver ma peau et mes bêtes, mais le traîneau a coulé.

Hermine ouvrit de grands yeux effrayés, sans soupçonner un instant que Toshan mentait encore. Il avait fait brûler le traîneau après l'avoir brisé à coups de hache.

— Tu as failli mourir deux fois alors que tu étais loin de moi ! gémit-elle. Pourrais-tu être prudent, arrêter de te croire invincible ? Tu as trois enfants, Toshan !

Exaspérée, elle éteignit la chandelle et s'allongea près de lui. Ils demeurèrent silencieux un moment. Leurs cœurs battaient la chamade, la course de leur sang s'accélérait. Hermine résistait à la tentation de tendre la main vers son mari qui, lui, luttait pour ne pas l'attirer dans ses bras. Cependant l'obscurité leur rappela tant de baisers gourmands, tant de caresses audacieuses qu'ils se tournèrent l'un vers l'autre en même temps.

Elle se rapprocha de lui, effleura son menton du bout des lèvres, chercha sa bouche. Il répondit en écrasant ses lèvres sur les siennes. Très vite, plus rien ne compta, ni leurs parents, ni leurs enfants, ni le traîneau, ni le chiot husky. Hermine se débarrassa de sa chemise de nuit, pressée d'être toute nue, livrée au désir de Toshan. Il reprit possession d'elle, offrant la même attention subtile et tendre à chaque partie de son corps de femme.

Soudain il s'écarta et se leva.

— Que fais-tu ? interrogea-t-elle, haletante.

La petite flamme d'une allumette dissipa les ténèbres. Son mari rallumait la bougie. Il lui apparut, doré, ses longs cheveux noirs ruisselant autour de son visage tendu par la passion amoureuse qui le faisait vibrer.

— Je veux te voir, dit-il d'un ton avide. Tu es si belle !

Comme le soir de leurs noces, Hermine fut envahie d'une pudeur tenace. Elle ferma les yeux dès qu'il rabattit le drap. Mais de se savoir admirée, détaillée, dévorée du regard éveilla en elle un plaisir sensuel.

— J'ai la femme la plus sublime du pays ! gémit-il, le souffle court. Tu es à moi, rien qu'à moi.

Il se coucha sur elle et, sans autre préambule, il la pénétra avec plus de rudesse qu'à l'accoutumée. Surprise, elle se laissa néanmoins emporter par un déferlement de sensations, vite suivi par un paroxysme de jouissance. Elle dut mordre le drap pour ne pas crier. Toshan, silencieux lui aussi, n'en resta pas là, il semblait insatiable. Grisée, saisie du même délire sexuel, Hermine céda enfin à un délicieux épuisement. Une petite voix intérieure répétait qu'elle allait sans doute être enceinte. Sur l'instant, cela lui fut bien égal.

Ils sommeillèrent un peu, blottis l'un contre l'autre. Dehors, un oiseau de nuit poussait un cri monotone discordant. Bien que somnolente, la jeune femme demanda tout à coup :

— Pourquoi avoir installé Madeleine dans la grande chambre de ta mère ? Nous serions mieux là-bas ; Mukki est né dans le lit et j'y ai de merveilleux souvenirs.

— Je voulais une pièce neuve pour débuter une nouvelle vie avec toi, dit-il tout bas, d'une voix pâteuse. Un lit tout neuf aussi, que nous venons d'étrenner.

Il s'éveilla tout à fait, avec l'envie de confesser ce qu'il savait. Il le fit en pensée.

« Ma petite femme chérie, je ne pouvais pas passer mes nuits près de toi dans une chambre où ton père a déshonoré ma mère, où est née ma petite sœur Kiona, ta sœur et celle de ce bébé, Pierre-Louis, que tu décris en riant de fierté. »

Hermine s'était endormie. Il l'embrassa sur le front et lui tourna le dos.

Cabane de Tala, vendredi 10 août 1934

Hermine s'était assise sous l'avancée du toit qui ombrageait une étroite estrade plus longue que large. De là, elle pouvait surveiller Mukki, qui jouait à faire flotter un bateau en papier sur l'eau d'une bassine. Charlotte lisait, étendue sur une couverture. Une ombrelle l'abritait du soleil.

Tout était paisible. Madeleine endormait les jumelles qui venaient de téter. Toshan, lui, était encore à la chasse. En juillet, il avait abattu un caribou dont le cadavre imposant avait inspiré de la pitié à la jeune femme. Elle n'avait pas apprécié les trois jours de boucherie, comme disait la nourrice, pendant lesquels l'animal avait été dépecé, découpé, désossé. L'odeur lui avait soulevé l'estomac, si bien qu'elle s'était crue à nouveau enceinte. Mais, à son grand soulagement, elle avait eu la preuve du contraire. Depuis, le caribou s'était changé en quartiers de viande fumée et sa peau, tannée par Madeleine, servait de tapis dans leur chambre.

« Les jours s'écoulent si vite ! pensa-t-elle en cessant de coudre pour contempler le ciel d'un bleu pur.

Et je n'ai pas écrit au directeur du Capitole, je n'y arrive pas. Toshan regarde les lettres que je remets à Pierre chaque fois qu'il nous rend visite. Au moins, j'ai reçu de bonnes nouvelles de Val-Jalbert. Maman est au comble du bonheur grâce à mon petit frère Pierre-Louis. Je n'en profite pas, c'est dommage. »

Laura avait joint à son courrier des photographies. On la voyait assise devant la maison, sous le vaste auvent, son fils tout vêtu de blanc dans ses bras. Jocelyn se tenait debout derrière le fauteuil, l'air protecteur. Il y avait aussi un portrait du bébé, âgé de deux mois.

« Toshan l'a à peine regardé, ce cliché. Pas plus que l'autre. On dirait qu'il repousse ma famille. Je ne comprendrai jamais pourquoi. En tout cas, heureusement qu'il n'a pas lu ce que m'écrivait maman. Elle m'expliquait tout ce qu'elle avait prévu pour le mois de septembre, à Québec. Mon Dieu, comme elle sera contrariée si j'annule mon contrat ! »

Accablée, la jeune femme rangea sa couture dans un cabas en tissu. Elle chercha du réconfort en admirant Mukki. Le garçonnet fêterait ses deux ans le mois prochain.

— Où serons-nous à cette date ? souffla-t-elle à mi-voix. Ici, ou bien au bord du Saint-Laurent ?

Elle ne put s'empêcher de soupirer. Leur existence à la cabane se révélait somme toute très plaisante. L'air était sain, vivifiant, les heures de grosse chaleur étaient supportables grâce au voisinage de la rivière. Hermine prenait goût à cuisiner. La veille, elle avait emmené Charlotte et Mukki dans les bois ramasser des bleuets et plusieurs pots de confiture d'un violet sombre s'alignaient maintenant sur l'étagère de la cheminée principale. La nuit, Toshan se montrait attentionné, passionné, tendre, mais le jour il était distant et grave.

« Je jurerais qu'il me cache quelque chose, se disait-elle souvent. Je n'ai rien à lui reprocher, il joue avec Mukki, il assiste à la toilette de ses filles, mais il a changé. »

Malgré ce constat, elle refusait de questionner son mari à cause de son propre secret. Un des premiers soirs, pendant le souper, elle avait commencé à raconter son voyage à Québec. Dès qu'elle avait évoqué le théâtre, Toshan l'avait priée de se taire.

— Je me moque de ces singeries qui amusent la foule des grandes villes ! avait-il tranché. Je ne veux rien savoir de cette histoire.

Elle avait obéi, désemparée, mais elle en souffrait encore. Un cri aigu la tira de ces considérations moroses. Charlotte hurlait.

— Mimine, un serpent ! Là ! Mukki veut le toucher, viens !

La jeune femme se rua vers son fils qui était penché sur une énorme couleuvre. Aucune n'était venimeuse au Québec, Hermine le savait, mais l'enfant pouvait être mordu quand même. Vite, elle ramassa un bout de bois pour chasser le reptile.

« Et Duke qui a suivi Toshan ! pensa-t-elle. Je préfère que le chien reste avec nous. Il y a une semaine, j'ai dû mitrailler de pierres un carcajou ! Quelle sale bestiole ! »

Le serpent était enroulé sur lui-même au milieu d'un tas de cendres, à l'endroit où le maître des lieux faisait brûler les broussailles qu'il coupait, ainsi que certains détritus.

— Mukki, recule, il ne faut pas toucher cette couleuvre. Si elle se réveille, elle peut t'attaquer ! Charlotte, arrête de crier, enfin !

— Je déteste les serpents ! répliqua la fillette. Je ne l'avais pas vu. Peut-être qu'il est là depuis longtemps. Chasse-le, je t'en prie !

— Non, vous n'avez qu'à venir avec moi devant la cabane, rétorqua la jeune femme. De toute façon, je commence à croire Madeleine. Elle prétend que Tala traçait un cercle magique autour de la clairière qui empêchait les animaux d'approcher. La preuve, nous avons eu droit à la visite d'un ours noir, du carcajou et de ce vieux loup pelé, l'autre soir. Maintenant une grosse couleuvre se prélasse à dix pas de l'habitation. C'est la première fois que ce genre de choses se produit !

Elle recula en confiant Mukki à Charlotte. Celle-ci n'avait pas insisté et s'éloignait à grandes enjambées, le petit garçon accroché à son cou. Hermine scruta le reptile avec calme. Le dessin des écailles la fascinait.

« Je crois qu'elle digère un mulot ou une grenouille, se dit-elle. Il n'y a qu'à la laisser tranquille. »

Sur cette constatation, elle se débarrassa du bout de bois en le jetant dans les cendres. Un peu de poussière grise se dispersa. Un second morceau de bois apparut alors, à demi caché par des vestiges de ronces noircies.

— Oh non ! s'exclama-t-elle.

Elle ramassa sa trouvaille, bouche bée, les yeux écarquillés. C'était une des poignées du traîneau de son père, celle qui portait un L. Le vernis avait fondu, l'ensemble ressemblait à un brandon charbonneux, mais il n'y avait aucun doute possible.

« Toshan m'a menti, alors, songea-t-elle. Pourquoi ? Il n'a pas osé me dire la vérité… »

Hermine garda précieusement sa découverte pour elle. Elle décida d'avoir une explication avec son mari dès son retour.

Plus tard, alors qu'elle épluchait des pommes de terre et des navets, son esprit se mit en marche.

« Il aura endommagé le traîneau et, de crainte des sermons de papa, il l'a fait brûler. C'est pour cette raison qu'il n'est pas revenu à Val-Jalbert ! Quand même, les accidents, ça arrive, il n'y a pas de quoi faire des cachotteries ! »

Cette conclusion la bouleversa en la ramenant à ses propres torts. Elle faillit jeter le fragment de poignée au feu.

« Toshan me ment, je lui mens ! Quelle tristesse ! Nous n'avons plus confiance l'un dans l'autre. »

Chagrinée, la jeune femme se décida à écrire une brève lettre au directeur du Capitole. Au moins, ainsi, elle n'aurait pas à dévoiler ce qu'elle estimait une trahison. Elle rédigea également un courrier pour sa mère, lui annonçant son revirement. Soulagée, elle rangea les enveloppes cachetées dans son sac à main, qui ne lui était ici d'aucune utilité.

Toshan rentra à la nuit tombée. Déjà, au mois d'août, les jours raccourcissaient, les soirées étaient fraîches. Le jeune homme alluma un petit feu dans leur chambre, à l'heure du coucher. Hermine lui raconta l'incident de la couleuvre.

— Betty et Simon m'ont souvent dit que ces serpents pouvaient mordre, que c'était douloureux comme une morsure de chat. Notre pauvre Mukki aurait beaucoup pleuré.

— Peut-être, mais cela lui aurait servi de leçon, il se serait méfié des reptiles en général ! répliqua-t-il. Mon fils connaîtra la forêt, ses dangers et ses pièges.

— Ton fils n'a pas encore deux ans, protesta-t-elle. Il a tout à apprendre. Tu es encore de mauvaise humeur, Toshan ! Ne va plus à la chasse si tu reviens sans gibier et renfrogné.

Il ne répondit pas, assis devant l'âtre. Elle étudia son profil semblable à la frappe d'une médaille : son nez un peu busqué, son front haut et droit, son menton volontaire. Il émanait de son visage un vague dédain. Déçue par la sévérité de son mari, Hermine oublia ses résolutions.

— J'ai déniché ça dans les cendres du grand foyer, dit-elle en lui tendant le bout de bois noirci. Que s'est-il passé ? Tu m'as menti, Toshan !

— Ce doit être le propre des hommes, de mentir, maugréa-t-il. Je suis fatigué, j'ai beaucoup marché, nous discuterons demain.

— Tu peux me dire la vérité. Ce traîneau, mes parents y tenaient beaucoup et moi aussi. Il a été notre lit de noces ! Je suppose que tu étais si consterné de l'avoir cassé que tu as préféré inventer une histoire !

— C'est exactement ça, coupa-t-il. Es-tu contente ? J'espérais me reposer ; si tu me cherches querelle, autant dormir à la belle étoile.

— Je ne te cherche pas querelle, soupira-t-elle. Tu aurais dû me le dire, c'est tout. Les mensonges gâchent la confiance.

— Parfois, la vérité est bien plus dangereuse, dit Toshan. Certaines vérités peuvent briser une famille, un couple.

Le cœur d'Hermine s'affola. Ces paroles lui parurent très étranges, alors qu'elles étaient en fait assez banales.

— Toshan, tu me fais peur ! répliqua-t-elle, intriguée. De quoi parles-tu ?

— De rien de précis, dit-il. Prends un exemple, celui de ton père. Il a cru avoir tué un homme, à Trois-Rivières, et il s'est enfui avec ta mère et toi. Il aurait dû se livrer tout de suite à la police. L'affaire aurait été vite réglée, le type en question n'étant pas mort. Tes parents ne t'auraient pas abandonnée, leur vie n'aurait pas été gâchée. Seulement, je te l'accorde, ce n'est pas toujours facile d'affronter ses erreurs.

Toshan se leva et se déshabilla. Hermine, contrariée, n'éprouva aucune émotion devant sa nudité. Elle hésitait, avec l'impression d'être au bord d'un ravin et de devoir sauter.

— Aussi, il y a des gens qui refusent la discussion purement et simplement, fit-elle remarquer. Toi, tu prétends m'aimer de tout ton être, mais tu te moques de ce qui compte pour moi. Comme l'audition que j'ai passée à Québec. Cela ne te coûtait pas trop de me demander ce que les professionnels du spectacle ont pensé de ma voix, de ma façon de chanter.

Ils s'allongèrent en prenant soin de ne pas être en contact. Toshan demeurait silencieux.

— Quand tu m'as connue, je chantais déjà. Tu m'as même écoutée dans l'église de Roberval. Et j'ai chanté également le soir de notre mariage, à l'ermitage Saint-Antoine. Tu disais m'admirer, à l'époque. Je ne sais pas ce qui s'est passé dans ta tête, mais, depuis la naissance de Mukki, tu t'opposes à ce que j'exerce mon art.

— Exercer ton art ! répéta-t-il d'un ton moqueur. Ce sont bien des mots de la ville, ça ! Je ne me suis jamais opposé à ce que tu chantes. Et avoue que tu ne te gênes pas, je t'entends souvent faire des gammes près de la rivière. Mais j'estime que tu es mon épouse, la mère de mes enfants et que ta place est ici, avec nous, et pas sur une scène. Si tu fréquentais ce milieu, si tu voyageais de ville en ville, tu deviendrais une autre Hermine, que je serais incapable d'aimer. Une étrangère.

Elle se redressa brusquement, irritée.

— Et toi, tu as le droit de prendre un job au bout du pays, de t'absenter six mois ! Je pourrais très bien obtenir des rôles, chanter pendant la durée d'un contrat et ensuite vivre près de toi et de nos petits. Je gagnerais de l'argent.

Toshan eut un geste exaspéré qui rabattit le drap. Il se mit à genoux sur le lit et la regarda dans la lueur mourante d'un moignon de chandelle.

— Les hommes travaillent, d'accord ! Déjà, je reprends mon job à Val-d'Or au mois de novembre. Tu ne manqueras de rien, ici. Du bois de chauffage plus qu'il n'en faut, de la viande fumée, des réserves d'épicerie. Et ce sera toujours comme ça. Les femmes restent au foyer ! Si tu rapportais des dollars à la maison, je les brûlerais !

— Comme le traîneau de mon père ! s'écria-t-elle.

— Oui !

— Donc, tu en veux à papa. Mais pourquoi ? Vous étiez en bons termes, au jour de l'An !

— Fiche-moi la paix ! tempêta son mari.

Ce fut la goutte d'eau qui fit déborder le vase, selon un dicton cher à Mireille. La jeune femme déclara d'un ton dur :

— Rassure-toi, tu auras bientôt la paix, car moi aussi je t'ai menti. J'ai signé un contrat avec le directeur du Capitole après l'audition. Je vais jouer dans *Faust*, un opéra. Il paraît que j'ai une voix exceptionnelle, un talent remarquable et que je n'ai pas le droit de sacrifier cette voix et ce talent. Début septembre, je m'installe à Québec, j'aurai un appartement à ma disposition. Je dois répéter et m'entraîner. La première représentation aura lieu le 27 décembre. Je ferai garder les enfants par Charlotte, peut-être aussi par Madeleine, je lui ai proposé de récupérer sa fille à Chicoutimi, pendant le voyage. Voilà, tu sais tout ! Je n'en pouvais plus de te le cacher.

Hermine ferma les yeux, incapable d'affronter le regard hargneux de Toshan. Son coup d'éclat passé, elle tremblait de tous ses membres, terrifiée.

— Non ! explosa-t-il. Non et non ! Je te l'interdis. Ce sont des stupidités, ta mère t'a monté la tête ! Et ton père aussi. Si c'est lui qui t'a emmenée à Québec, il ne vaut pas mieux que ton tuteur, Joseph Marois. Ils n'ont qu'une idée, tirer parti de toi pour se faire de l'argent. J'aurais dû me méfier de Chardin, c'est le pire de tous.

L'accusation sembla si injustifiée à la jeune femme qu'elle se révolta et fixa son mari de ses prunelles bleues assombries par le chagrin.

— Mon père m'a accompagnée, puisque toi, tu n'étais pas là. J'aurais été enchantée de partir avec toi, de découvrir Québec à ton bras, mais non, tu aurais refusé. Qu'est-ce que tu lui reproches, à papa ? Tu ne serais pas jaloux de lui ?

— Jaloux ? N'importe quoi, alors ! s'indigna Toshan.

— Et tu dis des idioties, mes parents n'ont pas besoin d'argent, ils en ont assez pour vivre jusqu'à la fin de leurs jours dans l'aisance.

— Justement, ça aussi je ne le tolère pas ! Qu'ils viennent tous les deux visiter la réserve des Montagnais, entassés dans des baraques insalubres ! Vous, les colons, vous n'êtes que des envahisseurs, des rapaces. Cette terre nous appartenait, chaque lac, chaque rivière porte le nom que nous lui avons donné avec respect. Mais vous construisez des centrales hydroélectriques, des barrages, des usines pour en tirer des bénéfices, tandis que mon peuple croupit dans la misère !

Il se tut un instant, essoufflé. Hermine n'en croyait pas ses oreilles. Elle cherchait une réponse quand Mukki poussa des pleurs pitoyables. Aussitôt, la voix douce de Charlotte s'éleva, elle essayait de réconforter le petit.

— Tu as réveillé ton fils, en hurlant ! dit-elle. Continue et ce seront les jumelles qui vont prendre le relais. Discutons dans le calme, je te prie. Toshan, permets-moi au moins de remplir ce contrat, rien que celui-là ! Pendant ce temps, tu pourras terminer les aménagements qui te tiennent à cœur, ici. Je rêvais d'interpréter le rôle de Marguerite. C'est une jeune fille sage et pieuse avec de longues nattes blondes.

— Sans doute avec un grand décolleté, coupa-t-il. Histoire d'attirer un public masculin !

— Là, tu deviens fou, répliqua-t-elle, indignée. Les gens viennent écouter un opéra pour la musique, les chants. En plus, tu n'y connais rien. La scène est assez éloignée du public. Si c'est ton unique souci, je porterai une robe ras du cou. Cela me rendrait si heureuse, Toshan. Donne-moi cette preuve d'amour, au moins ! Je reviendrai l'été prochain et je ne repartirai plus, sauf pour rendre visite à mes parents. Rien qu'une saison d'opéra, par pitié.

Elle l'implorait, les joues roses, la bouche entrouverte. Ses cheveux de miel flottaient sur ses épaules à demi nues. De la voir aussi belle aggrava l'exaspération du jeune homme.

— Tu as déjà l'air d'une prostituée, jeta-t-il avec mépris. Je te préviens, si tu deviens chanteuse, nous ne serons plus mari et femme. Je ne crois plus au Dieu qui a soi-disant béni notre union. Votre religion est pratique. On peut faire les actes les plus vils et se confesser ensuite. Moi, j'obéis à une autre loi, celle de l'honneur et de la loyauté.

Hermine éclata en sanglots. Elle songeait au passé de sa mère qui avait dû vendre son corps pour ne pas mourir de faim, et être traitée ainsi par Toshan lui donnait la nausée.

— Je ne sais pas ce que tu as, dit-elle en pleurant, mais tu n'es plus celui que j'aimais. Dès que Pierre Thibaut reviendra, je partirai avec lui pour Val-Jalbert. Tu seras débarrassé de moi. Tu m'as trahie toi aussi, car tu mettais en avant ton baptême, ta foi chrétienne ! Je te rappelle que ton père était un Irlandais, un colon, un envahisseur. Tu n'es pas qu'un Indien.

Toshan se leva et enfila ses vêtements. En quelques minutes, il était parti. La porte avait claqué très fort, comme un coup de feu dans la nuit.

— Mon Dieu, mon Dieu ! gémit Hermine. Tout est ma faute ! Pourquoi en sommes-nous arrivés là ? Toshan, reviens, je t'en prie.

Mais ce fut Madeleine qui entra à pas feutrés dans la chambre. Elle avait défait ses très longs cheveux noirs, ondulés par un tressage quotidien. Une large tunique cachait son corps potelé et sa poitrine assez forte.

— Hermine, je vous ai entendus crier. Que se passe-t-il ? Mon cousin ne t'a pas frappée ?

— Non, il ne m'a pas touchée. Il m'a insultée, humiliée. Je crois que je vais rentrer chez mes parents le plus vite possible. Je ne peux pas partir à pied, hélas !

— Je ne voulais pas écouter, mais j'ai bien compris, ajouta Madeleine. Toshan ne veut pas que tu chantes à Québec.

— Il n'a qu'une envie, me garder enfermée dans cette cabane au fond des bois durant des années et me faire une ribambelle d'enfants, répondit Hermine, irritée. S'il m'aimait, il devrait se réjouir du fait que j'aie ce don.

— Mon cousin te considère comme une femme ordinaire, il te veut soumise et dévouée. Mais tu n'es pas ordinaire, ta voix est un merveilleux cadeau de Dieu, qui doit te chérir pour t'avoir accordé ce présent. Ne renonce pas, Hermine ! Un jour, Toshan comprendra qu'il a eu tort.

— C'est toi qui m'encourages à tenir tête à mon époux ! Tu es de sa famille, pourtant !

— J'ai presque été mariée de force à quelqu'un de plus vieux que moi. Si je souhaite prendre le voile, c'est pour ne plus jamais me retrouver sous les ordres d'un homme. Mais je peux patienter encore et, comme je te l'ai dit, te suivre à Québec. Je me suis attachée à tes filles. Quand je m'occupe d'elles, je souffre moins d'être séparée de mon enfant.

Hermine dévisagea Madeleine. Elle lut tant d'affection sur ses traits d'une douceur exquise qu'elle se jeta à son cou.

— Merci, j'ai enfin une amie, une vraie amie de mon âge ! Je serais vraiment contente si tu passais l'hiver avec moi, où que je sois. Mais dans ce cas, nous irons chercher ta petite fille.

— Alors, ma joie sera complète, avoua la nourrice.

Elles discutèrent encore longtemps dans la pénombre. Cela consolait Hermine, qui avait l'impression que le ciel venait de s'écrouler sur sa tête. Toshan pouvait se montrer dur, intraitable, elle ne l'aurait jamais cru capable de tant de méchanceté.

Le jeune Métis ne réapparut pas le lendemain, ni les jours suivants. Une semaine s'écoula. Il se mit à pleuvoir, des ondées drues, froides, qui détrempaient le sol. Charlotte amusait Mukki de son mieux, mais le garçonnet devenait capricieux. Hermine le surveillait pendant qu'il jouait sous l'étroite avancée du toit de tôle, ce qui lui permettait de guetter les alentours dans l'espoir du retour de son mari.

— Mais où est-il ? demandait-elle à Madeleine. Il n'a pas pris son fusil ni son couteau. Je suis malade d'anxiété.

— Duke l'a suivi. C'est un bon chien de garde. Je pense qu'il s'est réfugié chez Tala, enfin, chez mon frère Chogan ! Là où vivent aussi grand-mère Odina et tante Aranck. Il va réfléchir et revenir.

Hermine en doutait. Elle dormait à peine, n'avait plus aucun appétit et ne travaillait plus sa voix. Des croix tracées à chaque visite de Pierre Thibaut, qui remontait fidèlement la rivière en bateau, lui indiquaient que la date où le jeune homme passerait approchait. Elle avait décidé de lui confier les lettres écrites deux semaines auparavant.

— Si Toshan me demande pardon, disait-elle à Madeleine, je lui annoncerai que j'ai annulé mon contrat. Ce qui m'attriste aussi, c'est de ne pas voir grandir Pierre-Louis, mon petit frère. Val-Jalbert me semble si loin !

Trois jours passèrent encore, sans ramener ni Pierre ni Toshan. Hermine commença à croire que son mari s'était arrangé pour empêcher la venue de leur ami, dont l'embarcation était leur seul moyen de transport pendant l'été. Dès les premières neiges, une terrible prison de froidure se refermerait sur elle, la nourrice, Charlotte et les enfants.

Le jeudi 23 août, le soleil revint. Sa lumière étincelante fut comme un baume sur la détresse persistante de la jeune femme. Elle étendit une lessive, des langes qui avaient bouilli la veille sur le feu. Mukki gambadait, rieur, plein de malice. Il avait dérobé une épingle à linge à sa mère et la jetait en l'air.

— Papa ! cria soudain le garçonnet. Papa !

Il s'élança en courant droit vers la lisière de la forêt. Hermine vit deux silhouettes entre les arbres et un grand chien gris, Duke. Infiniment soulagée, car elle avait reconnu sa belle-mère, elle délaissa sa tâche et marcha sur les traces de son fils. Déjà Tala lui souriait, mais c'était un sourire furtif, qui n'égayait ni son visage ni ses yeux noirs. Cependant, quand Mukki enserra une de ses jambes de ses bras menus en frottant sa joue contre sa cuisse, l'Indienne parut vraiment heureuse.

Toshan évitait de regarder Hermine. Il affichait une mine arrogante, toujours méprisante. Elle décida de l'ignorer et salua sa belle-mère. Elle aperçut alors un bébé dans le dos de Tala, maintenu par un large pan de tissu bariolé.

— D'où vient ce petit ? questionna-t-elle, intriguée.

— Je l'élève, sa mère est morte en couches, répondit Tala d'un ton neutre. C'est une fille ; elle se nomme Kiona.

— Qu'elle est belle ! s'écria la jeune femme. Quel âge a-t-elle ?

— Pas encore six mois.

— Et les jumelles auront bientôt huit mois. Elles ont bien changé. Comme je suis heureuse de vous revoir, ma chère Tala ! Venez, Madeleine a dû préparer du café, c'est l'heure du goûter.

— Ne faisons pas semblant d'ignorer la situation, coupa sa belle-mère. Je sais ce qui se passe. Mon fils m'a conduite ici contre ma volonté, parce que tu t'en vas. Enfin, il lui a fallu du temps pour me faire céder. Je suis désolée, je pensais votre couple plus solide.

Ces mots achevèrent de briser le cœur d'Hermine. Elle fixa Toshan avec désespoir.

— Qu'as-tu raconté à Tala ? dit-elle, attristée. Je n'ai rien fait de mal, c'est toi qui t'obstines à jouer les bourreaux. Tu devrais comprendre ce que je ressens, mon besoin de chanter, de monter sur scène, mais non, tu n'as qu'une idée, garder à la maison une brave épouse obéissante.

Elle leur tourna le dos et courut vers la cabane. Charlotte avait observé la scène à distance, depuis l'entrée de la remise à bois. L'adolescente retenait ses larmes. Cet été sinistre n'en finissait pas. Maintenant, elle avait hâte de repartir, de rentrer à Val-Jalbert, et surtout de découvrir Québec.

— Madeleine, appela Hermine, Toshan et Tala arrivent.

La jeune femme entra en coup de vent dans la grande chambre. Laurence et Marie étaient couchées en travers du lit, vêtues de robes blanches brodées de rubans roses, des toilettes identiques. La nourrice leur avait fabriqué à chacune un hochet rudimentaire et les jumelles riaient en silence, fascinées par leur jouet.

— Oh ! Madeleine, si tu voyais l'expression de Toshan, on dirait un autre homme. Il me fait peur. Cette fois, c'est fini, il n'a même pas cherché à m'embrasser !

— Tala va le raisonner, la rassura son amie.

— Je ne crois pas, elle l'aurait déjà fait. En plus, on lui a confié un bébé, une fille dont la mère est morte. Elle est très mignonne, brune, des yeux espiègles. Kiona.

Hermine n'eut pas le loisir d'en dire plus. Tala se tenait sur le seuil de la pièce, légèrement courbée sous le poids de l'enfant. L'Indienne considéra le décor familier d'un œil ému.

— C'est une joie amère de revenir chez moi, avoua-t-elle. Excusez-moi, je dois changer la petite.

Madeleine s'empressa. Kiona, brune et rieuse, toute menue, prit place entre Marie et Laurence, rondes et blondes. Le tableau était charmant. Il eut le don de ravir Charlotte et Mukki. Ce dernier ne s'intéressait guère à ses sœurs, d'habitude.

Mais Hermine s'éclipsa dans le but de parler à son mari. Toshan était resté à l'extérieur. Il inspectait la remise à bois et la réserve de nourriture. Elle ne l'approcha pas tout de suite, l'épiant à quelques pas.

« Qu'il est seul ! pensa-t-elle. Contre quoi se bat-il ? Je suis devenue une ennemie pour lui, mais j'ai le sentiment qu'il y a autre chose qui le torture. »

Elle avança encore et lui effleura l'épaule. Il se dégagea avec brusquerie et fit face.

— Que veux-tu ? la rabroua-t-il.

— Mais faire la paix, nous expliquer ! Tu es parti si vite, la nuit où nous nous sommes querellés. Toshan, qu'est-ce que tu as ? Je n'aurais pas dû signer ce contrat, je le reconnais, cependant je suis certaine que ce n'est pas l'unique raison de ta colère. Je t'aime, malgré tout.

— Le « malgré tout » est de trop, pesta-t-il. J'ai commis une erreur en t'épousant. Jamais tu ne me comprendras et je ne peux pas accepter tes projets de gloire, de richesse. Je compte m'établir ici et travailler dur. Il me faut une épouse digne de ce nom, pas une aventurière qui rêve de se donner en spectacle. Tu n'oserais pas te conduire ainsi avec un mari de race blanche. Pour toi, je resterai un Métis, ni Blanc ni Indien. J'ai choisi le sang indien, je ne mettrai plus les pieds dans une ville, ni une usine. La forêt me nourrira et me chauffera.

— Tu perds l'esprit ! Me dire ça à moi ! Nous avons trois enfants, Toshan.

La jeune femme essaya de l'entraîner dans la remise. Elle espérait le faire changer d'avis à force de tendresse, de bonnes paroles. Mais il résista.

— Je ne reviendrai pas en arrière, Hermine. Ne tente pas de m'amadouer. Il n'y aura pas de divorce entre nous, c'est encore une invention des tiens, les paperasses. Et je te le répète, notre mariage religieux ne signifie plus rien pour moi. Tu es libre.

Elle retint des larmes de détresse. L'étranger qui se tenait devant elle lui parut soudain impitoyable, faux et injuste.

— Et toi tu es à moitié fou, dit-elle. J'avais renoncé à ce contrat, à jouer dans *Faust*, j'étais déterminée à vivre là, à tes côtés, ou sans toi, puisque tu prétendais reprendre ton emploi à Val-d'Or. Est-ce que tu m'entends ? Cela ne compte pas, mon sacrifice ?

— Non, car tu viens de le dire, c'est un sacrifice. J'aurais voulu que tu agisses en pleine conscience, par amour ! Et mieux encore, que jamais un instant tu n'aies cette envie d'être une artiste. Tu peux partir, tu es libre.

Il gesticula, comme pour la chasser. Hermine était effondrée.

— Dans ce cas, riposta-t-elle, procure-moi un moyen de m'en aller. Pierre Thibaut n'est pas venu, tu l'en as empêché, n'est-ce pas ? Tu tenais à me revoir, au fond.

— Pierre sera là demain, tu as ce soir pour préparer tes malles. Maintenant, laisse-moi, j'ai de l'ouvrage.

La jeune femme fut saisie de panique. Cela ne pouvait pas se terminer ainsi. Tout lui paraissait confus, absurde, comme la présence de Tala.

— Si tu refuses de m'écouter, oui, je n'ai plus rien à faire ici, dit-elle en s'enfuyant.

En entrant dans la cabane, secouée par de violents sanglots, elle se heurta à Tala. Sa belle-mère lui prit les mains.

— L'âme de mon fils est malade, dit-elle d'un ton grave. Hermine, poursuis ton chemin sans regarder en arrière. Je vais le soigner, je te le promets. La fureur l'aveugle et le rend sourd à l'amour qu'il te porte.

— Non, Tala, je ne vous crois pas ! Toshan ne m'aime plus, sinon il me garderait près de lui, mais je ne sais même pas si je le souhaite. Il juge insensé que je chante sur une scène, alors que lui, il m'a abandonnée pendant six mois.

L'Indienne hocha la tête. Elle désigna la fenêtre ouverte par laquelle le soleil illuminait la pièce.

— C'est un été de mensonges, une belle saison gâchée, affirma-t-elle d'un ton solennel. Hermine, aie confiance en moi. Pars tranquille. Suis ton chemin et un jour tu t'apercevras qu'il te ramène vers Toshan.

— Si je passe l'hiver à Québec, ce sera désespérée, rongée par les regrets, la honte, le chagrin. Alors, à quoi bon, Tala ? Je n'aurai pas le cœur à chanter. Pourquoi Toshan a-t-il autant changé ? Vous êtes si bonne, vous, si dévouée. Garderez-vous longtemps la petite Kiona ? A-t-elle son père ? Vous allez tomber en amour avec ce bout de chou et, si on vous le reprend, vous serez malheureuse.

— Elle est orpheline. Je l'élèverai comme ma propre fille, affirma sa belle-mère. Le moindre de ses sourires est un si beau présent !

— Savez-vous que Laura a eu un petit garçon, baptisé Pierre-Louis ? Il est très mignon, lui aussi. Je vous montrerai les photographies tout à l'heure.

En larmes, les traits marqués par le drame qu'elle vivait, Hermine tenait néanmoins à se montrer une hôtesse convenable. Avec des gestes tremblants, elle posa des tasses sur la table, la boîte à biscuits, le sucrier et une bouteille de sirop d'érable. Tala et Charlotte la regardaient s'affairer avec une vive compassion. Madeleine allaitait ses nourrissons qui commençaient à manger un peu de bouillie à la cuillère. La jeune Indienne ressortit de la chambre où résonnaient des pleurs modérés.

— Kiona paraît affamée, elle aussi, dit-elle à Tala. Si petite et privée de sa mère ! Que lui donnes-tu à boire, ma tante ?

— De l'eau sucrée au miel, mais si tu as encore du lait, cela me rassurerait.

Tala prononça ces mots d'une voix frêle. Ses seins bandés la faisaient souffrir. Elle avait prévu faire téter Kiona à l'abri des regards indiscrets, bien décidée à reprendre possession de sa propre chambre le soir même.

— Il faudrait attendre, déplora Madeleine. Marie et Laurence ont un solide appétit. Elles s'endorment ; les cris de Kiona vont les gêner.

— Alors, ne t'inquiète pas, ma nièce. Apporte-la-moi.

Hermine put contempler à son aise la toute petite fille au teint doré. En toute bonne foi, et bien que très fière de ses jumelles, jamais elle n'avait trouvé un bébé aussi beau. Toshan observa la scène depuis la fenêtre ouverte.

« Je ne suis pas si mauvais, Hermine, pensa-t-il. Tu t'extasies devant cet enfant qui fait de nous un couple maudit. Kiona est ta sœur et la mienne. »

Il recula sans bruit et retourna dans la remise à bois. À la nuit tombée, il vint chercher de la nourriture. Mukki s'accrocha à lui en gazouillant une série de papas qui auraient fait fondre n'importe quel père. Toshan caressa les cheveux soyeux de son fils, bruns et raides.

— Demain, Mukki, je te fabriquerai un cheval à bascule, lui promit-il.

Bouleversée par la proximité de son mari, Hermine ne prêta pas attention à cette promesse. Elle se demandait comment loger Tala et où Toshan avait l'intention de dormir. Il ne viendrait pas dans leur chambre, elle ne se faisait plus aucune illusion.

— Charlotte, déclara-t-elle du ton le plus naturel possible, cette nuit, tu coucheras avec moi et Mukki dans mon lit. Tala sera heureuse de se retrouver dans la pièce qu'elle affectionne.

— Je serai mieux dehors, sous les étoiles, précisa Toshan.

Un silence pesant s'installa. Dès que le jeune homme fut sorti, Hermine se remit à sangloter.

Cabane de Tala, le lendemain matin

Charlotte s'était assise sur une des malles posées par terre devant l'entrée de la cabane. Elle scrutait le sentier par lequel arriverait Pierre Thibaut, qui prenait pour elle l'allure d'un sauveur. Son tendre cœur de treize ans était malmené. Elle avait entendu pleurer Hermine une partie de la nuit. L'attitude de Toshan l'épouvantait. L'adolescente ne comprenait pas comment le beau Métis avait pu changer à ce point.

Cela la ramenait à sa propre expérience des adultes. Elle avait beaucoup pensé à sa mère, Aglaé, malade pendant plusieurs années, impotente, qui s'était éteinte si vite. Son père, Jules, honnête travailleur, avait pris goût à la boisson et à partir de là il s'était transformé en un personnage détestable, animé d'intentions honteuses.

« Je veux m'en aller d'ici ! » se répétait-elle en silence.

Inconscient du drame qui déchirait ses parents, Mukki courait d'un bout à l'autre de la clairière, passionné par le vol d'un papillon.

Tala sortit, Kiona sur son dos, à la mode indienne. Hermine avait eu le courage, la veille, de s'intéresser à cette pratique qui consistait à maintenir le bébé à l'aide d'un tissu ou, selon les tribus, grâce à une sorte de panière peu large et profonde. Madeleine lui avait confié qu'elle portait sa fille ainsi.

— Les enfants ne pleurent presque jamais, puisqu'ils sont contre leur mère ! avait renchéri la nourrice. Cela les rassure.

— Eh bien, pour marcher jusqu'au bateau, pourquoi ne pas essayer ? avait proposé la jeune femme. Je prendrai Laurence et toi, Marie.

Hermine était passée du chagrin à une immense colère. Elle ne supportait pas l'injustice et cela datait de son enfance. Or Toshan faisait preuve d'une mauvaise foi qui la révoltait. Elle aussi avait hâte de descendre le cours de la Péribonka, de revoir ses parents et son village. Elle espérait que le départ se déroulerait rapidement, tout en sachant que son mari les accompagnerait jusqu'à la crique pour aider Pierre à transporter les bagages.

— Charlotte, appela-t-elle en rejoignant Tala dehors, tu n'as rien oublié en bouclant ta valise ?

— Non, Mimine, j'en suis sûre, répliqua l'adolescente.

Tala chantonnait une berceuse en se balançant d'un pied sur l'autre. L'Indienne paraissait ailleurs, perdue dans ses pensées.

— Qu'il fait chaud, déjà ! dit-elle enfin. Je crains un orage.

— L'orage a éclaté il y a plusieurs jours ! soupira Hermine.

— Ou peut-être bien avant encore, répliqua Tala à sa manière énigmatique.

Toshan approchait, torse nu, en sueur. Il venait de fendre des bûches. Les cheveux attachés sur la nuque, l'œil froid, il se planta devant son épouse, blême d'angoisse.

— J'ai réfléchi durant la nuit, déclara-t-il. Mukki restera ici avec moi et ma mère. Un garçon de son âge a besoin d'espace et de liberté. Mon fils n'ira pas à Québec, la ville ne peut pas lui convenir. Le sang des Montagnais coule dans ses veines, il lui faut le vent du Nord, l'haleine des arbres, le chant de la rivière. Et puis, il aime Tala.

— Non, ça jamais ! hurla la jeune femme. Tu n'as pas le droit, Toshan, de me voler mon enfant. Il n'a pas deux ans ! Tu vas trop loin ! Quand tu travaillais à Val-d'Or, le sort de Mukki t'importait peu, je crois.

— Ne compare pas cette ville minière à cette terre qui m'appartient et où le climat est sain et vivifiant. Tala a hérité des dons de son grand-père shaman, l'as-tu oublié ? Elle tracera un de ses cercles magiques qui repoussent les bêtes féroces et guérissent les pires maladies. Et ne fais pas cette mine de martyre. Mukki se plaît ici et tu seras plus tranquille pour répéter ton fameux opéra. Marie et Laurence, tu peux les emmener, elles sont si petites que le lieu où elles vivent n'a guère d'importance. Mais mon fils, je ne m'en séparerai pas.

Hermine enfouit son visage entre ses mains. Elle hésitait entre se jeter sur son mari et le frapper ou courir vers l'enfant et fuir avec lui au fond des bois. Dans les deux cas, Toshan serait le plus fort, le plus rapide.

— Je t'en supplie, ne sois pas aussi inhumain, dit-elle en le regardant enfin. Aucune loi ne t'autorise à garder Mukki. C'est toi qui me chasses, je t'avais dit que je renonçais à mon contrat. Mais si c'est comme ça, très bien, nous n'avons plus qu'à rentrer les malles dans la cabane. Je ne quitterai pas cet endroit sans mon fils !

Tala s'interposa, pleine d'une remarquable autorité.

— Ne t'emballe pas, Hermine ! s'écria-t-elle. Interroge-toi sur ce qui est le mieux pour Mukki. Je suppose qu'à Québec tu seras très prise par les répétitions et les représentations, tu m'en as parlé hier soir. Mon petit-fils est turbulent et agité. En cela

Toshan dit vrai, il a besoin d'espace. Il aime ce lieu. Je veillerai sur lui, tu le sais.

La jeune femme jeta un regard irrité à sa belle-mère.

— Dites tout de suite qu'il me dérangerait, en ville ! Charlotte vient avec moi, elle le gardera. Madeleine peut s'en occuper également. Il y a des jardins, à Québec, de l'espace ! Et mes parents vont passer l'hiver là-bas. Mukki adore Laura, c'est sa grand-mère au même titre que vous.

Malgré toute sa véhémence, Hermine sentait la victoire lui échapper, car les arguments de Tala sonnaient juste. En mère attentive, elle prévoyait que le petit garçon s'ennuierait, enfermé dans un appartement, les jours de grand froid. Charlotte ne profiterait de rien, accaparée par son protégé. Quant à Laura, elle avait déjà Pierre-Louis à pouponner. Restait Jocelyn, mais il n'était pas toujours patient.

« Ils ont raison, Mukki sera plus heureux près d'eux, avec Duke qui le suit comme son ombre. Et Toshan pourra rattraper les mois perdus à Val-d'Or. Peut-être aussi qu'il sait qu'en gardant notre fils il est sûr que je reviendrai… »

L'arrivée de Pierre Thibaut fit diversion. Coiffé d'une casquette en toile bleue, le jeune homme les salua d'un « Bon matin » sonore. Mais il avait un air gêné.

— On peut embarquer, mesdames, s'exclama-t-il avec la même jovialité forcée. J'ai tendu une toile imperméable, au cas où il pleuvrait.

Toshan lui serra la main.

— Nous n'avons qu'à charger ton bateau. Partez vite, le ciel se couvre.

Hermine eut un faible sourire pour Pierre qui détourna les yeux. Tala observait sa belle-fille avec insistance.

— Très bien, dit la jeune femme. Gardez Mukki, mais je vais lui manquer, Charlotte aussi. Et il nous manquera encore plus. Mon Dieu, pourquoi me faire souffrir autant ? Je ne pourrai jamais plus chanter, vous comprenez ? Je voudrais me briser la voix, devenir muette, aphone. Ce don que tout le monde admire détruit ma vie !

Luttant contre l'envie de pleurer, elle marcha vers son fils et s'accroupit devant lui. En le fixant tendrement, elle lui expliqua qu'il allait être longtemps sans la revoir.

— Tu auras ton papa pour toi tout seul et grand-mère Tala te fera souvent des crêpes que tu aimes tant. Mukki, je t'aime, je reviens te chercher dès que je peux.

Le garçonnet l'écoutait à peine, une expression sereine sur le visage. Duke aboyait après un écureuil, ce qui l'intriguait plus que le discours de sa mère. Hermine l'étreignit et le couvrit de baisers. Il se dégagea en riant et reprit ses folles gambades.

— Mukki, dit-elle tristement, à bout de résistance, Mukki chéri, si tu savais combien ça me fait mal de te quitter !

Tala la réconforta et lui promit qu'elle lui écrirait pour donner des nouvelles.

— Vous savez très bien qu'aux premières neiges le courrier mettra des mois à me parvenir et c'est pareil dans l'autre sens si je vous envoie une lettre, répondit froidement Hermine. Vous étiez au courant, n'est-ce pas, Tala ? Toshan avait ça en tête en revenant ici ?

— Je ne suis pas dans l'esprit de mon fils, répliqua placidement l'Indienne. Et, quand tu seras à Québec, chante pour nous tous.

La jeune femme haussa les épaules.

Une heure plus tard, le bateau de Pierre l'emportait loin de la cabane. Personne n'osa adresser la parole à Hermine, ni Madeleine, ni Charlotte, ni le jeune homme. Elle restait assise à l'écart, les traits durcis. Parfois ses lèvres s'agitaient, comme si elle balbutiait quelque chose. Elle priait, comme Marguerite aux prises avec le diable.

« Anges purs, anges radieux, protégez Mukki, mon enfant chéri, mon fils. Protégez-le jusqu'à mon retour. »

20

Québec

Val-Jalbert, lundi 27 août 1934

Laura observait sa fille. Hermine n'était plus la même depuis son retour et ce fait la tourmentait. Elles prenaient le thé dans le salon, car il pleuvait et elles avaient dû renoncer à s'installer à la table de jardin, derrière la maison. Louis dormait dans son berceau, à l'étage. Jocelyn était sorti. C'était la première fois qu'elles se retrouvaient en tête à tête.

— Ma chérie, dis-moi ce qui ne va pas, lui demanda Laura. Dès que je t'ai vue, j'ai tout de suite compris que tu étais malheureuse. Je me doute que Mukki te manque beaucoup, mais il ne fallait pas le laisser, il est beaucoup trop jeune. Quelle idée singulière ! Même si tu penses vraiment qu'il valait mieux le confier à son père et à Tala… Jocelyn et moi, nous sommes chagrinés. Très chagrinés.

— Maman, je t'en prie, tu n'arrêtes pas de répéter ça ! gémit Hermine. Inutile de me faire des reproches, c'est trop tard. Hier, en arrivant, je vous ai expliqué mes motivations. Je ne veux plus en parler.

La jeune femme baissa la tête. Laura continua à scruter son visage aminci, ses traits défaits par une mystérieuse affliction.

— Hermine, je veux la vérité. Tu n'as jamais eu ce ton-là avec moi. Froid, distant. Au moins, vas-tu toujours à Québec ? Pas un mot sur notre départ ! J'ai interrogé Charlotte à ce sujet, elle prétend que tu voulais annuler ton contrat. J'espère que c'est faux. Ton père et moi, nous nous sommes organisés pour passer l'hiver près de toi. Je crois que tu auras besoin d'être entourée. J'ai même convenu d'un arrangement avec monsieur Duplessis par téléphone. Le directeur du Capitole avait prévu louer un appartement près du théâtre. J'en ai réservé un bien plus spacieux. Je participe aux frais, évidemment. Hermine, tu m'écoutes ?

— Mais oui, maman ! Je vais à Québec. Cela ne me réjouit pas du tout. Cependant, je tiens à être loyale. Je n'avais qu'à réfléchir un peu avant de signer un engagement. Excuse-moi, je monte dans ma chambre.

Laura, exaspérée, renversa sa tasse de thé. Du liquide brûlant macula la nappe blanche.

— Oh, voilà, tu me rends nerveuse, maugréa-t-elle. C'est mauvais pour le lait, tu en sais quelque chose. Et je tiens à allaiter Louis le plus longtemps possible.

— Je suis navrée, maman.

Hermine tenta de réparer les dégâts à l'aide d'une serviette. Elle en voulait au monde entier d'avoir abandonné son fils et c'était encore un moindre mal, comparé à l'abîme qui la séparait maintenant de son mari. Elle se considérait toujours comme l'épouse de

Toshan malgré les affirmations de celui-ci. Mais au fond de son cœur il n'y avait plus une bribe d'espoir. De l'avoir perdu la torturait. Elle en était obsédée et ne pensait plus qu'à ça. Tout à coup, elle céda au besoin de se confier. De toute façon, il lui serait difficile de garder la chose secrète.

— Pardonne-moi, maman. Hier, vous étiez tous si contents de m'accueillir, je n'ai pas pu dire ce qui se passait. Et Simon était là, Betty aussi. J'ai eu encore plus de peine en vous revoyant tous si joyeux.

— Ton retour était une fête pour nous, lui déclara sa mère. J'avais demandé à Mireille de faire des gâteaux, de déboucher du cidre, mais tu avais envie de pleurer, cela sautait aux yeux.

La jeune femme approuva en silence. Elle revivait ce sinistre trajet de la cabane à Val-Jalbert. De Péribonka, ils avaient pu envoyer un télégramme à Laura pour lui demander d'envoyer Simon sur le port de Roberval, où ils accosteraient dans la soirée. L'automobile, bien que spacieuse, contenait à peine leurs bagages. Ils avaient dû confier une des malles au patron d'une épicerie de la rue Marcoux. Depuis, Simon, toujours prêt à rendre service, était allé la chercher.

« C'était la première fois que je n'étais pas heureuse de rentrer dans mon cher village, songea Hermine. À chaque instant, j'avais envie de faire demi-tour pour retourner auprès de Toshan. Il aurait bien été obligé de me garder cet hiver. Peut-être que, au fil des jours, nous nous serions réconciliés. »

— Maman, dit-elle d'une voix tremblotante, mon mari m'a chassée, reniée, à cause de mon contrat avec le Capitole. Et, puisque je m'entêtais dans ce projet, il m'a rendu ma liberté.

Une longue confession commença alors. Hermine raconta en détail ce qui les avait opposés, Toshan et elle. Laura était abasourdie.

— Je ne peux pas le croire ! s'écria-t-elle. Je n'aurais jamais pensé ce garçon capable de tant de cruauté à ton égard.

— Je ne le reconnaissais plus, maman, se lamenta la jeune femme. C'était un étranger qui brandissait des arguments stupides. J'ai préféré lui donner la garde de Mukki pour éviter une scène trop violente. Par chance, Tala était revenue. Je sais qu'elle prendra soin de mon petit.

Jocelyn venait de rentrer. Il avait perçu des éclats de voix et avait écouté un peu, dans le couloir. Il rejoignit sa femme et sa fille en s'annonçant d'un « bonsoir » retentissant.

— Papa, gémit Hermine, je n'ai pas le courage de te redire ce que je viens d'apprendre à maman. Je suis si malheureuse !

Elle se réfugia dans ses bras et pleura enfin à son aise. Pendant ce temps, Laura fit un résumé virulent de la situation.

— Tabarnak ! s'emporta Jocelyn. En voilà, une histoire à dormir debout. Toshan exagère ! Pourquoi est-il aussi borné ? Il m'a paru intelligent, ton mari, en règle générale. Viens t'asseoir, ma chérie, tu es bouleversée.

— Je ne voulais pas en parler pour ne pas vous alarmer, balbutia-t-elle. C'était tellement horrible, ce départ ! Et quitter Mukki ! Lui, il s'en moquait, il jouait avec le chien.

Laura lui servit une seconde tasse de thé. Elle était soulagée de savoir la vérité. Maintenant il fallait agir, du moins chercher une solution. Jocelyn s'installa lui aussi à la petite table ronde.

— D'abord, ma chérie, la rassura Laura, ne désespère pas. En exigeant de garder Mukki, Toshan est sûr de te revoir, ce qui nous prouve qu'il t'aime toujours autant. Il est seulement furieux, mais il va se faire une raison. Au fond, Mukki ne risque rien avec sa grand-mère. J'ai souvent entendu dire que les enfants étaient choyés chez les Indiens, qu'on ne les grondait pas, qu'ils s'amusaient et ignoraient les contraintes.

— Sans Tala, je n'aurais pas laissé mon fils, renchérit la jeune femme. En plus, elle a recueilli une petite orpheline qui s'appelle Kiona. Une merveille. Et souriante !

— Quel âge a-t-elle ? s'enquit Laura. Est-ce qu'elle pourra jouer avec notre Mukki ?

— Non, elle a juste six mois, dit Hermine avec un frêle sourire. Elle est aussi brune que Mukki, elle a la peau couleur de miel et des traits d'une finesse admirable.

— Cette petite Kiona ne peut pas être aussi belle que Louis, voulut plaisanter Laura. N'est-ce pas, Jocelyn ? Notre fils devient la fierté de Val-Jalbert ! Le jour de son baptême, à Chambord, le curé a déclaré que c'était un vrai angelot.

Jocelyn répondit à peine. En ancien comptable, il se livrait à un genre de calcul bien particulier. Dès qu'il avait appris l'âge de l'enfant que Tala avait adoptée, un doute terrible l'avait envahi. La nature pouvait se montrer capricieuse. Son instinct tirait un signal d'alarme. Des éléments incompréhensibles se plaçaient dans un ordre logique à une vitesse prodigieuse.

« Mon Dieu, et si c'était son bébé à elle ! Cela éclairerait tout ce qui s'est passé ces derniers mois. Je n'ai pas fait attention quand nous étions ensemble. Tala, au jour de l'An, pouvait très bien être enceinte. Elle portait une singulière tenue qui cachait ses formes. Là-bas, au bord de la rivière, elle ne craignait pas de serrer sa taille, de se promener devant moi en corsage bien ajusté. Et cela expliquerait aussi le comportement de Toshan. Il sait tout et il doit me maudire. Pour cette raison, il n'est pas revenu à Val-Jalbert et il n'y reviendra pas. De là à se venger sur Hermine, c'est injuste et abusif, mais il doit me haïr de tout son être. Enfin, heureusement, Hermine ne semble pas avoir le moindre soupçon. Et Laura ! Elle n'en saura jamais rien, j'y veillerai ! »

Ses vieilles peurs d'homme traqué resurgissaient. Il se sentit de nouveau menacé, mais aussi très lâche. La douce existence qui lui semblait tenir du miracle était mise en péril.

— Jocelyn, appela Laura, j'entends pleurer Louis. Va vite le chercher, je te prie. Ce chérubin a faim.

Voyant son père préoccupé, Hermine se proposa. Elle monta à l'étage et se pencha sur le berceau du solide nourrisson. Il cessa aussitôt de crier et agita ses menottes.

— Viens là, petit polisson. Que tu es lourd ! Maman dit vrai, tu profites à vue d'œil.

Le bébé dans ses bras, elle rendit visite à Madeleine. La jeune Indienne changeait les jumelles, allongées côte à côte sur le grand lit, des serviettes de toilette immaculées sous elles. Jambes nues, elles gigotaient en riant de plaisir.

— Regarde, Hermine, elles sont de si bonne humeur sans leurs langes, fit remarquer la nourrice.

— Oui, en effet, concéda Hermine. Tu t'en occupes mieux que moi. Bientôt, elles te prendront pour leur mère. Là aussi, j'ai échoué.

Un sanglot sec lui coupa la parole devant ce qu'elle considérait comme une autre défaite. Laurence et Marie montraient déjà un attachement évident à Madeleine. Elle était la seule à pouvoir les apaiser et les endormir.

— Je peux m'en aller, si tu le souhaites, déclara celle-ci. Ce serait peut-être préférable, je me sens tellement liée à toi, Hermine. En te quittant maintenant, je souffrirai moins.

— Il n'en est pas question ! protesta la jeune femme. Sauf si tu le décides de ton plein gré. Sans toi, je n'aurai pas le courage de passer l'hiver à Québec. Tu es bien plus qu'une employée, tu es de ma famille, tu es la cousine de Toshan, et pour moi c'est toujours mon époux devant le Dieu auquel je crois. Il m'a rejetée, mais il ne pourra pas se débarrasser de moi aussi facilement.

— Bien parlé ! décréta Madeleine. Tu as envie de te battre, cela me réconforte. Tu étais si triste !

— J'ai avoué la vérité à mes parents ; je suis soulagée.

— Tu dois partir pour Québec toute joyeuse, sans chagrin dans le cœur. Tu vas chanter sur une scène, c'était ton rêve et il faut suivre le chemin de ses rêves.

La nourrice avança en baissant le ton :

— Peut-être que ce n'est pas toi qui as provoqué la grande colère de mon cousin Toshan.

Madeleine se mordilla la lèvre inférieure, comme si elle regrettait d'en avoir trop dit. Hermine s'approcha en la fixant d'un air exalté.

— Que sais-tu ? Je t'en supplie, dis-moi. Cela me redonnerait du courage si je n'étais pas la seule responsable.

Louis s'impatientait. Hermine lui fit téter le bout de son petit doigt.

— C'est au sujet de ma tante Tala, confessa la nourrice. Je crois que Kiona est sa fille. Elle m'a demandé de la nourrir, tu te souviens, mais quand je la lui ai ramenée, j'ai vu une auréole humide sur sa robe, au sein gauche. Du lait, j'en suis sûre ! Et, pendant la nuit, Kiona n'a pas réclamé à manger, pas une seule fois. Si Tala a eu un amant et un enfant né de cette liaison, Toshan se juge déshonoré. Il est fier et soucieux de la réputation de sa mère. Cela a pu le rendre hargneux, emplir son être de fiel et de haine. Tu ignores certaines choses, Hermine. Les Blancs sont très attirés par les Indiennes, ils apprécient leur peau brune et les femmes de mon peuple sont moins pudibondes et plus joyeuses. Je ne veux pas te choquer par ces mots, mais cela ne date pas d'aujourd'hui.

Hermine était profondément surprise. Assourdie par les cris de faim de Louis, que son petit doigt ne trompait plus, elle répliqua.

— Pourquoi s'agirait-il d'un Blanc ? Kiona n'a rien d'une enfant métisse ! Tala a pu tomber amoureuse d'un Montagnais.

— Non, si c'était le cas, Toshan lui aurait dit de se marier avec cet homme. Et souviens-toi des discours pleins de haine qu'il t'a tenus à propos des colons. Voilà ce que je crois, mais, je t'en prie, ne dis rien à tes parents.

— Bien sûr, ils seraient offusqués et Toshan ne me le pardonnerait jamais. Nous en reparlerons tout à l'heure.

La jeune femme descendit enfin tout en réfléchissant à l'hypothèse évoquée par son amie. Sous cet angle, la fureur de son mari lui devenait plus compréhensible.

« Même s'il se juge offensé par la conduite de Tala, je n'ai pas à payer les pots cassés, comme on dit, pensa-t-elle encore. Ou bien il était sincèrement malheureux et il avait besoin de moi, d'où sa colère en sachant que j'avais signé ce contrat sans le prévenir. Oui, c'est ça, je lui ai causé un tourment de plus dont il se serait bien passé. »

Elle confia Louis à sa mère et marcha jusqu'à une des fenêtres du salon. La pluie ne durerait pas, de beaux jours viendraient encore avant les premières neiges. Hermine se vit repartir vers la cabane, régler le conflit entre Toshan et Tala, consoler son mari.

« Tout rentrerait dans l'ordre et je serais avec Mukki. Je me sens capable de reconquérir Toshan, il ne résistera pas si je me jette sur lui, entièrement dénudée. Ensuite, la réconciliation sera plus facile. »

Les joues roses d'émotion, elle repoussa des visions précises. Ces images appartenaient à l'intimité de chaque couple. Emportés par la fièvre du désir, les corps complices, délivrés des tabous et de toute pudeur, se fondent l'un dans l'autre, totalement offerts. Elle secoua la tête, évoquant la vaste scène du Capitole, l'éblouissement des projecteurs, le charme de sa loge, les roses offertes par Duplessis. Un hiver à Québec lui paraissait une alternative à son chagrin, à la dispute qui l'opposait à son mari. Ses parents seraient près d'elle, ainsi que Madeleine et Charlotte. Ils assisteraient à l'emprise implacable et perfide des glaces sur le Saint-Laurent.

« J'ai envie de me distraire, de partager la vie de tous ces gens qui habitent Québec, songea-t-elle. Je rendrai visite à Badette ; elle sera bien étonnée. Pour Noël, les rues seront décorées, illuminées, ce sera beau. Pendant ce temps, Toshan va pouvoir régler ses problèmes avec Tala, si problèmes il y a. Madeleine se trompe peut-être. Ma belle-mère a quarante-trois ans et elle semblait satisfaite de sa solitude. »

Envahi par diverses pensées, souvent contradictoires, son esprit pesait le pour et le contre.

« Si Kiona est la fille de Tala, c'est la sœur de Toshan. Il a peut-être voulu la protéger en lui donnant l'hospitalité. Et je comprends aussi le départ de ma belle-mère, disons son exil ! Elle a dû se plier à la volonté de son fils. Mon Dieu, que c'est compliqué ! »

Cet imbroglio finissait par la réconforter, dans un certain sens. Elle était sûre qu'elle parviendrait à fléchir la rage froide de son mari. Le plus dur dans tout ceci, c'était d'être privée de son petit garçon. Mukki lui manquait à chaque instant, son rire en grelots, ses galopades dans le couloir, ses baisers le soir à l'heure du coucher. Mais elle faisait entièrement confiance à Toshan pour bien s'occuper de leur fils. Il en était de même pour Tala qui saurait être une grand-mère tendre, savante, prête à amuser l'enfant du matin au soir.

— Hermine, ma chérie, s'écria Laura, ne te ronge pas les sangs. Dans un couple, rien n'est irrémédiable. Ton père et moi en sommes un vivant exemple.

La jeune femme se retourna et leur adressa un timide sourire.

— Ne vous en faites pas, j'ai repris espoir. Comme me l'a conseillé Tala, je n'ai plus qu'à suivre mon chemin. J'ai même hâte d'être à Québec, de répéter mon rôle. Je ne pouvais pas laisser passer une chance aussi inouïe.

— Je suis content de te l'entendre dire, affirma Jocelyn. Et de te voir sourire, aussi. Ta petite mine triste me tourmentait. Nous allons te soutenir, ma chérie. Toute la famille est avec toi et croit en toi.

— Merci, c'est très gentil, je ferai en sorte de ne pas vous décevoir, répondit-elle, déconcertée par l'exaltation soudaine de son père.

Le départ fut décidé pour le jeudi 30 août, ce qui permettrait à Hermine d'être à la date voulue au théâtre du Capitole.

Entre Chambord Jonction et Québec,
jeudi 30 août 1934

Il fallait bien un compartiment entier pour loger la famille Chardin Delbeau au grand complet. Leur départ sur le quai de la gare de Chambord n'était pas passé inaperçu. On observait Madeleine et Charlotte, qui portaient chacune un bébé en robe brodée et béguin blanc. La nourrice indienne, vêtue de gris et les cheveux nattés, intriguait plus que la timide adolescente à la mine morose. Laura, très élégante, parlait haut et fort. Inquiète à l'idée de perdre leurs bagages, elle gesticulait. La haute taille de Jocelyn, en costume beige et canotier, attirait également les regards, tant elle dégageait de vigueur. Hermine tenait Louis contre elle, soucieuse de le protéger des éventuelles bousculades. La jeune femme suscitait l'intérêt des hommes de tous âges dans sa toilette bleu ciel assortie à ses grands yeux. Sa chevelure de lin et de miel, souple et soyeuse, les impressionnait fortement.

Mireille était du voyage, ce qui ne la ravissait guère. Elle avait espéré passer l'hiver seule à Val-Jalbert, à se tourner les pouces, selon son expression favorite, mais Laura avait déclaré ne pas pouvoir se passer de ses services.

— Engagez quelqu'un là-bas. Vous trouverez facilement, puisque la crise n'est pas finie, avait suggéré la gouvernante.

— Non, personne ne sait cuisiner comme toi, et tu es habituée à mes lubies. Ne discute pas, cela te fera du bien de voir du monde.

Mireille s'était inclinée devant la volonté de sa patronne. Elle retirait même une sorte d'orgueil de se sentir indispensable. Assise près de la fenêtre, elle faisait l'inspection de deux paniers préparés par ses soins et contenant de quoi nourrir un régiment.

Madeleine paraissait beaucoup s'amuser. Elle n'avait jamais pris le train de sa vie et contemplait le paysage d'un œil ébahi.

— Comme nous allons vite ! ne cessait-elle de répéter.

Hermine s'étonnait de sa bonne humeur. La jeune Indienne avait refusé tout net de reprendre sa fille chez les Sœurs de Notre-Dame-du-Bon-Conseil, à Chicoutimi. Elles devaient y aller la veille, toutes les deux, également par le train, mais, au dernier moment, Madeleine avait changé d'avis et n'en semblait pas affectée.

— Je sais qu'elle est bien soignée, qu'elle ne risque plus rien des choses de ce monde. Les religieuses me l'ont promis. Je la retrouverai au printemps prochain. Si elle ne me reconnaît pas, je saurai regagner son amour.

— Mais nous devions l'emmener ! avait objecté Hermine.

— Je ne pourrai pas veiller sur tes filles et la mienne. Je crois aussi que la ville l'effraierait. Elle a vécu dans les bois. Déjà, à Chicoutimi, elle pleurait dès qu'elle entendait une automobile ou un peu de bruit.

La détermination de Madeleine semblait bizarre à Hermine. Paupières closes, elle pensait à Mukki.

« Je le sais heureux, et je me raisonne. Sans lui, je me sens privée de l'essentiel, mais en même temps j'éprouve un sentiment de liberté. Je peux me concentrer sur ce qui m'attend à Québec. Peut-être Madeleine, avant de prendre le voile, veut-elle profiter de sa vie facile parmi nous ? Ce sera sans doute l'unique occasion qu'elle aura de découvrir une grande ville, des magasins et tout. »

Chacun, bercé par le mouvement du train, réfléchissait à ce qui le préoccupait. Laura faisait l'inventaire de ses toilettes d'hiver, de ses gants et de ses chaussures en se promettant d'acheter de quoi renouveler sa garde-robe. Elle s'imaginait dans une tenue éblouissante, le soir de la première représentation de *Faust*. Sa fille chanterait sur scène le rôle principal et elle serait dans une loge, si fière, si comblée par cette heure de gloire dont elle avait tant rêvé.

Jocelyn avait ouvert le dernier numéro de *La Presse*, et fixait les caractères d'un article, noirs et minuscules, sans pouvoir déchiffrer un seul mot tellement il était troublé. Il avait l'impression de fuir au bout du monde une éventualité angoissante. Un prénom bizarre le hantait : Kiona. Il n'osait pas questionner Hermine sur ce bébé de six mois que Tala prétendait avoir recueilli, mais il lui imaginait un air de famille révélateur. Le front moite, il n'arrêtait pas de refouler ses craintes.

« Qu'est-ce que je vais chercher encore ? Tala souffrait de la solitude, d'après Hermine. Si cette petite est orpheline, elle a dû l'adopter de bon cœur. Voyons, qu'a dit ma fille, déjà… Tala est arrivée le jeudi après-midi avec Toshan, Pierre Thibaut est venu les chercher vendredi. Si c'était l'enfant de Tala, elle l'allaitait obligatoirement, tout le monde l'aurait vu faire. Ou bien elle se cachait pour la nourrir. »

Le doute le martyrisait. Il avait des remords d'avoir cédé aux charmes de la belle Indienne. Si Kiona était née de sa chair, le poids de sa faute avait allure humaine. Mais il redouterait longtemps de croiser une jeune fille qui lui ressemblerait et qu'il aurait en fait abandonnée, comme Hermine. Puis il tira rapidement les mêmes conclusions que Toshan sur les liens de parenté qui unissaient son gendre, Hermine, Louis et Kiona. Il en eut des sueurs froides.

— Joss, s'étonna Laura, tu te sens mal ? Tu transpires, tu es d'une pâleur ! Bois un peu de citronnade.

— Tabarnak, c'est qu'on étouffe, dans ce wagon, pesta-t-il.

— Ne jure pas comme ça, lui reprocha-t-elle avec un sourire moqueur. Tu vas heurter les âmes sensibles !

— Monsieur, la citronnade est encore fraîche. Madame a raison, cela vous fera du bien, déclara Mireille. Je vous en sers un gobelet.

Jocelyn accepta. Lorsqu'il l'eut avalée, il feignit de dormir. Charlotte lisait, assise entre Madeleine et Hermine. Le roman d'aventures qu'elle avait ouvert dès le départ ne la passionnait pas. Elle avait mal au cœur. Simon Marois qui les avait conduits à Chambord s'était vanté pendant le trajet d'être marié à leur retour. Les mots de son héros tournaient dans sa tête, lugubres.

— Cette fois, c'est la bonne. J'ai rencontré la blonde de ma vie et je vais l'épouser ! Ses parents ont une terre du côté de Saint-Félicien, je serai bientôt cultivateur et logé, en plus.

Laura et Hermine avaient félicité Simon sans voir la peine qu'elle ressentait. Depuis, Charlotte ruminait son chagrin.

« Simon doit se tromper, songeait l'adolescente. Il va se passer quelque chose et il n'y aura pas de mariage. Quand même, il m'a fait valser et il m'a appelée "Miss" ! Il pourrait attendre encore un peu. Dans trois ans, j'aurai seize ans, l'âge où Betty a épousé Joseph. »

Hermine, elle, s'abandonnait à un état de demi-sommeil, détachée de son passé et incertaine quant à son avenir. Le train l'emportait vers Québec, où elle allait être confrontée à un univers très différent de tout ce qu'elle avait connu. Toshan ne la suivrait jamais sur ce chemin-là, qui était le sien propre.

« Il ne m'a pas dit ni au revoir ni adieu, se disait-elle, écrasée par ce constat. Mon Dieu, je me suis éloignée de l'homme que j'aimais sans échanger un baiser avec lui, sans lui toucher la main. Je garde de lui l'image d'un étranger au visage froid, au regard méprisant. Comme c'est douloureux ! »

Les trois bébés étaient étonnamment sages. Louis dormait à poings fermés, Laurence et Marie se réveillaient pour téter et s'assoupissaient à nouveau.

— C'est agréable de voyager dans un tel calme, dit Laura après l'arrêt en gare de Lac-Édouard. Il faudrait vivre dans un train le plus souvent possible comme le faisait cette impératrice d'Autriche qui était si belle, Sissi. Moi, cela me conviendrait, un wagon aménagé, avec salon, chambre, des boiseries, des lustres !

— Maman, moins fort ! coupa Hermine. Tu vois bien que tu vas réveiller les petits !

Au même instant, une femme traversa leur compartiment. Elle n'avait pas quitté un joli chapeau de paille galonné de noir et sa robe blanche à pois jaunes soulignait sa minceur. Mireille observa d'un œil indiscret son visage à l'expression inquiète, son regard vert piqueté d'or, lui aussi un peu affolé. La voyageuse multiplia les « pardon » avant de s'arrêter brusquement.

— Hermine ! Merci mon Dieu ! dit-elle, ravie de revoir la jeune femme.

— Mais c'est Badette ! dit Hermine tout bas afin de ne pas réveiller les enfants. Quel heureux hasard !

Laura et Jocelyn saluèrent d'un léger signe de tête. Badette se pencha sur les jumelles endormies, une dans les bras de Charlotte, l'autre dans ceux de Madeleine. Puis elle avisa Louis, niché contre la poitrine de sa mère.

— Il y a eu des naissances, on dirait ! plaisanta-t-elle.

— Venez vous asseoir deux minutes près de moi, proposa Hermine. Je vous ai reconnue tout de suite. Papa, maman, je vous avais parlé de Badette, qui écrit des articles pour *La Presse* et des nouvelles aussi, c'est bien ça ?

— Oh, des histoires de vie ! répliqua celle-ci en scrutant d'un air intrigué les traits de Jocelyn.

— Il me semble que nous nous sommes déjà rencontrés, monsieur, ajouta-t-elle. Je suis très physionomiste.

— Je ne le pense pas, madame, trancha-t-il.

Hermine était bien embarrassée. Elle ne pouvait pas raconter à Badette par quels détours elle avait retrouvé son père en la personne d'Elzéar Nolet, un des pensionnaires du sanatorium.

— Laissez-moi vous présenter mes filles, mes petites jumelles, répliqua-t-elle très vite. Marie, avec ses bouclettes sur le front et Laurence, qui suce son pouce.

— Qu'elles sont belles ! s'extasia Badette. Mais tu es du voyage aussi, Charlotte ! Tu te souviens de moi ?

— Oui, madame, répondit poliment l'adolescente. Cette fois, je vais à Québec pour de bon. Hermine m'avait promis qu'on vous rendrait visite.

— C'est vrai ? Oh, comme je suis émue ! Je fais ce trajet une fois par mois et je cherchais souvent parmi la foule si je ne voyais pas une belle jeune femme blonde et une adorable fillette. Mais tu as grandi, tu es une vraie demoiselle à présent.

Badette accompagnait chacune de ses paroles d'un sourire plein de tendresse et d'admiration. Laura la jugea sympathique. Elle pourrait s'en faire une amie, ce qui lui parut appréciable, car elle songeait aux longues journées d'hiver.

— En tout cas, je suis ravie de faire votre connaissance, madame, déclara-t-elle avec un charmant sourire. Hermine m'avait dit beaucoup de bien de vous.

— Appelez-moi Badette, je vous en prie, je suis d'une nature affectueuse et je préfère la familiarité aux relations guindées. Sauf si cela vous importune.

— Pas du tout ! Après plusieurs années cloîtrée dans un village quasiment désert, je vais passer l'hiver en ville, précisa Laura. Je me réjouis de vous rencontrer. Vous me guiderez dans ce Québec dont on m'a tant vanté la beauté.

— Mais avec plaisir, chère madame. Et vous, Hermine, quelles nouvelles ? Votre carrière ? Et où logerez-vous ?

— L'appartement est situé rue Sainte-Anne, répliqua Laura, ce n'est pas loin de la rue Saint-Jean, où se trouve le Capitole. À la fin de l'année, ma fille jouera le rôle de Marguerite dans *Faust* !

Badette ouvrit de grands yeux ébahis. Avec une affection spontanée, elle saisit les mains d'Hermine.

— Je le savais, j'ai pensé si souvent à vous, à votre voix d'or ! Quel bonheur ! Je serai aux premières loges, quitte à faire des économies dès maintenant. Figurez-vous que j'habite côte d'Abraham ; c'est assez proche de la rue Saint-Jean, et donc du Capitole, où je suis assidûment le programme de cinéma, car il y a aussi des projections de films.

Dissimulé derrière son journal, Jocelyn espérait que la fameuse Badette n'allait pas s'éterniser dans le compartiment. Il se sentait oppressé.

— Bien, mesdames, je vais fumer un cigare, finit-il par dire quelques minutes plus tard. Ainsi vous pourrez bavarder à votre aise.

— Depuis quand fumes-tu ? s'étonna Laura. Tu sais bien que c'est déconseillé pour ta santé.

— Cela ne regarde personne ! rétorqua-t-il en se levant et en s'enfuyant à l'autre bout du wagon.

— Votre père, Hermine, ressemble beaucoup à un des malades du sanatorium, ce monsieur Nolet qui vous a écoutée chanter et qui était très troublé.

La jeune femme hésita à avouer la vérité, mais Laura s'en chargea.

— Je vous le dis en confidence, puisque vous écrivez, c'est bien le même homme ! Si vous saviez par quel caprice du destin j'ai retrouvé mon mari, vous prendriez la plume aussitôt. Mais il risque de revenir et d'être fâché que je vous raconte tout ceci. Nous nous rattraperons à Québec !

— Eh bien, d'accord, approuva Badette.

Hermine eut un sourire amusé devant la fébrilité de sa mère. Pour Laura qui avait cependant vécu des années à Montréal, ce séjour québécois semblait une aventure fantastique.

— Et votre bébé, ce beau petit garçon ? demanda la chroniqueuse. Il n'est pas du voyage ?

— Non, mon fils est resté près de son père et de sa grand-mère. C'est un bambin très remuant, il a besoin d'espace.

Laurence se réveillait. Hermine s'empressa de prendre sa fille dans ses bras. La petite éclata de rire et tendit sa menotte vers le chapeau de Badette.

— Ah ! Les enfants ! s'extasia celle-ci. Ils sont l'innocence, le salut du monde. Rien qu'en les regardant, on se sent meilleur.

La conversation démarra sur les joies de la maternité. Laura proposa à Badette de partager leur goûter. Mireille se fit un plaisir d'exhiber toutes les délices qu'elle avait cuisinées, des petits pâtés en croûte, des sandwiches au jambon et au concombre, des biscuits à la confiture de bleuets et des beignes poudrés de sucre glace.

Jocelyn dut se résigner à reprendre sa place. Il se montra néanmoins plus courtois, pressentant que la douce Badette, aux manières amusantes et presque juvéniles, comptait déjà parmi leurs futures relations à Québec.

Québec, vendredi 16 novembre 1934

Désormais, Hermine connaissait par cœur le trajet entre la rue Sainte-Anne et le Capitole. Elle savait aussi sur le bout des doigts comment se rendre chez son professeur de chant, une ancienne cantatrice italienne qui demeurait rue Pontgravé. Grâce à leur amie Badette, devenue indispensable à Laura, la jeune femme avait appris un peu l'histoire de la ville de Québec. Ainsi, quand elle marchait d'un bon pas sur tel ou tel trottoir, elle pensait aux temps anciens, à tous ces gens disparus qui, jadis, venant de France ou d'ailleurs, découvraient son pays et y élevaient des monuments ou des remparts.

Ce nom de Pontgravé la touchait particulièrement, puisqu'il rendait hommage à Gravé du Pont, un des compagnons de Samuel de Champlain, le fondateur de la ville. Toujours disposée à rêver et à imaginer, Hermine songeait avec émotion aux premiers colons français qui s'étaient établis au bord du Saint-Laurent après une traversée de l'Atlantique éprouvante.

Octave Duplessis, très présent dans la moindre de ses activités, ne lui laissait pas oublier son compatriote Champlain. L'impresario se rengorgeait avec humour d'être du même petit coin de France et il décrivait si souvent sa ville natale de Brouage qu'elle avait l'impression de l'avoir visitée.

— Si vous chantez un jour au Palais Garnier, l'opéra de Paris, lui disait-il, nous ferons un détour en Charente. Nous dégusterons des moules et des huîtres.

Elle répondait d'un sourire, refusant de projeter de longs voyages à l'étranger. Cela paraissait cependant inévitable. Les éloges pleuvaient de la part des machinistes, des choristes, des danseurs, de ses partenaires de scène. Une chose était sûre, le directeur du Capitole ne regrettait pas de l'avoir engagée. Il clamait à qui voulait l'entendre que Duplessis avait découvert la soprano du siècle, un véritable phénomène, la plus belle voix du monde. Ces compliments auraient pu griser Hermine, mais ils ne faisaient que l'inciter à travailler davantage.

Ce matin-là, en costume, elle allait au théâtre pour une répétition générale. Charlotte l'accompagnait, ravie d'être libérée de ses obligations auprès des petites jumelles.

— Regarde, Hermine, il y a des macarons au chocolat, s'écria l'adolescente en s'arrêtant devant la vitrine d'une pâtisserie. Tu devrais en acheter à Badette. La semaine dernière, elle répétait que c'était son gâteau préféré. Elle vient souper, ce soir.

— Pas maintenant, Charlotte, nous sommes un peu en retard. Ou bien tu reviendras toute seule. Et il fait trop froid pour moi. J'ai hâte d'être au chaud. Dépêchons-nous.

Soucieuse de préserver sa gorge du vent glacé, Hermine portait une grande écharpe en laine remontée jusqu'au nez. Elle retrouva avec soulagement l'entrée des artistes, une porte discrète. Son bonheur commençait là, dès qu'elle respirait l'odeur particulière de ce lieu consacré à l'art sous diverses facettes. Depuis son arrivée en septembre, elle venait y voir des films avec Charlotte, Jocelyn, Laura ou Mireille. Seule la douce Madeleine refusait obstinément d'aller au cinéma. Tout charmait Hermine : les couloirs, le style baroque des aménagements intérieurs avec le traditionnel velours rouge, les dorures. Au début, elle avait craint de s'égarer ; à présent le lieu lui était très familier et elle s'y sentait en sécurité.

— Charlotte, va prévenir Lizzie que je suis là, demanda-t-elle à l'adolescente. Et dis-lui que je voudrais bien un thé brûlant, sucré au miel.

Sur ces mots, Hermine entra dans sa loge, qui était devenue son refuge bien-aimé. Dans une penderie, elle avait du linge de rechange, des chaussures fines pour les répétitions, de menus objets fétiches. Autour du miroir serti de lampes, la jeune femme avait accroché des photographies de ceux qu'elle aimait, Mukki en bonne place, Marie et Laurence, ses parents, et aussi un cliché représentant la famille Marois au grand complet, posant devant leur maison. Toshan figurait parmi cette galerie d'images. On le voyait debout près de l'enclos de ses chiens, à Val-Jalbert, une cigarette au coin des lèvres. Il ne regardait pas l'objectif mais un point indéterminé de l'espace.

Lizzie frappa au moment où Hermine déambulait en combinaison de satin rose. Les nombreux essayages et l'ambiance de franche camaraderie avaient eu raison de sa pudeur. Cela ne la gênait plus d'être surprise à demi dévêtue. Là encore, elle accueillit la visiteuse en enfilant un peignoir en soie.

— Notre rossignol est-il prêt pour la générale ? demanda Lizzie. Charlotte te prépare du thé. Elle a l'air ravie d'être avec nous.

— Oui, je lui avais promis qu'elle assisterait à la répétition d'aujourd'hui, répondit Hermine. Et c'est elle qui va me coiffer et me maquiller. Tu verras, elle est douée.

— As-tu admiré ton costume ? Vois un peu !

La jeune femme découvrit dans la penderie un magnifique corsage blanc, un corselet en velours noir à lacets et une ample jupe rouge. Exaltée, elle caressa et palpa chaque pièce.

— J'ai le trac ! gémit-elle. Un trac affreux ! Il y aura beaucoup de monde dans la salle ?

— En principe, oui, le maximum, pour vous mettre tous dans l'ambiance de la première.

On frappa. Chargée d'un plateau, Charlotte entra, suivie par Octave Duplessis. Un grand sourire sur les lèvres, l'impresario était très distingué, en costume noir et nœud papillon.

— Hermine ! s'exclama-t-il. Fin prête ? Le trac ? Je n'ai plus de roses à vous offrir, dommage ! Mais l'hiver est venu. Les glaces s'étendent ; déjà le Saint-Laurent n'est plus praticable pour les bateaux.

— Je sais, répliqua-t-elle. Mon père et moi allons sur la terrasse Dufferin contempler le spectacle. Cela a commencé le long des rives, des plaques blanches de plus en plus étendues, et maintenant le paysage est totalement différent, comme si l'eau s'était enfuie et qu'il avait neigé uniquement sur le fleuve.

— La neige, ce sera cette nuit, dit Lizzie, j'en mettrais ma main au feu. J'ai le crâne pris dans un étau, il va tomber une bonne bordée de neige. Je n'ai pas besoin de baromètre.

Charlotte tendit une tasse de thé à Hermine. L'adolescente, en robe de laine rouge, des peignes assortis retenant ses boucles noires, exultait d'être mêlée à ces personnages extravagants, rieurs, bavards, qui lui semblaient dignes d'un roman ou d'un film. Elle vérifia le nécessaire à coiffure, vibrante de fierté. Les nattes de Marguerite naîtraient de ses doigts habiles et cela suffisait à la transporter.

— Est-ce que je peux commencer à te brosser les cheveux, Mimine ? demanda-t-elle tout bas.

— Oui, ma chérie ! dit la jeune femme.

— Mimine, comme c'est mignon, ce surnom ! s'écria Duplessis. J'adore votre univers, cher rossignol. Lizzie, fais-toi inviter chez notre jeune diva. Rien ne manque au tableau d'une famille fascinante. La nourrice indienne, discrète mais aux yeux de braise, la gouvernante à l'accent savoureux, le même que toi, cela dit ! Et les petites princesses, les jumelles, qui jouent sagement dans leur parc. N'oublions pas la maîtresse des lieux, Laura, une femme fort jolie, et maman elle aussi d'un superbe bambin.

Hermine écoutait distraitement l'impresario, accoutumée à ses tirades volubiles. Elle avait deviné en lui un séducteur et elle se méfiait de ses clins d'œil, de sa galanterie. Mais Lizzie lui avait confié que les Français étaient réputés pour leur manie de faire la cour et qu'il fallait s'en amuser. La jeune femme n'avait pas vraiment conscience des changements qui s'opéraient en elle. Un an auparavant, les manières affectueuses de Duplessis la choquaient ; désormais, elle les appréciait. L'animation de la ville haute où affluaient les touristes et où demeurait la bourgeoisie québécoise ne la dérangeait plus. Elle y évoluait à l'aveuglette afin de pouvoir rester à cette place qui lui était précieuse, indispensable, celle d'une artiste proche d'être confrontée au public.

— J'ai une surprise ! claironna soudain l'impresario. Tenez !

Il déposa sur ses genoux un exemplaire de *La Presse.* Un article la concernant était annoncé en page six, sous ce titre prometteur : *Une belle Marguerite pour le temps des Fêtes.* Vite, elle feuilleta le journal et se vit en photographie, ses traits gracieux illuminés par un sourire de star, comme on appelait les grandes vedettes de cinéma, aux États-Unis. Le texte attisait le suspense, en parlant d'une révélation en la personne d'une jeune fille originaire de la région du lac Saint-Jean. Rien ne manquait, de sa voix d'une pureté merveilleuse à des détails sur son enfance d'orpheline, éduquée par de sévères religieuses.

— Mais qui leur a raconté tout ça ? s'étonna-t-elle. Et les sœurs n'étaient pas sévères ! Octave, je suis sûre que vous êtes en cause. J'ai eu tort de vous confier des anecdotes sur moi. Vous les avez exploitées sans demander mon autorisation.

— Ma chère petite amie, il faut bien attirer le public ! Vous ferez salle comble, après ça !

— Assez jasé ! trancha Lizzie. Je suis là pour veiller au grain. Dehors, Octave ! Hermine doit s'habiller.

Il s'empressa d'obéir, non sans envoyer un baiser à la jeune femme. Elle soupira, agacée.

— Je n'aime pas qu'on étale mon passé dans les journaux, se plaignit-elle.

— Duplessis fait son travail, il ameute les futurs spectateurs, expliqua Lizzie. Monsieur le directeur veut marquer le coup. Il rêve d'un triomphe avec son *Faust*. Et tout repose sur tes épaules, petite. Marguerite doit éblouir, fasciner.

Hermine songea que c'était une énorme responsabilité. Elle se détendit en respirant à fond et en expirant. Charlotte lui brossait toujours les cheveux et c'était très agréable. Elle fut bientôt coiffée et maquillée sous le regard vigilant de Lizzie.

— Merci, ma chérie, dit-elle tendrement à la fillette. Le meilleur moyen de vaincre le trac, c'est de monter sur scène et de chanter. Hélas, je n'apparais que dans le second acte. Je déteste attendre.

Elle tendit l'oreille. Les musiciens de l'orchestre accordaient leurs instruments dans un foisonnement de notes graves et aiguës, ainsi que de vibrations sourdes.

— Je m'habille, maintenant, dit-elle. Mon Dieu, pourvu que je n'oublie pas le texte du troisième acte ! Je bute souvent sur un mot…

Paupières mi-closes, elle récita rapidement les paroles d'un air capital, *Il était un roi de Thulé*, qu'elle chanterait assise à son rouet et dont la mélodie reproduisait le côté répétitif de ses gestes, car Marguerite filait de la laine.

— Charlotte, dit-elle tout à coup en fixant l'adolescente, l'histoire du docteur Faust risque de t'impressionner. Un démon, Méphistophélès, invoque le Veau d'or et Marguerite n'a pas une conduite exemplaire, même si dans le final les anges sauvent son âme…

— Ne t'inquiète pas, Hermine, j'ai lu le livre de Goethe en cachette. Je n'ai pas eu peur du tout.

— Cette ravissante enfant est plus futée que moi, déclara Lizzie. Mais je l'emmène dans la salle. Tu as besoin d'être seule quelques minutes, je te connais.

La porte se referma. Hermine se regarda dans le miroir. Son reflet lui plut. Deux nattes dorées reposaient sur ses épaules et le corsage blanc mettait en valeur sa carnation chaude. Elle était Marguerite, à présent, et elle chanterait de toute son âme en partageant les émois et les tourments de l'héroïne aux prises avec le démon. Mais ses yeux se portèrent par mégarde sur un des portraits de Mukki. Le petit garçon souriait, un ballon serré contre lui.

La jeune femme frémit tout entière et ce fut comme si elle s'envolait au-dessus du Capitole, pareille à un oiseau migrateur filant vers le nid qu'il a construit et dont il se languit. Il fallait franchir des étendues de forêt, puis le lac, et remonter la rivière. Là-bas, dans une pauvre cabane, elle crut voir son enfant chéri, assis près du feu. Il y avait aussi un bel homme aux longs cheveux noirs, au profil comme on en voit sur les médailles, Toshan, son mari, mais également son amant, son amour. Peut-être qu'il neigeait dru, déjà, sur ces territoires du Nord, peut-être que les loups rôdaient ?

Elle étouffa un sanglot et se contrôla. Ce n'était pas le moment de pleurer, de gâcher le savant maquillage élaboré par Charlotte et Lizzie.

« Comme ils me manquent ! pensa-t-elle. Je voudrais tant prendre Mukki dans mes bras, le couvrir de baisers ! Et Toshan, si seulement il était là, près de moi, à m'encourager ! Mais que ferait-il ici ? Ce n'est pas sa place. Pourtant, moi, je suis heureuse dans ce théâtre, j'ai enfin atteint mon rêve. »

Hermine but un verre d'eau froide et tourna le dos au miroir. Elle avait écrit à Pierre Thibaut, à la mi-septembre, douze jours après son arrivée à Québec. À l'intérieur, il y avait une autre enveloppe adressée à Toshan. C'était une longue lettre où elle lui demandait pardon, où elle lui promettait de revenir et de lui prouver alors la force de son amour.

« S'il le désire vraiment, il s'arrangera pour me répondre. Il peut même me téléphoner depuis Péribonka. Je voudrais juste qu'il me donne sa bénédiction, pour que je chante sans ce poids de tristesse au fond du cœur », se dit-elle encore.

Afin d'échapper au chagrin qui la gagnait à nouveau, Hermine quitta sa loge et se dirigea vers les coulisses. Elle savait d'où observer la scène tout en restant invisible à l'abri des lourds rideaux repliés. Le docteur Faust se lamentait d'être vieux, il levait la fiole contenant le poison qui mettrait fin à ses jours. Bientôt le démon apparaîtrait pour lui proposer un pacte fatal. Le ténor qui interprétait Faust était grimé en vieillard, mais dans l'acte suivant il aurait rajeuni. Quant à Méphistophélès, joué par une voix de basse, un chanteur très corpulent, il s'apprêtait à faire son entrée.

Quelqu'un pinça Hermine à la taille. Elle se retourna vite, sûre de se trouver en face de Charlotte. Mais c'était Duplessis.

— Là, vous exagérez ! dit-elle à mi-voix. J'ai failli crier. On m'aurait entendue dans la salle. Et je ne vous autorise pas ce genre de geste.

— Pardonnez-moi, ce costume vous va à ravir. Il vous rend différente, encore plus séduisante, avoua-t-il à l'oreille d'Hermine. Votre mère m'a dit que vous étiez séparée de votre mari, quand je suis venu boire le thé. Vous me plaisez depuis des années, je suis malade d'amour pour vous.

L'impresario était dangereusement proche. La jeune femme percevait un vague parfum d'eau de Cologne et de linge frais. Il avait laissé sa main dans le creux de ses reins et elle dut reculer pour se dégager.

— Ce n'est pas le moment pour une telle déclaration qui, de plus, sonne faux, protesta-t-elle. Et ma mère vous raconte n'importe quoi. Je rejoins mon mari au printemps ; nous nous aimons toujours.

Elle étudia ses traits virils, que les premières rides de la quarantaine ne déparaient pas. Il souriait de toutes ses dents, espiègle, mais avec une assurance inquiétante.

— Je vous en prie, si vous m'importunez, je ne donnerai pas le meilleur de moi-même quand il faudra chanter, déclara-t-elle.

Octave Duplessis s'en tira par une pirouette. Il répliqua en riant :

— Que vous êtes sérieuse et grave, une vraie couventine ! Bien sûr, je ne vous aime pas, je vous préparais à être séduite par le docteur Faust. Hermine, il n'y a pas de quoi faire un drame parce que j'ai touché vos hanches divines. Comme ça, vous oubliez votre trac. Je joue gros, moi aussi, dans cette affaire. Vous devez vous surpasser.

Hermine consentit à le croire, mais elle eut honte du léger sentiment de déception qu'elle éprouvait.

« Mon Dieu, Toshan avait raison, ce milieu finira par me corrompre. Je suis très décolletée et, tout à l'heure, sur scène, j'embrasserai mon partenaire. Même si c'est un faux baiser, c'en est un ! Et cela m'aurait flattée d'avoir conquis le cœur d'Octave. Quelle ignominie ! »

Avant de s'éloigner, l'impresario lui pinça de nouveau la taille.

— Hermine, je préfère vous prévenir. Si *Faust* remporte un triomphe, ne comptez pas trop rentrer dans votre cabane au fond des bois jouer les Indiennes blondes. Il faudra une tournée, Montréal, peut-être New York ! Vous ne comprenez pas que vous êtes promise à un brillant avenir ?

— Non, je ne comprends pas du tout, coupa-t-elle en lui lançant un regard courroucé. Je n'ai signé qu'un contrat qui prend fin au mois de mars.

Lizzie mit fin à la discussion. Elle vérifia encore une fois le costume et la coiffure de la jeune femme.

— C'est à toi dans trois minutes, file de l'autre côté des coulisses, notre baryton préféré t'attend.

Le baryton en question, assez âgé, incarnait Valentin, le frère de Marguerite. Il accueillit Hermine avec un sourire crispé. La musique leur indiqua le moment de se mêler aux figurants qui occupaient la scène. À partir de là, comme tous les artistes prêtant leur voix et leur visage aux personnages de l'opéra, tous deux ne pensèrent plus qu'à leur rôle.

Dans la salle, le directeur du théâtre allait de surprise en surprise. Hermine, radieuse, monopolisait toute l'attention du public, tant elle évoluait avec grâce devant son public. Et dès qu'elle chantait, une sorte de frémissement parcourait les rangs des spectateurs. Elle faisait vibrer les âmes et les cœurs. Il s'agissait en grande partie du personnel du Capitole, des proches des artistes, et aussi de gens du milieu professionnel.

Le final provoqua un tonnerre d'applaudissements spontanés. Jamais une Marguerite n'avait été aussi belle, aussi jeune, et sa prière aux anges radieux touchait à la perfection vocale. Duplessis n'avait plus aucun doute. Hermine possédait une voix rarissime, mais elle avait un autre don insoupçonné, celui de se donner tout entière à un personnage, d'émouvoir, de fasciner.

— Stupéfiant ! chuchota quelqu'un en anglais. J'ai l'intention d'obtenir un contrat avec cette jeune fille. Nous montons *La Traviata* de Verdi en septembre prochain.

L'impresario reconnut un de ses collègues du Covent Garden de Londres. Il jubila. Le Rossignol de Val-Jalbert deviendrait vite très célèbre.

Appartement de Laura, rue Sainte-Anne, même soir

Mireille avait mis cinq couverts. La table, ornée d'argenterie et de délicates serviettes en dentelle, laissait présager un repas savoureux. La gouvernante avait préparé un souper plus raffiné que d'ordinaire en l'honneur de la répétition générale, qui avait été un succès, selon Hermine. La jeune femme se changeait dans sa chambre, mais Charlotte racontait déjà tout ce qu'elle avait vu. Invitée ce soir-là, Badette écoutait avec un air exalté. Laura et Jocelyn n'étaient pas en reste, impatients d'avoir un compte rendu détaillé.

— Tout le monde applaudissait et criait, disait l'adolescente. La fin de l'opéra, c'était féerique ! J'avais envie de pleurer, je ne pensais plus à Hermine, j'étais triste pour Marguerite. Et c'est moi qui lui ai natté les cheveux.

— Tu as un avenir tout tracé, Charlotte, déclara Laura. Habilleuse et maquilleuse d'une diva. C'est le mot qu'emploie monsieur Duplessis pour qualifier notre Hermine.

— Mon Dieu, j'ai hâte d'être dans la salle, le soir de la première, coupa Jocelyn.

Il sirotait un verre de vin rouge, un cru français offert à la famille par l'impresario. Badette, en robe noire, légèrement fardée et les cheveux relevés en chignon, sortit un calepin de son sac à main. Elle se mit à écrire très vite quelques lignes.

— Que faites-vous, ma chère ? demanda Laura.

— Je jette des idées sur papier pour l'article que je rédigerai demain. J'ai signalé à mon patron que je connaissais Hermine Delbeau et, depuis, il me confie davantage de piges.

Mireille sortit de la cuisine, trop étroite à son goût, chargée d'un seau en métal qui contenait une bouteille de champagne.

— C'est la surprise, s'exclama Jocelyn. Nous devons fêter la prouesse de notre enfant prodige.

— Et j'ai fait acheter à Mireille des crevettes, du crabe, des filets de saumon fumé, renchérit Laura. Comme plat principal, nous aurons du confit de canard en provenance directe de France. Je voulais inviter aussi monsieur Duplessis, mais il n'était pas libre. C'est bien dommage !

Des pleurs de bébé retentirent. C'était le petit Louis, maintenant âgé de cinq mois, qui faisait une dent.

— Votre nurse doit être débordée, avec trois enfants si jeunes, fit remarquer Badette.

— Ma nurse ! C'est un grand mot ! soupira Laura. Hermine m'a grondée dès que j'ai eu l'étourderie d'appeler Madeleine ainsi. Ma fille la considère comme sa parente, puisque c'est en fait la cousine de son mari. Je n'ai même pas le droit de dire nourrice. Mais les jumelles sont sevrées, heureusement, car je n'avais plus de lait et, à présent, Madeleine allaite Louis. Savez-vous, Badette, que j'ai lu une de vos nouvelles, hier soir. J'ai bien apprécié ; le ton était juste et pertinent.

— Merci ! Moi qui n'osais pas les faire lire.

Charlotte profita d'un court silence pour ajouter :

— Le costume de Marguerite va très bien à Hermine ; je trouve que ces habits anciens sont plus beaux que ceux de notre époque. Vous verrez, le diable Méphistophélès fait vraiment peur avec sa voix grave. Quand il a chanté *Le Veau d'or est toujours debout*, moi, je tremblais.

— Ne nous dévoile pas tout, recommanda Badette. Je suis malade d'impatience. Encore un mois à tenir. Noël sera passé.

— Non, la date est avancée, annonça Charlotte, très fière de détenir une information aussi importante. Le directeur a dit qu'il programmait l'opéra plus tôt, parce qu'Hermine est fin prête et qu'il y a déjà beaucoup de réservations.

Mireille poussa une exclamation d'orgueil presque maternel. Jocelyn étreignit la main de Laura. Ils parlèrent de plus belle de l'événement tant attendu.

De sa chambre, Hermine entendit des discussions animées. Vêtue d'une robe d'intérieur en laine grise, elle brossait ses cheveux.

« Je devrais être plus heureuse que ça, songeait-elle. J'ai reçu des compliments pour cent ans au moins. »

Louis hurlait, à présent. Madeleine ne parvenait pas à le calmer. La jeune femme fit irruption dans la pièce voisine.

— Oh ! Je suis désolée, Hermine ! dit la nourrice. Ce chenapan a réveillé tes filles. Pourtant Marie et Laurence dormaient bien.

— Maman n'aurait pas dû installer ensemble les

trois petits. Tu as l'air épuisée. Je suis sûre que tu ne fermes pas l'œil de la nuit, en ce moment.

Madeleine eut un geste résigné. L'appartement comprenait quatre chambres assez spacieuses, réparties de chaque côté d'un couloir. Charlotte et Mireille étaient logées dans l'une d'elles, Hermine était seule, ses parents aussi, bien sûr, mais la jeune Indienne couchait sur un lit d'appoint, entourée des trois bébés. Il y avait aussi un salon, et une salle à manger dont les fenêtres donnaient sur la rue Sainte-Anne.

— Je vais installer les jumelles avec moi ! décréta Hermine. Elles ont un bon sommeil. Tu n'auras plus que Louis.

— Non, non, protesta Madeleine. J'aurais l'impression de voler ma nourriture, si je ne garde pas les enfants. Tu as besoin de plus de repos que moi.

Le cœur d'Hermine se serra devant la douceur et l'humilité de son amie. Sa présence la rattachait encore un peu à Toshan. Chaque fois qu'elle admirait la chevelure de jais et la peau cuivrée de sa cousine par alliance, elle se souvenait avec acuité de son mari. Ce soir-là, malgré la griserie éprouvée sur scène, la jeune femme avait envie de faire marche arrière.

— Madeleine, avoua-t-elle, j'ai peur ! Peur de me perdre, de ne plus être la même au printemps. Si je ne tenais pas à reprendre Mukki, je crois que je ne retournerais jamais au bord de la Péribonka. Je prends goût à rire de sottises, je suis flattée d'être regardée et félicitée sans cesse. Je ne sais plus si j'ai pris le bon chemin.

— Alors, va voir jusqu'au bout, préconisa Madeleine. Si ce que tu découvres te déplaît trop, tu pourras faire demi-tour.

— On dirait Tala et ses paroles mystérieuses, plaisanta tristement Hermine. Veille sur moi, je t'en supplie.

— Mais c'est ce que je fais, répondit gravement son amie. Je prie pour toi et pour Toshan. Ne crains rien, je suis là.

Elles se sourirent. Louis s'était rendormi. Dehors il neigeait à gros flocons.

21

Révélations

Québec, 22 décembre 1934

C'était le soir de la première, la représentation la plus importante pour la direction d'un théâtre, puisque de son succès dépendait sa programmation en d'autres lieux, *Faust* pouvant être joué au Monument-National de Montréal[1] où avait chanté Emma Albani, notamment. Hermine entendait souvent parler de l'illustre cantatrice québécoise et on lui promettait une destinée similaire.

— Elle a fait ses débuts en Sicile, lui avait raconté Duplessis, dans *La Somnambula* du compositeur Bellini[2]. Ensuite, ce fut la gloire dans plusieurs pays, dont l'Angleterre et l'Allemagne.

— Je connais un peu la vie de cette grande artiste, avait répliqué la jeune femme. Je crois que

---

1. Monument-National : grand théâtre de Montréal, créé en 1893, situé rue Sainte-Catherine.

2. Vincenzo Bellini : compositeur de musique romantique né à Catane en Sicile (1801-1835).

c'est impossible d'avoir autant de succès qu'elle. Personne ne la remplacera.

— Qui sait ? Vous ferez peut-être mieux, avait suggéré l'impresario.

Mais ce soir-là, seule dans sa loge, Hermine ne savait plus si elle désirait encore devenir célèbre. En costume, coiffée et maquillée par les soins de Charlotte, elle souffrait d'une profonde tristesse. Mukki lui manquait tellement qu'elle en ressentait une douleur intolérable. Chaque fois qu'elle pensait à son fils, son estomac se nouait, son cœur lui faisait mal.

« Il est si petit pour être loin de moi ! songeait-elle. Bien sûr, il y a Tala ; elle s'occupe bien de lui. Mais il n'a pas tous ses jouets et s'il neige beaucoup il ne pourra pas sortir à sa guise. »

Hermine s'efforça de respirer profondément, de rester calme malgré l'ample rumeur qui semblait faire vibrer le Capitole tout entier, investi par une foule considérable. L'agitation des grands soirs régnait, faite d'innombrables conversations, de pas le long des couloirs, de rires, tandis que les machinistes mettaient en place le décor en s'affairant silencieusement.

Afin de se distraire, la jeune femme imagina sa famille déjà installée dans la loge qui lui avait été réservée, une des mieux situées, près de la scène. En robe du soir, parée de ses plus beaux bijoux, Laura devait trembler d'impatience.

« Maman croyait que cela n'arriverait jamais. Pourtant tout s'est passé comme elle le souhaitait. Elle va pouvoir m'applaudir, ici, à Québec. Et papa doit être bien anxieux. Ce matin, il n'a rien pu avaler. J'ai dû le gronder. Il avait le trac à ma place. Et ma brave Mireille ? Elle grignote sûrement des sucreries. Badette était si heureuse d'être invitée ! Je suis certaine qu'elle fera un superbe article. J'espère que Charlotte est avec eux, je lui ai bien recommandé de les rejoindre. »

Le temps passait, inexorable, minute par minute. Hermine entendit l'orchestre jouer l'ouverture. Après le premier acte, elle se retrouverait sur scène.

« Je suis sur le point d'atteindre mon beau rêve, songea-t-elle encore, mais je n'éprouve aucune vraie joie. Sans doute, dès que je chanterai, je me sentirai mieux. »

Malade d'appréhension, elle faillit éclater en sanglots. Lizzie était trop affairée pour venir la rassurer. Pourtant, Hermine aurait eu désespérément besoin d'une présence amicale, de paroles encourageantes.

« Mon Dieu, si Toshan était là près de moi ! S'il me serrait dans ses bras, s'il me souriait, comme je me sentirais plus forte ! »

Au même instant, on frappa discrètement à sa porte. Hermine bondit pour ouvrir elle-même, comme si son désir de voir surgir son mari avait provoqué un miracle. Mais ce n'était que Duplessis, en smoking, une rose blanche à la main.

— Hermine, je tenais à vous souhaiter bonne chance. Ce soir, vous n'aurez qu'une fleur, une rose blanche, le symbole de l'amour pur. Qui sait ? Dans quelques semaines, j'oserai la rose rouge, qui signifie beaucoup plus de choses !

Déçue, elle baissa la tête en se reprochant sa candeur. De grosses larmes perlèrent au coin de ses yeux.

— Ah non ! protesta l'impresario. Et votre maquillage ! Votre regard d'azur se voit depuis la salle, mais le fard est nécessaire. Allons, prenez ma rose, chère amie.

— Suis-je sotte ! gémit-elle. J'ai cru que c'était mon mari.

D'un geste excédé, Hermine prit la fleur et la jeta par terre. Mais Duplessis la ramassa et la piqua entre la naissance de ses seins, à peine dévoilée par les plis du corsage blanc. Il la saisit alors par la nuque pour l'empêcher de reculer. Sa prise était ferme et la jeune femme ne put échapper au baiser passionné qu'il lui imposa. Aussitôt, elle ressentit, contre son gré, l'éveil du désir. Son corps privé d'amour eut un léger frémissement de plaisir. Cependant, furieuse, elle recula vivement. Il éclata de rire en s'écartant un peu.

— C'était juste une manière de vous stimuler, Hermine. Vous aviez l'air d'un fantôme. Réagissez, sortez de votre loge et préparez-vous. Tout Québec attend votre apparition.

En pleine confusion, elle faillit se jeter dans ses bras tant son besoin de réconfort et de tendresse était grand. Par chance, Lizzie fit irruption, l'air affolé.

— Mon Dieu s'écria-t-elle, la salle est bondée ! Vite, petite, viens avec moi en coulisse. Monsieur le directeur m'a bien recommandé de te surveiller. Il t'a croisée tout à l'heure et il prétend que tu manquais d'énergie.

— Non, je suis prête, déclara Hermine. Tiens, Lizzie, une rose pour toi.

Sur ces mots, elle sortit en lançant un coup d'œil ironique à Duplessis. Le temps de parvenir derrière le jeu des lourds rideaux, la jeune femme avait repoussé de toutes ses forces le souvenir du baiser que lui avait volé l'impresario.

« Dans ce milieu, ça ne compte pas, ça ne doit pas compter ! » se répétait-elle.

Le trac l'envahit de nouveau; elle eut envie de fuir. Mais elle songea au petit Jorel qui prétendait que sa voix avait le don de guérir. Hermine comprit que, sa vocation, c'était aussi ça, effacer, l'instant d'un concert, toutes les peines de l'âme et du corps. Dans le secret de son cœur, elle dédia la représentation au garçonnet et tout lui sembla clair, lumineux. Oui, elle avait eu raison de faire ce choix de chanter, de provoquer chez les spectateurs des émotions qui leur feraient oublier tous les soucis, les maux et parfois les drames qu'ils vivaient. C'était l'engagement de tous les artistes. Une très noble tâche.

Quelques instants plus tard, elle endossait la personnalité de Marguerite la fileuse de laine.

Pour Laura, Badette, Mireille et Jocelyn, l'opéra fut un régal, un enchantement. Ils admirèrent d'un bout à l'autre du spectacle les prouesses vocales des chanteurs, mais la prestation d'Hermine les émerveilla. Jamais elle n'avait montré autant d'aisance dans l'interprétation d'une œuvre. Son art, d'abord plus instinctif, frôlait l'excellence grâce aux leçons reçues et aux innombrables heures de travail. La jeune femme communiait avec le public, soucieuse de lui donner plus de perfection, plus d'envoûtement.

Dans la salle, on cédait à la même fascination, devant cette si jeune Marguerite, mince et gracieuse, dont la voix était d'une limpidité et d'une puissance uniques. Non seulement elle était belle et juvénile, ce qui n'était pas le cas de la plupart des interprètes, souvent des femmes mûres et corpulentes, mais elle était surprenante de vérité. Sa voix n'était pas apprêtée ou mélodramatique, elle coulait claire et cristalline telles les eaux vives d'un torrent de montagne. Sa prestation éblouissante était vibrante de sincérité, d'authenticité et de beauté. Elle démontrait son immense talent. À la fin de chaque acte, les applaudissements fusaient, assourdissants.

La scène ultime prit des allures d'apothéose. Marguerite, emprisonnée, refusait l'aide du démon et de Faust, son amant, en appelant à son secours les forces divines. Hermine semblait s'investir tout entière dans son rôle. En longue tunique blanche, les cheveux dénoués, elle tendait ses poings enchaînés vers le ciel et sa supplique aux anges, lancée d'une voix empreinte de désespoir, prenait des accents déchirants. Certaines personnes s'étaient levées.

Mon Dieu, protégez-moi !
Mon Dieu, je vous implore !
Anges purs ! Anges radieux !
Portez mon âme au sein des cieux !
Dieu juste, à toi je m'abandonne !
Dieu bon, je suis à toi ! Pardonne-moi !

Quand le rideau se referma, un seul élan mit les autres spectateurs debout pour une ovation frénétique. C'était un véritable triomphe. Les rappels s'éternisaient. Hermine et les autres artistes n'en finissaient pas de saluer.

— Mon Dieu, merci ! souffla Laura, en larmes. Joss, c'est notre fille, tu te rends compte !

— Bien sûr que je me rends compte ! J'étouffe de fierté, exulta-t-il.

— C'était extraordinaire, affirma Badette, les yeux brillants d'émotion. Que je suis heureuse pour vous tous !

Mireille pleurait aussi. L'histoire l'avait bouleversée, et cela s'ajoutait à une bouffée d'orgueil.

— C'est notre Mimine, répétait-elle. Doux Jésus, quel succès elle a !

Aucun des trois ne s'aperçut de la disparition de Charlotte. Quelques minutes plus tôt, Lizzie était venue la chercher dans la plus grande discrétion. La surprise fut donc totale quand un tout petit garçon trottina sur la scène, tenant un bouquet de fleurs à bout de bras. L'enfant, vêtu d'un pantalon en peau de cerf à franges et d'une tunique identique, avec les cheveux noirs et la peau dorée, avançait dans la lumière des projecteurs. Il n'avait d'yeux que pour la jeune femme vêtue de blanc en qui il reconnaissait sa mère dont il se languissait. On s'écartait pour le laisser passer tandis qu'il criait « Maman ! » d'une voix menue.

Hermine poussa un cri et se jeta sur lui. Elle l'étreignit et le couvrit de baisers, transportée par un bonheur infini, délirant. Le tableau était si charmant, si insolite que la plupart des gens crurent à une idée fantaisiste de la direction du théâtre. Un court silence se fit, puis un tonnerre d'applaudissements éclata, encore plus fervent que les précédents.

— Mais on dirait Mukki ! se réjouit Laura, debout dans la loge dont la rambarde surplombait la salle.

— Ma foi oui ! s'étonna Jocelyn. Toshan est venu, c'est la seule explication.

Mais Hermine était incapable de se poser des questions. Elle étreignait son fils et cela lui faisait oublier le monde alentour.

— Maman, répétait Mukki. Maman chérie.

Il fallut un certain temps à la jeune femme pour réaliser ce que voulait dire la présence du garçonnet. Qui d'autre que Toshan avait pu le conduire jusqu'à Québec ? Et acheter des roses de serre, au parfum envoûtant ? Elle se releva et se glissa derrière les rideaux, le petit cramponné à son cou.

— Je ne te lâche plus, mon chéri ! chuchota-t-elle. Où est papa ? Dis-moi ?

Charlotte se précipita vers eux. Mukki gigota en tendant les mains vers l'adolescente. Il paraissait aussi content de la revoir que de retrouver sa mère.

— Où est Toshan ? demanda Hermine. Charlotte, est-ce que tu l'as vu ?

— Non ! Lizzie a frappé à la porte de la loge et je suis sortie. Elle tenait Mukki et le bouquet. Elle m'a dit de l'amener sur la scène, que c'était une idée de ton mari. Toshan ne doit pas être loin.

Folle de joie et en même temps incrédule, Hermine se rua dans sa loge. Elle se heurta presque à son père et à Laura, radieuse.

— Bravo, ma chérie ! s'exclama celle-ci. C'était sublime ! Tout s'arrange, apparemment. Mukki a fait sensation et cela signifie que Toshan t'a pardonné. Comment penser le contraire, quand on t'écoute chanter ? Ton mari va sûrement frapper à la porte dans une poignée de secondes.

Hermine enfilait son manteau de fourrure et chaussait des bottes. Tremblante, le regard halluciné, elle paraissait en état de transe.

— Je connais Toshan, il est déjà dehors et il s'enfuit, affirma-t-elle. Sinon il serait déjà venu ici, Lizzie lui aurait expliqué où me parler. Je ne veux pas qu'il s'en aille, vous comprenez ! Je veux le rattraper.

— Enfin, tu n'y songes pas, protesta Jocelyn. Tu as très chaud, il gèle à l'extérieur, tu vas prendre froid. Toshan n'aurait pas fait un voyage pareil s'il n'avait pas l'intention de se réconcilier. Je vais le chercher. Toi, reste ici. Au moins, ôte ce costume !

— Non, papa, pas toi ! gémit-elle.

— Et pourquoi donc ? coupa Jocelyn.

Excédée, moite d'épuisement et de nervosité, Hermine consentit, car elle ne savait pas vraiment ce que Toshan reprochait à son père. Une atmosphère de panique s'installa. Octave Duplessis, qui venait en éclaireur, fut mis dehors pour laisser la jeune femme enfiler une robe de soirée. Des gerbes de fleurs arrivaient, le directeur du Capitole s'annonçait. Hermine, réfugiée derrière un paravent pour se changer, criait qu'elle ne recevait personne, sauf un certain Toshan.

— Son mari, son grand amour, précisait Badette aux curieux, aux visiteurs éconduits.

La douce chroniqueuse exultait, confrontée à une situation digne des récits qu'elle rédigeait dans la solitude paisible de ses soirées. Elle chargea Lizzie de fouiller les coulisses, les couloirs, le bar, à la recherche d'un bel homme aux allures de Métis et sûrement habillé à l'indienne.

— Mais je l'ai vu, ce monsieur ! rétorqua cette dernière. Il portait un manteau noir, un chapeau et une cravate, voilà. Ce n'est pas un sauvage du Nord, quand même ! Certes, il avait les cheveux longs, d'ailleurs des cheveux superbes, noirs de jais, noués sur la nuque. Je comprends mieux la mélancolie de notre diva. Si j'avais trente ans de moins, je lui courrais après moi aussi.

Pendant cette discussion, Jocelyn expliquait la situation à Duplessis. Ils se vêtirent chaudement et quittèrent tous les deux le théâtre par la sortie des artistes.

— Il faut ramener son mari à Hermine, soupira l'impresario. Sinon, les prochaines représentations seront annulées. Elle va dépérir, ou le rejoindre à l'autre bout du pays.

— Vous ne pensez qu'à votre profit ! grogna Jocelyn.

— C'est mon métier, en effet. Je touche un pourcentage ; il n'y a pas de honte à ça. Et comme une femme amoureuse ne raisonne pas, mon cher, je me méfie !

— Ma fille ne vous fera pas faux bond !

Ils se séparèrent pour inspecter les alentours du Capitole, observant les clients derrière les vitres des cafés.

La ville de Québec enneigée, illuminée à l'occasion des Fêtes, attestait d'une certaine animation, malgré l'heure tardive. Ignorant le froid, de nombreux spectateurs discutaient encore devant le théâtre. Des taxis étaient garés à proximité. Toshan se tenait caché dans l'encoignure d'une porte de maison. Il fixait les reflets scintillants de l'éclairage public sur le sol verglacé, mais il ne voyait rien hormis une image gravée dans son cœur, celle d'Hermine sur scène. Ce n'était plus sa petite femme coquillage de leur nuit de noces ni la timide adolescente de quatorze ans qu'il avait croisée près de la patinoire de Val-Jalbert, un soir d'hiver. Elle ne ressemblait pas non plus à la belle amante impudique qui s'offrait à lui dans la cabane au bord de la Péribonka. Mais il avait été époustouflé par sa prestation, à laquelle il avait assisté depuis le poulailler, tout en haut de la salle, où sont situées les places bon marché.

« Ma mère dit vrai, c'est une artiste, une grande artiste. Sur scène, on ne voit qu'elle. Et sa voix ! Oui, ce don n'est pas un hasard, mais un signe du destin ! » songeait-il.

En lui, la haine et la colère avaient cédé la place à un terrible chagrin. La fatalité s'en était mêlée et Toshan avait décidé de rendre Mukki à sa mère, juste avant Noël. Maintenant, il hésitait à s'éloigner, tourmenté par le besoin d'approcher Hermine, de la toucher.

« Pas encore, se dit-il. Je dois la laisser tranquille. Si je tarde une minute de plus, je vais faire une sottise. Je suppose qu'Hermine est très entourée, elle ne sortira pas du théâtre. »

Il lui restait à peine une heure avant de reprendre le train pour faire en sens inverse l'interminable trajet qu'il venait d'effectuer avec son fils. Presque toutes ses économies avaient été englouties dans ce voyage imprévu. Toshan se décida à traverser la rue Saint-Jean pour monter dans un taxi. Au moment précis où il indiquait la gare du Palais au chauffeur, un homme s'engouffra dans la voiture en claquant la portière. C'était Jocelyn Chardin.

D'abord surpris, le jeune Métis fit preuve d'un grand calme teinté de froideur, ce qui étonna son beau-père.

— Mon cher Toshan, commença-t-il, vous avez rendu Hermine très heureuse en lui ramenant Mukki. Mais son bonheur serait complet si vous veniez lui parler et mettre fin à votre brouille d'amoureux.

— Elle aurait pu venir me le dire elle-même, répliqua-t-il. Cela m'aurait évité d'être obligé de vous adresser la parole, de vous revoir.

— Je l'en ai empêchée, de crainte qu'elle ne prenne froid. Enfin, ma fille n'est pas idiote. En voyant Mukki sur la scène, elle se doutait que vous étiez là ! Où allez-vous ?

Toshan répugnait à discuter davantage en présence d'un témoin, en l'occurrence le chauffeur du taxi. Les mâchoires crispées, il ne répondit pas.

— Je ne sais pas ce que vous avez en tête, continua son beau-père à mi-voix, mais votre venue à Québec me laisse penser que vous souhaitiez entendre Hermine chanter. C'était superbe, inouï ! J'espère que vous comprenez, à présent, qu'on ne peut pas la détourner de son art !

L'automobile avançait trop lentement au goût de Toshan. Au fond d'une ruelle obscure, il aurait volontiers frappé Jocelyn, mais il devait se contrôler.

— Je ne comprends qu'une chose, monsieur Chardin, déclara-t-il tout bas en prononçant d'un ton hautain le « monsieur », je suis à côté de vous et je ne peux pas vous casser la gueule. Vous savez très bien pourquoi j'ai disparu, pourquoi je vous méprise. Soyez courageux, pour une fois dans votre vie, ne faites pas l'innocent.

Le taxi se garait près de la gare. Toshan paya la course et descendit. Jocelyn faillit demander au chauffeur de faire demi-tour immédiatement, mais il retint un soupir et sortit lui aussi. L'heure était venue de rendre des comptes à ce fils outragé. Il devait assumer sa faute, mais il avait mal au cœur et le front moite. La température glaciale saisissait tout son corps. Cela lui ôtait tous ses moyens.

— Je ne vais pas vous tuer ! lança Toshan. Vous me regardez comme si j'étais un loup enragé.

— C'est à cause de votre mère ? réussit à bredouiller Jocelyn. Elle vous a appris notre secret ?

— Non, je l'ai deviné tout seul, répliqua le jeune Métis. Elle souffrait, prise à son propre piège. C'est elle que j'ai détestée, dans un premier temps. Ensuite je vous ai haï. Pourquoi ? Parce qu'un homme digne de ce nom se doit de respecter une veuve, une femme esseulée dont personne ne défend l'honneur. Si vous n'aviez pas été le père de mon épouse, je vous jure que vous seriez déjà mort ou en très mauvais état.

Toshan leva la tête vers le ciel. Il neigeait. Quelque part des cloches sonnèrent. La vision du ciel nocturne, voilé par un épais manteau de nuages, parvint à l'apaiser. Il aurait payé cher pour voir Hermine apparaître et le faire taire d'un baiser, si toutefois elle ne l'avait pas rayé de sa nouvelle existence.

— Ma mère méritait d'être aimée, dit-il d'une voix sourde. Elle m'a suffisamment expliqué ce qui s'était passé entre vous deux. Je sais que vous étiez désespéré à l'idée du remariage de Laura, que vous vous estimiez condamné par la maladie. Vous avez pris du bon temps ensemble, au fond cela ne me regarde pas. Mais dans ce cas, il fallait vous comporter honnêtement et devenir son compagnon.

— Je n'ai pas pris du bon temps avec votre mère, je l'ai respectée et bien plus que vous ne le pensez, se défendit Jocelyn. Je souhaitais partager sa vie. Mais Tala a refusé que je reste près d'elle. Elle disait que vous veniez, Hermine et vous, chaque été, et que la vérité éclaterait alors. Toshan, il faut me croire, elle m'a poussé à partir, à reconquérir Laura et à m'occuper de ma fille, puisque j'étais guéri, grâce à elle, je l'avoue ! Je suis soulagé de pouvoir en parler enfin. J'ai beaucoup de reconnaissance à l'égard de votre mère.

Toshan se dirigeait vers l'entrée de la gare du Palais. Il marchait vite, le col de son manteau relevé.

— Mon garçon, pardonnez-moi le mal que je vous ai fait, supplia Jocelyn.

Il pressa le pas pour suivre son gendre. Le hall du bâtiment était vaste, mais de nombreux voyageurs s'y pressaient. Toshan s'arrêta près d'une porte donnant sur le quai.

— De la reconnaissance ? répéta-t-il froidement. Dans ce cas, vous auriez dû lui montrer un peu plus d'attention quand elle est venue à Val-Jalbert. En fait, si j'ai conduit Mukki à Québec, c'est que je n'avais pas le choix. Vous ignorez quelque chose : votre liaison avec ma mère a porté ses fruits. Vous êtes le père d'une innocente fillette de neuf mois qui risque de mourir ! Elle est peut-être morte à l'heure qu'il est. Il fait encore plus froid dans la région du Lac-Saint-Jean et au bord de la Péribonka. Avant de prendre le train, j'ai dû confier ma mère et ma petite sœur Kiona aux sœurs de l'Hôtel-Dieu Saint-Michel, à Roberval. Un bébé, si fragile, si menu, et atteint d'une affreuse toux.

— Mon Dieu ! gémit Jocelyn. Qu'avez-vous dit, Toshan ?

Il posait la question dans un état de panique, car au fond il avait acquis la certitude un peu irraisonnée que l'enfant de Tala était aussi le sien.

— Vous avez très bien entendu ! trancha le jeune homme. Je retourne à Roberval et je prierai cette nuit pour que ma petite sœur soit sauvée. Ma sœur, qui est aussi celle d'Hermine et de Louis, votre rejeton. Ma mère m'attend. Et pas un mot à Hermine ni à Laura, c'est la volonté de Tala. Je la respecte.

— Je viens avec vous ! Refusez si vous voulez, je partirai quand même.

La haute silhouette de Jocelyn Chardin frémit et se courba. Il portait un luxueux manteau en drap de laine gris par-dessus son costume. Il enleva ses gants et son foulard et marcha vers le guichet. Toshan haussa les épaules. Il ne pouvait interdire l'accès du train à personne. Au fond de lui, il savait aussi que cela réconforterait Tala. Si Kiona s'éteignait, semblable à une trop petite étoile incapable de briller plus longtemps, au moins son père serait à son chevet.

Ni Toshan ni Jocelyn n'avaient pris garde à une femme qui dissimulait son visage derrière un pan de foulard et ses cheveux, sous un capuchon bordé de fourrure. Elle reculait à pas lents, vacillants, comme prise de vertiges. C'était Badette, envoyée sur les lieux par Hermine et Laura à la suite d'un étrange concours de circonstances. Ce qu'elle venait d'apprendre avait suscité en elle un immense émoi.

*

Hermine n'avait pas réussi à s'échapper du Capitole. Prête à courir dans les rues dans l'espoir de rejoindre Toshan, elle avait dû renoncer, confrontée à une invasion d'admirateurs. Le directeur en personne était venu lui dire qu'il offrait le champagne à toute la troupe au bar du théâtre.

— Ma petite amie, si votre mari est là, votre père va le trouver, disait Badette, émue par la détresse de la jeune femme.

— Mais oui, renchérissait Laura. Monsieur Duplessis cherche lui aussi. Fais-toi belle et ne te tracasse pas.

Prise dans une joyeuse cohue, la jeune femme avait dû renoncer à cajoler son fils, dont s'étaient chargées Mireille et Charlotte. Épuisé par le long voyage, Mukki dormait dans la loge sur l'étroit divan où sa mère se reposait parfois.

Cependant, l'impresario avait joué les messagers de mauvais augure. Il était vite revenu, l'air mystérieux.

— Hermine, je peux vous annoncer que votre mari a pris un taxi et que votre père est monté également à l'intérieur de la voiture. Je présume que ces messieurs vont jaser un peu et qu'ils seront là pour trinquer à votre exceptionnel talent.

La faconde et le langage soigné du personnage avaient exaspéré Hermine, tout à coup très pâle. Pendant que sa mère bavardait avec Duplessis, elle avait supplié Badette de prendre elle aussi un taxi.

— Je suis sûre que mon mari est allé à la gare, qu'il repart ! avait-elle chuchoté, la mine alarmée. Je vous en prie, faites le trajet à ma place, puisque je ne peux pas. Toshan et mon père sont brouillés, j'ignore bien pourquoi, mais j'ai peur que cela se termine mal. Tentez de les raisonner.

Badette avait accepté immédiatement.

— Je suis votre amie, n'est-ce pas, je ferai l'impossible pour vous aider, avait-elle répondu.

Hermine l'avait remerciée tout bas, les larmes aux yeux. Mais une heure s'était écoulée et la chroniqueuse ne revenait pas. À présent, on fêtait le triomphe remporté par la représentation.

Laura se croyait au paradis. Son petit-fils serait là pour fêter Noël. On la félicitait chaleureusement dès qu'on apprenait qu'elle était la mère du « Rossignol de Val-Jalbert » un surnom romantique dont la presse s'était emparée avec délectation. Mais la jeune diva, comme le claironnait Duplessis en levant son verre, ne cessait d'observer l'entrée du théâtre. Elle prenait à peine garde aux compliments qu'on lui adressait sur sa beauté et son talent.

Plusieurs clichés photographiques pris pendant la sympathique réception immortaliseraient Hermine en longue robe de mousseline bleue, ses longs cheveux couleur de soleil défaits sur ses épaules, son cou gracile orné d'un collier de perles. Elle souriait, mais son regard reflétait une folle impatience, une pénible nervosité. Enfin, Badette réapparut, son capuchon blanc de neige. Lizzie se précipita pour l'aider à se défaire de sa veste fourrée.

— Alors ? dit-elle à son oreille. Avez-vous déniché ce bel Indien ? Et monsieur Chardin ? Son épouse s'inquiète un peu, il tarde beaucoup.

— Je sais où ils sont, confessa Badette, mais je préfère en parler à Hermine d'abord.

— Faites à votre idée, je vous apporte du champagne.

La chroniqueuse, de nature sensible et rêveuse, se sentait dépassée. Elle avait été témoin contre son gré d'une scène bouleversante et les révélations que Toshan avait faites à son beau-père la sidéraient. Aussi imaginative qu'Hermine, elle ressassait chaque mot qui donnait vie par leur gravité à des images colorées d'amour ou entachées de tragédie.

« Mon Dieu, j'aurais voulu ne rien savoir ! songeait-elle. Que dois-je décider maintenant ? Je ne peux pas asséner la vérité à Hermine ni à Laura. Pourtant ce sont mes amies et je ne pourrai jamais les berner. »

Bien qu'accoutumée à la solitude, Badette était profondément heureuse de passer son temps libre en leur compagnie. Elle admirait Hermine, pour laquelle elle avait une grande affection, et elle appréciait le caractère fort de Laura, ses caprices et sa générosité.

« Si j'avais pu rester à l'écart de tout ça ! » déplora-t-elle en son for intérieur.

Hermine venait droit vers elle, son joli visage tendu par l'angoisse.

— Alors, Badette ? Les avez-vous trouvés à la gare ? questionna la jeune femme.

— Hélas oui ! soupira-t-elle. Ils discutaient, mais un train qui retourne vers chez vous était à quai. Votre mari, Toshan, comptait le prendre. Je n'ai pas osé lui parler ni le retenir, car il était en grande conversation avec votre père.

— Et ils semblaient en bons termes ? insista Hermine. Soyez franche, je suis si triste ! Je le savais, que Toshan me fuirait encore. Mais au fond, cela me pousse à espérer, puisqu'il m'a ramené notre fils !

— Quel bel homme ! ajouta Badette avec un sourire. Il faut vous accrocher à lui, Hermine. C'est un seigneur des forêts, un être particulier.

— Voilà que vous avez un nouveau héros pour vos écrits, Badette, avança tristement Hermine. Oh ! Vous auriez dû intervenir, le prier de venir me rendre visite. J'ai peut-être le temps de prendre un taxi, moi aussi. Par pitié, aidez-moi ! Je ferai tous les wagons, je le trouverai !

— Ma pauvre petite amie, vous n'avez plus qu'une vingtaine de minutes et il neige fort. Les voitures roulent au ralenti.

— Et mon père ? Que fait-il ? Il aurait pu rentrer ici avec vous, s'inquiéta la jeune femme.

— Ces messieurs ne m'ont même pas vue, indiqua Badette. Hermine, si vous voulez, allons-y. Il n'est peut-être pas trop tard.

Badette en doutait, mais elle aurait ainsi la possibilité de s'entretenir en tête-à-tête avec sa jeune amie. Accaparée par Octave Duplessis qui lui promettait monts et merveilles quant à la carrière de sa fille, Laura ne les vit pas s'éloigner discrètement. Hermine mit seulement son manteau de fourrure, un foulard en laine et des gants. Badette reprit sa veste. Elles furent vite à l'extérieur, à l'arrière d'un taxi. La ville se couvrait d'une neige immaculée dont les précipitations continues dureraient peut-être plusieurs jours.

— Gare du Palais ! dit Badette au chauffeur d'un ton feutré.

Hermine priait de toute son âme pour arriver à temps. Badette lui saisit la main pour la rassurer.

— Je crains que le train ne soit déjà parti, Hermine ! avoua-t-elle. Nous allons si lentement.

— Mais mon père a peut-être réussi à retenir Toshan, et nous nous sommes peut-être croisés. S'ils sont au théâtre, tant pis, ce n'est pas grave, nous reviendrons vite. Je voudrais tellement le voir !

Badette approuva d'un air gêné. Hermine s'aperçut enfin de l'air soucieux de son amie dont les prunelles vert et or exprimaient une détresse incompréhensible.

— Badette, vous savez quelque chose de précis ? interrogea-t-elle.

— Hermine, c'est tellement embarrassant ! En fait, j'ai cru remarquer que monsieur Chardin achetait un billet de train, lui aussi. Ensuite je me suis hâtée de revenir au Capitole. Mais je n'osais pas vous l'avouer.

La jeune femme protesta d'une petite voix.

— Papa n'a aucune raison de nous quitter, lui ! Vous avez dû vous tromper. Où irait-il, d'ailleurs ?

Très sensible, Badette fondit en larmes. Elle ne pouvait pas se résigner à révéler ce qu'elle avait entendu. L'automobile étant arrêtée devant la gare, Hermine demanda au chauffeur de patienter.

— Oui, madame, claironna-t-il. C'est pas tous les soirs que j'ai une artiste dans mon taxi. J'ai vu votre photographie dans *La Presse.* Je suis à votre service.

— Merci, monsieur, dit-elle en s'éloignant.

Badette se tordit les mains, le cœur en détresse.

— Puis-je solliciter un conseil, monsieur ? demanda-t-elle au chauffeur. La vérité est-elle toujours bonne à dire ?

— Ma foi oui, car le mensonge n'amène le plus souvent que du malheur, madame.

Badette pensait la même chose. Malade d'appréhension, elle guetta le retour d'Hermine. Cela ne tarda pas. La jeune femme revint, courant presque, au risque de tomber dans la neige fraîche. Elle s'engouffra dans le taxi.

— Le train est déjà loin, il n'y a plus personne, gémit-elle, une fois assise près de son amie. Mon père a dû retourner au théâtre. Monsieur, au Capitole, je vous prie.

— Chère petite Hermine, je ne peux pas me taire plus longtemps, confessa Badette. Je suis navrée de vous chagriner, mais j'ai surpris une discussion entre votre mari et monsieur Chardin. Nous avons déjà parlé toutes les deux de vos soucis. Je sais que Toshan désapprouvait votre désir de faire carrière. Cependant ce n'est pas ça le problème, et vous n'êtes pas vraiment responsable.

C'était à peu près les mêmes mots qu'avait prononcés Madeleine, un mois auparavant.

— Qu'ont-ils dit ? implora la jeune femme. Ne me cachez rien, j'ai eu ma part de doutes et de chagrins.

Badette rapporta l'essentiel de la conversation. Quand elle se tut, Hermine secoua la tête, comme si elle refusait de croire une énormité pareille.

— Papa et Tala ? Non ! Kiona serait ma sœur ? Non, non !

— Il me manque des éléments, bien sûr, dit Badette d'une toute petite voix. Votre mari et votre père ont dû commencer à discuter bien avant que je les surprenne. Ce dont je suis sûre, c'est que monsieur

Chardin a acheté un billet. Il voulait se rendre au chevet de la petite fille, hospitalisée à Roberval.

— Mon Dieu, c'est une histoire effarante. Badette, je ne mets pas en doute votre parole, mais vous êtes certaine de tout ceci ? J'ai l'impression de faire un cauchemar, tout en étant éveillée !

Elles étaient de retour rue Saint-Jean. Le taxi se gara près du Capitole.

— Prenez votre temps, mesdames, dit-il d'un ton complice.

— Alors, allez boire un café bien chaud quelque part ! proposa Badette, nous vous l'offrons et, comme nous occupons votre voiture, vous serez payé pour le manque à gagner.

Il s'empressa de suivre ce conseil. Hermine fut soulagée, elle ne voyait pas où parler tranquillement avec son amie, si elles retournaient à l'intérieur du théâtre. Le ravissant visage de la toute petite Kiona la hantait.

« C'est étrange, j'étais attirée par cette enfant, j'avais envie de la câliner, de la prendre dans mes bras sans cesse, pensa-t-elle. Ma sœur ! Mais si je comprends bien, la sœur de Louis et de Toshan aussi. »

Hermine éprouva alors la sensation déplaisante d'être affiliée par cette parenté à son mari. Cela l'aida à comprendre ce qu'il avait ressenti et pourquoi il était devenu si hargneux, si cruel.

— Mon Dieu ! s'exclama-t-elle. Tout s'explique !

Compatissante, Badette lui caressa la joue.

— Pleurez, ma chère enfant, si cela vous soulage, lui conseilla-t-elle.

— Je n'ai pas envie de pleurer, répliqua la jeune femme. Je suis surtout abasourdie, assommée ! Maintenant, tout ce que j'ai vécu depuis le jour de l'An me paraît très clair. Quand ma belle-mère est venue à Val-Jalbert, accompagnée de Madeleine, elle était enceinte. Et moi, je lui ai annoncé toute joyeuse la prochaine maternité de maman. Ce n'est pas étonnant qu'elle soit repartie immédiatement. Elle a dû supplier Toshan de l'emmener. Si mon mari a découvert la vérité, il lui était difficile de revenir à la maison. Et je me souviens, mon père faisait une drôle de mine. Il était gêné et taciturne. Je ne lui pardonnerai jamais ça, jamais !

Hermine serrait ses poings menus, comme prête à corriger Jocelyn. La colère sublimait sa beauté blonde et Badette songea qu'elle devrait faire du cinéma. Cette pensée incongrue, vu la situation, la fit néanmoins sourire.

— Allons, calmez-vous, ma petite amie si courageuse, dit-elle très vite. Si nous réfléchissons ensemble, votre père a dû avoir une liaison avec Tala avant ce fameux jour de juin où il s'est présenté à Val-Jalbert. Je connais par cœur les événements qui ont bouleversé votre famille depuis plusieurs mois. Laura m'a raconté bien des choses, pendant que vous étiez à vos leçons de chant. Rappelez-vous, votre mère et Hans Zahle étaient sur le point de se marier. Monsieur Chardin s'estimait célibataire quand il a cédé aux charmes de Tala. Est-elle jolie, cette personne ?

— Jolie, je n'en sais rien, gémit Hermine. Je dirais plutôt qu'elle est belle, séduisante. Mon Dieu, Badette, l'été dernier, quand j'étais enceinte des jumelles, ma belle-mère n'était plus que l'ombre d'elle-même. Je m'interrogeais sur les causes de sa tristesse. Elle souffrait d'avoir perdu l'homme qu'elle aimait. Et c'était mon père !

La jeune femme se prit la tête entre les mains. Elle revit Laura juste après son accouchement, Louis blotti contre son sein.

— Badette, c'est affreux ! Si maman apprend la vérité, elle va souffrir le martyre. Elle est tellement heureuse avec papa ! On dirait un couple d'amoureux. On ne peut pas détruire son bonheur tout neuf, ça non ! Et qu'avez-vous dit encore ? Kiona serait très malade, à l'hôpital de Roberval ? Mon Dieu, il ne faut pas qu'elle meure. Je veux y aller moi aussi.

— Je crains que cela soit impossible, Hermine, coupa Badette. *Faust* est programmé une seconde fois, dans quinze jours, ensuite il serait joué à Montréal, comme il était prévu si la représentation de ce soir avait du succès. Et elle a remporté un triomphe ; la salle s'est levée pour vous.

— La vie d'une fillette de quelques mois, qui est ma sœur en plus, me semble plus précieuse que tout ceci, répondit tout bas Hermine. En quinze jours, j'ai largement le temps d'aller à Roberval. De toute façon, ma chère Badette, vous serez la première à l'apprendre, mais je renonce à ce métier. Il n'est pas fait pour moi, je sens qu'il me transforme petit à petit en quelqu'un qui me déplaît. Sœur Victorienne avait raison, cette religieuse du sanatorium… Elle jugeait qu'une mère a le devoir de se consacrer à ses enfants et à son foyer. Je n'ai jamais pu accepter totalement cette idée parce que je rêvais de chanter sur une scène, d'interpréter les grands rôles du répertoire lyrique. Mon rêve s'est concrétisé, mais le prix à payer est trop élevé. Laurence et Marie sont encore des bébés, même si elles viennent d'avoir un an, et Mukki a besoin de moi.

Badette approuva d'un air grave. Elle tapota la main de son amie.

— Ne prenez pas de décisions à la légère, Hermine, sous le coup de l'émotion, recommanda-t-elle. Je trouverais regrettable que vous abandonniez votre art et la perspective d'un avenir brillant.

Le chauffeur de taxi frappa à la vitre arrière. Il neigeait tant que son chapeau était déjà blanchi, ainsi que sa veste. Elles durent se résigner à descendre de la voiture. Après avoir réglé son dû à l'homme, très aimable, Hermine marcha d'un pas lent vers le Capitole. Sa disparition avait sans doute inquiété Laura.

— Que puis-je dire à maman ? demanda-t-elle à Badette. Si je lui apprends que mon père ne reviendra pas ce soir, elle va deviner qu'il se passe quelque chose de grave. Je suis incapable de révéler ce que je sais. Et moi qui aimais mon père enfin retrouvé, je le déteste, à présent. Mon Dieu, Toshan a enduré cette épreuve, tout seul, sans mon soutien. Sûrement, Tala lui avait fait promettre le secret absolu. Je n'arrive même pas y croire vraiment, cela ressemble à une fable de très mauvais goût.

— Nous ne pouvons rien dire à votre mère tant que nous n'en savons pas davantage, Hermine. Vous n'êtes pas obligée de faire le voyage. Le téléphone existe, désormais. Appelez l'hôpital, vous aurez des nouvelles de la petite fille et on pourra vous passer votre père et même votre mari. Ils ne seront pas à bon port avant demain matin et encore, avec toute cette neige, le trajet prendra bien quatorze ou quinze heures.

— Merci, ma chère Badette, sans vous, je céderais à la panique ! Bizarrement je suis soulagée, aussi. Le comportement de Toshan était incompréhensible. J'ai hâte de le revoir, de m'expliquer avec lui. Peut-être qu'il m'a pardonné ?

— J'en suis certaine. Venez, vous grelottez.

Elles entrèrent par la porte des artistes. Un grand calme régnait dans le théâtre. La chroniqueuse lui promit qu'elle trouverait un moyen d'expliquer à Laura le départ de Jocelyn et qu'elle montait au bar à cet effet. Hermine passa par sa loge où elle trouva Charlotte, endormie près de Mukki sur le divan.

« Mon Dieu, ramenez la paix dans notre famille ! pria-t-elle en silence. Même si cela paraît fou, voué à l'échec ! Moi, je suis prête à tous les sacrifices pour regagner le cœur de mon époux bien-aimé. »

Hermine avait fermé les yeux, les mains jointes à hauteur de la poitrine. Des images se bousculaient dans son esprit, des mots, des regards, des visages. Il y avait le masque désespéré de Tala, assise près de la cheminée en galets, puis le minois joyeux de Kiona, sa bouche rose pareille à un fruit. Elle revit son père sur le seuil de leur maison, à Val-Jalbert, le jour où il avait refait surface, lui qu'on croyait mort et enterré. Toshan s'imposa ensuite, les traits durcis, muré dans sa honte et sa rage. Mais elle se souvint aussi de ses baisers, de son corps musclé et fin, couleur de bronze, du plaisir qu'ils partageaient.

« Et j'ai laissé ce bellâtre de Duplessis m'embrasser ! pensa-t-elle, effarée. Toshan ne le saura jamais. Et ça n'a pas d'importance. »

En état de panique, Laura entra, suivie de Badette.

— Hermine ! Je viens d'apprendre que ton père est parti en train ! Soi-disant pour ramener ton mari à la raison et le convaincre de passer Noël avec nous, ici, à Québec. Quand même, Jocelyn exagère ! Qu'est-ce qui lui a pris ? Moi qui étais si contente pendant la réception !

— Chut, maman, les enfants dorment ! conseilla Hermine.

— Charlotte n'est plus une enfant, coupa Laura, furieuse. Et moi qui ai envoyé Mireille à l'appartement, préparer un souper fin ! Pourquoi les choses vont-elles toujours de travers, chez nous ?

Hermine et Badette échangèrent un regard navré. Elles se demandaient toutes les deux comment épargner Laura.

— Nous n'avons plus qu'à rentrer ! dit-elle. Tant pis pour Jocelyn, nous souperons sans lui. Venez, Badette, vous dormirez à l'appartement ; il paraît qu'il y aura une terrible bordée de neige demain matin. Après tout, mon mari a cru bien faire, sans doute.

Il fallut réveiller Mukki et Charlotte. Prévenu, Duplessis se mit en quatre pour les aider.

— Je vais vous escorter, mesdames ! déclara-t-il. Je porterai ce petit garçon qui est bien fatigué. Il vaut mieux marcher, vu que vous n'habitez pas loin.

Manifestement, l'impresario espérait une invitation. Hermine l'en dissuada alors qu'ils avançaient péniblement dans une épaisse couche de neige vers la rue Sainte-Anne, toute proche.

— Octave, nous souhaitons être en famille, ce soir, s'excusa-t-elle. Ne vous vexez pas, mais nous avons des soucis et, pour ma part, je serai vite couchée.

— Oh ! Ne me parlez pas de votre grand lit où je trouverais aisément ma place ! plaisanta-t-il.

— Taisez-vous, je ne veux plus rien entendre de ce genre ! trancha-t-elle.

— Mais sans moi, vous ne seriez rien, dit-il très bas. Je vous ai dénichée à Val-Jalbert, où vous chantiez pour des maisons vides, un village fantôme. Je peux vous mener au sommet, chère Hermine.

— Vous insinuez que je vous suis redevable de tout ? chuchota-t-elle, car Laura et Badette les suivaient. Dans ce cas, gardez l'argent que j'ai gagné, gardez tout. J'ai vécu dans le dénuement, au couvent-école, je suis capable de passer les mois d'hiver dans une cabane et d'en être contente. Je me suis trompée de chemin, monsieur l'impresario. Je ferai bientôt demi-tour !

— Vous ne dites que des âneries, répliqua-t-il, alarmé.

Ils étaient arrivés. Hermine salua Duplessis et lui reprit Mukki endormi. Elle n'avait plus qu'une envie, se retrouver dans leur confortable logement pour allumer la guirlande électrique multicolore qui décorait le sapin de Noël.

— Au revoir, mais attention, pas de bêtises ! ronchonna-t-il. Votre vie privée ne doit en aucune façon invalider les termes du contrat que vous avez signé.

— Gardez vos mots savants ! lui lança-t-elle. Bonne nuit !

Charlotte peinait à rester éveillée. Hermine l'installa dans son lit avec Mukki. Madeleine vint informer

Laura que le petit Louis et les jumelles dormaient comme des anges.

— Eh bien, venez souper avec nous, soupira celle-ci. Mon mari n'est pas là. Il y a un couvert de trop. Et ce sera le cas à Noël, à moins d'un miracle. Monsieur court après Toshan ; il ne le rattrapera jamais.

La nourrice consentit en remerciant poliment. Elle paraissait calme, mais son cœur cognait dans sa poitrine. Les paroles de Laura l'avaient alarmée. Quand elle put s'isoler quelques minutes avec Hermine, près du sapin scintillant, elle l'interrogera d'un regard anxieux.

— Ma chère Madeleine, tu avais raison au sujet de Kiona, dit doucement la jeune femme. C'est bien l'enfant de Tala. Mais tu as le droit de connaître toute la vérité. Son père, c'est le mien, Jocelyn. Pas un mot à Laura, promets-le-moi !

Des larmes coulaient sur les joues brunes de Madeleine. Elle fit oui d'un signe de tête.

— Que complotez-vous, toutes les deux ? leur cria Laura. Je suis assez déçue et contrariée, ce soir, revenez à table. Parlons de *Faust*. C'était un spectacle merveilleux. Le démon, Méphistophélès, était effrayant, mais sa voix m'a envoûtée, un baryton, n'est-ce pas ?

— Non, une basse, maman, rectifia Hermine. Le baryton, c'était Valentin, le frère de Marguerite.

— Et la scène où tu chantes en filant de la laine, assise devant ton rouet, c'était si touchant ! insista Laura. Mais tu embrasses le chanteur qui joue Faust ; c'était un peu gênant.

— Pas plus que dans un film, protesta Badette. Moi, qui suis une passionnée d'art lyrique, j'ai jugé le spectacle exceptionnel.

La conversation se poursuivit sur les grands classiques de l'opéra français et italien, *La Bohème* de Puccini, *Carmen* de Bizet, et la *Traviata* de Verdi.

Hermine avait du mal à feindre la bonne humeur. Elle ne pensait qu'à Kiona.

« Demain, j'aurai de ses nouvelles, demain j'irai peut-être la rejoindre, ma petite sœur ! Mon Dieu, sauvez-la, car si elle meurt, je ne pardonnerai jamais à mon père. Jamais… »

*

Hermine dormit très mal, obsédée par les révélations faites par Badette. La nuit lui parut à la fois très longue et très courte. Elle ressassait l'ahurissante nouvelle sans pouvoir y croire vraiment. Toshan et elle avaient la même petite sœur qui était aussi celle de Louis.

Quelques mois auparavant, elle aurait jugé durement la conduite de Tala et celle de son père. Mais les semaines écoulées dans le milieu particulier du théâtre lui avaient beaucoup appris. Il y régnait des intrigues, une familiarité sympathique et de l'indulgence pour les amours illégitimes. Elle-même n'avait pas été indifférente au charme « français » de Duplessis. Il était inutile de tricher, quand l'impresario l'avait embrassée, son corps avait répondu, vibrant de désir.

« Tala était seule depuis longtemps. Si mon père lui a rendu visite, je ne sais pas pourquoi d'ailleurs, elle est tombée en amour avec lui… ou bien elle a éprouvé le besoin d'un homme, comme moi, hier soir, dans les bras d'Octave. La chair est faible, on le dit souvent. »

Mais elle avait beau se raisonner, cette histoire la hérissait. Jocelyn leur avait menti, à sa mère et à elle, sans aucun scrupule ; du moins elle voyait les choses sous cet angle.

« Nous avons souffert, Toshan et moi, à cause de tous ces secrets. Et maman va avoir une peine terrible, elle qui était si fière de former à nouveau un couple avec papa », songea-t-elle au lever du jour.

Madeleine se glissa dans sa chambre sur la pointe des pieds. La nourrice semblait bouleversée.

— Hermine, j'ai prié toute la nuit, je t'entendais tourner dans ton lit. Je suis tellement désolée pour vous tous !

— Tu n'y es pour rien, expliqua la jeune femme. C'est la vie ! Tala et ma mère auraient pu ne pas concevoir un enfant. Ou bien ne pas aimer le même homme. Si seulement j'avais su ce qui se passait, j'aurais pu aider Toshan, l'obliger à se confier à moi. Il y a eu trop de secrets et de silences dans ma famille. J'ai envie de tout avouer à ma mère. Elle l'apprendra un jour ou l'autre. À quoi bon retarder l'échéance ?

Sur ces mots, Hermine se leva. Au passage elle caressa les cheveux noirs de la nourrice, si semblables à ceux de Toshan.

— Ne sois pas triste. Moi, je pense surtout à Kiona. Il est sept heures ; je vais téléphoner à l'hôpital, ensuite j'aviserai. Je n'ai qu'une envie, prendre le premier train. J'en tremble, Madeleine. Kiona ne peut pas mourir ! Je ne l'ai vue que trois jours à peine, mais je me sens liée à elle. J'ai changé depuis l'été dernier. Mukki m'a tellement manqué que j'ai pris conscience d'une chose, les enfants sont sacrés. Leur précieuse existence, leur bonheur, c'est à nous de les protéger. Ils viennent au monde innocents, ils n'ont pas à payer les erreurs des adultes. J'aurais dû le comprendre bien avant. Moi-même, quand j'avais trois ans, un ange descendu sur terre m'a prodigué tendresse et amour, cette religieuse si jolie, sœur Sainte-Madeleine.

— Tes paroles sont pleines de sagesse, Hermine, répliqua la jeune Indienne. J'ai prié pour Kiona, j'espère que Dieu la sauvera. Et, depuis le ciel, ton ange gardien veille aussi sur elle, sur nous tous.

Hermine retint un soupir. Elle pensait que les puissances divines avaient fort à faire avec l'humanité acharnée à se comporter en dépit du bon sens. Cinq minutes plus tard, elle essayait d'obtenir une liaison téléphonique avec l'Hôtel-Dieu Saint-Michel de Roberval. Mais cela s'avéra impossible, les lignes étant endommagées par de grosses chutes de neige. On lui conseilla de rappeler vers midi.

En robe de chambre mauve et des bigoudis sur la tête, Laura vint l'embrasser.

— Qui veux-tu réveiller par un coup de fil, à cette heure matinale, ma chérie ? s'enquit-elle. Nos maris respectifs n'ont pas réapparu et tu ne sais pas où ils se trouvent, je suppose ?

La question résonnait étrangement, comme si Laura savait la vérité.

— Hier soir, au retour du théâtre, je n'ai pas voulu gâcher ta joie, maman, commença Hermine. Mais j'ai obtenu un renseignement, grâce à Badette que j'avais envoyée à la gare. Toshan nous a rendu Mukki parce que Tala ne pouvait pas le garder. La petite fille dont je t'ai parlé, Kiona, est très malade. Elle a été hospitalisée à Roberval. J'essayais d'avoir de ses nouvelles, voilà.

— Ah ! fit Laura. Je comprends dans ce cas que Toshan soit reparti aussitôt, mais Jocelyn ? Il n'est pas concerné…

— Non, maman ! Mais il a pu estimer nécessaire d'accompagner mon mari, par solidarité.

Mireille écoutait depuis la cuisine, les sourcils froncés. Elle flairait des ennuis à venir. Charlotte, debout elle aussi, but son lait chaud en tendant l'oreille.

— Une chose m'échappe, ajouta Laura. La petite Kiona est une enfant recueillie, n'est-ce pas ? Je conçois l'attachement que lui porte Tala, mais de là à soulever l'émotion générale, cela me paraît abusif. Toshan, notamment, n'a pas de lien particulier avec cette fillette.

Madeleine entra dans la salle à manger, le petit Louis dans les bras. La nourrice crut bon avouer, et en cela elle ne mentait pas :

— Kiona est de notre famille, madame. C'est une cousine.

— Vous êtes tous cousins, ma foi ! soupira Laura. Je m'y perds, dans votre généalogie.

Hermine perçut la contrariété de sa mère, et peut-être une angoisse informulée. Elle eut l'impression de marcher sur une corde raide.

— Maman, là encore tu ne vas pas comprendre, mais j'ai l'intention de me rendre à l'hôpital de Roberval. La seconde représentation a lieu début janvier. Je dois épauler Tala, cette enfant compte beaucoup pour elle. En fait, c'est sa fille… Voilà, tu sais l'essentiel.

— Et Noël ? s'écria Laura sans paraître relever les derniers mots d'Hermine. Jocelyn part et tu t'en vas aussi ! Non et non, cela ne se passera pas comme ça. Si tout le monde se précipite dans le train, je ne reste pas à Québec. Nous passerons le temps des Fêtes à Val-Jalbert. Mireille, prépare ma valise, Madeleine, occupez-vous des bagages des enfants. Il ne faut pas trop se charger, nous avons des vêtements là-bas. Charlotte, tu vas courir au bureau de poste le plus proche expédier un télégramme aux Marois. Armand chauffera la maison et ira nous couper un sapin pour Noël. Nous voyagerons de nuit. Ainsi nous serons à la maison demain soir. Et j'invite Badette, elle rêvait de découvrir Val-Jalbert et le Lac-Saint-Jean. Ce sera l'occasion.

— Maman, c'est inconcevable, déclara Hermine qui voyait la situation se compliquer. Il neige beaucoup trop, la voie ferrée risque d'être difficilement praticable. Les petits pourraient prendre froid.

— Mon Dieu, ma chérie, nous n'allons pas élever ces trois enfants dans du coton, ironisa sa mère. Les colons de jadis débarquaient souvent avec leur progéniture et ils enduraient bien pire que nous. Je ne changerai pas d'avis. Ton père sera près de moi à Noël, et chez nous à Val-Jalbert !

La jeune femme renonça à s'opposer à Laura, d'une nature volontaire et de plus en plus autoritaire. Elle essaya de nouveau de joindre l'hôpital. Après un long temps d'attente, une sœur de l'Hôtel-Dieu lui répondit.

Du coup, le silence se fit autour d'Hermine qui posa des questions à voix basse, murmura des « oui » et des « merci ». Enfin elle raccrocha le combiné en bakélite.

— Alors ? demanda Madeleine.

— Oui, alors ? renchérit Laura. Comment va Kiona ?

— Elle souffre d'une bronchopneumonie ! répondit Hermine. Son état est très grave. Fais ce que tu veux, maman, mais moi je pars tout de suite.

Mireille se signa, de même que Madeleine. Charlotte gardait les yeux baissés. Contre tout espoir, elle serait à Val-Jalbert le lendemain et elle reverrait peut-être Simon Marois. Cela l'égaya, mais elle sut le cacher.

Hermine s'habilla rapidement. Comme Mukki lui tendait les bras en riant, lové au creux du grand lit, elle se pencha et le couvrit à nouveau de baisers.

— Mon petit chéri, maman s'en va, mais nous nous reverrons très vite. Charlotte veillera sur toi.

Elle pensa que l'enfant avait déjà voyagé la veille pendant des heures. Mais il était robuste, facile à distraire.

— Je n'ai pas le choix, mon fils, soupira-t-elle.

Il lui paraissait urgent de revoir Kiona, de lui insuffler de sa vigueur, de son amour. Rien ne l'aurait empêchée de voler vers sa petite sœur, comme si leur destin à tous en dépendait.

22

Kiona

Roberval, dimanche 23 décembre 1934

Hermine observait la façade en briques rouges de l'Hôtel-Dieu Saint-Michel, aux toits surchargés de neige fraîche. Le froid était intense. La jeune femme venait de jeter un regard interrogateur vers l'immense étendue du lac, prisonnier des glaces. Elle se demandait comment Toshan avait conduit Tala et le bébé malade jusqu'à Roberval, puisqu'il ne possédait plus de traîneau.

« Il a dû en emprunter un ! » songea-t-elle, sans se décider à entrer malgré son inquiétude.

Elle était arrivée la veille, mais il était plus de minuit et elle avait pris une chambre dans un hôtel assez modeste.

« Ce soir, maman et toute la petite troupe seront à Val-Jalbert. Heureusement que je suis partie bien avant, cela me donne un peu de temps. »

Une religieuse qui sortait de l'établissement la salua d'un signe de tête. Hermine ne pouvait plus tergiverser. Elle devait intriguer ceux qui pouvaient la voir de l'intérieur. Hermine dégageait une sorte de distinction de femme de la ville, vêtue d'un manteau de fourrure, coiffée d'une toque assortie et chaussée de bottines luxueuses, mais elle n'en avait pas conscience.

Dans le hall, une infirmière l'accueillit. Elle portait un voile comme les sœurs mais aucun insigne religieux.

— Bonjour, madame ; je viens rendre visite à une femme, Tala, dont la petite fille est atteinte d'une bronchopneumonie. Je vous ai téléphoné hier matin.

— Vous devez parler de madame Rolande Delbeau et de la petite Kiona ? avança la jeune fille.

— Oui, c'est ça ! Cette dame est ma belle-mère ! Comment va l'enfant ? Elle n'est pas…

Prononcer le mot « morte » lui était impossible. L'infirmière eut un sourire plein de compassion qui affola Hermine.

— Kiona a passé une très mauvaise nuit. Nous avons cru la perdre. Le curé l'a baptisée avant l'aube… mais il y a eu tant de prières pour elle que ce matin elle est encore avec nous. Venez, je vous accompagne. Un monsieur n'a pas quitté son chevet. Il s'est présenté comme son père.

Le cœur d'Hermine battait à tout rompre. Jocelyn Chardin était là. En dépit de la colère qu'elle éprouvait à son égard, la jeune femme fut émue.

« Papa n'a pas voulu commettre la même faute deux fois de suite. Il m'avait abandonnée, mais il a tenu à connaître sa seconde fille, à lui dire peut-être au moins adieu », songea-t-elle en silence.

Perdue dans ses réflexions, elle prêta à peine attention aux bruits de l'hôpital, ainsi qu'à l'odeur de camphre et de désinfectant qui flottait dans l'air. Des religieuses allaient et venaient. D'une salle s'élevait une plainte lancinante. L'infirmière la fit entrer dans une vaste pièce pourvue de quatre lits. Un seul était occupé. Au creux de l'oreiller immaculé, la petite tête de Kiona ressemblait à une fleur dorée. Elle avait les yeux ouverts et ses menottes étaient posées sur le drap. Tala était assise à son chevet, sur un tabouret. L'Indienne lança un regard affectueux à Hermine avant de se retourner vers son enfant.

— Elle semble aller mieux ! souffla Jocelyn, installé de l'autre côté du lit.

Hermine fit celle qui n'avait rien vu ni entendu. Penchée sur la fillette, elle pleurait à chaudes larmes.

— Petite chérie, reste avec nous ! implora-t-elle. Le monde est si beau ! Je veux que tu respires le parfum des roses, de la menthe, que tu joues pieds nus dans l'eau de la Péribonka. Tu auras toute la forêt pour te promener et je t'apprendrai à chanter si tu le désires. Je serai souvent près de toi. Kiona, ma petite sœur adorée, je t'aime si fort que tu ne peux pas t'en aller.

Tala sanglota sans bruit. L'infirmière recula, bouleversée. Il y avait tant d'amour sincère et de douceur dans la voix de la jeune femme que sa supplique en était encore plus poignante. Jocelyn renifla, partagé entre la stupeur et le chagrin. Il se demandait comment Hermine avait appris la vérité et, de ce fait, il croyait aussi que Laura était au courant. Son épouse devait le maudire, le haïr.

— Le pire, ce sont les quintes de toux, expliqua tout bas Tala. J'ai eu si peur cette nuit, elle était brûlante de fièvre et l'air lui manquait. Mais le médecin l'a bien soignée. Si Toshan n'avait pas pris la décision de nous conduire ici, ma petite Kiona serait morte, aujourd'hui.

Hermine se mit à genoux près de sa belle-mère et l'enlaça tendrement. Elle dit à son oreille, sur le ton de la confidence :

— Vous aviez déjà tant souffert, Dieu ne pouvait pas vous imposer la plus cruelle des épreuves. Et pourquoi vous reprendrait-il le merveilleux cadeau qu'il vous a fait en la personne de Kiona ? Une bien petite personne, mais tellement importante, si précieuse. J'ai prié pour elle durant tout le voyage.

— Merci d'être là ! répondit Tala, visiblement exténuée.

Depuis trois jours, elle ne faisait que sommeiller de courts instants.

— Mon Dieu, non ! s'écria soudain Jocelyn.

Hermine se releva, ainsi que Tala. Kiona avait eu un soubresaut et gardait les paupières closes, la bouche entrouverte. L'infirmière se précipita.

— Rassurez-vous ! annonça-t-elle. Cette petite mignonne vient de s'endormir. J'ai pris son pouls et il est bon ; la fièvre est modérée. Elle a besoin de récupérer, elle a toussé fort cette nuit.

Jocelyn se mit à pleurer. Il venait d'avoir une telle frayeur que ses nerfs lâchaient. Ce bébé dont il ignorait l'existence deux jours auparavant comptait maintenant énormément pour lui.

— Vous devriez sortir un peu, monsieur, préconisa l'infirmière. Marcher au grand air vous fera du bien. On vous servira un café, si vous le désirez. Je vous accompagne au rez-de-chaussée.

— Oui, oui… bégaya-t-il.

Tala lui jeta un coup d'œil apitoyé, mais elle parut soulagée d'être seule avec Hermine.

— Crois-tu vraiment que Kiona va se rétablir ? demanda-t-elle à la jeune femme d'un air anxieux. Au début de sa maladie, je lui ai donné des tisanes et du miel d'épinette. La toux ne faisait qu'empirer. Toshan a craint la contagion, pour Mukki. Il avait fabriqué un traîneau, plus maniable que celui de ton père. Nous sommes vite partis pour sauver notre petite Kiona. Je la tenais contre moi, bien à l'abri dans une peau d'ours noir. Les chiens semblaient comprendre qu'il fallait se hâter, les braves bêtes ! Duke et Kute.

— Le husky ? s'étonna Hermine.

— Oui, Toshan l'a repris ! Mon fils n'est pas aussi méchant qu'il le paraît. Il a su que le chien était maltraité et il est allé le chercher. C'est un bel animal maintenant !

La jeune femme puisa dans cette nouvelle un regain d'espoir. La haine qui rongeait son mari avait dû faiblir. Il n'avait pas de véritable raison de la repousser à nouveau.

Elles discutaient en sourdine, fixant toutes les deux la petite Kiona. Parfois, une quinte de toux secouait le bébé, mais elle ne se réveillait pas et un léger sourire semblait courir sur ses lèvres.

— Laura est-elle au courant ? interrogea Tala. J'avais supplié mon fils de se taire ; il n'a pas pu tenir sa promesse.

— Non, elle n'a pas été avertie. De toute évidence, Toshan n'a alerté que mon père. Mais je pense que quoi qu'il se passe par la suite, il vaudrait mieux la prévenir, affirma Hermine. Il ne faut plus de secrets, plus de mensonges. En apparence, tout paraît lisse et sain, mais à l'intérieur les sentiments s'abîment, la joie se corrompt. Tala, aimez-vous encore mon père ?

— Non, je n'ai plus de sentiments pour lui. Je t'en fais le serment. Ne lui en veux pas, petite. Toshan aurait pu le tuer. J'ai réussi à l'apaiser par d'interminables discours. Il en sait long, mon fils, tu pourras lui poser toutes les questions qui doivent te tourmenter. Mais c'est moi qui l'ai voulu, cet homme-là, je ne sais pas pourquoi. Ton père est tellement séduisant, il m'a attirée comme un aimant. Et j'ai eu cette idée étrange de le soigner pour qu'il puisse reprendre sa place auprès de vous, complètement rétabli. J'ai péché par orgueil, dirait un curé. Je me suis crue assez forte pour ne pas m'attacher à lui. J'ai payé cher mon erreur, mais tu disais une très belle chose, tout à l'heure, j'ai reçu Kiona en cadeau. Au moment où elle est née, je n'ai plus été qu'amour pour elle, et elle seule. Cette enfant m'a déjà donné tant de bonheur ! Kiona n'est que lumière, gaieté et douceur. Oui, son nom lui va bien. Il évoque le soleil de l'aurore sur les collines, quand il sème des rayons dorés à la cime des arbres. Ma colline dorée, ma Kiona. Un trésor que je ne veux pas perdre ! J'en mourrais…

Tala fondit en larmes, elle qui pleurait si rarement. Hermine lui prit la main avec tendresse.

— Je suis certaine qu'elle va guérir, ma chère Tala. Ici, à l'hôpital, ils disposent de remèdes contre la toux et la fièvre. Vous allez me juger égoïste, mais où est Toshan ? Je voudrais tant qu'il m'ait pardonné et puis, j'ai à lui parler.

— Il est parti hier soir, sûrement à cause de Jocelyn. Sa présence ici le dérangeait. Je crois aussi qu'il te fuit, Hermine. Il n'a pas bien agi envers toi et il le sait. Il a préféré regagner les bois et notre cabane.

La jeune femme fut très déçue. Cependant, un détail l'intrigua.

— Vous dites que Toshan me fuit... Il ne pouvait pas prévoir que je viendrais aussi vite à Roberval.

— Tu le connais mal, alors. Il prétend qu'une de tes amies se trouvait dans le hall de la gare, à Québec, et qu'elle a entendu ce qu'il racontait à Jocelyn. Oublierais-tu que les Indiens sont d'habiles pisteurs ? C'est valable dans le sens inverse. Mon fils n'a pas été dupe : cette femme l'épiait !

Hermine soupira, vaguement amusée à l'idée de la charmante Badette transformée en espionne.

— C'est moi qui l'avais envoyée, avoua-t-elle. Et ce soir, Laura et les enfants, Madeleine, la gouvernante, tout le monde sera à Val-Jalbert pour fêter Noël. Ma mère ne s'attend pas à ce qui va se passer. Mon père doit lui dire la vérité.

— Hermine, j'ai fait de mon mieux pour épargner ta famille. Je suis désolée. Laura comprendra peut-être ? Je suis prête à lui expliquer ce qu'il en est...

— Maman est une femme imprévisible, mais jalouse et fière ! Elle ne supportera jamais d'avoir été trahie. Si papa lui avait avoué ce qui s'est passé entre vous dès les premiers jours où il nous a retrouvées, cela aurait été différent. Et encore, je n'en sais rien.

Tala eut un geste d'impuissance avant d'ajouter :

— Admets que c'était une chose difficile à dire pour nous tous. Qui aurait compris ? Ni toi ni Toshan, encore moins Laura. Maintenant, tu devrais aller voir ton père. Il me fait de la peine. Nous n'avons pas échangé trois mots, mais, lui, il n'arrête pas de prier et de murmurer. Il est très affecté.

Jocelyn Chardin déambulait dans le jardin de l'hôpital, les mains derrière le dos, en suivant sagement une allée déblayée. Plongé dans de sombres pensées, il se disait qu'il avait perdu l'estime de sa grande fille et son affection. Elle ne lui avait pas adressé un seul regard, pas un mot. Si Hermine le rejetait d'emblée, Laura se montrerait plus impitoyable encore. Quant à Kiona, il venait à peine de faire sa connaissance et il allait sûrement la perdre. Si petite, elle ne résisterait pas longtemps à une maladie des poumons.

« Qui a prévenu Hermine ? » songeait-il, accablé de chagrin, de dégoût envers lui-même.

Il ne neigeait plus. Le ciel s'était enfin dégagé, mais un froid mordant resserrait son emprise sur le pays. Hermine observa un peu son père avant de le rejoindre. Il lui fit l'effet d'un homme terrassé par le mauvais sort, terriblement seul, aussi.

« Je le connais si peu, en vérité ! pensa-t-elle. Mais depuis qu'il vit avec maman et moi, je n'ai pas eu à me plaindre de lui. Toujours de bonne humeur, serviable, gentil avec les enfants. Et il se passionne pour l'opéra, il s'intéresse à tout ce qui concerne le spectacle. J'ai été privée si longtemps d'un père, je n'ai pas envie de le renier. Mais, hélas, maman le fera. Et Louis, mon petit frère Louis, je ne veux pas qu'il grandisse sans père, comme moi. »

Elle marcha vers Jocelyn, envahie par la crainte illogique de le voir disparaître tout à coup. Il était bien capable de reprendre son errance, de redevenir une ombre parmi les ombres.

— Papa ! appela-t-elle.

Il lui fit face, les traits crispés. Elle le trouva vieilli, les coins de sa bouche s'affaissaient. Il pleurait encore.

— Papa, ne t'enfuis pas toi aussi ! dit-elle en lui faisant signe.

Hermine fut enfin près de lui. Toute sa colère, toute sa rancœur fondirent devant le regard d'une tristesse infinie qu'il lui adressa.

— Hermine, ma petite fille, je crois qu'elle est morte, bredouilla-t-il. Kiona est morte ? Mon Dieu, je porte malheur ! Je suis maudit !

— Mais non, elle dort, tu n'as pas oublié ? L'infirmière nous a rassurés.

— Les infirmières ont le devoir de réconforter les parents et elles hésitent à nous livrer le vrai diagnostic. Kiona va mourir, je n'aurai rien pu faire pour elle, pour ma toute petite fille. Tout recommence, Hermine, il n'y a pas de bonheur possible pour moi. Je suis un lâche, j'aurais dû me supprimer, il y a cinq ans, quand j'ai su que j'étais phtisique. Vous me pensiez mort, cela n'aurait fait aucune différence. Laura serait mariée à Hans, et toi, toi, ma chérie, tu aurais ton mari à tes côtés. Toshan t'a quittée à cause de moi, de moi !

Il se frappa la poitrine à coups de poing, défiguré par une terreur sans nom. Hermine essaya de lui tenir les poignets.

— Arrête, papa ! Tu me fais peur ! Allons, calme-toi !

— Mais ta mère va me chasser, elle va me haïr, alors que je l'aime tant ! Je n'ai jamais cessé de l'aimer, de la chérir. Aucune femme ne peut la remplacer, aucune ! Et mon petit Louis, il ne gardera aucun souvenir de son père. Mon Dieu ! Mon Dieu !

Une religieuse approcha, encombrée d'un panier rempli de pommes de terre.

— Avez-vous besoin d'aide, mademoiselle ? s'inquiéta-t-elle. Ce monsieur vous cause des ennuis ?

— Non, ma sœur, je vous remercie, c'est mon père. Il a beaucoup de chagrin et je le raisonne.

Hermine s'empressa d'entraîner Jocelyn à l'extérieur du jardin en le tenant par le bras. Il tremblait, car un vent âpre balayait le lac gelé.

— Papa, écoute-moi, je vais expliquer à maman ce qui est arrivé. Nous ne sommes pas de taille face au destin. Kiona devait exister, j'en ai la certitude. Ce qui vous a poussés l'un vers l'autre, Tala et toi, c'était peut-être une force supérieure qui tenait à créer cette enfant de lumière !

— Des mots, ce ne sont que des mots ! Je n'aurais jamais dû retourner à la cabane des Delbeau. Je voulais savoir qui était enterré à ma place. Et j'ai vu Tala, seule ; le printemps approchait... Voilà ! J'étais comme ensorcelé.

— Et si tu n'étais pas allé là-bas, la tuberculose t'aurait tué, je ne t'aurais pas connu et Louis n'existerait pas non plus. Papa, je t'aime envers et contre tout. Je plaiderai ta cause, maman finira par comprendre. Regarde autour de nous, toute cette splendeur ! Le soleil illumine la neige, les glaçons des toits scintillent. Tu n'as pas encore vu Kiona en pleine santé, quand elle sourit. C'est encore plus magnifique que ce paysage féerique.

La jeune femme retenait ses larmes. Jocelyn réalisa

qu'elle ne lui faisait aucun reproche, qu'elle tentait seulement de le consoler. Cela dénotait une telle générosité chez sa fille qu'il eut honte de sa faiblesse.

— Je suis si fier de toi, Hermine, déclara-t-il. Tu es une personne merveilleuse. Je redoutais ton mépris, mais non, tu sembles m'avoir pardonné.

— Pourtant, avant-hier, à Québec, je te détestais, avoua-t-elle. J'avais enfin compris pourquoi Toshan était dans un tel état de rage, pourquoi il avait autant de haine, et c'était à cause de toi. Mais il refusait de me dire la vérité, Tala lui avait fait promettre le secret. J'aurais dû comprendre. Il avait donné Kute, le chiot husky, et il avait brûlé ton traîneau. Allons, papa, sois courageux. Rentre à Val-Jalbert attendre maman et explique-lui tout, vraiment tout.

Jocelyn roula des yeux effarés. Il fit non d'un signe de tête, de tout son corps agité de frissons. Hermine craignit pour sa santé.

— Mon pauvre papa, tu as une mine effroyable. Je parie que tu n'as rien mangé depuis hier. Tu ne t'es même pas changé.

— Eh oui, je suis en costume de soirée sous mon manteau, dit-il d'une voix morose. Comment as-tu présenté mon départ précipité à ma pauvre petite Laura ?

— Maman est loin d'être une faible créature et tu le sais très bien, papa, fit-elle remarquer en souriant tristement. Viens, rentrons au chaud. Tu vas boire quelque chose, les sœurs peuvent te servir du café ou du thé.

L'abattement de son père et sa docilité muette la tracassaient. Elle le confia à une infirmière avant de remonter à l'étage au chevet de sa petite sœur.

La maladie de l'enfant venait de déchirer un tissu de mensonges. Un tableau touchant l'attendait. Tala s'était assoupie sur le lit, Kiona blottie contre son sein. La fillette dormait aussi en agitant un peu ses lèvres pareilles à des pétales de rose.

La jeune femme s'assit sur une chaise et se mit à prier en silence avec la foi naïve de son enfance.

« Mon Dieu, apportez-nous la paix, gardez tous ceux que j'aime en vie. Je ne veux plus être séparée de mon mari ni de mes enfants. Désormais j'ai trouvé mon chemin, je n'en dévierai pas. »

Val-Jalbert, le soir du même jour

Averti par Joseph Marois, Onésime Lapointe était venu chercher Hermine et Jocelyn à Roberval au volant du singulier véhicule qu'il avait bricolé lui-même pour pouvoir se déplacer, même par temps de grosse neige. Il s'agissait d'un petit camion équipé de longs patins en fer à la place des roues avant.

Le trajet avait été laborieux, riche en cahots et secousses, sur une piste plus étroite que jadis, les arbres poussant chaque année davantage, comme s'ils voulaient encercler et envahir le village fantôme de Val-Jalbert.

Hermine se montrait volubile et pleine d'entrain pour cacher sa nervosité. Plus ils approchaient du but, plus elle appréhendait de revoir sa mère.

— Tabarnak, s'écria Onésime, j'ai vu Charlotte tout à l'heure, puisque c'est aussi moi qui suis allé récupérer la famille à Chambord. Elle a grandi, ma sœur, une vraie demoiselle, avec des belles manières. Avez-vous su que notre père est mort le mois dernier ? Au moins, là où il est, il ne videra plus ma réserve de caribou. Et il ne fera plus de mal à personne !

Cette oraison funèbre assez inhabituelle choqua Jocelyn. Il se signa et lança un regard dur à leur chauffeur occasionnel.

— Je lui ai dit qu'elle pouvait venir à la maison quand elle voulait, maintenant, Charlotte, ajouta Onésime d'un ton grave. Le père ne l'ennuiera plus.

— Elle fera à son idée ! répondit Hermine. Toutes mes condoléances !

— Merci, mais j'ai pas versé une larme ! Ah, chez les Marois, y a du neuf aussi. Simon a rompu ses fiançailles avec sa blonde. Celui-là, il ne se mariera jamais, à mon avis.

— Il a bien le temps, répliqua la jeune femme.

Ils entraient dans Val-Jalbert. Il faisait nuit noire. Jocelyn demanda à Onésime de les déposer à l'emplacement de l'église. Depuis que le bâtiment avait été abattu, il restait une sorte d'esplanade souvent utilisée pour garer les automobiles ou les camions.

— Je préfère marcher un peu, prétexta-t-il.

— Par ce froid ! s'étonna Onésime. Faites à votre guise.

Hermine salua ce robuste gaillard qu'elle redoutait, adolescente. Elle respira l'air glacé, heureuse de retrouver ces lieux où elle avait grandi.

« Chaque fois que je reviens ici, je ressens la même émotion délicieuse, pensa-t-elle. Un jour, je ferai visiter mon cher village à Kiona. Dieu merci, elle va guérir ! »

Comme unique bouclier contre l'inévitable fureur vengeresse de Laura, Hermine n'avait qu'une image adorable en tête : celle de Kiona. En fin d'après-midi, alors qu'elle entrait dans la salle de l'hôpital pour dire au revoir à Tala, elle avait eu la surprise de découvrir la petite malade assise, cramponnée à un repli du drap de toute l'énergie de ses menottes. Jocelyn, présent à ce moment-là, avait cédé également au charme inouï du bébé. Il en restait marqué, tout rêveur.

Pour une enfant de neuf mois, Kiona témoignait d'une farouche envie de vivre et de s'amuser. Même si elle avait beaucoup toussé, sa minuscule poitrine faisant encore entendre un sifflement rauque, la petite riait.

« Je serais incapable de décrire ce bout de chou, pensa la jeune femme en elle-même. Son sourire est le plus doux du monde, le plus beau ! Elle rayonne, même fiévreuse, même malade. Quel soulagement ! Le pire est passé, le docteur la juge hors de danger. L'été prochain, elle pourra jouer avec les jumelles, elles n'ont que trois mois de différence. Comme ce sera émouvant ! »

Jocelyn soutenait Hermine, car ils n'avaient pas de raquettes et la progression était difficile. Pourtant, ils se retrouvèrent sur le perron de la grande maison. Ses fenêtres brillaient vivement dans l'obscurité. Des cris d'enfants s'élevaient en provenance du salon. Ils pénétrèrent sans bruit dans le couloir au plancher ciré. Mireille devait déjà s'activer aux fourneaux, des senteurs alléchantes le prouvaient.

Laura était assise dans le salon, près du poêle, sa place favorite en hiver. Elle brodait une pièce de linge en robe d'intérieur et cela donnait l'impression qu'elle n'avait jamais quitté le village. Charlotte décorait le sapin, entourée des jumelles et de Mukki. Le garçonnet essayait d'attraper les boules de verre colorées suspendues aux branches basses de l'arbre, fasciné par leurs reflets chatoyants.

— Tout le monde a repris ses habitudes ! dit Hermine d'un ton chaleureux. On dirait que nous n'avons jamais séjourné à Québec.

Sa mère ne répondit pas. Jocelyn n'osait pas s'approcher de son épouse.

— Je monte me changer, indiqua-t-il.

— Je te conseille de rester ici ! rétorqua Laura d'une voix dure. Toi aussi, Hermine ! Charlotte, va à l'étage avec Madeleine et Louis. Dépêche-toi, tu finiras de décorer le sapin plus tard.

L'adolescente s'empressa d'obéir. Mireille qui pointait le bout de son nez à l'entrée de la pièce fut accueillie fraîchement.

— Aide Charlotte, elle ne peut pas porter les deux petites en même temps ! Ensuite, tu redescends et tu t'enfermes dans la cuisine. J'ai besoin d'être tranquille avec mon mari et ma fille.

Hermine se débarrassa de son manteau et de sa toque. Elle avait le cœur serré. Son père, lui, ne bougeait pas, les yeux rivés sur la lucarne rougeoyante du poêle.

— Et Badette, où est-elle ? demanda la jeune femme. Maman, qu'est-ce que tu as ?

— Badette arrivera demain matin, elle prend un train de nuit. C'est une personne bien élevée, elle a pensé que nous avions besoin de nous installer et de préparer la maison. Et voilà ce que j'ai ! Je vous pose une question à tous les deux : est-ce que vous me prenez pour une imbécile ?

Ils la dévisagèrent, interloqués. Laura leur sembla très belle, les traits sublimés par la fureur. Auréolée de ses cheveux soyeux, à nouveau teints en blond platine et coupés court, ses prunelles limpides étincelantes, elle se tenait très droite, comme prête à encaisser tous les coups.

— Pas du tout, maman, se défendit Hermine.

— Je n'ai jamais pensé ça une seconde ! balbutia Jocelyn. Ma Laura, tu as l'air fâché.

Avant de répliquer, elle jeta son ouvrage par terre et les toisa avec mépris.

— Vous croyez vraiment que je n'ai pas flairé quelque chose de louche ? D'abord, toi, Jocelyn, qui saute dans un train en costume de soirée, puis toi, Hermine, qui suit le mouvement comme si tu avais le diable à tes trousses ! Et pour courir au chevet d'un bébé recueilli par Tala.

Elle ne leur laissa pas le temps d'intervenir. Elle interrogea entre ses dents :

— Qui est vraiment Kiona ? J'ai téléphoné à l'hôpital de Roberval depuis la gare de Chambord, en attendant Onésime Lapointe. Une religieuse m'a dit que la petite fille allait mieux et qu'il y avait ses parents à son chevet. Je vous demande encore une fois qui est Kiona ? De qui est-elle l'enfant ?

Laura scrutait le visage livide de son mari. Il se gratta la barbe, le front moite de sueur.

— Ce qu'il fait chaud, icitte ! soupira-t-il. J'ôte quand même mon manteau.

Hermine eut pitié de son père. Elle l'aida à enlever le lourd vêtement et le conduisit jusqu'à un fauteuil.

— Maman, je vais vous laisser, papa a une confession à te faire. Je t'en prie, aie pitié de lui. Souviens-toi que je vous ai pardonné à tous deux de m'avoir abandonnée, et même plus, je vous ai pardonné certaines choses de votre passé quand je les ai apprises. J'ai tenu compte de votre détresse, des raisons qui vous ont poussés à agir comme vous l'avez fait. Avant de prendre des décisions navrantes, réfléchis bien. Si j'avais suivi ma colère, parfois, ou ma rancœur, nous ne serions pas réunis ici ce soir, tous les trois. Je n'ai rien d'autre à ajouter.

La jeune femme sortit du salon et monta dans la chambre de Madeleine, changée en nursery. Elle avait besoin de cajoler ses filles, son fils et son petit frère Louis.

« Ils sont innocents et confiants ! Pour être heureux, il leur suffit d'un bon repas, de lait chaud et de joujoux. Et je suis une piètre maman, je n'ai pensé qu'à Kiona, jusqu'à oublier Marie et Laurence, mes chéries, mes princesses ! »

Jocelyn ne se décidait pas à parler. Il souffrait mille morts sous le regard implacable de son épouse. Elle le fixait, prête à entendre ce qu'elle se refusait à imaginer.

— Laura, Kiona est ma fille ! commença-t-il. Non, ne me chasse pas tout de suite, tu dois savoir ce qui s'est passé. Tu te rappelles, ce soir d'hiver où j'ai voulu frapper à ta porte, que je vous ai observés, tous réunis dans cette même pièce ? J'en avais oublié mes raquettes devant le perron. Tu avais beaucoup changé et tu étais dans les bras d'un autre. J'ai perdu tout espoir. Je n'avais qu'une envie, me supprimer. De toute façon, je me jugeais condamné à court terme par la phtisie. Avant de mourir d'une manière ou d'une autre, j'ai eu l'idée de rendre visite à Henri Delbeau. J'ignorais qu'il était décédé. J'espérais éclaircir le mystère de cette tombe que j'ai cru la tienne et que tu as cru la mienne. Mais, une fois à la cabane, je n'ai trouvé que Tala. Veuve. Elle m'a reconnu immédiatement, comme elle a vu tout de suite que j'étais bien malade. Nous avons discuté et elle m'a avoué son secret. Il y avait bien quelqu'un d'enterré là-bas, un homme qui lui avait causé du tort, le tort le plus grave pour une femme. Son frère Chogan avait vengé son honneur. Et puis, au fil des jours, Tala m'a redonné envie de vivre. Elle prétendait pouvoir me guérir et elle a réussi. Je n'en suis pas fier, Laura. Je t'aimais toujours, mais la jalousie me rongeait. Là encore, Tala m'a poussé à te reconquérir, elle me répétait que je ne devais pas permettre ce remariage. Enfin, je résume ses discours véhéments. J'avais tellement besoin de te retrouver, de passer un peu de temps avec toi et notre fille ! Hélas, notre amitié n'est pas demeurée chaste. Ainsi a été conçue Kiona. Sans Toshan, je ne l'aurais jamais su. Ce bébé de neuf mois aurait pu mourir cette nuit ou vivre cent ans, je ne l'aurais pas su…

Laura avait tout écouté sans broncher, sans sourciller. Elle continuait à regarder son mari, mais d'un air absent.

— Donc, en résumé, Tala t'a soigné à la mode indienne avant de t'expédier ici, à Val-Jalbert, avança-t-elle enfin d'une voix neutre. Ce peuple mériterait plus d'égard de notre part à nous, les colons. La médecine est impuissante face à la tuberculose, mais la petite-fille d'un shaman montagnais a réussi à te guérir.

Jocelyn osa relever la tête.

— Je n'étais pas au courant, dit-il. Comment sais-tu ça ?

— Chacun ses cachotteries ! trancha-t-elle. Bien, c'est une affaire réglée. Va enfiler des habits confortables et des chaussons. Ensuite, nous souperons. Mireille prépare de la soupe aux fèves.

— Mais ? hoqueta-t-il, sidéré. Laura, as-tu perdu l'esprit ?

— Pas du tout ! Tu aurais préféré que je t'écorche vivant, que je te jette dehors à coups de balai ? Tu voulais des cris déchirants, un torrent de larmes ? Je ne suis pas ravie, mais j'ai le sens de la justice. Sans Tala, je ne t'aurais jamais revu. Louis, notre fils chéri, ne serait pas né. Excuse-moi si je te blesse à mon tour, mais je suis quand même offensée par ton manque de confiance. Pendant que tu dépérissais au sanatorium, je vivais maritalement avec Hans Zahle. Et toujours par souci d'équité, j'estime que, tant que je te pensais mort, tu avais le droit d'aimer une femme, du moins de partager son lit.

Le ton montait. Plus elle parlait, plus Laura s'agitait, exaltée, les joues en feu.

— Mais, à l'avenir, ne t'avise pas de retenter l'expérience ! s'écria-t-elle. Cette fois, je ne serai pas aussi indulgente. Je te giflerai, ça oui, je t'étriperai !

Brusquement elle se leva et lui administra deux claques à la volée, de toutes ses forces. Aussitôt, elle éclata en sanglots et tomba dans ses bras.

— Je n'ai pas pu rester digne ! gémit-elle. Oh, Joss ! Joss, je t'aime trop ! J'étais si heureuse depuis ton retour. Ne me quitte pas, je t'en prie.

Jocelyn l'étreignit à lui couper le souffle. Il couvrit son front et ses cheveux de petits baisers, il cacha son visage dans son cou, avide de respirer son parfum, de sentir sa peau douce sous ses lèvres. Laura pleurait à en suffoquer, blottie contre lui.

— Je ne te quitterai jamais, ma chérie, lui dit-il à l'oreille. Je t'en supplie, pardonne-moi. J'avais tellement peur de te perdre ! Sans Hermine, je ne sais pas si j'aurais eu le courage de rentrer à la maison.

— Tu me manquais tant, déjà ! confessa Laura. Et puis j'ai triché. Je t'ai laissé faire ta confession, mais ce n'était pas une surprise. J'ai eu Tala au téléphone, cet après-midi. Vous veniez de partir, Hermine et toi. Elle tenait à me donner sa version des faits. Cela a dû lui coûter beaucoup, et je t'assure qu'elle a su trouver les mots pour que j'accepte la situation. C'était très pénible. Mais au fond, depuis son passage éclair au jour de l'An, et l'absence insolite de Toshan durant des mois, j'avais des doutes, mais rien de bien précis. Tu étais si mal à l'aise en sa présence ! Je ne comprenais pas pourquoi. J'étais loin d'imaginer la vérité. Nous en reparlerons, je ne pourrai pas m'en empêcher, mais après Noël ! Sinon cela gâchera la fête.

Elle pleura encore. Les yeux fermés, Jocelyn savourait le contact de son corps. L'écho même de ses sanglots qui lui prouvait combien ils s'aimaient.

— Vas-tu finir par te changer ? fit remarquer Laura en reniflant. Ton manteau sent le tabac et l'hôpital. Et j'ai faim. Je vais dire à Mireille de servir le repas plus tôt.

Elle se leva et ramassa son ouvrage de broderie. Jocelyn la contemplait avec respect. Sa femme lui semblait fragile et invincible à la fois. Il résista à l'envie de l'enlacer à nouveau.

— Je reviens vite ! dit-il.

Hermine entendit le pas de son père dans le couloir de l'étage. Elle sortit de la chambre de Madeleine pour savoir ce qu'il en était.

— Alors ? demanda-t-elle tout bas. Maman n'a pas crié. Je me disais que vous avez su garder votre calme.

— Ta mère m'a pardonné, confia-t-il. Plus tard, demain matin sans doute, nous devrons encore discuter de mes devoirs envers Kiona, mais j'ai bon espoir. Laura a été formidable.

Jocelyn avait oublié les gifles reçues. Hermine vit des marques rouges sur ses joues livides, des traces de doigts bien nettes, mais elle ne s'autorisa aucune remarque.

— Je suis soulagée, dit-elle. Maintenant, tout va rentrer dans l'ordre.

Il en fut ainsi. Charlotte finit de décorer le sapin de Noël. Mukki cassa deux boules en verre, d'un beau rouge sombre. Laurence et Marie, assises dans leur parc en bois, jouaient en poussant de petits cris joyeux. La soupe aux fèves embaumait et Mireille chantonnait devant son fourneau.

Dans son éternelle robe en laine grise, ses cheveux de jais tressés, Madeleine berçait Louis, qui venait de téter. Laura observait son fils, aux bonnes joues rondes et au duvet châtain clair. Pour ses six mois, il était robuste et éveillé. Il ouvrait sur le monde des yeux curieux et sombres, ceux de Jocelyn.

« Je fais bien des concessions, par souci de justice, pensait-elle. Mais Kiona n'entrera jamais dans cette maison. Tala m'a promis de se tenir loin de notre famille. Jocelyn pourra voir sa seconde fille, mais sans lui dire qu'il est son père. Déjà, il est son parrain. Tala n'a pas eu le choix ; le curé tenait à baptiser le bébé et Jocelyn se trouvait à son chevet. Un parrain, c'est presque comme un père. Ce sera beaucoup mieux ainsi, pour le bien de tous. Il devra accepter et il le fera, car il m'aime, ça, j'en suis sûre, maintenant. »

Malgré ses sourires attendris et son entrain, Laura se consumait de jalousie. Ce n'était pas vraiment à l'égard de Tala, mais de Kiona. La fillette semblait susciter un engouement étrange, une sorte de passion subite. Si elle possédait des dons à l'âge de neuf mois, ce serait de pire en pire au fil des années. En mère possessive, elle craignait surtout de voir Jocelyn s'attacher davantage à son enfant illégitime qu'à Louis. Cela, il n'en était pas question, elle y veillerait.

Hermine descendit la dernière, en pantalon de jersey et en gilet à col roulé, un ensemble de couleur bleu ciel acheté dans un magasin de Québec. L'air serein, la jeune femme rendit visite à la gouvernante dans son domaine de prédilection, la cuisine.

— Mireille, dit-elle tout bas, est-ce que tu pourrais préparer un panier de provisions pour demain midi ? Il me faudra une bouteille thermos avec du thé. Je retourne à l'hôpital et je voudrais gâter un peu Tala.

— Ben voyons donc ! Et madame sera d'accord ? rétorqua la domestique. Depuis quand elle nourrit sa rivale ?

— Toi, tu écoutes aux portes ! s'indigna la jeune femme. Tala n'est pas sa rivale. Je pense qu'elles ne seront jamais de grandes amies, mais elles ont de l'estime l'une pour l'autre.

— Oui, enfin ! bougonna Mireille. Tu parles d'une histoire ! Et je suis bien obligée d'écouter aux portes, comme tu dis, sinon on me tient dans l'ignorance des choses, alors que je suis dans la famille depuis des années.

En guise de réponse, Hermine embrassa la gouvernante sur la joue, un baiser retentissant un peu moqueur.

— Désormais, je te raconterai tout !

— Hum ! fit Mireille. Dans ce cas, tu ferais mieux de me dire la vérité. Ton panier de provisions et le thé chaud, à mon avis, tu n'en as pas besoin pour l'hôpital. Tu as une idée en tête. Telle que je te connais, puisque monsieur ton mari ne t'attendait pas à Roberval, tu vas filer le rejoindre.

Hermine fut stupéfaite. Ses joues devinrent écarlates et son regard bleu pétilla de joie anticipée.

— Comment as-tu deviné ? demanda-t-elle, malicieuse.

— Je te connais par cœur, c'est tout. Mais, laisser ses enfants à Noël, ce n'est pas très gentil. Tu me fais une drôle de mère, toi !

— Une mère digne de ce nom doit récupérer le père de ses enfants, Mireille. Là, je t'ai cloué le bec !

La jeune femme sortit de la cuisine. Elle se sentait incroyablement légère et heureuse. Kiona était hors de danger et ses parents ne se sépareraient pas. Badette qui arrivait le lendemain compenserait son absence. Laura et elle pourraient bavarder à leur aise. Hermine les imagina en compagnie de Betty autour d'un succulent goûter.

« Et moi, je vais voler vers mon bien-aimé, se réjouissait-elle en silence. Mais par quel moyen ? »

Le souper, fort paisible, lui offrit une solution, grâce à Charlotte. L'adolescente, d'une gaieté étonnante, faisait manger Mukki. Pour lui faire avaler son potage, à chaque cuillerée, elle imitait un animal ou un véhicule. L'enfant, amusé, ouvrait la bouche sans rechigner.

— Là, c'est la bicyclette de mademoiselle Calixte. Et là, la grosse automobile de Simon. Vroum, vroum !

Jocelyn et Laura souriaient. Madeleine riait sans bruit. Charlotte continuait son manège.

— Maintenant, voici Onésime et son camion rouge à patins, qui fonce dans les bois. Cric, crac, il a roulé sur une branche.

Hermine se revit ballottée comme un sac de farine sur le siège avant du camion. Onésime Lapointe était toujours à court d'argent. Si elle le payait une bonne somme, il accepterait forcément de la conduire au moins jusqu'à Péribonka. Et plus loin encore, sans doute.

« Je voudrais tellement être près de Toshan », pensa-t-elle.

La nuit, elle rêva de son mari. Il était à demi nu, assis devant un feu dont les flammes doraient son torse lisse contre lequel elle aimait tant appuyer sa joue. Il n'était plus froid ni distant. Il la prenait dans ses bras, la déshabillait et ils s'allongeaient sur des fourrures. Cela ressemblait à s'y méprendre à leur nuit de noces dans le cercle des mélèzes.

Au réveil, Hermine entendit la grosse voix d'Onésime. Elle descendit vite, en peignoir, les cheveux défaits. Jocelyn offrait une tasse de café au jeune homme, qui partait à Chambord chercher Badette. Elle s'approcha, gracieuse et enjouée.

— Onésime, pourras-tu me conduire ensuite à Roberval ? demanda-t-elle. Je vais à l'hôpital, voir ma belle-mère.

— Faudra juste que j'aie le temps de déjeuner, répliqua-t-il, et que je rentre tôt. Ce soir, Yvette et moi, on va à la messe de Noël. Après, on soupe chez des voisins.

La jeune femme fut terriblement déçue. Elle avait oublié que c'était la veille du jour saint. Cela lui fit aussi se souvenir du précédent Noël et de la joyeuse guignolée menée tambour battant par Joseph Marois, Jocelyn et Toshan.

« Et moi je me lamentais d'être esseulée dans ma chambre, car je venais d'accoucher, songea-t-elle. Mon Dieu, je ne me rendais pas compte combien nous étions heureux, tous ensemble… »

— Bien sûr ! répondit-elle d'un ton chagrin. Vous serez de retour en temps voulu, Onésime.

Elle remonta, désappointée. Dans le couloir de l'étage, elle croisa Charlotte. L'adolescente lui sauta au cou.

— Mimine, tout s'est arrangé, ou presque ! Les petits dorment bien. Madeleine m'a dit de ne pas faire de bruit, c'est pour ça que je parle tout bas. Je suis trop contente que Badette vienne ! Elle m'a dit, à Québec, qu'elle avait écrit une histoire sur moi. Je lui ai raconté que j'étais en train de devenir aveugle, que tu me promenais sur Chinook en me décrivant le paysage. Elle trouvait cela poétique. C'est le mot qui convient, il paraît.

— Je voulais tant te faire partager la beauté du monde, de la nature, se souvint Hermine. Et Chinook était si sage ! Mon brave cheval, je ne lui ai pas encore porté de pain dur.

— Moi, j'irai après le petit déjeuner, promit Charlotte. J'en profiterai pour rendre visite à Betty.

Hermine ne soupçonna pas une seconde le but caché de cette expédition. L'adolescente rayonnait de soulagement, puisque Simon avait encore une fois rompu ses fiançailles. Maintenant, elle se persuadait qu'il ne trouvait pas l'épouse idéale pour la simple raison qu'il s'agissait d'elle, Charlotte Lapointe, âgée de treize ans et demi. Pourtant, d'après son frère, elle ressemblait déjà à une jolie jeune fille avec ses boucles noires et ses yeux brun doré.

— Je ne pourrai pas t'accompagner, je vais à Roberval, dit la jeune femme. Tu souhaiteras de douces Fêtes aux Marois.

Elle était en train de se demander si elle ne pourrait pas accomplir son périple sur Chinook. Le cheval était endurant et, l'hiver, Joseph le faisait équiper de fers à crampons.

« Non, une fois à la cabane, je n'aurai pas de foin ni de grain à lui donner. Et sur le lac, ce serait trop périlleux. Il y a eu assez de chevaux engloutis quand la glace se brisait, par le passé, et même de nos jours… »

— Mimine, reprit Charlotte, tu as l'air triste, ce matin. Laura a prévu inviter la famille Marois demain dans la journée, pour Noël. On dirait que tu ne seras pas là, de la manière que tu parles.

Hermine l'entraîna dans sa chambre. Là, elle la prit aux épaules et la regarda bien en face.

— Ma Lolotte, je ne serai pas là. Je préfère que tu sois au courant. Je veux rejoindre Toshan à la cabane. Je n'ai rien dit aux parents ; tu leur expliqueras. C'est mal de ma part, car j'espérais qu'il n'y aurait plus de secret ni de mensonge entre nous tous. Seulement si j'en parle, on m'empêchera de partir. Le vent souffle fort et il neigera ce soir, sans doute. Je ne peux pas faire autrement, comprends-tu ? Je l'aime de toute mon âme et je dois aller près de lui.

— Mais comment ?

— Je trouverai ! Je t'en prie, occupe-toi de Mukki. Ses cadeaux sont en bas de mon armoire. Il est très heureux tant que tu es là. Les jumelles sont si petites qu'elles ne se rendront pas compte de mon absence. Et tu auras Badette. Avoue-lui mon départ en premier, elle saura tranquilliser maman et papa. Je te parie qu'elle en fera une nouvelle. Du genre « Le Rossignol de Val-Jalbert sur la piste de l'Amour ! »

Elles pouffèrent, nerveuses, exaltées. Charlotte se voyait courir au milieu d'une tempête pour retrouver le beau Simon.

— Tu fais bien, Mimine, concéda-t-elle. Ne t'inquiète pas, je serai la deuxième maman de Mukki, ce soir.

— Va vite, il t'appelle. Buvez du bon lait chaud, je m'habille.

Elle était en train de se coiffer quand Laura entra. Sa mère portait un ravissant peignoir en satin vert sur une chemise de nuit assortie bordée de dentelle tout le tour du décolleté.

— Ma chérie, dit-elle d'un ton interrogateur, Mireille affirme que tu vas à l'hôpital aujourd'hui. Est-ce nécessaire, alors que notre amie Badette arrive ? Tu ne m'as même pas félicitée pour mon acte d'héroïsme. Oui, hier soir, j'ai su pardonner à ton père.

— Maman, si je t'ai embrassée aussi fort à l'heure du coucher, c'était pour te féliciter. Mais en fait j'avais peur de ta réaction. Je reste stupéfiée par ta manière de prendre les choses. Bravo, je suis fière de toi !

— Tu es sincère ? insista Laura. Cela m'a demandé un effort surhumain, mais j'ai d'abord pensé à Louis. Mon fils a le droit de grandir dans un vrai foyer, avec ses parents autour de lui, pas comme toi, ma chérie ! J'ai bien reçu le message, hier, et tu as été bien inspirée de me rappeler à l'ordre. Je sais pardonner, vu mon passé et les faiblesses de la chair. J'ai décidé de me plier aux aléas du destin. Mais je ne veux pas connaître Kiona. Tu sembles l'idolâtrer, plus que tes propres enfants…

Hermine se reprochait la curieuse passion qu'elle éprouvait pour sa petite sœur. Laura venait de toucher un point sensible.

— Tu te trompes, répondit-elle sans conviction. J'adore Mukki, Laurence et Marie, mais Kiona… je ne peux pas t'expliquer ! Si tu la voyais, tu saurais !

— Je ne la verrai jamais, cela m'évitera d'être victime à mon tour de ses sortilèges. Bébé ou pas, elle me fait peur.

— Maman, c'est ridicule. Une enfant de neuf mois, toute menue, toute dorée, si rieuse. Elle a du charme, voilà tout. Et la savoir gravement malade m'a bouleversée.

Laura soupira. La jeune femme la prit dans ses bras avec une immense tendresse.

— Je t'admire et je t'aime très fort, maman, car tu es unique. Profite du temps des Fêtes, de tes amis, de ta belle maison, de papa. La vie est si courte. Il ne faut gâcher aucun instant de joie ou de quiétude.

Sa mère la remercia d'un sourire ému. Puis elle détailla sa tenue.

— Encore en pantalon ? remarqua-t-elle. Hermine, comment fais-tu ? Moi je ne suis à l'aise qu'en robe… Enfin, par ce froid, on a sans doute bien plus chaud aux jambes qu'avec des bas.

— Tout à fait, assura la jeune femme. D'ailleurs, Badette a prévu d'adopter le pantalon très bientôt. Tu lui feras visiter le village, n'est-ce pas ?

— Mais tu viendras avec nous ? Tu évoques si bien l'époque où Val-Jalbert était entièrement habité, les fêtes, les concours de jardinage, l'animation autour de l'usine !

— Oui, c'est vrai, admit Hermine.

Elle eut un peu honte du tour qu'elle allait jouer à sa famille, mais tout son être amoureux devait s'élancer vers Toshan. Rien ne l'arrêterait.

Hôtel-Dieu Saint-Michel, Roberval, même jour

Hermine trouva Kiona assise dans son lit. Le bébé jouait avec une balle en cuir agrémentée de motifs colorés. Tala chantonnait une berceuse en sifflant doucement par moments. L'Indienne avait une telle expression de paix intérieure que la jeune femme fut totalement rassurée. Sa petite sœur serait bientôt rétablie.

— Bonjour, Tala ! dit-elle d'une voix joyeuse. Kiona a bonne mine.

— Oui, le docteur vient de l'ausculter. Les poumons sont encore infectés, mais la quinine calme la fièvre. Ce ne serait peut-être qu'une bronchite, en fait. L'essentiel, c'est que ma fille respire mieux. Je la nourris encore au sein et elle a bien tété ce matin.

— Ce sont de merveilleuses nouvelles, répliqua Hermine. Moi, je vous ai apporté des biscuits au sirop d'érable, cuits ce matin par Mireille. Et du chocolat. Combien de temps devrez-vous rester ici ?

— Une dizaine de jours, pour être sûre que Kiona ne rechute pas. Le trajet du retour me préoccupe. Il fera encore plus froid, je ne veux pas qu'elle retombe malade. Hermine, crois-tu que ses poumons sont plus vulnérables que ceux des autres enfants à cause de ton père ?

Tala paraissait démunie devant cette éventualité. Elle avait dû longuement s'interroger à ce sujet.

— Je n'en sais rien, avoua la jeune femme. Il faut poser la question au médecin. La tuberculose est un fléau, un mal très contagieux, mais j'ignore si cela se transmet à un enfant[1]. Dans ce cas, vous seriez atteinte vous aussi. Et papa est vraiment guéri.

— Je n'en suis pas si sûre, soupira Tala. Hier, il a toussé à deux reprises.

— C'était la fatigue, la tension nerveuse, protesta Hermine qui refusait d'envisager un tel drame.

---

1. Au XIXe siècle et aux siècles précédents, c'était une idée répandue.

Regardez Kiona, elle me sourit, elle est si mignonne. Est-ce que je peux la prendre dans mes bras rien qu'un instant ?

L'Indienne consentit d'un signe de tête. Hermine souleva la fillette et la contempla. Ses yeux en amande avaient une couleur très rare. Ils étaient presque mauves, pailletés d'or sombre. Ses cils très longs les faisaient paraître fardés. La petite éclata de rire en touchant de ses menottes ce visage avenant qui lui était déjà familier.

« Mon Dieu, pensa la jeune femme, quelle sensation exquise elle me donne ! Je pourrais l'embrasser des heures, demeurer à ses côtés en oubliant le reste du monde. »

C'en était presque anormal et cela lui fit songer aux paroles de Laura, qui craignait d'être ensorcelée par ce bébé innocent.

— Kiona n'est pas une enfant comme les autres, fit-elle observer.

Tala ne parut pas surprise. Elle approuva même d'un étrange sourire.

— Le hasard n'existe pas ! décréta-t-elle d'un ton mystérieux. Je n'aurais pas dû concevoir un enfant à mon âge. Maintenant j'ai compris, une puissance divine m'a poussée vers ton père pour créer ma petite fée, ma Kiona.

— J'ai dit à peu près ça à mon père, hier ; il n'y croyait pas du tout ! Moi, je le crois, Tala. Et je me sens plus forte, meilleure, plus courageuse. Je ne suis plus tiraillée par des choix pénibles.

Sur ces mots, elle déballa les biscuits et rangea dans la table de chevet du pain d'épices protégé par du papier, ainsi que des sucreries et une bouteille de sirop de bleuets.

— Je réglerai les frais d'hôpital à mon retour, dit-elle. J'ai bien trop d'argent, Tala. Je serais fière qu'il vous soit utile.

— Pourquoi dis-tu « à mon retour » ? s'étonna l'Indienne. Tu ne repars pas tout de suite à Québec ?

Prise au piège de son exaltation, Hermine hésita. Mais elle pouvait être franche avec sa belle-mère.

— Je vais rejoindre Toshan. Quelque chose m'y oblige, comme s'il m'appelait à travers notre grand pays de neige. Je ne peux plus attendre, j'ai besoin de lui, j'ai besoin d'être sa petite femme coquillage. Je veux son sourire, son regard plein d'amour, pour effacer les mauvais souvenirs de cet été, sa haine et sa fureur !

Elle avait parlé très vite et tout bas. Un peu essoufflée, elle reposa Kiona dans le lit.

— Mais qui va te conduire jusqu'à la cabane une veille de Noël ? s'alarma Tala. Hermine, c'est beaucoup trop risqué. Toshan m'en voudra si je te laisse faire cette folie.

— Je trouverai bien au moins une personne qui se rend à Péribonka en traîneau. Je vais sur le quai, il y a toujours de l'animation. J'ai pensé prendre Chinook, le cheval des Marois, mais j'ai renoncé. Ayez confiance, Tala, il ne m'arrivera rien, Kiona me protégera.

— Quelle foi tu as en ma fille ! constata l'Indienne sans démentir les propos exaltés de la jeune femme. Je te souhaite bonne chance, car jamais je ne parviendrai à te retenir. Mais sois prudente, les hommes qui traînent sur le quai, ici ou à Péribonka, ne sont pas tous recommandables. Certains sont pareils à des fauves, surtout s'ils ont bu trop de caribou. Tu es si jeune, si jolie. Je suppose que tes parents ne sont pas au courant ?

— Non, dit-elle avec une mine confuse. Tala, je t'en prie, ne les préviens pas trop vite. Charlotte doit le faire en fin de journée. Je sais que tu as téléphoné à maman hier et que cela a sûrement sauvé son couple. Je t'en remercie. Mais c'est à mon tour de préserver mon mariage, de retrouver l'homme que j'aime.

— Il fait nuit dans deux heures à peine, attends au moins jusqu'à demain !

— Je dormirai à l'auberge de Péribonka après avoir traversé le lac. J'ai de l'argent, cela facilite les choses et rend les gens serviables. Au revoir, ma chère Tala, au revoir Kiona !

Hermine agita la main dans un geste un peu enfantin et les quitta, pressée de se mettre en chemin. Un nom chantait en elle, obsédant : Toshan.

23

Le pays des neiges

Roberval, lundi 24 décembre 1934

Hermine errait sur le quai de Roberval. Chaudement vêtue d'un anorak rouge, d'un pantalon épais et de bottes fourrées, elle avait caché ses cheveux blonds sous un bonnet qui lui descendait jusqu'aux sourcils. Une écharpe blanche dissimulait sa bouche, mettant davantage en valeur ses grands yeux bleus.

Il n'y avait presque personne sur le port, rendu inutilisable par la glace. La jeune femme espérait croiser leur ami Pierre Thibaut, tout en sachant qu'à cette heure-ci il devait être chez lui, auprès de son épouse et de ses enfants.

« J'ai cru au miracle, songea-t-elle. J'aurais mieux fait d'en discuter avec Simon. Il aurait peut-être pu m'accompagner ou il m'aurait empêchée de partir. »

Elle scrutait les maisons alentour et les rues donnant sur le lac. Roberval semblait désert.

« Au pire, je peux encore téléphoner à la maison. Maman enverra Simon me chercher avec la voiture. »

Elle était prête à renoncer à son expédition si aucune opportunité ne se présentait à elle avant la nuit. Des rires et des éclats de voix résonnant dans l'air glacial attirèrent son attention. Ils s'élevaient de l'intérieur d'un cabanon situé à une cinquantaine de mètres. Hermine crut même entendre grogner des chiens.

Hermine s'enhardit et s'approcha. Cette fois, elle reconnut les paroles de *La Rose au bois*[1], une chanson que les Québécois appréciaient beaucoup, surtout les bûcherons. Cela la rassura, car Toshan lui-même connaissait l'air, qu'il sifflait à Mukki pour l'endormir. Elle y vit un signe favorable.

Très vite, elle se retrouva devant le petit bâtiment. Mais la chanson était terminée et derrière la porte faite avec des planches dépareillées retentissaient à présent des vociférations inquiétantes.

— Eh ! Mon chum, vingt dollars que je suis à Péribonka dans deux heures. Ce chien que j'ai acheté hier et qui m'a coûté la peau des fesses contraint les autres à mener un train d'enfer. Je pars dès que j'ai fini mon verre.

La pièce dégageait des relents de fumée et d'alcool. Il y avait là, sans aucun doute, le genre d'individus dont Tala lui avait conseillé de se méfier.

— Tabarnak, tu vas les perdre, tes vingt dollars, mon pauvre gnochon de Gamelin ! brailla un homme. Et qui nous prouvera que tu as atteint Péribonka dans le temps prévu ?

— Moi, je parie sur lui, hurla une voix plus aiguë. Je l'ai vu à l'œuvre, Gamelin. Je monte avec lui, vous aurez ma parole d'honneur !

1. Vieille chanson canadienne.

Hermine écoutait, le cœur battant la chamade. Elle avait peut-être un moyen de traverser le lac, mais à quel prix… Pourtant, sans réfléchir, elle frappa. Cela provoqua un silence instantané. Un colosse coiffé d'une casquette à oreillettes vint ouvrir. En découvrant une femme, il poussa un hoquet de surprise. C'était le fameux Gamelin, le neveu d'une certaine Berthe. Elle le reconnut sans peine. Il avait perdu une course sur le lac contre Toshan environ deux ans auparavant.

— Doux Jésus, voilà mon cadeau de Noël ! déclara-t-il avec un gros rire, ce qui provoqua l'hilarité générale. Et blonde, à ce que je vois, y a une mèche qui dépasse, là !

Il tendit un doigt noueux et crasseux vers la tempe d'Hermine qui recula immédiatement.

— Je cherche quelqu'un pour m'emmener à Péribonka, dit-elle bien fort. J'ai largement de quoi payer.

— Gamelin pour votre service, ma jolie, mais faudrait un peu baisser ce cache-col, que je profite du reste. Je vous fais un prix, un baiser au départ et un autre à l'arrivée.

— Non, ce n'est pas possible ! répliqua-t-elle assez gentiment.

Les quatre personnages attablés dans le cabanon étaient bien éméchés. Hermine décida de battre en retraite. Elle s'était montrée imprudente et commençait à avoir peur du regard de Gamelin.

— Faut pas vous effrayer, reprit-il. Je m'en vais dans trois minutes. Mes chiens sont harnachés, les patins du traîneau sont graissés. Entrez, on vous mangera pas. Combien vous me donnez ?

Elle avança en se répétant qu'il n'y avait pas de réel danger. Le visage d'or et de miel de la petite Kiona s'imposa à elle, si bien qu'elle reprit courage.

— Cinquante dollars et pas un seul baiser, annonça-t-elle. Il faudrait se dépêcher.

Gamelin s'enhardit et, d'un geste vif, il tira sur l'écharpe. Le beau visage qui lui apparut l'intrigua.

— Doux Jésus, on se connaît, on dirait ? hasarda-t-il. En tout cas, maintenant, je ne vous emmène pas si je n'ai pas un bécot tout de suite, en gage des cinquante dollars.

Il lança un bras autour de la taille d'Hermine, l'obligeant à se rapprocher de lui. Elle le repoussa, gagnée par la panique. Deux des autres hommes ricanèrent sottement, mais le troisième se précipita au secours de la jeune femme.

— Laisse-la donc, Gamelin, c'est une demoiselle bien comme il faut ; moi, je la connais mieux que toi. Une artiste lyrique de grand talent, c'était écrit dans *La Presse*, hier matin. Même qu'elle chantait à l'hôtel, avant.

Tremblante, Hermine regarda son sauveur avec reconnaissance.

— Albert ! s'écria-t-elle. Un grand merci ! Toi au moins tu as gardé de bonnes manières.

C'était un des grooms du Château Roberval, l'établissement de luxe où elle avait fait ses débuts. Albert, toujours roux et les joues tavelées de son, avait pris du poids et une quinzaine de centimètres.

— Mademoiselle Hermine, je suis très content que vous vous souveniez de moi. J'ai vingt-trois ans, à présent, je suis ouvrier du côté d'Alma. Mais là, c'est veille de fête.

Ils se serrèrent la main. Gamelin ruminait sa déconvenue. Lui aussi avait lu le journal, le matin même.

— Qu'est-ce que vous allez faire à Péribonka ? lui demanda-t-il. Y a rien d'intéressant là-bas ! Quelques bicoques, l'auberge, après, c'est la forêt et des Indiens.

— Je vais rejoindre mon mari, Toshan Delbeau, répliqua-t-elle d'une voix nette. Je vous en prie, il faut partir. Je ne pense pas que je vous gênerai, je ne suis pas très lourde.

— Ah ! J'y suis, vous êtes la belle blonde du Métis ! maugréa Gamelin. Il vous laisse traîner toute seule, c'est pas un bon mari, je vous le dis.

— Cela ne vous regarde pas ! rétorqua Hermine. Et je vous donne soixante dollars au cas où je vous ferais perdre votre pari.

— Vous, au moins, vous savez causer aux hommes, fanfaronna-t-il, ravi de l'aubaine.

— Je vous accompagne ! rétorqua Albert. On accorde dix minutes de plus sur le temps de la course à Gamelin, rapport à son chargement supplémentaire, une grande artiste !

Soulagée, Hermine rit de bon cœur. Quelques instants plus tard, le traîneau de Gamelin s'élançait sur le lac gelé, tiré par huit chiens, des bâtards croisés des races malamute et husky.

*

Profitant du sommeil serein de la petite Kiona, Tala l'avait confiée à une religieuse. Elle avait besoin de marcher, de se rassasier d'air glacé. Le confinement ne lui convenait guère, mais pour sa fille elle était prête à endurer bien pire que rester enfermée plusieurs jours. Ses pas la menèrent sur la berge du lac, d'où elle put offrir son visage au vent. Son âme battait des ailes, avide d'espace et d'infini, pour voler avec les corbeaux dont les cris rauques déchiraient le silence.

La belle Indienne s'interrogeait face à l'immensité du lac. Elle pensait à sa vie, à son enfance dans une réserve misérable, à sa rencontre avec Henri Delbeau, le chercheur d'or. Il lui avait promis une cabane bien à elle, un grand lit, des enfants qui ne souffriraient jamais de la faim ni du froid. Toshan avait comblé son cœur de mère et il lui avait permis de rencontrer Hermine pour qui elle s'alarmait, maintenant.

— Quand serai-je tranquille, le cœur en paix ? dit-elle à mi-voix. J'ai eu mon lot de joies et d'angoisses. Je refusais la peur, et pourtant elle suivait mes traces. Peur pour mon mari quand il tardait le soir, quand la tempête menaçait, peur pour mon fils qui partait chez les Blancs quêter du travail, peur pour Kiona que la maladie a voulu m'arracher… et ce soir, je crains un malheur qui nous prendrait Hermine, ma fille elle aussi, ma douce Kanti, celle qui chante.

Un pan de nuages se déchira, dévoilant le globe flamboyant du soleil sur son déclin. Comme par magie, une clarté couleur d'or incandescent transfigura le paysage blanc et gris. La neige se teinta d'un rose délicat, luminescent, allant iriser la masse cotonneuse des montagnes et des collines.

C'était d'une telle beauté que Tala tendit ses mains vers le ciel. Une prière monta à ses lèvres :

elle l'avait apprise fillette et elle la récitait souvent, afin de vaincre sa propre faiblesse de femme.

Ô grand esprit
Dont je perçois la voix dans le vent
Et dont le souffle donne vie à toute chose,
Entends-moi, moi qui suis petit et faible :
Donne-moi force et sagesse.
Laisse-moi admirer la beauté de notre terre,
Et que mes yeux contemplent chaque jour
Le couchant rouge et mauve !
Fasse que mes mains respectent les choses que tu as créées
Et que mes oreilles entendent ta voix.
Donne-moi la sagesse afin que je puisse comprendre
Ce que tu as enseigné à mon peuple.
Laisse-moi apprendre les leçons que tu as cachées
Dans chaque feuille et dans chaque pierre.
Je veux être fort, non pour dominer mon frère,
Mais pour vaincre mon plus grand ennemi, moi-même.
Fasse que je sois toujours prêt à me présenter à toi
Les mains propres et le regard droit.
Ainsi quand la vie, tel le soleil couchant, s'éteindra
Mon esprit pourra venir à toi sans honte[1].

Quand elle eut terminé, les nuages avaient caché le soleil. Le monde était redevenu sombre et terne. Ce fut à cet instant que des chiens aboyèrent au loin.

---

1. Prière du chef lakota Yellow Lark.

— Hermine, je suis certaine que c'est toi qui t'en vas. Garde-toi de tous les dangers, même si Kiona te protège, comme tu l'as dit. Elle est encore bien petite; sois prudente. Tu avais raison, Toshan t'espère. Il t'attend...

*

Val-Jalbert, même jour, veille de Noël

Depuis son arrivée à Val-Jalbert, Badette, ne tarissait pas d'éloges sur le village fantôme dont Hermine lui avait tant parlé et qu'elle avait enfin vu de ses propres yeux. Pour le repas de midi, Mireille avait servi un ragoût de porc bien garni en légumes fondants – pommes de terre, navets, carottes –, suivi d'une tarte aux pommes et de fruits mis en conserve durant l'été. La chroniqueuse avait été déçue en apprenant l'absence d'Hermine, mais elle avait compris son empressement à se rendre au chevet de Kiona. Laura s'était chargée de lui résumer la situation avant même de passer à table, et à bonne distance de Jocelyn.

— Hélas, j'ai été la première informée, avait soupiré Badette. Hermine m'avait envoyée à la gare du Palais et j'ai pu écouter une discussion entre votre époux et Toshan. Je n'ai pas hésité à tout relater à votre fille. Et si je ne vous ai rien dit, c'était pour respecter sa décision. Hermine tenait à en apprendre davantage avant de vous en parler. Me pardonnerez-vous, Laura?

— Mais oui, je suis bien placée pour savoir qu'il est souvent nécessaire de mentir ou de se taire.

Le plus important, à mon avis, c'est de garder mon mari, de préserver notre amour. Je vous l'avoue, je souffre encore quand je l'imagine dans les bras de Tala. C'est une belle femme.

Toujours avant le déjeuner, Charlotte s'était empressée de faire visiter la maison à leur invitée en jouant le guide.

— On l'appelait la belle demeure du surintendant Lapointe. C'était un monsieur important, quand la pulperie fonctionnait. Vous verrez, à part le couvent-école et la maison d'un autre surintendant, rue Sainte-Anne, notre maison est la plus grande, la plus élégante, comme dit Laura.

D'excellente humeur, l'adolescente prenait souvent la main de Badette, qui était touchée de cette marque d'affection.

— Comme je suis contente d'être ici ! disait-elle. Laura a du goût ; l'intérieur est très raffiné.

— Vous coucherez dans ma chambre, Badette. J'ai changé les draps, secoué les tapis et déjà monté votre valise. Moi, je dormirai avec Hermine. Nous avons l'habitude.

Elles avaient ri, complices. Charlotte était à l'aise avec cette aimable femme aux manières parfois enfantines qui s'extasiait facilement et s'intéressait aux moindres détails.

Enchantée d'avoir Badette sous son toit, Laura semblait avoir oublié Tala et Kiona. Ragaillardie par l'atmosphère chaleureuse et pleine d'harmonie de son foyer, elle se préoccupait du menu du lendemain et de sa toilette du soir.

— Mireille, tu es sûre que tu n'as pas ce qu'il faut pour un cipâte ? demanda-t-elle pour la cinquième fois à la gouvernante. Celui de l'année dernière était si délicieux, si beau !

— Non, madame, c'est long à préparer et c'est un peu tard pour acheter de la bonne viande. Il fallait y penser avant. Quelle idée aussi de faire une si grande distance pour venir réveillonner ici.

— Ne sois pas grincheuse, protesta Laura. Tu n'es jamais contente. Qu'est-ce que je devrais dire, moi ?

La domestique soupira, l'air soucieux. Elle se tourmentait en secret au sujet d'Hermine.

« Où est-elle, notre petite ? Je ferais mieux d'avertir madame et monsieur ! S'il lui arrive malheur, je m'en voudrai jusqu'à la fin de mes jours. »

La gouvernante se signa et adressa une fervente prière à tous les saints du paradis. La nature sauvage qui s'étendait au nord-est du Lac-Saint-Jean lui paraissait pleine de menaces. Elle imaginait la jeune femme avançant à pied au sein de leur pays de neige, cernée par des loups affamés, épuisée, condamnée à périr gelée ou dévorée vive.

Après le café, Jocelyn proposa une balade malgré le froid vif. Laura décida de présenter Badette aux Marois, puisqu'ils passeraient devant chez eux. Charlotte déclara qu'elle garderait Mukki au chaud. Cela aurait été différent si elle avait eu une chance de revoir Simon. Mais elle avait vécu un moment unique dans la matinée et ce précieux souvenir lui suffisait. Quand elle était allée donner du pain dur à Chinook, l'aîné des Marois se trouvait dans l'étable. Il distribuait de l'eau tiède au cheval et à la vache Eugénie.

— Bon matin, miss ! avait-il dit gentiment. Tu es de plus en plus jolie, toi ! Alors, raconte-moi un peu comment Hermine a séduit le public de Québec.

Charlotte avait su décrire les scènes les plus impressionnantes de *Faust* en mimant à l'occasion certaines attitudes des artistes. Simon l'écoutait, fasciné. Il s'était même assis sur un billot de bois, comme s'il était au spectacle.

— Merci bien, miss, s'était-il exclamé ensuite. Mon père m'attend pour partir à Chambord, on va chercher la famille de maman. Ils viennent passer le temps des Fêtes ici, c'est un événement. À la revoyure, pour la bise du premier de l'An, ou avant.

Dix fois, vingt fois, Charlotte s'était remémoré les regards de Simon sur elle, ses gestes, sa façon de rouler une cigarette, de l'allumer, puis d'écraser le mégot sous son talon. Il semblait désireux, peut-être même impatient, de l'embrasser.

Transportée de bonheur pour longtemps, elle construisit un château de cubes en bois pour Mukki au pied du sapin illuminé. Les adultes se promenaient, Madeleine berçait Louis à l'étage et Mireille cuisinait. Charlotte avait l'impression d'être la princesse d'un domaine enchanté. Mais quand les ombres du soir bleuirent les fenêtres, elle songea à Hermine. Où était la jeune femme, à cette heure ?

« Pourvu qu'elle soit au moins arrivée à Péribonka ! Laura va s'inquiéter, quand elle verra qu'elle n'est pas encore rentrée ! Et moi, je devrai lui annoncer la mauvaise nouvelle. Mimine ne sera pas là pour Noël… »

Laura, Badette et Jocelyn ne tardèrent pas. Ils discutaient en riant sur le vaste perron en secouant leurs chaussures à crampons. La maîtresse des lieux et la chroniqueuse ôtèrent leurs manteaux dans le couloir, où se trouvait une rangée de patères. Elles parlaient de Betty.

— Au début, j'étais un peu jalouse, Hermine la considérait comme sa mère, disait Laura. Mais c'est une personne très dévouée et généreuse.

— Son mari, Joseph, paraît dur et méfiant, répliqua Badette. Je n'étais pas à l'aise quand il me posait des questions sur mon métier.

— Je suis content, ajouta Jocelyn, et je vous félicite. Nous nous sommes approchés assez près de l'usine et vous avez pu écouter le chant de la cascade, comme dit Hermine. Elle va être épatée par votre endurance.

— Demain, il faudra me photographier sur des raquettes, plaisanta Badette. C'est pratique, là où la neige est épaisse.

Tous trois investirent le salon. Laura jeta un rapide coup d'œil sur le divan et les fauteuils. Sa fille n'était pas là.

— Charlotte, où est Hermine ? Dans sa chambre ? Je lui avais demandé de revenir pour le thé. Le maire était à Roberval, il devait la reconduire. Elle est forcément rentrée.

Badette s'aperçut la première de l'embarras de l'adolescente. Ce premier séjour chez les Chardin, dans le site envoûtant de Val-Jalbert, était riche en émotions et cela comblait son âme romanesque.

— Charlotte, s'avisa Laura, tu as un drôle d'air ! Qu'est-ce qui se passe encore ? Hermine a téléphoné qu'elle serait en retard, c'est ça ? Mais si le maire ne l'a pas raccompagnée en voiture, comment fera-t-elle pour rentrer ? Nous pouvons peut-être demander à

Onésime d'aller la chercher, mais ce serait abuser de son temps, à la fin !

Mireille apporta le plateau du thé, garni d'une vaisselle fine et de cakes aux fruits confits. La gouvernante lança un regard noir à l'adolescente qui se décida.

— Laura, Hermine est partie à la cabane de Tala, débita alors Charlotte tout bas. Elle est désolée, il ne faut pas vous inquiéter, elle voulait revoir Toshan. Badette, elle vous souhaite un merveilleux Noël chez nous et vous présente ses excuses. Je dois vous remettre à tous les cadeaux qu'elle vous a achetés. Demain, pas ce soir. Voilà !

— Voilà ! répéta Laura. Mais c'est de la folie ! Je ne peux pas le croire, non et non ! Ne pas nous inquiéter ! Joss, rattrape-la, je t'en supplie, va la chercher. Notre fille a perdu l'esprit, je ne vois pas d'autre explication. Tu es son père, pour une fois, prouve-le ! Ah, si c'était ta Kiona, tu serais déjà dehors !

Ce cri du cœur mit tout le monde mal à l'aise. Badette prit place sur une chaise avec précaution, comme pour signifier qu'elle n'était pas vraiment là. Mireille recula avec la ferme intention de rester à proximité afin de donner son avis, si nécessaire. Jocelyn, lui, se grattait la barbe.

— Enfin, ma Laura, tu dis des sottises ! Charlotte, si c'est une blague, elle est douteuse. Regarde dans quel état tu as mis Laura.

— Ce n'est pas la peine de courir derrière Hermine, affirma l'adolescente. Elle comptait traverser le lac en début d'après-midi, après sa visite à Tala. Maintenant elle est sûrement arrivée à Péribonka. Elle ne risque rien, je vous l'assure, elle a de l'argent, de quoi manger et des vêtements bien chauds.

— Et qui lui a préparé à manger ? demanda Laura d'un ton menaçant. Mireille, tu étais complice de cette expédition stupide et tu ne m'as même pas prévenue ? Cette fois, tu vas prendre la porte ! Je n'en peux plus des secrets, des trahisons, des mensonges !

— Ma pauvre amie, calmez-vous ! osa dire Badette. Voyez le bon côté des choses. Hermine court vers son grand amour, elle brave tous les dangers pour Toshan… C'est magnifique. Il ne lui arrivera rien, j'en suis certaine. Plus tard, elle pourra raconter ce Noël 1934 à leurs enfants et ils seront émerveillés.

Laura se maîtrisa, car elle venait de réaliser qu'elle s'était donnée en spectacle devant une personne extérieure à la famille et dont l'amitié lui était indispensable.

— Pardonnez-moi, Badette, je suis à bout de nerfs, ces temps-ci. Buvons le thé, et réfléchissons. Mais comprenez-moi, savoir ma fille de vingt ans seule dans la nuit et le froid, cela m'épouvante.

— Et moi aussi, ma chérie, renchérit Jocelyn. Je suis consterné. Même si je me mettais en route tout de suite, et je ne sais pas par quel moyen, je ne pourrais pas la rejoindre. Cela dit, Hermine est intelligente et prudente. Elle a dû louer les services de quelqu'un. Si elle couche à l'auberge de Péribonka, elle fera le reste du trajet demain, en plein jour. Tu es vexée, bien sûr, parce que c'est Noël. Mais si elle peut se réconcilier avec son mari, ce sera le plus beau des cadeaux, pour elle et pour nous. Et, je t'en prie, ne mêle pas un bébé innocent à tout ceci.

— Monsieur Chardin parle d'or, soupira Badette.

Laura se mit à pleurer sans bruit. Assis à ses côtés, Jocelyn lui caressa l'épaule. Elle s'apaisa, réconfortée par ce geste de tendresse.

— Prions pour que notre Hermine soit vite en sécurité avec Toshan, souffla-t-elle. Ce qui me désole, c'est que nous devrons passer plusieurs jours sans nouvelles d'elle. Enfin, il faut avoir confiance en Dieu.

— Vous avez raison, répliqua Badette. Et je crois en l'existence des anges gardiens.

— Comme sœur Sainte-Madeleine, avança Laura, songeuse. Hermine vous a-t-elle parlé de cette jeune et jolie religieuse qui souhaitait l'adopter et que la grippe espagnole a emportée en deux jours ? Ma fille la considère comme son ange gardien ; je pensais que vous le saviez.

— Mais non ! dit Badette. Décidément, je crois que je vais écrire cette nuit très tard, afin de ne rien oublier.

Laura devint intarissable, toute contente de confier des pages du passé à Badette, qui en ferait peut-être le récit dans une de ses nouvelles. Charlotte s'éclipsa en emmenant Mukki. Mireille regagna ses fourneaux. La paix était revenue.

Dehors, il neigeait à nouveau. Sur les hauteurs de la colline d'où chutait la cascade de la Ouiatchouan, un loup hurla, puis il se glissa entre les épinettes en quête d'une proie. L'hiver resserrait son emprise.

Péribonka, même soir

Albert tendit la main à Hermine pour l'aider à descendre du traîneau. Gamelin ne décolérait pas. Il avait perdu son pari, la traversée du lac gelé lui ayant pris une demi-heure de trop. Par mesure de prudence, la glace n'étant pas encore tout à fait sûre, il avait dû dévier deux fois de l'itinéraire le plus court.

— C'est votre faute ! cria-t-il encore une fois à la jeune femme. Vous ne pesez peut-être pas lourd, mais il y avait votre panier et votre sac.

— Je vous avais promis soixante dollars si vous perdiez, je vous en offre dix de plus, dit-elle.

— Ma parole, vous roulez sur l'or ! Je me demande combien vous transportez d'argent sur vous.

L'ancien groom fronça les sourcils en jetant un regard averti à Hermine. Elle comprit le message qui l'incitait à la prudence.

— Pas tant que ça, répondit-elle. Quand vous aurez votre dû, il ne me restera que vingt dollars pour une chambre et un souper.

En disant cela, elle eut un pincement au cœur. C'était un peu triste de se retrouver loin des siens une veille de Noël.

« Si au moins j'avais pu être dès ce soir près de Toshan, mais c'est impossible ! » pensa-t-elle.

Les cloches de la petite église sonnèrent à la volée. Hermine dut retenir des larmes de mélancolie. Cela lui rappelait son enfance au couvent-école, et aussi la première fois qu'elle avait chanté l'*Ave Maria*, à Val-Jalbert.

« J'avais huit ans. La Mère supérieure me faisait répéter avec des gestes de chef d'orchestre. »

— Mademoiselle Hermine, venez vite vous réchauffer à l'auberge, lui dit Albert. Je vous appelle mademoiselle par habitude, ne vous vexez surtout pas.

La présence du jeune homme la rassurait. Le trajet en traîneau s'était déroulé sans incident, Gamelin étant entièrement occupé à mener son attelage. Les chiens couraient vite, malgré le vent contraire. Albert avait essayé de lui faire la conversation, mais il s'était vite tu, obligé de se protéger le bas du visage avec son foulard.

Ils entrèrent dans l'auberge. D'autres souvenirs assaillirent Hermine. Toshan l'avait conduite ici après leur mariage à l'ermitage Saint-Antoine, près de Lac-Bouchette. Elle avait l'impression de vivre une extraordinaire aventure, à l'époque, ayant quitté son village et sa mère retrouvée depuis peu.

« Nous étions tellement amoureux, se rappelait-elle. Mais j'avais honte du plaisir que j'éprouvais, je n'osais pas me donner vraiment à lui. Dans une des chambres, là-haut, j'ai su vaincre ma pudeur et c'était merveilleux. Le matin, cependant, j'ai découvert la jalousie en voyant de ma fenêtre Toshan rire avec deux filles d'ici. »

La salle était bien enfumée et très bruyante. Ceux qui étaient réunis sous les poutres peintes en jaune et ornées de branches de sapin n'avaient pas tous un foyer où fêter Noël. Les clients étaient pour la plupart des célibataires endurcis, de bons buveurs de caribou ou de gin, des coureurs des bois.

Gamelin bouscula Albert avant de s'accouder au comptoir. Il le toisa avec un rire moqueur.

— Hé, mon chum, on boit un coup et on repart. Je suis attendu chez ma tante Berthe qui m'a promis une tourtière bien garnie de bœuf rissolé et de pommes de terre.

Hermine avait ôté son bonnet et sa chevelure blonde resplendissait parmi les silhouettes vêtues de sombre des hommes, leurs faces tannées et barbues. La serveuse lui lança un coup d'œil surpris.

— Désirez-vous une chambre, mademoiselle ? lui demanda-t-elle. Si vous êtes de passage, vous serez plus tranquille en haut. Je peux vous monter de quoi souper.

— Je ne sais pas encore, répondit la jeune femme qui venait d'avoir une idée.

« Toshan peut très bien se trouver à Péribonka. Il y connaît du monde et, s'il n'a pas envie d'être seul pour le temps des Fêtes, il y a des chances qu'il arrive. »

Elle consulta sa montre-bracelet. Il n'était que cinq heures et demie du soir. Cela l'étonna ; elle avait l'impression d'être partie depuis très longtemps de Val-Jalbert. La précoce nuit d'hiver était tombée au milieu de la traversée du lac.

— Mademoiselle Hermine, interrogea Albert, qu'est-ce que vous buvez ? Un petit coup de gin, ça vous réchauffera !

— Non, un café m'ira très bien, répliqua-t-elle en dévisageant un à un les individus attablés au fond de la salle.

Son manège intrigua l'ancien groom. Il chuchota d'un ton complice :

— Vous cherchez votre mari ? Je l'ai jamais vu, Delbeau, mais la serveuse pourrait vous renseigner.

Elle approuva d'un signe de tête, mesurant l'insolite de la situation. Trois jours plus tôt, elle était sur la scène du Capitole et le public l'acclamait. Mais elle demeurait une étrangère de passage dans ce village où la gloire locale se nommait *Maria Chapdelaine*. Louis Hémon avait dépeint dans son célèbre roman la vie quotidienne de cette région du Lac-Saint-Jean après avoir logé chez le fermier Samuel Bédard. Badette, bien informée, lui avait dit qu'un musée s'ouvrirait bientôt[1].

Hermine n'avait pas le choix, elle dormirait à l'auberge. Personne n'accepterait de parcourir plusieurs kilomètres pour la conduire jusqu'à la cabane de Tala, surtout pas un soir pareil. Elle s'apprêta donc, dépitée, à passer la plus solitaire et la plus morose des veilles de Noël.

— Mademoiselle, dit-elle à la serveuse, finalement je prends une chambre. J'espérais que mon mari serait là, hélas non ! Toshan Delbeau, vous devez le voir souvent ?

— Doux Jésus, vous êtes l'épouse de Toshan ! s'écria-t-elle. Mais il était là hier midi. Je lui ai servi une assiette de fèves au lard. Il était bien inquiet pour ce bébé qu'il avait laissé à l'hôpital de Roberval.

L'aiguillon de la jalousie piqua Hermine en plein cœur. La serveuse était gracieuse, ronde et brune ; son teint mat pouvait témoigner d'un lointain métissage. De plus, Toshan s'était confié à elle.

---

1. Le musée Louis-Hémon fut ouvert en 1937 dans la maison historique Samuel-Bédard, construite en 1903 et classée Monument historique en 1983.

— Je vais le rejoindre, affirma la jeune femme. Dès demain matin. J'aurais préféré ce soir, mais personne ne voudra parcourir une telle distance.

— Et comment ferez-vous, même demain ? On y voit mal à travers les vitres à cause de la buée, mais il se remet à neiger.

— En tout cas, faut plus compter sur moi, s'exclama Gamelin. Je rentre à Roberval. Viens-tu, Albert ?

— Je te suis ! Moi aussi, je suis attendu.

Sa tignasse rousse rivalisait en éclat avec celle d'Hermine. Il lui tendit la main.

— Joyeux Noël quand même, mademoiselle la chanteuse, et à la revoyure, claironna-t-il en s'éloignant.

— Bonnes Fêtes et merci bien, répondit-elle gentiment.

— Vous êtes chanteuse ? demanda aussitôt la serveuse. Toshan ne m'en a jamais parlé. Cela dit, il ne jase guère. Et vous chantez quelle sorte de choses ?

— De l'opéra et des cantiques, répondit Hermine qui avait maintenant hâte de monter dans une chambre pour échapper à la fumée, au bruit et au regard des hommes.

La jeune serveuse se pencha au-dessus du zinc recouvrant le comptoir. Elle prit un air futé.

— Le curé dit une messe dans un quart d'heure. Ce n'est pas dans les habitudes, mais les enfants de l'orphelinat y assistent. Ils ont droit à un goûter ensuite. Mon frère qui est veuf a placé son garçon chez les frères de Saint-François-Régis, des religieux venus de France qui ont ouvert l'établissement.

Si vous pouviez chanter pour ces petits, ils auraient un beau cadeau de Noël[1].

Hermine n'avait pas prévu ce genre de proposition, mais elle accepta, parce qu'il s'agissait d'orphelins.

— Je veux bien, souffla-t-elle. Si cela peut faire plaisir !

— Vous êtes d'accord ? Quelle chance ! Mon frère sera dans l'église et je lui toucherai un mot de votre souci. Lui, il peut sûrement vous rapprocher de la cabane des Delbeau. Figurez-vous qu'il possède un *snowmobile*[2], avec des chenilles et des patins à l'avant. Il propose souvent ses services. Il peut suivre la piste, l'hiver n'est pas trop avancé ; nous n'avons pas encore eu de grosses bordées de neige ! Il en aurait pour deux ou trois heures à couvrir le trajet, tandis qu'en traîneau cela prendrait dix heures.

— Mais ce serait merveilleux, s'enflamma Hermine. Je vous remercie de tout cœur, et si vraiment votre frère pouvait me conduire auprès de mon mari, dites-lui que je le dédommagerai. J'ai de quoi le payer.

— Ce ne sera pas de refus, l'argent ne court pas les rues en ces temps de crise. Je sais qu'il n'a pas envie de fêter Noël, son épouse s'est éteinte au mois d'octobre. Depuis, il bricole, il a la bougeotte ! Et moi, je travaille ce soir, mais je peux prendre une

---

1. Cet orphelinat a fermé en 1938 suite à la montée des eaux du lac Saint-Jean, après la mise en fonctionnement de la centrale hydroélectrique de L'Isle-Maligne.

2. Ancêtre de la motoneige actuelle. Pouvait contenir 7 passagers.

pause. Venez, je vais vous présenter à notre curé. Je dis au patron que je sors dix minutes.

Le temps de longer la rue principale, Hermine avait appris le prénom de la jeune fille, baptisée Gracianne.

— J'aimerais bien pouvoir vous écouter un peu, soupira la serveuse en entrant dans l'église. Ah ! voilà monsieur le curé.

Elle discuta tout bas avec le religieux. Hermine patienta, un peu à l'écart. Elle aperçut des enfants assis sur les premiers bancs. Cela lui fit songer qu'elle n'était pas auprès de Mukki et des jumelles pour Noël et elle eut mal au cœur. Cependant, quelques instants plus tard, le religieux l'accueillait avec chaleur. Il paraissait stupéfait.

— Chère madame, j'ai eu l'occasion de lire le journal et on y loue votre talent, votre voix ! C'est vraiment très aimable à vous d'accorder un peu de temps à nos orphelins.

— J'ai moi-même grandi au couvent-école de Val-Jalbert, séparée de mes parents, précisa Hermine. Je me croyais sans famille et j'étais triste, pendant les Fêtes surtout.

Gracianne hocha la tête, pleine de compassion. Le curé, radieux, s'éloigna pour se lancer dans un petit discours. Il annonça la présence tout à fait exceptionnelle d'une artiste lyrique renommée, qui avait la gentillesse de chanter pour les gens de Péribonka et les protégés des frères de Saint-François-Régis.

— Mon frère est là-bas, murmura la serveuse à Hermine en désignant un homme blond et barbu, le visage flétri par le chagrin. Je vais lui parler.

— Je vous remercie, Gracianne, pour votre gentillesse, souffla la jeune femme. Et ne partez pas tout de suite, je vais chanter immédiatement.

Hermine avait repris espoir en imaginant qu'elle serait peut-être près de son mari dans trois ou quatre heures. Gracieuse, féminine malgré son pantalon et son gros gilet à col montant, elle salua avec un large sourire les orphelins silencieux. Leur impatience muette de même que l'éclat égayé de leurs regards lui donnèrent des ailes. Elle se plaça devant l'autel et entonna l'*Ave Maria* de Gounod. Sa voix retentit dans l'église, d'une limpidité et d'une puissance encore jamais atteintes. Le Rossignol de Val-Jalbert mettait toute son âme pour interpréter le superbe cantique à la Vierge Marie.

Sans aucun accompagnement musical, elle sut captiver son jeune public et tous les adultes présents. Les retardataires s'empressaient d'entrer dans le modeste sanctuaire, attirés par la beauté de son chant. Quand elle se tut, humble et très émue, un tout petit garçon applaudit et toute l'assistance l'imita.

Gracianne, les larmes aux yeux, se tenait les mains jointes. Elle avait oublié l'auberge, son patron et les clients. Hermine avança d'un pas et, battant la mesure d'une main légère, chanta encore *Gloria in excelsis Deo*.

Le curé fut le premier surpris lorsque quatre orphelins parmi les plus âgés se levèrent et reprirent en chœur le refrain pour accompagner la jeune femme. Enthousiasmée, elle poussa davantage sa voix. Auréolée de ses cheveux blonds, rose de joie, son regard bleu plein de lumière, elle fut ce soir-là comme une apparition angélique venue apporter un grand bonheur à ces enfants privés de famille.

— Merci ! dit-elle en s'inclinant. Merci beaucoup, je vous souhaite un doux Noël.

— Merci à vous, madame, s'écrièrent les moins timides.

Gracianne approchait en lui faisant signe. Son frère la suivait. Hermine les rejoignit discrètement, tandis que le curé reprenait ses esprits et préparait la messe.

— Que c'était beau ! murmura la serveuse. Je n'ai jamais rien entendu de si beau. Je vous présente Rudel, mon frère. Il est d'accord pour vous emmener, mais il faut partir sans tarder.

— Merci, monsieur, dit la jeune femme avec fébrilité. Je suis prête, je dois juste repasser à l'auberge récupérer un sac et un panier. C'est tellement aimable de votre part !

— Il faut bien se rendre service, marmonna-t-il. Mon fils a chanté avec vous, ce soir. Depuis la mort de sa mère, mon garçon n'avait pas eu un sourire. Là, j'ai vu qu'il était fier et tout content. Les frères leur apprennent des cantiques et, lui, il retient bien la musique.

— Chanter guérit nos blessures, répondit Hermine tout bas. Je crois que je reviendrai ici plus souvent.

Une idée prenait vie en elle, encore imprécise. Gracianne lui prit le bras.

— Dépêchez-vous, Rudel est déjà dehors. Il va démarrer son autoneige !

Elles sortirent en toute hâte. Il neigeait, une pluie fine de flocons duveteux. Hermine ne parvenait pas à croire à sa bonne fortune.

« Toshan, mon amour, je vais enfin te revoir ! » pensa-t-elle, éblouie.

Gracianne l'aida à monter sur le siège avant et lui passa ses affaires. Le moteur ronflait si fort qu'elles eurent du mal à échanger quelques mots.

— Joyeux Noël, Hermine ! dit la jeune serveuse. Fais bien attention à elle, Rudel. Tu l'as entendue chanter, c'est un ange descendu sur terre. Et elle a promis de revenir.

— Ne t'inquiète pas, je prendrai soin de cette jeune dame, répliqua-t-il.

— Encore merci, Gracianne, s'écria Hermine.

L'autoneige s'élança à une vitesse modérée mais régulière. Ils eurent vite quitté Péribonka pour suivre la piste traversant la forêt. Les phares éclairaient les troncs d'épinettes en faisant scintiller des millions de cristaux d'un blanc très pur.

Les premiers kilomètres, Hermine fit la conversation à son chauffeur. Mais Rudel, quoique poli, semblait concentré sur la conduite de son engin. Elle renonça à discuter pour songer uniquement à Toshan. Il allait être bien surpris quand elle frapperait à la porte de la cabane.

« Non, je ne frapperai pas, je chanterai, décida-t-elle, perdue dans une rêverie exquise. Il sortira, ébahi. Je me cacherai un peu, ensuite je me jetterai dans ses bras ! »

Mais Rudel, éprouvé par la perte de son épouse, brassait des idées noires. Il gâcha sa joie en hasardant :

— Dites, madame, j'espère qu'il est chez lui, Toshan Delbeau. Je ne regretterai pas la course, mais j'aurais de la peine si vous ne le trouviez pas…

Ils roulaient déjà depuis deux heures. Hermine frissonna de contrariété.

— Je suis certaine que Toshan est là-bas, sinon je l'aurais vu à l'auberge, affirma-t-elle. Votre sœur lui a servi un repas hier. Il était sur le chemin du retour, puisqu'il venait de Roberval.

— Dieu vous entende ! soupira l'homme. J'ai oublié de vous avertir, je serai obligé de vous déposer à deux milles de la cabane. La piste s'arrête net. Il me faudra faire demi-tour.

— Ce n'est pas grave du tout, assura-t-elle. J'ai une lampe à piles. Sans vous et Gracianne, j'aurais dû dormir à Péribonka.

Cet échange de paroles terminé, le voyage se poursuivit en silence. Hermine aperçut un lynx dans la lueur des phares. L'animal prit la fuite, terrifié par le ronronnement survolté du moteur. Un peu plus loin, un orignal déboula au trot. Rudel freina pour éviter la collision.

Plus ils avançaient, plus elle cédait à une crainte vieille comme le monde. Malgré sa détermination et son désir d'être près de Toshan, les deux milles à parcourir seule, au cœur de la forêt, lui sembleraient sûrement interminables.

— Je ne peux pas aller plus loin, décréta Rudel une heure plus tard. Navré, madame, je dois vous abandonner là.

Il jetait des coups d'œil anxieux vers les zones d'ombre cernant la voiture.

— Ne vous égarez pas ! ajouta-t-il. J'aurais de gros remords, moi.

Hermine descendit sans plus réfléchir.

— Je vous remercie, monsieur. Ne vous en faites pas, je connais bien la région. Rentrez vite, je me débrouillerai.

— Je ferais quand même mieux de vous escorter, insista-t-il. Si jamais il vous arrivait un accident, je m'en voudrais trop.

— Ne vous donnez pas cette peine, protesta Hermine en allumant sa lampe. La neige n'est pas très épaisse et votre sœur m'a prêté sa paire de raquettes. Je ne risque rien.

La jeune femme n'en était pas si sûre, mais elle avait envie de terminer le voyage seule. C'était une épreuve qu'elle s'imposait pour prouver à Toshan sa détermination et son amour. En chaussant les raquettes, elle crut déceler dans l'air glacé une odeur ténue de fumée qui pouvait provenir de la cabane, car le vent soufflait du nord-est. Elle put aussi distinguer des traces dans la neige, laissées par des patins de traîneau.

— Vous voyez, cria-t-elle à son chauffeur, mon mari est passé par là. Il y a des empreintes de chien, aussi. Je ne pourrai pas me perdre.

Rudel approuva d'un hochement de tête. Hermine lui versa la somme dont ils avaient convenu et lui serra la main.

— Encore merci, et ne vous inquiétez pas, dit-elle. Si vous pouviez me rendre un dernier service ?

— Bien sûr, dites-moi !

— Demandez à Gracianne de téléphoner à Laura Chardin, à Val-Jalbert. C'est ma mère. Elle serait rassurée de savoir que vous m'avez déposée près de la cabane.

— Entendu, madame. Bon courage et à la revoyure !

Hermine le salua et s'éloigna. Elle tenait son panier d'une main, son sac de l'autre. Tant qu'elle perçut le bruit du moteur et l'éclat des phares, elle se sentit en sécurité. Mais bientôt l'obscurité des bois l'entoura et une impression d'immense solitude l'envahit.

« Je ne dois pas penser aux bêtes de la forêt, se disait-elle. L'arrivée d'une machine aussi bruyante a dû les effrayer, ils se sont enfuis, comme le lynx. Et je n'ai pas peur des loups. Simon et moi, nous les écoutions hurler, les soirs de neige. Ils ne sont pas féroces, les loups, non… »

La jeune femme fixait avec obstination les traces du traîneau. Chaque mètre devenait une victoire contre la nuit. Elle se répétait que Toshan serait fier de son courage, qu'il prendrait enfin la mesure de son amour pour lui.

« Tout s'est joué ici, le long de la rivière Péribonka, songea-t-elle. Je le comprends, maintenant. La cabane de Tala doit être un lieu mystérieux. Mes parents en fuite y ont échoué. Papa tremblait d'être arrêté pour un crime qu'il n'avait pas commis, maman se mourait de chagrin de m'avoir perdue. Toshan n'était qu'un enfant. Il ignorait que plus tard il épouserait la fille de ces gens que Tala et Henri, le chercheur d'or, hébergeaient. Et moi, j'ai donné naissance à Mukki sous ce même toit de tôle. Ensuite papa a suivi ce chemin que je suis à présent, car il s'estimait condamné par la maladie. Mais il est reparti guéri. Et enfin, Kiona est venue au monde… »

Hermine s'émerveilla de cette conclusion. La figure parfaite du cercle traversa son esprit. Toshan lui avait enseigné la loi du cercle lors de leurs premières rencontres. Elle pensa de toutes ses forces à son mari et ranima d'autres souvenirs afin d'occuper son esprit, de ne pas penser à l'immensité obscure qui la cernait. Elle avait beau se raisonner, le moindre craquement lui faisait redouter l'apparition d'un loup affamé.

— Kiona, hurla-t-elle tout à coup, protège-moi, petite sœur, j'ai peur !

Sa voix résonna dans le silence. Mais la sourde terreur contre laquelle elle luttait s'estompa.

— Je dois chanter, décida-t-elle en parlant assez fort. L'air est très froid, mais si je chante je n'aurai plus peur de rien.

Ce fut ainsi que l'*Air des clochettes*, de *Lakmé*, retentit dans les dédales de la forêt boréale. Un renard qui rôdait se figea, stupéfait. Une chouette s'envola, mécontente. Hermine oubliait toute prudence. Elle mettait sa précieuse voix en péril, mais la seconde représentation de *Faust* n'avait plus d'importance, ni l'univers bariolé, fantasque du théâtre.

La jeune femme se grisait de son propre chant, indifférente aux ténèbres, seulement sensible au chuintement des flocons qui lui caressaient les joues. Elle vit à peine les arbres s'espacer pour dévoiler la clairière et la cabane de Tala, dont une seule fenêtre brillait, pareille à un œil d'or au sein de la nuit d'hiver.

L'odeur plus forte d'un feu la ramena à la réalité. Elle se tut, incrédule, infiniment soulagée.

— Je suis arrivée. Merci, mon Dieu !

Hermine pressa le pas, riant et pleurant à la fois. Elle n'était plus qu'amour, que fébrilité. Son idée de surprendre son mari en chantant encore, en se cachant de lui, ne l'effleura pas une seconde. Elle voulait le voir, le toucher, son beau Toshan.

Vite, elle frappa à la porte, le front appuyé aux planches. Son cœur battait fort, comme pris de folie. Il y eut du bruit à l'intérieur, puis un appel.

— Qui est là ? demanda Toshan.

Elle fut incapable de répondre, submergée par l'émotion. Mais la porte s'ouvrit quand même. Dans les pays de neige et de froidure, il n'était pas coutume de laisser quelqu'un dehors, fût-il le diable en personne.

— Toshan ! gémit Hermine.

Il la regardait, tellement surpris qu'il en restait muet. Elle le dévorait de ses grands yeux bleus, noyés de larmes. Pour elle, c'était le plus bel homme de la terre. Elle retrouvait, comme en extase, le dessin de sa bouche et de son visage, le noir de jais de ses cheveux et ses épaules musclées, tout son corps adoré.

— Je suis venue, s'exclama-t-elle. C'est Noël ! Toshan, je ne pouvais plus vivre loin de toi.

Sans un mot, il l'attira vers lui après avoir scruté les environs de la cabane. Toujours muet et grave, il la débarrassa du panier et du sac. Peu à peu, un léger sourire illumina ses traits.

— Tu es venue ? dit-il enfin. Toute seule ? Mais comment as-tu fait ? Qui t'a conduite jusqu'ici ? Il n'y a personne avec toi ?

— Non, il n'y a personne, tu le vois bien ! Toshan, ne me rejette pas, je t'en prie, ne me chasse pas ! J'ai marché sur une distance de deux milles, j'ai suivi les traces de ton traîneau. Et j'ai rendu visite à Kiona. Elle va de mieux en mieux, sais-tu ? Notre si jolie petite sœur !

La jeune femme ôtait sa veste et son bonnet avec une hâte maladroite. Elle secouait sa chevelure de soleil et souriait, l'air craintif, cependant.

— Alors, tu connais la vérité ? interrogea-t-il tout bas.

— Toute la vérité, précisa-t-elle. Et je n'ai ni haine ni rancune. Ces sentiments-là tombent en miettes devant Kiona. Toshan, j'ai tant de choses à te dire. D'abord, je renonce à ma carrière de chanteuse. Ce n'est pas pour moi, la ville et les contrats. Je tiendrai mon engagement, je jouerai dans *Faust* le 10 janvier, mais ensuite je reviendrai près de toi. L'été prochain, je voudrais donner des cours de chant aux enfants, aux orphelins surtout, et offrir des récitals aux malades et aux plus démunis. Et j'habiterai ici, dans notre cabane, avec nos petits, Mukki, Marie et Laurence, mais aussi Tala et Kiona. Tu bâtiras d'autres pièces, je te fais confiance. Je ne veux plus te quitter.

Ce que désirait Hermine plus que tout au monde se produisit. Toshan la fixait avec une expression de joie intense. Il souriait à nouveau, mais sans oser l'approcher.

— Je suis venue, répéta-t-elle. Je ne pouvais pas passer ce Noël sans toi. J'ai apporté de quoi manger, Mireille a bien rempli le panier. Il était lourd, tu ne peux pas imaginer. Je suis si heureuse d'être là, de te revoir !

Il s'avança et la fit taire en posant un doigt sur ses lèvres.

— Chut ! intima-t-il. Nous aurons le temps de parler demain. J'étais assis près du feu, je ne rêvais que de toi et on a frappé. Je m'attendais à tout, sauf à te découvrir sur le seuil, ma petite femme coquillage, si jolie, si courageuse ! Demain ou bien tout à l'heure, tu me raconteras par quel miracle tu as pu voler de Québec à ici… plus tard. Mais déjà je peux te dire une chose, je suis très fier de toi, et très heureux…

Toshan l'enlaça tendrement. Elle se réfugia en lui, paupières mi-closes, ivre de bonheur. Mais il chercha sa bouche et glissa les mains sous son gilet qu'il releva afin de sentir le satin de sa peau brûlante.

Deux chandelles éclairaient la pièce. Le jeune Métis les éteignit et, sans lâcher Hermine, il disposa les fourrures de la banquette devant la cheminée.

— Ma chérie, ma petite épouse, dit-il en l'embrassant dans le cou, tu m'as fait le plus beau cadeau de toute ma vie.

Elle eut un rire cristallin, celui de la victoire remportée contre le sort, le vide, l'absence. En quelques instants, elle fut nue, allongée sur le sol. Les flammes lançaient des reflets mordorés sur sa chair de nacre.

Tout recommençait, une seconde nuit de noces, mais loin du cercle des mélèzes, dans la douce chaleur du foyer reconquis.

Toshan se dévêtit à son tour. Il semblait très grand à Hermine, toujours semblable à une superbe statue de bronze, mais vivante, celle-là, tellement vivante.

— Viens ! implora-t-elle. Je t'en prie. Viens ! Je t'aime tant !

Il se pencha, tomba à genoux, puis il se coucha sur elle avec un bref cri de passion. Cette fois, Hermine ferma les yeux, avide de l'ombre délicieuse d'où naîtrait le plaisir, au fil des caresses et des baisers. Elle se donnait tout entière, certaine d'avoir choisi le bon chemin, ce chemin d'amour qui menait à Toshan et à lui seul.

Hôpital de Roberval, mercredi 26 décembre 1934

Laura hésitait depuis d'interminables minutes, le cœur serré par un mélange de sentiments confus. Elle n'avait qu'à ouvrir la porte qui lui faisait face pour se retrouver confrontée à Tala et à la petite Kiona.

« Je ferais peut-être mieux de repartir, songea-t-elle. Rien ne m'oblige à revoir cette femme. Jocelyn l'a embrassée et caressée ; je ne penserai qu'à ça et je risque d'être désagréable, hargneuse. Et ce bébé, après tout, pourquoi suis-je aussi curieuse de le connaître ? Même si Kiona est la demi-sœur de mon petit Louis chéri, elle grandira à des kilomètres de lui et de moi, et c'est très bien ainsi. »

Personne à Val-Jalbert n'était au courant de sa démarche. Elle avait demandé à Simon de la conduire à Roberval sous un prétexte anodin. Maintenant, un paquet à la main, il lui fallait aller au bout de son idée. Une religieuse sortit de la salle voisine et observa d'un œil intrigué cette dame très élégante, maquillée avec soin, à la chevelure trop blonde pour être naturelle.

— Madame, vous avez un souci ? Puis-je vous aider ?

— Non, je vous remercie, ma sœur.

Cette fois, Laura frappa légèrement à la porte. Sans attendre de réponse, elle tourna la poignée et entra. Tout de suite, le regard noir et anxieux de Tala la happa. Elle resta figée, la bouche sèche, sans pouvoir dire un mot.

— Bonjour, Laura ! murmura l'Indienne.

— Bonjour ! répliqua celle-ci en perdant contenance, déroutée par l'apparence de sa rivale.

Elle ne parvenait pas à la considérer autrement. Malgré les discours rassurants de Jocelyn, le soir, dans l'intimité de leur chambre, malgré la passion qu'il lui témoignait, elle se laissait ronger par la jalousie.

— C'est aimable à vous de nous rendre visite, ajouta Tala.

— Oui, oui, bien sûr, répondit Laura.

Tala lui paraissait dépouillée de toute la séduction étrange qu'elle lui prêtait. Des fils d'argent brillaient dans ses nattes brunes. Elle était vêtue d'une robe grise démodée à col haut. Ses traits harmonieux étaient marqués par la fatigue, les nuits de veille au chevet de son enfant malade.

— J'espère que votre fille est toujours en bonne voie de guérison, dit-elle d'un ton poli. Je lui ai apporté un cadeau, puisque c'est Noël.

— Alors, approchez et asseyez-vous, répondit l'Indienne. Kiona ne vous quitte pas des yeux, mais vous ne la regardez pas.

C'était vrai. Laura avait soigneusement évité de se tourner vers le lit où elle devinait cependant une minuscule silhouette. Un rire cristallin, aigu, la força à changer d'attitude. Muette de saisissement, elle considéra le bébé de neuf mois en espérant ne découvrir qu'un nourrisson ordinaire.

— Je crois qu'elle vous a appelée, ajouta Tala.

— Appelée ? répéta Laura qui fixait la fillette.

— Pas maintenant, pas en riant, mais depuis hier soir Kiona s'agite beaucoup, elle est d'une gaieté nouvelle.

Laura comprit aussitôt la fascination qu'exerçait Kiona sur Hermine et sans doute Jocelyn. Déjà, elle semblait très éveillée, comme une enfant de deux ans. Ses prunelles étincelaient, couleur d'or brun. Son teint mat contrastait avec les fins cheveux d'un blond chaud qui ornaient son front bombé. Et son sourire aurait fait la conquête du plus endurci des hommes.

— Qu'elle est jolie ! soupira Laura.

— Comme c'est courageux à vous d'être venue ! fit remarquer Tala. Allons, asseyez-vous. Nous devons parler, nous deux. Par chance, les autres lits sont vides. Nous sommes seules ou presque.

Le « presque » devait signifier qu'il fallait compter avec la présence de Kiona. Laura prit place sur une chaise après avoir posé le paquet enrubanné devant le bébé.

— Je pourrais dire que je suis désolée, mais ce serait faux, commença l'Indienne. Je conçois votre rancœur, votre colère que vous cachez si bien. Laura, je voudrais vous assurer que je n'ai jamais eu l'intention de vous prendre votre mari. Quand Jocelyn s'est présenté à moi, il était désespéré et malade. J'ai senti la mort rôder autour de lui. Cela peut vous sembler stupide ou impossible, mais dans mon sang coule le pouvoir d'un shaman respecté par le peuple montagnais, mon grand-père. Il a vécu de longues années sans jamais cesser de soigner les corps et les âmes. Il m'a transmis son savoir, et d'autres choses encore. J'ai su que je pouvais guérir cet homme dévoré par la peur et l'amour. J'avais tant d'affection pour Hermine que j'ai décidé de lui rendre son père, pas pour quelques mois, pour longtemps. Et, plus encore, de vous redonner votre époux.

Laura approuva d'un signe de tête. Elle savait tout ceci par cœur. Kiona jouait avec le ruban rouge du paquet, ses menottes habiles cherchant aussi à déchirer le papier vert satiné.

— Cela partait d'une bonne intention, reprit Tala. Au début, Jocelyn se montrait méprisant et méfiant, comme le sont souvent les Blancs à l'égard des Indiens. Il était déçu d'apprendre la mort de mon mari, Henri Delbeau, qu'il pensait être le seul à pouvoir lui dire qui était enterré à sa place, près de ce baraquement où vous vous étiez réfugiés. Peut-être que ma réponse a joué en ma faveur.

— Pourquoi donc ? demanda Laura un peu sèchement. Je suis au courant, il s'agissait d'un homme qui vous avait fait du mal et dont votre frère vous a débarrassé. Mais les personnes civilisées ne se font pas justice elles-mêmes.

— Les personnes civilisées, comme vous dites, sont parfois pareilles à cet individu qui m'avait déshonorée et violentée, dit Tala d'une voix haineuse. Jocelyn a compris, lui, ce que j'avais subi et il s'est radouci.

— Je n'ai pas besoin de détails !

— Laura, dans cette histoire, je ne suis pas la seule à avoir souffert, prise au piège par mes sentiments. J'ai guéri votre mari, je l'ai envoyé vers vous, mais la suite fut douloureuse pour moi. Oui, je l'aimais ; pourtant, pas un instant je n'ai songé à vous le voler. Il vous adore. Ensuite, j'ai su que je portais un enfant. Des ondes de pur bonheur m'ont envahie. Plus rien ne comptait, hormis cette promesse de joie.

— Vous mentez ! déclara Laura. Quand vous êtes venue à Val-Jalbert l'année dernière, au jour de l'An, votre air de martyre à la maison puis votre fuite montrent assez que vous aimiez toujours Jocelyn. Ne dites pas le contraire. Cela m'avait causé une sensation pénible, que j'ai préféré oublier.

Tala éclata de rire à la grande surprise de Laura. Kiona l'imita en jetant à la visiteuse un regard bienveillant. La petite, que sa mère avait assise, un oreiller dans le dos, secouait en l'air des lambeaux de papier qu'elle avait arrachés du paquet.

— Il faut ouvrir son cadeau, coupa Laura. Il faut faire attention, elle peut s'étouffer en avalant le papier !

D'un geste ferme, elle déballa un ours en peluche brune dont le cou se parait d'un ruban jaune. Kiona poussa un cri de satisfaction en s'emparant du jouet qu'elle appuya tout de suite contre son visage, comme si elle l'embrassait.

— Louis a le même ! avoua Laura.

— Et c'est bien la seule chose que ces deux enfants auront en commun, n'est-ce pas ? répondit Tala. Là encore, je n'ai pas forcé la nature pour être mère à mon âge. Toshan a beaucoup souffert à l'idée des liens de parenté qui unissaient Kiona à Louis et à Hermine. Il jugeait tout cela malsain. Il avait tort. Ma fille devait venir au monde pour le rendre meilleur, plus beau, plus sage.

— Vous parlez d'elle comme les chrétiens parlaient du Messie, s'offusqua Laura. Hermine s'extasie, elle aussi.

— Je ne dis que la vérité, répliqua l'Indienne. Mais le monde peut se réduire à un coin de forêt, à un village ou à une famille. Mon peuple avait besoin de Kiona, et moi aussi. Laura, je vous en prie, pardonnez-moi si je vous ai offensée. C'est du passé, maintenant, vous devez être heureuse auprès de votre époux et de votre fils.

— Un passé bien récent, quand même !

Il se produisit alors quelque chose d'étrange. Laura, gênée, empêtrée dans sa jalousie tenace et une vague colère, reporta son attention sur Kiona afin d'échapper au regard insistant de Tala. Le bébé se mit à la fixer à son tour, prenant la succession de sa mère. L'ours en peluche dans les bras, la belle fillette ronde et dorée gazouilla une sorte de chant rythmé en se balançant. En même temps, elle souriait, ce qui exhibait deux minuscules dents de nacre. Laura eut la bizarre impression que cette mélodie innocente lui était destinée, ce qui la troubla. Et, plus Kiona souriait, plus elle cédait à une douce nostalgie.

Des images de son enfance lui revenaient, ses jeux dans une rue pavée de Roulers[1], sa ville natale, en Belgique. Elle courait en tenant la main de sa sœur aînée, que la tuberculose avait emportée, adolescente. Elle crut sentir l'odeur suave des pains aux raisins dont la pâte levait au coin du fourneau, une pâte blanche et souple pétrie par sa mère, Zulma. Soudain ce fut le visage aimable de son frère Rémi qui lui apparut. Rémi, broyé par une machine des forges de Saint-Maurice, près de Trois-Rivières, au

1. En néerlandais, Roeselare, ville de l'ouest de la Belgique, en Flandre-Occidentale.

Québec. Une voix intérieure lui souffla que la mort est le pire ennemi et qu'il faut la combattre par tous les moyens.

— Laura, appela Tala, ne pleurez pas, vous avez tellement souffert. Vous devez être heureuse, désormais.

L'Indienne avait dit ces derniers mots très doucement, avec une tendresse surprenante.

— Comment savez-vous que j'ai souffert ? avança Laura d'un ton radouci.

— Je n'ai pas pu oublier la toute jeune femme qui est arrivée à la cabane, il y a dix-neuf ans, en larmes, égarée par une douleur profonde dont j'ignorais la cause à cette époque. On vous avait séparée de votre enfant, c'est l'épreuve la plus cruelle pour une mère.

— Oh oui, ma petite Hermine chérie ! Quand Jocelyn l'a prise contre lui, en l'arrachant de force de mes bras, j'ai cru mourir. Elle n'a pas pleuré, elle, mais elle me fixait en souriant, comme si le geste de son père n'était qu'un jeu.

Laura parut victime d'une révélation foudroyante. Bouche bée, elle contempla à nouveau Kiona.

— Mon Dieu ! Je viens de m'en apercevoir, Hermine et Kiona se ressemblent ! J'aurais dû m'en rendre compte plus vite. Leurs yeux n'ont pas la même couleur, mais la même belle lumière !

— Elles sont sœurs ! murmura l'Indienne.

— Bien sûr ! Je me souviens à présent de l'émerveillement que j'éprouvais devant ma fille. Je me disais souvent : « Elle aura un don, pour être aussi douce, sage et rieuse ! »

— Vous aviez raison, Hermine a reçu un don magnifique, sa voix qui apaise, qui réjouit l'âme et offre du bonheur. Kiona n'a pas été oubliée. Manitou l'a bénie. C'est le Dieu que je vénère, le grand créateur, selon notre peuple. Mais son don à elle est différent. Je vous l'ai déjà dit, elle soignera les âmes malades et rendra toutes choses meilleures. Ne vous inquiétez pas, Laura, j'ai hâte de retourner à la cabane, de vivre entre la rivière et les bois, loin des villages et des villes. J'élèverai ma fille au sein de la nature nourricière. Je lui enseignerai le secret des plantes et des sources. Elle grandira à bonne distance de Val-Jalbert.

— Vous me le promettez ? interrogea Laura d'un ton inquiet. Je sais que Jocelyn est son parrain. Le baptême s'est fait très vite, de crainte que Kiona succombe à la maladie. Il pourra ainsi veiller sur elle, mais il vaut mieux taire leur parenté à nos plus jeunes enfants.

Elle sanglotait sans bruit, fascinée par la fillette comme l'avaient été auparavant Toshan, Jocelyn et Hermine.

— Ce sont des larmes de soulagement, Tala, précisa-t-elle en sortant son mouchoir. Je ne peux plus douter du don de Kiona. Cette petite n'est que lumière, amour et bonté. La haine et la colère m'ont quittée, c'est très étrange… Je vous remercie aussi d'avoir guéri mon mari, de me l'avoir rendu. Grâce à vous, je viens de connaître de précieux mois de bonheur. Mon Dieu, je suis enfin en paix.

Laura regarda enfin la belle Indienne. La lassitude avait déserté ses traits hautains. Sa bouche bien dessinée arborait un léger sourire satisfait, ses prunelles sombres exprimaient une vive affection.

— Nous ne serons jamais amies, Laura, car nos chemins ne se croiseront plus ou si peu, dit-elle. Mais nous devons garder l'une pour l'autre une profonde estime, du respect. Toutes les deux nous avons souffert de la brutalité des hommes et nous avons surmonté des deuils. Il nous faut éviter le malheur et les chagrins, désormais.

Ces paroles firent frémir Laura. Jocelyn avait-il osé confier à Tala qu'elle s'était prostituée jadis, sous le joug d'un individu brutal, qu'elle avait été contrainte à obéir tant elle était misérable ?

— Que vous a raconté mon mari ? bredouilla-t-elle.

— Rien du tout, coupa Tala. Mais je vous ai soignée quand la fièvre vous faisait délirer, il y a presque vingt ans et la nuit certains cauchemars ne sont pas difficiles à interpréter, si le dormeur parle à voix haute.

Laura ne douta pas un instant de la sincérité de l'Indienne. Elle était encore sujette à de mauvais rêves qui la ramenaient à la pire période de son existence.

— Bien, je dois rentrer à la maison, affirma-t-elle. Noël était un peu triste pour moi sans Hermine, mais les enfants ont été gâtés et se sont beaucoup amusés. Ma fille chérie est parvenue saine et sauve près de Toshan ; cela nous a tous rassurés.

— Et vous avez eu la gentillesse de me prévenir, grâce au téléphone, cette invention extraordinaire. Je m'inquiétais tant.

— Il faut croire que notre Hermine est capable de prouesses, par amour, admit Laura.

— Comme nous tous, ajouta l'Indienne.

— Je fais attendre Simon, ce brave garçon, mon chauffeur, le fils de mes voisins. Sa mère, Betty, a quasiment élevé Hermine ! Au revoir, Tala. Je redoutais cette visite, j'avais tort. Je repars plus légère, délivrée de ce qui me tourmentait. Je vous admire, vous êtes courageuse et sage. Ne m'en veuillez pas de ma décision. Les liens qui unissent Kiona à mon mari et à mon fils Louis doivent rester secrets.

Elle se leva et, spontanément, tendit la main à Tala. Celle-ci s'en saisit et la serra avec douceur.

— Merci d'être venue et d'avoir offert ce jouet à Kiona. Elle est contente, écoutez-la babiller. Je respecterai votre volonté.

Le bébé alignait des sons pleins de gaieté, graves ou aigus, en secouant l'ours en peluche.

— Au revoir, Kiona ! murmura Laura en caressant le front de l'enfant. Ou adieu…

Elle se redressa et, cette fois, fixa Tala d'un air implorant.

— Je sais que cette enfant verra souvent Hermine lors de ses séjours chez vous, dit-elle encore. Mais n'oubliez pas, Louis et Kiona ne doivent jamais savoir qu'ils sont frère et sœur.

— Jamais ! répéta Tala.

— Oui, jamais ! rétorqua Laura, les yeux brillants de larmes mais sur un ton péremptoire.

Enfin elle sortit, hantée par le sourire radieux de Kiona. Dehors, le vent du nord soufflait. Des corbeaux tournoyaient dans le ciel gris perle. Le vaste paysage blanc semblait endormi, mais une profonde sérénité s'en dégageait.

C'était un jour d'hiver, il neigeait dru sur le lac Saint-Jean.

REMERCIEMENTS

Merci à Jean-Claude Larouche, mon éditeur, à qui j'offre ce petit cadeau où l'intrigue se poursuit… entre Roberval, Québec et le village « fantôme » de Val-Jalbert dont il m'a parlé si abondamment.

Je le remercie encore de m'avoir guidée sur les chemins du Lac-Saint-Jean et de l'écriture… avec une immense gentillesse, beaucoup de patience et d'amitié. C'est aussi une façon de saluer son professionnalisme, sa passion pour la littérature et ses qualités humaines.

Mes plus sincères remerciements vont aussi à Dany Côté, historien, pour sa chaleureuse participation. Grâce à lui, j'ai pu émailler mon roman de savoureuses expressions québécoises et de précieuses anecdotes historiques. Toujours avec beaucoup d'amour pour son pays, il m'a évité de trop m'égarer sur les rigueurs du climat canadien et d'éviter bien d'autres pièges encore… Cet échange a été très fructueux et sympathique pour moi.

Un grand merci aussi à Clément Martel et à tous les membres de l'équipe éditoriale pour leur gentillesse et leur efficacité.

Merci à ma très dévouée Guillemette pour son soutien et sa compréhension.

Table

Marie-Bernadette Dupuy au Livre de Poche

ANGÉLINA

Les Mains de la vie, tome 1 n° 33672

Pyrénées, 1878. Angélina n'a qu'une ambition depuis qu'elle est petite : devenir sage-femme, comme l'était sa mère, morte tragiquement. Abandonnée par l'homme qu'elle aimait alors qu'elle était enceinte, la jeune fille se résigne à confier son enfant à une nourrice afin de pouvoir devenir élève sage-femme à l'hôtel-Dieu Saint-Jacques de Toulouse et obtenir son diplôme. Dans cet établissement réputé, elle rencontre un médecin dont elle devient la femme. Mais sa belle-famille la regarde de haut, et Angélina, malgré l'aisance matérielle dont elle jouit, comprend qu'elle n'est pas faite pour la vie mondaine. Elle décide de retourner dans sa région natale pour y exercer son métier. Avec ce sens du suspense et de l'émotion qui font de ses romans des moments inoubliables, Marie-Bernadette Dupuy nous entraîne sur le chemin semé d'épreuves, de joies, de sacrifices, d'une femme généreuse prête à tous les combats pour que s'accomplisse son rêve.

Le Temps des délivrances, tome 2 n° 33989

Après des études à Toulouse, Angélina, fille de cordonnier, s'est installée en tant que sage-femme dans la maison familiale au cœur de l'Ariège. La vie est rude dans les campagnes en cette fin de XIXe siècle. Accaparée par son travail, elle peut compter sur sa protectrice, Gersande de Besnac, pour s'occuper de son fils Henri, qu'elle élève seule. Grâce à ses compétences et à sa disponibilité, sa réputation ne cesse de grandir. Son bonheur serait complet si elle ne désespérait de revoir un jour Luigi, un Gitan dont elle s'est éprise et qui s'est réfugié en Espagne pour fuir de fausses accusations de meurtre. Mais c'est Guilhem, le premier amour d'Angélina et le père d'Henri, qui revient au pays. Accompagné de son épouse légitime, il semble pourtant n'avoir rien oublié de ses sentiments pour la jeune femme.

La Force de l'aurore, tome 3 n° 34364

Ariège, 1882. Angélina et son mari Luigi reviennent à Saint-Lizier après un pèlerinage à Saint-Jacques-de-Compostelle. La jeune femme, enceinte de quatre mois, a hâte de retrouver son dispensaire et d'exercer à nouveau son métier de sage-femme. Elle ne mesure pas la haine aveugle que lui voue l'épouse de son ancien amant, Guilhem Lesage, qui ne s'est jamais véritablement dépris d'elle. Découvrant par hasard qu'Angélina a pratiqué un avortement sur sa servante Rosette, elle dénonce les deux femmes à un juge dont elle est la maîtresse. Angélina et Rosette sont arrêtées et emprisonnées sous la menace de la pire des sanctions : l'envoi au bagne... Le destin passionnant d'Angélina, une héroïne aussi belle qu'audacieuse, qui trouvera dans l'amour pour son mari la force de résister à la plus inique des machinations, à une époque encore très imprégnée de préjugés et de superstitions.

Du même auteur
aux éditions Calmann-Lévy :

L'Orpheline des neiges, 2010
Les Fiancés du Rhin, 2012
Angélina, vol. 1, « Les mains de la vie », 2013
Les Soupirs du vent, 2013
Angélina, vol. 2, « Le temps des délivrances », 2014
L'Orpheline des neiges, vol. 2, « Les marionnettes du destin », 2014
Angélina, vol. 3, « La force de l'aurore », 2015
L'Orpheline des neiges, vol. 3, « Les portes du passé », 2015
Le Val de l'espoir, 2016
L'Orpheline des neiges, vol. 4, « L'ange du lac », 2016
Le Scandale des eaux folles, 2016
Les Amants du presbytère, 2017
Le Scandale des eaux folles, vol. 2, « Les sortilèges du lac », 2017
La Galerie des jalousies, 3 vol., 2017
Amélia, un cœur en exil, 2017
Abigaël : messagère des anges, 6 vol., 2018
Le Refuge aux roses, 2018
Astrid, la reine bien-aimée, 2018
L'Orpheline de Manhattan, 2 vol., 2019

PAPIER À BASE DE
FIBRES CERTIFIÉES

Le Livre de Poche s'engage pour l'environnement en réduisant l'empreinte carbone de ses livres. Celle de cet exemplaire est de :
700 g éq. CO_2
Rendez-vous sur
www.livredepoche-durable.fr

Composition réalisée par PCA

Achevé d'imprimer en France par
CPI BRODARD & TAUPIN (72200 La Flèche)
en mai 2019
N° d'impression : 3033857
Dépôt légal 1re publication : septembre 2014
Édition 11 - mai 2019
LIBRAIRIE GÉNÉRALE FRANÇAISE
21, rue du Montparnasse – 75298 Paris Cedex 06

31/7926/4